ORSON SCOTT CARD

ENDERS SCHATTEN

Roman

Deutsche Erstveröffentlichung

Aus dem Amerikanischen
von
Regina Winter

FESTA

Die amerikanische Originalausgabe
Ender's Shadow
erschien im August 1999 als Hardcover
bei Tor Books, New York; die erste
Paperbackausgabe folgte dort genau ein Jahr später.

1. Auflage Januar 2005

Mit freundlicher Genehmigung des Autors
und seiner Agentur Thomas Schlück, Garbsen
Lektorat: Michael Nagula
Umschlaggestaltung: BabbaRammDass
Druck und Bindung: Finidr, s.r.o.

ISBN 3-86552-005-7

Für Dick und Hazie Brown,
in deren Heim keiner Hunger leiden muss
und in deren Herzen keiner
ein Fremder ist.

INHALT

V. ANFÜHRER

VI. SIEGER

TEIL EINS

STRASSENKIND

1
POKE

»Sie glauben also, Sie haben jemanden gefunden, und deshalb wird mein Programm plötzlich abgeschossen?«

»Das hat nichts mit dem Jungen zu tun, den Graff gefunden hat, sondern mit der schlechten Qualität derer, die Sie finden.«

»Wir wussten, dass es ein Wagnis war. Aber die Kinder, mit denen ich arbeite, kämpfen wirklich jeden Tag um ihr Überleben.«

»Ihre Kinder sind so unterernährt, dass sie schon unter ernsthaftem geistigen Verfall leiden, bevor Sie auch nur anfangen, sie zu prüfen. Die meisten haben keine normalen zwischenmenschlichen Beziehungen entwickelt und sind so gestört, dass kein Tag vergeht, an dem sie nicht etwas stehlen, ramponieren oder zerstören.«

»Aber auch sie haben Potenzial, wie alle Kinder.«

»Das ist genau die Art von Sentimentalität, die Ihr gesamtes Projekt in den Augen der IF diskreditiert.«

Poke hielt ständig die Augen offen. Auch die jüngeren Kinder sollten Wache halten, und eigentlich waren sie recht aufmerksam, aber manchmal entging ihnen einfach etwas, was ihnen nicht entgehen sollte, und am Ende musste Poke sich doch auf sich selbst verlassen, wenn es darum ging, Gefahren zu erkennen.

Es gab viele Gefahren, nach denen man Ausschau halten musste. Zum Beispiel Polizisten. Sie ließen sich nicht oft sehen, aber wenn sie auftauchten, schienen sie vor allem die Kinder von der Straße schaffen zu wollen. Sie schlugen mit ihren Magnetpeitschen auf sie ein, brachten selbst den

Kleinsten grausam brennende Striemen bei und bezeichneten sie in ihren Strafpredigten als Gesocks, diebisches Gesindel und eine Pest, die die schöne Stadt Rotterdam heimgesucht habe. Es war Pokes Aufgabe, sofort zu bemerken, wenn Unruhe in der Ferne darauf schließen ließ, dass die Polizei eine Razzia veranstaltete. Dann stieß sie den Alarmpfiff aus, und die Kleinen eilten in ihre Verstecke, bis die Gefahr vorüber war.

Aber Polizisten kamen nicht so oft vorbei. Die wirkliche Gefahr war viel unmittelbarer: größere Kinder. Poke war mit neun Jahren die Matriarchin ihrer kleinen Bande (nicht, dass einer von ihnen sicher gewusst hätte, dass sie ein Mädchen war), aber das half nichts gegen die elf-, zwölf- und dreizehnjährigen Jungen und Mädchen, die kleinere Straßenkinder schikanierten. Die erwachsenen Bettler, Diebe und Huren achteten nicht auf die kleinen Kinder oder traten sie höchstens aus dem Weg. Aber die älteren Kinder, die ebenfalls getreten wurden, drehten sich dann um und stürzten sich auf die jüngeren. Jedes Mal, wenn Pokes Bande etwas zu essen fand – besonders, wenn es sich um eine verlässliche Abfallquelle oder eine Stelle handelte, wo man leicht eine Münze oder ein wenig Essen bekommen konnte –, mussten sie gut aufpassen und ihre Beute sofort verstecken, denn die älteren Kinder taten nichts lieber, als den kleineren auch noch den winzigsten Rest Essen abzunehmen. Jüngere Kinder zu bestehlen war viel sicherer, als es bei Läden oder Passanten zu versuchen. Und es machte ihnen Spaß, das sah Poke genau. Es gefiel diesen Tyrannen und Schlägern, wie die kleinen Kinder sich duckten und gehorchten, wie sie wimmerten und den Schlägern gaben, was immer sie verlangten.

Als der dünne kleine Zweijährige sich also auf der anderen Straßenseite oben auf eine Mülltonne hockte, bemerkte Poke ihn sofort. Der Junge sah hungrig aus. Nein, er war am Verhungern. Dünne Arme und Beine, lächerlich groß erscheinende Gelenke, ein aufgeblähter Bauch. Und wenn der Hunger ihn nicht bald umbrachte, würde der Herbst es tun, denn seine Kleidung war viel zu dünn und er hatte zu wenig an.

Normalerweise hätte Poke einem so kleinen Kind nur flüchtig ihre Aufmerksamkeit geschenkt. Aber der hier hatte wache Augen. Er sah sich voller Intelligenz um. Er hatte nichts von der Starrheit der lebenden Toten, die nicht mehr nach Essen suchten und nicht einmal mehr einen bequemen Platz finden wollten, an dem sie ein letztes Mal die stinkende Luft Rotterdams einatmen konnten. Der Tod war für sie keine große Veränderung. Jeder wusste, dass Rotterdam vielleicht nicht die Hauptstadt, aber zweifellos der Vorort der Hölle war. Der einzige Unterschied zwischen Rotterdam und dem Tod bestand darin, dass in Rotterdam die Verdammnis nicht ewig dauerte.

Dieser kleine Junge – was machte er da? Er stöberte nicht nach Nahrung. Er beobachtete nicht die Passanten. Aber das war auch egal – niemand würde einem so kleinen Kind etwas geben. Alles, was er bekäme, würde ihm ein anderes Kind sofort wegnehmen. Warum sollte man sich also die Mühe machen? Wenn er überleben wollte, sollte er den Älteren folgen und das Einwickelpapier ablecken, das sie zurückließen, nach einem letzten Rest von glänzendem Zucker oder staubigem Mehl auf der Packung suchen, nach irgendetwas, was die, die zuerst gekommen waren, nicht schon abgeleckt hatten. Hier draußen hielt die Straße nichts für dieses Kind bereit, es sei denn, eine Bande nahm es auf, und Poke würde es nicht aufnehmen. Es würde sie nur belasten, und es ging ihren Kids auch so schon schlecht genug, ohne noch ein nutzloses Maul stopfen zu müssen.

Er wird fragen, dachte sie. Er wird winseln und betteln, aber das klappt nur bei reichen Leuten. Ich muss an meine Bande denken. Er gehört nicht dazu, also interessiert er mich nicht. Selbst wenn er so klein ist. Er ist nichts für mich.

Zwei zwölfjährige Nutten, die normalerweise nicht in dieser Gegend arbeiteten, bogen um eine Ecke und kamen auf

Pokes Standort zu. Poke stieß einen leisen Pfiff aus. Die Kids zerstreuten sich sofort. Sie blieben auf der Straße, versuchten aber, nicht wie eine Bande auszusehen.

Es half nichts. Die Nutten wussten, dass Poke eine Bande hatte, und schon hatten sie sie an den Armen gepackt, gegen eine Wand gestoßen und ihren »Anteil« verlangt. Poke versuchte erst gar nicht zu behaupten, dass sie nichts hatte – sie bemühte sich, immer etwas in Reserve zu haben, um hungrige Schläger friedlich zu stimmen. Was diese Nutten anging, so war Poke vollkommen klar, wieso sie hungerten. Sie waren nicht nach dem Geschmack der Pädophilen, die hier vorbeikamen. Dafür waren sie zu hager und sahen zu alt aus. So lange sie also noch keine Rundungen hatten und für die geringfügig weniger perversen Kunden interessant wurden, mussten sie vom Müll leben. Es machte Poke rasend, wenn solche Typen sie und ihre Bande bestahlen, aber es war klüger, ihnen etwas zu geben. Schlugen sie sie zusammen, würde sie schließlich nicht mehr auf ihre Bande aufpassen können, oder? Also brachte sie die beiden zu einem ihrer Verstecke und holte eine kleine Bäckereitüte heraus, in der noch ein halbes Stück Kuchen steckte.

Es war trocken, weil Poke es schon einige Tage für so eine Gelegenheit aufbewahrt hatte, aber die Nutten griffen danach, rissen die Tüte auf, und eine von ihnen biss mehr als die Hälfte ab, bevor sie ihrer Freundin den Rest gab. Genauer gesagt, ihrer ehemaligen Freundin, denn ein solches Beuteverhalten führt zu Streit. Die beiden fingen sofort an, sich zu zanken, schrien einander an, ohrfeigten einander, kratzten einander mit ihren Klauenhänden. Poke behielt sie genau im Auge und hoffte, sie würden den Rest des Kuchenstücks fallen lassen, aber so viel Glück war ihr nicht vergönnt. Das restliche Kuchenstück wanderte in den Mund desselben Mädchens, das schon den ersten Bissen genommen hatte – und es war auch dieses Mädchen, das den Kampf gewann und das andere in die Flucht schlug.

Als Poke sich umdrehte, stand der kleine Junge direkt

hinter ihr. Sie wäre beinahe über ihn gestürzt. Zornig, wie sie war, weil sie diesen Straßenhuren etwas hatte geben müssen, stieß sie ihn mit dem Knie, und er fiel hin. »Stell dich nicht hinter Leute, wenn du nicht umgeworfen werden willst«, fauchte sie.

Er stand einfach auf und sah sie erwartungsvoll und fordernd an.

»Nein, du kleiner Mistkerl, du kriegst nichts von mir«, sagte Poke. »Für dich nehme ich meinen Leuten nichts weg – es schert mich einen Dreck, ob du vor die Hunde gehst.«

Ihre Bande versammelte sich nun langsam wieder, nachdem die Huren verschwunden waren.

»Warum hast du ihnen dein Essen gegeben?«, fragte der Junge. »Du brauchst das Essen doch.«

»Ach wirklich?«, antwortete Poke. Sie hob ihre Stimme, sodass die Bande sie hören konnte. »Vielleicht solltest du hier der Boss sein. So groß, wie du bist, hättest du dir das Essen bestimmt nicht abnehmen lassen.«

»Bestimmt nicht«, sagte der Junge. »Aber ich schere dich doch einen Dreck, schon vergessen?«

»Das habe ich nicht vergessen. Aber *du* hast es anscheinend vergessen, sonst würdest du die Klappe halten.«

Ihre Bande lachte.

Der kleine Junge lachte nicht. »Ihr braucht auch so einen Schläger.«

»Wir brauchen *keinen* Schläger, wir sind froh, wenn wir die los sind«, antwortete Poke. Es gefiel ihr nicht, dass er weiterredete und nicht aufgab. Gleich würde sie ihm wehtun müssen.

»Jeden Tag müsst ihr Essen an solche Typen abgeben. Gebt lieber einem etwas und bringt ihn dazu, die anderen zu verjagen.«

»Glaubst du etwa, daran hätte ich noch nicht gedacht, Blödmann?«, fragte sie. »Aber wie soll ich ihn denn an uns binden, wenn ich ihn bestochen habe? Er würde nicht für uns kämpfen.«

»Dann bring ihn eben um«, sagte der Junge.

Das machte Poke wütend, diese lächerliche Absurdität, die Anziehungskraft einer Überlegung, von der sie wusste, dass sie zu nichts führte. Wieder schubste sie ihn, und diesmal trat sie zu, als er am Boden lag. »Vielleicht sollte ich *dich* umbringen.«

»Vergiss nicht, ich schere dich einen Dreck«, keuchte der Junge. »Bring doch so einen Brutalski um und sorge dafür, dass ein anderer für euch kämpft. Er wird dein Essen wollen und Angst vor dir haben.«

Sie wusste nicht, was sie zu einem so absurden Vorschlag sagen sollte.

»Sie fressen euch alle auf«, zischte der Junge. »Also bring einen um. Liegt er erst am Boden, ist er auch nicht größer als ich. Steine zertrümmern Schädel von jeder Größe.«

»Du nervst«, sagte sie.

»Weil du daran noch nie gedacht hast, stimmt's?«

Er riskierte den Tod, so mit ihr zu sprechen. Wenn sie ihn auch nur ein bisschen verletzte, war es aus mit ihm – das durfte er nicht vergessen.

Andererseits lauerte das Siechtum schon in seinem fadenscheinigen kleinen Hemd. Es machte wohl keinen großen Unterschied mehr, wenn er dem Tod noch ein wenig näher rückte.

Poke sah ihre Bande an. Sie konnte ihre Mienen nicht deuten.

»Ich lasse mir doch nicht von einem Baby sagen, wen ich umbringen soll.«

»Ein kleines Kind bückt sich hinter ihm, du schubst ihn, er kippt über«, raunte der Junge. »Du hast schon große Steine vorbereitet. Backsteine. Zertrümmere sie auf seinem Schädel. Siehst du das Hirn, ist er erledigt.«

»Tot nützt er mir nichts«, erwiderte sie. »Ich will einen Schläger, der auf uns aufpasst. Was soll ich mit einem toten Schläger?«

Der Junge grinste. »Jetzt gefällt dir meine Idee also.«

»Schlägern kann man nicht trauen.«

»Er kann vor der Suppenküche auf euch aufpassen«, schlug der Junge vor. »Dann kommt ihr in die Küche rein.« Er sah ihr weiter in die Augen, sprach aber so laut, dass auch die anderen ihn verstehen konnten. »Er kann euch *alle* in die Küche bringen.«

»Wenn kleine Kinder in die Suppenküche gehen, schlagen die großen sie«, warf Sergeant ein. Er war acht und verhielt sich meistens so, als sei er Pokes Stellvertreter, obwohl sie gar keinen Stellvertreter hatte.

»Hast du einen Schläger, verjagt er die anderen.«

»Wie soll ein Schläger zwei andere aufhalten? Oder drei?«, fragte Sergeant.

»Wie gesagt«, antwortete der Junge, »schubst sie um, dann sind sie nicht mehr so groß. Besorgt euch Steine. Seid bereit. Du bist doch Soldat! Nennen sie dich nicht Sergeant?«

»Rede nicht mit ihm, Sarge«, sagte Poke. »Was kümmert uns das Geschwätz eines Zweijährigen?«

»Ich bin vier«, berichtigte der Junge.

»Wie heißt du?«, fragte Poke.

»Hab keinen Namen.«

»Du meinst wohl, du bist so dumm, dass du dich nicht daran erinnern kannst.«

»Hab keinen Namen«, wiederholte er. Immer noch sah er ihr in die Augen, obwohl er weiter am Boden lag, umgeben von der Bande.

»Du scherst mich einen Dreck«, sagte sie.

»Glaube ich nicht«, entgegnete er.

»Allerdings«, sagte Sergeant. »Weil du dumm wie Bohnenstroh bist.«

»Bohnen?«, lachte Poke. »Dann hast du deinen Namen weg. Du heißt jetzt Bean. Setz dich wieder auf den Mülleimer, und ich lass mir durch den Kopf gehen, was du gesagt hast.«

»Ich brauche was zu essen.«

»Wenn ich einen Schläger habe und dein Plan funktioniert, gebe ich dir vielleicht was.«

»Ich brauche *jetzt* etwas.«

Sie wusste, dass das stimmte.

Sie steckte die Hand in die Tasche und holte sechs Erdnüsse heraus, die sie aufgehoben hatte. Er setzte sich hin und nahm nur eine aus ihrer Hand, steckte sie in den Mund und kaute langsam.

»Nimm sie alle, *Bean*«, sagte sie ungeduldig.

Er streckte die kleine Hand aus. Sie war schwach. Er konnte keine Faust machen. »Kann sie nicht alle halten«, raunte er. »Halten kann ich nicht gut.«

Verdammt. Sie verschwendete gute Erdnüsse an ein Kind, das sowieso sterben würde.

Aber sie würde seine Idee ausprobieren. Es war verwegen, aber es war der erste Plan, von dem sie je gehört hatte, bei dem die Möglichkeit bestand, dass sie ihr elendes Leben ändern konnte, ohne Mädchenkleider anziehen und auf den Strich gehen zu müssen. Und da es seine Idee gewesen war, musste die Bande sehen, dass sie ihn gerecht behandelte. So blieb man Boss. Sie mussten immer sehen, dass man fair war.

Also hielt sie so lange die Hand hin, bis er alle sechs Erdnüsse gegessen hatte, eine nach der anderen.

Nachdem er die letzte hinuntergeschluckt hatte, sah er Poke noch einmal in die Augen. »Aber du musst bereit sein, ihn zu töten.«

»Ich will ihn lebendig.«

»Du musst ihn töten, wenn er nicht der Richtige ist.« Damit schlurfte Bean über die Straße zu seinem Mülleimer und kletterte mühsam wieder dort hinauf, wo er alles beobachten konnte.

»Du bist keine vier Jahre alt«, rief Sergeant hinter ihm her.

»Ich bin vier, aber ich bin klein«, rief er zurück.

Poke gebot Sergeant zu schweigen, und sie machten sich auf die Suche nach Backsteinen. Wenn sie schon einen kleinen Krieg vom Zaun brechen mussten, sollten sie sich besser bewaffnen.

Bean mochte seinen neuen Namen nicht, aber es war ein Name, und einen Namen zu haben bedeutete, dass andere wussten, wer er war, und ihn irgendwie rufen konnten, und das war gut. Genau wie die sechs Erdnüsse. Sein Mund wusste kaum, was er damit anfangen sollte. Kauen tat weh.

Es tat auch weh, zuzusehen, wie Poke den Plan, den er ihr gegeben hatte, verdarb. Bean hatte sie nicht angesprochen, weil sie der schlaueste Bandenboss in Rotterdam war. Ganz im Gegenteil. Ihre Bande konnte kaum überleben, weil Poke so wenig draufhatte. Und zu mitleidig war. Sie hatte nicht genug Grips, um sich ausreichend Essen zu besorgen, damit sie wohl genährt aussah, und so fand ihre Bande sie zwar nett und mochte sie, aber auf Fremde wirkte sie eher unfähig. Sie schien nicht gerade ein guter Boss zu sein.

Aber *wäre* sie ein guter Boss, hätte sie ihn überhaupt nicht angehört. Er wäre ihr nie auch nur nahe genug gekommen. Oder wenn sie ihn angehört hätte, wenn seine Idee ihr gefallen hätte, hätte sie ihn anschließend erledigt. So verlangte es das Gesetz der Straße. Wer nett war, starb. Poke war fast zu nett, um am Leben zu bleiben. Darauf zählte Bean. Aber er fürchtete es jetzt auch.

Die ganze Zeit, die er damit verbracht hatte, Leute zu beobachten, während sein Körper sich aufzehrte, wäre ohne Pokes Einsatz verschwendet gewesen. Und Bean hatte schon genug Zeit verschwendet. Als er angefangen hatte, zu beobachten, wie die Straßenkinder lebten, wie sie einander bestahlen, einander an die Kehle gingen, einander in die Taschen griffen und jeden Teil von sich verkauften, der irgendwie verkäuflich war, hatte er genau gesehen, was sie besser machen könnten, wenn sie nur genug Grips hätten, aber er hatte seinem eigenen Urteil nicht getraut. Er war sicher gewesen, dass es noch etwas anderes geben musste, etwas, das er einfach noch nicht begriff. Er strengte sich an, mehr zu lernen – über alles. Lesen zu lernen, damit er wusste, was die Schrift auf LKWs und Läden und Containern bedeutete. Genug Holländisch und IF-Common zu lernen, um alles zu verstehen, was die Leute sagten. Es half dabei nichts, dass der Hunger ihn dauernd ablenkte. Er hätte vielleicht mehr Nahrung finden können, wenn er nicht so viel Zeit damit verbracht hätte, die Leute zu beobachten. Aber schließlich hatte er begriffen: Er verstand es schon. Er hatte es von Anfang an verstanden. Es gab kein Geheimnis, das Bean nur deshalb nicht begriff, weil er noch klein war. Der Grund dafür, dass diese Kids sich bei allem so dumm anstellten, bestand einfach darin, dass sie dumm waren.

Sie waren dumm, und er war schlau. Also, warum war er dann am Verhungern, während diese Kids zu essen hatten? Er hatte beschlossen zu handeln. Er hatte sich Poke als Bandenboss ausgesucht. Und nun saß er auf einer Mülltonne und sah zu, wie sie es wieder versaute.

Sie wählte den falschen Schläger, das war ihr erster Fehler. Sie brauchte einen, der die anderen allein schon durch seine Größe einschüchterte. Sie brauchte einen, der groß und dumm war, brutal, aber zu beherrschen. Stattdessen glaubte sie, einen zu brauchen, der *klein* war. Nein, du blöde Kuh! Blöde Kuh! Bean hätte am liebsten laut aufgeschrien, als er den Schläger sah, den sie sich ausgesucht hatte, einen Jungen, der sich Achilles nannte, nach dem Comic-Helden. Er war klein und gemein, schlau und schnell, aber er hatte ein verkrüppeltes Bein. Also glaubte Poke, sie könne besser mit ihm fertig werden. Du dumme Kuh! Es geht doch nicht darum, jemanden zu Fall zu bringen – das schafft man beim ersten Mal bei jedem, wenn er es nicht erwartet. Du brauchst jemanden, der auch *liegen* bleibt.

Aber er sagte nichts. Er durfte nicht riskieren, dass sie wütend auf ihn wurde. Schauen wir mal, was passiert. Schauen wir mal, wie Achilles sich benimmt, wenn er am Boden liegt. Sie wird es ja merken – es wird nicht klappen, und dann muss sie ihn umbringen, die Leiche verstecken und es mit einem anderen Schläger noch mal versuchen, bevor es sich rumspricht, dass eine Bande von kleinen Kindern Schläger umbringt.

Also kommt Achilles heranstolziert – vielleicht ist es auch nur der schwankende Gang durch sein lahmes Bein –, und Poke duckt sich übertrieben und tut so, als wolle sie abhauen. Schlecht gemacht, dachte Bean. Achilles hat schon gemerkt, dass was im Busch ist. Irgendetwas stimmt nicht. Du dumme Kuh, du sollst dich so benehmen wie immer! Achilles sieht sich immer öfter um. Misstrauisch. Sie sagt ihm, sie habe was versteckt – der Teil ist normal –, und führt ihn in die Falle in der Gasse. Aber nein, er ist vorsichtig. Es wird nicht klappen.

Aber es klappt doch, wegen des Beins. Achilles sieht, dass es eine Falle ist, aber er kann nicht mehr fliehen, weil ein paar kleinere Kinder sich von hinten gegen seine Beine werfen, während Poke und Sergeant ihn von vorn schubsen, und so fällt er um. Ein paar Ziegelsteine treffen seinen Rumpf und das verkrüppelte Bein, und zwar heftig – die kleinen Kinder haben es begriffen, sie leisten gute Arbeit, selbst wenn Poke dumm ist –, und ja, das ist gut, Achilles hat tatsächlich Angst. Er denkt, er wird sterben.

Bean war inzwischen von der Tonne geklettert. Er stand in der Gasse und beobachtete alles aus der Nähe. Es war schwer, an der Menge vorbeizuspähen. Er drängt sich vorbei, und die kleinen Kinder – alle größer als er – erkennen ihn und wissen, dass er es verdient hat, einen Blick auf den Kerl zu werfen, und sie lassen ihn rein. Er steht direkt an Achilles' Kopf. Poke beugt sich über ihn, einen Ziegel in der Hand, und redet.

»Du bringst uns in die Schlange vor der Suppenküche.«

»Ja, in Ordnung, mach ich. Versprochen.«

Glaub ihm nicht. Sieh ihm in die Augen, achte auf Schwächen.

»Auf diese Weise kommst du an mehr Essen, Achilles. Du bekommst meine Bande. Wir bekommen genug zu essen, wir haben mehr Kraft, wir bringen dich weiter. Du brauchst eine Bande. Die anderen Brutalskis schubsen dich immer herum – wir haben es gesehen –, aber mit uns brauchst du dir das nicht gefallen zu lassen. Verstehst du, wie wir's machen werden? Eine Armee, das werden wir sein.«

Okay, jetzt hatte er es begriffen. Es war wirklich eine gute Idee, und er war nicht dumm, also begriff er es.

»Wenn das so eine gute Idee ist, Poke, wieso handelst du jetzt erst danach?«

Dazu fiel ihr nichts ein. Stattdessen warf sie Bean einen Blick zu.

Nur einen kurzen Blick, aber Achilles sah es. Und Bean wusste, was er dachte. Es war so offensichtlich.

»Bring ihn um«, sagte Bean.

»Sei nicht dumm«, sagte Poke. »Er macht mit.«

»Genau«, warf Achilles ein. »Ich mache mit. Die Idee ist klasse.«

»Bring ihn um«, sagte Bean. »Wenn du ihn jetzt nicht umbringst, wird er *dich* umbringen.«

»Lässt du diesem kleinen Stück Scheiße eigentlich alles durchgehen?«, fragte Achilles.

»Dein Leben oder seins«, sagte Bean. »Bring ihn um und nimm den Nächsten.«

»Der Nächste wird kein krankes Bein haben«, wandte Achilles ein. »Der Nächste wird nicht glauben, dass er dich braucht. Ich glaube es. Ich mache mit. Ich bin der, den ihr wollt. Der Plan ist riesig.«

Vielleicht hatte Beans Warnung sie vorsichtiger gemacht. Sie gab noch nicht nach. »Und du wirst nicht irgendwann finden, dass es dir peinlich ist, einen Haufen kleiner Kinder in deiner Bande zu haben?«

»Es ist *deine* Bande, nicht meine.«

Lügner, dachte Bean. Siehst du nicht, dass er dich anlügt?

»Für mich«, sagte Achilles, »seid ihr meine Familie. Meine kleinen Brüder und Schwestern. Und um seine Familie muss man sich doch kümmern, nicht wahr?«

Bean erkannte sofort, dass Achilles gewonnen hatte. Er war ein Schläger, und er hatte diese Kids seine Brüder und Schwestern genannt. Bean sah den Hunger in ihren Augen.

Nicht den normalen Hunger nach Essen, sondern den wahren Hunger, das tiefe Bedürfnis nach einer Familie, nach Liebe, danach, irgendwo hinzugehören. Gekostet hatten sie davon schon, weil sie in Pokes Bande waren. Aber Achilles versprach ihnen mehr. Er hatte gerade Pokes bestes Angebot überboten. Jetzt war es zu spät, ihn umzubringen.

Zu spät, aber für einen Augenblick sah es so aus, als wäre Poke so dumm, es doch noch zu versuchen. Sie hob den Ziegelstein höher.

»Nein«, sagte Bean. »Das geht nicht mehr. Er gehört jetzt zur Familie.«

Sie senkte den Ziegel auf Taillenhöhe. Langsam drehte sie sich zu Bean um. »Hau ab«, sagte sie. »Du gehörst nicht zu meiner Bande. Du hast hier nichts zu suchen.«

»Nein«, schnaufte Achilles. »Ihr solltet mich lieber umbringen, wenn ihr ihn so behandeln wollt.«

Oh, das klang tapfer. Aber Bean wusste, dass Achilles nicht tapfer war. Nur schlau. Er hatte schon gewonnen. Es zählte nicht, dass er am Boden lag und Poke immer noch den Ziegel in der Hand hatte. Es war jetzt seine Bande. Poke war erledigt. Es würde eine Weile dauern, bevor jemand außer Bean und Achilles das verstand, aber der Kampf um die Autorität fand hier und jetzt statt, und Achilles würde ihn gewinnen.

»Dieser Kleine hier«, krächzte Achilles, »gehört vielleicht nicht zu deiner Bande, aber er gehört zu meiner Familie. Also sag meinem Bruder nicht, dass er abhauen soll.«

Poke zögerte. Einen Augenblick. Noch einen Augenblick.

Lange genug.

Achilles setzte sich auf. Er rieb sich die blauen Flecken und Prellungen. Er warf den kleinen Kindern, die ihn mit Ziegeln beschmissen hatten, einen scherzhaft bewundernden Blick zu. »Mann, ihr seid ja echt taff!« Sie lachten – zunächst nervös. Würde er ihnen wehtun, weil sie ihm wehgetan hatten? »Keine Sorge«, sagte er. »Ihr habt mir gezeigt, was ihr draufhabt. Das werden wir noch mit vielen Schlägern machen, wisst ihr? Ich musste doch erst herausfinden, ob ihr das auch könnt. Gute Arbeit. Wie heißt ihr?«

Er ließ sich all ihre Namen nennen. Er versuchte, sie sich einzuprägen, und wenn er einen Fehler beging, machte er ein großes Theater, entschuldigte sich und strengte sich sichtlich an, sich den Namen noch besser zu merken. Es dauerte nur fünfzehn Minuten, und sie liebten ihn.

Wenn er das kann, dachte Bean, wenn er Leute so schnell dazu bringen kann, ihn zu lieben, wieso hat er es vorher nicht getan?

Weil diese Idioten immer nach Macht streben. Leute, die über einem stehen, wollen ihre Macht nie mit einem teilen. Warum zu ihnen aufblicken? Von denen hat man nichts zu erwarten. Aber die Leute unter einem – denen gibt man Hoffnung, man bringt ihnen Respekt entgegen, und *sie* vergelten es einem mit Macht, weil sie nicht glauben, dass sie selbst welche haben. Also stört es sie nicht, ihre Macht aufzugeben.

Achilles stand auf, immer noch ein wenig wacklig, und sein krankes Bein schmerzte ihn sichtlich mehr als sonst. Alle wichen zurück und machten ihm Platz. Er hätte jetzt gehen können, wenn er gewollt hätte. Hätte auf Nimmerwiedersehen verschwinden können. Oder ein paar andere Schläger holen, zurückkommen und die Bande bestrafen können. Aber er blieb stehen und lächelte, griff in die Tasche und holte etwas ganz Unglaubliches heraus: einen Haufen Rosinen. Eine ganze Hand voll. Sie starrten seine Hand an, als trüge sie die Spur eines Nagels in der Handfläche.

»Kleine Brüder und Schwestern zuerst«, sagte er. »Die Kleinsten als Erste.« Er sah Bean an. »Du.«

»Er nicht!«, protestierte der Nächstkleinere. »Wir kennen ihn nicht mal.«

»Bean wollte, dass wir dich *umbringen*«, stellte ein anderer fest.

»Bean«, sagte Achilles. »Bean, du wolltest nur auf meine Familie aufpassen, nicht wahr?«

»Ja«, sagte Bean.

»Willst du eine Rosine?«

Bean nickte.

»Du als Erster. Du hast uns schließlich alle zusammengebracht.«

Ob Achilles ihn jetzt umbringen würde oder nicht. In diesem Augenblick zählte nur die Rosine. Bean nahm sie. Steckte sie in den Mund. Kaute nicht einmal. Er ließ sie einfach in seinem Speichel schwimmen, sodass der Geschmack hervortrat.

»Weißt du was?«, sagte Achilles. »Ganz gleich, wie lange du sie im Mund behältst, sie wird sich nicht mehr in eine Traube verwandeln.«

»Was ist eine Traube?«

Achilles lachte ihn aus, aber Bean kaute immer noch nicht. Dann verteilte Achilles Rosinen an die anderen Kinder. Poke hatte nie so viele Rosinen verteilt, weil sie nie so viele gehabt hatte. Aber die kleinen Kinder würden das nicht verstehen. Sie würden glauben: Poke hat uns Müll gegeben, und Achilles gibt uns Rosinen. Sie waren eben dumm.

2
SUPPENKÜCHE

»Ich weiß, dass Sie diesen Bereich bereits durchkämmt haben und wahrscheinlich fast mit Rotterdam fertig sind, aber seit Ihrem letzten Besuch ist hier etwas passiert, also – oh, ich weiß nicht, ob es wirklich wichtig ist, ich hätte nicht anrufen sollen.«

»Sagen Sie's mir. Ich bin ganz Ohr.«

»Es hat in der Essensschlange immer Streitereien gegeben. Wir versuchen, sie zu verhindern, aber wir haben nur wenige Freiwillige, und die brauchen wir, um die Ruhe im Speisesaal aufrechtzuerhalten und das Essen auszugeben. Wir wissen auch, dass viele Kinder, die unser Essen brauchen, nicht mal in die Schlange kommen, weil sie weggeschubst werden. Und wenn wir es tatsächlich schaffen, die brutaleren Kinder aufzuhalten und einer von den Kleineren reinkommt, verprügeln sie ihn hinterher. Wir sehen die Kleinen danach nie wieder. Es ist hässlich.«

»Überleben des Stärkeren.«

»Des Grausameren. Zivilisation soll angeblich das Gegenteil davon sein.«

»*Sie* mögen zivilisiert sein. Die Kinder sind es nicht.«

»Jedenfalls hat sich das geändert. Ganz plötzlich. In den letzten paar Tagen. Ich weiß nicht, warum. Aber ich dachte – Sie sagten doch, dass alles Ungewöhnliche – und wer dahinter steckt – ich meine, kann sich Zivilisation urplötzlich entwickeln? Inmitten eines Dschungels von Kindern?«

»Das ist der einzige Ort, wo sie sich überhaupt entwickelt. Ich bin in Delft fertig. Hier gab es für uns nichts zu holen.«

Bean hielt sich in den nächsten Wochen im Hintergrund. Er hatte nichts mehr zu bieten – seine beste Idee gehörte ihnen schon. Und er wusste, dass die Dankbarkeit nicht lange andauern würde. Er war nicht groß, und er aß nicht viel, aber wenn er ununterbrochen im Weg stünde, die Leute ärgerte und auf sie einredete, würde es ihnen bald nicht nur Spaß machen, sie würden sich einen Sport daraus machen, ihm nichts zu Essen zu geben, in der Hoffnung, dass er endlich starb oder verschwand.

Dennoch spürte er häufig Achilles' Blicke. Er bemerkte es ohne Angst. Wenn Achilles ihn umbringen wollte, sollte das eben so sein. Es hatten ihn schon einmal nur wenige Tage vom Tod getrennt. Es würde einfach nur bedeuten, dass sein Plan nicht so gut funktionierte, aber da es sein einziger Plan gewesen war, zählte das nicht. Wenn Achilles sich erinnerte, wie Bean Poke gedrängt hatte, ihn zu töten – und selbstverständlich erinnerte er sich –, und wenn Achilles nun plante, wie und wann Bean sterben sollte, gab es nichts, was Bean tun konnte, um das zu verhindern.

Sich einzuschleimen würde nicht helfen. Das würde nur aussehen wie Schwäche, und Bean hatte schon oft beobachtet, wie Schläger – und Achilles war im Herzen immer noch einer – das Entsetzen anderer Kinder genossen und dass sie Leute sogar noch schlechter behandelten, wenn diese Schwäche zeigten. Er würde auch keine weiteren schlauen Ideen anbieten, erstens, weil er keine hatte, und zweitens, weil Achilles das für einen Affront gegen seine Autorität halten würde. Und die anderen Kinder würden sich ebenfalls daran stören, wenn Bean so tat, als wäre er der Einzige mit etwas Grips. Sie konnten ihn schon jetzt nicht leiden, weil er sich diesen Plan ausgedacht hatte, der ihr Leben veränderte.

Die Veränderung war nämlich unbestreitbar. Am ersten Morgen schickte Achilles Sergeant in die Schlange vor Helgas Suppenküche an der Aert van Nesstraat, denn wenn sie ohnehin windelweich geprügelt würden, sagte er, könnten sie es auch gleich mit dem besten Essen in Rotterdam versuchen, falls sie noch etwas davon abbekämen, bevor sie starben. So redete er, aber er ließ sie am Tag zuvor alles üben, bis es zu dunkel wurde, damit sie besser zusammenarbeiteten und sich nicht so schnell verrieten, wie sie es getan hatten, als sie sich mit ihm anlegten. Die Übung gab ihnen mehr Selbstvertrauen. Achilles sagte immer wieder: »Sie werden dies versuchen«, und: »Sie werden das erwarten«, und weil er selbst ein Schläger war, vertrauten sie ihm auf eine Weise, wie sie Poke nie vertraut hatten.

Poke, dumm wie immer, versuchte, sich weiterhin so zu verhalten, als hätte sie das Sagen und als hätte sie die Ausbildung nur an Achilles delegiert. Bean bewunderte, dass Achilles sich nicht mit ihr anlegte und dennoch seine Pläne und Anweisungen in keiner Weise änderte, wenn sie etwas sagte. Drängte sie ihn, etwas zu tun, was er bereits tat, tat er es einfach weiter. Es gab keinen Trotz, keinen Machtkampf. Achilles handelte, als hätte er schon gesiegt, und weil die anderen Kinder ihm folgten, war auch genau das der Fall.

Die Schlange vor Helgas Suppenküche bildete sich früh, und Achilles beobachtete sorgfältig, wie die Schläger, die später eintrafen, sich entsprechend einer Hierarchie in die Reihe stellten. Sie wussten, wer welches Vorrecht genoss. Bean versuchte die Kriterien zu verstehen, nach denen Achilles entschied, mit welchem Schläger Sergeant sich anlegen sollte. Es war nicht der schwächste, und diese Wahl war schlau, denn besiegten sie den schwächsten Schläger, würden sie nur jeden Tag weitere Kämpfe erleben. Es war aber auch nicht der stärkste. Während Sergeant über die Straße ging, versuchte Bean herauszufinden, was das Besondere an dem Schläger war, den sie ausgesucht hatten, und dann begriff er es: Es war der stärkste Schläger, der keine Freunde bei sich hatte.

Er war groß und sah gemein aus, also würde ein Sieg über ihn etwas hermachen. Aber er sprach mit niemandem und grüßte niemanden. Er befand sich außerhalb seines Territoriums, und mehrere andere Schlagetote warfen ihm schon ablehnende Blicke zu und versuchten ihn einzuschätzen. Es hätte an diesem Tag in der Schlange vielleicht einen Kampf gegeben, wenn Achilles nicht gerade diese Suppenküche und diesen Fremden ausgesucht hätte.

Sergeant war so kaltblütig, wie man es sich nur wünschen konnte, und stellte sich direkt vor dem Ziel in die Schlange. Einen Augenblick stand der Schläger nur da und starrte ihn an, als könne er nicht glauben, was er sah. Dieses kleine Kind würde doch sicher bald seinen tödlichen Fehler erkennen und wegrennen. Aber Sergeant benahm sich, als bemerke er nicht einmal, dass der Schläger da war.

»He!«, sagte der Schläger. Er versetzte Sergeant einen derben Schubs, und dem Winkel des Schubses nach hätte Sergeant aus der Schlange fliegen müssen. Aber Achilles hatte ihn angewiesen, den Fuß sofort aufzusetzen und sich nach vorn zu werfen, gegen den Schläger vor ihm, obwohl das nicht die Richtung war, in die der andere ihn geschubst hatte.

Der Schläger vorn drehte sich um und fauchte Sergeant an, der in kläglichem Tonfall erwiderte: »Er hat mich geschubst.«

»Er hat sich selbst geschubst«, sagte das Opfer.

»Sehe ich so dumm aus?«, fragte Sergeant.

Der Schläger vorn blickte den von Achilles ausgewählten Jungen abschätzend an. Ein Fremder. Zäh, aber nicht unbesiegbar. »Pass bloß auf, Klappergestell.«

Das war eine gewaltige Beleidigung unter Schlägern, da dünn zu sein für Unfähigkeit und Schwäche stand.

»Pass lieber selbst auf.«

Während dieses Austauschs führte Achilles eine ausgewählte Gruppe kleinerer Kinder auf Sergeant zu, der immer noch Leib und Leben riskierte, weil er zwischen den beiden Schlägern stehen blieb. Kurz bevor sie ihn erreichten, schossen zwei der jüngeren Kinder durch die Schlange auf die andere Seite und nahmen an der Wand direkt hinter dem Blickfeld des Ziels Auftellung. Dann fing Achilles an zu brüllen.

»Was zum Teufel bildest du dir ein, du scheißfleckiges Stück Klopapier! Ich schicke meinen Jungen, damit er mir einen Platz in der Schlange freihält, und du *schubst* ihn? Du *schubst* ihn gegen meinen *Freund?*«

Selbstverständlich waren sie keine Freunde – Achilles war der Schläger mit dem geringsten Status in diesem Teil Rotterdams, und er hatte immer als Letzter in der Schlange gestanden. Aber der andere wusste das nicht, und er würde auch nicht die Zeit bekommen, es herauszufinden. Als er dazu ansetzte, sich gegen Achilles zu wenden, sprangen die Kleinen hinter ihm gegen seine Waden. Der übliche Austausch von Prahlereien und Rempeleien vor dem Kampf fiel flach. Achilles begann den Kampf mit brutaler Schnelligkeit und beendete ihn auch so. Er schubste ihn, während die Jüngeren herbeisprangen, und der Schläger fiel hart auf die gepflasterte Straße. Er lag halb betäubt und blinzelnd da. Aber schon reichten zwei andere kleine Kinder Achilles große Pflastersteine, und Achilles schleuderte sie eins, zwei auf die Brust seines Opfers. Bean hörte, wie die Rippen wie Zweige knackten.

Achilles packte den Schläger an seinem Hemd, riss ihn hoch und stieß ihn gleich wieder zu Boden. Der Schläger stöhnte und versuchte sich zu bewegen, stöhnte abermals und blieb dann still liegen.

Die anderen in der Reihe waren zurückgewichen. Was Achilles getan hatte, war ein Verstoß gegen das Protokoll. Wenn Schläger sich miteinander anlegten, taten sie das in den Gassen, und sie versuchten, einander nicht schwer zu verletzten, sondern kämpften nur, bis sie herausgefunden hatten, wer der Stärkere war. Das hier war neu – Pflastersteine zu benutzen und Knochen zu brechen. Es machte ihnen Angst; nicht, weil Achilles so erschreckend anzusehen war, sondern weil er etwas Verbotenes getan hatte, und das in aller Öffentlichkeit.

Sofort signalisierte Achilles Poke, den Rest der Bande zu holen und die Lücke in der Schlange zu schließen. Währenddessen stolzierte Achilles an der Schlange auf und ab und verkündete, so laut er konnte: »Wenn ihr mich nicht achtet, stört mich das nicht, ich bin schließlich nur ein Krüppel, ich bin nur ein Junge mit einem versauten Bein! Aber wagt nicht, meine Familie zu schubsen. Schubst keins meiner Kinder aus der Schlange! Habt ihr mich verstanden? Wenn ihr das tut, wird ein Laster diese Straße runterrasen, euch über den Haufen fahren und euch die Knochen brechen, genau, wie es gerade diesem Wurm da passiert ist, und beim nächsten Mal ist es vielleicht euer Schädel, der bricht, sodass das Gehirn auf die Straße spritzt. Also hütet euch vor schnellen Lastern wie dem, der dieses Furzhirn hier vor meiner Suppenküche umgefahren hat.«

Da war sie, die Herausforderung. *Meine* Suppenküche. Und Achilles hielt sich nicht zurück, zeigte keinen Hauch von Furchtsamkeit. Er machte weiter, hinkte an der Reihe auf und ab, starrte jedem Schläger ins Gesicht, forderte ihn zum Widerspruch heraus. Auf der anderen Seite der Reihe folgten die beiden Jüngeren, die geholfen hatten, den Fremden umzuwerfen, all seinen Bewegungen, und Sergeant stolzierte vergnügt und selbstzufrieden neben Achilles her. Sie strotzten nur so vor Selbstsicherheit, während die anderen Schläger über ihre Schultern schauten, um zu sehen, was diese Beingrabscher hinter ihnen vorhatten.

Es blieb nicht beim Gerede. Als einer der Schläger anfing, sich feindselig zu geben, stürzte sich Achilles sofort in den Kampf. Aber wie sie es eingangs geplant hatten, griff er nicht den Feindseligen an – der war auf Ärger vorbereitet. Stattdessen warfen sie sich auf den Jungen unmittelbar hinter ihm in der Schlange. Und während die Kleinen zu ihm sprangen, drehte sich Achilles um, schubste das neue Ziel und schrie: »Was findest du hier so verdammt komisch?« Schon hatte er wieder einen Pflasterstein in der Hand, mit dem er sich nun über den gestürzten Schläger beugte, aber er schlug nicht zu. »Verschwinde ans Ende der Schlange, Idiot! Du kannst froh sein, dass ich dich in meiner Küche essen lasse!«

Das nahm dem Feindseligen vollkommen den Wind aus den Segeln, denn der Schläger, den Achilles umgestoßen hatte und offensichtlich mit dem Stein hätte treffen können, war der nächst*niedrigere* in der Hackordnung. Also war der Feindselige weder bedroht noch verletzt worden, und dennoch hatte Achilles direkt vor seiner Nase einen Sieg errungen.

Die Tür zur Küche ging auf. Sofort war Achilles bei der Frau, die sie öffnete, strahlte sie an und begrüßte sie wie eine alte Freundin. »Danke, dass Sie uns heute zu essen geben«, sagte er. »Ich werde heute als Letzter essen. Danke, dass sie meine Freunde hereinlassen. Danke, dass sie meiner Familie zu essen geben.«

Die Frau an der Tür wusste, wie es auf der Straße zuging. Sie kannte auch Achilles, und ihr war sofort klar, dass hier etwas sehr Seltsames am Laufen war. Achilles aß immer nach den größeren Jungen und tat das für gewöhnlich eher verlegen. Aber noch bevor diese neue gönnerhafte Haltung lästig werden konnte, hatten die Ersten von Pokes Bande die Tür erreicht. »Meine Familie«, verkündete Achilles stolz und schob die kleinen Kinder nach drinnen. »Bitte passen Sie gut auf meine Kinder auf.«

Selbst Poke bezeichnete er als sein Kind. Sie ließ sich nicht anmerken, dass diese Demütigung sie störte. Alles, was sie interessierte, war das Wunder, tatsächlich in die Suppenküche zu kommen. Der Plan hatte funktioniert.

Und ob sie es nun für ihren eigenen oder für Beans Plan hielt, interessierte Bean nicht die Bohne, zumindest nicht, bevor er die erste Suppe im Mund hatte. Er aß sie so langsam wie möglich, aber sie war dennoch so schnell weg, dass er es kaum glauben konnte. War das alles? Und wie war es ihm gelungen, so viel von dem kostbaren Zeug auf sein Hemd zu kippen?

Rasch steckte er sein Brot unters Hemd und eilte zur Tür. Das Brot einpacken und gehen, so hatte Achilles es sich gedacht, und es war ein guter Plan. Einige Schläger würden Vergeltung wollen. Der Anblick von kleinen Kindern, die aßen, würde sie noch mehr aufbringen. Sie würden sich schon bald daran gewöhnen, hatte Achilles versprochen, aber an diesem ersten Tag war es wichtig, dass alle kleinen Kinder verschwanden, solange die Schläger noch mit Essen beschäftigt waren.

Als Bean die Tür erreichte, kamen immer noch Kids herein, und Achilles stand an der Tür und unterhielt sich mit der Frau über den tragischen Unfall in der Schlange. Jemand hatte die Sanitäter gerufen, und sie hatten den verletzten Jungen weggebracht – er lag nicht mehr stöhnend auf der Straße. »Es hätte auch eins von den kleineren Kindern sein können«, sagte Achilles. »Wir brauchen einen Polizisten hier draußen, der auf den Verkehr achtet. Dieser Fahrer wäre nie so achtlos gewesen, wenn es hier einen Polizisten gäbe.«

Die Frau stimmte zu. »Es hätte schrecklich enden können. Es heißt, mehrere seiner Rippen seien gebrochen und in die Lunge gedrungen.« Sie sah bedrückt aus und rang die Hände.

»Die Schlange bildet sich schon, wenn es noch dunkel ist. Es ist gefährlich. Könnten wir hier draußen vielleicht ein Licht haben? Ich muss an meine Kinder denken«, sagte Achilles. »Wollen Sie nicht auch, dass meine Kleinen in Sicherheit sind? Oder bin ich hier der Einzige, der sich um sie kümmert?«

Die Frau murmelte etwas von Geld und dass die Suppenküche kein großes Budget habe.

Poke zählte die Kinder an der Tür, während Sergeant sie auf die Straße hinausdrängte.

Bean, der sah, wie Achilles versuchte, die Erwachsenen dazu zu bringen, sie in der Schlange zu beschützen, kam zu dem Schluss, dass dies der richtige Zeitpunkt war, sich nützlich zu machen. Da diese Frau Mitleid hatte und Bean bei weitem das kleinste Kind war, wusste er, dass er die meiste Macht über sie haben würde. Er ging zu ihr und zupfte an ihrem Wollrock. »Danke, dass Sie auf uns aufpassen«, sagte er. »Es ist das erste Mal, dass ich je in eine richtige Suppenküche gekommen bin. Papa Achilles hat uns gesagt, dass Sie auf uns aufpassen werden, sodass wir Kleinen hier jeden Tag essen können.«

»Ach, du armes Ding! Ach, sieh dich doch an!« Tränen liefen der Frau über die Wangen. »Ach, du armer, kleiner Schatz!« Sie umarmte ihn.

Achilles sah strahlend zu. »Ich muss auf sie aufpassen«, sagte er leise. »Ich sorge dafür, dass sie in Sicherheit sind.«

Dann führte er seine Familie – es war in keiner Weise mehr Pokes Bande – von Helgas Suppenküche weg, alle in einer Reihe. Sie bewegten sich ruhig und ordentlich, bis sie die erste Ecke hinter sich hatten, und dann rannten sie wie verrückt, fassten sich an den Händen und liefen so weit wie möglich von Helgas Küche weg. Für den Rest des Tages mussten sie sich bedeckt halten. Die Schläger würden in Zweier- und Dreiergruppen nach ihnen suchen.

Aber sie konnten es sich *leisten,* sich bedeckt zu halten, denn sie brauchten heute kein Essen mehr zu suchen. Die Suppe hatte ihnen schon mehr Kalorien geliefert, als sie normalerweise bekommen hätten, und sie hatten immer noch das Brot.

Selbstverständlich gehörte ein Anteil an diesem Brot Achilles, der keine Suppe bekommen hatte. Jedes Kind bot seinem neuen Papa ehrfürchtig sein Brot dar, und er biss von jedem Stück ab, kaute langsam und schluckte, bevor er nach dem nächsten dargebotenen Brot griff. Es war ein recht langwieriges Ritual. Achilles nahm einen Bissen von jedem Stück Brot, außer bei zwei Kindern: Poke und Bean.

»Danke«, sagte Poke.

Sie war so dumm, dass sie es für eine Geste des Respekts hielt. Bean wusste es besser. Indem er ihr Brot nicht aß, stellte Achilles sie außerhalb der Familie. Wir sind tot, dachte Bean.

Deshalb hielt er sich zurück, sprach kein Wort und blieb in den nächsten paar Wochen unauffällig. Deshalb versuchte er auch, nie allein zu sein. Er bewegte sich immer in Armeslänge von einem der anderen Kinder.

Aber er mied die Nähe von Poke. Das war ein Bild, das er dem Gedächtnis der anderen nicht einprägen wollte: wie er neben Poke hertrabte.

Vom zweiten Morgen an stand ein Erwachsener vor Helgas Suppenküche, der alles beobachtete, und am dritten Tag gab es eine neue Lampe. Am Ende der Woche war der erwachsene Wächter ein Polizist. Achilles brachte seine Gruppe nie aus dem Versteck, bevor der Erwachsene Posten bezogen hatte, und dann führte er die ganze Familie direkt zum Anfang der Schlange und dankte dem Schläger ganz vorn laut und vernehmlich dafür, dass er ihm half, für seine Familie zu sorgen, indem er ihnen einen Platz in der Schlange freihielt.

Aber es war schwer zu ertragen, wie die Schläger sie anstarrten. Sie mussten sich, solange der Wachtposten zusah, gut benehmen, aber sie hegten eindeutig Mordgedanken.

Es wurde auch nicht besser. Die Schläger »gewöhnten« sich nicht daran, obwohl Achilles den Kids am Anfang genau das versprochen hatte. Deshalb wusste Bean – auch wenn er beschlossen hatte, unauffällig zu bleiben –, dass er etwas tun musste, um den Hass der Schläger abzulenken, denn Achilles, der den Krieg bereits für gewonnen hielt, würde sich nicht darum kümmern.

Also nahm Bean eines Morgens seinen Platz in der Schlange ein und hielt sich bewusst zurück, bis er der Letzte der Familie war. Für gewöhnlich bildete Poke die Nachhut – das war ihre Art, so zu tun, als wäre sie immer noch daran beteiligt, die Kleinen in die Küche zu bringen. Aber diesmal stellte sich Bean entschlossen hinter sie, und der hasserfüllte

Blick des Schlägers, der eigentlich der Erste in der Schlange gewesen war, brannte sich in seinen Scheitel.

Direkt an der Tür, vor der die Frau mit Achilles stand, als beide stolz seine Familie betrachteten, drehte sich Bean zu dem Schläger hinter sich um und fragte, so laut er konnte: »Wo sind eigentlich *deine* Kinder? Wie kommt es, dass du *deine* Kinder nicht in die Küche bringst?«

Der Schläger hätte etwas Giftiges gesagt, aber die Frau an der Tür sah mit hochgezogenen Brauen zu. »Du kümmerst dich auch um kleine Kinder?«, fragte sie. Es war offensichtlich, dass sie von der Idee entzückt war und sich wünschte, er würde mit ja antworten. Und so dumm dieser Schläger sein mochte, er wusste, dass man sich mit Erwachsenen, die Essen ausgaben, gut stellen musste. Also sagte er: »Selbstverständlich.«

»Nun, du kannst sie ebenfalls herbringen. Genau wie Papa Achilles hier. Wir sind immer froh, kleine Kinder zu sehen.«

Wieder krähte Bean: »Sie lassen Leute mit kleinen Kindern *zuerst* rein!«

»Weißt du was, das ist wirklich eine gute Idee!«, beteuerte die Frau. »Ich denke, das machen wir zur Regel. Und jetzt geht weiter; wir halten die hungrigen Kinder nur auf.«

Bean sah Achilles nicht einmal an, als er nach drinnen ging.

Als sie später nach dem Frühstück das Ritual vollzogen, bei dem Achilles sein Brot entgegennahm, hielt auch Bean demonstrativ seinen Kanten hin, obwohl die Gefahr bestand, dadurch alle daran zu erinnern, dass Achilles nie einen Anteil von ihm nahm. Heute mussten sie jedoch sehen können, wie Achilles mit ihm umging, weil er so dreist und aufdringlich gewesen war.

»Wenn sie alle kleine Kinder mitbringen, geht ihnen schneller die Suppe aus«, sagte Achilles kühl. Seine Augen verrieten rein gar nichts – auch das war eine Botschaft.

»Wenn sie alle Papas werden«, sagte Bean, »werden sie nicht versuchen uns umzubringen.«

Bei dieser Bemerkung kam so etwas wie Leben in Achilles' Blick. Er griff nach unten und nahm das Brot aus Beans Hand. Er biss in die Kruste und riss ein großes Stück heraus. Mehr als die Hälfte. Er stopfte es sich in den Mund und kaute langsam, dann gab er Bean den Rest zurück.

Bean bekam später am Tag Hunger, aber das war es wert. Es war keine Garantie, dass Achilles ihn nicht irgendwann doch umbrachte, aber zumindest sonderte er ihn nicht mehr vom Rest der Familie ab. Und dieses Stück Brot war immer noch mehr, als er früher an einem Tag bekommen hatte. Oder sogar in einer Woche.

Er setzte langsam an. In seinen Armen und Beinen wuchsen wieder Muskeln. Er war nicht mehr vollkommen erschöpft, nur weil er die Straße überquerte. Er konnte jetzt leicht Schritt halten, wenn die anderen liefen. Sie hatten alle mehr Kraft. Verglichen mit Straßenkindern, die keinen Papa hatten, waren sie gesund. Jeder sah das. Es würde den anderen Schlägern nicht schwer fallen, eigene Familien zu bilden.

Schwester Carlotta rekrutierte Kinder für das Ausbildungsprogramm der Internationalen Flotte. Das hatte in ihrem Orden zu einiger Kritik geführt, aber schließlich hatte sie es durchgesetzt, indem sie ihren Oberen verschleiert drohte und sich auf den Erdverteidigungsvertrag berief. Meldete sie, dass der Orden ihre Arbeit für die IF behinderte, konnte er seine Steuerbefreiung und die Befreiung vom Wehrdienst verlieren. Dabei wusste sie, wenn der Krieg zu Ende war und der Vertrag auslief, würde sie wahrscheinlich eine heimatlose Nonne sein, denn bei den Schwestern von St. Nikolaus würde es keinen Platz mehr für sie geben.

Aber sie war vollkommen überzeugt, dass ihr Auftrag in diesem Leben darin bestand, sich um kleine Kinder zu kümmern, und so, wie sie es sah, würden alle kleinen Kinder der Erde sterben, wenn die Schaben die nächste Runde des Krieges gewannen. Das hatte Gott doch sicher nicht gewollt.

Schwester Carlotta hielt es allerdings auch nicht für Gottes Willen, dass seine Diener einfach nur dasaßen und darauf warteten, dass er ein Wunder wirke, um sie zu retten. Er wollte, dass sie sich nach Kräften bemühten, zur allgemeinen Rechtschaffenheit beizutragen. Also sah sie ihre Arbeit als Schwester von St. Nikolaus darin, ihre Ausbildung in Entwicklungspädagogik einzusetzen, um der Flotte bei der Kriegsführung zu helfen. Solange die IF es für wert erachtete, hochbegabte Kinder zu rekrutieren und sie für Offiziersstellen in den künftigen Kriegen auszubilden, würde sie ihnen helfen, indem sie jene Kinder testete, die sonst übersehen würden. Die Flotte hätte nie jemanden dafür bezahlt, etwas so Fruchtloses zu tun, wie auf den schmutzigen Straßen aller möglichen überfüllten Städte der Welt die unterernährten wilden Kinder zu testen, die dort bettelten, stahlen und hungerten, denn die Chance, ein Kind mit der Intelligenz, den Fähigkeiten und dem Charakter zu finden, die erforderlich waren, um sich in der Kampfschule zurechtzufinden, war minimal.

Für Gott war jedoch alles möglich. Hatte er nicht gesagt, dass die Schwachen stark und die Starken schwach sein würden? War Jesus nicht als Sohn eines einfachen Zimmermanns und seiner Braut in der ländlichen Provinz Galiläa zur Welt gekommen? Die hohe Intelligenz von Kindern aus privilegierten Familien oder sogar aus solchen, die gerade so zurechtkamen, zeigte ja wohl kaum die wunderbare Kraft Gottes. Und es war das Wunder, nach dem sie suchte. Gott hatte die Menschen nach seinem Bilde geschaffen, Männer und Frauen. Insektoide von einem anderen Planeten durften das, was Gott geschaffen hatte, nicht zerstören.

Im Laufe der Jahre hatte ihr Enthusiasmus ein wenig nachgelassen, nicht aber ihr Glaube. Nicht ein Kind hatte bei den Tests wirklich gut abgeschnitten. Ein paar waren tatsächlich von der Straße geholt und ausgebildet worden, aber nicht in der Kampfschule. Sie hatten nicht den Weg eingeschlagen, der sie vielleicht dazu führte, die Welt zu retten. Also hatte sie angefangen zu glauben, dass ihre wirkliche Arbeit einer anderen Art von Wunder diente – den Kindern Hoffnung zu geben und zumindest ein paar zu finden, die aus dem Sumpf herausgeholt und von den örtlichen Behörden besonders beachtet wurden. Sie war stets darauf bedacht, die vielversprechendsten Kinder zu identifizieren, und schrieb dann zahlreiche E-Mails über sie an die zuständigen Behörden. Einige ihrer frühen Erfolge hatten das College bereits hinter sich; sie erklärten, dass sie Schwester Carlotta ihr Leben verdankten, aber die Schwester wusste, sie verdankten es Gott.

Dann kam der Anruf von Helga Braun aus Rotterdam, die ihr von gewissen Veränderungen bei den Kindern erzählte, die zu ihrer Suppenküche kamen. Zivilisierung hatte sie es genannt. Die Kinder waren ganz von selbst plötzlich zivilisiert worden.

Schwester Carlotta fuhr sofort nach Rotterdam, um sich etwas anzusehen, das wirklich nach einem Wunder klang. Und tatsächlich, als sie es mit eigenen Augen sah, konnte sie es kaum glauben. In der Schlange für das Frühstück wimmelte es nun von kleinen Kindern. Statt dass die Größeren sie aus dem Weg schubsten oder so sehr einschüchterten, dass sie sich nicht einmal hereinzukommen trauten, hüteten sie sie, schützten sie und sorgten dafür, dass jedes seinen Anteil bekam. Helga war zunächst in Panik geraten, weil sie Angst hatte, ihr könne das Essen ausgehen – aber sie stellte fest, dass potenzielle Wohltäter positiv darauf reagierten, wie diese Kinder sich verhielten, und die Spenden mehr wurden. Es gab jetzt immer genug, gar nicht zu reden von einer größeren Zahl an Freiwilligen.

»Ich war vollkommen verzweifelt«, bekannte sie Schwester Carlotta. »Eines Tages sagten sie mir, ein Laster habe einen der Jungen angefahren und ihm die Rippen gebrochen. Das war selbstverständlich eine Lüge, aber da lag er, gleich neben der Schlange. Sie haben nicht einmal versucht, ihn vor mir zu verstecken. Ich wollte schon aufgeben. Ich wollte die Kinder Gott überlassen und zu meinem ältesten Sohn nach Frankfurt ziehen, wo die Regierung nicht durch den Vertrag gezwungen ist, jeden Flüchtling aus jedem Teil der Welt aufzunehmen.«

»Ich bin froh, dass Sie es nicht getan haben«, entgegnete Schwester Carlotta. »Sie können sie nicht Gott überlassen, wenn Gott sie uns überlassen hat.«

»Tja, das ist das Komische daran. Vielleicht hat dieser Kampf in der Schlange den Kindern klar gemacht, was für ein entsetzliches Leben sie führen, denn von diesem Tag an hat einer der großen Jungen – eigentlich der Schwächste von ihnen wegen seines schlimmen Beins, sie nennen ihn Achilles – nun, wahrscheinlich habe *ich* ihm diesen Namen vor Jahren gegeben, weil Achilles eine schwache Ferse hatte, wissen Sie? – jedenfalls, dieser Achilles – er tauchte mit einer Gruppe kleiner Kinder in der Schlange auf. Er hat mich praktisch um Schutz gebeten und mich gewarnt, dass das, was dem armen Jungen mit den gebrochenen Rippen – ich habe ihn Odysseus getauft, weil er immer von einer Suppenküche zur anderen wandert – er liegt noch im Krankenhaus, seine Rippen waren völlig zertrümmert; können Sie sich so eine Brutalität vorstellen? – jedenfalls, dieser Achilles hat mich gewarnt, dass das Gleiche auch den kleinen Kindern zustoßen könnte, also habe ich mich besonders angestrengt, bin früh gekommen, um die Schlange zu bewachen, und habe die Polizei so lange genervt, bis sie mir Leute geschickt hat, zunächst Freiwillige, die nicht im Dienst waren und einen Hungerlohn dafür bekamen, aber jetzt sind es reguläre Polizisten ... Sie denken vielleicht, ich hätte die Schlange doch die ganze Zeit im Auge behalten können, aber Sie müssen verstehen. Es hätte keinen Unterschied gemacht, weil sie die Kleineren nicht unbedingt hier in der Schlange eingeschüchtert haben, sie haben es getan, wo ich es nicht sah, also ganz gleich, wie sehr ich auch über sie wachte, es waren nur die größeren, gemeineren Jungen, die in der Schlange standen, und ja, ich weiß, auch sie sind

Gottes Kinder, und ich habe sie gefüttert und versucht, ihnen Gottes Wort zu predigen, während sie aßen, aber ich hatte schon ziemlich die Hoffnung verloren, sie waren so herzlos, so vollkommen ohne Mitgefühl. Dann hat Achilles eine ganze Gruppe übernommen, darunter das kleinste Kind, das ich je auf der Straße gesehen habe. Ein Junge, es hat mir einfach das Herz zerrissen. Sie nennen ihn Bean, und er ist so klein, sah aus wie ein Zweijähriger, obwohl er, wie ich inzwischen erfahren habe, schon vier Jahre alt ist, und er *redet,* als wäre er mindestens zehn. Sehr frühreif. Darum ist er wohl auch lange genug am Leben geblieben, um unter Achilles' Schutz zu gelangen, aber er war nur Haut und Knochen. Die Leute sagen das immer, wenn jemand dünn ist, aber im Fall des kleinen Bean stimmt es wirklich. Ich weiß nicht, wie er überhaupt Muskeln genug hatte, um zu laufen oder auch nur aufrecht zu stehen. Seine Arme und Beine waren so dünn wie bei einem Insekt – oh, ist das nicht schrecklich? Ihn mit den Schaben zu vergleichen? Oder sollte ich lieber sagen, den Formics, ›Schaben‹ klingt so abwertend, finden Sie nicht auch?«

»Sie sagen also, Helga, es habe mit diesem Achilles angefangen?«

»Bitte nennen Sie mich Hazie. Wir sind doch jetzt Freundinnen, oder?« Sie griff nach Schwester Carlottas Hand. »Sie müssen diesen Jungen kennen lernen. So ein Mut! So eine Voraussicht! Testen Sie ihn, Schwester Carlotta, er ist ein Anführer! Er ist ein Zivilisator!«

Schwester Carlotta wies sie nicht darauf hin, dass Zivilisatoren häufig keine guten Soldaten abgaben. Es genügte, dass der Junge interessant war, und sie hatte ihn beim ersten Mal verpasst. Das erinnerte sie wieder einmal daran, wie sorgfältig sie vorgehen musste.

Am frühen Morgen, als es noch dunkel war, erschien Schwester Carlotta an der Tür der Suppenküche, wo sich die Schlange bereits gebildet hatte. Helga winkte ihr zu und deutete dann recht auffällig auf einen ziemlich gut aussehenden Jungen, der von kleineren Kindern umgeben war. Erst als Schwester Carlotta näher kam und sah, wie er ein paar Schritte machte, erkannte sie, wie stark sein rechtes Bein verkrüppelt war. Sie versuchte, eine Diagnose zu stellen. War es ein Fall von Rachitis? Oder ein Klumpfuß, der nie korrigiert worden war? Ein falsch geheilter Bruch?

Das zählte allerdings kaum. Mit einer solchen Verletzung würde die Kampfschule ihn nicht nehmen.

Dann fiel ihr auf, mit welch abgöttischer Liebe die kleineren Kinder ihn ansahen. Sie hörte, wie sie ihn Papa nannten, und bemerkte, dass sie stets auf seine Anerkennung aus waren. Nur wenige erwachsene Männer waren gute Väter. Dieser Junge – von was, elf? zwölf Jahren? – hatte bereits gelernt, wie man ein hervorragender Vater war. Beschützer, Ernährer, König, Gott für diese Kleinen. Was ihr dem Geringsten meiner Brüder tut, das habt ihr mir getan. Jesus hatte für diesen Jungen namens Achilles einen besonderen Platz tief in seinem Herzen. Also würde sie ihn tatsächlich prüfen, und vielleicht konnte das Bein ja korrigiert werden, und wenn das nicht klappte, konnte sie sicher einen Platz in einer guten Schule hier in Holland – pardon, im Internationalen Territorium – finden, in einer Stadt, die nicht vollkommen überfordert war von der verzweifelten Armut der Flüchtlinge.

Er weigerte sich.

»Ich kann meine Kinder nicht verlassen«, sagte er.

»Aber es kann sich doch sicher einer der anderen um sie kümmern.«

Ein Mädchen, das wie ein Junge gekleidet war, meldete sich zu Wort. »Ich kann es tun!«

Aber es war offensichtlich, dass sie es nicht konnte; sie war dafür zu klein. Achilles hatte Recht. Seine Kinder waren von ihm abhängig, und sie zurückzulassen wäre verantwortungslos gewesen. Sie war schließlich genau aus dem Grund hier, weil er zivilisiert war; zivilisierte Menschen verließen ihre Kinder nicht.

»Dann komme ich zu dir«, sagte sie. »Wenn du gegessen hast, bring mich dorthin, wo ihr den Rest der Zeit verbringt, und ich werde euch alle in einer kleinen Schule unterrichten. Nur für ein paar Tage, aber das wäre doch ganz gut, oder?«

Es war tatsächlich gut. Es war lange her, seit Schwester Carlotta eine Gruppe von Kindern unterrichtet hatte. Und nie hatte sie eine solche Klasse gehabt. Gerade, als ihre Arbeit angefangen hatte, selbst ihr vollkommen vergeblich zu erscheinen, hatte Gott ihr eine solche Chance gegeben. Es war vielleicht sogar ein Wunder. Hatte Jesus nicht die Lahmen wieder gesund gemacht? Wenn Achilles bei den Prüfungen gut abschnitt, würde Gott doch sicher dafür sorgen, dass das Bein geheilt werden konnte, würde dafür sorgen, dass die Medizin dazu imstande war.

»Schule ist gut«, sagte Achilles. »Keiner von diesen Kleinen kann lesen.«

Schwester Carlotta wusste selbstverständlich, dass auch Achilles nicht lesen konnte, und wenn doch, dann sicher nicht besonders gut.

Aber aus irgendeinem Grund, vielleicht wegen einer beinahe unmerklichen Bewegung, fiel ihr Blick bei dieser Bemerkung von Achilles auf den Kleinsten von ihnen, den sie Bean nannten. Sie sah ihn an, sah in Augen mit leuchtenden Punkten darin, die wie weit entfernte Lagerfeuer in dunkelster Nacht wirkten, und sie wusste, dass *er* lesen konnte. Sie wusste, ohne zu wissen, warum, dass es überhaupt nicht Achilles, sondern dieser Kleine war, den zu finden Gott sie hierhergeführt hatte.

Sie schüttelte das Gefühl ab. Es war Achilles, der die Kinder zivilisiert hatte, der die Arbeit Christi leistete. Die IF wollte einen Anführer, nicht den schwächsten und kleinsten seiner Jünger.

Bean blieb während des Unterrichts so still wie möglich, sagte nie etwas und antwortete nicht einmal, wenn Schwester Carlotta darauf zu bestehen versuchte. Er wusste, es wäre nicht gut, die anderen wissen zu lassen, dass er bereits lesen und rechnen konnte, und auch nicht, dass er alle Sprachen verstand, die auf der Straße gesprochen wurden, und neue Sprachen aufschnappte, wie andere Kinder im Vorbeigehen Steine auflasen. Was immer Schwester Carlotta tat, welche Geschenke sie auch zu vergeben hatte – wenn es den Kindern je so vorkam, als wolle Bean prahlen und versuchen, besser zu sein als sie, würde er am nächsten Schultag nicht mehr am Leben sein, das wusste er. Und obwohl sie ihnen überwiegend Dinge beibrachte, die er bereits konnte, gab es in ihren Bemerkungen viele Hinweise auf eine weitere Welt, auf großes Wissen und Weisheit. Kein Erwachsener hatte sich je die Zeit genommen, so mit ihnen zu reden. Bean erfreute sich am Klang der Hochsprache, die so gut gesprochen wurde. Schwester Carlotta unterrichtete selbstverständlich in IF-Common, denn das war die Sprache der Straße, aber da viele Kinder auch Holländisch gelernt hatten und einige sogar mit der Sprache aufgewachsen waren, erklärte sie schwierigere Dinge häufig in dieser Sprache. War sie jedoch frustiert und murmelte leise vor sich hin, geschah das auf Spanisch, der Sprache der Kaufleute aus der Jonker Fransstraat, und Bean versuchte, die Bedeutung neuer Worte aus ihrem Gemurmel zu erraten. Ihr Wissen war wie ein Festschmaus, und wenn er sich still genug verhielt, würde er bleiben und sich laben dürfen.

Der Unterricht hatte aber erst eine Woche gedauert, als er einen Fehler machte. Sie reichte ihnen Blätter, auf denen etwas stand. Bean las es sofort. Es war ein »Vorab-Test«, und die Anweisungen lauteten, die richtige Antwort zu jeder Frage einzukreisen. Also begann er, Kreise zu malen, und hatte schon eine halbe Seite erledigt, als er bemerkte, dass die ganze Gruppe plötzlich schwieg. Alle schauten ihn an, weil Schwester Carlotta ihn anschaute.

»Was machst du denn da, Bean?«, fragte sie. »Ich habe euch doch noch gar nicht gesagt, was ihr tun sollt. Bitte gib mir dein Papier.«

Dumm, unaufmerksam, leichtsinnig – wenn du dafür stirbst, Bean, dann hast du es verdient.

Er reichte ihr das Papier.

Sie sah es sich an, dann betrachtete sie ihn forschend. »Beende das«, sagte sie.

Er nahm ihr das Papier aus der Hand. Sein Bleistift verharrte über dem Blatt. Er tat so, als hätte er Schwierigkeiten mit der Antwort.

»Du hast die ersten fünfzehn Fragen in etwa anderthalb Minuten erledigt«, sagte Schwester Carlotta. »Erwarte bitte nicht von mir, dass ich glaube, du hättest plötzlich Probleme mit der nächsten Frage.« Ihr Tonfall war trocken und sarkastisch.

»Ich kann das nicht«, erwiderte er. »Ich habe nur gespielt.«

»Lüg mich nicht an«, sagte Schwester Carlotta. »Füll den Rest aus.«

Er gab auf und beantwortete alle Fragen. Es dauerte nicht lange. Sie waren leicht. Er reichte ihr das Papier.

Sie warf einen Blick darauf und schwieg. »Ich hoffe, ihr anderen werdet warten, bis ich mit den Anweisungen fertig bin und euch die Fragen vorgelesen habe. Wenn ihr versucht zu erraten, was die schwierigen Wörter bedeuten, werdet ihr wahrscheinlich falsch antworten.«

Dann las sie jede einzelne Frage und die möglichen Antworten laut vor. Erst jetzt konnten die andern Kinder ihre Antworten einkreisen.

Schwester Carlotta tat danach nichts weiter, was die Aufmerksamkeit auf Bean gelenkt hätte, aber es war geschehen. Sobald der Unterricht vorüber war, kam Sergeant zu Bean. »Du kannst also lesen«, sagte er.

Bean zuckte mit den Achseln.

»Du hast uns angelogen«, sagte Sergeant.

»Hab nie gesagt, dass ich's nicht könnte.«

»Du hast uns alle schön dumm dastehen lassen. Wieso hast *du* uns nicht unterrichtet?«

Weil ich versucht habe zu überleben, sagte Bean zu sich selbst. Weil ich Achilles nicht daran erinnern wollte, dass ich schlau genug gewesen war, mir den ursprünglichen Plan auszudenken, der ihm seine Familie gebracht hat. Wenn er sich daran erinnert, wird er sich auch daran erinnern, wer Poke gesagt hat, sie solle ihn umbringen.

Aber die einzige Antwort, die er tatsächlich gab, war ein Achselzucken.

»Wir können es nicht leiden, wenn uns jemand was vorenthält.«

Sergeant schubste ihn mit dem Fuß.

Mehr brauchte Bean nicht. Er stand auf und trabte von der Gruppe weg. Die Schule war für ihn zu Ende. Vielleicht das Frühstück ebenfalls. Er würde bis zum Morgen warten müssen, um das herauszufinden.

Er verbrachte den Nachmittag allein auf der Straße. Er musste vorsichtig sein. Als Kleinsten und Unwichtigsten von Achilles' Familie würde man ihn vielleicht übersehen. Aber es war wahrscheinlicher, dass jene, die Achilles hassten, Bean besonders bemerkt hatten, weil er am auffälligsten war. Sie glaubten vielleicht, dass es eine gute Warnung abgeben würde, Bean zu töten oder ihn grün und blau zu schlagen und liegen zu lassen, um Achilles mitzuteilen, dass sie ihn immer noch ablehnten, obwohl das Leben jetzt für alle besser war.

Bean wusste, dass es viele Schläger gab, die so dachten, besonders jene, die nicht imstande waren, eine Familie zu behalten, weil sie die kleinen Kinder zu schlecht behandelten. Die Kleinen lernten rasch, dass sie einen Papa, der zu eklig wurde, dadurch bestrafen konnten, dass sie ihn beim Frühstück allein ließen und sich zu anderen Familien gesellten. Sie würden vor ihm essen. Und dann hatten sie den Schutz eines anderen vor ihm. Er aß als Letzter. Wenn die

Vorräte ausgingen, würde er nichts bekommen, und Helga würde sich nicht einmal daran stören, denn *er* war kein Papa, *er* passte nicht auf Kleine auf. Also hassten diese Schläger – die am Rande – die neuen Entwicklungen, und sie hatten nicht vergessen, dass es Achilles war, mit dem alles angefangen hatte. Sie konnten auch nicht zu einer anderen Küche gehen, denn die Nachricht hatte sich unter den Erwachsenen, die Essen ausgaben, schnell verbreitet, und jetzt galt in allen Küchen die Regel, dass Gruppen mit kleinen Kindern als Erste drankamen. Wenn man keine Familie zusammenhalten konnte, bedeutete das ziemlichen Hunger, und niemand blickte zu einem auf.

Dennoch konnte Bean der Versuchung nicht widerstehen, sich nahe genug an eine andere Familie anzuschleichen, weil er hören wollte, worüber sie sprachen, und um herauszufinden, wie die anderen Gruppen funktionierten.

Die Antwort war einfach: Sie funktionierten nicht besonders gut. Achilles war wirklich ein vortrefflicher Anführer. Dieses Teilen von Brot – keine andere Gruppe tat das. Aber es gab viele Strafen, und die Schläger verdroschen die Kinder, die nicht machten, was sie wollten. Sie nahmen ihnen ihr Brot weg, wenn sie etwas nicht taten oder nicht schnell genug waren.

Poke hatte also doch den Richtigen gewählt, entweder durch reines Glück oder weil sie vielleicht gar nicht so dumm war. Sie hatte sich nicht nur den schwächsten Schläger ausgesucht, der am leichtesten zu besiegen war, sondern auch den schlauesten, der verstand, wie man die Loyalität anderer gewann und behielt. Alles, was Achilles je gebraucht hatte, war eine Chance.

Nur, dass Achilles das Brot immer noch nicht mit Poke teilte, und nun begann sie langsam zu begreifen, dass das eine schlechte Sache war und keine gute. Bean sah es ihr an, wenn sie beobachtete, wie die anderen das Ritual mit dem Brot vollzogen. Da auch Achilles jetzt Suppe bekam – Helga brachte sie ihm an die Tür –, nahm er erheblich kleinere Stücke, und statt sie abzubeißen, zupfte er sie ab und aß sie lächelnd. Poke bedachte er nie mit einem solchen Lächeln. Achilles würde ihr nicht verzeihen, und Bean konnte sehen, dass es anfing, ihr wehzutun. Sie liebte Achilles jetzt genau so wie die anderen Kinder, und dass er sie von ihnen absonderte, war irgendwie grausam.

Vielleicht genügt ihm das ja, dachte Bean. Vielleicht ist das seine ganze Rache.

Bean hatte sich gerade hinter einem Zeitungskiosk zu einem Nickerchen zusammengerollt, als sich zufällig ein paar Schläger in der Nähe trafen und begannen, sich zu unterhalten. »Er protzt überall damit, wie Achilles für das bezahlen wird, was er getan hat.«

»Ach ja, als könnte Odysseus ihn bestrafen. Also wirklich.«

»Nun, vielleicht nicht direkt.«

»Achilles und seine dumme Familie werden ihn in der Luft zerreißen. Und diesmal zielen sie nicht auf seine Brust. Das hat er doch gesagt, oder? Sie werden ihm den Kopf einschlagen, dass das Hirn auf die Straße spritzt. *Das* wird Achilles tun.«

»Er ist immer noch ein Krüppel.«

»Achilles kommt mit allem durch. Vergiss es besser.«

»Ich hoffe, Odysseus schafft es. Ich hoffe, er bringt ihn um. Einfach so. Dann müsste sich keiner von uns mehr diesen Bastarden stellen. Habt ihr verstanden? Keiner müsste sich ihnen mehr stellen. Sollen sie doch alle sterben. Werft sie alle in den Fluss.«

So ging das Gespräch weiter, bis die Jungen schließlich davongingen.

Dann stand Bean auf und machte sich auf die Suche nach Achilles.

3
RACHE

»Ich glaube, ich habe jemanden für Sie.«

»Das haben Sie schon öfter geglaubt.«

»Er ist ein geborener Anführer, aber er erfüllt nicht Ihre körperlichen Voraussetzungen.«

»Dann werden Sie wohl entschuldigen, wenn ich meine Zeit nicht mit ihm verschwende.«

»Wenn er Ihren strengen intellektuellen und Persönlichkeitsanforderungen entspricht, wäre es ja wohl möglich, seine körperlichen Einschränkungen für einen winzigen Anteil des Messingknopf- oder Klopapierbudgets der IF zu beheben.«

»Ich wusste gar nicht, dass Nonnen sarkastisch sein können.«

»Ich kann Sie nicht mit einem Lineal verdreschen, also ist Sarkasmus mein letzter Ausweg.«

»Lassen Sie mich die Tests sehen.«

»Ich lasse Sie den Jungen sehen. Und da wir gerade dabei sind, zeige ich ihnen noch einen anderen.«

»Ebenfalls körperlich eingeschränkt?«

»Klein. Jung. Aber das war dieser Wiggin auch, habe ich gehört. Und der hier – irgendwie hat er sich auf der Straße das Lesen beigebracht.«

»O Schwester Carlotta, Sie helfen mir wirklich, die leeren Stunden meines Lebens zu füllen.«

»Ich diene Gott, indem ich dafür sorge, dass Sie keine Dummheiten machen.«

Bean ging mit dem, was er gehört hatte, direkt zu Achilles. Odysseus war aus dem Krankenhaus entlassen worden, und alle redeten darüber, wie er sich für seine Demütigung rächen wollte. Das erschien ihm zu gefährlich.

»Ich dachte, wir hätten es hinter uns«, sagte Poke betrübt. »Das Kämpfen, meine ich.«

»Odysseus hat die ganze Zeit im Bett gelegen«, beschwichtigte Achilles. »Selbst wenn er von den Veränderungen weiß, hatte er noch nicht die Zeit herauszufinden, wie es jetzt abläuft.«

»Bleiben wir eben zusammen«, sagte Sergeant. »Damit wir auf dich aufpassen können.«

»Es wäre vielleicht besser für alle«, überlegte Achilles, »wenn ich ein paar Tage verschwände. Dann wärt wenigstens ihr in Sicherheit.«

»Wie kommen wir dann in die Suppenküche?«, beschwerte sich einer der Jüngeren. »Ohne dich werden sie uns nie reinlassen.«

»Folgt Poke«, meinte Achilles. »Helga wird euch behandeln wie immer.«

»Was, wenn Odysseus dich erwischt?«, wollte einer der Kleinen wissen. Verschämt rieb er sich die Tränen aus den Augen.

»Dann bin ich tot«, antwortete Achilles. »Ich glaube nicht, dass er sich damit zufrieden gibt, mich nur krankenhausreif zu prügeln.«

Das Kind fing an zu weinen, worauf ein anderes zu jammern begann, und schon bald ertönte ein wahrer Heulchor, und Achilles schüttelte den Kopf und lachte. »Ich werde nicht sterben. Ihr werdet in Sicherheit sein, sobald ich weg bin, und ich komme zurück, wenn Odysseus genug Zeit hatte, sich einzugewöhnen und zu beruhigen.«

Bean lauschte alledem schweigend. Er glaubte nicht, dass Achilles es richtig machte, aber er hatte ihn gewarnt, und damit war er frei von jeder Verantwortung. Dass Achilles sich in ein Versteck zurückzog, bedeutete jedenfalls Ärger. Man würde es als ein Zeichen von Schwäche betrachten.

Achilles schlich sich in der Nacht davon, an einen Ort,

den er ihnen nicht verriet, damit keiner ihn aus Versehen ausplappern konnte. Bean spielte mit dem Gedanken, ihm zu folgen, um zu sehen, was er wirklich tat, aber er erkannte, dass er bei der Hauptgruppe nützlicher sein würde. Immerhin würde Poke jetzt das Kommando übernehmen, und Poke war nur eine gewöhnliche Anführerin. Mit anderen Worten: Sie war strohdumm. Sie brauchte Bean, auch wenn sie es nicht wusste.

In dieser Nacht versuchte Bean, Wache zu halten – weshalb, war ihm unklar. Am Ende schlief er allerdings doch ein und träumte von der Schule, jedoch nicht von der Schule am Bürgersteig oder in der Gasse mit Schwester Carlotta, es war eine richtige Schule mit Tischen und Stühlen. Aber im Traum konnte Bean nicht an einem Tisch sitzen. Stattdessen schwebte er in der Luft darüber, und wenn er wollte, konnte er im Raum überallhin fliegen. Hoch an die Decke. In einen Riss in der Wand. An einen geheimen, dunklen Ort, immer weiter nach oben, wo es wärmer und wärmer wurde ...

Er erwachte, und es war noch dunkel. Ein kühler Wind wehte. Er musste pinkeln. Und er wollte fliegen. Dass der Traum zu Ende war, ließ ihn beinahe weinen, weil es so wehtat. Er konnte sich nicht erinnern, je zuvor vom Fliegen geträumt zu haben. Warum musste er so klein sein und so kurze Beine haben, die ihn kaum von einem Ort zum anderen trugen? Wenn er flog, konnte er auf alle hinabschauen und ihre dummen Köpfe von oben sehen. Er würde keine Angst vor ihnen haben müssen, denn wenn sie böse wurden, konnte er einfach davonfliegen, und sie würden ihn nie erwischen.

Aber wenn ich fliegen könnte, könnten es natürlich auch alle anderen, und ich wäre immer noch der Kleinste und Langsamste, dann wären sie wieder hinter mir her.

Er konnte nicht mehr einschlafen. Das spürte er genau. Er hatte zu große Angst, und er wusste nicht warum. Er stand auf und ging in die Gasse, um zu pinkeln.

Poke war bereits dort. Sie blickte auf und sah ihn.

»Lass mich eine Minute allein«, meinte sie.

»Nein«, entgegnete er.

»Geh mir nicht auf die Nerven, kleiner Junge.«

»Ich weiß, dass du dich zum Pinkeln hinhockst«, sagte er. »Und ich schaue sowieso nicht hin.«

Wütend starrte sie ihn an und wartete, bis er ihr den Rücken zudrehte und gegen die Wand urinierte. »Ich nehme an, wenn du mich verraten wolltest, hättest du es schon getan«, meinte sie.

»Sie wissen alle, dass du ein Mädchen bist, Poke. Wenn du nicht da bist, redet Papa Achilles immer von ›ihr‹, wenn er dich meint.«

»Er ist nicht mein Papa.«

»Das dachte ich mir schon«, sagte Bean. Er wartete, immer noch der Wand zugewandt.

»Du kannst dich wieder umdrehen.« Sie stand wieder und knöpfte sich die Hose zu.

»Ich habe Angst, Poke«, meinte Bean.

»Wovor?«

»Ich weiß es nicht.«

»Du weißt nicht, wovor du Angst hast?«

»Deshalb macht es mir ja solche Angst.«

Sie lachte leise. »Bean, das bedeutet nur, dass du vier Jahre alt bist. Kleine Kinder sehen Gestalten in der Nacht. Oder sie sehen keine Gestalten. Ganz egal, wie, sie haben Angst.«

»Ich nicht«, sagte Bean. »Wenn ich Angst habe, stimmt irgendwas nicht.«

»Odysseus will Achilles wehtun, das ist der Grund.«

»Das würde dich nicht traurig machen, oder?«

Sie starrte ihn wütend an. »Wir essen besser als je zuvor. Alle sind glücklich. Es war dein Plan. Und ich wollte sowieso nie der Boss sein.«

»Aber du hasst ihn«, sagte Bean.

Sie zögerte. »Es ist, als würde er immer über mich lachen.«

»Woher weißt *du*, wovor kleine Kinder Angst haben?«

»Weil ich selbst mal eins war«, sagte Poke. »Und ich erinnere mich noch genau.«

»Odysseus wird Achilles nicht wehtun«, meinte Bean.

»Das weiß ich«, versicherte Poke.

»Weil du Achilles finden und ihn schützen wirst.«

»Ich habe vor, hier zu bleiben und auf die Kinder aufzupassen.«

»Oder vielleicht willst du auch Odysseus finden und ihn umbringen.«

»Warum? Wie? Er ist größer als ich. Viel größer.«

»Du bist nicht zum Pinkeln hergekommen«, sagte Bean. »Oder deine Blase ist winzig.«

»Du hast *gelauscht?*«

Bean zuckte mit den Achseln. »Zusehen durfte ich ja nicht.«

»Du denkst viel nach, aber du weißt nicht genug, um verstehen zu können, was los ist.«

»Ich glaube, Achilles hat uns über das, was er vorhat, belogen«, sagte Bean. »Und ich denke, du belügst mich jetzt auch.«

»Gewöhn dich dran«, spottete Poke. »Die Welt ist voller Lügner.«

»Odysseus ist es egal, wen er umbringt«, sagte Bean. »Er würde dich genauso gern erledigen wie Achilles.«

Poke schüttelte ungeduldig den Kopf. »Odysseus ist ein Nichts. Er wird niemandem wehtun. Er gibt nur an.«

»Warum bist du dann wach?«, fragte Bean.

Poke hob verächtlich die Mundwinkel.

»*Du* wirst versuchen, Achilles umzubringen, oder?«, vermutete Bean. »Und dann sagst du, Odysseus wäre es gewesen.«

Sie verdrehte die Augen. »Hast du heute Abend ein großes Glas Dummsaft getrunken?«

»Ich bin schlau genug, um zu wissen, wann du lügst!«

»Geh wieder schlafen«, riet sie ihm. »Geh zurück zu den anderen Kindern.«

Er sah sie eine Weile an, dann gehorchte er.

Oder genauer gesagt, er tat so, als ob. Er kehrte zurück in den Kriechkeller, in dem sie dieser Tage schliefen, verkrümelte sich aber sofort auf der Rückseite wieder, kletterte über Kisten, Tonnen, niedrige Mauern, hohe Mauern und befand sich schließlich auf einem tief hängenden Dach. Er erreichte gerade noch rechtzeitig den Rand, um zu sehen, wie Poke aus der Gasse auf die Straße schlich. Sie ging tatsächlich weg. Um sich mit jemandem zu treffen.

Bean rutschte die Regenrinne hinunter auf ein Regenfass und huschte die Kurt Hoogstraat entlang hinter ihr her. Er versuchte leise zu sein, im Gegensatz zu ihr, und es gab auch noch die anderen Geräusche der Stadt, sodass sie seine Schritte nicht hörte. Er drückte sich in den Schatten der Mauern, aber das war beinahe unnötig. Es war recht einfach, ihr zu folgen. Sie drehte sich nur zweimal um. Sie war unterwegs zum Fluss. Um sich mit jemandem zu treffen.

Bean sah nur zwei Möglichkeiten. Entweder Odysseus oder Achilles. Wen kannte sie sonst noch, der nicht schon im Nest lag und schlief? Aber warum sollte sie sich mit einem von ihnen treffen? Um Odysseus zu bitten, Achilles nichts zu tun? Um sich heldenhaft selbst an seiner statt anzubieten? Oder um Achilles zu überreden, zurückzukommen und sich Odysseus zu stellen, statt sich zu verstecken? Nein, das waren alles Dinge, die vielleicht Bean eingefallen wären – aber Poke dachte nicht so weit voraus.

Poke blieb mitten auf einer offenen Fläche am Kai des Scheepmakershaven stehen und sah sich um. Dann entdeckte sie, was sie suchte. Bean strengte sich an, es ebenfalls zu erkennen. Jemand wartete im tiefen Schatten. Bean stieg auf eine hohe Packkiste und versuchte, einen besseren Blick zu bekommen. Er hörte zwei Stimmen – beides Kinder –, aber er konnte nicht verstehen, was sie sagten. Wer immer es war, war größer als Poke. Aber das traf sowohl auf Achilles als auch auf Odysseus zu.

Der Junge umarmte Poke und küsste sie.

Das war wirklich seltsam. Bean hatte oft gesehen, wie Erwachsene so etwas taten, aber Kinder? Poke war neun Jahre alt. Selbstverständlich gab es Huren dieses Alters, aber jeder wusste, dass ihre Freier Perverse waren.

Bean musste näher herankommen, um zu hören, was sie sagten. Er rutschte hinten von der Packkiste herunter und schlich sich in den Schatten einer Bude. Als wollten sie ihm einen Gefallen tun, drehten die beiden sich um. Bean war im tiefen Schatten immer noch unsichtbar, zumindest, wenn er sich nicht bewegte. Er konnte sie nicht besser sehen als sie ihn, aber er konnte jetzt Fetzen ihres Gesprächs verstehen.

»Du hast es versprochen«, sagte Poke. Der Junge murmelte etwas zur Antwort.

Ein Boot auf dem Fluss richtete einen Scheinwerfer aufs Ufer, und nun war das Gesicht des Jungen, mit dem Poke zusammen war, zu erkennen. Es war Achilles.

Bean verschlug es den Atem. Zu denken, dass er geglaubt hatte, Achilles würde Poke eines Tages umbringen! Diese Sache zwischen Jungen und Mädchen war etwas, das er einfach nicht begriff. Inmitten von all dem Hass passierte so etwas! Gerade, als Bean anfing, die Welt zu begreifen!

Er schlüpfte davon und lief die Posthoornstraat entlang.

Aber er kehrte nicht in das Nest im Kriechkeller zurück, noch nicht. Obwohl er alle Antworten erhalten hatte, klopfte sein Herz immer noch zu rasch: Etwas stimmt nicht, hämmerte es, etwas stimmt nicht.

Und dann fiel ihm ein, dass Poke nicht die Einzige war, die etwas vor ihm verbarg.

Achilles hatte ebenfalls gelogen. Etwas verborgen. Einen Plan. War es nur um dieses Treffen mit Poke gegangen? Warum behauptete er dann, dass er sich vor Odysseus versteckte? Um Poke zu seinem Mädchen zu machen, brauchte er sich nicht zu verstecken. Er konnte es ganz offen tun. Ein paar von den älteren Schlägern hatten Mädchen. Aber für gewöhnlich gaben sie sich nicht mit Neunjährigen ab. Was verbarg Achilles?

»Du hast es versprochen«, hatte Poke dort am Kai zu Achilles gesagt.

Was hatte Achilles versprochen? Poke war also zu ihm gekommen – um ihn für ein Versprechen zu bezahlen? Aber was hatte er versprechen können, das er nicht schon der gesamten Familie versprochen hatte – und damit auch ihr? Achilles hatte keine Besitztümer.

Folglich musste er versprochen haben, etwas *nicht* zu tun. Poke nicht umzubringen? Dann wäre es dümmer als dumm von ihr gewesen, allein zu Achilles zu gehen.

Mich nicht umzubringen, dachte Bean. Das ist sein Versprechen. *Mich* nicht zu töten.

Nur dass ich nicht derjenige bin, der in Gefahr schwebt, jedenfalls nicht in der größten Gefahr. Ich habe vielleicht gesagt, sie soll in umbringen, aber Poke war diejenige, die ihn umgeworfen hat, die sich über ihn gebeugt hat. Achilles muss dieses Bild immer noch vor Augen haben, die ganze Zeit muss er sich daran erinnern, muss davon träumen, wie er auf dem Boden gelegen hat und sich ein neunjähriges Mädchen über ihn beugte, mit einem Ziegel in der Hand, und drohte, ihn umzubringen. Ein Krüppel wie er, und irgendwie hatte er es in die Reihen der Schläger geschafft. Also war er zäh – aber er wurde stets von den Jungen mit zwei gesunden Beinen verspottet, war der Schläger mit dem geringsten Status. Und der schrecklichste Augenblick seines Lebens muss wohl gewesen sein, als ein neunjähriges Mädchen ihn umgeworfen hatte und ein Haufen kleiner Kinder sich über ihn beugte.

Poke, dir gibt er die meiste Schuld. Du bist diejenige, die er zerschmettern muss, um diese quälende Erinnerung loszuwerden.

Jetzt war es klar. Alles, was Achilles heute gesagt hatte, war eine Lüge gewesen. Er versteckte sich nicht vor Odysseus. Er würde seine Kraftprobe mit Odysseus haben, vielleicht morgen schon. Aber wenn er Odysseus gegenüberstand, würde Achilles einen erheblich größeren Groll haben. Du hast Poke umgebracht! Er würde die Anklage hinausschreien. Odysseus würde dumm und schwach aussehen, wenn er es nach all dem Geprahle darüber, dass er sich rächen würde, abstritt. Er würde vielleicht sogar zugeben, dass er sie umgebracht hatte, nur um der Prahlerei willen. Und dann würde Achilles zuschlagen, und niemand würde es ihm übel nehmen, wenn er Odysseus umbrachte. Es wäre nicht nur Selbstverteidigung, es wäre die Verteidigung seiner Familie.

Achilles war verdammt schlau. Und geduldig. Er wartete damit, Poke zu töten, bis es jemanden gab, dem er es in die Schuhe schieben konnte.

Bean rannte los, um sie zu warnen. So schnell seine kleinen Beine ihn trugen, mit den längsten Schritten, die er machen konnte. Er rannte eine Ewigkeit.

Auf dem Kai, wo Poke sich mit Achilles getroffen hatte, war niemand mehr zu sehen.

Bean schaute sich hilflos um. Er dachte daran, zu rufen, aber das wäre dumm. Nur weil Achilles Poke am meisten hasste, hatte er Bean nicht verziehen, selbst wenn er sich von ihm Brot geben ließ.

Oder vielleicht habe ich mir das auch alles nur eingeredet. Er hat sie schließlich umarmt, oder? Sie ist freiwillig zu ihm gekommen, oder? Es gibt Dinge zwischen Jungen und Mädchen, die ich einfach nicht verstehe. Achilles ist ein Versorger, ein Beschützer, kein Mörder. Es ist *mein* Kopf, der so funktioniert, *mein* Kopf, der daran denkt, jemanden zu töten, wenn er hilflos ist, nur weil er später einmal gefährlich werden könnte. Achilles ist der Gute. Ich bin der Böse, der Verbrecher.

Achilles ist derjenige, der weiß, wie man liebt. Ich weiß es nicht.

Bean ging zum Rand des Kais und schaute auf den Kanal hinaus. Nebel hing tief über dem Wasser. Am anderen Ufer glitzerten die Lichter der Boomjesstraat wie am Sinterklaas-Tag. Die Wellen schlugen sanft wie flüchtige Küsse an die Pfähle.

Er schaute hinunter ins Wasser. Etwas dümpelte dort im Wasser und stieß gegen den Kai.

Bean starrte es eine Weile verständnislos an. Aber dann begriff er, dass er die ganze Zeit gewusst hatte, was es war, er hatte es nur nicht glauben wollen. Es war Poke. Sie war tot. Es war genau so, wie Bean befürchtet hatte. Alle auf der Straße würden glauben, dass Odysseus sie umgebracht hatte, auch wenn nichts bewiesen werden konnte. Bean hatte mit allem Recht gehabt. Was immer zwischen Jungen und Mädchen geschehen mochte, es hatte nicht die Macht, Hass und Rachsucht eines Gedemütigten auszulöschen.

Und als Bean dastand und ins Wasser hinunterschaute, wurde ihm eins klar: Ich muss entweder erzählen, was passiert ist, und zwar sofort, in dieser Minute noch, und zwar allen, oder ich muss mich entscheiden, niemals darüber zu sprechen, denn wenn Achilles auch nur ahnt, was ich heute Nacht gesehen habe, wird er mich auf der Stelle töten. Achilles wird einfach sagen: Odysseus hat wieder zugeschlagen. Dann kann er so tun, als würde er sogar zwei Tote rächen, wenn er Odysseus tötet.

Nein, Bean konnte nur schweigen. So tun, als hätte er nicht gesehen, wie Pokes Leiche im Fluss trieb, das nach oben gewandte Gesicht im Mondlicht deutlich zu erkennen.

Was für eine dumme Person! Es war dumm von ihr gewesen, Achilles' Pläne nicht zu durchschauen, dumm, ihm überhaupt zu vertrauen, dumm, mir nicht zuzuhören. So dumm, wie es von mir gewesen war, mich umzudrehen und davonzugehen, statt einen Warnschrei auszustoßen und vielleicht Pokes Leben zu retten, indem ich ihr einen Zeugen verschaffe, den Achilles nicht hoffen konnte zu erwischen und daher nicht zum Schweigen bringen konnte.

Es war Pokes Verdienst, dass Bean noch lebte. Sie war diejenige, die ihm einen Namen gegeben hatte. Sie hatte sich seinen Plan angehört. Und nun war sie dafür gestorben, und er hätte sie retten können. Sicher, er hatte ihr gleich gesagt, dass sie Achilles töten sollte, aber am Ende hatte sie

Recht gehabt, ihn auszuwählen – er war der einzige Schläger, der das alles hatte austüfteln und mit so viel Stil in Szene setzen können. Aber Bean hatte auch Recht gehabt. Achilles war ein hervorragender Lügner, und nachdem er beschlossen hatte, dass Poke sterben sollte, hatte er angefangen, die Lügen aufzubauen, die den Mord vertuschen sollten – Lügen, die dafür sorgen würden, dass Poke allein zu ihm kam und er sie ohne Zeugen töten konnte; Lügen, um sich in den Augen der jüngeren Kinder ein Alibi zu verschaffen.

Ich habe ihm vertraut, dachte Bean. Ich wusste von Anfang an, was für einer er war, und dennoch habe ich ihm vertraut.

Ach, Poke, du armes, dummes, freundliches, anständiges Mädchen! Du hast mich gerettet, und ich habe dich enttäuscht.

Aber es ist nicht *nur* meine Schuld. *Sie* ist diejenige, die allein zu ihm gegangen ist.

Weil sie mein Leben retten wollte? Was für ein Fehler, Poke, an jemand anderen als an dich selbst zu denken!

Werde ich jetzt ebenfalls sterben, weil sie sich so dumm angestellt hat?

Nein, ich werde wegen meiner eigenen verdammten Fehler sterben.

Aber nicht heute Nacht. Achilles hatte noch keinen Plan geschmiedet, um Bean irgendwo allein zu treffen. Aber wenn Bean von nun an nachts wach lag und nicht schlafen konnte, würde er daran denken, dass Achilles wartete. Sich Zeit ließ. Bis zu dem Tag, an dem auch Bean sich im Fluss wiederfinden würde.

Schwester Carlotta versuchte, einfühlsam zu sein, denn diesen Kindern war sicher schrecklich zu Mute, nachdem vor kurzem eines von ihnen erwürgt und in den Fluss geworfen worden war. Aber andererseits war Pokes Tod nur ein Grund mehr, mit den Tests weiterzumachen. Achilles war noch nicht wieder aufgetaucht – da dieser Odysseus schon einmal zugeschlagen hatte, war es unwahrscheinlich, dass Achilles aus seinem Versteck kommen würde. Also blieb Schwester Carlotta nichts anderes übrig, als mit Bean weiterzumachen.

Anfangs war der Junge zerstreut und schlug sich nicht besonders gut. Schwester Carlotta konnte nicht verstehen, dass er sogar den grundlegenden Teil der Prüfung verdarb, wenn er doch so klug war, dass er sich selbst auf der Straße das Lesen beigebracht hatte. Es musste mit Pokes Tod zusammenhängen. Also unterbrach sie den Test und sprach mit ihm über den Tod und darüber, dass Pokes Seele nun im Kreise Gottes und der Heiligen weilte, die sich um sie kümmern und sie glücklicher machen würden, als sie es im Leben gewesen war. Das schien ihn nicht zu interessieren. Sofern überhaupt möglich, schnitt er in der nächsten Phase des Tests noch schlechter ab.

Nun gut, wenn Mitgefühl nicht fruchtete, würde vielleicht Strenge helfen.

»Verstehst du, wozu diese Prüfung dient, Bean?«, fragte sie.

»Nein«, meinte er, und sein Tonfall machte unmissverständlich klar, dass es ihm auch egal war.

»Du kennst nur das Leben auf der Straße. Aber die Straßen von Rotterdam sind nur ein Teil einer großen Stadt, und Rotterdam ist nur eine Stadt in einer Welt von tausenden solcher Städte. Die gesamte Menschheit, Bean, darum geht es in diesem Test. Denn die Formics –«

»Die Schaben«, sagte Bean. Wie die meisten Straßenkinder hatte er für Euphemismen nur Hohn und Spott übrig.

»Sie werden zurückkehren. Alles menschliche Leben auf der Erde vernichten, jedes lebende Wesen. Dieser Test soll feststellen, ob du eins der Kinder bist, die in die Kampfschule gebracht und ausgebildet werden können, um später einer der Kommandanten der Streitkräfte zu sein, die versuchen sollen, die Formics aufzuhalten. In diesem Test geht es um die Rettung der Welt, Bean.«

Zum ersten Mal, seit sie mit dem Test begonnen hatten, wandte Bean ihr seine volle Aufmerksamkeit zu. »Wo ist die Kampfschule?«

»Auf einer Station in einer Umlaufbahn im Weltraum«, antwortete sie. »Wenn du bei diesem Test gut genug bist, wirst du ein Raumfahrer werden!«

Es gab keine kindliche Begeisterung in seiner Miene. Nur eiskalte Berechnung.

»Bis jetzt habe ich alles sehr schlecht gemacht, wie?«

»Nach den bisherigen Testergebnissen bist du zu dumm, um gleichzeitig zu atmen und zu laufen.«

»Kann ich noch mal von vorn anfangen?«

»Ja, ich habe noch eine andere Version der Tests«, sagte Schwester Carlotta.

»Also los.«

Als sie den Alternativtest hervorholte, lächelte sie ihn an, damit er sich wieder entspannte. »Möchtest du denn ein Raumfahrer werden? Oder ist es der Gedanke, zur Internationalen Flotte zu gehören?«

Er ignorierte sie.

Diesmal wurde er spielend mit allem fertig, selbst mit den Tests, die nicht dazu gedacht waren, in der vorgesehenen Zeit beendet zu werden. Seine Ergebnisse waren nicht perfekt, aber beinahe. Sie waren so gut, dass niemand es glauben würde.

Also gab sie ihm eine weitere Reihe von Prüfungsbögen, die für ältere Kinder entwickelt worden waren – tatsächlich waren es die Standardtests, die Sechsjährige erhielten, wenn man sie im normalen Alter für die Kampfschule in Betracht zog. Dabei schnitt er nicht so gut ab; ihm fehlten noch zu viele Erfahrungen, die er brauchen würde, um den Inhalt einiger Fragen verstehen zu können. Aber er war immer noch erstaunlich gut. Besser als jeder andere Schüler, den sie je geprüft hatte.

Zu denken, dass sie geglaubt hatte, es wäre Achilles, der Potenzial besaß! Dieser Knirps hier, dieses Kleinkind, war verblüffend. Niemand würde ihr glauben, dass sie ihn halb verhungert auf der Straße gefunden hatte.

Sie schöpfte einen Verdacht, und als die zweite Testreihe beendet war und sie die Ergebnisse aufgezeichnet und alles beiseite geschoben hatte, lehnte sie sich zurück, lächelte den kleinen Bean an und fragte ihn: »Wessen Idee war diese Sache mit den Familien, die die Straßenkinder entwickelt haben?«

»Achilles' Idee«, sagte Bean.

Schwester Carlotta wartete.

»Zumindest war es seine Idee, es eine Familie zu nennen«, fuhr Bean fort.

Sie wartete immer noch. Der Stolz würde mehr an den Tag bringen, wenn sie dem Jungen Zeit ließ.

»Aber dass ein Schläger die Kleinen beschützen sollte, das war meine Idee«, erklärte Bean. »Ich habe es Poke gesagt, und sie hat darüber nachgedacht und beschlossen, es zu versuchen, aber sie hat einen Fehler gemacht.«

»Welcher Fehler war das?«

»Sie hat den falschen Schläger ausgewählt, um uns zu beschützen.«

»Du meinst, weil er sie nicht vor Odysseus beschützen konnte?«

Bean lachte verbittert, während Tränen ihm über die Wangen liefen.

»Odysseus treibt sich irgendwo herum und gibt damit an, was er vorhat.«

Schwester Carlotta wusste Bescheid, wollte es aber nicht wissen. »Weißt du denn, wer sie getötet hat?«

»Ich habe ihr gesagt, sie soll ihn umbringen. Ich habe ihr gesagt, dass er der Falsche ist. Ich habe es ihm angesehen, als er da am Boden lag, dass er ihr nie verzeihen würde. Aber er ist kalt. Er hat so lange gewartet. Obwohl er nie Brot von ihr genommen hat. Das hätte sie eigentlich warnen sollen. Sie hätte nicht allein zu ihm gehen dürfen.« Jetzt begann er ernsthaft zu weinen. »Ich glaube, sie wollte *mich* beschützen. Weil ich ihr an diesem ersten Tag gesagt habe, dass sie ihn umbringen soll. Ich denke, sie wollte ihn dazu bringen, mich nicht zu töten.«

Schwester Carlotta versuchte, sich nicht anmerken zu lassen, wie erschrocken sie war. »Glaubst du denn, dass Achilles eine Gefahr für dich darstellt?«

»Jetzt, nachdem ich es Ihnen gesagt habe, ganz bestimmt«, antwortete er. Und dann, nach einem Augenblick des Nachdenkens: »Aber ich war schon vorher in Gefahr. Er verzeiht nicht. Er zahlt immer zurück.«

»Dir ist doch sicher klar, dass Achilles auf mich und Hazie – ich meine Helga – einen ganz anderen Eindruck macht. Uns erscheint er ... zivilisiert.«

Bean sah sie an, als hätte sie den Verstand verloren. Das bedeutet es also, zivilisiert zu sein? Dass man warten kann, um zu kriegen, was man will?

»Du willst aus Rotterdam weg und zur Kampfschule, damit du vor Achilles sicher bist.«

Bean nickte.

»Was ist mit den anderen Kindern? Glauben sie auch, dass er gefährlich für sie ist?«

»Nein«, antwortete Bean. »Er ist ihr Papa.«

»Aber nicht deiner. Obwohl er Brot von dir genommen hat.«

»Er hat sie umarmt und geküsst«, sagte Bean. »Ich habe sie auf dem Kai gesehen, und sie hat sich von ihm küssen lassen, und dann hat sie etwas darüber gesagt, was er versprochen hat, also bin ich davongegangen, aber dann habe ich es bemerkt und bin zurückgelaufen, und ich kann nicht lange weg gewesen sein, nur so lange, wie es dauert, vielleicht sechs Blocks weit zu laufen, und sie war tot, und ihr Auge war ausgestochen, und sie trieb im Wasser und stieß gegen den Kai. Er kann einen küssen und dann töten, wenn er einen nur genug hasst.«

Schwester Carlotta trommelte mit den Fingern auf den Schreibtisch. »Was für ein Dilemma.«

»Was ist ein Dilemma?«

»Ich wollte auch Achilles testen. Ich dachte, er könnte ebenfalls in die Kampfschule gehen.«

Beans ganzer Körper spannte sich an. »Dann schicken Sie mich nicht hin. Er oder ich.«

»Glaubst du wirklich ...« Ihre Stimme verklang. »Glaubst du, er würde versuchen, dich dort zu töten?«

»*Versuchen?*« Seine Stimme troff vor Hohn. »Achilles *versucht* so etwas nicht nur.«

Schwester Carlotta wusste, dass der Charakterzug, von dem Bean da sprach, diese skrupellose Entschlossenheit, zu den Dingen gehörte, nach denen sie in der Kampfschule suchten. Es würde Achilles vielleicht attraktiver für sie machen als Bean. Und sie konnten dort mit solch mörderischer Gewalttätigkeit umgehen. Konnten sie nutzen.

Aber die Schläger auf der Straße zu zivilisieren, war nicht Achilles' Idee gewesen. Es war Bean, der daran gedacht hatte. Unglaublich, dass ein so kleines Kind eine solche Idee haben und umsetzen konnte. Dieses Kind war, wonach sie suchte, nicht der andere, der für kalte Rache lebte. Aber eins war sicher: Es wäre falsch, beide zu empfehlen. Obwohl sie den anderen sicher in eine Schule hier auf der Erde bringen und damit von der Straße holen konnte. Sicher würde Achilles wirklich zivilisiert werden, wenn er die Straße hinter sich hätte, wo Verzweiflung die Kinder dazu trieb, einander so scheußliche Dinge anzutun.

Dann fiel ihr auf, was für ein Unsinn das war. Nicht die Verzweiflung der Straße hatte Achilles getrieben, Poke umzubringen, sondern Stolz. Er war wie Kain, der seine Schande für Grund genug hielt, seinen Bruder umzubringen. Er war wie Judas, der nicht davor zurückschreckte zu küssen, bevor er tötete. Wie hatte sie sich nur einbilden können, das Böse ließe sich behandeln, als wäre es ein rein mechanisches Produkt von Entbehrungen? Alle Kinder auf der Straße hatten Angst und Hunger, waren hilflos und verzweifelt. Aber sie wurden nicht alle zu kaltblütigen, berechnenden Mördern.

Immer vorausgesetzt, Bean hatte Recht.

Aber sie zweifelte nicht daran, dass Bean ihr die Wahrheit sagte. Wenn Bean sie angelogen hatte, würde sie nie wieder versuchen, den Charakter von Kindern beurteilen zu wollen. Und als sie näher darüber nachdachte, fiel ihr auf, wie aalglatt Achilles war. Ein Schmeichler. Alles, was er sagte, war dazu gedacht, zu beeindrucken. Aber Bean sagte wenig, und wenn er es tat, sprach er ganz offen aus, was er dachte. Und er war jung, und seine Angst und seine Trauer waren echt.

Selbstverständlich hatte er auch darauf gedrängt, dass ein anderes Kind getötet werden sollte.

Aber nur, weil Achilles eine Gefahr für andere darstellte. Nicht aus Stolz.

Wie kann ich ihn dafür verurteilen? Soll nicht Jesus der Richter der Lebenden und der Toten sein? Warum ist dies mir zugefallen, wenn ich doch so ungeeignet bin, damit zurechtzukommen?

»Möchtest du lieber hier bleiben, Bean, während ich die Testergebnisse zu den Leuten schicke, die die Entscheidung über die Kampfschule fällen? Du wärst hier sicher.«

Er schaute auf seine Hände nieder und nickte, dann legte er den Kopf auf die Arme und schluchzte.

Achilles kam am nächsten Morgen zurück ins Nest. »Ich konnte nicht wegbleiben«, sagte er. »Es könnte zu viel passieren.« Er brachte sie zum Frühstück wie immer. Aber Poke und Bean waren nicht da.

Dann machte Sergeant seine Runden, lauschte hier und da, sprach mit anderen Kindern, sprach auch mit dem einen oder anderen Erwachsenen, fand heraus, was los war, alles, was nützlich sein könnte. Am Wijnhaven-Kai hörte er, wie ein paar Hafenarbeiter sich darüber unterhielten, dass an diesem Morgen eine Leiche im Fluss gefunden worden war. Ein kleines Mädchen. Sergeant fand heraus, wo die Leiche aufbewahrt wurde, bis die Experten eintrafen. Er schreckte nicht zurück, er ging direkt zu der Leiche unter der Plane, und ohne einen der Männer, die dort standen, um Erlaubnis zu fragen, zog er die Plane zurück und sah sich die Leiche an.

»Was machst du denn da, Junge?«

»Sie heißt Poke«, sagte er.

»Du kennst sie? Weißt du, wer sie getötet haben könnte?«

»Ein Junge namens Odysseus, der hat sie getötet«, sagte Sergeant. Dann ließ er die Plane fallen, und seine Runde war beendet. Achilles musste erfahren, dass seine Angst gerechtfertigt gewesen war, dass Odysseus tatsächlich vorhatte, jeden von der Familie zu töten, den er erwischen konnte.

»Uns bleibt nichts anderes übrig, als ihn selbst umzubringen«, betonte Sergeant.

»Es hat genug Blutvergießen gegeben«, sagte Achilles. »Aber ich fürchte, du hast Recht.«

Ein paar der kleineren Kinder weinten. Einer von ihnen jammerte: »Poke hat mir Essen gegeben, als ich am Verhungern war.«

»Sei still«, fauchte Sergeant. »Wir essen jetzt besser als zu der Zeit, als Poke Boss war.«

Achilles legte eine Hand auf Sergeants Arm, damit er schwieg. »Poke hat alles für euch getan, was ein Bandenboss tun kann. Und sie hat mich in die Familie gebracht. In gewisser Weise geht daher alles, was ich für euch erreicht habe, auf sie zurück.«

Die Umstehenden nickten feierlich.

Ein Kind fragte: »Denkst du, Odysseus hat auch Bean erwischt?«

»Kein großer Verlust«, sagte Sergeant.

»Jeder Verlust in meiner Familie ist ein großer Verlust«, sagte Achilles. »Aber so kann es nicht mehr weitergehen. Wenn Odysseus die Stadt jetzt nicht verlässt, ist er tot. Sorge dafür, dass sich das herumspricht, Sergeant. Jeder auf der Straße soll von der Herausforderung wissen. Odysseus wird in keiner Suppenküche der Stadt mehr etwas zu essen bekommen, bevor er sich mir nicht gestellt hat. Das hat er sich selbst eingebrockt, als er beschloss, Poke ein Messer ins Auge zu rammen.«

Sergeant salutierte und rannte davon, ein Ausbund an Tüchtigkeit und Gehorsam.

Nur, dass er im Laufen weinte. Er hatte niemandem gesagt, dass Pokes Auge eine blutige Wunde gewesen war. Vielleicht hatte Achilles es auf andere Weise erfahren, vielleicht hatte er es schon früher gehört und nur nicht erwähnt, bevor Sergeant mit der Nachricht nach Hause gekommen war. Vielleicht, vielleicht. Sergeant kannte die Wahrheit. Odysseus erhob gegen niemanden die Hand. Achilles schon. Genau, wie Bean sie am Anfang gewarnt hatte, hatte Achilles Poke nie verziehen, dass sie ihn geschlagen hatte. Er hatte sie jetzt umgebracht, weil er Odysseus die Schuld daran geben konnte. Und dann hatte er sich hingesetzt und darüber geredet, wie gut sie war und dass sie ihr alle dankbar sein sollten und dass alles, was Achilles für sie erreichte, eigentlich von Poke erreicht worden war.

Also hat Bean die ganze Zeit Recht gehabt. Mit allem. Achilles ist ein guter Papa für die Familie, aber er ist auch ein Mörder, und er verzeiht nie.

Poke wusste das. Bean hatte sie gewarnt, und sie hatte es gewusst und Achilles trotzdem zu ihrem Papa gemacht. Hatte ihn ausgewählt und war dafür gestorben. Sie war wie dieser Jesus, von dem Helga in der Suppenküche immer erzählte, wenn sie aßen. Sie war für ihre Leute gestorben. Und Achilles, er war wie Gott, er ließ die Leute für ihre Sünden bezahlen, ganz gleich, was sie getan hatten.

Das Wichtigste war, sich mit Gott gut zu stellen. Das ist es doch, was Helga immer predigt? Stell dich gut mit Gott.

Ich werde mich mit Achilles gut stellen. Ich werde meinen Papa ehren, so viel ist sicher, damit ich am Leben bleibe, bis ich alt genug bin, um allein zurechtzukommen.

Was Bean anging, nun, Bean war schlau, aber nicht schlau genug, um am Leben zu bleiben, und wenn man nicht schlau genug ist, um am Leben zu bleiben, ist man tot besser dran.

Als Sergeant um die erste Ecke bog und allen dort erzählte, dass Achilles Odysseus aus jeder Suppenküche in der Stadt verbannt hatte, weinte er nicht mehr. Er hatte die Trauer hinter sich gelassen. Jetzt ging es ums Überleben. Sergeant wusste, dass Odysseus niemanden umgebracht hatte, aber er hatte es vorgehabt, und es war immer noch wichtig für die Sicherheit der Familie, dass er starb. Pokes Tod lieferte eine gute Ausrede, um zu verlangen, dass der Rest der Papas sich zurückhielt und ihn Achilles überließ. Wenn alles vorbei war, würde Achilles der Anführer der Papas von Rotterdam sein. Und Sergeant würde neben ihm stehen und das Geheimnis seiner Rache kennen und nichts verraten, denn so würde Sergeant, würde die Familie, würden alle Straßenkinder von Rotterdam überleben.

4
ERINNERUNGEN

»Ich habe mich, was den ersten Jungen angeht, geirrt. Die Ergebnisse sind gut, aber sein Charakter ist nicht angemessen für die Kampfschule.«

»Das kann ich den Tests, die Sie mir gezeigt haben, nicht entnehmen.«

»Er ist sehr aufgeweckt. Er gibt die richtigen Antworten, aber sie sind nicht aufrichtig.«

»Und was für einen Test haben Sie benutzt, um das herauszufinden?«

»Er hat jemanden umgebracht.«

»Oh. Das ist ein Nachteil. Und der andere? Was soll ich mit so einem kleinen Kind anfangen? Einen so kleinen Fisch würde ich normalerweise wieder in den Fluss zurückwerfen.«

»Unterrichten Sie ihn. Füttern Sie ihn. Er wird wachsen.«

»Er hat nicht einmal einen Namen.«

»Hat er doch.«

»Bean? Das ist kein Name, sondern ein Witz.«

»Es wird keiner mehr sein, wenn er mit der Schule fertig ist.«

»Behalten Sie ihn, bis er fünf ist. Machen Sie so viel aus ihm wie möglich und zeigen Sie mir dann die Ergebnisse.«

»Ich muss noch mehr Kinder suchen.«

»Nein, Schwester Carlotta, das müssen Sie nicht. In all den Jahren Ihres Suchens ist der hier der Beste, den Sie gefunden haben, und es bleibt uns nicht mehr genug Zeit, einen anderen zu finden. Sorgen Sie dafür, dass mit dem hier alles stimmt, und die IF wird Ihre Arbeit honorieren.«

»Sie machen mir Angst, wenn Sie sagen, dass keine Zeit mehr bleibt.«

»Das verstehe ich nicht. Christen erwarten doch seit Jahrtausenden das baldige Ende der Welt.«

»Aber nicht ein Ende nach dem anderen.«

»Was will man machen?«

Zunächst interessierte sich Bean nur für das Essen. Es gab genug davon. Er aß alles, was sie ihm vorsetzten. Er aß, bis er satt war – dieses wunderbarste aller Worte, das bisher keine Bedeutung für ihn gehabt hatte. Er aß, bis er voll gestopft war. Er aß, bis ihm schlecht wurde. Er aß so häufig, dass er jeden Tag aufs Klo gehen konnte, manchmal sogar zweimal am Tag. Lachend sagte er zu Schwester Carlotta: »Ich bin nur noch mit Essen und Kacken beschäftigt.«

»Wie jedes Tier im Wald«, sagte die Nonne. »Aber es wird Zeit, dass du anfängst, dir dieses Essen zu verdienen.«

Sie unterrichtete ihn schon; es gab tägliche Lese- und Rechenstunden, um ihn »auf den neuesten Stand« zu bringen; aber welchen Stand sie damit meinte, erklärte sie nie. Sie ließ ihm auch Zeit zum Zeichnen, und es gab Unterrichtsstunden, in denen er nur dasitzen und sich an jede Einzelheit aus seiner frühesten Kindheit erinnern sollte. Besonders der »Saubere Ort« faszinierte Schwester Carlotta. Aber sein Erinnerungsvermögen hatte Grenzen. Er war damals sehr klein gewesen und hatte nicht gut sprechen können. Alles war rätselhaft. Er erinnerte sich daran, wie er über das Gitter um sein Bett geklettert und auf den Boden gefallen war. Er hatte damals nicht gut laufen können. Krabbeln war leichter gewesen, aber er lief gern, weil die großen Leute das auch machten. Wenn er sich an Gegenstände klammerte und an Wände lehnte, kam er auf zwei Beinen prima voran und krabbelte nur, wenn er eine freie Fläche überqueren musste.

»Du musst damals acht oder neun Monate alt gewesen sein«, sagte Schwester Carlotta. »Die meisten Leute erinnern sich nicht mehr an diese Zeit.«

»Ich erinnere mich noch, dass alle ganz aufgeregt waren. Deshalb bin ich auch aus dem Bettchen geklettert. Die Kinder bekamen alle Ärger.«

»Die Kinder?«

»Die kleinen wie ich. Und die größeren. Ein paar Erwachsene kamen herein und sahen uns an und weinten.«

»Warum?«

»Irgendwas Schlimmes, mehr weiß ich nicht. Ich wusste, es würde was Schreckliches passieren, und es würde allen zustoßen, die in den Bettchen lagen. Also bin ich rausgeklettert. Ich war nicht der Erste. Ich weiß nicht, was mit den anderen passiert ist. Ich hörte die Erwachsenen rufen, und sie wurden ganz aufgeregt, als sie die leeren Bettchen fanden. Ich hab mich vor ihnen versteckt, und sie haben mich nicht gefunden. Vielleicht haben sie die anderen gefunden, vielleicht auch nicht. Ich weiß nur, als ich rauskam, waren die Bettchen alle leer, und der Raum war sehr dunkel, bis auf ein beleuchtetes Schild, auf dem *Ausgang* stand.«

»Du konntest damals schon lesen?« Sie klang skeptisch.

»Als ich lesen *konnte,* hab ich mich erinnert, dass dieses Wort auf dem Schild gestanden hatte«, sagte Bean. »Es waren die einzigen Buchstaben, die ich damals gesehen habe. Selbstverständlich hab ich mich an sie erinnert.«

»Du warst also allein, die Bettchen waren leer, und der Raum dunkel.«

»Sie sind zurückgekommen. Ich hab sie reden gehört. Die meisten Worte verstand ich nicht. Ich hab mich wieder versteckt. Und als ich das nächste Mal rauskam, waren sogar die Bettchen weg. Stattdessen gab es Schreibtische und Aktenschränke. Ein Büro. Und nein, ich wusste damals auch nicht, was ein Büro war, aber jetzt weiß ich es und erinnere mich, dass diese Räume genauso ausgesehen haben. Büros. Leute kamen den Tag über herein und arbeiteten dort, anfangs nur ein paar, aber mein Versteck war nicht sicher, wenn Leute dort arbeiteten, und ich hatte Hunger.«

»Wo hast du dich denn versteckt?«

»Ach, das wissen Sie doch. Oder nicht?«

»Wenn ich es wüsste, würde ich nicht fragen.«

»Sie haben doch gesehen, wie ich mich verhalten habe, als sie mir die Toilette gezeigt haben.«

»Du hast dich in der Toilette versteckt?«

»Im Spülkasten. Es war schwer, den Deckel hochzustemmen. Und es war unbequem da drin. Ich wusste nicht, wofür das Ding gut war. Aber dann haben die Leute angefangen, die Toilette zu benutzen, und das Wasser ist gesunken und gestiegen, und die Teile haben sich bewegt, und es hat mir Angst gemacht. Und wie gesagt, ich hatte Hunger. Es gab genug zu trinken, aber ich hab auch reingepinkelt. Meine Windel war so nass, dass sie mir vom Hintern gefallen ist. Ich war nackt.«

»Bean, verstehst du, was du mir da sagst? Dass du all das getan hast, bevor du ein Jahr alt warst?«

»Sie sind diejenige, die gesagt hat, wie alt ich war«, widersprach Bean. »Ich wusste damals nichts übers Alter. Sie wollen doch, dass ich mich erinnere. Je mehr ich Ihnen erzähle, desto mehr fällt mir wieder ein. Aber wenn Sie mir nicht glauben ...«

»Ich habe nur ... Ich glaube dir. Aber wer waren die anderen Kinder? Was war das für ein Ort, an dem du gelebt hast, dieser ›Saubere Ort‹? Wer waren diese Erwachsenen? Warum haben sie die anderen Kinder weggebracht? Da war doch etwas Illegales im Gang.«

»Kann schon sein«, meinte Bean. »Ich war nur froh, aus der Toilette rauszukommen.«

»Aber du warst nackt, hast du gesagt. Und du hast den ›Sauberen Ort‹ ganz allein verlassen?«

»Nein, jemand hat mich gefunden. Ich kam aus der Toilette, und ein Erwachsener hat mich gefunden.«

»Was ist passiert?«

»Er hat mich mit nach Hause genommen. So habe ich Kleidung bekommen. Ich hab sie damals Kleidung genannt.«

»Du konntest reden.«

»Ein wenig.«

»Und dieser Erwachsene hat dich mit nach Hause genommen und dir Kleidung gegeben.«

»Ich glaube, es war ein Hausmeister. Ich weiß jetzt mehr über Berufe, und das war wohl sein Job. Er hat abends gearbeitet, und er trug keine Uniform wie die Wachmänner.«

»Was ist passiert?«

»Damals habe ich zum ersten Mal etwas darüber erfahren, was legal und illegal ist. Es war nicht legal für ihn, ein Kind zu haben. Ich habe gehört, wie er sich wegen mir mit dieser Frau stritt, aber das meiste davon habe ich nicht verstanden. Am Ende wusste ich allerdings, dass er verloren und sie gewonnen hatte, und er fing an, mit mir darüber zu reden, dass ich gehen müsse, und ich bin gegangen.«

»Er hat dich einfach ausgesetzt?«

»Nein, ich bin gegangen. Ich denke, er hatte vor, mich einem anderen zu geben, und das hat mir Angst gemacht, also bin ich gegangen, bevor er mich weggeben konnte. Aber ich war nicht mehr nackt oder hungrig. Er war nett. Nachdem ich weg war, hatte er sicher keinen Ärger mehr.«

»Und dann hast du angefangen, auf der Straße zu leben.«

»Irgendwie. Ich habe ein paar Plätze gefunden, wo sie mir zu Essen gegeben haben. Aber jedes Mal haben andere Kinder, größere, das gesehen, und sie kamen schreiend und bettelnd an, und die Leute haben entweder aufgehört, mich zu füttern, oder die größeren Kinder haben mich aus dem Weg geschubst oder mir das Essen gleich aus der Hand gerissen. Ich hatte Angst. Einmal war ein größerer Junge so wütend auf mich, weil ich Essen hatte, dass er mir einen Stock in den Hals gesteckt hat und ich mich übergeben musste, direkt auf der Straße. Er hat sogar versucht, es zu essen, aber er konnte nicht, ihm ist auch schlecht geworden. Damals hatte ich die meiste Angst. Später habe ich mich die ganze Zeit versteckt. Die ganze Zeit.«

»Und gehungert.«

»Und beobachtet«, meinte Bean. »Ich hab gegessen. Hier und da. Ich bin nicht gestorben.«

»Nein, das bist du nicht.«

»Ich hab viele gesehen, die gestorben sind. Viele tote Kinder. Große und kleine. Ich hab mich gefragt, wie viele von ihnen wohl aus dem ›Sauberen Ort‹ stammen.«

»Hast du welche von ihnen erkannt?«

»Nein. Niemand hat so ausgesehen, als hätte er je an dem ›Sauberen Ort‹ gelebt. Alle sahen hungrig aus.«

»Bean, ich danke dir, dass du mir das alles erzählt hast.«

»Sie wollten es doch wissen.«

»Ist dir eigentlich klar, dass es an sich völlig unmöglich ist, dass du diese drei Jahre überlebt hast?«

»Ich nehme an, das bedeutet, ich bin tot.«

»Ich wollte nur ... ich sage nur, dass Gott dich beschützt haben muss.«

»Ja. Ja, sicher. Und warum hat er diese toten Kinder nicht beschützt?«

»Er hat sie zu sich geholt, weil er sie lieb hat.«

»Dann hat er mich also *nicht* lieb?«

»Doch, dich hat er auch lieb, er –«

»Weil, wenn er mich so gut beschützt hat, hätte er mir doch hin und wieder was zu essen geben können.«

»Er hat dich zu mir gebracht. Er hat große Dinge mit dir vor, Bean. Du kennst vielleicht nicht den Grund, aber Gott hat dich nicht ohne Grund so wunderbarerweise am Leben gehalten.«

Bean wollte nicht mehr darüber reden. Sie sah so glücklich aus, wenn sie über Gott sprach, aber er wusste noch nicht mal genau, was Gott überhaupt war. Es war, als wolle sie Gott den Verdienst für alles Gute geben, aber wenn etwas schlecht war, dann erwähnte sie Gott entweder gar nicht oder kam mit irgendwas, wieso es trotzdem gut gewesen sei. Aber so, wie Bean es sah, wären die toten Kinder lieber am Leben geblieben, etwas mehr Essen hätte genügt. Wenn Gott sie so lieb hatte und tun konnte, was er wollte, warum hatte er diesen Kindern dann nicht einfach mehr zu essen gegeben? Und wenn er wollte, dass sie starben, warum ließ er sie dann nicht schneller sterben oder sorgte dafür, dass sie gar nicht erst geboren wurden, damit sie nicht so viel Ärger hatten und ganz aufgeregt versuchten, am Leben zu bleiben, obwohl er sie doch nur wieder zu sich holen wollte? Bean verstand das einfach nicht, und je mehr Schwester Carlotta ihm erklärte, desto weniger verstand er. Wenn jemand das Sagen hatte, sollte er gerecht sein, und wenn er nicht mal gerecht war, warum war Schwester Carlotta dann so glücklich darüber, dass er das Sagen hatte?

Aber wenn er so etwas zu ihr sagte, regte sie sich fürchterlich auf, redete noch mehr von Gott und benutzte Wörter, die er nicht kannte, also war es besser, sie einfach schwatzen zu lassen und ihr nicht zu widersprechen.

Es war das Lesen, das ihn faszinierte. Und er liebte die Zahlen. Und Papier und Bleistift zu haben, damit er tatsächlich Dinge aufschreiben konnte, das war gut.

Und Landkarten. Am Anfang kamen sie nicht im Unterricht vor, aber es gab einige an den Wänden, und sie faszinierten ihn. Er ging hin und las die kleinen Wörter darauf, und eines Tages entdeckte er den Namen des Flusses und erkannte, dass blaue Linien Flüsse waren und noch größere blaue Bereiche Orte mit noch mehr Wasser als im Fluss, und dann bemerkte er, dass ein paar der anderen Wörter die Namen auf den Straßenschildern waren, und so fand er heraus, dass dieses Ding irgendwie ein Bild von Rotterdam war, und er verstand: Das war Rotterdam, so wie ein Vogel es sehen würde, wenn die Gebäude alle unsichtbar und die Straßen alle leer wären. Er fand die Stelle, an der das Nest war, und die, an der Poke gestorben war, und alle möglichen anderen Plätze.

Als Schwester Carlotta herausfand, dass er den Stadtplan verstand, wurde sie ganz aufgeregt. Sie zeigte ihm Landkarten, auf denen Rotterdam nur ein kleiner Fleck mit Linien war, und eine, auf der es nur ein Punkt war, und eine, auf der es zu klein war, als dass man es auch nur hätte sehen können, aber sie wusste, wo es hätte sein müssen. Bean hatte nie zuvor begriffen, dass die Welt so groß war. Oder dass es so viele Leute gab.

Schwester Carlotta kam immer wieder auf die Karte von Rotterdam zurück und versuchte ihn dazu zu bringen, dass er sich entsann, wo die Orte aus seinen frühesten Erinnerungen waren. Aber nichts sah auf der Landkarte so aus wie in der Wirklichkeit, deshalb war das nicht leicht, und es dauerte lange, bis er herausfand, wo ein paar der Stellen waren, an denen Leute ihm zu essen gegeben hatten. Er zeigte Schwester Carlotta diese Stellen, und sie machte Zeichen auf den Stadtplan. Nach einer Weile erkannte er, dass sich alle Stellen im gleichen Bereich befanden. Sie waren irgendwie aufgereiht, als wiesen sie einen Weg von da, wo er Poke gefunden hatte, rückwärts bis ...

Bis zu dem »Sauberen Ort«.

Nur, dass der zu schwer zu finden war. Er hatte zu viel Angst gehabt, als der Hausmeister ihn aus dem »Sauberen Ort« mit nach Hause genommen hatte. Er wusste nicht, wo das gewesen war. Und außerdem konnte der Hausmeister, wie Schwester Carlotta selbst sagte, auch woanders gewohnt haben. Also würden sie, wenn sie Beans Weg zurückverfolgten, vielleicht die Wohnung des Hausmeisters finden, oder wenigstens den Ort, an dem er vor drei Jahren gewohnt hatte. Aber selbst dann – was wüsste der Hausmeister denn schon?

Er wüsste, wo der »Saubere Ort« sich befand, das wüsste er. Und dann verstand Bean: Es war für Schwester Carlotta sehr wichtig, herauszufinden, wo Bean herkam.

Herauszufinden, wer er wirklich war.

Nur – er wusste bereits, wer er wirklich war. Er versuchte ihr das klar zu machen. »Ich bin hier. Und ich bin, was ich wirklich bin. Ich verstelle mich nicht.«

»Das weiß ich«, sagte sie, lachte und umarmte ihn, und das war in Ordnung. Es fühlte sich gut an. Als sie damit angefangen hatte, hatte er nicht gewusst, was er mit seinen Händen machen sollte. Sie hatte ihm gezeigt, wie man das machte, einen umarmen. Sicher, er hatte schon gesehen, wie ein paar kleinere Kinder – wenn sie welche hatten – ihre Mamas und Papas umklammerten, aber er hatte immer geglaubt, dass sie das machten, damit sie nicht auf die Straße fielen und verloren gingen. Er wusste nicht, dass man sich auch umarmte, weil es sich gut anfühlte. Schwester Carlottas Körper hatte feste und wabblige Stellen, und es war sehr seltsam, sie zu umarmen. Er dachte daran, wie Poke und Achilles sich umarmt und geküsst hatten, aber er wollte Schwester Carlotta nicht küssen, und nachdem er erst einmal wusste, was es mit dem Umarmen auf sich hatte, wollte er das eigentlich auch nicht mehr. Er ließ aber zu, dass sie ihn umarmte. Obwohl er selbst nie auf die Idee kam. Es fiel ihm einfach nicht ein.

Er wusste, dass sie ihn manchmal lieber umarmte, als etwas zu erklären, und das gefiel ihm nicht. Sie wollte ihm nicht erklären, wieso es so wichtig war, dass sie den »Sauberen Ort« fand, also umarmte sie ihn und sagte: »Ach, du liebes bisschen«, oder: »Ach, du armer Junge.« Aber das bedeutete nur, dass es ihr wichtiger war, als sie zugeben wollte, und dass sie glaubte, Bean wäre zu dumm, es zu verstehen, wenn sie es ihm erklären würde.

Er versuchte, sich an mehr und mehr zu erinnern, aber er sagte ihr nicht alles, weil sie *ihm* auch nicht alles sagte, und das war nur gerecht. Er würde den »Sauberen Ort« schon finden. Auch ohne sie. Und dann würde er ihr sagen, was es damit auf sich hatte, falls er zu dem Schluss kam, dass es gut für ihn war, wenn sie es wüsste. Aber was, wenn die Antwort falsch war? Würde sie ihn dann wieder auf die Straße schicken? Würde sie ihn davon abhalten, in diese Schule am Himmel zu gehen? Das hatte sie ihm anfangs versprochen, obwohl sie nach den Tests wieder gesagt hatte, dass er zwar sehr gut gewesen sei, aber nicht in diese Schule kommen werde, bevor er fünf sei, und vielleicht nicht einmal dann, weil sie das nicht allein entscheiden könne, und da hatte er gewusst, dass sie nicht die Macht hatte, ihre eigenen Versprechen zu halten. Wenn sie also das Falsche über ihn herausfand, würde sie vielleicht gar keine Versprechen mehr halten können, nicht einmal das, ihn vor Achilles zu beschützen. Deshalb musste er es selbst herausfinden.

Er betrachtete den Stadtplan. Er stellte sich im Kopf Dinge vor. Er sprach mit sich, wenn er einschlief, redete und dachte nach und erinnerte sich, versuchte, sich an das Gesicht des Hausmeisters zu entsinnen, an das Zimmer, in dem er gewohnt, und an die Treppe draußen, auf der diese böse Frau gestanden und ihn angeschrien hatte.

Und eines Tages, als er dachte, er hätte sich an genug erinnert, ging Bean zur Toilette – er mochte Toiletten; er spülte gern, obwohl es ihm auch Angst machte, wenn etwas einfach so verschwand –, und statt wieder zu Schwester Carlottas Zimmer zurückzukehren, ging er den Flur in die andere Richtung entlang und direkt zu der Tür, die auf die Straße führte, und niemand versuchte ihn aufzuhalten.

Aber dann erkannte er seinen Fehler. Er war so sehr damit beschäftigt gewesen, sich zu erinnern, wo die Wohnung des Hausmeisters war, dass er nicht daran gedacht hatte, herauszufinden, wo er selbst sich auf dem Stadtplan eigentlich gerade befand. Er war in keinem Teil der Stadt, den er kannte. Tatsächlich schien es kaum die gleiche Welt zu sein. Die Straßen waren nicht voller Leute, die zu Fuß gingen, Karren schoben, Fahrräder fuhren oder skateten, um von einem Ort zum anderen zu kommen; sie waren beinahe leer, und überall parkten Autos. Es gab nicht einen einzigen Laden. Es gab nur Häuser und Büros, oder Häuser, die zu Büros umgebaut worden waren, mit kleinen Schildern vorne dran. Das einzige Gebäude, das sich davon unterschied, war dasjenige, aus dem er eben gekommen war. Es war klotzig und rechteckig und größer als die anderen, aber es hatte kein Schild vorne dran.

Er wusste, wo er hinmusste, aber er wusste nicht, wie er

dorthin gelangen sollte. Und Schwester Carlotta würde bald anfangen, nach ihm zu suchen.

Sein erster Gedanke war, sich zu verstecken, aber er entsann sich, dass sie alles darüber wusste, wie er sich an dem »Sauberen Ort« versteckt hatte, also würde sie auch jetzt annehmen, dass er sich versteckte und an allen möglichen Stellen in der Nähe des großen Gebäudes nach ihm suchen.

Und so rannte er. Es überraschte ihn, wie stark er jetzt war. Es fühlte sich an, als könnte er so schnell rennen, wie ein Vogel fliegt, und er wurde nicht müde und konnte immer weiter laufen. Den ganzen Weg bis zur Ecke und um die Ecke in eine andere Straße.

Dann diese Straße entlang und noch eine, bis er sich verirrt hätte, wenn er nicht schon verirrt angefangen hätte, und wenn man vollkommen verirrt anfängt, ist es schwer, sich noch mehr zu verirren. Während er durch die Straßen und Gassen ging, trabte und rannte, fiel ihm ein, dass er nur einen Kanal oder Bach zu finden brauchte, und der würde ihn dann zum Fluss oder an einen anderen Ort bringen, den er kannte. Also schaute er auf der ersten Brücke, die über Wasser führte, nach, in welche Richtung das Wasser floss, und wählte Straßen, die in dieser Richtung verliefen. Er wusste zwar noch immer nicht, wo er war, aber zumindest folgte er einem Plan.

Es funktionierte. Er erreichte den Fluss und ging an ihm entlang, bis er in der Ferne und halb um eine Biegung den Maasboulevard sah, der zu der Stelle führte, an der Poke umgebracht worden war.

Diese Biegung im Fluss, die kannte er von der Landkarte her. Er wusste, wo alle Markierungen, die Schwester Carlotta angebracht hatte, gewesen waren. Er wusste, er musste an den Stellen vorbeigehen, an denen er auf der Straße gelebt hatte, um näher zu der Gegend zu gelangen, in der der Hausmeister vielleicht gewohnt hatte. Und das war nicht einfach, denn dort würde man ihn vielleicht wiedererkennen, und womöglich hatte Schwester Carlotta sogar die

Polizei benachrichtigt, und *die* würde auch dort nachschauen, weil es dort die meisten Straßenkinder gab und sie erwarteten, dass er wieder ein Straßenkind wurde.

Sie vergaßen aber, dass Bean keinen Hunger mehr hatte, und ohne Hunger hatte er es nicht eilig.

Er machte einen Umweg. Weit weg vom Fluss, weit weg von dem belebten Teil der Stadt, in dem die Straßenkinder waren. Wann immer die Straßen anfingen, bevölkerter auszusehen, zog er seinen Kreis weiter und hielt sich von den geschäftigen Plätzen fern. Er brauchte den Rest des ersten Tages und einen Teil des nächsten, um einem so weiten Kreis zu beschreiben, dass er eine Weile nicht einmal mehr in Rotterdam war und etwas vom Land zu sehen bekam – Bauernhöfe und Straßen, die höher lagen als das Land rings umher, wie auf den Bildern. Schwester Carlotta hatte ihm erzählt, dass einmal der größte Teil des Bauernlandes tiefer gelegen hatte als das Meer und dass große Deiche das Meer davon abgehalten hatten, zurückzufließen und das Land wieder zu bedecken. Aber Bean wusste, dass er nicht einmal in die Nähe dieser großen Deiche kommen würde. Jedenfalls nicht zu Fuß.

Dann kehrte er in die Stadt zurück, in den Schiebroek-Distrikt, und später am Nachmittag des zweiten Tages erkannte er den Namen der Rindijkstraat und fand bald eine Querstraße, deren Namen er ebenfalls wiedererkannte – Erasmussingel –, und danach war es leicht, zu der frühesten Stelle zu kommen, an die er sich erinnerte, der Hintertür eines Restaurants, in dem man ihn gefüttert hatte, als er noch ein Baby gewesen war und nicht richtig reden konnte, und die Erwachsenen zu ihm geeilt waren, um ihm zu helfen, statt ihn aus dem Weg zu kicken.

Dort stand er in der Abenddämmerung. Nichts hatte sich verändert. Er konnte sich die Frau genau vorstellen, mit einer kleinen Essensschale, die sie ihm hinhielt, wobei sie mit einem Löffel fuchtelte und etwas in einer Sprache sagte, die er nicht verstand. Nun konnte er das Schild über dem

Restaurant lesen und erkannte, dass es Armenisch war und die Frau wahrscheinlich diese Sprache gesprochen hatte.

Welchen Weg hatte er genommen, um hierher zu gelangen? Er hatte das Essen gerochen, als er ... dort entlanggekommen war? Er ging ein kleines Stück weiter, ein kleines Stück die Straße entlang, und drehte sich um, um sich neu zu orientieren.

»Was machst du hier, Fettsack?«

Es waren zwei Kinder, vielleicht acht Jahre alt. Kriegerisch, aber keine Schläger. Vielleicht gehörten sie zu einer Bande. Nein, zu einer Familie, nun, nachdem Achilles alles verändert hatte. Falls die Veränderungen sich bis in diesen Teil der Stadt ausgedehnt hatten.

»Ich soll meinen Papa hier treffen«, sagte Bean.

»Und wer ist dein Papa?«

Bean war sich nicht sicher, ob sie glaubten, dass er mit dem Wort »Papa« seinen Vater meinte oder den Papa seiner »Familie«. Er riskierte es und sagte: »Achilles.«

Sie schnaubten bei dem Gedanken. »Der ist unten am Fluss, aber warum sollte er sich hier oben mit einem Fettsack wie dir treffen?«

Ihr Hohn war belanglos. Es zählte nur, dass Achilles' Ruf sich so weit durch die Stadt verbreitet hatte.

»Das brauche ich euch nicht zu erklären«, sagte Bean. »Und in Achilles' Familie sind alle Kinder so fett wie ich. Weil wir gut zu essen bekommen.«

»Sind sie auch alle so klein wie du?«

»Ich war mal größer, aber ich habe zu viele Fragen gestellt.« Bean drängte sich an ihnen vorbei und ging über die Rozenlaan auf die Gegend zu, in der er die Wohnung des Hausmeisters vermutete.

Sie folgten ihm nicht. Das war die Magie von Achilles' Namen – oder vielleicht war es auch nur Beans grenzenloses Selbstvertrauen und dass er nicht auf sie achtete, als hätte er nichts von ihnen zu fürchten.

Nichts sah hier vertraut aus. Er drehte sich immer wieder

um, weil er wissen wollte, ob er etwas erkannte, wenn er in die Richtung schaute, in die er sich vielleicht bewegt hatte, nachdem er aus der Wohnung des Hausmeisters geflüchtet war.

Es half nichts. Er ging weiter, bis es dunkel war, und selbst dann noch ein Stück. Bis er rein zufällig am Fuß einer Straßenlampe stand und versuchte, ein Schild zu lesen, und ein paar Initialen, die in den Laternenpfahl geschnitzt waren, seine Aufmerksamkeit erweckten: *P ♡ DVM.*

Er hatte keine Ahnung, was das bedeutete, und bei all seinen Versuchen, sich zu erinnern, waren ihm diese Zeichen nie in den Sinn gekommen, aber er wusste, dass er sie schon vorher gesehen hatte. Und nicht nur einmal. Er hatte sie mehrmals gesehen. Die Wohnung des Hausmeisters musste ganz in der Nähe sein.

Er drehte sich langsam um, ließ den Blick schweifen, und da war es: ein kleines Apartmenthaus mit einer Treppe drinnen und einer draußen.

Der Hausmeister wohnte im obersten Stockwerk. Erdgeschoss, erster Stock, zweiter Stock, dritter Stock. Bean ging zu den Briefkästen und versuchte, die Namen zu lesen, aber sie waren zu hoch angebracht und anscheinend alle verblasst, ein paar Schilder fehlten völlig.

Nicht, dass er je den Namen des Hausmeisters gewusst hatte. Und es gab keinen Grund, anzunehmen, dass er ihn erkannt hätte, selbst wenn er imstande gewesen wäre, ihn auf dem Briefkasten zu lesen.

Die Außentreppe führte nicht bis zum obersten Stockwerk. Sie war für eine Arztpraxis im ersten Stock gebaut worden, und wegen der Dunkelheit war die Tür oben am Ende der Treppe verschlossen.

Es gab nichts weiter zu tun, als zu warten. Er würde entweder die ganze Nacht warten und am Morgen durch den einen oder anderen Eingang hineingelangen, oder jemand würde in der Nacht zurückkehren, und dann konnte Bean hinter ihm hereinschlüpfen.

Er schlief ein, wachte auf, schlief erneut ein und wachte wieder auf. Er machte sich Sorgen, dass ein Polizist ihn sehen und wegschicken könnte, also gab er, nachdem er zum zweiten Mal aufgewacht war, auf, so zu tun, als hielte er Wache, kroch unter die Treppe und rollte sich dort für die Nacht zusammen.

Er wurde von trunkenem Lachen geweckt. Es war immer noch dunkel und hatte angefangen, ein wenig zu regnen, aber nicht genug, dass es von der Treppe lief, also blieb Bean trocken. Er streckte den Kopf heraus, um zu sehen, wer da lachte.

Es waren ein Mann und eine Frau, beide ziemlich angeheitert. Der Mann tätschelte und schubste und kniff verstohlen, die Frau wehrte ihn mit halbherzigen Klapsen ab. »Kannst du nicht warten?«, fragte sie.

»Nein«, erwiderte er.

»Du wirst sowieso nur einschlafen«, sagte sie.

»Diesmal nicht«, verkündete er. Dann übergab er sich.

Sie verzog angewidert das Gesicht und ging ohne ihn weiter. Er taumelte hinter ihr her. »Jetzt geht es mir besser. Ich werd's voll draufhaben.«

»Der Preis hat sich gerade erhöht. Und du putzt dir vorher die Zähne.«

»Klar putze ich mir die Zähne.«

Sie standen jetzt direkt vor dem Haus. Bean wartete darauf, hinter ihnen hineinschlüpfen zu können.

Dann erkannte er, dass er nicht warten musste. Der Mann war tatsächlich der Hausmeister von vor Jahren.

Bean trat aus dem Schatten. »Danke, dass Sie ihn heimgebracht haben«, sagte er zu der Frau.

Beide sahen ihn überrascht an.

»Wer bist du?«, fragte der Hausmeister.

Bean schaute die Frau an und verdrehte die Augen. »Ich hoffe, er ist nicht *so* betrunken«, sagte er. Und dann zum Hausmeister gewandt: »Mama wird böse sein, wenn du wieder in diesem Zustand heimkommst.«

»Mama!«, entfuhr es dem Hausmeister. »Von wem zum Teufel redest du eigentlich?«

Die Frau versetzte dem Hausmeister einen Schubs. Er geriet so sehr aus dem Gleichgewicht, dass er gegen die Wand sackte, dann hinrunterrutschte und mit dem Hintern auf dem Bürgersteig landete. »Ich hätte es wissen müssen«, grollte sie. »Du bringst mich nach Hause zu deiner *Frau?*«

»Ich bin nicht verheiratet«, jammerte der Hausmeister. »Das ist nicht mein Kind .«

»Ich bin sicher, dass du die Wahrheit sagst«, fauchte die Frau. »Aber vielleicht solltest du dir trotzdem von ihm die Treppe raufhelfen lassen. Mama wartet.« Sie wollte gehen.

»Was ist mit meinen vierzig Gulden?«, fragte der Hausmeister kläglich, aber er kannte die Antwort schon. Sie machte eine obszöne Geste und ging in die Nacht davon.

»Du kleiner Mistkerl«, sagte der Hausmeister.

»Ich musste mit Ihnen allein sprechen«, erklärte Bean.

»Wer zum Teufel bist du? Wo ist deine Mama?«

»Um das herauszufinden, bin ich hier«, antwortete Bean. »Ich bin das Baby, das Sie gefunden und mit nach Hause genommen haben. Vor drei Jahren.«

Der Mann sah ihn verdutzt an.

Plötzlich ging ein Scheinwerfer an und dann noch einer. Bean und der Hausmeister waren in überlappenden Lichtkreisen gefangen. Vier Polizisten kamen auf sie zu.

»Versuch nicht davonzulaufen, Junge«, sagte ein Polizist. »Und du auch nicht, Casanova.«

Bean erkannte Schwester Carlottas Stimme. »Die beiden haben nichts verbrochen«, meinte sie. »Ich muss nur mit ihnen sprechen. Oben in seiner Wohnung.«

»Sie sind mir gefolgt?«, fragte Bean.

»Ich wusste, dass du nach ihm suchen würdest«, erwiderte sie. »Ich wollte mich nicht einmischen, ehe du ihn gefunden hattest. Nur für den Fall, dass du dich für mächtig schlau hältst, junger Mann: Wir haben vier Ganoven und zwei bekannte Sexualverbrecher aufgehalten, die alle irgendwann hinter dir her waren.«

Bean verdrehte die Augen. »Glauben Sie, ich habe vergessen, wie ich mit solchen Leuten umgehen muss?«

Schwester Carlotta zuckte mit den Achseln. »Ich wollte nicht, dass das hier das erste Mal im Leben ist, dass du einen Fehler machst.«

Sie hatte wirklich eine sarkastische Ader.

»Wie ich schon gesagt habe, von diesem Pablo de Noches war nichts zu erfahren. Er ist ein Einwanderer, der für sein Leben gern Huren begattet. Nur ein weiterer von diesen wertlosen Leuten, die hierher gekommen sind, seit die Niederlande zum Internationalen Territorium erklärt wurden.«

Schwester Carlotta hatte geduldig dagesessen und gewartet, bis der Inspektor mit seiner »Ich habe es Ihnen ja gesagt«-Ansprache fertig war. Aber als er den Hausmeister als wertlos bezeichnete, konnte sie das einfach nicht durchgehen lassen. »Er hat dieses Baby aufgenommen«, entgegnete sie, »und es gefüttert und sich um es gekümmert.«

Der Inspektor winkte ab. »Brauchten wir denn einen weiteren Straßenjungen? Das ist doch alles, was jemals aus diesen Taugenichtsen wird.«

»Etwas haben Sie von ihm erfahren«, widersprach Schwester Carlotta. »Sie haben erfahren, wo er den Jungen gefunden hat.«

»Und die Leute, die das Gebäude zu dieser Zeit gemietet hatten, sind verschwunden. Ein Firmenname, den es eigentlich nie gab. Nichts, was uns weiterführt. Keine Möglichkeit, diese Leute zu finden.«

»Sie haben noch *mehr* erfahren«, beharrte Schwester Carlotta. »An diesem Ort gab es viele Kinder, und die Anlage wurde eilig geschlossen und alle Kinder bis auf eins weggebracht. Sie sagen, dass der Firmenname falsch war und nicht verfolgt werden kann. Ist das nach Ihrer Erfahrung nicht aussagekräftig genug, was die Aktivitäten in dem Gebäude angeht?«

Der Inspektor hob die Schultern. »Selbstverständlich. Es war offensichtlich eine Organfarm.«

Tränen traten Schwester Carlotta in die Augen. »Und das ist die einzige Möglichkeit?«

»Auch reiche Familien haben Kinder mit Organschäden«, sagte der Inspektor. »Es gibt einen Schwarzmarkt für Kinder- und Babyorgane. Wir schließen Organfarmen, wann immer wir eine finden. Vielleicht waren wir dieser hier zu nahe gekommen, und sie haben Wind davon bekommen und sich abgesetzt. Es gibt keine Dokumente in unseren Abteilungen, dass wir tatsächlich in diesem Zeitraum eine Organfarm gefunden hätten. Vielleicht sind sie also auch aus anderen Gründen verschwunden. Aber das heißt immer noch nichts.«

Geduldig ignorierte Schwester Carlotta seine Unfähigkeit, zu erkennen, wie wichtig diese Informationen waren.

»Wo kommen die Babys her?«

Der Inspektor starrte sie begriffsstutzig an, als glaubte er, sie erwartete, dass er ihr die Sache mit den Blüten und den Bienen erklärte.

»Die Organfarmen«, sagte sie, »woher beziehen sie ihre Babys?«

Der Inspektor schüttelte den Kopf. »Für gewöhnlich späte Abtreibungen. Ein Arrangement mit der Klinik, etwas in dieser Richtung.«

»Und das ist die einzige Quelle?«

»Ich weiß nicht. Entführungen? Ich glaube nicht, dass das ein wichtiger Faktor ist. Es gibt nicht *so* viele Babys, die aus den Krankenhäusern verschwinden. Leute, die Babys verkaufen? Ja, so etwas kommt vor. Arme Flüchtlinge treffen mit acht Kindern hier ein, und ein paar Jahre später haben sie nur noch sechs, und sie weinen um die, die gestorben sind, aber wer kann schon irgendwas beweisen? Nichts, was sich verfolgen ließe.«

»Ich habe einen Grund, zu fragen«, erläuterte Schwester Carlotta. »Dieser Junge ist ungewöhnlich. *Extrem* ungewöhnlich.«

»Drei Arme?«, fragte der Inspektor.

»Genial. Frühreif. Er ist von diesem Ort geflohen, bevor er ein Jahr alt war. Bevor er laufen konnte.«

Der Inspektor dachte einen Augenblick darüber nach. »Er ist davongekrochen?«

»Er hat sich in einem Spülkasten versteckt.«

»Er hat den Deckel hochgekriegt, bevor er ein Jahr alt war?«

»Er sagte, er war schwer zu heben.«

»Na gut, es war wahrscheinlich billiges Plastik und kein Porzellan. Sie wissen ja, wie sanitäre Anlagen in Bürogebäuden sind.«

»Aber Sie verstehen jetzt sicher, wieso ich etwas über die Eltern des Kindes erfahren will. Es muss eine wunderbare Kombination von Eltern gewesen sein.«

Der Inspektor machte eine lässige Geste. »Manche Kinder sind eben einfach schlau.«

»Aber es gibt dabei eine erbliche Komponente, Inspektor. Ein Kind wie das hier muss bemerkenswerte Eltern haben. Eltern, die aufgrund ihrer eigenen Genialität auffallen.«

»Mag sein. Mag auch nicht sein«, sagte der Inspektor. »Ein paar von diesen Flüchtlingen sind vielleicht Genies, aber die Zeiten sind schlecht. Vielleicht waren sie verzweifelt genug, um ein Baby zu verkaufen, damit sie die anderen Kinder retten können. Auch das ist eine sehr ›schlaue‹ Sache. Es schließt Flüchtlinge als die Eltern Ihres genialen kleinen Jungen nicht aus.«

»Schon möglich«, meinte Schwester Carlotta.

»Mehr Informationen werden Sie nicht erhalten, denn dieser Pablo de Noches weiß nichts. Er konnte mir kaum sagen, aus welcher Stadt in Spanien er stammt.«

»Er war betrunken, als Sie ihn verhörten«, wandte Schwester Carlotta ein.

»Wir verhören ihn noch einmal, wenn er nüchtern ist«, entgegnete der Inspektor. »Wir lassen es Sie wissen, wenn wir mehr erfahren haben. In der Zwischenzeit müssen Sie sich allerdings mit dem zufrieden geben, was ich Ihnen schon gesagt habe, denn es gibt nichts weiter.«

»Ich habe alles erfahren, was ich im Augenblick wissen muss«, sagte Schwester Carlotta. »Genug, um mir darüber im Klaren zu sein, dass dieses Kind wirklich ein Wunder ist, mit dem Gott große Pläne hat.«

»Ich bin nicht katholisch«, sagte der Inspektor.

»Gott liebt Sie dennoch«, verkündete Schwester Carlotta fröhlich.

TEIL ZWEI

FRISCHLING

5
BEREIT ODER NICHT

»Warum schicken Sie mir einen fünf Jahre alten Straßenjungen?«

»Sie haben die Ergebnisse gesehen.«

»Und ich soll sie ernst nehmen?«

»Da das gesamte Kampfschul-Programm auf der Verlässlichkeit des Testprogramms beruht, denke ich, ja, Sie sollten sie ernst nehmen. Ich habe ein paar Nachforschungen angestellt. Kein Kind hat je besser abgeschnitten. Nicht einmal Ihr Musterschüler.«

»Ich bezweifle nicht den Wert der Tests. Ich habe meine Zweifel an der Testerin.«

»Schwester Carlotta ist eine Nonne. Sie werden keine ehrlichere Person finden.«

»Auch ehrliche Leute machen sich manchmal etwas vor. Sie wollte vielleicht nach all diesen Jahren des Suchens so verzweifelt ein einziges, nur ein einziges Kind finden, das all die Arbeit wert war.«

»Und sie hat es gefunden.«

»Aber sehen Sie sich doch nur an, wie das passiert ist! In ihrem ersten Bericht preist sie diesen Achilles an, und dieser Bean ist eher Nebensache. Dann ist Achilles verschwunden, er wird nicht mehr erwähnt – ist er gestorben? Hat sie nicht versucht, eine Beinoperation für ihn herauszuschlagen? Und jetzt ist ihr Kandidat ein Junge, der nach einem Gemüse benannt wurde.«

»›Bean‹ ist der Name, den er sich selbst gegeben hat. Etwa so, wie ihr Andrew Wiggin sich selbst ›Ender‹ nennt.«

»Er ist nicht *mein* Andrew Wiggin.«

»Und Bean ist nicht Schwester Carlottas Kind. Wenn sie dazu neigen würde, die Ergebnisse zu verfälschen oder die Tests auf ungerechte Weise durchzuführen, hätte sie schon lange andere Schüler ins Programm gedrängt, und wir wüssten bereits, wie unzuverlässig sie ist. Aber sie hat so etwas nie getan. Sie sortiert die Kinder selbst aus, und wenn sie nicht für die Kommandoschule geeignet sind, findet sie einen Platz auf der Erde für sie, vielleicht in einem nichtmilitärischen Programm. Ich glaube, Sie sind einfach verärgert, weil Sie schon beschlossen hatten, alle Aufmerksamkeit und Energie auf diesen Wiggin-Jungen zu richten, und keine Ablenkung mehr wollen.«

»Wann habe ich auf Ihrer Couch gelegen?«

»Wenn meine Analyse falsch ist, bitte ich selbstverständlich um Verzeihung.«

»Selbstverständlich werde ich diesem Kleinen eine Chance geben. Auch wenn ich die Testergebnisse keine Sekunde lang glaube.«

»Nicht nur eine Chance. Fördern Sie ihn. Prüfen Sie ihn. Fordern Sie ihn heraus. Verhindern Sie, dass er sich auf die faule Haut legt.«

»Sie unterschätzen unser Programm. Wir fördern all unsere Schüler und fordern sie auch.«

»Aber manche sind gleicher als andere.«

»Manche nutzen das Programm besser als andere.«

»Ich freue mich schon darauf, Schwester Carlotta von Ihrer Begeisterung zu erzählen.«

Schwester Carlotta vergoss Tränen, als sie Bean sagte, es sei Zeit zu gehen. Beans Augen blieben trocken.

»Ich verstehe, dass du Angst hast, Bean, aber das brauchst du nicht«, sagte sie. »Du wirst dort in Sicherheit sein. Und es gibt so viel zu lernen. So, wie du Wissen aufsaugst, wirst du dort bald sehr glücklich sein. Also wirst du mich überhaupt nicht vermissen.«

Bean blinzelte. Was hatte er getan, das sie glauben ließ, er hätte Angst? Oder er würde sie vermissen?

Er empfand nichts dergleichen. Als er ihr begegnet war, war er vielleicht bereit gewesen, etwas für sie zu empfinden. Sie war freundlich. Sie ernährte ihn. Sie sorgte für seine Sicherheit, gab ihm ein Leben.

Aber dann hatte er Pablo, den Hausmeister, gefunden, und Schwester Carlotta war gekommen und hatte Bean davon abgehalten, mit dem Mann zu reden, der ihn lange vor ihr gerettet hatte. Sie wollte ihm auch nichts davon sagen, was Pablo erzählt oder was sie über den »Sauberen Ort« erfahren hatte.

Von diesem Augenblick an hatte er kein Vertrauen mehr zu ihr gehabt. Bean wusste, was immer Schwester Carlotta tat, sie tat es nicht seinetwegen. Sie benutzte ihn. Er wusste nicht, wozu. Es war vielleicht sogar etwas, was er ohnehin freiwillig getan hätte. Aber sie sagte ihm nicht die Wahrheit. Sie hatte Geheimnisse vor ihm. So, wie auch Achilles Geheimnisse gehabt hatte.

Also hatte er sich in den Monaten, in denen sie ihn unterrichtete, mehr und mehr von ihr entfernt. Alles, was sie ihn gelehrt hatte, hatte er gelernt – und vieles zusätzlich. Er füllte jeden Test aus, den sie ihm gab, und war erfolgreich, aber er ließ sie nicht wissen, dass er mehr gelernt hatte, als sie ihm hatte beibringen wollen.

Selbstverständlich war das Leben mit Schwester Carlotta besser als das Leben auf der Straße – er hatte nicht vor, dorthin zurückzukehren. Aber er traute ihr nicht. Er war die ganze Zeit wachsam. Er war so vorsichtig, wie er es in Achilles' Familie gewesen war. Diese wenigen Tage am Anfang, als er vor ihr geweint hatte, als er sich hatte gehen lassen und ganz offen gesagt hatte, was er dachte – das war ein Fehler gewesen, den er nicht wiederholen würde. Er führte mit ihr ein besseres Leben, aber er war nicht in Sicherheit, und das hier war nicht sein Zuhause.

Er wusste, dass ihre Tränen echt waren. Sie liebte ihn wirklich, und er würde ihr fehlen, wenn er erst fort war. Immerhin war er ein perfektes Kind gewesen, gehorsam, aufnahmefähig, willfährig. Für sie bedeutete das, dass er »gut« war. Für ihn war es eine Möglichkeit, Zugang zu Essen und Wissen zu erhalten. Er war nicht dumm.

Warum glaubte sie, dass er Angst hatte? Weil sie Angst um *ihn* hatte. Daher gab es vielleicht tatsächlich etwas zu befürchten. Er würde vorsichtig sein.

Und warum nahm sie an, dass er sie vermissen würde? Weil sie *ihn* vermissen würde und sich nicht vorstellen konnte, dass er nicht das Gleiche empfand wie sie. Sie hatte eine imaginäre Version von ihm geschaffen. Wie bei den So-tun-als-ob-Spielen, die sie einige Male mit ihm versucht hatte. Die hatten wahrscheinlich mit ihrer eigenen Kindheit zu tun, in einem Haus, wo es immer genug zu essen gegeben hatte. Bean hatte auf der Straße nicht so tun müssen als ob, um seine Fantasie zu entwickeln. Er hatte sich die ganze Zeit überlegen müssen, wie er an Essen herankam, wie er sich in eine Bande drängen, wie er überleben konnte, obwohl er allen anderen nutzlos vorkam. Er musste darüber nachdenken, wie und wann Achilles ihn umbringen würde, weil er sich dafür ausgesprochen hatte, dass Poke Achilles umbrachte. Er musste sich vorstellen, dass hinter jeder Ecke Gefahren lauerten, ein Schläger, der ihm auch noch das letzte Fitzelchen Brot abnehmen würde. Oh, er hatte viel Fantasie. Aber er hatte überhaupt kein Interesse an diesen Spielen.

Es war *ihr* Spiel. Sie spielte es die ganze Zeit. Tun wir so, als wäre Bean ein braver kleiner Junge. Tun wir so, als wäre Bean der Sohn, den diese Nonne nie wirklich haben kann. Tun wir so, als würde Bean weinen, wenn er geht, und als würde er jetzt nur deshalb nicht weinen, weil er zu viel Angst vor dieser neuen Schule hat, vor der Reise in den Weltraum, um seine Emotionen zu zeigen. Tun wir so, als würde Bean mich lieben.

Und als er das verstanden hatte, kam er zu einem Entschluss: Es wird mir nicht schaden, wenn sie das alles glaubt. Und sie will es ja unbedingt glauben. Warum es ihr also nicht geben? Immerhin hat Poke mich bei ihrer Bande bleiben lassen, obwohl sie mich nicht brauchte, weil es auch nichts hatte schaden können. So hatte sich jedenfalls Poke verhalten.

Bean rutschte von seinem Stuhl, ging um den Tisch herum zu Schwester Carlotta und schlang die Arme so weit um sie, wie sie reichten. Sie zog ihn auf ihren Schoß und hielt ihn fest, und ihre Tränen flossen in sein Haar. Er hoffte nur, dass ihre Nase nicht lief. Aber er klammerte sich so lange an sie, wie sie sich an ihn klammerte, und ließ erst los, als sie ihn losließ. Das war alles, was sie von ihm wollte, die einzige Bezahlung, die sie je von ihm verlangt hatte. Für all die Mahlzeiten, den Unterricht, die Bücher, die Sprache, für seine Zukunft war er es ihr schuldig, bei diesem So-tun-als-ob-Spiel mitzumachen.

Dann war der Augenblick vorüber. Er rutschte von ihrem Schoß. Sie tupfte sich die Augen trocken, stand auf, griff nach seiner Hand und führte ihn hinaus zu den wartenden Soldaten, zu dem wartenden Auto.

Als er zu dem Auto kam, ragten die uniformierten Männer hoch über ihm auf. Sie trugen nicht die graue Uniform der Polizei des Internationalen Territoriums, dieser Kindertreter und Stockschwinger. Es war die himmelblaue Kluft der Internationalen Flotte; sie sah sauberer aus, und die Leute, die sich auf der Straße versammelt hatten, wirkten nicht verängstigt, sondern eher ehrfürchtig. Das hier war die Uniform weit entfernter Macht, der Sicherheit für die Menschheit, die Uniform derer, von denen alle Hoffnungen abhingen. Das hier war die Armee, in die Bean eintreten würde.

Aber er war so klein, und als sie auf ihn niederschauten, bekam er tatsächlich Angst und klammerte sich fester an Schwester Carlottas Hand. Würde er einer von ihnen werden? Würde er ein solcher Mann in Uniform werden, der so bewundert wurde? Warum hatte er dann Angst?

Ich habe Angst, dachte Bean, weil ich mir nicht vorstellen kann, dass ich je so groß sein werde.

Einer der Soldaten bückte sich und wollte ihn ins Auto heben. Bean starrte ihn, wütend darüber, an, dass er sich so etwas herausnahm. »Ich kann das allein«, fauchte er.

Der Soldat nickte und richtete sich wieder auf. Bean hob den Fuß auf das Trittbrett des Autos und zog sich hinein. Es war ziemlich hoch, und der Sitz, an dem er sich festhielt, war glatt und gab seinen Händen wenig Halt. Aber er schaffte es und setzte sich in die Mitte des Rücksitzes, an die einzige Stelle, wo er zwischen den Vordersitzen hindurchschauen und sehen konnte, wohin das Auto fuhr.

Einer der Soldaten setzte sich hinter das Steuer. Bean erwartete, dass der andere sich neben ihn auf den Rücksitz setzen würde, und er erwartete eine Auseinandersetzung darüber, ob Bean in der Mitte sitzen durfte oder nicht. Stattdessen stieg der Mann vorn auf der Beifahrerseite ein. Bean blieb auf dem Rücksitz allein.

Er blickte aus dem Seitenfenster zu Schwester Carlotta. Sie tupfte sich die Augen immer noch mit einem Taschentuch ab. Sie winkte ein wenig. Er winkte zurück. Sie schluchzte ein wenig. Der Wagen rutschte auf der magnetischen Schiene in der Straße davon. Schon bald waren sie vor der Stadt, glitten mit hundertfünfzig Stundenkilometern durchs Land. Ihr Ziel war der Flughafen von Amsterdam, einer von dreien in Europa, von denen aus Shuttles in die Umlaufbahn starten konnten. Bean war fertig mit Rotterdam. Und zumindest im Augenblick war er auch mit der Erde fertig.

Bean war noch nie in einem Flugzeug gewesen, und so verstand er nicht, wodurch es sich von einem Shuttle unterschied. Dabei schien das alles zu sein, worüber die anderen Jungen anfangs reden konnten. Ich hätte es für größer gehalten. Steigt es nicht senkrecht auf? Das war der alte Shuttle, Blödmann. Wieso gibts hier keine Tabletts? Das liegt daran, dass du bei Null-Schwerkraft sowieso nichts abstellen kannst, Idiot.

Für Bean war der Himmel der Himmel, und bisher hatte ihn daran höchstens interessiert, ob es regnen, schneien oder stürmen würde. In den Weltraum zu fliegen, kam ihm nicht seltsamer vor, als in die Wolken zu fliegen.

Was ihn faszinierte, waren die anderen Kinder. Die meisten waren Jungen, und alle älter als er. Definitiv alle größer. Ein paar sahen ihn seltsam an, und hinter sich hörte er eines flüstern: »Ist das ein Kind oder eine Puppe?« Aber boshafte Bemerkungen über seine Größe und sein Alter waren ihm nicht neu. Tatsächlich überraschte es ihn, dass es nur die eine Bemerkung gab und die auch noch geflüstert wurde.

Die Kinder faszinierten ihn. Sie waren alle so fett, so weich. Ihre Körper waren wie Kissen, ihre Wangen voll, ihr Haar dicht, ihre Kleidung saß gut. Bean wusste selbstverständlich, dass er jetzt mehr Fett an sich hatte als je zuvor, seit er den »Sauberen Ort« verlassen hatte, aber er sah sich nicht selbst, er sah nur sie, und er verglich sie unwillkürlich mit den Kindern auf der Straße. Sergeant hätte jeden von ihnen auseinander nehmen können. Achilles hätte ... nun, es hatte keinen Sinn, über Achilles nachzudenken.

Bean versuchte sich vorzustellen, wie diese Kinder sich vor einer Suppenküche aufstellten. Oder nach Bonbonpapierchen suchten, die sie ablecken konnten. Was für ein Witz! Sie hatten nie in ihrem Leben eine Mahlzeit versäumt. Bean wollte sie alle so fest in den Bauch boxen, dass sie alles rauskotzten, was sie an diesem Tag gegessen hatten. Sollten sie doch einmal diese Schmerzen in ihrem Magen spüren, diesen nagenden Hunger.

Und dann am nächsten Tag wieder und in der nächsten Stunde, morgens und abends, im Wachen und Schlafen, die stetige Schwäche, die direkt in der Kehle flatterte, dieses flaue Gefühl hinter den Augen, die Kopfschmerzen, den Schwindel, das Anschwellen der Gelenke, das Aufblähen des Bauchs, das Schwinden der Muskeln, bis man kaum mehr die Kraft hatte, aufrecht zu stehen. Diese Kinder hatten noch nie dem Tod ins Gesicht geblickt und beschlossen, trotzdem weiterzumachen. Sie waren selbstsicher. Sie waren unvorsichtig.

Diese Kinder haben gegen mich keine Chance.

Und der nächste Gedanke kam mit ebenso großer Überzeugung: Ich werde sie nie einholen. Sie werden immer größer, stärker, schneller, gesünder sein. Glücklicher. Sie redeten prahlerisch miteinander, sprachen sehnsüchtig von Zuhause, spotteten über die Kinder, die sich nicht qualifiziert hatten, mitzukommen, taten so, als verfügten sie über Insiderwissen über das, was in der Kampfschule passierte. Bean sagte nichts. Er hörte nur zu, beobachtete ihre kleinen Manöver. Einige von ihnen waren entschlossen, ihren Platz in der Hierarchie gleich hier und jetzt festzulegen, andere hielten sich zurück, weil sie wussten, dass ihr Platz weiter unten sein würde; eine Hand voll war entspannt und ruhig, weil sie sich nie wegen einer Hackordnung hatten Gedanken machen müssen und immer oben geschwommen waren. Ein Teil von Bean wollte bei diesem Wettbewerb mitmachen und ihn gewinnen, sich mit Zähnen und Krallen nach oben schaffen. Ein anderer Teil verachtete die ganze Gruppe. Was bedeutete es schon, der Rudelführer eines so räudigen Haufens zu sein?

Dann schaute er seine kleinen Hände an und die Hände des Jungen neben ihm.

Ich sehe im Vergleich mit ihnen wirklich wie eine Puppe aus.

Ein paar beschwerten sich, weil sie Hunger hatten. Es war streng verboten, vierundzwanzig Stunden vor dem Shuttleflug etwas zu essen, und die meisten dieser Kinder hatten nie so lange ohne Essen aushalten müssen. Für Bean waren vierundzwanzig Stunden ohne Essen kaum der Rede wert. In seiner Bande hatte man sich erst ab der zweiten Woche Gedanken über Hunger gemacht.

Der Shuttle stieg auf, genau wie jedes Flugzeug, aber er hatte eine lange, lange Rollbahn, um schnell genug zu werden, weil er so schwer war. Bean war überrascht über die

Bewegung des Shuttles, die Art, wie er gleichzeitig vorwärts raste und stillzustehen schien, die Art, wie er ein wenig wackelte und manchmal ruckte, als rollten sie über Unebenheiten auf einer unsichtbaren Straße.

Als sie eine größere Höhe erreichten, gab es ein Rendezvous mit zwei Tankflugzeugen, um den Rest des Raketentreibstoffs aufzunehmen, den sie brauchten, um die nötige Geschwindigkeit zu erreichen. Der Shuttle hätte nie mit so viel Treibstoff an Bord abheben können.

Während des Tankvorgangs kam ein Mann aus der Pilotenkabine und stellte sich vor die Sitzreihen. Seine himmelblaue Uniform war frisch und saß perfekt, und sein Lächeln wirkte ebenso gestärkt, gebügelt und schmutzabweisend wie seine Kleidung.

»Meine lieben kleinen Kinder«, sagte er, »einige von euch können offenbar nicht lesen. Eure Gurte sollen während des gesamten Flugs an Ort und Stelle bleiben. Warum sind so viele von ihnen gelöst? Wollt ihr irgendwohin?«

Vielfaches Schnalzen antwortete ihm wie zerstreuter Applaus.

»Und ich möchte euch auch warnen, dass ihr, ganz gleich, wie nervtötend oder verlockend ein anderes Kind sein mag, die Hände bei euch behalten solltet. Ihr solltet immer daran denken, dass die Kinder rings um euch ebenso gute Ergebnisse erzielt haben wie ihr, und einige davon sogar bessere.«

Bean dachte: Das ist unmöglich. Jemand muss hier das beste Ergebnis haben.

Ein Junge gegenüber hatte den gleichen Gedanken. »Ach ja?«, sagte er sarkastisch.

»Ich wollte eigentlich weitersprechen, aber gut, ich lasse mich ablenken«, griff der Mann die Bemerkung auf. »Bitte teile uns doch mit, was dich so sehr bezaubert hat, dass du es nicht für dich behalten konntest.«

Der Junge wusste, dass er einen Fehler begangen hatte, aber er beschloss, es durchzuziehen. »Jemand hat hier ganz sicher die besten Ergebnisse.«

Der Mann sah ihn an, als wolle er ihn auffordern, weiterzureden.

Ihn auffordern, sich ein noch tieferes Grab zu schaufeln, dachte Bean.

»Ich meine, Sie sagten, jeder habe gleich viel Punkte und einige hätten sogar noch mehr, und das kann ja wohl nicht angehen.«

Der Mann wartete eine Weile.

»Das ist alles, was ich zu sagen hatte.«

»Geht es dir jetzt besser?«, fragte der Mann.

Der Junge schwieg mürrisch.

Ohne dass sich das vollendete Lächeln verändert hätte, wechselte der Mann seinen Tonfall, und statt Sarkasmus lag nun die Schärfe einer Drohung darin.

»Ich habe eine Frage gestellt, mein Junge.«

»Nein, es geht mir nicht besser.«

»Wie heißt du?«, fragte der Mann.

»Nero.«

Ein paar Kinder, die sich etwas mit Geschichte auskannten, lachten über den Namen. Auch Bean wusste von Kaiser Nero. Aber er lachte nicht. Er wusste, dass ein Kind namens Bean besser nicht über anderer Leute Namen lachte. Außerdem konnte ein solcher Name eine wahre Last sein. Es sagte etwas über die Kraft des Jungen oder zumindest über seinen Trotz aus, dass er keinen Spitznamen angegeben hatte.

Oder vielleicht *war* Nero sein Spitzname.

»Nur ... Nero?«, fragte der Mann.

»Nero Boulanger.«

»Franzose? Oder nur hungrig?«

Bean verstand den Witz nicht. War Boulanger ein Name, der etwas mit Essen zu tun hatte?

»Algerier.«

»Nero, du bist für alle Kinder in diesem Shuttle ein Vorbild. Die meisten von ihnen sind so dumm, dass sie glauben, es sei besser, ihre dümmsten Gedanken für sich zu behalten.

Du jedoch verstehst die tiefe Wahrheit, dass du deine Dummheit öffentlich zeigen musst. Deine Dummheit für dich zu behalten, würde bedeuten, sich ihr hinzugeben, dich an sie zu klammern, sie zu beschützen. Aber wenn du deine Dummheit öffentlich machst, gibst du dir die Gelegenheit, dass sie auffällt, dass sie verbessert werden und durch Weisheit ersetzt werden kann. Seid tapfer, ihr alle, wie Nero Boulanger, und wenn ihr einen Gedanken von solch überragender Ignoranz habt, dass ihr glaubt, ihr wäret tatsächlich schlau, macht auf jeden Fall irgendwelchen Lärm, damit eure geistigen Begrenzungen sich in den winselnden Furz eines Gedankens verwandeln und ihr die Chance habt, etwas zu lernen.«

Nero murmelte etwas.

»Hört euch das an – weitere Blähungen, aber diesmal sogar noch weniger artikuliert als zuvor! Sag es uns, Nero. Sprich es laut aus. Du belehrst uns alle durch das Beispiel deines Mutes, so halbherzig er auch sein mag.«

Ein paar Schüler lachten.

»Und jetzt hör dir das an – dein Furz hat andere Fürze hervorgelockt, von Typen, die ebenso dumm sind, weil sie glauben, sie wären dir irgendwie überlegen und leuchtende Beispiele genialen Intellekts.«

Jetzt erklang kein Lachen mehr.

Bean spürte so etwas wie Gefahr, denn er wusste, dass dieser verbale Schlagabtausch, oder genauer gesagt, dieser einseitige verbale Angriff, diese Folter, dieses öffentliche Lächerlichmachen, irgendwie einen gewundenen Pfad finden würde, der zu ihm hinführte. Er wusste nicht, wieso er das vermutete, denn der Mann in Uniform hatte ihm nicht einmal einen Blick zugeworfen, und Bean hatte keinen Laut von sich gegeben, hatte nichts getan, um die Aufmerksamkeit auf sich zu lenken. Aber er wusste, dass er und nicht Nero die grausamsten Dolchstöße von diesem Mann würde hinnehmen müssen.

Dann wurde Bean klar, wieso er so überzeugt war, dass es

sich gegen ihn wenden würde. Das hier war eine eklige kleine Auseinandersetzung darüber, ob jemand höhere Punktzahlen erreicht hatte als jeder andere im Shuttle. Und Bean hatte ohne jeden ersichtlichen Grund angenommen, dass er das Kind mit der höchsten Punktzahl war.

Nun, da ihm klar wurde, was er gedacht hatte, wusste er sofort, wie absurd das war. Diese Kinder waren alle älter und mit viel mehr Vorteilen aufgewachsen. Er hatte nur Schwester Carlotta als Lehrer gehabt – Schwester Carlotta und selbstverständlich die Straße, obwohl bei den Tests nur wenige Dinge aufgetaucht waren, die er *dort* gelernt hatte.

Es war vollkommen unmöglich, dass er die höchste Punktzahl haben konnte. Und dennoch wusste er mit absoluter Sicherheit, dass diese Diskussion gefährlich für ihn war.

»Ich habe gesagt, du sollst es laut aussprechen, Nero. Ich warte.«

»Ich verstehe immer noch nicht, wieso das, was ich gesagt habe, dumm gewesen sein soll«, raunte Nero.

»Erstens war es dumm, weil ich hier alle Autorität habe und du keine, also habe ich auch die Macht, dir das Leben zur Hölle zu machen, und du hast nicht die Macht, dich davor zu schützen. Wie viel Intelligenz braucht es folglich, um den Mund zu halten und zu vermeiden, überhaupt aufzufallen? Was läge näher, wenn man einer so ungleichen Machtverteilung gegenübersteht?«

Nero wand sich auf seinem Sitz.

»Zweitens hast du mir offenbar zugehört, aber nicht, um nützliche Informationen zu erhalten, sondern um mich bei einem logischen Fehler zu erwischen. Das sagt uns, dass du daran gewöhnt bist, schlauer zu sein als deine Lehrer, und dass du ihnen zuhörst, um sie bei Fehlern zu erwischen und den anderen Schülern zu beweisen, wie schlau du bist. Das ist eine absolut sinnlose, dumme Art, Lehrern zuzuhören, und es macht mir vollends klar, dass du monatelang Zeit verschwenden wirst, bevor du endlich eins begreifst: Die einzige Transaktion, die zählt, ist die Weitergabe nützlicher

Informationen durch Erwachsene, die sie besitzen, an Kinder, die nicht darüber verfügen, und es stellt einen kriminellen Missbrauch von Zeit dar, sie bei Fehlern erwischen zu wollen.«

Bean war nicht dieser Ansicht, aber er schwieg. Der kriminellen Missbrauch von Zeit bestand darin, die Lehrer auf die Fehler hinzuweisen. Sie dabei zu erwischen – die Fehler zu bemerken – war essenziell. Wenn man in seinem eigenen Kopf nicht zwischen nützlicher und fehlerhafter Information unterschied, lernte man überhaupt nichts, man ersetzte einfach nur Unwissen durch falschen Glauben, was keine Verbesserung darstellte.

Der Mann hatte allerdings Recht, wenn er anmerkte, wie nutzlos es war, darüber zu sprechen. Wenn ich weiß, dass der Lehrer einen Fehler macht, und ich nichts sage, bleibe ich der Einzige, der es weiß, und das verschafft mir einen Vorteil über die, die dem Lehrer glauben.

»Drittens«, fuhr der Mann fort, »scheint meine Aussage nur widersprüchlich und unmöglich zu sein, weil du nicht über die Oberfläche der Situation hinausgedacht hast. Tatsächlich trifft es nicht unbedingt zu, dass eine einzige Person die höchste Punktzahl von allen in diesem Shuttle hat. Das liegt daran, dass es viele Tests gab, körperliche, geistige, soziale, psychologische, und viele Wege, zu definieren, worin eine Bestleistung besteht, also auch viele Möglichkeiten, körperlich oder gesellschaftlich oder psychologisch zum Kommandanten geeignet zu sein. Kinder, die die besten Ergebnisse bei der Ausdauerprüfung hatten, hatten vielleicht nicht die besten Ergebnisse beim Krafttest; Kinder, die die höchste Punktzahl für Gedächtnisleistungen erreichten, haben vielleicht bei vorwegnehmender Analyse nicht so gut abgeschnitten. Kinder mit bemerkenswerten sozialen Fähigkeiten sind vielleicht schwächer, wenn es um den Aufschub von Genüssen geht. Fängst du jetzt an, zu begreifen, wie oberflächlich das Denken war, dass zu deinem dummen und nutzlosen Schluss geführt hat?«

Nero nickte.

»Lass uns noch einmal das Geräusch deiner Blähungen hören, Nero. Und sprich genauso laut, wenn du deine Fehler zugibst, wie du laut dabei warst, sie zu machen.«

»Ich habe mich geirrt.«

Es gab keinen Jungen im Shuttle, der in diesem Augenblick nicht lieber gestorben wäre, als mit Nero zu tauschen. Und dennoch verspürte Bean auch so etwas wie Neid, obwohl er nicht verstand, wieso er das Opfer solcher Foltern beneiden sollte.

»Und dennoch«, sagte der Mann, »hast du auf diesem Flug vielleicht weniger Unrecht als bei allen anderen Shuttles mit Frischlingen, die zur Kampfschule fliegen, und weißt du auch, warum?«

Nero entschied sich, besser nichts mehr zu sagen.

»Weiß jemand warum? Kann es jemand erraten? Ich lade zu Spekulationen ein.«

Niemand nahm die Einladung an.

»Dann will ich einen Freiwilligen bestimmen. Es gibt hier ein Kind, das – so seltsam das klingen mag – ›Bean‹ heißt. Würde dieses Kind sich bitte melden?«

Jetzt geht es los, dachte Bean. Er war von Entsetzen erfüllt, aber er war auch aufgeregt, denn dies war es, was er wollte, obwohl er den Grund nicht kannte. Schaut mich an. Redet mit mir, ihr mit der Macht, ihr mit der Autorität.

»Ich bin hier, Sir«, sagte Bean.

Der Mann sah sich demonstrativ um und tat so, als wäre er nicht imstande, Bean zu finden. Das war selbstverständlich nur Theater – er hatte genau gewusst, wo Bean saß, bevor er ihn noch erwähnte. »Mir ist nicht ganz klar, woher deine Stimme kommt. Würdest du bitte die Hand heben?«

Sofort hob Bean die Hand. Er erkannte zu seiner Beschämung, dass seine Hand nicht über die hohe Sitzlehne hinausreichte.

»Ich kann dich immer noch nicht sehen«, sagte der Mann, obwohl er es selbstverständlich konnte. »Ich erlaube dir, die Gurte zu lösen und dich auf deinen Sitz zu stellen.«

Bean gehorchte sofort, schälte sich aus den Gurten und sprang auf. Er war kaum höher als die Sitzlehne vor ihm.

»Ah, da bist du«, sagte der Mann. »Bean, wärst du wohl so freundlich, darüber zu spekulieren, wieso Nero in diesem Shuttle vielleicht eher Recht hatte als in jedem anderen?«

»Vielleicht hat jemand hier bei vielen Tests die höchste Punktzahl gehabt.«

»Nicht nur bei vielen Tests, Bean. Bei allen Tests des Intellekts. Allen psychologischen Tests. Allen, die etwas mit der Fähigkeit, zu kommandieren, zu tun haben. Bei jedem einzelnen davon. Eine höhere Punktzahl als jeder andere in diesem Shuttle.«

»Also hatte ich doch Recht«, sagte Nero mit erneutem Trotz.

»Nein, hattest du nicht«, entgegnete der Mann. »Dieses bemerkenswerte Kind, das bei allen Prüfungen, die mit Kommandofähigkeit zu tun haben, die höchste Punktzahl erreichte, hatte nämlich bei den körperlichen Tests die niedrigste Punktzahl. Und wisst ihr auch, warum?«

Niemand antwortete.

»Bean, da du ohnehin gerade stehst, könntest du vielleicht darüber spekulieren, wieso dieses eine Kind bei den körperlichen Tests so schlecht abgeschnitten hat?«

Bean wusste, dass er in der Falle saß. Und er weigerte sich, sich vor der offensichtlichen Antwort zu verstecken. Er würde es aussprechen, obwohl die Frage dazu gedacht war, die anderen dazu zu bringen, ihn für die Antwort zu verachten. Andererseits würden sie das sowieso tun, ganz gleich, wer antwortete.

»Vielleicht hat er die geringste Anzahl bei den körperlichen Tests, weil er sehr, sehr klein ist.«

Das Aufstöhnen vieler Jungen zeigte, wie angewidert sie von dieser Antwort waren. Von der Arroganz und Eitelkeit, die dahinter steckte.

Aber der Mann in der Uniform nickte nur ernst.

»Wie man von einem Jungen mit solch bemerkenswerten Fähigkeiten erwarten würde, hast du vollkommen Recht. Nur die ungewöhnlich kleine Statur dieses Jungen hielt Nero davon ab, absolut richtig zu liegen, als er behauptete, dass es ein Kind geben müsse, dessen Testergebnisse besser seien als die jedes anderen.«

Er wandte sich Nero zu. »So dicht daran, ein vollkommener Narr zu sein«, meinte er. »Und dennoch ... selbst wenn du Recht gehabt hättest, dann nur zufällig. Eine Uhr, die nicht mehr geht, zeigt auch zweimal am Tag die richtige Zeit an. Jetzt setz dich hin, Bean, und leg deinen Gurt wieder an. Der Shuttle ist betankt, und wir starten bald durch.«

Bean setzte sich. Er konnte die Feindseligkeit der anderen Kinder spüren. Im Augenblick gab es nichts, was sich dagegen tun ließ, und er war ohnehin nicht sicher, ob es sich wirklich so nachteilig auswirken würde. Was zählte, war die viel interessantere Frage: Warum hatte der Mann ihn so in den Mittelpunkt gestellt? Wenn es darum ging, die Kinder zum Wettbewerb zu ermutigen, hätten sie auch einfach eine Liste mit allen Testergebnissen herumreichen können, damit jeder sah, wo er stand. Stattdessen hatte man Bean bloßgestellt. Er war bereits der Kleinste und wusste aus Erfahrung, dass er damit zur Zielscheibe für jeden boshaften Impuls im Herzen eines jeden kleinen Tyrannen wurde. Warum zeichneten sie also diesen großen Kreis um ihn und all diese Pfeile, die auf ihn deuteten, und verlangten praktisch, dass alle ihn zum Hauptziel ihrer Angst und ihres Hasses machten?

Also gut, stellt euch auf das Ziel ein und haltet die Pfeile bereit. Ich werde in dieser Schule gut genug abschneiden, dass ich eines Tages die Autorität haben werde, und dann zählt es nicht mehr, wer mich mag. Dann zählt nur noch, wen *ich* mag.

»Wie ihr euch vielleicht erinnert«, sagte der Mann, »war ich vor dem ersten Furz aus dem Mund von Nero Prahlhans hier dabei, etwas zu erklären. Ich sagte, dass ihr euch, wenn ein Kind hier offensichtlich ein hervorragendes Ziel für euer jämmerliches Bedürfnis abgibt, Überlegenheit in einer Situation zu beweisen, in der ihr unsicher seid, ob man euch als den Helden anerkennt, für den ihr euch haltet, besser zurückhalten und davon absehen solltet, zu zwicken, zu schubsen, zuzuschlagen oder gar provozierende, höhnische Bemerkungen zu machen und zu schnauben wie ein Warzenschwein, nur weil ihr jemanden für ein leichtes Ziel haltet. Und der Grund, wieso ihr davon Abstand nehmen solltet, besteht darin, dass ihr nicht wisst, wer aus dieser Gruppe einmal *euer* Kommandant sein wird, der Admiral, während ihr erst ein Captain seid.

Glaubt bloß nicht auch nur für einen einzigen Augenblick, dass sie vergessen werden, wie ihr sie behandelt habt, denn wenn ihr das glaubt, seid ihr wirklich dumm. Sind sie gute Kommandanten, werden sie euch im Kampf effektiv einsetzen, ganz gleich, wie sehr sie euch verabscheuen. Aber sie brauchen euch nicht unbedingt dabei zu helfen, mit eurer Karriere weiterzukommen. Sie brauchen nicht freundlich und nachsichtig zu sein. Denkt darüber nach. Die Leute, die ihr hier seht, werden euch vielleicht eines Tages Befehle erteilen, die darüber entscheiden, ob ihr sterbt oder überlebt. Ich schlage vor, daran zu arbeiten, ihren Respekt zu erwerben, statt sie zu erniedrigen, nur damit ihr wie auf dem Schulhof prahlen könnt.«

Wieder bedachte der Mann Bean mit einem eisigen Lächeln.

»Und ich wette, dass Bean hier bereits plant, der Admiral zu werden, der euch eines Tages die Befehle erteilt. Er hat sogar vor, *mir* zu befehlen, einsam Wache in einem Asteroidenobservatorium zu schieben, bis meine Knochen sich vor Osteoporose auflösen und ich in der Station herumschwappe wie eine Amöbe.«

Bean hatte keinen Augenblick an einen künftigen Wettbewerb zwischen ihm und diesem Offizier gedacht. Er hatte kein Bedürfnis nach Rache. Er war nicht Achilles. Achilles war dumm, und es war dumm von diesem Offizier, anzunehmen, dass Bean so dachte. Aber zweifellos erwartete er, dass Bean ihm dankbar sein würde, weil er die anderen gerade davor gewarnt hatte, ihn zu schikanieren. Dabei war Bean schon von schlimmeren Mistkerlen schikaniert worden, als die hier es je sein konnten; der »Schutz« des Offiziers war unnötig, und er machte die Kluft zwischen Bean und den anderen Kindern nur noch breiter. Die anderen hätten ihn nach ein paar Raufereien wahrscheinlich als menschliches Wesen angesehen und vielleicht akzeptiert. Aber jetzt würde es keine Raufereien geben. Keine Möglichkeit, auf leichtem Weg Brücken zu bauen.

Das war der Grund für die Verärgerung, die der Mann Bean jetzt offenbar ansah. »Ich will dir mal etwas sagen, Bean. Es ist mir gleich, was du mit mir machst. Es gibt nur einen Feind, der zählt. Die Schaben. Und wenn du zu dem Admiral heranwächst, der uns zu einem Sieg über die Schaben verhilft und die Erde sicher für die Menschheit macht, dann kannst du mich auch dazu zwingen, für dich durch den Schlamm zu robben, und ich werde immer noch sagen: ›Danke, Sir.‹ Die Schaben sind der Feind. Nicht Nero. Nicht Bean. Nicht einmal ich. Also lasst die Finger voneinander.«

Wieder grinste er freudlos.

»Außerdem, als das letzte Mal jemand versucht hat, ein anderes Kind einzuschüchtern, ist er in der Schwerelosigkeit durch den Shuttle gesegelt und hat sich den Arm gebrochen. Das ist eine Grundregel der Strategie: Solange ihr nicht wisst, ob ihr härter seid als der Feind, weicht ihr aus und lasst euch auf keinen Kampf ein. Betrachtet das als eure erste Lektion in der Kampfschule.«

Erste Lektion? Kein Wunder, dass sie diesen Kerl dazu einsetzten, sich bei Shuttleflügen um die Kinder zu kümmern, statt ihn unterrichten zu lassen. Folgte man *dieser* kleinen Weisheit, wäre man gegen einen überlegenen Feind vollkommen gelähmt. Manchmal musste man sich auf einen Kampf einlassen, selbst wenn man schwach war, und man durfte nicht warten, bis man sich vollkommen sicher war, härter zu sein. Man *machte* sich härter, mit allen Mitteln, die einem zur Verfügung standen, und dann schlug man überraschend zu, schlich sich an, versetzte Dolchstöße, log, betrog und tat alles, was notwenig war, um zu gewinnen.

Dieser Typ hier kam sich vielleicht taff vor, als einziger Erwachsener auf einem Shuttle voller Kinder, aber als Kind auf den Straßen von Rotterdam hätte sein »Ausweichen« ihm innerhalb eines Monats den Hungertod gebracht. Falls er nicht vorher schon umgebracht worden wäre, einfach nur, weil er so selbstgefällig daherschwafelte.

Der Mann drehte sich wieder um und wollte in die Kontrollkabine gehen.

Bean rief ihm hinterher: »Wie heißen Sie?«

Der Mann drehte sich um und versetzte ihm einen mörderischen Blick. »Hast du schon einen Entwurf für den Befehl im Kopf, der mich wegputzen soll, Bean?«

Bean antwortete nicht, er schaute ihm nur in die Augen.

»Ich bin Captain Dimak. Gibt es sonst noch etwas, was du wissen möchtest?«

Er konnte es genauso gut gleich erfragen.

»Unterrichten Sie in der Kampfschule?«

»Ja«, sagte der Mann, »zur Erde zu fliegen und Shuttleladungen kleiner Jungs und Mädchen aufzulesen, verschafft uns Heimaturlaub. Und genau wie für euch bedeutet meine Anwesenheit in diesem Shuttle auch für mich, dass die Ferien vorüber sind.«

Die Tankflugzeuge drehten ab und stiegen über ihnen auf. Nein, es war ihr Schiff, das sank. Das Heck des Shuttles sank sogar tiefer als die Nase.

Metallabdeckungen schoben sich über die Fenster. Es fühlte sich an, als fielen sie schneller, schneller ... bis die Raketen mit einem Brüllen, das die Knochen zum Erbeben brachte, zündeten und der Shuttle begann, sich wieder zu erheben. Höher, schneller, schneller, bis Bean sich fühlte, als würde er gleich durch die Rücklehne seines Sessels gedrückt. Es schien eine Ewigkeit unablässig so weiterzugehen.

Dann ... Stille.

Stille und eine Welle von Panik. Sie fielen abermals, aber diesmal gab es kein Abwärts, nur Übelkeit und Angst.

Bean schloss die Augen. Es half nichts. Er öffnete sie wieder und versuchte, sich neu zu orientieren. Keine Richtung gab ihm Gleichgewicht. Aber er hatte sich auf der Straße beigebracht, sich nicht von Übelkeit überwältigen zu lassen – vieles von dem Essen, das er gefunden hatte, war schon ein wenig verdorben gewesen, und er hatte es sich nicht leisten können, sich zu übergeben. Also fing er mit seiner Anti-Übelkeits-Routine an: tief Luft holen und sich ablenken, indem er sich darauf konzentrierte, mit den Zehen zu wackeln. Und nach überraschend kurzer Zeit war er an die Schwerelosigkeit gewöhnt. Solange er nicht erwartete, dass irgendwo unten war, ging es ihm gut.

Die anderen Kinder hatten keine solche Übung, oder vielleicht waren sie auch nur empfindlicher gegenüber dem jähen, gnadenlosen Verlust des Gleichgewichts. Nun wurde klar, wieso man ihnen verboten hatte, vor dem Start etwas zu essen. Es gab viel Würgen, aber wenn nichts im Magen ist, gibt es auch keinen Dreck, keinen Gestank.

Dimak kehrte in die Shuttlekabine zurück und stand jetzt an der Decke. Wie putzig, dachte Bean. Eine weitere Lektion begann, diesmal darüber, wie man die üblichen Annahmen über Richtung und Schwerkraft loswurde. Konnten diese Kinder wirklich dermaßen dumm sein, dass man ihnen so offensichtliche Dinge beibringen musste?

Bean verbrachte die Zeit der Lektion damit, herauszufinden, wie viel Druck es brauchte, um sich in seinen lose sitzenden Gurten zu bewegen. Die anderen Kinder waren groß genug, dass die Gurte festsaßen und jede Bewegung verhinderten. Bean allein hatte ausreichend Spielraum, um etwas manövrieren zu können. Er nutzte es so gut wie möglich aus. Er war entschlossen, bis sie die Kampfschule erreichten, schon ein wenig Übung darin zu haben, sich in der Schwerelosigkeit zu bewegen. Er nahm an, dass im Raum sein Überleben eines Tages davon abhängen würde, genau zu wissen, wie viel Kraft erforderlich war, seinen Körper in Bewegung zu versetzen, und wie viel, um diese Bewegung wieder aufzuhalten. Und es im Kopf zu wissen war nicht halb so wichtig, wie dass der Körper es wusste. Etwas analysieren zu können war gut und schön, aber Reflexe waren es, die einem das Leben retteten.

6
ENDERS SCHATTEN

»Normalerweise sind Ihre Berichte über eine Frischlingsgruppe kurz: ein paar Ruhestörer, ein Zwischenfallbericht, oder – und das sind die besten – gar nichts.«

»Es steht Ihnen frei, sämtliche Teile meines Berichts außer Acht zu lassen, Sir.«

»Sir? O je, wir sind heute aber empfindlich.«

»Welchen Teil meines Berichts hielten Sie denn für übertrieben?«

»Für mich klingt dieser Bericht wie ein Liebeslied.«

»Ich fand, es würde vielleicht ein wenig kriecherisch wirken, bei jedem Shuttle die Methoden einzusetzen, die Sie bei Ender Wiggin angewendet haben, aber –«

»Sie machen das bei jedem Shuttle?«

»Wie Ihnen schon aufgefallen ist, Sir, ergibt das interessante Ergebnisse. Es führt zu einem sofortigen Selektionsprozess.«

»Einem Sortieren in Kategorien, die es sonst vielleicht nicht einmal geben würde. Dennoch nehme ich das Kompliment an, das Sie mir durch Ihr Handeln gemacht haben. Aber sieben Seiten über Bean – haben Sie wirklich so viel aus einer Reaktion erfahren, die in erster Linie stille Willfährigkeit war?«

»Das meine ich ja gerade, Sir. Es war alles andere als das. Es war – *ich* war es, der das Experiment durchführte, aber es kam mir so vor, als würde mich ein großes Auge durchs Mikroskop betrachten und als wäre ich der Gegenstand auf dem Objektträger.«

»Er hat Sie also beunruhigt.«

»Er würde jeden aus dem Konzept bringen. Er ist kalt, Sir. Und doch –«

»Und doch lodert ein Feuer in ihm, ja, ich habe Ihren Bericht gelesen. Jede einzelne faszinierende Seite davon.«

»Danke, Sir.«

»Ich glaube, Sie wissen, dass es allgemein als zweckmäßig gilt, keine Vorlieben für Schüler zu entwickeln.«

»Sir?«

»In diesem Fall bin ich jedoch entzückt, dass Sie sich so sehr für Bean interessieren. Weil ich es nämlich nicht tue. Ich habe schon einen Jungen, von dem ich glaube, dass er für uns die beste Wahl wäre. Aber wir stehen wegen Beans verfluchter gefälschter Testergebnisse unter beträchtlichem Druck, ihm besondere Aufmerksamkeit zu schenken. Also soll er diese Aufmerksamkeit auch bekommen. Und zwar von Ihnen.«

»Aber, Sir ...«

»Vielleicht sind Sie nicht imstande, einen Befehl von einer Einladung zu unterscheiden.«

»Ich mache mir nur Sorgen, weil ... ich denke ... er hält offenbar nicht viel von mir.«

»Gut. Dann wird er Sie unterschätzen. Es sei denn, Sie glauben, dass seine schlechte Meinung korrekt ist.«

»Verglichen mit ihm, Sir, sind wir vielleicht alle ein bisschen dumm.«

»Ihr Auftrag ist, ihm Aufmerksamkeit entgegenzubringen. Versuchen Sie, ihn nicht gleich anzubeten.«

An diesem ersten Tag in der Kampfschule hatte Bean nichts weiter als das Überleben im Kopf. Niemand würde ihm helfen – dafür hatte Dimak mit seiner kleinen Ansprache im Shuttle gesorgt. Sie legten es darauf an, dass er umgeben war von ... von was? Bestenfalls Rivalen, schlimmstenfalls Feinden. Also war es wieder wie auf der Straße. Nun, das war schon in Ordnung. Bean hatte auf der Straße überlebt. Und er hätte weiter dort überlebt, auch wenn Schwester Carlotta ihn nicht gefunden hätte. Selbst ohne Pablo – Bean hätte es vielleicht sogar geschafft, wenn Pablo, der Hausmeister, ihn nicht in der Toilette des »Sauberen Orts« gefunden hätte.

Also beobachtete er. Er hörte zu. Alles, was die anderen lernten, musste er ebenfalls lernen, und vielleicht sogar besser als sie. Und darüber hinaus musste er auch das herausfinden, was den anderen entging – wie die Gruppen funktionierten, wie die Kampfschule aufgebaut war. Wie die Lehrer miteinander auskamen. Bei wem die Macht lag. Wer vor wem Angst hatte. Jede Gruppe hatte ihre Bosse und ihre Schleimer, ihre Rebellen und ihre dummen Schafe. Jede Gruppe hatte starke Verbindungen und schwache, Freundschaften und Heucheleien. Lügen in Lügen in Lügen. Und Bean musste alles so schnell wie möglich erforschen, um Freiräume zu finden, in denen er überleben konnte.

Man brachte sie in ihre Unterkunft und teilte ihnen Betten, Spinde und kleine, tragbare Pulte zu, die viel komplizierter waren als das, was er beim Unterricht mit Schwester Carlotta benutzt hatte. Ein paar begannen sich sofort damit zu beschäftigen, versuchten, zu programmieren oder die eingebauten Spiele zu erforschen, aber Bean interessierte sich nicht dafür. Das Computersystem der Kampfschule war keine Person; es würde langfristig hilfreich sein, es zu durchschauen, aber heute war das noch unwesentlich. Was Bean herausfinden musste, war, was sich außerhalb der Frischlings-Unterkünfte befand.

Schon bald begaben sie sich nach draußen. Sie waren am »Morgen« eingetroffen, wenn man der Weltraumzeit nach ging – was zum Ärger von vielen in Europa und Asien Florida-Zeit bedeutete, da die Stationen seit ihren frühesten Anfängen von dort aus kontrolliert wurden.

Die Kinder in Beans Frischlingsgruppe kamen aus Europa, und so war für sie später Nachmittag, was bedeutete, dass sie ein ernstes Zeitproblem haben würden. Dimak erklärte, dass die Kur dafür in angestrengter körperlicher Betätigung und danach einem kurzen Schläfchen am frühen Nachmittag bestünde – nicht mehr als drei Stunden –, worauf sie wieder aufstehen und weitere Übungen machen würden, sodass sie am Abend zur üblichen Schlafenszeit für Schüler die Betten aufsuchen konnten.

Sie stellten sich im Flur in einer Reihe auf. »Grün-Braun-Grün«, sagte Dimak und zeigte ihnen, wie Linien in diesen Farben an den Flurwänden sie immer wieder zu ihrer Unterkunft bringen würden. Bean fand sich mehrmals aus der Reihe geschubst und landete schließlich am Ende. Das interessierte ihn nicht – reines Geschubse führte nicht zu Blutvergießen und hinterließ keine Prellungen, und ganz hinten war der beste Beobachtungsplatz.

Andere Kinder kamen im Flur an ihnen vorbei, manchmal einzeln, manchmal zu zweit oder zu dritt, die meisten in bunten Uniformen in vielen unterschiedlichen Mustern. Einmal kamen sie an einer ganzen Anzahl von Kindern vorbei, die alle gleich gekleidet waren, Helme trugen und extravagante Waffen hielten und die mit einer Entschlossenheit vorübertrabten, die Bean faszinierte. Das ist ein Trupp, dachte er. Und er zieht in den Kampf.

Sie waren allerdings nicht so konzentriert, dass sie die Neuen nicht bemerkt hätten, die den Flur entlanggingen und sie ehrfürchtig anstarrten. Sofort gab es schrille Pfiffe und Rufe: »Frischlinge! Frischfleisch!« »Die machen Kaka im Flur und putzen es nicht weg!« »Sie riechen sogar dumm!« Aber das waren alles harmlose Neckereien, Ältere, die ihre Überlegenheit bekundeten. Es hatte nichts weiter zu bedeuten. Keine wirkliche Feindseligkeit. Tatsächlich wirkte es beinahe liebevoll. Sie erinnerten sich daran, selbst einmal Frischlinge gewesen zu sein.

Ein paar Kids vor Bean in der Schlange ärgerten sich trotzdem und antworteten mit ein paar vagen, jämmerlichen Beleidigungen, was nur noch mehr Pfiffe und Hohn von den Älteren hervorrief. Bean hatte ältere, größere Kinder erlebt, die jüngere hassten, weil sie Konkurrenz ums Essen waren, und sie vertrieben, und es war ihnen egal gewesen, ob die Kleinen starben. Er hatte echte Schläge gespürt, die wehtun sollten. Er hatte Grausamkeit, Ausbeutung, Missbrauch und Mord erlebt. Diese verwöhnten Kinder hier erkannten nicht einmal, wie liebevoll diese Neckereien in Wirklichkeit waren.

Bean hätte gern gewusst, wie der Trupp organisiert war, wer ihn anführte, wie er gewählt wurde und wozu ein solcher Trupp diente. Da sie eigene Uniformen hatten, handelte es sich wohl um etwas Offizielles. Also hatten hier wohl letztlich die Erwachsenen das Sagen – im Gegensatz zu den Banden in Rotterdam, die von den Erwachsenen immer nur feindselig und von Journalisten nicht als erbärmliche kleine Bündnisse mit dem alleinigen Ziel des Überlebens betrachtet wurden, sondern als kriminelle Verschwörungen.

Und das war wirklich der Schlüssel. Alles, was die Kinder hier taten, wurde von Erwachsenen vorgegeben. In Rotterdam waren Erwachsene entweder feindselig und gleichgültig oder, wie Helga mit ihrer Suppenküche, letztes Endes machtlos. Also konnten die Kinder ungestört ihre eigene Gesellschaft bilden. Es ging bei allem ums Überleben – darum, sich genug Nahrung zu verschaffen, ohne umgebracht, verletzt oder krank zu werden. Hier in der Kampfschule gab es Köche und Ärzte, Kleidung und Betten. Macht bedeutete nicht Zugang zu Nahrung – es bedeutete, die Anerkennung der Erwachsenen zu erlangen.

Das war es, wofür diese Uniformen standen. Erwachsene suchten sie aus, und Kinder trugen sie, weil die Erwachsenen sie irgendwie dafür belohnten.

Also lag der Schlüssel zu allem darin, die Lehrer zu verstehen.

All das ging Bean nicht unbedingt in Worten durch den Kopf, vielmehr stand ihm mit einem klaren und beinahe sofortigen Verständnis vor Augen, dass es in diesem Trupp keinen Befehlshaber gab, der es an Macht mit den Lehrern aufnehmen konnte, und das wusste er, noch bevor die uniformierten Johler ihn erreicht hatten.

Als sie Bean sahen, der so viel kleiner war als die anderen

Kinder, brachen sie in Gelächter, Geheul und Grölen aus. »Der ist ja nicht mal so groß wie eine Kackwurst.« »Ich kann nicht glauben, dass er schon *laufen* kann!« »Wo ist deine Mama, Kleiner?« »Ist das überhaupt ein *Mensch?*«

Bean blendete sie sofort aus, aber er spürte, wie die Kinder vor ihm in der Schlange sich freuten. Sie waren im Shuttle gedemütigt worden – nun war es an Bean, verspottet zu werden. Sie liebten es. Und Bean freute sich ebenfalls – es bedeutete, dass man ihn weniger als Rivalen betrachtete. Indem sie ihn herabsetzten, hatten die vorbeieilenden Soldaten dafür gesorgt, dass er viel sicherer war ...

Wovor? Worin bestand hier die *Gefahr?*

Es lauerte eine Gefahr. Das wusste er. Es lauerten immer Gefahren. Und da die Lehrer alle Macht hatten, würde die Gefahr von ihnen ausgehen. Dimak hatte mit alledem angefangen, als er die anderen Kinder gegen ihn aufhetzte. Also waren die Kinder selbst die erklärte Waffe. Bean musste die anderen Kinder kennen lernen, nicht, weil sie an sich ein Problem sein würden, sondern weil ihre Schwächen und ihre Bedürfnisse von den Lehrern gegen ihn ausgenutzt werden konnten. Und um sich zu schützen, musste er daran arbeiten, den Zugriff der Lehrer auf die anderen Kinder zu untergraben. Die einzige Sicherheit hier bestand darin, den Einfluss der Lehrer zu unterminieren, und dabei erwischt zu werden, stellte die größte Gefahr dar.

Sie drückten ihre Handflächen auf eine Scannerplatte an der Wand, dann rutschten sie eine Stange hinunter – das erste Mal, dass Bean je eine vollkommen glatte Stange hinuntergerutscht war. In Rotterdam hatte er sich an Regenrinnen, Lichtmasten und Verkehrsschildern nach unten gelassen. Sie kamen in einen Teil der Kampfschule heraus, in dem höhere Schwerkraft herrschte. Bean erkannte erst, wie leicht sie auf der Ebene der Unterkünfte gewesen sein mussten, als er spürte, wie schwer er hier unten in der Sporthalle war.

»Es ist nur ein wenig schwerer als die normale Schwerkraft der Erde«, sagte Dimak. »Ihr müsst mindestens eine halbe Stunde täglich hier verbringen, oder eure Knochen fangen an, sich aufzulösen. Und ihr müsst diese Zeit mit Training verbringen, damit ihr auf dem Höhepunkt eurer Ausdauer bleibt. Das ist der Schlüssel – Ausdauerübungen, nicht Muskeltraining. Ihr seid zu klein, als dass eure Körper reines Muskeltraining verkraften könnten, und das arbeitet hier gegen euch. Ausdauer, die brauchen wir.«

Den Kindern sagte das wenig, aber schon bald hatte der Trainer es ihnen klar gemacht: viel Laufen auf den Bändern, Radfahren, Treppensteigen, Liegestützen, Bauchmuskelübungen, und das alles ohne Gewichte. Es gab ein paar Gewichte, doch die waren für die Lehrer. »Eure Herzfrequenz wird von dem Augenblick an überwacht, wenn ihr hier hereinkommt«, sagte der Trainer. »Wenn die Herzfrequenz nicht innerhalb von fünf Minuten nach eurem Eintreffen steigt und sie nicht die nächsten fünfundzwanzig Minuten auf einem hohen Niveau bleibt, geht das in eure Akte ein, *und* ich sehe es auf der Kontrolltafel hier.«

»Ich erhalte auch einen Bericht darüber«, ergänzte Dimak, »und dann kommt ihr auf die Schweineliste, damit alle sehen, wie faul ihr wart.«

Schweineliste. Das ist also das Werkzeug, das sie benutzen. Jemanden vor den anderen beschämen. Dumm. Als ob das Bean interessiert hätte.

Die Kontrolltafel war es, der sein Interesse galt. Wie konnten sie ihre Herzfrequenz messen und automatisch von ihrem Eintreffen an wissen, was sie taten? Er hätte die Frage beinahe laut gestellt, aber dann fiel ihm die einzig mögliche Antwort ein: die Uniform. Es lag an der Kleidung. Ein Scannersystem. Es verriet ihnen wahrscheinlich noch erheblich mehr als nur die Herzfrequenz. Sie konnten jedes Kind in der Station ununterbrochen verfolgen. Es musste hunderte und aberhunderte von Kindern hier geben, und die Station verfügte über Computer, die ihren Aufenthaltsort, die Herzfrequenz und wer weiß was sonst noch an Informationen über sie aufzeichneten. Gab es irgendwo einen Raum, in dem Lehrer jeden ihrer Schritte überwachten?

Oder vielleicht war es doch nicht die Kleidung. Immerhin mussten sie die Handfläche auflegen, bevor sie hereinkamen, angeblich, um sich zu identifizieren. Vielleicht gab es in diesem Raum besondere Scanner.

Zeit, das herauszufinden. Er hob die Hand.

»Sir!«, sagte er.

»Ja?« Der Trainer schaute ein zweites Mal hin, als er bemerkte, wie klein Bean war, und ein Lächeln umspielte seine Mundwinkel. Er warf Dimak einen Blick zu. Dimak lächelte weder, noch ließ er sich anderweitig anmerken, dass er verstand, was der Trainer dachte.

»Befindet sich der Herzfrequenzmonitor in der Kleidung? Wenn wir einen Teil unserer Kleidung beim Trainieren ablegen, wird das –«

»Es ist nicht erlaubt, die Uniform in der Sporthalle abzulegen«, unterbrach ihn der Trainer. »Der Raum wird bewusst kühl gehalten, damit ihr keine Kleidung ablegen müsst. Ihr werdet die ganze Zeit überwacht.«

Nicht unbedingt eine Antwort, aber es verriet ihm, was er wissen musste. Die Überwachung hing von der Kleidung ab. Vielleicht gab es etwas darin, das sie identifizierte, und sobald die Kinder die Handflächen auf den Scanner drückten, wussten die Scanner in der Sporthalle, welches Kind welche Kleidung trug. Das ergab noch am ehesten Sinn.

Also war die Kleidung vermutlich noch anonym, wenn man eine saubere Uniform anzog, bis man irgendwo einen Handflächenscanner benutzte. Das war wichtig – es bedeutete, dass es vielleicht möglich war, nicht verfolgt zu werden, auch wenn man nicht unbedingt nackt war. Hier nackt zu sein, nahm Bean an, würde wahrscheinlich auffallen.

Alle trainierten, und der Trainer sagte ihnen, wer nicht die richtige Herzfrequenz hatte und wer sich zu sehr anstrengte und zu schnell müde wurde. Bean bekam rasch eine Vorstellung von der Leistung, die er aufbringen musste, und vergaß es dann wieder. Nun, da er es wusste, würde er sich sofort daran erinnern, wenn er das Training wieder aufnahm.

Danach war Essenszeit. Sie waren allein in der Messe – als Neuankömmlinge hatten sie an diesem Tag einen anderen Stundenplan. Das Essen war gut, und es gab viel davon. Bean war verblüfft, als einige ihre Portionen betrachteten und sich beschwerten, dass es so wenig war. Es war ein Festmahl! Bean konnte es überhaupt nicht aufessen. Die Jammerer erfuhren von den Ernährungsspezialisten, dass die Portionen ihren Bedürfnissen angepasst waren – die Portionsgröße für jedes Kind erschien auf einem Computerdisplay, wenn es den Handflächenscanner in der Messe benutzte.

Also kein Essen ohne Handfläche auf einem Scanner. Wichtig zu wissen.

Bean stellte bald fest, dass seine Größe ihm offizielle Aufmerksamkeit einbrachte. Als er sein Tablett mit den Resten in die Entsorgungseinheit schob, brachte ein elektronisches Geräusch den Dienst habenden Ernährungsspezialisten auf den Plan. »Heute ist dein erster Tag, da wollen wir nicht zu streng sein. Aber deine Portionen sind wissenschaftlich ermittelt und abgemessen, um deine Nährstoffbedürfnisse zu erfüllen, und in Zukunft wirst du alles aufessen, was man dir vorsetzt.«

Bean sah ihn schweigend an. Er hatte seine Entscheidung bereits getroffen. Wenn sein Trainingsprogramm ihn hungriger machte, würde er mehr essen. Aber wenn sie erwarteten, dass er sich voll fraß, konnten sie das vergessen. Es würde nicht schwierig sein, das überschüssige Essen denen zuzuschieben, die nicht genug bekommen konnten. Sie würden sich darüber freuen, und Bean brauchte nur so viel zu essen, wie sein Körper verlangte. Er konnte sich gut an Hunger erinnern, aber er hatte nun viele Monate bei Schwester Carlotta gelebt und wusste, dass er seinem Appetit vertrauen konnte. Eine Weile hatte er sich von ihr verleiten lassen, mehr zu essen, als sein Hunger ihm vorgab.

Das Resultat war ein Gefühl von Schlaffheit gewesen; er hatte nachts nicht gut geschlafen und tagsüber Schwierigkeiten gehabt, wach zu bleiben. Also hatte er wieder nur so viel gegessen, wie sein Körper verlangte, hatte sich von seinem Hunger leiten lassen, und er war wach und beweglich geblieben. Er selbst war der einzige Nährstoffexperte, dem er vertraute. Sollten die anderen doch träge werden.

Als mehrere aus der Gruppe mit essen fertig waren, stand Dimak auf. »Wer fertig ist, kann schon in die Unterkunft zurückkehren. Wenn ihr glaubt, sie finden zu können. Wenn ihr Zweifel habt, wartet auf mich, und ich bringe die letzte Gruppe selbst zurück.«

Die Flure waren leer, als Bean nach draußen kam. Die anderen Kinder benutzten die Handflächenscanner und ließen sich den grün-braun-grünen Streifen anzeigen. Bean schaute ihnen hinterher. Einer drehte sich um. »Kommst du nicht mit?« Bean schwieg. Es gab nichts zu sagen. Er war offensichtlich stehen geblieben. Es war eine dumme Frage. Der Junge drehte sich wieder um und trabte den Flur entlang auf die Unterkunft zu.

Bean ging in die entgegengesetzte Richtung. Ohne Streifen an der Wand. Er wusste, dass dies die beste Zeit war, die Station zu erforschen. Wenn sie ihn in einem Bereich erwischten, wo er nichts zu suchen hatte, würden sie ihm heute noch glauben, wenn er behauptete, er hätte sich verlaufen.

Der Flur führte vor und hinter ihm nach oben. Er hatte den Eindruck, stets hangaufwärts zu gehen, aber wenn er zurückschaute, wirkte es, als würde er auch hangaufwärts gehen müssen, um an die Stelle zurückzugelangen, von der er aufgebrochen war. Seltsam. Dimak hatte aber schon erklärt, dass die Station ein riesiges Rad war, das sich im Raum drehte, sodass die Zentrifugalkraft die Schwerkraft ersetzte. Das bedeutete, dass der Hauptflur auf jeder Ebene in einem großen Kreis verlief, man immer dorthin zurückkehrte, wo man angefangen hatte, und »unten« immer die Außenseite des Kreises war. Bean passte sein Denken daran an. Es war zunächst Schwindel erregend, sich vorzustellen, dass er sich auf der Seite bewegte, aber dann veränderte er im Geist die Richtung, sodass er sich die Station nun als eine Art Rad an einem Wagen vorstellte und immer am Boden blieb, egal, wie schnell es sich drehte. In diesem Modell hingen die Leute auf der anderen Seite der Station zwar mit dem Kopf nach unten, aber das war ihm gleich. Wo immer er war, war unten, und auf diese Weise blieb unten unten und oben oben.

Die Frischlinge befanden sich auf der gleichen Ebene wie die Messe, aber die älteren Kinder offenbar nicht, denn außer der Messe und der Küche gab es hier nur noch Unterrichtsräume und ungekennzeichnete Türen mit Handflächenscannern, die hoch genug angebracht waren, dass sie eindeutig nicht für Kinder gedacht sein konnten. Andere Kinder konnten diese Scannerflächen vielleicht trotzdem erreichen, aber selbst wenn Bean hochgesprungen wäre, hätte er keine Chance gehabt. Das war egal. Die Scanner würden ohnehin nicht auf die Handfläche eines Kindes reagieren, es sei denn damit, den Lehrern zu melden, dass das besagte Kind versucht hatte, einen Raum zu betreten, in dem es nichts zu suchen hatte.

Gewohnheitsmäßig – oder war es Instinkt? – betrachtete Bean solche Blockaden nur als vorübergehende Hindernisse. In Rotterdam hatte er schon bald gelernt, wie man über Mauern kletterte und auf Dächer stieg. So klein er auch war, hatte er doch immer eine Möglichkeit gefunden, dorthin zu gelangen, wohin er wollte. Diese Türen würden ihn nicht aufhalten, wenn er zu dem Schluss kam, dass er dahinter schauen musste. Im Augenblick hatte er noch keine Ahnung, wie er das anfangen sollte, aber er bezweifelte nicht, dass er einen Weg finden würde. Also ärgerte ihn die ganze Sache nicht. Er speicherte die Information einfach nur und wartete, bis sich eine Möglichkeit finden ließ, sie zu nutzen.

Alle paar Meter gab es eine Stange zum Runterrutschen oder eine Leiter zum Hochklettern. Um die Stange zur

Sporthalle hinunterzurutschen, hatte er die Hand auf eine Scannerfläche legen müssen. Aber an den meisten Stangen hier schien es keine Scanner zu geben. Das war vernünftig. Die meisten Stangen und Leitern dienten einzig dem Wechseln zwischen den Stockwerken – nein, hier hießen sie Decks; das hier war die Internationale Flotte, und daher taten alle, als wären sie auf einem Schiff –, aber es gab nur eine einzige, die zur Sporthalle führte, und offenbar musste der Zugang geregelt werden, damit nicht zu viele Leute hereinkamen, wenn sie nicht dran waren. Sobald er das begriffen hatte, brauchte Bean nicht mehr darüber nachzudenken. Er kletterte eine Leiter hoch.

Das nächste Stockwerk enthielt Unterkünfte für ältere Kinder. Die Türen lagen weiter auseinander, und auf jeder Tür prangte ein Wappen. Es war in den Farben der Uniformen gehalten, die sicherlich auch die Streifenfarben waren, obwohl die Älteren die Wände wohl nicht mehr benutzen mussten, um sich zurechtzufinden. Die Wappen hatten den Umriss eines Tieres. Einige erkannte Bean nicht, aber ein paar stellten Vögel, Katzen, einen Hund, einen Löwen dar. Was immer in Rotterdam auf Schildern benutzt worden war. Keine Tauben. Keine Fliegen. Nur edle Tiere oder solche, die für ihren Mut bekannt waren. Die Hundesilhouette sah aus wie die von einem Jagdhund, sehr schmal um die Hüften. Keine Promenadenmischung.

Hier trafen sich also die Trupps, und sie hatten Tiersymbole, was bedeutete, dass sie sich wahrscheinlich bei Tiernamen nannten: Katzentrupp. Oder vielleicht Löwentrupp. Und vielleicht nicht einmal Trupp. Bean würde schon bald erfahren, wie sie sich nannten.

Er schloss die Augen und versuchte, sich an die Farben und Abzeichen des Trupps zu erinnern, an dem sie vorhin im Flur vorbeigekommen waren – die Kinder, die sie verspottet hatten. Er konnte den Umriss vor seinem geistigen Auge sehen, fand ihn aber auf keiner dieser Türen wieder. Das spielte keine Rolle. Es war es nicht wert, den ganzen

Flur entlangzugehen; das erhöhte nur das Risiko, dass man ihn erwischte.

Noch ein Stockwerk nach oben. Mehr Unterkünfte, mehr Unterrichtsräume. Wie viele Kinder wohnten hier in einer Unterkunft? Die Station war größer, als er gedacht hatte.

Ein leises Läuten erklang. Sofort wurden mehrere Türen aufgerissen, und Kinder kamen in den Flur hinaus. Eine Art Wachwechsel.

Zunächst fühlte sich Bean unter den größeren Kindern sicherer, weil er glaubte, sich in der Menge verstecken zu können, wie er es in Rotterdam immer getan hatte. Aber diese Gewohnheit war hier sinnlos. Dies war keine zufällige Menschenmenge, in der jeder sein Ziel hatte. Es mochten vielleicht Kinder sein, aber sie waren auch Soldaten. Sie wussten, wo sich jeder Einzelne aufhalten sollte, und Bean in seiner Frischlingsuniform war fehl am Platz. Beinahe sofort hielten zwei ältere Kinder ihn auf.

»Du bist auf dem falschen Deck«, sagte eines. Dann blieben noch einige andere stehen, um Bean anzuschauen, als wäre er ein Gegenstand, den ein Unwetter an den Strand gespült hatte.

»Seht euch an, wie klein der Typ ist!«

»Der stößt sich ja die Stirn an unserem Hosenbund.«

»Was für ein armseliger Wicht!«

»Du hast dich verlaufen, Frischling.«

Bean schwieg und sah sie nur nacheinander an.

»Wie sind deine Farben?«, fragte ein Mädchen.

Bean schwieg. Die beste Ausrede wäre gewesen, dass er es vergessen habe, was auch erklärt hätte, dass er sie nicht mit Namen anreden konnte.

»Der ist so winzig, dass er zwischen meinen Beinen durchlatschen könnte, ohne meinen –«

»Ach, halt die Klappe, Dink, das hast du auch gesagt, als Ender –«

»Wie bei Ender, genau.«

»Glaubt ihr, das ist der Junge, von dem –«

»War Ender auch so winzig, als er hergekommen ist?«

»– von dem sie sagen, er sei ein weiterer Ender?«

»Ja, der hier wird ganz oben auf der Rangliste geführt.«

»Es war nicht Enders Schuld, dass Bonzo ihm nicht erlaubt hat, die Waffe zu benutzen.«

»Aber es war nur ein glücklicher Zufall, mehr sage ich gar nicht –«

»Ist das hier der, über den alle reden? Einer wie Ender? Beste Ergebnisse?«

»Bring ihn besser runter zum Frischlingsdeck.«

»Komm mit«, sagte das Mädchen und nahm ihn fest an der Hand.

Bean ließ sich demütig davonführen.

»Ich bin Petra Arkanian«, sagte sie.

Bean schwieg.

»Komm schon, du magst klein und verängstigt sein, aber sie hätten dich nicht hier aufgenommen, wenn du taubstumm wärst.«

Bean zuckte mit den Achseln.

»Also, sag mir schon deinen Namen, bevor ich dir die kleinen Finger breche.«

»Bean«, flüsterte er.

»Das ist kein Name, sondern eine lausige Mahlzeit.«

Bean schwieg.

»Du kannst mir nichts vormachen«, meinte sie. »Diese Stummheit ist nur eine Ausrede. Du bist absichtlich hier raufgekommen.«

Er schwieg weiter, aber es störte ihn, dass sie ihn so leicht durchschaut hatte.

»Kids werden in diese Schule gebracht, weil sie schlau sind und Initiative zeigen. Folglich wolltest du deine Umgebung erforschen. Die Sache ist nur die: Sie erwarten das. Sie wissen wahrscheinlich, dass du gerade dabei bist. Also hat es gar keinen Zweck, es zu verbergen. Was werden sie schon tun – dir ein paar Schweinepunkte geben?«

So dachten also die älteren Kinder über die Schweineliste.

»Dieses störrische Schweigen wird die Leute nur verärgern. Ich würde es an deiner Stelle besser vergessen. Es hat vielleicht bei deiner Mama und deinem Papa geklappt, aber hier lässt es dich nur stur und lächerlich wirken, weil du alles, was zählt, sowieso aussprechen wirst, also kannst du auch gleich reden.«

»Okay«, sagte Bean.

Nun, da er mitzog, reagierte sie nicht triumphierend. Die Lektion war angekommen, also konnte sie dieses Thema abhaken.

»Farben?«, fragte sie.

»Grün-Braun-Grün.«

»Diese Frischlingsfarben klingen wie etwas aus einem schmutzigen Klo, findest du nicht?«

Also war sie nur ein weiteres dummes Kind, das glaubte, es wäre cool, sich über Frischlinge lustig zu machen.

»Es ist, als hätten sie alles so entworfen, damit die älteren Kids sich über die jüngeren lustig machen können.«

Vielleicht doch nicht. Vielleicht schwatzte sie einfach drauflos. Sie war redselig. Auf der Straße gab es nicht viele redselige Leute. Jedenfalls nicht unter den Kindern. Aber viele unter den Säufern.

»Das System hier ist bescheuert. Es ist, als wollten sie, dass wir uns wie kleine Kinder benehmen. Nicht, dass *dich* das stören wird. Du hast offenbar beschlossen, ein verirrtes kleines Kind zu spielen.«

»Jetzt nicht mehr«, sagte er.

»Vergiss eins nicht. Ganz gleich, was du tust, die Lehrer wissen davon, und sie haben bereits irgendeine dumme Theorie, was das über deine Persönlichkeit aussagt. Sie finden *immer* einen Weg, es gegen dich einzusetzen, wenn sie wollen, also brauchst du es gar nicht erst zu versuchen. Es steht zweifellos schon in deinem Bericht, dass du diesen kleinen Ausflug gemacht hast, während du doch eigentlich ein Schläfchen halten solltest, und das sagt ihnen wahrscheinlich, dass du ›auf Unsicherheit reagierst, indem du die Einsamkeit suchst, während du die Grenzen deiner neuen Umgebung austestest‹.« Für den letzten Teil verstellte sie ihre Stimme.

Vielleicht hatte sie noch mehr Parodien auf Lager, aber er würde nicht lange genug bleiben, um es herauszufinden. Anscheinend gehörte sie zu den Leuten, die sich um alles kümmern mussten, und hatte niemanden gehabt, um den sie sich kümmern konnte, bis er vorbeigekommen war. Er hatte kein Interesse daran, ihren Mutterinstinkt zu befriedigen. Es war in Ordnung gewesen, sich auf Schwester Carlottas jahrzehntealte Wünsche einzulassen, weil sie ihn von der Straße weg und in die Kampfschule bringen konnte. Aber was hatte diese Petra Arkanian schon zu bieten?

Er rutschte eine Stange hinunter, blieb vor der ersten Öffnung stehen, eilte in den Flur hinaus, rannte zur nächsten Leiter und kletterte zwei Decks höher, bevor er in einen weiteren Flur einbog und so schnell weiterrannte, wie er nur konnte. Sie hatte mit dem, was sie sagte, vielleicht Recht gehabt, aber eins war sicher – er würde nicht zulassen, dass sie auf dem ganzen Weg zurück nach Grün-Braun-Grün seine Hand hielt. Wenn er sich hier durchsetzen wollte, sollte er besser niemanden sehen lassen, wie ein älteres Kind so etwas tat. Er befand sich jetzt vier Decks oberhalb der Messe-Ebene, auf der er eigentlich sein sollte. Auch hier waren Kinder unterwegs, obwohl nicht annähernd so viele wie auf dem Deck darunter. Die meisten Türen waren nicht gekennzeichnet, aber ein paar standen offen, darunter eine mit einem weiten Torbogen, die in einen Spieleraum führte.

Bean hatte in ein paar Bars in Rotterdam Computerspiele gesehen, allerdings nur aus der Ferne, durch die Türen und vorbei an den Beinen von Männern und Frauen, die in ihrer endlosen Suche nach Vergessen dort ein und aus gingen. Er hatte nie gesehen, wie ein Kind ein Computerspiel spielte, nur auf den Vids in Schaufenstern. Hier schien es an der Tagesordnung zu sein. Zwischen zwei Unterrichtsstunden waren nur wenige Kinder zu finden, sodass die Geräusche jedes Spiels sich deutlich unterschieden. Ein paar Kinder waren mit Solospielen beschäftigt, und vier spielten ein Raumschiffspiel mit einer Holografie.

Bean hielt sich weit genug zurück, um nicht in ihr Blickfeld zu geraten, und beobachtete sie. Jeder kontrollierte eine Flotte von vier winzigen Schiffen, und das Ziel bestand entweder darin, die anderen Flotten zu vernichten oder das sich träge bewegende Mutterschiff der anderen Flotten zu fangen, aber nicht zu zerstören. Bean lernte die Regeln und die Begrifflichkeiten, indem er den vier Jungen zuhörte.

Das Spiel endete durch Zermürbung, nicht durch Schlauheit – der Sieger war einfach der, der sich beim Einsatz seiner Schiffe am wenigsten dumm angestellt hatte. Bean sah zu, wie sie ein neues Spiel begannen. Niemand warf eine Münze ein. Die Spiele hier waren umsonst.

Bean beobachtete eine weitere Runde. Sie war genau so schnell vorbei wie die erste, denn alle Jungen setzten ihre Schiffe ungeschickt ein und vergaßen ständig, welches gerade nicht aktiv war. Es war, als betrachteten sie ihre Streitmacht als aktives Schiff mit drei Reserven.

Vielleicht erlaubten die Steuervorrichtungen ja nichts anderes. Bean ging näher heran. Nein, es war möglich, den Kurs für ein Schiff zu setzen, dann zum Befehl für ein weiteres und noch eines überzugehen, anschließend zum ersten Schiff zurückzukehren und jederzeit seinen Kurs zu ändern.

Wie waren diese Jungen in der Kampfschule gelandet, wenn das alles war, was ihnen einfiel? Bean hatte nie zuvor ein Computerspiel gespielt, aber er erkannte sofort, dass jeder kompetente Spieler rasch gewinnen würde, wenn das hier die beste Konkurrenz war.

»He, Zwerg, willst du mitmachen?«

Jemand hatte ihn bemerkt. Selbstverständlich bemerkten ihn die anderen nun auch.

»Ja«, sagte Bean.

»Wenn das die Schaben hören«, erwiderte der, der ihn

angesprochen hatte. »Was glaubst du eigentlich, wer du bist? Ender Wiggin?«

Sie lachten, und dann machten sich alle vier auf den Weg zu ihrer nächsten Unterrichtsstunde. Das Zimmer war leer. Unterrichtszeit.

Ender Wiggin. Die Kinder im Flur hatten ihn ebenfalls erwähnt. Etwas an Bean hatte die Kinder an Ender Wiggin erinnert. Sie sprachen manchmal mit Bewunderung von ihm, manchmal ablehnend. Dieser Ender hatte offenbar ein paar ältere Kinder bei Computerspielen geschlagen. Und er rangierte ganz oben auf der Rangliste, hatte jemand gesagt. Ganz oben wofür?

Kinder in der gleichen Uniform, die rannten wie ein Trupp unterwegs zum Kampf – das war die zentrale Tatsache des Lebens hier. Es gab ein Hauptspiel, das alle spielten. Sie lebten in Unterkünften entsprechend der Mannschaft, zu der sie gehörten. Die Leistungen jedes Kindes waren allen anderen bekannt, und um was immer es in diesem Spiel gehen mochte, die Erwachsenen hielten die Fäden in der Hand. Das war also das Leben hier. Und dieser Ender Wiggin, wer immer er sein mochte, rangierte ganz oben, er führte die Liste an.

Bean erinnerte die Leute an ihn.

Das machte ihn ein wenig stolz, ja, aber es ärgerte ihn auch. Es war sicherer, nicht aufzufallen. Nur weil dieses andere Kind sich hervorragend geschlagen hatte, dachte jeder, der Bean sah, an Ender, und das machte Bean auffällig. Es würde seine Freiheit beträchtlich einengen. Es gab hier keine Möglichkeit, einfach zu verschwinden, wie er in Rotterdam in Menschenmengen untergetaucht war.

Nun, wen interessierte das schon? Man konnte ihm jetzt nicht wehtun. Nicht wirklich. Ganz gleich, was geschah, solange er hier in der Kampfschule war, würde er keinen Hunger leiden. Er würde immer ein Dach über dem Kopf haben. Er hatte es bis in den Himmel geschafft. Er brauchte nur den Mindestanforderungen zu genügen, um nicht zu früh nach Hause geschickt zu werden. Wen interessierte es also, ob er den Leuten auffiel oder nicht? Es war egal. Sollten sie sich doch über ihre Ranglistenplätze Gedanken machen. Bean hatte den Kampf ums Überleben bereits gewonnen, und danach zählte keine Konkurrenz mehr.

Aber noch während er das dachte, wusste er, dass es nicht stimmte. Es zählte für ihn. Nur zu überleben genügte nicht. Es hatte nie genügt. Größer als sein Bedürfnis nach Essen war sein Verlangen nach Ordnung gewesen, danach, herauszufinden, wie die Dinge funktionierten, die Welt um sich herum zu begreifen. Als er am Verhungern gewesen war, hatte er selbstverständlich alles benutzt, was er gelernt hatte, um in Pokes Bande zu kommen und ihnen so viel Essen zu beschaffen, dass auch noch genügend für ihn am unteren Ende der Hackordnung abfiel. Aber selbst als Achilles sie zu seiner Familie gemacht hatte und sie jeden Tag zu essen bekamen, war Bean weiterhin aufmerksam geblieben, hatte versucht, die Veränderungen zu verstehen, die Dynamik in der Gruppe. Sogar bei Schwester Carlotta hatte er sich angestrengt, zu begreifen, warum und wie weit sie die Macht hatte, für ihn zu tun, was sie tat, und aus welchem Grund sie ihn ausgewählt hatte. Er hatte es wissen müssen. Er hatte ein Bild von allem in seinem Kopf haben müssen.

Hier war es das Gleiche. Er hätte einfach in die Unterkunft zurückkehren und schlafen können. Stattdessen hatte er es riskiert, Ärger zu bekommen, nur um Dinge herauszufinden, die er irgendwann ohnehin erfahren hätte.

Warum bin ich hier heraufgekommen? Wonach habe ich gesucht? Nach dem Schlüssel.

Die Welt war voll verschlossener Türen, und er musste jeden Schlüssel in die Hand bekommen.

Er stand still und lauschte. Es war beinahe still im Raum. Aber es gab ein weißes Rauschen, Hintergrundmurmeln und leises Zischen, das dafür sorgte, dass nicht in der gesamten Station Geräusche widerhallten.

Als er die Augen schloss, konnte er die Quelle des Rauschens identifizieren. Er schlug die Augen wieder auf und ging dorthin, wo sich die Belüftungsöffnung befand. Eine Öffnung, aus der wie ein ganz leichter Windhauch etwas wärmere Luft drang. Das Rauschen rührte nicht so sehr vom Zischen der Luft hier an der Öffnung her, sondern war ein viel lauteres, weiter entferntes Geräusch von den Maschinen, die Luft durch die gesamte Kampfschule pumpten.

Schwester Carlotta hatte ihm erzählt, dass es im Weltraum keine Luft gab, also mussten die Leute, wann immer sie dort lebten, ihre Schiffe und Stationen dicht abriegeln, damit die Luft drinnen blieb. Und sie mussten die Luft auch austauschen, weil der Sauerstoff darin, wie Schwester Carlotta sagte, verbraucht wurde und ersetzt werden musste. Darum ging es bei diesem Belüftungssystem. Diese Schächte führten in jeden Raum auf der Station.

Bean setzte sich vor die Öffnung und tastete die Ecken ab. Es gab keine sichtbaren Schrauben oder Nägel, die das Drahtgitter der Abdeckung festhielten. Er schob die Fingernägel unter den Rand, drückte vorsichtig die Finger an die Seiten, stemmte ein wenig, dann ein wenig mehr. Jetzt passten seine Finger unter den Rand. Er zog sie direkt nach vorn. Die Abdeckung löste sich von der Öffnung, und Bean fiel nach hinten.

Nur für einen Augenblick. Er stellte die Abdeckung beiseite und versuchte, in die Öffnung hineinzuschauen. Der Schacht war nur fünfzehn Zentimeter tief. Oben war er fest abgeschlossen, aber nach unten hin öffnete er sich und führte weiter ins Belüftungssystem.

Bean betrachtete die Öffnung abschätzend, genau wie er es vor vielen Jahren gemacht hatte, als er auf dem Toilettensitz stand und die Innenseite des Toilettentanks betrachtete, um festzustellen, ob er hineinpassen würde. Das Ergebnis war das Gleiche – es würde eng und schmerzhaft werden, aber er konnte es schaffen.

Er streckte einen Arm hinein und nach unten. Er konnte

den Boden nicht erreichen. Aber bei so kurzen Armen wie den seinen hatte das keine Bedeutung. Man konnte nicht erkennen, in welche Richtung der Schacht weiterging, wenn er den Boden erreichte. Bean konnte sich vorstellen, dass der Schacht unter dem Boden des Decks hindurchführte, aber das fühlte sich irgendwie falsch an. Schwester Carlotta hatte erzählt, dass jedes kleine Stückchen Material für den Bau der Station von der Erde oder den Fabriken auf dem Mond herangeschafft werden musste. Also hatten sie wahrscheinlich keine großen Löcher zwischen den Decks und der Decke darunter gelassen, weil das nur Raum verschwenden würde, in den kostbare Luft gepumpt werden musste, ohne dass jemand sie atmete. Nein, die Schächte würden sich hinter den Außenwänden befinden. Und sie waren wahrscheinlich nirgendwo tiefer als fünfzehn Zentimeter.

Er schloss die Augen und stellte sich ein Belüftungssystem vor. Maschinen stellten warmen Wind her, der durch die schmalen Schächte zog und frische, atembare Luft in jedes Zimmer trug.

Nein, das würde nicht funktionieren. Es musste auch eine Stelle geben, wo die Luft wieder zurückgesaugt wurde. Und wenn die Luft von den Außenwänden her in die Räume geblasen wurde, mussten sich die Absaugöffnungen ... im *Flur* befinden.

Bean sprang auf und rannte zur Tür des Spielzimmers. Und tatsächlich, die Decke im Flur war mindestens zwanzig Zentimeter niedriger als die Decke im Zimmer. Aber es gab keine Belüftungsöffnungen, nur Beleuchtungskörper.

Er ging wieder zurück ins Zimmer und schaute nach oben. An der Wand, die an den Flur grenzte, zog sich ganz oben ein schmaler Schlitz entlang, der eher dekorativ als praktisch wirkte. Die Öffnung war nicht breiter als drei Zentimeter. Nicht einmal Bean würde dort hineinpassen.

Er eilte wieder zu der Ausstoßöffnung, von der er das Gitter genommen hatte, und zog die Schuhe aus. Kein

Grund, irgendwo stecken zu bleiben, nur weil seine Füße so viel größer waren, als sie sein mussten.

Er setzte sich der Öffnung gegenüber und schwang die Beine hinein. Dann wand er sich, bis die Beine ganz in dem Loch waren und sein Po am Rand der Öffnung hing. Seine Füße hatten immer noch nicht den Boden erreicht. Kein gutes Zeichen. Was, wenn der Schacht direkt zur Maschine führte?

Er wand sich wieder hinaus und versuchte es dann mit dem Rücken zur Öffnung. Das war schwerer und tat mehr weh, aber nun konnte er seine Arme einsetzen und sich gut festhalten, als er bis zur Brust ins Loch robbte.

Seine Füße berührten den Boden.

Er tastete mit den Zehen. Ja, das Schachtsystem verlief nach links und rechts entlang der Außenwand des Zimmers. Und die Öffnung war groß genug, dass er hineinrobben und sich dann – wenn er auf der Seite lag – von einem Zimmer zum anderen winden konnte.

Mehr brauchte er im Augenblick nicht zu wissen. Er hüpfte ein wenig, sodass seine Arme weiter ins Zimmer hineinreichten, und wollte sich wieder hochziehen. Stattdessen rutschte er tiefer in den Schacht.

Na wunderbar. Irgendwann würde jemand nach ihm suchen, oder die nächste Gruppe von Kindern, die zum Spielen hier hereinkam, würde ihn finden, aber das wollte er auf keinen Fall. Und was wichtiger war, das Belüftungssystem würde ihm nur dann einen alternativen Weg durch die Station ermöglichen, wenn er auch wieder hinausklettern konnte.

Vor seinem geistigen Auge erschien ein Bild, wie jemand die Abdeckung von einer Belüftungsöffnung nahm und dahinter Beans Schädel sah, der zu ihm hinausspähte, seine Leiche vollkommen vertrocknet im warmen Wind der Luftschächte, wo er bei dem Versuch, wieder herauszukommen, verhungert oder verdurstet war.

Aber wenn er schon hier stand, konnte er zumindest

herausfinden, ob er imstande sein würde, die Öffnung von innen wieder zu schließen.

Er griff zur Seite und schaffte es unter einigen Schwierigkeiten, die Abdeckung mit dem Finger zu sich zu ziehen. Sobald er sie fest in der Hand hatte, war es kein Problem mehr, sie über die Öffnung zu bekommen. Er konnte sie sogar fest nach innen ziehen, fest genug, dass es einem flüchtigen Beobachter auf der anderen Seite nicht auffallen würde. Wenn der Schacht geschlossen war, musste er jedoch den Kopf zur Seite drehen. Er hatte nicht genug Platz, um ihn nach vorn oder zur anderen Seite zu drehen. Also würde er ihn, sobald er sich im System befand, nach links oder rechts drehen müssen und diese Richtung nicht mehr ändern können. Das hatte ihm noch gefehlt!

Er drückte die Abdeckung wieder heraus, aber vorsichtig, damit sie nicht auf den Boden fiel. Und jetzt wurde es Zeit, das Herausklettern ernsthaft anzugehen.

Nach ein paar weiteren Fehlschlägen erkannte er schließlich, dass die Abdeckung genau das war, was er brauchte. Er legte sie auf den Boden vor die Öffnung und hakte die Finger unter das andere Ende. Wenn er jetzt zog, lieferte die Abdeckung ihm genügend Hebelkraft, um sich so hoch zu ziehen, dass er die Brust über den Rand der Öffnung schieben konnte. Es tat weh, mit dem ganzen Gewicht an einer so scharfen Kante zu hängen, aber jetzt konnte er sich auf die Ellbogen und dann auf die Hände stemmen, sich aus der Öffnung ziehen und zurück ins Zimmer klettern.

Sorgfältig durchdachte er, welche Muskeln er benutzt hatte, dann erinnerte er sich an die Ausrüstung in der Sporthalle. Ja, er konnte diese Muskeln stärken.

Er schob die Abdeckung wieder zurück. Dann zog er sein Hemd hoch und betrachtete die roten Stellen, an denen der Rand der Öffnung gnadenlos die Haut abgeschürft hatte. Es blutete ein wenig.

Interessant. Wie sollte er das erklären, wenn jemand ihn danach fragte? Er musste dafür sorgen, die gleiche Stelle noch einmal zu verletzen, indem er später auf eins der oberen Betten kletterte.

Er eilte aus dem Spieleraum und den Flur entlang zur nächsten Stange und rutschte hinunter bis zum Messedeck. Die ganze Zeit fragte er sich, wieso es ihm so dringend erschienen war, in das Belüftungssystem zu gelangen. Wann immer so etwas in der Vergangenheit geschehen war, wenn er sich gedrängt gefühlt hatte, etwas zu tun, ohne zu wissen, warum es wichtig war, hatte sich herausgestellt, dass eine Gefahr bestanden hatte, die er zwar spürte, die aber noch nicht in sein Bewusstsein gedrungen war. Worin bestand die Gefahr hier?

Dann begriff er es: In Rotterdam, auf der Straße, hatte er immer darauf geachtet, einen Fluchtweg zu haben, einen Alternativweg, um von einem Ort zum anderen zu gelangen. Wenn er vor jemandem davongerannt war, war er nie in eine Sackgasse gelaufen, es sei denn, er kannte einen anderen Weg hinaus. Tatsächlich hatte er sich nie wirklich *versteckt* – er war der Verfolgung einfach entgangen, indem er stets in Bewegung geblieben war. Ganz gleich, wie groß die Gefahr war, die ihn verfolgte, er durfte nicht an einem Ort bleiben. Es fühlte sich schrecklich an, in die Enge getrieben zu werden. Es tat weh.

Es tat weh und war feucht und kalt, und er hatte Hunger, und es gab nicht genügend Luft zum Atmen und Leute gingen vorbei, und wenn sie den Deckel hoben, würden sie ihn finden, und dann würde er keine Fluchtmöglichkeit mehr haben – er *musste* es einfach aussitzen und hoffen, dass sie vorbeigingen, ohne ihn zu bemerken. Benutzten sie die Toilette und spülten, funktionierte es nicht richtig, weil sein Körpergewicht auf den Schwimmer drückte. Und viel Wasser war aus dem Kasten geschwappt, als er hineingeklettert war. Sie würden schon bald merken, dass etwas nicht stimmte, und ihn finden.

Es war die schlimmste Erfahrung seines Lebens gewesen, und er konnte den Gedanken nicht ertragen, sich jemals wieder so verstecken zu müssen. Es war nicht der enge Raum, der ihn gestört hatte, oder die Nässe oder dass er hungrig und allein gewesen war. Es ging darum, dass der einzige Ausweg in die Arme seiner Verfolger geführt hatte.

Nun, da er das verstand, konnte er sich entspannen. Er hatte sich nicht um das Belüftungssystem gekümmert, weil er eine Gefahr spürte, die noch nicht bis in sein Bewusstsein gedrungen war. Er hatte es getan, weil er sich erinnert hatte, wie schrecklich es gewesen war, als kleines Kind im Spülkasten versteckt gewesen zu sein. Welche Gefahren hier auch immer lauern mochten, er hatte sie noch nicht gespürt. Es war nur eine Kindheitserinnerung gewesen, die an die Oberfläche drängte. Schwester Carlotta hatte ihm gesagt, dass ein großer Teil des menschlichen Verhaltens aus Reaktionen auf längst vergangene Gefahren bestand. Bean war das damals unvernünftig erschienen, aber er hatte nicht widersprochen, und jetzt sah er, dass sie Recht gehabt hatte.

Und woher sollte er wissen, dass es nicht einmal eine Zeit geben würde, in der das gefährliche, schmale, enge Versteck im Belüftungssystem vielleicht genau der Weg war, den er einschlagen musste, um sein Leben zu retten?

Er berührte die Wand nicht, um Grün-Braun-Grün aufleuchten zu lassen. Er wusste genau, wo seine Unterkunft lag. Wie auch nicht? Er war schon dort gewesen, und er kannte jeden Schritt zwischen den Schlafsälen und jeder anderen Stelle, die er auf der Station aufgesucht hatte.

Als er die Unterkunft erreichte, war Dimak mit den langsameren Essern noch nicht zurück. Beans gesamte Erforschung der Station hatte nicht mehr als zwanzig Minuten gedauert, das Gespräch mit Petra und die beiden schnellen Computerspiele, die er beobachtet hatte, eingeschlossen.

Ungeschickt zog er sich vom unteren Bett hoch, sodass er eine Weile mit der Brust auf dem Rand des oberen Stahlramens hing. Lange genug, dass es ziemlich genau an der gleichen Stelle wehtat, die er sich verletzt hatte, als er aus dem Schacht geklettert war.

»Was machst du da?«, knurrte ein Junge von einem Bett in der Nähe aus.

Da ohnehin keiner die Wahrheit verstehen würde, konnte er sie auch offen aussprechen: »Ich verletze mir die Brust.«

»Ich versuche zu schlafen«, maulte der andere Junge. »Du solltest auch schlafen.«

»Nachmittagsschlaf!«, murmelte ein anderer. »Ich komme mir vor, als wäre ich vier Jahre alt.«

Bean fragte sich vage, wie das Leben dieser Jungen wohl ausgesehen hatte, wenn ein Nachmittagsschlaf sie an die Zeit erinnerte, als sie vier Jahre alt gewesen waren.

Schwester Carlotta stand neben Pablo de Noches und betrachtete den Spülkasten der Toilette. »Von der antiquierten Sorte«, sagte Pablo. »Norteamericano. Einige Zeit sehr beliebt, als die Niederlande international wurden.«

Sie hob den Deckel des Kastens an. Sehr leicht. Plastik.

Als sie aus der Toilette kamen, sah die Büroleiterin, die sie herumgeführt hatte, neugierig zu ihr hin. »Es ist doch nicht gefährlich, die Toiletten zu benutzen?«

»Nein«, antwortete Schwester Carlotta. »Ich musste nur einmal einen Blick hineinwerfen, das ist alles. Eine Flottenangelegenheit. Ich wüsste es zu schätzen, wenn Sie unseren Besuch hier nicht weiter erwähnen würden.«

Das war selbstverständlich die beste Gewähr dafür, dass sie über nichts anderes mehr redeten. Aber Schwester Carlotta verließ sich darauf, dass es nur wie seltsamer Klatsch klingen würde.

Wer immer in diesem Gebäude eine Organfarm betrieben hatte, würde nicht entdeckt werden wollen, und mit so schrecklichen Unternehmungen ließ sich viel Geld verdienen. Auf diese Weise belohnte der Teufel seine Freunde – Unmengen Geld, bis zu dem Augenblick, wenn er sie verriet und sie ganz allein die Qualen der Hölle ertragen mussten.

Als sie vor der Tür standen, wandte sie sich wieder an Pablo. »Er hat sich wirklich da drin versteckt?«

»Er war winzig«, sagte Pablo de Noches. »Er kroch herum, als ich ihn fand, aber er war auf einer Seite bis zur Schulter und bis zur Brust klatschnass. Ich dachte, er hätte in die Windeln gemacht, aber das verneinte er. Dann zeigte er mir die Toilette. Und er war hier und da, wo er sich gegen den Mechanismus der Spüle gedrückt hatte, ganz rot.«

»Er konnte reden?«

»Nicht viel. Ein paar Worte. Er war so winzig. Ich wollte kaum glauben, dass ein so kleines Kind reden konnte.«

»Wie lange war er da drin?«

Pablo zuckte mit den Achseln. »Seine Haut war schrumpelig wie die einer alten Frau. Überall. Und er war kalt. Ich dachte, er stirbt. Das war kein warmes Wasser wie in einem Swimmingpool. Es war kalt. Er hat die ganze Nacht gezittert.«

»Ich verstehe nicht, warum er nicht gestorben ist«, sagte Schwester Carlotta.

Pablo lächelte. »No hay nada que Dios no puede hacer.«

»Das stimmt«, entgegnete sie. »Aber es bedeutet nicht, dass wir nicht versuchen können, herauszufinden, wie Gott seine Wunder wirkt. Oder warum.«

Pablo hob die Hände. »Gott tut, was er tut. Ich arbeite und lebe, so gut ich kann.«

Sie drückte seinen Arm. »Sie haben ein Kind aufgenommen und es vor Leuten gerettet, die es töten wollten. Gott hat gesehen, wie Sie das taten, und er liebt Sie.«

Pablo schwieg, aber Schwester Carlotta konnte sich vorstellen, was er dachte – wie viele Sünden wurden durch eine solche gute Tat ausgeglichen, und würde es genügen, damit er nicht in die Hölle musste?

»Gute Taten waschen die Sünden nicht ab«, sagte Schwester Carlotta. »Solo el redemptor puede limpiar su alma.«

Pablo hob die Brauen. Er war kein Theologe.

»Man begeht gute Taten nicht für sich selbst«, erläuterte

Schwester Carlotta. »Man begeht sie, weil Gott in einem ist, und in jenem Augenblick waren Sie seine Hände und seine Füße, seine Augen und seine Lippen.«

»Ich hielt dieses Baby für Gott. Jesus sagt: ›Was du den Kleinen tust, tust du mir.‹«

Schwester Carlotta lachte. »Gott wird schon mit den Einzelheiten zurechtkommen, wenn es an der Zeit ist. Es genügt, dass wir versuchen, ihm zu dienen.«

»Er war so klein«, murmelte Pablo. »Aber Gott war in ihm.«

Sie verabschiedete sich von ihm, als er vor seinem Apartmenthaus aus dem Taxi stieg.

Warum habe ich diese Toilette mit eigenen Augen sehen müssen? Meine Arbeit mit Bean ist vorüber. Er ist gestern mit dem Shuttle abgeflogen. Warum kann ich die Angelegenheit nicht auf sich beruhen lassen?

Weil er hätte tot sein müssen. Und nachdem er all diese Jahre auf der Straße Hunger gelitten hatte, hätte die Unterernährung zumindest zu einem ernsthaften geistigen Schaden führen müssen. Er hätte dauerhaft zurückgeblieben sein müssen.

Deshalb konnte sie die Frage nach Beans Herkunft nicht auf sich beruhen lassen. Vielleicht *hatte* er ja einen Schaden davongetragen. Vielleicht *ist* er zurückgeblieben. Vielleicht hat er so klug begonnen, dass er die Hälfte seines Intellekts verlieren und immer noch der Wunderjunge sein kann.

Sie musste daran denken, wie der heilige Matthäus immer sagte, dass die Gottesmutter alle Dinge, die während Jesu Kindheit geschahen, in ihrem Herzen bewahrte. Bean ist nicht Jesus, und ich bin nicht Maria, aber ich habe ihn geliebt wie meinen Sohn. Was er getan hat, hätte kein Kind dieses Alters tun können.

Kein Kind, jünger als ein Jahr, das noch nicht richtig laufen konnte, hätte solch ein klares Verständnis der Gefahr haben können, um dann die Dinge zu tun, die Bean getan hatte. Kinder in diesem Alter kletterten oft aus ihren Bettchen, aber sie versteckten sich nicht stundenlang in einem Toilettenspülkasten und kamen dann lebendig heraus und baten um Hilfe.

Ich kann es so lange ein Wunder nennen, wie ich will, aber ich muss es verstehen können. Für die Organfarmen benutzen sie den Abschaum der Menschheit. Bean ist so außergewöhnlich begabt, dass er außergewöhnliche Eltern gehabt haben muss.

Und dennoch, bei all ihren Nachforschungen in den Monaten, als Bean bei ihr gewohnt hatte, hatte sie keinerlei Informationen über eine Entführung gefunden, bei der es um Bean hätte gehen können. Kein entführtes Kind. Nicht einmal ein Unfall, nach dem jemand vielleicht ein überlebendes Kind gestohlen hatte, dessen Leiche deshalb nie gefunden worden war. Das war kein Beweis – nicht jedes verschwundene Baby hinterließ ein Lebenszeichen in den Zeitungen, und nicht jede Zeitung wurde archiviert und war für die Suche im Netz zugänglich. Aber Bean musste ein Kind so brillanter Eltern sein, dass die Welt sie bemerkt hatte – oder nicht? Konnte ein Verstand wie der seine von gewöhnlichen Eltern abstammen? War dies das Wunder, mit dem alle anderen Wunder begannen?

Ganz gleich, wie sehr Schwester Carlotta sich bemühte, das zu glauben, sie konnte es nicht. Bean war nicht das, was er zu sein schien. Er befand sich jetzt in der Kampfschule, und es bestand durchaus die Chance, dass er eines Tages der Kommandant einer großen Flotte wurde. Aber was wusste man schon über ihn?

War es möglich, dass er überhaupt kein natürliches menschliches Wesen war? Dass seine außergewöhnliche Intelligenz ihm nicht von Gott, sondern von jemand oder etwas anderem verliehen worden war?

Und dann war da noch die Frage: Wenn nicht Gott, wer könnte ein solches Kind sonst geschaffen haben?

Schwester Carlotta schlug die Hände vors Gesicht. Wo kamen derartige Gedanken her? Warum musste sie nach all diesen Jahren des Suchens den einen großen Erfolg, den sie gehabt hatte, anzweifeln?

Wir haben das Tier aus der Offenbarung gesehen, sagte sie sich. Die Schaben, das Formic-Ungeziefer, das der Welt die Vernichtung bringt, wie es geweissagt wurde. Wir haben das Tier gesehen, und vor langer Zeit haben Mazer Rackham und die Flotte der Menschen diesen großen Drachen kurz vor unserer Niederlage getötet. Aber er wird wiederkehren, und der Heilige Johannes sagte, dass dann ein Prophet erscheinen würde.

Nein, nein. Bean ist gut, ein herzensguter Junge. Er ist kein Teufel und nicht der Diener des Tiers. Ein Junge mit großer Begabung, den Gott vielleicht geschaffen hat, um diese Welt in der Stunde ihrer größten Gefahr zu segnen. Ich kenne ihn, wie eine Mutter ihr Kind kennt. Ich irre mich nicht.

Aber als sie wieder in ihr Zimmer kam, begann sie am Computer nach etwas Neuem zu suchen. Nach Berichten über Wissenschaftler, die vor fünf Jahren und länger an Projekten gearbeitet hatten, die sich mit der Veränderung der menschlichen DNS befassten.

Und während das Suchprogramm all die großen Verzeichnisse in den Netzen erforschte und die Antworten in nützliche Kategorien sortierte, ging Schwester Carlotta zu dem ordentlichen Haufen zusammengefalteter Kleidungsstücke, die aufs Waschen warteten. Sie würde sie doch nicht waschen. Sie steckte sie in eine Plastiktüte, zusammen mit Beans Laken und dem Kissenbezug, und versiegelte den Beutel. Bean hatte diese Kleidung getragen, auf diesem Bettzeug geschlafen. Es musste kleine Partikel seiner Haut daran geben. Ein paar Haare. Vielleicht genug DNS für eine ernsthafte Analyse.

Er war ein Wunder, ja, aber sie wollte genau herausfinden, welche Dimensionen dieses Wunder hatte. Ihr Auftrag hatte nicht darin bestanden, die Kinder der Welt auf den grausamen Straßen der Städte zu retten. Ihr Auftrag hatte darin bestanden, jene Spezies zu retten, die Gott nach seinem Abbild geschaffen hatte. Und das war immer noch ihr Auftrag. Und wenn etwas mit dem Kind, das sie als ihren geliebten Sohn ans Herz gedrückt hatte, nicht stimmte, wollte sie auch das herausfinden und die Welt warnen.

7
ERFORSCHUNG

»Diese Frischlingsgruppe ist also nur langsam zu ihrer Unterkunft zurückgekehrt?«

»Es gibt eine Diskrepanz von einundzwanzig Minuten.«

»Ist das viel? Ich wusste nicht einmal, dass so etwas beobachtet wird.«

»Aus Sicherheitsgründen. Und um notfalls eine Vorstellung davon zu haben, wo sich alle befinden. Wenn wir die Uniformen, die von der Messe aus aufbrachen, mit denen vergleichen, die in der Unterkunft eintrafen, kommen wir auf insgesamt einundzwanzig Fehlminuten. Das könnten einundzwanzig Kinder sein, die eine Minute getrödelt haben, oder ein Kind, das einundzwanzig Minuten brauchte.«

»Das ist wirklich sehr hilfreich. Soll ich sie fragen?«

»Nein! Verraten Sie ihnen nicht, dass wir sie mithilfe ihrer Uniformen verfolgen. Es ist nicht gut, wenn ihnen bekannt ist, wie viel wir über sie wissen.«

»Oder wie wenig.«

»Wenig?«

»Wenn es sich um einen einzigen Schüler handelt, wäre es nicht gut, wenn er erführe, dass unsere Verfolgungsmethoden uns nicht mitteilen, wer er ist.«

»Ah. Guter Einwand. Und ... eigentlich bin ich zu Ihnen gekommen, weil ich *glaube,* dass es nur ein einziger Schüler war.«

»Obwohl Ihre Daten keine klare Aussage zulassen?«

»Wegen des Ankunftsmusters. Meist Gruppen von zwei oder drei Schülern und ein paar Einzelne. Genau so, wie sie die Messe verlassen haben. Sie haben sich ein wenig zusammengetan – drei Einzelne wurden zu einer Dreiergruppe, zwei Paare trafen zu viert ein – aber wenn es eine größere Ablenkung im Flur gegeben hätte, hätten sich erheblich mehr Kinder zusammengefunden, und nachdem die Störung beendet war, wäre eine erheblich größere Gruppe gemeinsam in der Unterkunft eingetroffen.«

»Aha. Also ein einzelner Schüler, der einundzwanzig Minuten unerkannt abwesend war.«

»Ich fand, Sie sollten es zumindest wissen.«

»Was hätte er in einundzwanzig Minuten schon anfangen können?«

»Sie wissen, wer es war?«

»Ich werde es bald erfahren. Werden die Toiletten beobachtet? Sind wir sicher, dass nicht jemand einfach so nervös war, dass er sich übergeben hat?«

»Die Eintritts- und Ausgangsmuster der Toiletten waren normal.«

»Also gut. Ich werde herausfinden, um wen es sich handelte. Und beobachten Sie die Daten der Gruppe weiter.«

»Es war also richtig von mir, Sie darauf aufmerksam zu machen?«

»Haben Sie etwa daran gezweifelt?«

Beans Schlaf war nur leicht gewesen und er hatte gelauscht, wie er es immer tat, und erinnerte sich, zweimal erwacht zu sein. Er stand nicht auf, sondern blieb liegen und lauschte weiter dem Atem der anderen. Beide Male war irgendwo im Saal leises Flüstern zu hören gewesen. Immer Kinderstimmen, und ohne jede Dringlichkeit, aber das Geräusch hatte genügt, um Bean zu wecken und aufhorchen zu lassen, nur für einen Augenblick, bis er sicher war, dass keine Gefahr bestand.

Er erwachte zum dritten Mal, als Dimak hereinkam. Noch bevor er sich setzte, wusste Bean, wer es war, hatte es aus dem Gewicht seiner Stiefel, der Sicherheit seiner Bewegungen und der autoritären Ausstrahlung geschlossen. Bean hatte die Augen schon offen, bevor Dimak sprach; er war auf allen Vieren und bereit, sich in jede Richtung zu bewegen, ehe Dimak seinen ersten Satz beendet hatte.

»Das Schäferstündchen ist vorbei, Jungs und Mädels, jetzt wird gearbeitet.«

Es hatte nichts mit Bean zu tun. Zumindest ließ sich Dimak nicht anmerken, ob er wusste, was Bean nach dem Essen und vor dem Schlafengehen getan hatte. Keine unmittelbare Gefahr.

Bean saß auf seinem Bett, während Dimak ihnen erklärte, wie sie die Spinde und Pulte benutzen sollten. Berührt die Wand neben dem Spind, und er öffnet sich. Schaltet das Pult ein und tragt Namen und Passwort ein.

Bean berührte sofort seinen Spind mit der rechten Hand, aber nicht das Pult. Stattdessen warf er einen Blick zu Dimak, der gerade damit beschäftigt war, einem anderen Schüler in der Nähe der Tür zu helfen, und kletterte dann auf das leere dritte Bett über seinem und berührten *diesen* Spind mit der linken Hand. Auch in diesem Spind befand sich ein Pult. Rasch schaltete er sein eigenes Pult ein und gab seinen Namen und ein Passwort ein. Bean. Achilles. Dann holte er das andere Pult heraus und schaltete es ein. Name? Poke. Passwort? Carlotta.

Er schob das zweite Pult zurück in den Spind und schloss die Tür, warf sein erstes Pult auf sein eigenes Bett und rutschte hinterher. Er sah sich nicht um, um festzustellen, ob jemand ihn bemerkt hatte. Wenn das der Fall war, würden sie schon bald etwas sagen; sich umzusehen würde nur die Aufmerksamkeit auf ihn lenken und ihn verdächtig machen, während er sonst nicht aufgefallen wäre.

Selbstverständlich würden die Erwachsenen wissen, was er getan hatte. Tatsächlich bemerkte Dimak es wahrscheinlich gerade jetzt, als ein Kind sich beschwerte, dass sein Spind sich nicht öffnen ließ. Also wusste der Computer der Station, wie viele Schüler hier waren, und hatte aufgehört, Spinde zu öffnen, als die richtige Anzahl erreicht war. Aber Dimak drehte sich nicht um und fragte, wer zwei Spinde geöffnet hatte. Stattdessen drückte er die eigene Handfläche auf den Schrank des letzten Schülers. Die Tür ging auf. Er schloss sie wieder, und nun reagierte sie auf die Hand des Schülers.

Sie würden ihm also seinen zweiten Spind, sein zweites Pult, seine zweite Identität lassen. Zweifellos würden sie ihn mit besonderem Interesse beobachten, um zu sehen, was er damit anfing. Er würde daran denken müssen, tatsächlich hier und da etwas damit zu tun, recht ungeschickt, sodass sie glaubten zu wissen, wozu er die zweite Identität benötigte. Vielleicht eine Art Streich. Oder er könnte geheime Gedanken niederschreiben. Das wäre lustig – Schwester Carlotta hatte immer seine geheimen Gedanken wissen wollen, und zweifellos ging es diesen Lehrern genauso. Was immer er schrieb, sie würden es verschlingen.

Und daher würden sie nicht nach seiner wirklich persönlichen Arbeit suchen, die er an seinem eigenen Pult erledigen würde. Oder wenn das gefährlich sein sollte, am Pult eines der beiden Jungen gegenüber, deren Passwörter er sich gemerkt hatte. Dimak hielt ihnen einen Vortrag darüber, dass sie auf ihre Pulte aufpassen sollten, aber es war unvermeidlich, dass die Kinder achtlos sein würden, und herausgenommene Pulte würden herumliegen.

Im Augenblick wollte Bean allerdings kein weiteres Risiko eingehen. Die Lehrer hatten ihre Gründe, es ihm durchgehen zu lassen. Wichtig war, dass sie seine nicht kannten.

Schließlich kannte er sie ja selbst noch nicht. Es war wie mit dem Lüftungsschacht – wenn ihm etwas auffiel, was ihm vielleicht später einen Vorteil verschaffen konnte, merkte er es sich einfach.

Dimak redete weiter darüber, wie man Hausarbeiten abliefern sollte und wo auf dem Pult sich die Liste der Lehrernamen und das Fantasyspiel befanden. »Ihr dürft keine Arbeitszeit mit dem Spiel vergeuden«, sagte er. »Aber wenn ihr mit euren Hausaufgaben fertig seid, habt ihr ein paar Minuten, um euch daran zu erfreuen.«

Bean verstand sofort. Die Lehrer *wollten,* dass die Schüler das Spiel spielten, und sie wussten, dass der beste Weg, das herbeizuführen, darin bestand, enge Grenzen zu setzen ... und sich dann nicht darum zu kümmern, ob sie eingehalten wurden. Ein Spiel – Schwester Carlotta hatte hin und wieder Spiele benutzt, weil sie Bean analysieren wollte. Also hatte Bean seinerseits ein Spiel daraus gemacht: Er hatte versucht herauszufinden, was Schwester Carlotta aus der Art, wie er es spielte, herausfinden wollte.

In diesem Fall ging Bean jedoch davon aus, dass alles, was er mit dem Spiel tat, ihnen Informationen geben würde, die er ihnen nicht geben wollte. Deshalb würde er vielleicht überhaupt nicht spielen, es sei denn, sie zwangen ihn. Und vielleicht nicht einmal dann. Es war eine Sache, Schwester Carlotta hereinzulegen, aber hier gab es zweifellos echte Experten, und Bean wollte ihnen keine Gelegenheit geben, mehr über ihn zu erfahren, als er selbst wusste.

Dimak nahm sie mit zu einem Rundgang und zeigte ihnen in erster Linie das, was Bean schon gesehen hatte. Die anderen Kinder drehten vor Begeisterung über den Spieleraum beinahe durch. Bean hatte für die Öffnung zu dem Belüftungsschacht, in den er gestiegen war, nicht einmal einen Blick übrig, aber er nahm sich Zeit, sich ein wenig in das Spiel zu vertiefen, bei dem er die größeren Jungen zuvor beobachtet hatte, um festzustellen, wie die Steuerung funktionierte und dass seine Taktik auch wirklich durchführbar war.

Dann trainierten sie in der Sporthalle, wo Bean sofort mit den Übungen begann, die er glaubte zu brauchen – einarmige Liegestützen und Klimmzüge waren das Wichtigste, obwohl sie ihm einen Hocker holen mussten, damit er die niedrigste Stange erreichen konnte. Kein Problem. Schon bald würde er hoch genug springen können, um sie zu packen. Bei all dem Essen, das sie ihm gaben, konnte er rasch Kraft aufbauen.

Und sie schienen grimmig entschlossen zu sein, ihn mit

verblüffender Geschwindigkeit voll zu stopfen. Nach dem Training duschten sie, und dann war wieder Essenszeit. Bean hatte noch nicht einmal Hunger, und sie türmten genug Essen auf sein Tablett, dass es seine ganze Bande in Rotterdam ernährt hätte. Er eilte sofort auf ein paar Kids zu, die zuvor über die kleinen Portionen gejammert hatten, und ohne auch nur zu fragen, löffelte er alles Überzählige auf ihre Teller. Als einer von ihnen versuchte, mit ihm darüber zu reden, legte Bean nur den Finger an die Lippen. Zur Antwort grinste der Junge. Bean hatte immer noch mehr Essen übrig, als er wollte, aber als er das Tablett abgab, war es leer. Der Ernährungsberater würde glücklich sein. Er wusste nicht, ob der Hausmeister melden würde, dass Essen auf den Boden gefallen war.

Freizeit. Bean eilte zurück in den Spieleraum und hoffte, an diesem Abend tatsächlich den berühmten Ender Wiggin zu sehen. Wenn er dort wäre, wäre er zweifellos von Bewunderern umgeben. Aber inmitten der Gruppen, die er sah, befanden sich nur die üblichen prestigegierigen Cliquenbilder, die sich für Anführer hielten und daher ihrer Gruppe überallhin folgten, um diese Illusion aufrechtzuerhalten. Unmöglich konnte einer von ihnen Ender Wiggin sein. Und Bean würde nicht fragen.

Stattdessen versuchte er sich an mehreren Spielen. Aber jedes Mal schoben ihn andere Kinder, wenn er zum ersten Mal verlor, aus dem Weg. Das waren interessante Regeln. Die Schüler wussten, dass selbst der kleinste, grünste Frischling ein Recht auf seine Spielzeit hatte – sobald die zu Ende war, endete allerdings auch der Schutz durch die Regeln. Und sie schubsten ihn rauer weg als notwendig, damit die Botschaft klarer wurde: Du hättest das Spiel nicht benutzen und mich warten lassen dürfen. Genau wie in den Essensschlangen vor den Suppenküchen in Rotterdam – nur dass es hier um etwas vollkommen Unwichtiges ging.

Es war interessant festzustellen, dass es nicht der Hunger war, der einige Kinder auf der Straße zu Schlägern und

Tyrannen werden ließ. Diese Eigenschaft war anscheinend schon in ihnen angelegt, und ganz gleich, was auf dem Spiel stand, sie würden eine Möglichkeit finden, zu handeln, wie sie handeln mussten. Wenn es um Essen ging, würden die Verlierer sterben; aber auch wenn es nur um Spiele ging, zögerten die Schläger nicht, brutal zu sein und die gleiche Botschaft zu übermitteln: Tu, was ich will, oder du zahlst dafür.

Intelligenz und Bildung, worüber all diese Kinder verfügten, machte offenbar keinen großen Unterschied. Nicht, dass Bean das bisher angenommen hätte.

Dass nicht viel auf dem Spiel stand, änderte nichts an Beans Reaktion auf die anderen. Er gab einfach nach, ohne sich zu beschweren, und merkte sich, wer die Schläger waren. Nicht, dass er vorhatte, sie zu bestrafen oder sie zu meiden. Er würde sich einfach erinnern, wer sich so benommen hatte, und das in Betracht ziehen, wenn er in einer Situation war, in der diese Informationen sich als wichtig erweisen könnten.

Es hatte keinen Sinn, emotional zu werden. Emotional zu werden half nicht beim Überleben. Was zählte, war, alles zu erforschen, die Situation zu analysieren, sich für ein Vorgehen zu entscheiden und dann unerschrocken zu handeln. Erforschen, nachdenken, entscheiden, handeln. Auf dieser Liste gab es keinen Platz für »Emotionalität«. Nicht, dass Bean keine Emotionen gehabt hätte. Er weigerte sich nur einfach, über sie nachzudenken, näher darauf einzugehen oder sie seine Entscheidungen beeinflussen zu lassen, wenn etwas Wichtiges auf dem Spiel stand.

»Er ist sogar noch kleiner, als Ender es war.«

Schon wieder. Bean hatte langsam genug davon.

»Sprich nicht mit mir über diesen hijo de la puta, bicho.«

Bean wurde aufmerksam. Ender hatte einen Feind. Bean hatte sich schon gefragt, wann er einen entdecken würde, denn jemand, der an der Spitze der Rangliste stand, konnte nicht ausschließlich Bewunderung hervorrufen. Wer hatte das gesagt? Bean schlenderte näher zu der Gruppe, in der

der Satz gefallen war. Die gleiche Stimme erklang wieder. Und wieder. Und dann wusste er es: Das da war der Junge, der Ender einen *hijo de la puta* genannt hatte.

Er hatte die Silhouette irgendeiner Eidechse auf der Uniform und ein einzelnes Dreieck am Ärmel. Keiner der Jungen in seiner Nähe hatte ein Dreieck. Alle konzentrierten sich auf ihn. War er der Mannschaftskapitän?

Bean musste mehr erfahren. Er zupfte am Ärmel eines Jungen, der neben ihm stand.

»Was ist?«, fragte der Junge gereizt.

»Wer ist der Junge da?«, erkundigte sich Bean. »Der Mannschaftskapitän mit der Eidechse.«

»Da ist ein Salamander, du Trottel. Die Salamander-*Armee.* Und er ist der *Kommandant.*«

Mannschaften heißen also Armeen. Kommandant ist der Rang mit den Dreieck. »Wie heißt er?«

»Bonzo Madrid. Und er ist sogar noch ein größeres Arschloch als du.«

Der Junge ließ Bean stehen.

Also war Bonzo Madrid verwegen genug, seine Abneigung gegen Ender Wiggin öffentlich zu machen, aber ein Kind, das nicht in Bonzos Armee war, verachtete *ihn* und hatte keine Angst, das einem Fremden mitzuteilen.

Gut zu wissen. Der einzige Feind Enders, den er bisher gefunden hatte, war also verachtenswert.

Aber ... so verachtenswert Bonzo auch sein mochte, er war immerhin Kommandant. Was bedeutete, dass es möglich sein musste, Kommandant zu werden, ohne die Art von Junge zu sein, die alle respektierten. Nach welchen Maßstäben wurden in diesem Kriegsspiel, um das das Leben in der Kampfschule kreiste, Führungspositionen verteilt?

Und wichtiger, wie werde ich Kommandant?

Erst jetzt begriff Bean, dass er überhaupt ein solches Ziel hatte. Er hatte die besten Ergebnisse in seiner Frischlingsgruppe gehabt – aber er war auch der Kleinste und Jüngste und durch bewusste Interventionen seiner Lehrer noch weiter isoliert und zu einem Objekt der Ablehnung gemacht worden. Irgendwie war Bean inmitten von alledem zu dem Schluss gekommen, dass es nicht so sein sollte wie in Rotterdam. Er würde nicht am Rand leben und sich nur dann einmischen, wenn es für sein Überleben absolut erforderlich war. Nein, er hatte vor, sich so schnell wie möglich in eine Position zu manövrieren, in der er eine Armee kommandieren konnte.

Achilles herrschte, weil er brutal war, weil er bereit war, zu töten. Das würde sich immer über Intelligenz hinwegsetzen, wenn der Intelligente körperlich kleiner war und keine starken Verbündeten hatte. Aber hier schubsten die Schläger einen nur und schwatzten. Die Erwachsenen hatten alles unter Kontrolle, und es würde keine Brutalität herrschen, nicht, wenn es darum ging, festzulegen, wer Kommandant sein würde. Intelligenz hatte also eine Chance zu siegen. Vielleicht würde Bean irgendwann tatsächlich nicht mehr unter der Herrschaft von Dummen leben müssen.

Und wenn er das wirklich wollte – und warum es nicht versuchen, solange sich kein wichtigeres Ziel ergab? –, musste er herausfinden, wie die Lehrer ihre Entscheidungen darüber fällten, wer Kommandant wurde. Hatte es nur mit der Leistung im Unterricht zu tun? Das bezweifelte er. Die Offiziere der Internationalen Flotte, die diese Schule betrieben, konnten doch nicht so dumm sein. Die Tatsache, dass sie dieses Fantasyspiel auf jedem Pult hatten, legte nahe, dass sie auch nach Persönlichkeiten suchten. Nach Charakter. Am Ende, nahm Bean an, würde Charakter mehr zählen als Intelligenz. In Beans Litanei des Überlebens – Erforschen, Nachdenken, Entscheiden, Handeln – zählte Intelligenz nur bei den ersten drei Punkten, und entscheidend war sie nur beim zweiten. Die Lehrer wussten das.

Vielleicht sollte ich das Fantasyspiel *doch* spielen, dachte Bean.

Aber dann: noch nicht. Sehen wir erst einmal, was passiert, wenn ich es nicht tue.

Gleichzeitig kam er zu einem anderen Schluss, von dem er nicht einmal wusste, dass er darüber nachgedacht hatte. Er würde mit Bonzo Madrid sprechen.

Bonzo befand sich mitten in einem Computerspiel, und er gehörte offenbar zu den Leuten, die alles Unerwartete als einen Affront gegen ihre Würde betrachten. Wenn Bean also etwas erreichen wollte, durfte er sich Bonzo nicht untertänig nähern wie die Schleimer, die sich um ihn herum drängten und ihn sogar noch für die dümmsten Fehler beim Spiel lobten.

Stattdessen drängte sich Bean nahe genug heran, um zu sehen, wann Bonzos Spielfigur starb – wieder einmal. »Señor Madrid, puedo hablar convosco?« Spanisch fiel ihm relativ leicht. Er hatte in Rotterdam zugehört, wenn Pablo de Noches mit anderen Immigranten sprach, die ihn in seiner Wohnung besuchten, und wenn er mit Familienmitgliedern zu Hause in Valencia telefonierte. Und Bonzos Muttersprache zu benutzen, hatte die erwünschte Wirkung. Er ignorierte Bean nicht. Er drehte sich um und starrte ihn wütend an.

»Was willst du, bichinho?« Die Kids in der Kampfschule hielten brasilianischen Slang für cool, und Bonzo hielt es offenbar nicht für erforderlich, die Reinheit seines Spanisch zu wahren.

Bean sah ihm in die Augen, obwohl Bonzo doppelt so groß war wie er selbst, und sagte: »Die Leute hier behaupten, dass ich sie an Ender Wiggin erinnere, und du bist offenbar der Einzige, der ihn nicht anbetet. Ich will die Wahrheit wissen.«

Dass alle anderen Kinder nun schwiegen, machte Bean deutlich, dass er Recht gehabt hatte – es war gefährlich, Bonzo nach Ender Wiggin zu fragen. Aber deshalb hatte Bean seine Frage ja auch so vorsichtig gestellt.

»Du hast verdammt noch mal Recht. Ich bete diesen furzfressenden, aufsässigen Verräter nicht gerade an, aber wieso sollte ich mit *dir* darüber reden?«

»Weil du mich nicht anlügen wirst«, antwortete Bean,

obwohl er eigentlich annahm, dass Bonzo ganz fürchterlich lügen würde, um sich als Held einer Geschichte darzustellen, in der es wahrscheinlich um seine Demütigung durch Ender ging. »Und wenn die Leute mich dauernd mit dem Kerl vergleichen, muss ich doch wissen, wer er ist, oder? Ich habe nicht vor, mich abschießen zu lassen, weil ich alles falsch mache. Du schuldest mir nichts, aber wenn man so klein ist wie ich, braucht man einen, der einem alles erzählt, was man zum Überleben nötig hat.«

Einer der anderen Jungen mischte sich ein, als hätte Bean ihm das Drehbuch geschrieben, und er tat es genau aufs Stichwort. »Hau ab, Kleiner. Bonzo Madrid hat keine Zeit, dir die Windeln zu wechseln.«

Bean fuhr zu ihm herum und sagte wütend: »Ich kann ja wohl schlecht die Lehrer fragen, weil die sowieso lügen. Wenn Bonzo nicht mit mir redet, wen soll ich dann fragen? *Dich?* Du weißt doch noch nicht mal, wo die Welt anfängt und wo deine Pickel aufhören.«

Er hatte einfach Sergeant imitiert, und es funktionierte. Alle lachten über den Jungen, der versucht hatte, ihn wegzuscheuchen, und Bonzo lachte mit, dann legte er Bean die Hand auf die Schulter. »Ich werde dir sagen, was ich weiß, Junge. Es ist Zeit, dass jemand die Wahrheit über diesen wandelnden Mastdarm erfährt.« Und zu dem Jungen, der Bean gerade angesprochen hatte, sagte er: »Vielleicht solltest du lieber mein Spiel zu Ende bringen; es ist deine einzige Möglichkeit, je auf diesem Level zu spielen.«

Bean konnte kaum glauben, dass ein Kommandant etwas so sinnlos Beleidigendes zu einem seiner Untergebenen sagte, aber der Junge schluckte seinen Zorn hinunter, grinste und nickte. »Klar, Bonzo.« Dann wandte er sich wie befohlen dem Spiel zu. Ein echter Schleimer.

Zufällig führte ihn Bonzo direkt vor die Wand mit dem Belüftungsschacht, in dem Bean nur ein paar Stunden zuvor festgesteckt hatte. Bean gönnte dem Drahtgitter nicht mehr als einen Seitenblick.

»Also, mit Ender ist es folgendermaßen: Er will die anderen immer schlagen. Nicht nur gewinnen – wenn er dich nicht vollkommen erledigen kann, ist er nicht froh. Für ihn gibt es keine Regeln. Du gibst ihm einen schlichten Befehl, und er tut, als wolle er gehorchen, aber wenn er eine Möglichkeit sieht, sich selbst gut darzustellen und dazu bloß den Befehl zu missachten braucht – nun, ich kann nur sagen, jeder, der ihn in seiner Armee hat, tut mir Leid.«

»Er war ein Salamander?«

Bonzo lief rot an. »Er hat eine Uniform mit unseren Farben getragen, sein Name stand auf meiner Liste, aber ein Salamander war er *nie.* Sobald ich ihn sah, wusste ich, der wird Ärger machen. Dieser dreiste Blick, als dächte er, die ganze Kampfschule wäre nur dazu da, ihm einen Platz zum Angeben zu verschaffen. Ich hab das nicht toleriert. Ich habe seine Versetzung beantragt, sobald er aufgetaucht ist, und hab mich geweigert, ihn mit uns üben zu lassen, denn ich wusste, er würde unser ganzes System erforschen und es dann zu einer anderen Armee mitnehmen und nutzen, was er erfahren hat, um meiner Armee so schnell wie möglich eins zu verpassen. Ich bin doch nicht blöd!«

Nach Beans Erfahrung war das ein Satz, den man nur aussprach, wenn man unbedingt beweisen wollte, dass er auf keinen Fall zutraf.

»Er hat also die Befehle nicht befolgt.«

»Wenn's nur das wäre. Aber dann geht er auch noch zu den Lehrern und heult ihnen eins vor, dass ich ihn nicht üben lasse, obwohl sie *wissen,* dass ich eine Versetzung für ihn beantragt hab, aber er jault rum, und sie lassen ihn in der Freizeit in den Kampfraum gehen und alleine üben. Nur, dass er dann Kids aus seiner Frischlingsgruppe und Kids aus den anderen Armeen dazuholt, und sie tun so, als wäre er ihr Kommandant, und machen, was er ihnen sagt. Das hat vielen von uns nicht gepasst. Die Lehrer geben dem kleinen Schleimer immer, was er will, und als wir Kommandanten *verlangen,* dass sie unseren Soldaten verbieten, mit ihm zu üben, sagen sie nur: ›Freizeit ist *frei*‹, aber schließlich gehört doch alles zum Spiel, sabe? Alles, daher lassen sie ihn schummeln, und jeder lausige Soldat und schleimige kleine Bastard geht zu Ender zu diesen Freizeitübungen, und damit sind doch die Systeme aller Armeen gefährdet, sabe? Du planst deine Strategie für ein Spiel und weißt nie, ob deine Pläne nicht einem Soldaten der feindlichen Armee weitererzählt werden, sobald du sie erwähnst, sabe?«

Sabe, sabe, sabe. Bean hätte am liebsten zurückgeschrien: Si, yo se, aber er durfte nicht ungeduldig werden. Außerdem war das alles faszinierend. Bean bekam einen ziemlich guten Eindruck davon, wie dieses Kriegsspiel das Leben in der Kampfschule formte. Es gab den Lehrern nicht nur Gelegenheit, zu sehen, wie die Kids mit Befehlen zurechtkamen, sondern auch, wie sie auf unfähige Kommandanten wie Bonzo reagierten. Offensichtlich hatte er beschlossen, Ender zum Sündenbock seiner Armee zu machen, aber Ender hatte sich das nicht gefallen lassen. Dieser Ender Wiggin hatte offenbar ebenso gut wie Bean begriffen, dass die Lehrer alle Fäden in der Hand hielten, und er hatte sie benutzt, um in den Übungsraum zu kommen. Er hatte sie nicht gebeten, Bonzo davon abzuhalten, auf ihm rumzutrampeln, er hatte sie um eine alternative Möglichkeit gebeten, sich auszubilden. Schlau. Die Lehrer waren sicher begeistert, und Bonzo konnte nichts dagegen tun.

Oder doch?

»Was hast du dagegen getan?«

»Ich werde etwas tun. Ich hab die Schnauze voll. Wenn die Lehrer der Sachen kein Ende machen, wird eben jemand anders es tun müssen, stimmts?« Bonzo grinste boshaft. »Jedenfalls würde ich an deiner Stelle nicht zu Ender Wiggins Freizeitübungen gehen.«

»Steht er wirklich auf dem ersten Platz der Rangliste?«

»Scheiß auf die Liste«, sagte Bonzo. »Was Loyalität angeht, ist er der Allerletzte. Es gibt nicht einen Kommandanten, der ihn in seiner Armee haben will.«

»Danke«, entgegnete Bean. »Nur stinkt es mir jetzt, dass die Leute sagen, ich wäre wie er.«

»Das ist doch nur, weil du so klein bist. Sie haben ihn zum Soldaten gemacht, als er noch viel zu jung war. Lass einfach nicht zu, dass sie das bei dir tun, und alles ist okay, sabe?«

»Ahora sé«, sagte Bean. Er grinste Bonzo an.

Bonzo lächelte zurück und schlug Bean auf die Schulter. »Du wirst es schon schaffen. Wenn du groß genug bist und ich hier noch nicht fertig bin, kommst du vielleicht zur Salamanderarmee.«

Wenn sie dir auch nur einen weiteren Tag das Kommando über eine Armee lassen, dann nur, damit die anderen Schüler lernen können, wie man das Beste daraus macht, Befehle von einem höherrangigen Idioten entgegennehmen zu müssen. »Ich werde nicht *lange* Soldat sein«, versicherte Bean.

»Du musst dich anstrengen«, riet Bonzo. »Das zahlt sich aus.« Wieder schlug er ihm auf die Schulter, dann ging er mit einem breiten Grinsen weiter. Stolz, einem kleinen Jungen geholfen zu haben. Stolz, jemanden von seiner verzerrten Version der Geschichte mit Ender Wiggin überzeugt zu haben, obwohl er Ender mit Sicherheit nicht das Wasser reichen konnte.

Und er hatte mit Gewalttätigkeit gegen die Kids gedroht, die in ihrer Freizeit mit Ender Wiggin übten. Das war gut zu wissen. Bean würde jetzt entscheiden müssen, was er mit diesen Informationen anfangen sollte. Ender warnen? Die Lehrer warnen? Nichts sagen? Hingehen und beobachten?

Die Freizeit ging zu Ende. Der Spieleraum leerte sich rasch, als alle zu ihren Unterkünften rannten, weil jetzt unabhängiges Lernen auf dem Stundenplan stand. Mit anderen Worten: Hausaufgaben. Für die meisten Kids in Beans Gruppe gab es allerdings nichts zu tun – sie waren noch nicht im Unterricht gewesen. Also hatten sie an diesem Abend Zeit für das Fantasyspiel und ein paar Hänseleien, um die Hackordnung festzulegen. Auf dem Pult eines jeden erschien der Vorschlag, sie könnten Briefe an ihre Familie schreiben. Einige Kinder taten das auch. Und zweifellos nahmen alle an, dass Bean das Gleiche tat.

Aber sie irrten sich. Bean loggte sich auf dem ersten Pult als Poke ein und entdeckte, dass es, wie er angenommen hatte, keine Rolle spielte, welches Pult er benutzte; Name und Passwort waren entscheidend. Er würde dieses zweite Pult nicht mehr aus dem Spind nehmen müssen. Unter dem Poke-Login schrieb er einen Tagebucheintrag. Das käme nicht unerwartet. »Tagebuch« war eine der Möglichkeiten, die auf dem Pult angeboten wurden.

Was wollte er sein? Ein Jammerlappen? »Sie haben mich im Spieleraum immer wieder aus dem Weg geschubst, nur weil ich klein bin. Das ist ungerecht!« Ein greinendes Baby? »Schwester Carlotta fehlt mir so sehr. Ich wünschte, ich wäre wieder in meinem Zimmer in Rotterdam.« Ehrgeizig? »Ich werde die besten Ergebnisse erzielen. Ich werde es allen hier schon zeigen!«

Am Ende beschloss er, subtiler vorzugehen.

Was würde Achilles tun, wenn er an meiner Stelle wäre? Selbstverständlich ist er nicht klein, aber mit seinem schlimmen Bein ist es beinahe genauso. Achilles wusste immer, wie man abwartet und ihnen nicht zeigt, was in einem vorgeht. Und genau das werde ich auch tun. Einfach abwarten und sehen, was passiert. Erst wird niemand mein Freund sein wollen. Aber nach einer Weile werden sie sich an mich gewöhnen, und wir werden uns kennen lernen. Als Erstes werden sich die Schwächeren mit mir anfreunden, aber das ist kein Problem. Man baut seine Bande in erster Linie auf Loyalität auf. Das hat auch Achilles getan, er hat auf Loyalität gesetzt und seine Leute zum Gehorsam ausgebildet. Man arbeitet mit dem, was man hat, und führt es weiter.

Sollten sie das erst mal verdauen. Sollten sie doch denken, er versuche, die Kampfschule in das Straßenleben zu verwandeln, das er kannte. Sie würden es glauben. Und inzwischen würde er so viel wie möglich darüber herausfinden müssen, wie die Kampfschule funktionierte, und eine Strategie entwickeln, die zu der Situation passte.

Dimak kam ein letztes Mal herein, bevor das Licht ausging. »Eure Pulte funktionieren noch weiter, wenn das Licht aus ist«, sagte er, »aber wenn ihr sie benutzt, obwohl ihr eigentlich schlafen solltet, werden wir das wissen, und wir werden auch wissen, was ihr tut. Also sollte es lieber etwas Wichtiges sein, oder ihr landet auf der Schweineliste.«

Die meisten verstauten ihre Pulte; ein paar ließen sie trotzig draußen. Bean war es gleich. Er hatte andere Dinge, über die er nachdenken musste. Morgen oder übermorgen würde noch genug Zeit für das Pult sein.

Er lag in der Beinahe-Dunkelheit – offenbar brauchten die Babys hier ein wenig Licht, um auf dem Weg zum Klo nicht über ihre eigenen Füße zu fallen –, lauschte den Geräuschen rings umher und fand heraus, was sie bedeuteten. Ein leises Flüstern, ein Zischen nach Ruhe. Das Atmen von Jungen und Mädchen, als einer nach dem anderen einschlief. Ein paar gaben ein leises Kinderschnarchen von sich. Aber unter all diesen menschlichen Geräuschen war auch noch das Rauschen des Belüftungssystems und hin und wieder ein Klicken und entfernte Stimmen zu hören, Geräusche der Spannung auf einer Station, die sich ins Sonnenlicht und wieder heraus drehte, und von Erwachsenen, die bis tief in die Nacht hinein arbeiteten.

Hier fielen gewaltige Kosten an, für tausende von Kids und Lehrer und Personal. Sie waren bestimmt so hoch wie für ein Schiff der Flotte, und all das nur, um kleine Kinder auszubilden. Die Erwachsenen verwickelten die Kinder ununterbrochen in ein Spiel, aber für *sie* war es eine ernste Sache. Dieses Programm zur Ausbildung von Kindern war nicht nur das Ergebnis einer etwas ausgeuferten pädagogischen

Theorie, obwohl Schwester Carlotta wahrscheinlich Recht hatte, wenn sie sagte, dass viele Leute es dafür hielten. Die IF würde die Schule auf diesem Niveau nicht aufrechterhalten, wenn sie nicht wirklich brauchbare Ergebnisse erwartete. Waren diese Kinder, die sich hier durch die Nacht schnarchten, seufzten und flüsterten, wirklich so wichtig?

Sie erwarten Ergebnisse von mir. Das hier ist nicht einfach eine Party, die man aufsucht, um sich den Bauch voll zu schlagen und auf der man dann tut, was man will. Sie wollen uns allen Ernstes zu Kommandanten machen. Und da die Kampfschule schon eine Weile existiert, verfügen sie wahrscheinlich über Beweise, dass es funktioniert – Kids, die bereits mit der Schule fertig sind und sich danach gut geschlagen haben. Das darf ich nicht vergessen. Was auch immer das hier für ein System sein mag, es funktioniert.

Ein anderes Geräusch. Kein regelmäßiges Atmen. Abgerissene Atemzüge. Hin und wieder ein Keuchen. Und dann ... ein Schluchzen.

Weinen. Ein Junge weinte sich in den Schlaf.

Im Nest hatte Bean gehört, wie einige Kinder sich in den Schlaf weinten. Sie weinten, weil sie Hunger hatten, verletzt oder krank waren oder froren. Aber worüber mussten diese Kinder hier weinen?

Ein zweites Schluchzen gesellte sich zu dem ersten.

Sie haben Heimweh, erkannte Bean. Sie sind zum ersten Mal von Mama und Papa getrennt, und es macht sie traurig.

Bean begriff das nicht. Er hatte niemanden, für den er so empfand. Man lebte einfach an dem Ort, an dem man war, und machte sich keine Gedanken darüber, wo man früher gewesen war oder gerne wäre; *hier* ist, wo du bist, und hier musst du eine Möglichkeit zum Überleben finden, und im Bett liegen und flennen hilft dabei überhaupt nicht.

Aber mir kann es ja gleich sein. Ihre Schwäche ist nur ein Vorteil für mich. Jede Heulboje ist ein Rivale weniger auf dem Weg, Kommandant zu werden.

Dachte Ender Wiggin darüber genauso? Bean erinnerte

sich an alles, was er bisher über Ender erfahren hatte. Der Junge war findig. Er legte sich nicht offen mit Bonzo an, aber er ließ sich auch die dummen Entscheidungen nicht gefallen. Das war faszinierend für Bean, denn auf der Straße war eine der wichtigsten Regeln gewesen, den Kopf nicht vorzurecken, wenn man nicht wollte, dass einem die Kehle durchgeschnitten wurde. Wenn man einen dummen Bandenboss hatte, sagte man ihm nicht ins Gesicht, dass er dumm war, man zeigte ihm nicht, dass er dumm war, man machte einfach weiter mit und zog den Kopf ein. So überlebten die Kids.

Wenn es sein musste, war Bean ein Risiko eingegangen. Auf diese Weise war er in Pokes Bande gelangt. Aber da war es um Essen gegangen. Es war darum gegangen, nicht zu sterben. Warum ging Ender ein solches Risiko ein, wenn nichts anderes auf dem Spiel stand als seine Stellung bei diesem Kriegsspiel?

Vielleicht wusste Ender etwas, das Bean nicht wusste. Vielleicht gab es einen Grund, wieso das Spiel wichtiger war, als es den Anschein hatte.

Oder vielleicht war Ender auch eins von diesen Kindern, die es nicht ertragen konnten, zu verlieren. Die Art von Kind, das für ein Team ist, aber nur so lange, wie das Team es dorthin bringt, wo es hinwill, und wenn das vorbei ist, heißt es wieder, jeder für sich. Das dachte Bonzo von ihm. Aber Bonzo war ja auch dumm.

Wieder wurde Bean daran erinnert, dass es Dinge gab, die er nicht verstand. Bei Ender war nicht jeder auf sich gestellt. Er übte nicht allein. Er übte in seiner Freizeit mit anderen Kindern. Sogar mit Frischlingen, nicht nur mit Kids, die etwas für ihn tun konnten. War es möglich, dass er es nur deshalb tat, weil er einfach anständig war?

So, wie Poke sich Achilles angeboten hatte, um Bean das Leben zu retten?

Nein, Bean *wusste* nicht, dass sie das getan hatte, er wusste nicht, dass sie deshalb gestorben war.

Aber die Möglichkeit bestand. Und tief in seinem Innern glaubte er es. Das hatte er immer an ihr verachtet. Sie hatte sich hart gegeben, aber ein weiches Herz gehabt. Und dennoch ... Diese Weichheit hatte ihm das Leben gerettet. Und so sehr er sich auch bemühte, er konnte sich nicht überwinden, diese »Das war eben *ihr* Problem«-Haltung einzunehmen, die auf der Straße vorherrschte. Sie hat mir zugehört, als ich mit ihr gesprochen habe, sie hat etwas Schwieriges getan, hat ihr Leben aufs Spiel gesetzt für eine Möglichkeit, ein besseres Leben für ihre ganze Bande zu erreichen. Dann hat sie mir einen Platz an ihrem Tisch angeboten, und am Ende hat sie sich zwischen mich und die Gefahr gestellt. Warum?

Was war dieses große Geheimnis? Wusste Ender die Antwort? Wie hatte er sie erfahren? Wieso konnte Bean es nicht herausfinden? So sehr er sich auch bemühte, er verstand Poke nicht. Er verstand auch Schwester Carlotta nicht. Er verstand nicht, dass sie ihn in den Armen gehalten hatte, nicht die Tränen, die sie seinetwegen vergossen hatte.

Begriffen sie denn nicht, dass er, egal wie sehr sie ihn liebten, immer noch eine von ihnen getrennte Person war? Und Bean etwas Gutes anzutun, verbesserte *ihr* Leben um keinen Deut.

Wenn Ender diese Schwäche hat, will ich nicht sein wie er. Ich werde mich für niemanden opfern. Und der Anfang davon ist, dass ich mich weigere, im Bett zu liegen und um Poke zu weinen, die dort draußen mit aufgeschlitzter Kehle im Wasser treibt, oder zu flennen, weil Schwester Carlotta nicht nebenan schläft.

Er wischte sich die Augen, drehte sich um und zwang seinen Körper, sich zu entspannen und einzuschlafen. Einen Augenblick später fiel er in diesen leichten, leicht zu unterbrechenden Schlaf. Sein Kissen würde schon lange vor dem Morgen wieder trocken sein.

Er träumte, wie Menschen immer träumen – zufällige Erinnerungs- und Fantasiefetzen, die das Unterbewusstsein zu zusammenhängenden Geschichten zu formen versucht. Bean achtete kaum auf seine Träume, er erinnerte sich selten daran, dass er überhaupt geträumt hatte. Aber an diesem Morgen erwachte er mit einem klaren Bild im Kopf.

Ameisen, die aus einem Riss im Bürgersteig schwärmten, kleine schwarze Ameisen und größere rote, die sich ihnen entgegenstellten und sie töteten. Dann huschten sie weiter. Keine blickte auf und sah den Menschenschuh, der sich herabsenkte, um sie zu zerquetschen.

Als der Schuh wieder hochkam, klebten daran keine Ameisenleichen. Es waren die Leichen von Kindern, den Straßenkindern aus Rotterdam. Achilles' ganze Familie. Bean selbst – er erkannte sein Gesicht, das über seinem platt getretenen Körper aufstieg und sich vor dem Tod noch ein letztes Mal die Welt ansah.

Über ihm schwebte immer noch der riesige Schuh, der ihn getötet hatte. Aber nun umgab er das Ende eines Schabenbeins, und die Schabe lachte und lachte.

Als Bean aufwachte, erinnerte er sich an die lachende Schabe, und er hatte wieder den Anblick dieser zertretenen Kinder und den seines Körpers vor sich, der wie Kaugummi an einem Schuh klebte. Die Bedeutung war offensichtlich: Während wir Kinder hier Krieg spielen, kommen die Schaben, um uns zu zerschmettern. Wir müssen über unsere privaten Streitigkeiten hinwegsehen und den größeren Feind im Auge behalten.

Nur, dass Bean diese Interpretation seines Traumes sofort wieder verwarf. Träume haben keine Bedeutung, ermahnte er sich. Und selbst wenn sie etwas bedeuten, geht es dabei um das, was man persönlich empfindet, was man befürchtet, und nicht um eine tiefere Wahrheit. Also gut, die Schaben kommen. Und sie können uns alle zertreten wie Ameisen. Was bedeutet das für mich? Im Augenblick besteht meine

Aufgabe vor allem darin, Bean am Leben zu erhalten und in eine Position zu gelangen, wo ich im Krieg gegen die Schaben nützlich sein kann. Im Augenblick kann ich nichts weiter tun, um sie aufzuhalten.

Bean zog folgende Lehre aus seinem Traum: Sei keine der huschenden, kämpfenden Ameisen.

Sei der Schuh.

Schwester Carlotta war bei ihrer Suche im Netz in eine Sackgasse geraten. Es gab viele Informationen über genetische Forschung, aber nirgends fand sie das, wonach sie suchte.

Also saß sie da und spielte mit einem Briefbeschwerer, während sie überlegte, was sie als Nächstes tun sollte, und sich fragte, wieso es sie überhaupt interessierte, wo Bean herkam, als die Nachricht von der IF eintraf. Sie wusste, dass die Nachricht sich eine Minute nach dem Eintreffen selbst löschen und dann nach Pausen von jeweils einer Minute wieder abgeschickt werden würde, bis der Empfänger sie las. Deshalb gab sie rasch ihr erstes und zweites Passwort ein und öffnete die Datei.

```
Von: Col.Graff@Kampfschule.IF
An: Ss.Carlotta@specASN.RemCon.IF
Betreff: Achilles

Bitte alle Informationen über »Achilles«,
die dem Subjekt bekannt sind, weiterleiten.
```

Wie gewöhnlich war die Nachricht so kryptisch, dass sie eigentlich nicht kodiert zu werden brauchte, obwohl sie es selbstverständlich gewesen war. Dabei war der Datenweg gesichert, oder? Warum benutzte er also nicht einfach den Namen des Jungen? »Bitte alle Informationen über ›Achilles‹, die Bean bekannt sind, weiterleiten.«

Irgendwo hatte Bean den Namen Achilles erwähnt, und auf

eine Weise, dass sie ihn nicht direkt danach fragen wollten. Also musste es bei etwas gewesen sein, was er geschrieben hatte. Ein Brief an sie? Sie verspürte so etwas wie Hoffnung, und dann schnaubte sie höhnisch. Sie wusste genau, dass Briefe von den Kindern in der Kampfschule so gut wie nie weitergeleitet wurden, und außerdem bestand wohl kaum eine Chance, dass Bean tatsächlich an sie schrieb. Aber sie waren irgendwie an den Namen gekommen und wollten nun von ihr erfahren, was er bedeutete.

Das Problem war, dass sie ihnen diese Informationen nicht geben wollte, ohne zu wissen, was das für Bean bedeuten würde. Also bereitete sie eine ebenso kryptische Antwort vor:

```
Werde nur in gesicherter Konferenz
antworten.
```

Selbstverständlich würde das Graff ärgern, aber das wäre nur von Vorteil. Graff war so daran gewöhnt, weit über seinen Rang hinausgehende Macht zu haben, dass es ihm gut täte, einmal daran erinnert zu werden, dass aller Gehorsam freiwillig war und letztlich von der freien Entscheidung der Person abhing, die den Befehl empfing. Und am Ende *würde* sie ja auch gehorchen. Sie wollte nur dafür sorgen, dass Bean nicht unter der Information zu leiden hatte. Wenn sie erführen, dass er so eng mit dem Opfer *und* dem Täter eines Mords in Verbindung gestanden hatte, würden sie ihn vielleicht aus dem Programm werfen. Aber wenn sie sicher sein konnte, dass es in Ordnung war, darüber zu sprechen, ließe sich vielleicht etwas dabei herausschlagen.

Es brauchte eine weitere Stunde, bevor die gesicherte Konferenz aufgebaut war, und als Graff auf dem Display über ihrem Computer erschien, wirkte er alles andere als erfreut. »Was ist das denn jetzt schon wieder für ein Spielchen, Schwester Carlotta?«

»Sie haben zugenommen, Colonel Graff. Das ist nicht gesund.«

»Achilles«, sagte er.

»Mann mit einem Fersenproblem«, erwiderte sie. »Hat Hektor getötet und seine Leiche um die Mauern von Troja geschleppt. Und er hatte ein Auge auf ein gefangenes Mädchen namens Briseis geworfen.«

»Sie wissen, dass das nicht der Kontext ist.«

»Ich weiß noch mehr als das. Ich weiß, dass Sie den Namen in etwas gefunden haben, was Bean geschrieben hat, denn er wird nicht ›Achilles‹ ausgesprochen, sondern ›Achihl‹ – französisch.«

»Da kennt sich anscheinend jemand aus.«

»Die Muttersprache hier ist Holländisch, obwohl Flotten-Common es inzwischen völlig an den Rand gedrängt hat.«

»Schwester Carlotta, es gefällt mir nicht, wie sie die Kosten für diese Konferenz verschwenden.«

»Und ich werde über nichts weiter sprechen, bevor ich nicht weiß, wieso Sie es wissen wollen.«

Graff holte ein paar Mal tief Luft. Sie fragte sich, ob seine Mutter ihm wohl beigebracht hatte, bis zehn zu zählen, oder ob er bei den Nonnen in der katholischen Schule gelernt hatte, sich auf die Zunge zu beißen.

»Wir versuchen etwas zu begreifen, was Bean geschrieben hat.«

»Zeigen Sie es mir, und ich helfe Ihnen, so gut ich kann.«

»Er liegt nicht mehr in Ihrer Verantwortung, Schwester Carlotta«, sagte Graff.

»Warum fragen Sie mich dann nach ihm? Ja, Sie sind jetzt für ihn verantwortlich. Kann ich wieder an die Arbeit gehen?«

Graff seufzte und machte etwas mit seinen Händen, was auf dem Display nicht zu sehen war. Einen Augenblick später erschien der Text von Beans Tagebucheintrag auf dem Display vor Graffs Gesicht. Sie las es und lächelte.

»Nun?«, fragte Graff.

»Er verscheißert Sie, Colonel.«

»Wie meinen Sie das?«

»Er weiß, dass Sie es lesen werden. Er führt Sie hinters Licht.«

»Das *wissen* Sie?«

»Achilles hat ihm vielleicht wirklich ein Beispiel gegeben, aber kein gutes. Achilles hat jemanden verraten, den Bean sehr schätzte.«

»Seien Sie nicht so vage, Schwester Carlotta.«

»Ich bin nicht vage. Ich habe Ihnen gesagt, was ich Sie wissen lassen wollte. Genau das, was Sie hören wollten. So, wie Bean Ihnen gesagt hat, was Sie hören wollten. Ich kann Ihnen versichern, dass diese Tagebucheinträge für Sie nur nützlich sein werden, wenn Sie erkennen, dass er diese Dinge für Sie schreibt, mit der Absicht, zu täuschen.«

»Warum? Weil er da unten kein Tagebuch geführt hat?«

»Weil er ein perfektes Gedächtnis hat«, sagte Schwester Carlotta. »Er würde niemals seine Gedanken in eine lesbare Form übertragen. Er behält die Dinge für sich. Immer. Sie werden kein Dokument von ihm finden, das nicht dazu gedacht ist, dass Sie es lesen.«

»Würde es einen Unterschied machen, wenn er das unter einem anderen Namen geschrieben hat? Einem, von dem er glaubt, dass wir ihn nicht kennen?«

»Aber Sie wissen davon, und daher weiß er, dass Sie davon wissen, und der andere Name dient nur dazu, Sie zu verwirren. Wie man sieht, hat es funktioniert.«

»Ich hatte vergessen, dass Sie dieses Kind für schlauer als Gott halten.«

»Es kümmert mich nicht, dass Sie meine Einschätzung nicht teilen. Je besser Sie ihn kennen lernen, desto mehr wird Ihnen klar werden, dass ich Recht habe. Eines Tages werden Sie sogar die Testergebnisse glauben.«

»Was ist erforderlich, damit Sie mir bei dieser Sache helfen?«, fragte Graff.

»Versuchen Sie es doch mal mit der Wahrheit darüber, was diese Informationen für Bean bedeuten werden.«

»Er hat seinen Grundausbildungslehrer beunruhigt. Er ist auf dem Rückweg vom Mittagessen einundzwanzig Minuten verschwunden. Wir haben eine Zeugin, die mit ihm auf einem Deck gesprochen hat, auf dem er nichts zu suchen hatte, aber wir wissen immer noch nicht, was er in den restlichen siebzehn Minuten seiner Abwesenheit getrieben hat. Er spielt nicht auf seinem Pult –«

»Sie glauben, die Einrichtung falscher Identitäten und gefälschter Tagebucheinträge sei kein Spiel?«

»Es gibt ein diagnostisch-therapeutisches Spiel, das alle Kinder spielen, aber er hat es sich noch nicht einmal angesehen.«

»Er wird wissen, dass das Spiel psychologischer Natur ist und es nicht spielen, bevor er weiß, was es ihn kostet.«

»Haben Sie ihm diese misstrauische und verlogene Haltung beigebracht?«

»Nein, ich habe sie von ihm gelernt.«

»Sagen Sie es mir ganz offen: Dieser Tagebucheintrag lässt doch darauf schließen, dass er hier seine eigene Bande aufziehen will, als wären wir auf der Straße. Wir müssen so viel wie möglich über diesen Achilles erfahren, damit wir wissen, was Bean plant.«

»Er plant nichts dergleichen«, sagte Schwester Carlotta.

»Sie behaupten das einfach, aber Sie geben mir keinen einzigen Grund, wieso ich Ihrem Schluss trauen sollte.«

»Sie haben *mich* angesprochen, wissen sie noch?«

»Das genügt mir nicht, Schwester Carlotta. Ihre Ansichten über den Jungen sind mir suspekt.«

»Er würde Achilles niemals nachahmen. Er würde nie seine wahren Pläne irgendwo schriftlich niederlegen, wo Sie sie finden könnten. Er baut keine Banden auf, er schließt sich ihnen an, benutzt sie und zieht dann weiter, ohne einen Blick zurückzuwerfen.«

»Also können wir auch dann nicht auf Beans künftiges Verhalten schließen, wenn wir uns diesen Achilles genauer ansehen würden?«

»Bean ist stolz darauf, niemandem etwas übel zu nehmen. Er hält so etwas für kontraproduktiv. Aber auf einer gewissen Ebene hat er vielleicht deshalb über Achilles geschrieben, weil er vermutet, dass Sie es lesen und mehr über Achilles in Erfahrung bringen wollen, und wenn Sie Ihre Ermittlungen anstellen, würden Sie herausfinden, dass Achilles etwas sehr Schlimmes getan hat.«

»Er hat Bean etwas angetan?«

»Einer Freundin von ihm.«

»Er ist also imstande, Freunde zu haben?«

»Es geht um das Mädchen, das auf der Straße sein Leben gerettet hat.«

»Wie heißt sie?«

»Poke. Aber Sie brauchen nicht nach ihr zu suchen. Sie ist tot.«

Graff dachte einen Augenblick nach. »War das Achilles' Missetat?«

»Bean hat Grund zu dieser Annahme, obwohl ich nicht glaube, dass es genug Beweise gibt, um damit vor Gericht durchzukommen. Und wie gesagt, all diese Dinge geschehen vielleicht unbewusst. Ich glaube nicht, dass Bean wissentlich versuchen würde, sich an Achilles zu rächen oder an irgendwem sonst, aber er hofft vielleicht, dass Sie das für ihn erledigen.«

»Sie halten immer noch etwas zurück, aber ich habe wohl keine andere Wahl, als Ihnen zu glauben.«

»Ich versichere Ihnen, dass Achilles eine Sackgasse ist.«

»Und wenn Sie über Gründe nachdenken, wieso das nicht der Fall sein müsste?«

»Ich möchte, dass Ihr Programm Erfolg hat, Colonel Graff. Sogar noch mehr, als ich mir für Bean Erfolg wünsche. Meine Prioritäten werden nicht von der Tatsache verzerrt, dass ich den Jungen gern habe. Ich habe Ihnen jetzt wirklich alles gesagt. Aber ich hoffe, dass Sie mir ebenfalls helfen werden.«

»Die IF handelt nicht mit Informationen, Schwester

Carlotta. Informationen fließen von jenen, die sie haben, zu denen, die Sie brauchen.«

»Hören Sie sich an, was ich will, und dann entscheiden Sie, ob ich es brauche.«

»Nun?«

»Ich möchte alles über illegale oder geheime Projekte aus den letzten zehn Jahren erfahren, die sich mit der Veränderung des menschlichen Genoms beschäftigt haben.«

Graff starrte in die Ferne. »So schnell werden Sie nicht auf ein neues Projekt umgesattelt haben. Also ist es die gleiche alte Sache. Es geht um Bean.«

»Er muss von irgendwoher gekommen sein.«

»Sie meinen, sein Verstand kam von irgendwoher.«

»Ich meine die ganze Geschichte. Ich glaube, Sie werden sich am Ende auf diesen Jungen verlassen und unser aller Leben auf ihn setzen müssen, und ich finde, dazu sollte Ihnen klar sein, was mit seinen Genen los ist. Es ist ein jämmerlicher Ersatz dafür, zu wissen, was in seinem Geist geschieht, aber das, fürchte ich, wird für Sie immer unergründlich bleiben.«

»Sie schicken ihn hier herauf, und dann erzählen Sie mir so etwas! Ist Ihnen eigentlich bewusst, dass Sie gerade dafür gesorgt haben, dass ich nie zulassen werde, dass er an die Spitze unseres Auswahlpools gelangt?«

»Sie sagen das jetzt, aber Sie haben ihn erst einen Tag dort oben«, wandte Schwester Carlotta ein. »Er wird Ihnen ans Herz wachsen.«

»Na ja, er sollte lieber nicht schrumpfen, sonst wird er ins Belüftungssystem gesaugt.«

»Tss, tss, Colonel Graff!«

»Entschuldigung, Schwester«, erwiderte er.

»Geben sie mir Gelegenheit und die entsprechende Freigabe, dann suche ich selbst danach.«

»Nein«, sagte er. »Aber ich lasse Ihnen Zusammenfassungen schicken.«

Sie wusste, dass sie ihr nur so viele Informationen geben

würden, wie sie glaubten, dass sie haben sollte. Aber wenn er versuchte, sie mit nutzlosem Geschwätz abzuspeisen, würde sie schon mit ihm fertig werden. Genau, wie sie Achilles erwischen würde, bevor die IF ihn fand. Sie würde ihn von der Straße weg in eine Schule bringen, unter anderem Namen. Wenn die IF ihn fände, würde sie ihn wahrscheinlich prüfen – oder auf ihre Testergebnisse über ihn stoßen. Prüfte sie ihn aber, würde sie seinen Fuß heilen und ihn doch noch zur Kampfschule bringen. Und sie hatte Bean versprochen, dass er Achilles nie wiedersehen musste.

8
KLASSENBESTER

»Er spielt das Fantasyspiel überhaupt nicht?«

»Er hat noch nicht einmal eine Figur gewählt und ist erst recht nicht durch das Portal gegangen.«

»Es ist unmöglich, dass er es noch nicht entdeckt hat.«

»Er hat die Präferenzen auf seinem Pult so verändert, dass die Einladung nicht mehr auftaucht.«

»Und daraus schließen Sie –«

»Er weiß, dass es kein Spiel ist. Er will nicht, dass wir ihn analysieren.«

»Aber er will, dass wir ihn befördern.«

»Das weiß ich nicht. Er vergräbt sich in seinen Studien. Drei Monate lang hat er nun bei jedem Test die besten Noten bekommen. Aber er liest das Unterrichtsmaterial nur ein einziges Mal. Seine Studien drehen sich um andere Themen, die er selbst auswählt.«

»Wie zum Beispiel?«

»Vauban.«

»Festungsbau des siebzehnten Jahrhunderts? Was *denkt* er sich dabei?«

»Sie verstehen also das Problem.«

»Wie kommt er mit den anderen Kindern zurecht?«

»Ich glaube, der angemessene Begriff ist Einzelgänger. Er ist höflich. Er gibt nichts preis. Er fragt nur, wenn er sich für etwas interessiert. Die Kids in seiner Frischlingsgruppe halten ihn für seltsam. Sie wissen, dass er bessere Ergebnisse hat als sie, aber sie hassen ihn nicht. Sie behandeln ihn wie eine Naturkraft. Er hat keine Freunde, aber auch keine Feinde.«

»Es ist interessant, dass sie ihn nicht hassen. Sie sollten es eigentlich, wenn er sich so distanziert verhält.«

»Ich glaube, das ist eine Fähigkeit, die er auf der Straße gelernt hat – Zorn von sich abzuwenden. Er selbst wird nie zornig. Vielleicht haben sie deshalb aufgehört, ihn wegen seiner Größe zu hänseln.«

»Nichts von dem, was Sie mir erzählen, legt nahe, dass er das Potenzial zum Kommandanten hat.«

»Zutreffender wäre wohl zu behaupten, dass er versucht, das Potenzial zum Kommandanten zu zeigen und dabei versagt.«

»Also ... was *glauben* Sie, dass er tut?«

»Er analysiert uns.«

»Er sammelt Informationen, ohne selbst welche zu geben. Glauben Sie wirklich, dass er so raffiniert ist?«

»Er ist auf der Straße am Leben geblieben.«

»Ich finde, es wird Zeit, dass Sie ihn ein wenig sondieren.«

»Und ich ihn wissen lasse, dass seine Zurückhaltung uns beunruhigt?«

»Wenn er so clever ist, wie Sie glauben, weiß er das bereits.«

Bean hatte nichts dagegen, schmutzig zu sein. Immerhin hatte er Jahre verbracht, ohne zu baden. Ein paar Tage störten ihn nicht. Und falls es die anderen störte, behielten sie ihre Meinung für sich. Sollten sie doch über ihn klatschen. Kleiner und jünger als Ender! Beste Noten bei jedem Test! Stinkt wie ein Schwein!

Die Duschzeit war kostbar. In diesen Minuten konnte er die Identität eines der Jungen, die in seiner Nähe schliefen, annehmen und dessen Pult benutzen – während der Betreffende duschte. Sie waren nackt, trugen nur ihre Handtücher, also zeigten ihre Uniformen nicht, wo sie sich aufhielten. Während dieser Zeit konnte Bean über dieses Pult das System erforschen, ohne die Lehrer wissen zu lassen, dass er ihre Tricks erkundete. Es hatte ihn ein wenig verraten, als er die Präferenzen verändert hatte, damit er die dumme

Einladung, ihr Spiel zu spielen, nicht jedes Mal sehen musste, wenn er an seinem Pult Hausaufgaben machte. Aber das war nicht schwierig gewesen, und er kam zu dem Schluss, dass es sie nicht sonderlich beunruhigen würde, dass er es herausgefunden hatte.

Bisher hatte Bean nur sehr wenig wirklich nützliche Dinge herausgefunden, aber er hatte das Gefühl, dass er kurz vor einem wichtigen Durchbruch stand. Er wusste, dass es ein virtuelles System gab, von dem man erwartete, dass die Schüler es hackten. Er hatte die Legenden darüber gehört, wie Ender (selbstverständlich!) das System an seinem ersten Tag gehackt und sich als Gott eingeloggt hatte, aber er wusste auch, dass Ender vielleicht ungewöhnlich schnell gewesen war, aber nichts getan hatte, was sie nicht ohnehin von klugen, ehrgeizigen Schülern erwarteten.

Beans erster Erfolg bestand darin, herauszufinden, wie die Lehrer die Computeraktivität der Schüler verfolgten. Indem er die Aktionen mied, die automatisch den Lehrern gemeldet wurden, konnte er sich einen privaten Dateibereich schaffen, den sie nicht finden würden, solange sie nicht bewusst danach suchten. Wann immer er etwas Interessantes fand, wenn er sich für jemand anderes ausgab, merkte er sich also den Standort, lud die Informationen später in seinen sicheren Bereich und konnte anschließend daran arbeiten, sobald er das wollte – während sein Pult meldete, dass er Werke aus der Bibliothek las. Er las diese Werke natürlich wirklich, aber viel schneller, als sein Pult meldete.

Nach all diesen Vorbereitungen hatte er echte Fortschritte erwartet. Aber nur zu schnell stieß er auf weitere Mauern – er konnte zwar feststellen, dass das System über bestimmte Informationen verfügte, konnte sich aber keinen Zugang dazu verschaffen. Also suchte er nach Umwegen. Zum Beispiel konnte er keine Pläne der gesamten Station finden, nur von den Bereichen, die den Schülern zugänglich waren, und die waren stets schematisch und kindlich-plakativ und bewusst nicht maßstabgetreu. Aber in einem Programm, das bei einem Druckverlust automatisch Fluchtwege auf die Flurwände projizieren würde, fand er eine Reihe von Notfallplänen, die den Weg zur nächstgelegenen Sicherheitsschleuse zeigten. Diese Pläne waren maßstabgetreu, und nachdem er sie in seinem sicheren Bereich zu einer einzigen Zeichnung zusammengefügt hatte, verfügte er über einen Plan der gesamten Station. Selbstverständlich war nichts außer den Schleusen beschriftet, aber zumindest erfuhr er auf diese Weise, dass es auf beiden Seiten des Schülerbereichs ein Parallelsystem von Fluren gab. Die Station bestand offenbar nicht nur aus einem Rad, sondern aus drei parallelen Rädern, die an vielen Punkten miteinander verbunden waren. Dort wohnten die Lehrer und das Personal, dort waren die Lebenserhaltungssysteme und die Anlagen zur Kommunikation mit der Flotte untergebracht. Die schlechte Nachricht war, dass die drei Räder getrennte Belüftungssysteme hatten. Die Luftschächte im einen Rad würden ihn nicht in eines der anderen bringen. Das bedeutete, dass er vielleicht alles ausspionieren konnte, was im Schülerbereich geschah, die anderen Räder jedoch außerhalb seiner Reichweite blieben.

Schon innerhalb des Schülerrads gab es viele geheime Orte zu erforschen. Die Schüler hatten Zugang zu vier Decks und außerdem zu der Sporthalle unterhalb des A-Decks und dem Kampfraum über dem D-Deck. Tatsächlich gab es sogar neun Decks, zwei unterhalb von A und drei oberhalb von D. Diese Räume mussten zu etwas gut sein. Und wenn sie glaubten, dass es sich lohnte, sie vor den Schülern zu verbergen, dachte Bean, waren sie sicherlich auch erforschenswert.

Lange durfte er das nicht mehr vor sich her schieben. Seine Übungen hatten ihn stärker gemacht, und er war schlank geblieben, weil er nicht so viel aß – es war unglaublich, wie viel Essen sie in ihn hineinzwingen wollten; sie vergrößerten seine Portionen immer wieder, wahrscheinlich, weil die vorherigen Mengen nicht bewirkt hatten, dass er so viel zunahm, wie sie wollten. Aber er konnte nicht verhindern, dass er tatsächlich wuchs. Die Luftschächte würden für ihn schon bald unpassierbar sein – wenn sie es nicht bereits waren. Aber er konnte das Belüftungssystem nicht während der Duschzeiten benutzen, um zu den verborgenen Decks zu gelangen. Er würde Schlaf opfern müssen. Also verschob er es immer wieder; ein Tag würde keinen großen Unterschied machen.

Bis zu dem Morgen, als Dimak schon früh in die Unterkunft kam und – mit dem Rücken zum Rest des Zimmers – verkündete, dass alle sofort die Passwörter ändern sollten und niemandem verraten durften, wie das neue Passwort lautete. »Tippt es niemals ein, wenn andere es sehen könnten.«

»Hat jemand die Passwörter anderer Leute benutzt?«, fragte ein Junge, und sein Tonfall ließ darauf schließen, dass er diese Idee für erschreckend hielt. So ehrlos! Bean hätte am liebsten gelacht.

»Es wird vom gesamten IF-Personal verlangt, also könnt ihr es euch auch gleich angewöhnen«, sagte Dimak. »Jeder, der länger als eine Woche das gleiche Passwort benutzt, kommt auf die Schweineliste.«

Aber Bean konnte nur annehmen, dass sie begriffen hatten, was er tat. Das bedeutete, dass sie wahrscheinlich auch wussten, was er in den vergangenen Monaten herausgefunden hatte. Er loggte sich ein und löschte den sicheren Dateibereich, nur für den Fall, dass sie ihn vielleicht doch noch nicht gefunden hatten. Alles, was er dort wirklich brauchte, hatte er sich bereits gemerkt. Er würde sich nie wieder auf das Pult verlassen, wenn es um etwas ging, was er auch im Kopf behalten konnte.

Dann zog er sich aus, wickelte das Handtuch um sich und eilte mit den anderen in Richtung Dusche. Aber Dimak hielt ihn an der Tür auf.

»Wir müssen reden«, sagte er.

»Was ist mit meiner Dusche?«, fragte Bean.

»Plötzlich machst du dir über Sauberkeit Gedanken?«

Bean erwartete, dass man ihm fürs Passwortstehlen die Leviten las. Stattdessen setzte sich Dimak neben ihn auf ein unteres Bett neben der Tür und stellte viel allgemeinere Fragen. »Wie kommst du hier zurecht?«

»Gut.«

»Ich weiß, dass deine Testergebnisse gut sind, aber es bereitet mir Sorgen, dass du unter den anderen Kindern keine Freunde hast.«

»Ich habe viele Freunde.«

»Du meinst, du kennst die Namen vieler Leute und streitest dich mit niemandem.«

Bean zuckte mit den Achseln. Diese Fragen gefielen ihm nicht besser, als es Fragen zu seiner Computernutzung getan hätten.

»Bean, das System hier ist aus einem bestimmten Grund entworfen worden. Es gibt viele Faktoren, die in unsere Entscheidungen über die Befähigung eines Schülers zum Kommandanten eingehen. Die Arbeit im Unterricht ist ein wichtiger Teil davon. Aber Führungsqualitäten sind es auch.«

»Hier bersten doch alle nur so vor Führungsqualitäten, oder?«

Dimak lachte. »Das stimmt. Aber ihr könnt nicht alle Anführer sein.«

»Ich bin etwa so groß wie ein Dreijähriger«, sagte Bean. »Ich glaube nicht, dass viele Kids scharf darauf sind, vor mir strammzustehen.«

»Aber du könntest ein Netz aus Freundschaften errichten. Die anderen tun das. Du nicht.«

»Ich nehme an, dann habe ich nicht, was es braucht, um Kommandant zu sein.«

Dimak zog die Brauen hoch. »Soll das etwa heißen, dass du abgeschossen werden *willst?*«

»Sehen meine Testergebnisse so aus, als versuchte ich zu versagen?«

»Was willst du dann?«, fragte Dimak. »Du spielst das Fantasyspiel nicht. Dein Trainingsprogramm ist seltsam, obwohl du weißt, dass das reguläre Programm dazu entworfen wurde, dir mehr Kraft für den Kampfraum zu geben. Bedeutet das, dass du auch nicht vorhast, dieses Spiel zu spielen? Dann werden sie dich nämlich wirklich abschießen. Die Spiele im Kampfraum sind unser wichtigstes Mittel, die Befähigung zum Kommandanten einzuschätzen. Deshalb kreist das ganze Leben um die Armeen.«

»Ich werde im Kampfraum gut zurechtkommen«, sagte Bean.

»Wenn du glaubst, du schaffst es ohne Vorbereitung, hast du dich geirrt. Ein beweglicher Geist ist kein Ersatz für einen kräftigen, agilen Körper. Du hast keine Ahnung, wie herausfordernd der Kampfraum sein kann.«

»Dann werde ich mich dem üblichen Programm anschließen, Sir.«

Dimak lehnte sich zurück und schloss mit einem kleinen Seufzer die Augen. »Du bist wirklich fügsam, nicht wahr, Bean?«

»Ich versuche es, Sir.«

»So ein Quatsch«, sagte Dimak.

»Sir?« Jetzt geht's los, dachte Bean.

»Wenn du die Energie, die du dazu aufwendest, Dinge vor den Lehrern zu verbergen, dazu benutzen würdest, Freunde zu finden, wärst du der beliebteste Junge in der Schule.«

»Dann wäre ich Ender Wiggin, Sir.«

»Und glaub bloß nicht, dass uns nicht aufgefallen ist, wie besessen du von Ender Wiggin bist.«

»Besessen?« Bean hatte nach diesem ersten Tag nicht einmal mehr nach ihm gefragt, hatte sich nie an irgendwelchen Gesprächen über die Rangliste beteiligt, war nie während Enders Übungszeiten im Kampfraum gewesen.

Oh. Was für ein offensichtlicher Fehler. Dumm.

»Du bist der einzige Frischling, der bis jetzt vollkommen vermieden hat, Ender Wiggin auch nur zu sehen. Du hast dir seinen Stundenplan so ausführlich zu Eigen gemacht, dass du dich nie im gleichen Raum mit ihm aufhältst. Das kostet echte Anstrengung.«

»Ich bin ein Frischling, Sir. Er ist in einer Armee.«

»Stell dich nicht dumm, Bean. Das ist nicht überzeugend, und es verschwendet nur meine Zeit.«

Die Regel verlangte, jetzt eine nutzlose Binsenweisheit von sich zu geben. »Ich werde dauernd mit Ender verglichen, weil ich so jung und klein hier angekommen bin. Ich möchte die Dinge auf *meine* Art tun.«

»Das akzeptiere ich für den Augenblick, aber es gibt Grenzen dafür, wie viel Quatsch du mir auftischen kannst«, entgegnete Dimak.

Nachdem er die letzten Sätze ausgesprochen hatte, fragte sich Bean, ob sie nicht sogar der Wahrheit entsprachen. Warum sollte ich keine so normale Empfindung wie Eifersucht haben? Ich bin keine Maschine.

Also war er ein wenig beleidigt, dass Dimak offenbar annahm, es ginge hier um etwas Subtileres. Dass Bean log, egal, was er sagte.

»Nenn mir den Grund«, fuhr Dimak fort, »warum du dich weigerst, das Fantasyspiel zu spielen.«

»Es scheint langweilig und dumm zu sein«, sagte Bean. Das entsprach zweifellos der Wahrheit.

»Das reicht nicht«, meinte Dimak. »Keines der anderen Kinder in der Kampfschule findet es langweilig und dumm. Tatsächlich passt sich das Spiel deinen Interessen an.«

Das bezweifle ich nicht, dachte Bean. »Es ist alles nur So-tun-als-ob«, erklärte Bean. »Nichts davon ist echt.«

»Kannst du vielleicht eine Sekunde aufhören, dich zu verstecken?«, fauchte Dimak. »Du weißt genau, dass wir das Spiel benutzen, um Persönlichkeiten zu analysieren, und deshalb weigerst du dich, es zu spielen.«

»Klingt, als hätten Sie meine Persönlichkeit sowieso schon analysiert«, murmelte Bean.

»Du gibst nicht auf, wie?«

Bean schwieg. Es gab nichts mehr zu sagen.

»Ich habe mir deine Leseliste angeschaut«, meinte Dimak. »Vauban?«

»Ja?«

»Festungsbau aus der Zeit Ludwigs XIV.?«

Bean nickte. Er dachte an Vauban und daran, wie dessen Strategie sich Louis' immer angespannteren Finanzen angepasst hatte. Tiefenverteidigung war einer dünnen Verteidigungslinie gewichen; es waren keine neuen Festungen mehr gebaut worden, und das Schleifen überflüssiger oder schlecht platzierter wurde weiter vorangetrieben. Armut hatte über Strategie triumphiert. Er setzte dazu an, etwas darüber zu sagen, aber Dimak bremste ihn.

»Komm schon, Bean, warum beschäftigst du dich mit einem Thema, das nichts mit Raumkrieg zu tun hat?«

Bean wusste wirklich keine Antwort. Er hatte die Geschichte der Strategie von Xenophon und Alexander über Cäsar und Machiavelli durchgearbeitet. Vauban passte dort hinein. Darüber hinaus gab es keinen Plan. Seine Lektüre war überwiegend Deckung für seine heimliche Computerarbeit gewesen. Aber da Dimak ihn nun schon fragte – was *hatte* der Festungsbau im siebzehnten Jahrhundert denn mit dem Raumkrieg zu tun?

»Ich bin nicht derjenige, der Vauban in die Bibliothek gestellt hat.«

»Wir haben den vollen Bestand militärischen Schrifttums, wie er sich in jeder Bibliothek der Flotte befindet. Mehr hat es nicht zu bedeuten.«

Bean zuckte mit den Achseln.

»Du hast zwei Stunden mit Vauban verbracht.«

»Und? Ich habe mich genauso lange mit Friedrich dem Großen beschäftigt, und ich glaube auch nicht, dass wir exerzieren oder jeden mit dem Bajonett aufspießen werden, der bei einem Marsch ins Feuer aus der Linie ausbricht.«

»Du hast Vauban nicht wirklich gelesen, oder?«, fragte Dimak. »Ich möchte wissen, was du stattdessen getan hast.«

»Ich *habe* Vauban gelesen.«

»Du glaubst, wir wissen nicht, wie schnell du lesen kannst?«

»Und ich habe über Vauban *nachgedacht.*«

»Also gut, was hast du gedacht?«

»Wie Sie schon sagten. Was es mit dem Raumkrieg zu tun hat.« Er versuchte, Zeit zu schinden. Was *hatte* Vauban mit Raumkrieg zu tun?

»Ich warte«, sagte Dimak. »Ich will die Einsichten hören, die dich gestern für zwei Stunden beschäftigt haben.«

»Selbstverständlich sind Festungen im Raum unmöglich«, meinte Bean. »Zumindest im traditionellen Sinn. Aber man kann etwas tun. Wie diese Mini-Festungen, bei denen man eine Ausfallstreitmacht außerhalb der Hauptfestung lässt. Man kann Geschwader von Schiffen stationieren, die angreifende Truppen abfangen. Und es gibt Barrieren, die man errichten kann. Minen. Felder von Treibgut, um Kollisionen mit schnellen Schiffen herbeizuführen. So etwas.«

Dimak nickte, aber er schwieg.

Bean lief langsam warm. »Das wahre Problem besteht darin, dass wir anders als bei Vauban nur einen einzigen starken Punkt haben, der verteidigungswert ist – die Erde. Und der Feind ist nicht auf eine einzelne Annäherungsrichtung beschränkt. Also haben wir es hier mit dem klassischen Verteidigungsproblem hoch drei zu tun. Je weiter entfernt man die Verteidigungsanlagen anlegt, desto mehr braucht man, und wenn die Mittel beschränkt sind, hat man bald mehr Festungen, als man bemannen kann. Was nützen Basen auf den Monden von Jupiter, Saturn oder Neptun, wenn der Feind nicht aus dieser Richtung kommen muss? Er kann an allen unseren Festungen vorbei. So wie Nimitz und McArthur im Zweiten Weltkrieg zweidimensionales Inselspringen gegen die Tiefenverteidigung der Japaner einsetzten. Nur dass unser Feind in drei Dimensionen arbeiten kann. Deshalb können wir unmöglich eine Tiefenverteidigung aufstellen. Unsere einzige Möglichkeit ist, den Feind schnell zu entdecken und mit einer einzigen massierten Streitmacht zuzuschlagen.«

Dimak nickte bedächtig. Seine Miene war ausdruckslos. »Weiter.«

Weiter? Das genügte nicht, um zwei Stunden Lesen zu rechtfertigen? »Also dachte ich mir, das sei doch das richtige Rezept für die Katastrophe, denn es steht dem Feind frei, seine Streitkräfte aufzuteilen. Selbst wenn wir ihn abfangen und neunundneunzig von hundert angreifenden Geschwadern besiegen, braucht er nur ein einziges durchzubringen, um auf der Erde eine Katastrophe herbeizuführen. Wir haben gesehen, wie viel Gelände ein einzelnes Schiff vernichten kann, als die Schaben zum ersten Mal auftauchten und begannen, China in Schutt und Asche zu legen. Wenn sie zehn Schiffe einen einzigen Tag lang zur Erde bringen – und wenn sie uns weit genug verstreuen, werden sie erheblich mehr als einen Tag haben! –, können sie die meisten unserer Hauptbevölkerungszentren auslöschen. All unsere Eier befinden sich in diesem einen Korb.«

»Und das hast du von Vauban?«, fragte Dimak.

Endlich. Das genügte anscheinend, um ihn zufrieden zu stellen. »Vom Nachdenken über Vauban und darüber, wie viel schwieriger unser Verteidigungsproblem ist.«

»Also«, seufzte Dimak, »worin besteht deine Lösung?«

Lösung? Wofür hielt Dimak ihn? Ich denke darüber nach, wie ich die Situation hier in der Kampfschule beherrschen kann, nicht die Welt retten!

»Ich glaube nicht, dass es eine Lösung gibt«, sagte er in einem weiteren Versuch, Zeit zu gewinnen. Aber nachdem er es ausgesprochen hatte, fing er an, es zu glauben. »Es hat keinen Zweck, die Erde überhaupt verteidigen zu wollen. Und tatsächlich ist der Feind, sofern er kein Verteidigungssystem hat, über das wir nichts wissen – wie zum Beispiel einen unsichtbaren Schild, den er um seinen Planeten legen kann –, ebenso verwundbar. Also besteht die einzige sinnvolle Strategie in einem Angriff mit allen Mitteln. Wir schicken *unsere* Flotte zu *ihrer* Heimatwelt und vernichten sie.«

»Was, wenn unsere und ihre Flotte in der Nacht aneinander vorbeizögen?«, fragte Dimak. »Wir würden gegenseitig unsere Welten zerstören, und dann hätten wir nur noch Schiffe.«

»Nein«, sagte Bean, dessen Gedanken sich mittlerweile überschlugen. »Nicht, wenn wir direkt nach dem Zweiten Schabenkrieg eine Flotte ausgeschickt hätten. Nachdem Mazer Rackhams Stoßtrupp die Schaben besiegt hatte, hätte es einige Zeit gedauert, bis deren Heimwelt von der Niederlage erfuhr. Also hätten wir nur so schnell wie möglich eine Flotte zu bauen brauchen und sie zu ihrer Heimatwelt schicken müssen. So hätte die Nachricht von ihrer Niederlage sie gleichzeitig mit unserem vernichtenden Gegenangriff erreicht.«

Dimak schloss die Augen. »Das sagst du uns jetzt!«

»Grundgütiger!«, entfuhr es Bean, als ihm dämmerte, dass er Recht gehabt hatte. »Diese Flotte ist bereits auf dem Weg. Bevor irgendwer auf dieser Station zur Welt gekommen ist, war die Flotte bereits unterwegs.«

»Interessante Theorie«, versicherte Dimak. »Du hast selbstverständlich in jedem Punkt Unrecht.«

»Nein, habe ich nicht«, sagte Bean. Er wusste, dass er nicht Unrecht hatte. Dimaks vorgebliche Ruhe war unglaubwürdig. Schweiß stand auf seiner Stirn. Bean hatte hier einen wahrhaft wunden Punkt getroffen, und Dimak wusste das.

»Sicher, deine Theorie über die Schwierigkeit einer Verteidigung im Weltraum stimmt. Aber so schwierig es auch sein mag, wir müssen es dennoch hinbekommen, und deshalb bist du hier. Was eine angeblich bereits gestartete Flotte angeht – der Zweite Schabenkrieg hat die Mittel der Menschheit erschöpft, Bean. Wir haben lange gebraucht, um eine einigermaßen vernünftige Flotte aufzubauen. Und bessere Waffen für den nächsten Kampf zu haben. Du solltest gerade von Vauban gelernt haben, dass man nicht mehr bauen kann, als das Volk mit seinen Mitteln zu unterstützen vermag. Außerdem gehst du davon aus, dass wir wissen, wo sich die Heimatwelt des Feindes befindet. Aber deine Analyse ist trotzdem gut, denn du hast die Größenordnung des Problems, dem wir gegenüberstehen, richtig eingeschätzt.«

Dimak stand von dem Bett auf. »Es ist gut zu wissen, dass du deine Lernzeit nicht vollkommen damit verschwendest, ins Computersystem einzubrechen.«

Nach diesem letzten Schuss aus der Hüfte verließ er die Unterkunft.

Bean stand auf und ging wieder zu seinem Bett, wo er sich anzog. Keine Zeit mehr zum Duschen, aber das spielte keine Rolle. Er wusste, dass er mit dem, was er zu Dimak gesagt hatte, einen Nerv getroffen hatte. Der Zweite Schabenkrieg hatte die Ressourcen der Menschheit nicht völlig erschöpft, da war Bean sicher. Die Probleme, einen Planeten zu verteidigen, konnten der IF unmöglich entgangen sein, besonders nicht nach einem beinahe verlorenen Krieg. Sie wussten, dass sie angreifen mussten. Sie hatten die Flotte gebaut. Sie hatten sie auf den Weg geschickt. Sie war unterwegs. Es war unvorstellbar, dass sie etwas anderes getan haben sollten.

Wozu diente also der ganze Unsinn mit der Kampfschule? Hatte Dimak Recht und ging es dabei nur um eine Verteidigungsflotte, um das Abfangen eines Gegenangriffs, der unterwegs an der Invasionsflotte vorbeigekommen war?

Wenn das stimmte, gab es keinen Grund, es geheim zu halten. Keinen Grund zu lügen. Tatsächlich drehte sich die gesamte Propaganda auf der Erde darum, den Leuten zu erklären, wie überaus wichtig es war, sich auf die nächste Schaben-Invasion vorzubereiten. Und Dimak hatte gerade nichts anderes getan, als die Geschichte zu wiederholen, die die IF seit drei Generationen jedem auf der Erde erzählte. Und dabei hatte er geschwitzt wie ein Fisch. Was nahe legte, dass die Geschichte nicht stimmte.

Das Problem war, dass die Verteidigungsflotte um die

Erde bereits vollständig bemannt war. Die normale Rekrutierung hätte dafür genügt. Ein Verteidigungskrieg brauchte keine Brillanz, nur Aufmerksamkeit. Frühe Entdeckung, vorsichtiges Abfangen, das Wahren einer angemessenen Reserve. Der Erfolg hing nicht von der Qualität der Kommandanten ab, sondern von der Quantität der zur Verfügung stehenden Schiffe und der Qualität der Waffen. Es gab keinen Grund für die Kampfschule – die Kampfschule war nur im Kontext eines Offensivkriegs sinnvoll, eines Kriegs, bei dem Manöverstrategie und Taktik wichtige Rollen spielten. Die Offensivflotte war bereits aufgebrochen. Nach allem, was Bean wusste, hatte der Kampf schon vor Jahren stattgefunden, und die IF wartete nur noch auf die Nachricht, ob sie gewonnen oder verloren hatte. Es hing alles davon ab, wie viele Lichtjahre der Heimatplanet der Schaben entfernt war.

Nach allem, was wir wissen, dachte Bean, kann der Krieg bereits vorbei sein, die IF weiß, dass wir gewonnen haben, und sie haben es einfach noch keinem gesagt.

Der Grund dafür war offensichtlich. Das Einzige, was den Krieg auf der Erde beendet und die ganze Menschheit miteinander verbunden hatte, war die gemeinsame Sache gewesen – der Kampf gegen die Schaben. Sobald sich herumspräche, dass die Gefahr eliminiert war, würden alle aufgestauten Feindseligkeiten sich Bahn brechen. Ob die Moslemwelt gegen den Westen anträte oder der lange zurückgehaltene russische Imperialismus mit seiner Paranoia gegen die Atlantische Allianz oder das indische Abenteurertum sich ausbreitete oder ... oder alle einfach übereinander herfielen. Chaos wäre die Folge. Die Ressourcen der Internationalen Flotte würden von meuternden Kommandanten aus der einen oder anderen Fraktion vereinnahmt werden. Das könnte durchaus zur Zerstörung der Erde führen – auch ohne Mithilfe der Formics.

Und das versuchte die IF zu verhindern. Diesen schrecklichen kannibalistischen Krieg. Genau, wie sich Rom nach der endgültigen Eliminierung von Karthago in Bürgerkriegen zerrissen hatte – nur viel schlimmer, denn die Waffen waren jetzt viel schrecklicher, der Hass ging tiefer; es ging um nationalen und religiösen Wahn und nicht nur um persönliche Rivalität, wie damals unter den führenden Bürgern von Rom.

Die IF war entschlossen, das zu verhindern.

In diesem Zusammenhang war die Kampfschule sinnvoll. Viele Jahre lang war beinahe jedes Kind auf der Welt getestet worden, und jene mit potenzieller Brillanz, was militärische Kommandostellen anging, waren aus ihrer Heimat weggeholt und in den Weltraum gebracht worden. Die besten Absolventen der Kampfschule oder zumindest die, die der IF am loyalsten erschienen, würden vielleicht eingesetzt werden, um Armeen zu befehligen, wenn die IF schließlich das Ende des Krieges ankündigte und einen Präventivschlag gegen nationale Armeen führte, um die Welt permanent unter einer einzigen Regierung zu vereinen. Aber der Hauptzweck der Kampfschule bestand darin, diese Kinder von der Erde wegzubringen, damit sie nicht die Kommandanten von Armeen der einen oder anderen Fraktion werden konnten.

Immerhin hatte die Invasion Frankreichs durch die Hauptmächte Europas nach der Französischen Revolution dazu geführt, dass die verzweifelte französische Regierung Napoleon entdeckte und förderte, obwohl der am Ende die Zügel der Macht selbst ergriff, statt nur die Nation zu verteidigen. Die IF war entschlossen, dafür zu sorgen, dass es auf der Erde keinen Napoleon geben würde, der den Widerstand anführte. Alle potenziellen Napoleons waren hier, trugen alberne Uniformen und kämpften gegeneinander um den Sieg in einem dummen Spiel. Es ging nur um Schweinelisten. Indem sie uns hierher gebracht haben, haben sie die Welt gezähmt.

»Wenn du dich nicht bald anziehst, kommst du noch zu spät zum Unterricht«, sagte Nikolai, der Junge, der auf dem untersten Bett direkt gegenüber von Bean schlief.

»Danke«, murmelte Bean. Er nahm das trockene Handtuch entgegen und zog schnell die Uniform an.

»Tut mir Leid, dass ich ihnen sagen musste, dass du mein Passwort benutzt hast«, eröffnete ihm Nikolai.

Bean war verdutzt.

»Ich meine, ich *wusste* nicht, dass du es warst, aber sie haben angefangen, mich zu fragen, was ich mit den Notfallplänen vorhabe, und da ich nicht einmal wusste, wovon sie sprachen, war es nicht schwer zu erraten, dass sich jemand unter meinem Namen eingeloggt hatte, und du bist an der besten Stelle, um mein Pult zu sehen, wann immer ich es benutze ... Ich meine, du bist wirklich schlau. Aber es ist nicht so, dass ich vorhatte, dich zu verpetzen.«

»Schon gut«, sagte Bean. »Kein Problem.«

»Aber was hast du denn nun aus den Plänen rausgefunden?«

Bis zu diesem Augenblick hätte Bean die Frage und den Jungen selbst abgewiesen. Nichts weiter, ich war nur neugierig, hätte er gesagt. Aber jetzt hatte sich seine ganze Weltsicht geändert. Nun zählte es plötzlich, eine Verbindung zu den anderen herzustellen – nicht, damit er den Lehrern seine Führungsfähigkeiten beweisen konnte, sondern für die Zeit, wenn auf der Erde der Krieg ausbracht und der kleine Plan der IF scheiterte, wie es zweifellos geschehen würde. Dann würde er wissen müssen, wer seine Verbündeten und Feinde unter den Kommandanten der diversen nationalen und Fraktionsarmeen waren.

Und der Plan der IF *würde* scheitern. Es war ein Wunder, dass er nicht schon gescheitert war. Er hing zu sehr davon ab, dass Millionen von Soldaten und Kommandanten der IF gegenüber loyaler waren als gegenüber ihrer Heimat. So etwas musste sich rächen. Die IF würde unvermeidlich in Fraktionen zerfallen.

Die Ränkeschmiede waren sich dieser Gefahr sicherlich bewusst. Sie hatten ihre Anzahl so gering wie möglich gehalten – vielleicht nur das Triumvirat aus Hegemon,

Strategos und Polemarch und ein paar Leute hier in der Kampfschule. Diese Station war das Herzstück des Plans. Hier hatten sie seit zwei Generationen jeden begabten Kommandanten aufs Genaueste unter die Lupe genommen. Es gab Berichte über sie alle – wer der Begabteste, wer der Verwundbarste war. Worin ihre Schwächen bestanden, sowohl charakterlich als auch fachlich. Wer ihre Freunde waren. Wo ihre Loyalität lag. Welche von ihnen daher eingesetzt werden sollten, um die Streitkräfte der IF bei den bevorstehenden Kriegen auf der Erde anzuführen. Und wem man das Kommando wegnehmen sollte, um ihn irgendwo festzusetzen, bis die Feindseligkeiten vorüber waren.

Kein Wunder, dass sie sich wegen Beans Mangel an Teilnahme an ihrem kleinen Spiel Sorgen machten. Er wurde dadurch zu einer unbekannten Größe. Es machte ihn gefährlich.

Nun war es für Bean noch gefährlicher denn je, zu spielen. Nicht zu spielen, machte sie misstrauisch und nervös – aber was sie auch mit ihm vorhaben mochten, sie wussten nichts über ihn. Wenn er spielte, würden sie vielleicht weniger misstrauisch sein, aber wenn sie sich gegen ihn wandten, würden sie mit den Informationen aus dem Spiel arbeiten können. Und Bean war alles andere als überzeugt, dass er eine Chance hatte, das Spiel auszutricksen. Selbst wenn er versuchte, ihnen irreführende Ergebnisse zu liefern, könnte bereits diese Strategie ihnen mehr über ihn sagen, als er sie wissen lassen wollte.

Aber es gab noch eine andere Möglichkeit. Er konnte sich auch vollkommen geirrt haben. Vielleicht gab es Schlüsselinformationen, über die er nicht verfügte. Vielleicht war wirklich keine Flotte aufgebrochen. Vielleicht hatten sie die Schaben auf ihrer Heimatwelt noch gar nicht besiegt. Vielleicht war dies tatsächlich nichts als ein verzweifelter Versuch, eine Verteidigungsflotte aufzustellen. Vielleicht, vielleicht, vielleicht.

Bean brauchte mehr Informationen, um hoffen zu

können, dass seine Analysen korrekt und seine Entscheidungen richtig waren. Und seine Isolation musste ein Ende finden.

»Nikolai«, sagte er, »du würdest nicht glauben, was ich aus diesen Plänen herausgefunden habe. Wusstest du, dass es neun Decks gibt, nicht nur vier?«

»Neun?«

»Und das nur in diesem Rad. Es gibt zwei weitere Räder, von denen sie uns nichts gesagt haben.«

»Aber die Fotos der Station zeigen nur das eine Rad.«

»Diese Fotos wurde alle gemacht, als es nur ein einziges Rad gab. Aber auf den Plänen gibt es drei. Parallel, und sie drehen sich gemeinsam.«

Nikolai sah ihn nachdenklich an. »Das sind nur Pläne. Vielleicht haben sie diese anderen Räder nie gebaut.«

»Warum befinden sich die Pläne dann immer noch im Notfallsystem?«

Nikolai lachte. »Mein Vater sagt immer, Bürokraten werfen nie etwas weg.«

Selbstverständlich. Warum hatte er daran nicht gedacht? Das Notfallplansystem war zweifellos programmiert worden, bevor man das erste Rad auch nur in Betrieb genommen hatte. Also hatten sich diese Pläne bereits im System befunden, selbst wenn die anderen Räder nie gebaut worden waren, selbst wenn zwei Drittel der Pläne nie zu einem Flur gehören würden, auf dessen Wänden sie im Notfall erscheinen sollten. Niemand hätte sich die Mühe gemacht, ins System zu gehen und sie zu löschen.

»Daran habe ich nicht gedacht«, gestand Bean. Er wusste, dass er bei seinem Ruf der Brillanz Nikolai kein größeres Kompliment machen konnte. Die Reaktion der anderen Kids in den Betten ringsum bewies das. Niemand hatte je zuvor ein solches Gespräch mit Bean geführt. Niemandem war je etwas eingefallen, das Bean nicht offensichtlich schon vorher gewusst hatte. Nikolai errötete vor Stolz.

»Aber das mit den neun Decks ergibt Sinn«, sagte er.

»Ich wünschte, ich wüsste, was sich dort befindet«, entgegnete Bean.

»Lebenserhaltungssysteme«, warf ein Mädchen namens Corn Moon ein. »Sie müssen hier irgendwo den Sauerstoff herstellen. Dazu braucht es viele Maschinen.«

Andere Kinder mischten sich ein. »Und Personal. Alles, was wir hier sehen, sind Lehrer und Ernährungsberater.«

»Und vielleicht haben sie die anderen Räder tatsächlich gebaut. Wir wissen es nicht.«

Die Spekulationen trieben die wildesten Blüten. Und in der Mitte all dessen: Bean.

Bean und sein neuer Freund Nikolai.

»Schluss jetzt«, sagte Nikolai. »Sonst kommen wir zu spät zu Mathe.«

TEIL DREI

GELEHRTER

9
GARTEN IN SOFIA

»Also hat er herausgefunden, wie viele Decks es gibt. Was kann er mit dieser Information anfangen?«

»Ja, das ist die Frage. Was hat er vor, dass er es für notwendig hielt, es herauszufinden? In der gesamten Geschichte der Schule hat niemand je danach gesucht.«

»Sie glauben, er plant einen Aufstand?«

»Wir wissen über diesen Jungen nur, dass er auf den Straßen von Rotterdam überlebt hat. Das ist nach allem, was ich höre, ein höllischer Ort. Die Kinder dort sind ausgesprochen bösartig. Sie lassen den *Herrn der Fliegen* wie *Pollyanna* aussehen.«

»Wann haben Sie *Pollyanna* gelesen?«

»Es war ein Buch?«

»Wie kann er einen Aufstand planen? Er hat nicht einmal Freunde.«

»Ich habe nichts von einem Aufstand gesagt. Das ist *Ihre* Theorie.«

»Ich habe keine Theorie. Ich verstehe diesen Jungen nicht. Ich wollte ihn nicht mal hier oben haben. Ich finde, wir sollten ihn nach Hause schicken.«

»Nein.«

»Nein, *Sir,* wollten Sie sicher sagen.«

»Nach drei Monaten auf der Kampfschule hat er herausgefunden, dass ein Verteidigungskrieg sinnlos ist und dass wir direkt nach dem Ende des letzten Krieges eine Flotte zur Heimatwelt der Schaben geschickt haben müssen.«

»*Das* weiß er? Und Sie machen sich Sorgen, weil er weiß, wie viele *Decks* es gibt?«

»Er weiß es nicht. Er hat es erraten. Ich habe ihm gesagt, er hätte Unrecht.«

»Sicher hat er Ihnen geglaubt.«

»Sicher zweifelt er daran.«

»Das ist nur noch ein Grund mehr, ihn zurück zur Erde zu schicken. Oder auf irgendeine abgelegene Basis. Ahnen Sie denn nicht, was für ein Alptraum es sein wird, wenn diese Sache ans Licht kommt?«

»Es hängt allein davon ab, wie er die Information nutzt.«

»Aber wir wissen nichts über ihn, also können wir auch nicht wissen, wie er sie nutzen wird.«

»Schwester Carlotta –«

»Hassen Sie mich wirklich so sehr? Diese Frau ist noch undurchschaubarer als Ihr Zwerg.«

»Wir können einen Geist wie den von Bean nicht einfach wegwerfen, nur weil wir fürchten, es könnte zu einem Sicherheitsleck kommen.«

»Und wir können nicht eines einzigen besonders intelligenten Kindes wegen die Sicherheit aufs Spiel setzen.«

»Sind wir denn nicht klug genug, neue Schichten der Täuschung für ihn aufzutragen? Soll er doch etwas herausfinden, das er für die Wahrheit hält. Wir müssen uns nur eine Lüge einfallen lassen, die er uns glaubt.«

Schwester Carlotta saß dem alten Exilanten auf seiner Gartenterrasse gegenüber.

»Ich bin nur ein alter russischer Wissenschaftler, der die letzten Jahre seines Lebens an der Küste des Schwarzen Meeres verbringt.« Anton zog an seiner Zigarette, blies den Rauch über das Geländer und trug damit seinen Teil zu der Luftverschmutzung bei, die von Sofia aus übers Wasser zog.

»Ich habe hier keinerlei polizeiliche Autorität«, versicherte Schwester Carlotta.

»Sie sind viel gefährlicher. Sie kommen von der Flotte.«

»Sie sind nicht in Gefahr.«

»Das stimmt, aber nur, weil ich Ihnen nichts sagen werde.«

»Danke für Ihre Offenheit.«

»Sie wissen Offenheit zu schätzen, aber ich glaube nicht, dass es Ihnen gefallen würde, wenn ich Ihnen erzählte, welche Gedanken ihr Körper im Kopf dieses alten Russen weckt.«

»Es ist nicht besonders witzig, eine Nonne schockieren zu wollen. Es kommt nichts dabei heraus.«

»Dann nehmen Sie ihr Nonnentum also ernst?«

Schwester Carlotta seufzte. »Sie glauben, ich wäre hergekommen, weil ich etwas über Sie weiß, und Sie wollen nicht, dass ich mehr herausfinde. Aber ich bin wegen etwas hier, was ich nicht über Sie herausfinden kann.«

»Und das wäre?«

»Alles. Weil ich ein bestimmtes Thema für die IF recherchierte, haben sie mir eine Zusammenfassung von Artikeln über Forschungen bezüglich der Veränderungen des menschlichen Genoms gegeben.«

»Und mein Name tauchte darin auf?«

»Im Gegenteil. Ihr Name wurde nie erwähnt.«

»Wie schnell sie doch vergessen!«

»Aber als ich die wenigen Papiere las, die man mir gegeben hatte – stets frühe Werke, bevor die Sicherheitsmaschinerie der IF gegen die Autoren vorgegangen war –, ist mir eine Tendenz aufgefallen: In den Fußnoten wurde ihr Name immer wieder erwähnt. Andauernd. Und dennoch konnte ich bei weiteren Recherchen kein Wort über Sie finden. Nicht einmal Zusammenfassungen von Veröffentlichungen. Offensichtlich haben Sie nie etwas publiziert.«

»Und dennoch zitieren sie mich – beinahe ein Wunder, nicht wahr? Leute wie Sie sammeln doch Wunder, oder? Um sich zum Heiligen zu machen?«

»Tut mir Leid, niemand wird heilig gesprochen, bevor er tot ist.«

»Ich habe nur noch einen Lungenflügel«, sagte Anton. »Also brauche ich, wenn ich so weiterrauche, nicht mehr lange zu warten.«

»Sie könnten aufhören zu rauchen.«

»Mit nur einem Lungenflügel braucht man doppelt so viele Zigaretten, um das gleiche Maß an Nikotin zu erreichen. Deshalb muss ich mehr rauchen statt weniger. Das sollte doch offensichtlich sein. Aber Sie denken ja auch nicht wie ein Wissenschaftler, sondern wie eine Frau des Glaubens. Sie denken wie eine gehorsame Person. Wenn Sie herausfinden, dass etwas schlecht ist, tun Sie es nicht mehr.«

»Ihre Forschungen haben sich mit den genetischen Grenzen menschlicher Intelligenz beschäftigt.«

»Tatsächlich?«

»Das ist der Bereich, zu dem Sie immer zitiert werden. Selbstverständlich ging es in diesen Aufsätzen nie genau um dieses Thema, denn sonst wären sie mir nicht zugänglich gewesen. Aber die Titel der Artikel, die in den Fußnoten erwähnt wurden – Artikel, die Sie nie geschrieben haben, denn Sie haben ja nie etwas veröffentlicht –, hatten alle mit dem Bereich zu tun.«

»Ja, eine Karriere kann sich leicht in einer bestimmten Schiene festfahren.«

»Deshalb möchte ich Ihnen eine hypothetische Frage stellen.«

»Das sind meine Lieblingsfragen. Und die rhetorischen. Ich kann bei beiden wunderbar ein Schläfchen halten.«

»Gehen wir einmal davon aus, jemand wollte das Gesetz brechen und versuchen, das menschliche Genom zu ändern, und zwar mit dem besonderen Ziel, die Intelligenz zu erhöhen.«

»Dann wäre dieser Jemand in ernster Gefahr, erwischt und bestraft zu werden.«

»Nehmen wir einmal an, dass sich nach der bestmöglichen Forschung herausstellen würde, dass gewisse Gene, wenn sie an einem Embryo verändert wurden, die Intelligenz der Person erhöhen, sobald sie zur Welt kommt.«

»Bei einem Embryo! Wollen Sie mich testen? Solche Veränderungen können nur im Ei geschehen, in einer einzelnen Zelle.«

»Und gehen wir einmal davon aus, dass ein Kind mit diesen Veränderungen zur Welt kommt. Das Kind wird geboren und wächst so weit heran, dass man seine Intelligenz bemerkt.«

»Sie sprechen offenbar nicht von Ihrem Kind.«

»Ich spreche von überhaupt keinem Kind. Nur von einem hypothetischen Kind. Wie könnte jemand erkennen, dass dieses Kind genetisch verändert worden ist? Ohne die Gene selbst zu untersuchen?«

Anton zuckte mit den Achseln. »Was bringt es, wenn Sie die Gene untersuchen? Sie werden normal sein.«

»Obwohl sie verändert wurden?«

»Es ist eine so geringfügige Veränderung. Hypothetisch gesehen.«

»Innerhalb der normalen Spannweite von Variationen?«

»Es ist wie bei zwei Schaltern. Einen schalten Sie ein, den anderen aus. Das Gen an sich ist schon vorhanden.«

»Was für ein Gen?«

»Große Gelehrte waren für mich der Schlüssel. Sie sind für gewöhnlich autistisch. Dysfunktional. Sie haben ungewöhnliche geistige Kräfte. Sie können rechnen wie der Blitz. Haben ein phänomenales Gedächtnis. Aber sie sind in anderen Bereichen unfähig, ja sogar zurückgeblieben. Sie können die Quadratwurzeln aus zwölfstelligen Zahlen innerhalb von Sekunden im Kopf berechnen, sind aber nicht in der Lage, in einen Laden zu gehen und etwas einzukaufen. Wie können sie gleichzeitig so brillant und so dumm sein?«

»Dieses Gen?«

»Nein, es war ein anderes, aber es zeigte mir, was möglich war. Das menschliche Hirn könnte viel klüger sein, als es ist. Aber es gibt da eine, wie sagt man ... eine Rückseite?«

»Eine Kehrseite?«

»Eine schreckliche Kehrseite. Um über einen hohen Intellekt zu verfügen, muss man etwas anderes aufgeben. So haben die Hirne autistischer Gelehrter ihre Fähigkeiten entwickelt. Sie können nur eins, und der Rest ist Ablenkung, ein Ärgernis, außerhalb der Reichweite jeden vorstellbaren Interesses. Ihre Aufmerksamkeit ist vollkommen ungeteilt.«

»Also wären alle hyperintelligenten Leute in anderer Hinsicht zurückgeblieben?«

»Das nahmen wir alle an, denn so stellte es sich uns dar. Eine Ausnahme schienen nur die weniger Hyperintelligenten zu sein, die imstande waren, sich etwas Konzentration für gewöhnliche Dinge zu bewahren. Dann dachte ich ... aber ich kann Ihnen ja nicht sagen, was ich dachte, man hat mir einen Hemmer eingepflanzt.«

Er lächelte hilflos. Schwester Carlotta stöhnte innerlich. Wenn jemand ein erwiesenes Sicherheitsrisiko darstellte, implantierten sie ein Gerät in sein Hirn, das bei jeder Art von Unruhe eine Feedback-Schleife in Gang setzte, die zu einer Panikattacke führte. Dann setzte man solche Leute wiederholt einer Sensibilisierung aus, um dafür zu sorgen, dass sie ein großes Maß an Unruhe empfanden, wenn sie auch nur daran dachten, über das verbotene Thema zu sprechen. Das stellte zweifellos ein monströses Eindringen in das Leben einer Person dar, aber wenn man es mit den ansonsten üblichen Praktiken verglich, Menschen, denen man kein lebenswichtiges Geheimnis anvertrauen konnte, einfach ins Gefängnis zu stecken oder zu töten, war diese Methode beinahe menschlich.

Und das erklärte auch, wieso Anton von allem so amüsiert war. Ihm blieb nichts anderes übrig. Wenn er sich gestattete, zornig oder aufgeregt zu werden – tatsächlich genügte jegliche starke negative Emotion –, würde er eine Panikattacke erleiden, selbst wenn es gar nichts mit den verbotenen Themen zu tun hatte. Schwester Carlotta hatte einmal einen Artikel gelesen, in dem die Frau eines Mannes, dem man ein solches Gerät eingepflanzt hatte, versicherte, ihr gemeinsames Leben sei nie glücklicher gewesen, weil er nun alles so ruhig und humorvoll hinnähme. »Die Kinder lieben ihn jetzt, statt seine Anwesenheit zu Hause zu fürchten.« Sie sagte das, wenn man dem Artikel glauben durfte, nur

Stunden, bevor der Mann sich von einer Klippe stürzte. Das Leben war offensichtlich für alle außer ihm besser geworden.

Und nun saß sie diesem Wissenschaftler gegenüber, dessen Erinnerungen unzugänglich gemacht worden waren.

»Was für eine Schande«, sagte Schwester Carlotta.

»Aber bleiben Sie doch noch ein wenig! Mein Leben hier ist einsam. Sie sind eine barmherzige Schwester, nicht wahr? Tun Sie einem einsamen alten Mann etwas Gutes und gehen Sie mit ihm spazieren.«

Sie wollte ablehnen, wollte sofort aufbrechen. Aber in diesem Moment lehnte er sich zurück und begann, tief und regelmäßig zu atmen, mit geschlossenen Augen, als summe er ein kleines Lied vor sich hin.

Ein Beruhigungsritual ... Also hatte er in dem Augenblick, als er sie zum Spaziergang eingeladen hatte, eine Art Unruhe verspürt, die das Gerät in Gang gesetzt hatte. Das bedeutete, dass diese Einladung wichtig war.

»Selbstverständlich gehe ich mit Ihnen spazieren«, sagte sie. »Obwohl mein Orden technisch gesehen relativ wenig mit Barmherzigkeit gegenüber Einzelnen zu tun hat. Wir sind viel anmaßender. Wir versuchen gleich, die ganze Welt zu retten.«

Er lachte leise. »Eine Person nach der anderen wäre zu langsam, oder?«

»Wir beschäftigen uns mit den größeren Problemen der Menschheit. Der Erlöser ist bereits für die Sünden gestorben. Wir arbeiten daran, die Konsequenzen der Sünden für andere Menschen zu bereinigen.«

»Ein interessanter religiöser Auftrag«, lachte Anton. »Ich frage mich, ob meine alte Forschungsrichtung als Dienst an der Menschheit betrachtet worden wäre oder nur als ein weiteres Durcheinander, das jemand wie Sie bereinigen müsste.«

»Das frage ich mich selbst«, meinte Schwester Carlotta.

»Wir werden es wohl nie erfahren.« Sie schlenderten aus

dem Garten in die Gasse hinter dem Haus, dann überquerten sie die Straße und betraten einen Pfad, der in einen verwilderten Park führte.

»Die Bäume hier sind sehr alt«, stellte Schwester Carlotta fest.

»Wie alt sind Sie, Carlotta?«

»Objektiv oder subjektiv?«

»Halten Sie sich bitte an den gregorianischen Kalender in seiner neuesten Version.«

»Dieser Wechsel vom julianischen System setzt den Russen immer noch schwer zu, wie?«

»Es hat uns mehr als sieben Jahrzehnte lang gezwungen, eine Oktoberrevolution zu feiern, die eigentlich im November stattgefunden hat.«

»Sie sind viel zu jung, um sich noch an die Zeit zu erinnern, als es Kommunisten in Russland gab.«

»Im Gegenteil, ich bin alt genug, um alle Erinnerungen meines Volkes in meinem Kopf zu bewahren. Ich erinnere mich an Dinge, die lange vor meiner Geburt geschehen sind. Ich erinnere mich an Dinge, die überhaupt nicht geschehen sind. Ich lebe in Erinnerungen.«

»Ist das ein angenehmer Aufenthaltsort?«

»Angenehm?« Er zuckte mit den Achseln. »Ich lache, weil mir nichts anderes übrig bleibt. Weil es so bittersüß ist – all die Tragödien, und wir haben nichts daraus gelernt.«

»Weil sich die Menschen nicht ändern.«

»Ich habe mir vorgestellt«, erwiderte er, »was Gott hätte besser machen können, als er die Menschen schuf – nach seinem eigenen Abbild, glaube ich.«

»Er hat Männer und Frauen geschaffen. Wahrscheinlich, indem er sein Bild anatomisch ein bisschen vage gestaltete.«

Er lachte und tätschelte ihr ein wenig zu fest den Rücken. »Ich wusste nicht, dass Sie über solche Dinge lachen können! Ich bin angenehm überrascht.«

»Es freut mich, ein wenig Fröhlichkeit in Ihre trostlose Existenz bringen zu können.«

»Und dann schlagen Sie einem den Haken ins Fleisch.«

Sie erreichten einen Aussichtspunkt, von dem aus der Blick aufs Meer eher schlechter war als von Antons Terrasse.

»Es ist keine trostlose Existenz, Carlotta. Ich kann Gottes großen Kompromiss feiern, der uns Menschen so gemacht hat, wie wir sind.«

»Kompromiss?«

»Unsere Körper könnten ewig leben. Wir müssen uns nicht entkräften. Unsere Zellen sind alle lebendig; sie können sich erhalten und reparieren oder durch frische ersetzt werden. Es gibt sogar Mechanismen, um unsere Knochen zu erneuern. Die Wechseljahre bräuchten eine Frau nicht davon abzuhalten, weiter Kinder zu bekommen. Unser Gehirn bräuchte nicht zu verfallen, nicht Eindrücke zu vergessen oder bei der Aufnahme neuer zu versagen. Aber Gott hat uns mit eingebautem Tod erschaffen.«

»Sie klingen allmählich so, als würden Sie Gott ernst nehmen.«

»Gott hat uns mit eingebautem Tod erschaffen, und auch mit Intelligenz. Wir haben unsere siebzig Jahre oder so – vielleicht neunzig, wenn wir vorsichtig sind, und in den georgischen Bergen werden einige angeblich sogar bis zu hundertdreißig Jahre alt, obwohl ich persönlich glaube, dass sie alle Lügner sind. Diese Georgier würden behaupten, unsterblich zu sein, wenn sie glaubten, sie könnten damit durchkommen. Aber wir könnten ewig leben, wenn wir bereit wären, die ganze Zeit dumm zu sein.«

»Sie wollen doch wohl nicht behaupten, dass Gott zwischen Langlebigkeit und Intelligenz für die Menschen wählen muss?«

»Es steht in Ihrer Bibel, Carlotta. Zwei Bäume – Erkenntnis und Leben. Man isst vom Baum der Erkenntnis und wird mit Sicherheit sterben. Man isst vom Baum des Lebens und bleibt ein unsterbliches Kind, für immer im Garten Eden.«

»Sie sprechen in theologischen Begriffen, aber ich dachte, Sie wären ein Ungläubiger.«

»Theologie ist ein Witz für mich. Amüsant! Ich lache darüber! Ich kann amüsante Geschichten über Theologie erzählen und mit Gläubigen scherzen. Sehen Sie? Es erfreut mich, und ich bleibe ruhig.«

Endlich verstand sie. Wie deutlich sollte er denn noch werden? Er teilte ihr mit, was sie wissen wollte, aber er tat es kodiert, auf eine Weise, die nicht nur jeden Lauscher täuschen würde – und es gab vielleicht wirklich Lauscher, die jedes Wort, was er sagte, verfolgten –, sondern auch seinen eigenen Geist. Es war alles ein Scherz, und solange er scherzte, konnte er die Wahrheit sagen.

»Dann habe ich nichts dagegen, mir Ihre wilden humoristischen Vorstöße in die Theologie anzuhören.«

»Die Genesis berichtet von Menschen, die mehr als neunhundert Jahre alt wurden. Was sie uns nicht verrät, ist, wie unglaublich dumm sie waren.«

Schwester Carlotta lachte.

»Deshalb musste Gott die Menschheit mit seiner kleinen Flut vernichten«, fuhr Anton fort. »Er musste diese dummen Leute loswerden und sie durch schlauere ersetzen. Schlauere und schnellere. Ihr Geist und ihr Metabolismus überschlugen sich. Sie rasten sozusagen aufs Grab zu.«

»Von Methusalem mit beinahe tausend Jahren Leben zu Moses mit seinen hundertzwanzig Jahren und jetzt zu uns. Aber unser Leben wird wieder länger.«

»Genau.«

»Sind wir jetzt dümmer?«

»So dumm, dass wir unseren Kindern lieber ein langes Leben wünschen, als zuzusehen, dass sie Gott zu ähnlich werden und wissen ... Gut und Böse ... Wissen ... alles.«

Er drückte die Hände auf die Brust und keuchte. »Ach, Gott! Gott im Himmel!« Er sank auf die Knie. Er atmete jetzt flach und schnell. Er verdrehte die Augen. Er fiel um.

Offensichtlich war er nicht imstande gewesen, seine Selbsttäuschung aufrechtzuerhalten. Sein Körper hatte schließlich begriffen, dass es ihm gelungen war, dieser Frau sein Geheimnis zu verraten, indem er die Sprache der Religion verwendete.

Sie drehte ihn auf den Rücken. Nun, da er ohnmächtig geworden war, ließ seine Panik nach.

Nicht, dass Ohnmacht bei einem Mann in Antons Alter harmlos gewesen wäre. Aber es würde kein Heldentum brauchen, um ihn wieder ins Leben zurückzuholen. Er würde ruhig aufwachen.

Wo waren diese Leute, die ihn angeblich überwachten? Wo waren die Spione, die ihr Gespräch belauschten?

Rasche Schritte auf dem Gras, auf dem Laub. »Sie sind ein bisschen spät dran«, sagte sie, ohne aufzublicken.

»Tut mir Leid, das hatten wir nicht erwartet.« Der Mann war noch jung, sah aber nicht allzu klug aus. Das Implantat sollte angeblich verhindern, dass Anton seine Geschichte weitererzählte; seine Bewacher brauchten nicht besonders intelligent zu sein.

»Ich glaube, er ist wohlauf.«

»Worüber haben Sie gesprochen?«

»Über Religion«, sagte sie, denn sie wusste, dass ihre Aussage wahrscheinlich mit der Aufzeichnung verglichen würde. »Er kritisierte Gott dafür, dass er die Menschen so schlecht geschaffen hatte. Er gab vor zu witzeln, aber ich denke, ein Mann seines Alters macht nie Witze, wenn er über Gott redet.«

»Ja, ihre Angst vor dem Tod wird größer«, sagte der junge Mann weise – oder so weise, wie er konnte.

»Glauben Sie, dass er diese Panikattacke durch seine Angst vor dem Tod zufällig ausgelöst hat?« Wenn sie es als Frage formulierte, war es nicht unbedingt eine Lüge, oder?

»Ich weiß nicht. Er kommt wieder zu sich.«

»Nun, ich will ihm jedenfalls kein weiteres Unbehagen über religiöse Angelegenheiten verursachen. Wenn er bei sich ist, sagen Sie ihm bitte, wie dankbar ich ihm für unser Gespräch bin. Versichern Sie ihm, dass er mir eine der großen Fragen über Gottes Absicht beantwortet hat.«

»Ja, das werde ich ihm sagen«, versicherte der junge Mann feierlich.

Selbstverständlich würde er die Botschaft hoffnungslos verzerren.

Schwester Carlotta beugte sich vor und küsste Anton auf die kalte, schweißnasse Stirn. Dann stand sie auf und ging davon.

Das war also das Geheimnis. Das Genom, das einem menschlichen Wesen ungewöhnliche Intelligenz gewährte, beschleunigte auch zahlreiche körperliche Prozesse. Der Geist arbeitete schneller. Das Kind entwickelte sich rascher. Bean war tatsächlich das Ergebnis eines Experiments, bei dem versucht worden war, das Hyperintelligenz-Gen aufzuschließen. Man hatte ihm die Frucht vom Baum der Erkenntnis gegeben. Aber das kam ihn teuer zu stehen. Er würde nicht imstande sein, vom Baum des Lebens zu essen. Was immer er mit seinem Leben tat, er würde es in seiner Jugend tun müssen, denn alt würde er nicht werden.

Anton hatte das Experiment nicht durchgeführt. Er hatte nicht Gott gespielt und menschliche Wesen geschaffen, die rasch in einer Explosion von Intelligenz verglühten, jähe Feuerwerke statt einzelner, lange brennender Kerzen. Aber er hatte einen Schlüssel gefunden, den Gott im menschlichen Genom verborgen hatte. Ein anderer, einer seiner Jünger, eine unersättlich neugierige Seele, ein Möchtegern-Visionär, der sich danach sehnte, die Menschen auf die nächste Stufe der Evolution zu bringen oder einen ähnlich wahnsinnigen, arroganten Plan verfolgte – dieser Wissenschaftler hatte den gewagten Schritt unternommen, den Schlüssel umzudrehen, das Tor zu öffnen und Eva die tödliche, schillernde Frucht in die Hand zu drücken. Und durch diese Tat – durch dieses schlangenhafte Verbrechen – war Bean aus dem Garten Eden vertrieben worden. Bean, der nun sicher früh sterben würde, aber er würde sterben wie ein Gott, mit der Erkenntnis von Gut und Böse.

10
HEIMLICH

»Ich kann Ihnen nicht helfen. Sie haben mir die Informationen, um die ich gebeten habe, nicht gegeben.«

»Sie haben die verdammten Zusammenfassungen bekommen.«

»Sie haben mir nichts gegeben, und das wissen Sie. Und jetzt kommen Sie zu mir und bitten mich, Bean für Sie zu begutachten, aber Sie sagen mir nicht, warum, Sie geben mir keinen Kontext. Sie erwarten eine Antwort, aber Sie nehmen mir gleichzeitig die Mittel, eine zu liefern.«

»Frustrierend, nicht wahr?«

»Nicht für mich. Ich antworte Ihnen einfach nicht.«

»Dann fliegt Bean aus dem Programm.«

»Wenn Sie sich bereits entschlossen haben, wird keine Antwort, die ich Ihnen geben kann, daran etwas ändern, besonders, da Sie selbst dafür gesorgt haben, dass meine Antwort nur unzuverlässig ausfallen kann.«

»Sie haben mehr herausgefunden, als Sie mir gesagt haben, und ich muss wissen, was das ist.«

»Wie wunderbar! Sie haben gerade vollkommene Empathie mit mir erreicht, denn dies ist genau die Aussage, die ich Ihnen gegenüber schon mehrmals gemacht habe.«

»Auge um Auge? Wie christlich von Ihnen.«

»Ungläubige wollen immer, dass *andere* wie Christen handeln.«

»Vielleicht haben Sie es noch nicht mitbekommen, aber wir befinden uns im Krieg.«

»Wieder hätte ich Ihnen das Gleiche sagen können. Wir befinden uns im Krieg, aber Sie umgeben mich mit lächerlichen Sicherheitsbestimmungen. Es gibt keine Beweise dafür, dass die Formics uns ausspionieren, also kann diese Geheimhaltung nichts mit dem Krieg zu tun haben. Es geht um das Triumvirat, das seine Macht über die Menschheit bewahren will. Und das interessiert mich kein bisschen.«

»Sie haben Unrecht. Diese Informationen sind nur deshalb geheim, um zu verhindern, dass schreckliche Experimente vollzogen werden.«

»Nur ein Narr schließt die Tür, wenn der Wolf bereits in der Scheune ist.«

»Haben Sie Beweise, dass Bean das Ergebnis eines genetischen Experiments ist?«

»Wie kann ich etwas beweisen, wenn Sie mich von allen Beweisen fern halten? Außerdem zählt es nicht, ob er veränderte Gene hat, sondern wozu diese genetischen Veränderungen, wenn er denn welche hat, ihn befähigen. Ihre Tests waren alle dazu gedacht, das Verhalten normaler menschlicher Wesen vorherzusagen. Für Bean sind sie vielleicht nicht geeignet.«

»Wenn er so unvorhersehbar ist, können wir uns nicht auf ihn verlassen. Er ist raus aus dem Programm.«

»Was, wenn er der Einzige ist, der den Krieg gewinnen kann? Werfen Sie ihn dann auch aus dem Programm?«

Bean wollte nicht zu viel Essen im Körper haben, nicht an diesem Abend, und brachte sein Tablett sauber zurück, noch bevor alle anderen fertig waren. Sollte der Ernährungsberater doch misstrauisch werden – Bean musste in die Unterkunft zurück, solange sie noch leer war.

Die Ingenieure hatten die Öffnungen, durch die die Luft abgesaugt wurde, in allen Räumen oben an der Wand über der Tür zum Flur angebracht. Daher musste die Luft vom entgegengesetzten Ende in die Unterkunft strömen, von dort, wo die überzähligen unbenutzten Betten standen. Da Bean bei einem flüchtigen Blick in diesen Bereich keine Öffnung erkennen konnte, befand sie sich wohl hinter einem der unteren Betten. Er konnte nicht danach suchen, wenn die anderen im Zimmer waren, denn niemand durfte wissen, dass er sich für die Lüftungsschächte interessierte. Nun, da er allein war, ließ er sich auf den Boden sinken, und einen Augenblick später zerrte er an der Abdeckung der Öffnung. Sie ließ sich leicht abnehmen. Er versuchte sie wieder einzusetzen und lauschte sorgfältig, wie viel Lärm die Operation machte. Zu viel. Die Abdeckung würde also abbleiben müssen. Er legte sie auf den Boden neben die Öffnung, aber so, dass er im Dunkeln nicht zufällig dagegenstieß. Dann nahm er sie, um vollkommen sicher zu gehen, doch ganz unter dem Bett weg und schob sie unter das gegenüberstehende.

Erledigt. Er begann wieder mit seinen normalen Aktivitäten.

Bis es Nacht war. Bis der Atem der anderen ihm sagte, dass die meisten, wenn auch nicht alle, schliefen.

Bean schlief wie viele der Jungen nackt – seine Uniform würde ihn nicht verraten. Man hatte die Kids angewiesen, sich das Handtuch umzuwickeln, wenn sie nachts zur Toilette gingen, also nahm er an, dass auch die Handtücher verfolgt werden konnten. Als er nun aus dem Bett kroch, nahm er deshalb sein Handtuch vom Haken am Bettrahmen und wickelte es sich um, bevor er zur Tür der Unterkunft ging.

Das war nichts Ungewöhnliches. Es war gestattet, zur Toilette zu gehen, wenn es auch nach dem Löschen des Lichts nicht besonders gern gesehen wurde. Bean war gezielt seit seinem ersten Tag in der Kampfschule immer wieder nachts hinausgegangen. Also wurde jetzt keine Gewohnheit durchbrochen. Außerdem war es eine gute Idee, die Exkursion mit leerer Blase anzutreten.

Falls jemand wach sein sollte, wenn er zurückkam, würden sie nur ein Kind mit einem Handtuch sehen, das auf dem Weg ins Bett war.

Aber er ging vorbei an seinem Bett, ließ sich leise auf die

Knie nieder und kroch unter das letzte Bett, wo ein offener Schacht ihn erwartete. Sein Handtuch ließ er auf dem Boden unter dem Bett liegen, und falls jemand aufwachte und bemerkte, dass Bean nicht da war, würde er sehen, dass auch sein Handtuch weg war, und annehmen, er wäre zur Toilette gegangen.

Es tat ebenso weh wie beim letzten Mal, sich in den Schacht zu zwängen, aber nachdem er drin war, stellte Bean fest, dass sein Training sich auszahlte. Er war imstande, schräg nach unten zu rutschen, und zwar langsam genug, um Geräusche zu vermeiden und nicht irgendwo an vorstehendem Metall hängen zu bleiben. Er wollte keine Verletzungen, die er würde erklären müssen.

In der vollkommenen Dunkelheit des Luftschachts musste er sich den Plan der Station ununterbrochen geistig vor Augen führen. Die schwache Nachtbeleuchtung der Unterkünfte warf gerade genug Licht in die Schächte, dass er jede einzelne Öffnung erkennen konnte. Aber die Position der anderen Schülerunterkünfte auf dieser Ebene interessierte ihn nicht. Bean musste entweder nach oben oder nach unten gelangen, zu einem Deck, wo Lehrer wohnten und arbeiteten. Da es bei den seltenen Raufereien in der Unterkunft immer einige Zeit gedauert hatte, bis Dimak hereingestürzt kam, nahm Bean an, dass sein Quartier sich auf einem anderen Deck befand. Und da Dimak stets ein wenig schwer atmend eintraf, hatte Bean geschlossen, dass es sich um ein Deck unterhalb ihres eigenen handelte und nicht darüber – Dimak musste eine Leiter hinaufsteigen und nicht eine Stange hinunterrutschen, um sie zu erreichen.

Dennoch hatte Bean nicht vor, als Erstes nach unten zu kriechen. Er musste erst feststellen, ob es ihm überhaupt möglich war, zu einem höheren Deck zu gelangen, bevor er riskierte, möglicherweise in einem der unteren festzusitzen.

Als er schließlich, nachdem er an drei Unterkünften vorbeigekommen war, einen vertikalen Schacht erreichte, kletterte er deshalb nicht nach unten. Stattdessen betastete er die Wände, um zu sehen, wie viel größer dieser Schacht war als die horizontalen. Der Schacht war viel breiter – Bean konnte die andere Seite nicht einmal mit ausgestreckten Armen erreichen –, aber nur geringfügig tiefer. Das war gut. Solange Bean sich nicht zu sehr anstrengte und zu viel schwitzte, würde die Reibung zwischen seiner Haut und der Vorder- und Rückwand des Schachts genügen, dass er sich nach oben schieben konnte. Und in dem vertikalen Schacht konnte er zumindest den Kopf wieder nach vorn drehen und seinem Hals eine dringend benötigte Erholung davon verschaffen, ständig seitwärts gedreht zu sein.

Abwärts war beinahe schwieriger als aufwärts, denn sobald er begonnen hatte zu rutschen, fiel es ihm schwerer, die Bewegung zu bremsen. Er war sich auch bewusst, dass er immer schwerer werden würde, je tiefer es ging. Und er musste an der Seitenwand nach einem weiteren Seitwärtsschacht Ausschau halten.

Aber wenigstens brauchte er ihn nicht zu ertasten. Er konnte den seitlichen Schacht gleich sehen, denn in beide Richtungen fiel Licht. Für Lehrer galten nicht die gleichen Licht-aus-Regeln wie für die Schüler, und ihre Zimmer waren kleiner, also gab es häufiger Belüftungsöffnungen, und mehr Licht fiel in den Schacht.

Im ersten Zimmer saß ein Lehrer und arbeitete an seinem Pult. Das Problem war, dass Bean, der durch das Gitter der Abdeckung nahe dem Boden spähte, rein gar nicht erkennen konnte, was der Mann tippte.

So würde es in allen Zimmern sein. Die Belüftungsöffnungen am Fußboden würden ihm nicht weiterhelfen. Er musste ins Luftansaugsystem gelangen.

Zurück in den vertikalen Schacht. Der Luftzug kam von oben, also musste er hinaufklettern, wenn er von einem System ins andere wechseln wollte. Er konnte nur hoffen, dass das Belüftungssystem eine Zugangstür hatte, bevor er die Ventilatoren erreichte, und dass er sie im Dunkeln finden konnte.

Er folgte weiter dem Luftzug, und nachdem er sieben Decks hochgeklettert war, fiel ihm auf, dass sein Körper erheblich leichter geworden war. Schließlich erreichte er einen weitläufigen Bereich mit einem kleinen Beleuchtungsstreifen. Die Ventilatoren waren nun viel lauter, aber er war immer noch nicht nahe genug, um sie sehen zu können. Das machte nichts. Er musste sich nur im Luftzug halten.

Die Zugangstür war eindeutig gekennzeichnet. Sie war vielleicht auch gesichert und würde einen Alarm auslösen, wenn man sie öffnete. Aber das bezweifelte er. Das war etwas, was man in Rotterdam getan hätte, gegen Einbrecher. In Raumstationen war Einbruch kein ernstes Problem. Diese Tür wäre wohl nur dann mit dem Alarmsystem verbunden, wenn alle Türen in der Station es gewesen wären. Er würde es bald herausfinden.

Er öffnete die Tür, schlüpfte in einen schwach beleuchteten Raum und schloss die Tür wieder hinter sich.

Hier wurde sichtbar, wie die Station angelegt war, die Träger, die einzelnen Metallplatten. Es war auch merklich kälter, und das nicht nur, weil er den warmen Luftzug zurückgelassen hatte. Auf der anderen Seite dieser gekrümmten Platten befand sich der kalte Raum. Die Heizöfen mochten ebenfalls in der Nähe untergebracht sein, aber die Isolierung war sehr gut, und sie hatten nicht besonders viel von dieser warmen Luft in den kleinen Raum gepumpt und verließen sich stattdessen darauf, dass ein wenig Wärme durchsickerte. Bean hatte seit Rotterdam nicht mehr so gefroren. Aber wenn er es damit verglich, auf einer winterlichen Straße zu sein, mit zu dünner Kleidung und dem Wind, der von der Nordsee kam, war es hier beinahe angenehm. Es ärgerte ihn, dass er inzwischen so verwöhnt war, dass ihn schon leichte Kälte wie diese störte. Und dennoch musste er ein paar Mal schaudern, denn selbst in Rotterdam war er nicht nackt gewesen.

Er folgte den Schächten, kletterte die Instandhaltungsleitern zu den Heizöfen hinauf, fand dann die Ansaugschächte und folgte ihnen wieder hinunter. Es war leicht, eine Zugangstür zu finden und in die Hauptvertikale zu gelangen.

Weil die Luft im Ansaugsystem nicht unter Druck stehen musste, brauchten die Schächte nicht so eng zu sein. Außerdem war dies der Teil des Systems, wo Schmutz gefangen und entfernt wurde, also war es wichtiger, dass er für Monteure zugänglich war. Statt schmale Schächte hinauf- und hinunterzurutschen, konnte Bean deshalb Leitern benutzen und hatte selbst in dem trüben Licht kein Problem, die Schilder zu lesen, die ihm mitteilten, zu welchem Deck sich die Seitengänge öffneten.

Die Seitengänge waren keine wirklichen Schächte, sondern nahmen den gesamten Raum zwischen der Decke eines Flurs und dem Boden des Flurs darüber ein. Hier verliefen sämtliche Leitungen und die Rohre für heißes und kaltes Wasser und die Abflussrohre. Es gab Streifen von trüber Arbeitsbeleuchtung, aber häufig fiel auch durch Öffnungen auf beiden Seiten Licht herein – die gleichen schmalen Öffnungen, die Bean bei seiner ersten Exkursion vom Boden aus gesehen hatte.

Nun konnte er leicht in die Zimmer der Lehrer hineinspähen. Er schlich so leise wie möglich weiter, eine Fähigkeit, die er ebenfalls in Rotterdam perfektioniert hatte. Schon bald fand er, was er suchte: einen Lehrer, der noch wach war, aber nicht am Schreibtisch arbeitete. Bean kannte den Mann nicht besonders gut, da er eine ältere Gruppe von Frischlingen unterrichtete und keines der Fächer, für die Bean eingetragen war. Er befand sich unterwegs zur Dusche. Das bedeutete, er würde nach einer Weile wieder ins Zimmer zurückkehren, sich dann unter Umständen erneut einloggen und Bean vielleicht erlauben, seinen Login-Namen und sein Passwort in Erfahrung zu bringen.

Zweifellos änderten die Lehrer die Passwörter oft, also würde das, was Bean erfuhr, nicht lange Gültigkeit haben. Außerdem war es durchaus möglich, dass der Versuch, das

Passwort eines Lehrers am Pult eines Schülers zu benutzen, eine Art Alarm auslöste. Aber Bean bezweifelte das. Das gesamte Sicherheitssystem war darauf zugeschnitten, die Schüler auszuschließen und ihr Verhalten zu überwachen. Die Lehrer würden nicht so genau beobachtet werden. Sie arbeiteten häufig zu seltsamen Zeiten, und sie loggten sich tagsüber auch häufig auf Pulten von Schülern ein, um mit ihrem erweiterten Zugang das Problem eines Schülers zu lösen oder auf ihn zugeschnittene Computerressourcen zu vergeben. Bean war sich einigermaßen sicher, dass die Gefahr, entdeckt zu werden, aufgewogen wurde durch die Informationen, die er sich mit Login-Namen und Passwort eines Lehrers verschaffen konnte.

Während er wartete, hörte er Stimmen aus einem anderen Zimmer in der Nähe. Er war nicht nahe genug, um sie verstehen zu können. Sollte er riskieren, die Rückkehr des Duschenden zu verpassen?

Einen Augenblick später schaute er hinunter in das Quartier von ... Dimak persönlich. Interessant. Dimak sprach mit einem Mann, dessen holografisches Abbild in der Luft über seinem Pult erschienen war. Colonel Graff, erkannte Bean, der Kommandant der Kampfschule.

»Meine Strategie war einfach genug«, sagte Graff. »Ich habe nachgegeben und ihr Zugang zu dem Zeug verschafft, das sie haben wollte. Sie hatte Recht. Ich kann keine brauchbaren Antworten von ihr erhalten, bevor sie die Daten eingesehen hat, die sie einsehen will.«

»Und hat sie Ihnen Antworten geliefert?«

»Nein, es ist noch zu früh. Aber sie stellte eine sehr gute Frage.«

»Und die wäre?«

»Ob der Junge überhaupt menschlich ist.«

»Ach, kommen Sie. Glaubt sie denn, er wäre eine Schabenlarve in einem Menschenoutfit?«

»Es hat nichts mit den Schaben zu tun. Er ist genetisch verbessert. Das würde vieles erklären.«

»Aber er ist noch immer ein Mensch.«

»Darüber ließe sich streiten, oder? Die genetischen Unterschiede zwischen Menschen und Schimpansen sind gering. Zwischen Menschen und Neandertalern müssen sie winzig gewesen sein. Welchen Unterschied würde es brauchen, ihn einer anderen Spezies zuzurechnen?«

»Psychologisch gesehen interessant, aber in praktischer Hinsicht –«

»In praktischer Hinsicht wissen wir nicht, was dieses Kind tun wird. Es gibt keine Daten über die Spezies. Er ist ein Primat, was gewisse Verhaltensmuster nahe legt, aber wir können keine Annahmen über seine Motivation treffen, die –«

»Sir, bei allem Respekt, er ist noch ein Kind. Er ist ein Mensch. Er ist kein Außerirdischer.«

»Genau das müssen wir herausfinden, und erst dann werden wir wissen, ob wir uns auf ihn verlassen können. Deshalb werden Sie ihn noch sorgfältiger beobachten. Wenn Sie ihn nicht dazu bringen können, das Psychospiel zu spielen, dann suchen Sie eine andere Möglichkeit, um herauszufinden, was ihn bewegt, denn wir können ihn nicht einsetzen, bevor wir nicht wissen, wie gut wir uns auf ihn verlassen können.«

Interessant, dass sie es untereinander ganz offen ein Psychospiel nennen, dachte Bean.

Dann wurde ihm klar, worüber sie da sprachen. »Wenn Sie ihn nicht dazu bringen können, das Psychospiel zu spielen.« Soweit Bean wusste, war er das einzige Kind, das das Fantasyspiel nicht benutzte. Sie redeten über ihn. Neue Spezies. Genetisch verändert. Bean spürte, wie sein Herz laut zu klopfen begann. Was bin ich? Nicht nur schlau, sondern auch ... anders.

»Was ist mit dem Sicherheitsleck?«, fragte Dimak.

»Das ist die andere Sache. Sie müssen herausfinden, wie viel er weiß. Oder zumindest wie wahrscheinlich es ist, dass er es anderen Kindern erzählt. Das ist im Augenblick die größte Gefahr. Genügt es, dass dieses Kind vielleicht der

Kommandant ist, den wir brauchen, um das Risiko eines Sicherheitslecks und gegebenenfalls des Zusammenbruchs des Programms auszugleichen? Ich dachte, mit Ender hätten wir langfristig eine Alles-oder-Nichts-Chance, aber der hier lässt Ender aussehen wie eine todsichere Wette.«

»Ich hätte sie nicht für einen Spieler gehalten, Sir.«

»Ich bin auch keiner. Aber manchmal wird man zum Spiel gezwungen.«

»Ich mache mit, Sir.«

»Verschlüsseln Sie alles, was Sie mir über ihn schicken. Keine Namen. Keine Diskussionen mit anderen Lehrern, die über das Übliche hinausgehen. Behalten Sie die Sache für sich.«

»Selbstverständlich.«

»Wenn die einzige Möglichkeit, die Schaben zu besiegen, darin besteht, uns durch eine neue Spezies zu ersetzen, Dimak, haben wir die Menschheit dann wirklich gerettet?«

»Ein einziges Kind ist nicht die Ersetzung der Spezies«, wandte Dimak ein.

»Einen Fuß in der Tür und so. Reichen Sie ihnen den kleinen Finger ...«

»Ihnen?«

»Ja, ich bin paranoid und xenophobisch. So habe ich diesen Job bekommen. Wenn Sie diese Tugenden kultivieren, können Sie eines Tages ebenfalls in meinen hohen Rang aufsteigen.«

Dimak lachte. Graff lachte nicht. Sein Kopf verschwand aus Beans Blickfeld.

Bean war diszipliniert genug, sich zu erinnern, dass er eigentlich ein Passwort stehlen wollte. Er schlich wieder in den Raum des Mannes, der unter die Dusche gegangen war.

Er war immer noch nicht zurück.

Über welches Sicherheitsleck hatten sie gesprochen? Es konnte noch nicht lange zurückliegen, weil sie es so dringlich diskutierten. Das bedeutete, dass es sich um Beans Gespräch mit Dimak darüber handeln musste, was wirklich in der

Kampfschule los war. Dennoch konnte es nichts mit seiner Theorie zu tun haben, dass der Kampf bereits stattgefunden hatte, oder Dimak und Graff hätten nicht darüber gesprochen, dass er vielleicht die einzige Möglichkeit war, die Schaben zu schlagen. Wenn die Schaben immer noch ungeschlagen waren, lag das Sicherheitsleck woanders.

Es konnte natürlich auch sein, dass seine Vermutung wenigstens zum Teil richtig war und die Kampfschule ebenso existierte, um der Erde alle guten Kommandanten zu nehmen, wie um die Schaben zu schlagen. Graff und Dimak fürchteten vielleicht, dass Bean anderen Schülern ihr Geheimnis verraten würde. Zumindest bei einigen würde das die Loyalität gegenüber der Nation, ethnischen Gruppe oder Ideologie ihrer Eltern wiedererwecken.

Und da Bean ganz sicher vorgehabt hatte, die Loyalität der anderen Schüler während der nächsten Monate und Jahre zu erforschen, würde er nun doppelt vorsichtig sein müssen, damit seine Gesprächsmuster nicht die Aufmerksamkeit der Lehrer erweckten. Er brauchte eigentlich nur zu wissen, welche der besten und klügsten Kinder die stärksten Bindungen an ihre Heimat hatten. Selbstverständlich würde er dazu erst herausfinden müssen, wie Loyalität überhaupt funktionierte, damit er eine Ahnung bekam, wie er sie schwächen oder stärken, ausnutzen oder wenden konnte.

Aber dass Beans ursprüngliche Theorie ihre Worte erklären konnte, bedeutete nicht unbedingt, dass sie richtig war. Und nur, weil der letzte Krieg gegen die Schaben noch nicht ausgefochten war, musste seine ursprüngliche Annahme nicht vollkommen falsch sein. Sie hatten vielleicht vor Jahren eine Flotte zur Heimatwelt der Schaben geschickt, bereiteten aber immer noch Kommandanten darauf vor, gegen eine Invasionsflotte zu kämpfen, die sich nun der Erde näherte. Wenn das der Fall war, mussten Graff und Dimak fürchten, das Bean den anderen Angst machte, indem er sie wissen ließ, wie ernst die Lage der Menschheit war.

Die Ironie bestand darin, dass von allen Kindern, die

Bean je kennen gelernt hatte, keines ein Geheimnis so gut wahren konnte wie er. Nicht einmal Achilles, denn selbst er hatte sich verraten, als er sich weigerte, etwas von Pokes Brot zu nehmen.

Bean konnte ein Geheimnis wahren, aber er wusste auch, dass man manchmal durchblicken lassen musste, was man wusste, um mehr Informationen zu erhalten. Das hatte zu Beans Gespräch mit Dimak geführt. Es war gefährlich, aber wenn er sie langfristig davon abhalten konnte, ihn aus der Schule zu werfen, um ihn zum Schweigen zu bringen – gar nicht davon zu reden, sie davon abzuhalten, ihn zu töten –, hatte er wichtigere Dinge erfahren, als er ihnen verraten hatte. Am Ende hatten alle Informationen, die sie von ihm erhalten konnten, nur mit ihm selbst zu tun. Und was er von ihnen erfahren hatte, handelte von etwas anderem – einem viel größeren Wissenspool.

Er selbst – das war ihr Rätsel. Wer er war. Albern, dass sie sich Gedanken darüber machten, ob er ein Mensch war. Was sollte er sonst sein? Er hatte nie gesehen, dass ein anderes Kind ein Bedürfnis oder eine Emotion an den Tag legte, die er nicht selbst schon verspürt hatte. Der einzige Unterschied bestand darin, dass Bean stärker war und seine Handlungen nicht von seinen flüchtigen Bedürfnissen und Leidenschaften beherrschen ließ. Machte ihn das zu einem Nichtmenschen? Er war ein Mensch – nur besser.

Der Lehrer kam wieder in sein Zimmer zurück. Er hängte sein feuchtes Handtuch auf, aber noch bevor er sich anzog, setzte er sich hin und loggte ein. Bean beobachtete, wie seine Finger sich über die Tastatur bewegten. Es ging alles so schnell; nur ein paar verwischte Bewegungen. Er würde diese Szene vor seinem geistigen Auge noch viele Male ablaufen lassen müssen, um sicher sein zu können. Aber zumindest hatte er freie Sicht gehabt. Nichts hatte ihm den Blick versperrt.

Bean kroch wieder auf den vertikalen Absaugschacht zu. Die Expedition dieses Abends dauerte nun schon länger, als er es eigentlich wagen durfte – er brauchte seinen Schlaf, und jede Minute, die er nicht in der Unterkunft war, erhöhte das Risiko, erwischt zu werden.

Tatsächlich hatte er bei diesem ersten Ausflug durch das Belüftungssystem großes Glück gehabt. Er hatte ein Gespräch von Dimak und Graff über sich belauschen können und Gelegenheit gehabt, einen Lehrer zu beobachten, der ihm praktischerweise einen klaren Blick auf sein Login lieferte. Einen Augenblick lang kam Bean in den Sinn, dass sie vielleicht wussten, dass er sich im Belüftungssystem befunden hatte, dass sie das alles vielleicht für ihn in Szene gesetzt hatten, um herauszufinden, was er tun würde. Es war vielleicht nur ein weiteres Experiment.

Nein, es war nicht nur Glück gewesen, dass dieser Lehrer ihm das Login gezeigt hatte. Bean hatte immerhin beschlossen, ihn zu beobachten, weil der Mann unter die Dusche gegangen und das Pult auf solche Weise ausgerichtet war, dass er eine Chance haben würde, das Login zu beobachten. Es war Beans eigene intelligente Entscheidung gewesen. Er hatte den Weg gewählt, der die besten Möglichkeiten bot, und das hatte sich ausgezahlt.

Was Dimak und Graff anging, so war es vielleicht Glück, dass er Gelegenheit gehabt hatte, sie zu belauschen, aber wieder war es seine eigene Entscheidung gewesen, sofort näher heranzukriechen, um sie hören zu können. Und außerdem hatte der gleiche Grund, der ihn bewogen hatte, überhaupt in das Belüftungssystem einzudringen, auch Graff und Dimak zu diesem besorgten Gespräch veranlasst. Es war keine Überraschung, dass sie sich nach dem Lichtaus für die Kinder unterhalten hatten; das war die ruhigste Zeit, und erst nach Beendigung der Arbeit ergab sich die Gelegenheit für eine Unterredung, ohne dass Graff Dimak zu sich zitieren musste, was vielleicht andere Lehrer neugierig gemacht hätte. Nein, es war kein Glück – Bean war seines Glückes eigener Schmied gewesen. Er hatte das Login gesehen und das Gespräch belauscht, weil er sich schnell entschlossen hatte, in das Absaugrohr zu kriechen, und sofort gehandelt hatte.

Er war immer seines Glückes eigener Schmied.

Vielleicht war das eine Folge dieser genetischen Veränderung, von der Graff gesprochen hatte.

Sie hatten von *ihr* gesprochen. *Sie* hatte die Frage aufgeworfen, ob Bean genetisch ein Mensch war oder nicht. Eine Frau, die nach Informationen suchte, und Graff hatte nachgegeben, hatte ihr Zugang zu Bereichen verschafft, die bis dahin für sie unerreichbar gewesen waren. Das bedeutete, er würde weitere Antworten von dieser Frau erhalten, wenn sie begann, die neuen Daten auszuwerten. Mehr Informationen über Beans Herkunft.

Konnte es sein, dass Schwester Carlotta an Beans Menschlichkeit zu zweifeln begann?

Schwester Carlotta, die geweint hatte, als er zur Kampfschule aufgebrochen war? Schwester Carlotta, die ihn liebte wie eine Mutter ihr Kind? Wie konnte *sie* an ihm zweifeln?

Wenn sie eine Missgeburt finden wollten, einen Außerirdischen in Menschengestalt, dann sollten sie einmal einen ausführlichen Blick auf eine gewisse Nonne werfen, die ein Kind wie ihr eigenes annimmt und dann umherzieht und Zweifel aufwirft, ob es auch wirklich ein Menschenjunge ist. Das Gegenteil von Pinocchios Fee: Sie berührt einen echten Jungen und verwandelt ihn in etwas Schreckliches, Furchterregendes.

Nein, sie konnten nicht über Schwester Carlotta gesprochen haben. Es musste eine andere Frau sein. Beans Eindruck, dass es Schwester Carlotta gewesen sein musste, war schlicht absurd, genau wie seine Annahme, dass die letzte Schlacht gegen die Schaben bereits ausgefochten war. Deshalb traute Bean seinen Annahmen nie völlig. Er handelte den Theorien entsprechend, blieb aber stets offen für die Möglichkeit, dass seine Interpretation falsch sein konnte.

Außerdem bestand *sein* Problem nicht darin, herauszufinden, ob er wirklich ein Mensch war. Was immer er war, er war er selbst und musste auf eine Weise handeln, die ihn nicht nur am Leben erhielt, sondern ihm so viel Kontrolle über seine Zukunft wie möglich gab. Die einzige Gefahr für ihn bestand darin, dass *sie* sich wegen einer möglichen genetischen Veränderung an ihm Sorgen machten. Also würde Beans Aufgabe in Zukunft sein, so normal zu wirken, dass ihre Ängste in dieser Hinsicht zerstreut wurden.

Aber wie konnte er so tun, als wäre er normal? Man hatte ihn nicht hierher gebracht, weil er normal war, man hatte ihn hierher gebracht, weil er außergewöhnlich war. Das Gleiche galt allerdings auch für die anderen Kids. Und die Schule übte solchen Druck auf sie aus, dass einige allmählich seltsam wurden. Wie Bonzo Madrid mit seiner lauten Tirade gegen Ender Wiggin. Also ging es nicht unbedingt darum, normal zu wirken, sondern er musste auf die erwartete Weise seltsam sein.

Unmöglich, so etwas zu fälschen. Bean wusste noch nicht, nach welchen Anzeichen im Verhalten der Kinder sie hier Ausschau hielten. Er konnte zehn Dinge herausfinden und sie tun und nie auch nur auf die Idee kommen, dass es neunzig andere gab, die er übersehen hatte.

Nein, es ging nicht darum, auf vorhersehbare Weise zu *handeln,* sondern das zu *werden,* was sie von ihrem perfekten Kommandanten erwarteten.

Als er wieder in die Unterkunft zurückgekehrt war und auf dem Pult die Zeit überprüfte, stellte er fest, dass seine Exkursion nicht einmal eine Stunde gedauert hatte. Er verstaute sein Pult, legte sich hin und spulte im Geist immer wieder das Bild der Finger des Lehrers beim Einloggen ab. Als er einigermaßen sicher war, wie Login-Name und Passwort lauteten, gestattete er sich einzuschlafen.

Erst jetzt, als er langsam wegdämmerte, erkannte er, was seine perfekte Tarnung sein, was ihre Ängste beschwichtigen und ihm Sicherheit und Aufstieg bringen würde.

Er musste werden wie Ender Wiggin.

11
VATER

»Sir, ich habe um ein privates Gespräch gebeten.«

»Dimak ist hier, weil Ihr Sicherheitsleck seine Arbeit betrifft.«

»Sicherheitsleck? Deshalb wollen Sie mich versetzen?«

»Es gibt einen Jungen, der Ihr Login im Lehrersystem benutzt hat. Er hat alle Login-Aufzeichnungen gefunden und sie umgeschrieben, um sich eine Identität zu verschaffen.«

»Sir, ich habe mich treu an alle Regeln gehalten. Ich habe mich nie in Gegenwart eines Schülers eingeloggt.«

»Das sagen alle, aber dann stellt sich heraus, dass es nicht stimmt.«

»Entschuldigen Sie, Sir, aber Uphanad achtet wirklich darauf. Und er kritisiert ständig die anderen, wenn sie nicht daran denken. Tatsächlich ist er beinahe übertrieben pingelig, was das angeht. Geht uns damit allen auf die Nerven.«

»Sie können meine Login-Aufzeichnungen überprüfen. Ich logge mich nie während der Unterrichtsstunden ein. Tatsächlich tue ich es nie außerhalb meines Quartiers.«

»Wie war es dann möglich, dass dieses Kind an ihre Daten gekommen ist?«

»Mein Pult befindet sich auf meinen Tisch, etwa so – wenn ich Ihr Pult einmal zur Demonstration benutzen darf ...«

»Selbstverständlich.«

»Ich sitze etwa so da. Mit dem Rücken zur Tür, damit niemand meine Finger auf der Tastatur sehen kann. Ich logge mich nie in einer anderen Position ein.«

»Nun, es ist nicht so, als gäbe es ein Fenster, durch das jemand ins Zimmer spähen kann!«

»Doch, Sir.«

»Dimak?«

»Es *gibt* ein Fenster. Sehen Sie doch! Die Belüftungsöffnung.«

»Wollen Sie ernsthaft behaupten, dass er –«

»Er ist das kleinste Kind, das je –«

»Es war der kleine Bean, der mein Login gestohlen hat?«

»Hervorragend, Dimak, jetzt haben Sie seinen Namen verraten.«

»Tut mir Leid, Sir.«

»Ah, noch ein Sicherheitsleck. Werden Sie Dimak auch nach Hause schicken?«

»Ich schicke überhaupt niemanden nach Hause.«

»Sir, ich möchte Sie darauf hinweisen, dass Beans Eindringen in das Lehrersystem eine hervorragende Möglichkeit bietet.«

»Um einen Schüler die Schülerdatenbanken durchstöbern zu lassen?«

»Um Bean zu beobachten. Wir können ihn nicht dazu bringen, das Fantasyspiel zu spielen, aber jetzt kennen wir das Spiel seiner Wahl. Wir beobachten, was er im System tut und was er mit dieser Macht anfängt, die er sich geschaffen hat.«

»Aber der Schaden, den er anrichten kann, ist –«

»Er wird keinen Schaden anrichten, Sir. Er wird nichts tun, was ihn verraten könnte. Dieses Kind ist auf der Straße aufgewachsen. Es will nichts weiter als Informationen. Es wird sich alles ansehen, aber nichts anfassen.«

»Dann haben Sie ihn also bereits analysiert. Sie wissen, was er die ganze Zeit tut?«

»Ich weiß nur eines: Wenn wir wirklich wollen, dass er etwas Bestimmtes glaubt, muss er es selbst herausfinden. Er muss es von uns *stehlen.* Also denke ich, dass dieses kleine Sicherheitsleck eine hervorragende Möglichkeit bietet, etwas viel Wichtigeres in die Wege zu leiten.«

»Ich frage mich nur, wenn er durch das Belüftungssystem gekrochen ist, was er sonst noch alles aufgeschnappt hat?«

»Wenn wir das System abriegeln, wird er wissen, dass man ihn entdeckt hat, und dann wird er nichts mehr von dem glauben, was wir ihn finden lassen.«

»Also muss ich zulassen, dass ein Kind durch die Schächte kriecht und –«

»Er wird es nicht mehr lange tun können. Er wächst, und die Schächte sind extrem flach.«

»Das ist im Augenblick kein großer Trost. Und außerdem müssen wir Uphanad immer noch erschießen, weil er zu viel weiß.«

»Bitte versichern Sie mir, dass das ein Scherz war.«

»Ja, ich scherze. Sie werden ihn schon bald als Schüler bekommen, Captain Uphanad. Beobachten Sie ihn sorgfältig. Sprechen Sie nur mit mir über ihn. Er ist undurchschaubar und gefährlich.«

»Gefährlich? Der kleine Bean?«

»Er hat sie übertölpelt, oder?«

»Sie auch, Sir, wenn Sie erlauben.«

Bean arbeitete sich durch die Unterlagen aller Schüler der Kampfschule, las täglich die Berichte über etwa ein halbes Dutzend. Die ursprünglichen Testergebnisse waren dabei noch das Uninteressanteste. Alle hier hatten bei den Tests auf der Erde so gut abgeschnitten, dass die Unterschiede beinahe vernachlässigbar waren. Beans Ergebnisse waren die besten, und der Abstand zwischen ihm und dem nächstbesseren, Ender Wiggin, war groß – so groß wie der Abstand zwischen Ender und dem Kind nach ihm. Aber das war alles relativ. Der Unterschied zwischen Ender und Bean betrug nur einen halben Prozentpunkt; die meisten Kinder bewegten sich zwischen 97 und 98 Prozent.

Selbstverständlich wusste Bean etwas, was sie nicht wissen konnten: Dass es für ihn ein Klacks gewesen war, das bestmögliche Ergebnis zu erzielen. Er hätte mehr schaffen können, er hätte besser sein können, aber er hatte die

Grenzen dessen erreicht, was der Test herauszufinden vermochte. Der Abstand zwischen ihm und Ender war viel größer, als sie annahmen.

Und dennoch ... als er die Aufzeichnungen las, erkannte Bean, dass die Testergebnisse nur ein Hinweis auf das Potenzial eines Kindes waren. Die Lehrer sprachen überwiegend über Dinge wie Intelligenz, Einsicht, Intuition, die Fähigkeit, einen Rapport zu erstellen, schnellere Schlüsse zu ziehen als der Gegner, über den Mut, unerschrocken zu handeln, die Umsicht, sich zu überzeugen, bevor man sich auf etwas einließ, die Weisheit, einzuschätzen, welches Vorgehen angemessen war. Und was das anging, erkannte Bean, war er nicht unbedingt besser als die anderen Schüler.

Ender Wiggin wusste wirklich einiges, was Bean nicht wusste. Bean hatte vielleicht vorgehabt, sich wie Wiggin zu verhalten, der besondere Übungsstunden einrichtete, um sich dafür zu entschädigen, dass er einen Kommandanten hatte, der ihn nicht ausbilden wollte. Bean hätte vielleicht ein paar andere Schüler dazu bringen können, mit ihm zu üben, da man vieles nicht allein machen konnte. Aber Wiggin hatte alle aufgenommen, die zu ihm kamen, ganz gleich, wie schwierig es wurde, mit so vielen im Kampfraum zu üben, und den Anmerkungen der Lehrer zufolge verbrachte er jetzt mehr Zeit damit, andere auszubilden, als mit der Arbeit an seiner eigenen Technik. Selbstverständlich lag das zum Teil daran, dass er nicht mehr in Bonzo Madrids Armee war, sodass er jetzt auch einfach an den regulären Übungen teilnehmen konnte. Aber er arbeitete immer noch mit den anderen Kids, besonders mit eifrigen Frischlingen, die schnell vorankommen wollten, bevor man sie in eine reguläre Armee steckte. Warum?

Tut er, was ich tue – studiert er die anderen Schüler, um sich auf einen zukünftigen Krieg auf der Erde vorzubereiten? Baut er eine Art Netz auf, das in alle Armeen reichen wird? Oder bildet er sie irgendwie falsch aus, sodass er später ihre Fehler nutzen kann?

Anhand dessen, was Bean von den Kids in seiner Frischlingsgruppe erfuhr, die an den Übungen teilnahmen, erkannte er, dass es um etwas ganz anderes ging. Wiggin schien sich wirklich dafür zu interessierten, dass alle ihr Bestes gaben. Hatte er es so nötig, beliebt zu sein? Jedenfalls funktionierte es, wenn das seine Absicht war. Sie beteten ihn an.

Aber es musste mehr dahinter stecken als der Wunsch nach Liebe. Bean konnte es irgendwie nicht begreifen.

Er stellte fest, dass die Randbemerkungen der Lehrer zwar nützlich waren, ihm aber nicht halfen, sich in Wiggins Kopf zu versetzen. Zum einen bewahrten sie die Beobachtungen und Schlüsse aus dem Psychospiel woanders auf, wo Bean keinen Zugang hatte. Zum anderen konnten auch die Lehrer nicht in Wiggins Kopf gelangen, weil sie einfach nicht auf seinem Niveau dachten.

Bean tat das schon.

Aber es war nicht Beans Aufgabe, Wiggin aus wissenschaftlicher Neugier zu analysieren, mit ihm zu rivalisieren oder ihn gar zu verstehen. Sein Ziel bestand darin, zu der Art von Kind zu werden, dem die Lehrer vertrauten und auf das sie sich verließen. Ein Kind, das sie als vollkommen menschlich betrachten würden. Für diese Aufgabe musste Wiggin sein Lehrer sein, denn Wiggin hatte bereits geschafft, was Bean erst noch erreichen musste.

Und Wiggin hatte es getan, ohne perfekt zu sein. Ohne, soweit Bean das sagen konnte, auch nur geistig völlig gesund zu sein. Nicht, dass sonst jemand hier geistig gesund gewesen wäre. Aber Wiggins Bereitschaft, jeden Tag Stunden dafür dranzugeben, Kids auszubilden, die nichts für ihn tun konnten – je mehr Bean darüber nachdachte, desto unverständlicher erschien es ihm. Wiggin bildete kein Netz von Helfern aus. Anders als Bean hatte er kein perfektes Gedächtnis, also war Bean relativ sicher, dass Wiggin auch kein geistiges Dossier über jedes Kind in der Kampfschule erstellte. Die Kids, mit denen er arbeitete, waren nicht die

Besten, häufig waren sie sogar die am meisten verängstigten und abhängigen Frischlinge und die Verlierer aus den regulären Armeen. Sie kamen zu ihm, weil sie glaubten, dass schon der Aufenthalt im gleichen Raum mit dem Soldaten, der die Rangliste anführte, ihnen Glück bringen würde. Aber warum opferte Wiggin seine Zeit für sie?

Warum ist Poke für mich gestorben?

Es war die gleiche Frage, wusste Bean. Er hatte in der Bibliothek mehrere Bücher über Ethik gefunden und sie auf sein Pult geladen, um sie zu lesen. Er erkannte bald, dass die meisten Theorien, die Altruismus zu erklären versuchten, dürftig waren. Die dümmste Erklärung war die alte soziobiologische von den Onkeln, die für ihre Neffen starben – es gab inzwischen keine Blutsverwandtschaften mehr in Armeen, und Menschen starben häufig für Fremde. Die Gemeinschaftstheorie war nicht die schlechteste – sie erklärte, wieso alle Gemeinschaften in ihren Legenden und Ritualen heldenhafte Opfer ehren, aber sie erklärte nicht die Helden selbst.

Das sah Bean nämlich in Wiggin. Er sah den Aufstieg eines Helden.

Wiggin interessiert sich weniger für sich als für diese anderen Kids, die nicht einmal fünf Minuten seiner Zeit wert sind. Und vielleicht ist genau das die Eigenschaft, die bewirkt, dass alle sich auf ihn konzentrieren. Vielleicht war Jesus ja deshalb in all den Geschichten, die Schwester Carlotta dauernd erzählte, immer von einer Menschenmenge umgeben.

Vielleicht habe ich deshalb auch solche Angst vor Wiggin. Weil *er* diese neue Art Mensch ist, nicht ich. Er ist der Unverständliche, der Undurchschaubare. Er ist derjenige, der die Dinge nicht aus vorhersehbaren, vernünftigen Gründen tut. Ich will überleben, und wenn man das über mich weiß, weiß man im Grunde alles. Bei ihm muss man mit allem rechnen.

Je mehr er Wiggin studierte, desto mehr Rätsel entdeckte

Bean. Und desto mehr war er entschlossen, sich wie Wiggin zu verhalten, bis er an irgendeinem Punkt die Welt so sah wie Ender Wiggin.

Aber so sehr er ihn auch verfolgte – immer noch aus der Ferne –, Bean konnte sich auf keinen Fall gestatten, zu tun, was die jüngeren Kids, was Wiggins Schüler taten: Er durfte ihn nicht Ender nennen. Ihn beim Nachnamen zu nennen hielt ihn auf Distanz. Zumindest auf Distanz eines Mikroskops.

Was las Wiggin in seiner Freizeit? Nicht die Bücher über Militärgeschichte und Strategie, die Bean blitzschnell durchgesehen hatte und die er nun etwas methodischer noch einmal las, in dem Versuch, alles auf den Weltraumkampf und auf die moderne Kriegsführung der Erde anzuwenden. Auch Wiggin las relativ viel, aber wenn er in die Bibliothek ging, schaute er sich überwiegend Vids von Kämpfen an, und am meisten die über Schabenschiffe und die Ausschnitte über Mazer Rackhams Stoßtrupp in dem heroischen Kampf, der die Zweite Invasion aufgehalten hatte.

Bean sah sie sich ebenfalls an, wenn auch nicht wieder und wieder – nachdem er sie einmal gesehen hatte, konnte er sich perfekt daran erinnern und sie vor seinem geistigen Auge abspulen, mit genügend Einzelheiten, dass ihm auch später noch Dinge auffielen, die er zu Anfang nicht bemerkt hatte. Sah Wiggin jedes Mal etwas Neues, wenn er zurückkehrte, um sich diese Vids noch einmal anzuschauen? Oder hielt er nach etwas Ausschau, das er noch nicht gefunden hatte?

Versucht er zu verstehen, wie die Schaben denken? Warum wird ihm dann nicht klar, dass die Bibliothek hier einfach nicht genug Vids hat, um das möglich zu machen? Hier gibt es nur die Propagandafilme. All die schrecklichen Szenen mit den Toten hielten sie zurück, mit den Kämpfen Mann gegen Schabe, wenn Schiffe geentert worden waren. Sie hatten keine Vids der Niederlagen, als die Schaben die

Schiffe der Menschen vom Himmel pusteten. Hier gab es nur Bilder von Schiffen, die sich im Raum bewegten, ein paar Minuten Vorbereitung auf den Kampf.

Krieg im Weltraum – so aufregend in den erfundenen Geschichten, so langweilig in der Realität. Hin und wieder konnte man etwas erkennen, aber überwiegend war es nur dunkel.

Und selbstverständlich gab es den obligatorischen Augenblick von Mazer Rackhams Sieg.

Was wollte Wiggin daraus lernen?

Bean hatte mehr aus dem erfahren, was nicht gezeigt worden war, als aus dem, was er eigentlich sah. Es gab zum Beispiel nicht ein einziges Bild von Mazer Rackham irgendwo in der Bibliothek. Das war seltsam. Die Gesichter des Triumvirats fanden sich überall, und auch die anderer Kommandanten und politischer Führer. Warum nicht Rackhams? War er im Augenblick des Sieges gestorben? Oder war er vielleicht nur eine erfundene Gestalt, eine bewusst geschaffene Legende, damit es einen Namen gab, dem man den Sieg zuschreiben konnte?

Aber wenn das der Fall wäre, hätten sie ihm auch ein Gesicht gegeben – es war so einfach, das zu tun. War er missgebildet?

War er vielleicht sehr, sehr klein?

Wenn ich erst der Kommandant der Menschenflotte sein werde, die die Schaben besiegt, werden sie mein Bild dann auch nicht zeigen, weil man niemanden, der so klein ist, als Helden verehren kann?

Wen interessiert das schon? Ich will kein Held sein.

Das überlasse ich Wiggin.

Nikolai, der Junge vom Bett gegenüber. Schlau genug, um ein paar Theorien aufzustellen, auf die Bean nicht als Erster gekommen war. Selbstsicher genug, nicht wütend zu werden, als er Bean dabei erwischte, dass er seinen Login-Namen benutzt hatte. Bean war so hoffnungsvoll, als er schließlich Nikolais Akte fand.

Die Einschätzung der Lehrer war negativ. »Ein Platzhalter.« Grausam – aber war es wahr?

Bean erkannte: Ich habe mich bisher zu sehr auf die Einschätzungen der Lehrer verlassen. Habe ich denn Beweise dafür, dass sie Recht haben? Oder glaube ich ihren Urteilen nur deshalb, weil sie mich so hoch einschätzen? Habe ich mich von ihnen in die Selbstgefälligkeit schmeicheln lassen?

Was, wenn all ihre Einschätzungen hoffnungslos falsch waren?

Auf den Straßen von Rotterdam hatte ich keine Lehrerakten. Ich kannte die Kinder tatsächlich. Poke – ich habe sie selbst eingeschätzt und lag damit fast richtig, nur hier und da gab es ein paar Überraschungen. Sergeant – überhaupt keine Überraschungen. Achilles – ja, ich kannte ihn.

Warum habe ich mich also von den anderen Schülern fern gehalten? Weil sie mich als Erste isoliert haben, und weil ich zu dem Schluss gekommen bin, dass die Lehrer die Macht hatten. Aber jetzt sehe ich, dass ich nur zum Teil Recht hatte. Die Lehrer haben hier und jetzt die Macht, aber eines Tages werde ich nicht mehr in der Kampfschule sein, und was zählt es dann, was die Lehrer von mir halten? Ich kann so viel über Militärtheorie und -geschichte lernen, wie ich will, und es wird mir nichts nützen, wenn sie mir nie ein Kommando geben, und ich werde nie eine Armee oder eine Flotte kommandieren können, wenn sie nicht Grund haben zu glauben, dass die anderen Männer mir folgen werden.

Heute sind sie noch keine Männer, sondern Jungen und ein paar Mädchen. Sie sind noch keine Männer, aber sie werden welche *sein.* Wie wählen sie ihre Anführer? Wie bringe ich sie dazu, jemandem zu folgen, der so klein ist und so sehr abgelehnt wird wie ich?

Wie hat Wiggin das geschafft?

Bean fragte Nikolai, welche Kids aus ihrer Startgruppe mit Wiggin übten.

»Nur ein paar. Und sie stehen irgendwie am Rand, verstehst du? Schleimer und Angeber.«

»Aber wer sind sie?«

»Willst du dich Wiggin anschließen?«

»Ich will nur etwas über ihn herausfinden.«

»Was denn?«

Die Fragen beunruhigten Bean. Es behagte ihm nicht, so viel über seine Absichten zu sprechen. Aber er spürte keine Böswilligkeit bei Nikolai. Der Junge war einfach nur neugierig.

»Vorgeschichte. Er ist der Beste, stimmts? Wie ist er das geworden?« Bean fragte sich, ob er natürlich genug klang. Seine Worte sollten einen beiläufigen Eindruck machen.

»Wenn du es herausfindest, kannst du es mir ja erzählen.« Nikolai verdrehte selbstironisch die Augen.

»Das werde ich«, versprach Bean.

»Als ob ich eine Chance hätte, so zu werden wie Ender.« Nikolai lachte. »*Du* hast eine Chance, so schnell, wie du lernst.«

»Enders Rotz ist auch kein Honig«, erklärte Bean.

»Wie meinst du das?«

»Er ist ein Mensch wie jeder andere. Aber wenn ich was herausfinde, sage ich's dir, okay?«

Bean fragte sich, ob Nikolai bereits an seinem Unvermögen verzweifelte, einer der Besten zu sein. Konnte es sein, dass die negative Einschätzung der Lehrer richtig war? Oder hatten sie ihm unbewusst ihre Verachtung gezeigt, und er glaubte ihnen?

Von den Jungen, die Nikolai ihm genannt hatte – den Angebern und Schleimern, was keine völlig unzutreffende Einschätzung war –, erfuhr Bean, was er wissen wollte: die Namen von Wiggins besten Freunden.

Shen. Alai. Petra – sie schon wieder! Aber mit Shen war er am längsten befreundet.

Bean fand Shen während der Lernzeit in der Bibliothek. Der einzige Grund, dort hinzugehen, waren die Vids – die

Bücher konnte man auch auf dem Pult einsehen. Aber Shen sah sich keine Vids an. Er hatte sein Pult dabei und spielte das Fantasyspiel.

Bean setzte sich neben ihn und schaute zu. Ein Mann mit einem Löwenkopf, der ein Kettenhemd trug, stand vor einem Riesen, der ihm offenbar mehrere Getränke anbot. Die Lautsprecher am Pult waren so angebracht, dass Bean den Ton nicht hören konnte, aber Shen schien auf etwas zu reagieren; er tippte ein paar Worte ein. Sein Löwenmann trank eine der Substanzen und starb auf der Stelle.

Shen murmelte etwas und schob das Pult weg.

»Das ist das Getränk des Riesen?«, fragte Bean. »Hab schon davon gehört.«

»Hast du es noch nie gespielt?«, fragte Shen. »Man kann nicht gewinnen, *dachte* ich immer.«

»Hab davon gehört. Klang nicht so, als würde es Spaß machen.«

»Klang nicht so? Du hast es nicht versucht? Es ist nicht schwer zu finden.«

Bean zuckte mit den Achseln in einem Versuch, die Manierismen zu kopieren, die er bei anderen Jungen gesehen hatte. Shen wirkte amüsiert. Weil Bean das coole Achselzucken falsch gemacht hatte? Oder weil es putzig aussah, wenn jemand so Kleines es tat?

»Komm schon. Du spielst das Fantasyspiel nicht?«

»Du hast es ja schon gesagt«, erinnerte Bean ihn. »Du *dachtest,* niemand kann je gewinnen.«

»Ich habe einen an einer Stelle gesehen, die ich noch nie erreicht habe. Ich habe ihn gefragt, wo es war, und er sagte ›nach dem Getränk des Riesen‹.«

»Hat er dir verraten, wie man dorthin gelangt?«

»Hab nicht gefragt.«

»Warum nicht?«

Shen grinste und wandte sich ab.

»Das war Wiggin, stimmt's?«, fragte Bean.

Das Grinsen verschwand. »Das hab ich nicht gesagt.«

»Ich weiß, dass du sein Freund bist. Deshalb bin ich hergekommen.«

»Was soll das? Spionierst du ihn aus? Hat Bonzo dich geschickt?«

Das lief nicht gut. Bean war nicht klar gewesen, wie beschützerisch Wiggins Freunde sein würden. »Niemand hat mich geschickt. Nichts für ungut, okay? Ich wollte nur ... sieh mal, ich wollte doch nur wissen – du kennst ihn schon von Anfang an, oder? Es heißt, du wärst seit Frischlingstagen sein bester Freund.«

»Und?«

»Er hat Freunde. Wie dich. Obwohl er immer der Beste ist, immer der Beste bei allem. Aber sie hassen ihn nicht, oder?«

»Viele bichão hassen ihn.«

»Ich muss ein paar Freunde finden, Mann.« Bean wusste, dass er nicht versuchen sollte, jämmerlich zu klingen. Vielmehr sollte er klingen wie ein jammerndes Kind, das sich wirklich anstrengte, nicht jämmerlich zu klingen. Daher beendete er seine kleine Klage mit einem Lachen. Als versuche er, einen Witz daraus zu machen.

»Du bist ziemlich klein«, sagte Shen.

»Nicht auf dem Planeten, wo ich herkomme«, entgegnete Bean.

Zum ersten Mal war Shens Lächeln echt. »Vom Planet der Pygmäen.«

»Die Jungs hier sind zu groß für mich.«

»Ich weiß, was du meinst. Ich hatte einen komischen Gang. Ein paar Kids haben mich ausgelacht. Ender hat damit Schluss gemacht.«

»Wie?«

»Er hat sie lächerlich gemacht.«

»Hab nie gehört, dass er eine freche Klappe hat.«

»Er hat auch kein Wort gesagt. Hat's mit dem Pult gemacht. Eine Botschaft von Gott geschickt.«

Ach ja, davon hatte Bean gehört. »Das hat er für dich getan?«

»Sie haben über meinen Hintern gelacht. Ich hatte einen dicken Hintern. Vor dem Training. Damals. Also hat er sich über sie lustig gemacht, weil sie meinen Hintern anstarren. Aber unterzeichnet war es mit Gott.«

»Wussten sie denn nicht, dass er es war?«

»Oh, das wussten sie schon. Sofort. Aber er hat *nichts* gesagt. Nicht laut.«

»So habt ihr euch angefreundet? Er hat die Kleinen beschützt?« Wie Achilles.

»Die *Kleinen?*«, sagte Shen. »Er war der Kleinste in unserer Frischlingsgruppe. Nicht so klein wie du, aber sehr klein. Jünger als wir.«

»Er war der Jüngste, und er hat dich beschützt?«

»Nein. So war es nicht. Nein, er machte der Sache nur ein Ende, das ist alles. Er ging zu der Gruppe – es war Bernards Gruppe, er hat die größten Jungs, die härtesten Jungs zusammengetrommelt –«

»Die Schläger.«

»Ja, wahrscheinlich. Aber Wiggin wandte sich an Bernards Nummer eins, seinen besten Freund Alai. Er brachte Alai dazu, sein Freund zu werden.«

»Also hat er Bernards Freunde gestohlen?«

»Nein, Mann. So war es nicht. Er hat sich mit Alai angefreundet und Alai dazu gebracht, dass er ihm half, sich mit Bernard anzufreunden.«

»Bernard ... das ist der, dessen Arm Ender im Shuttle gebrochen hat.«

»Stimmt. Und ich denke wirklich, dass Bernard ihm nicht verziehen hat, aber er hat gesehen, wie die Dinge standen.«

»Wie stand sie denn?«

»Ender ist *gut,* Mann. Man hat einfach – er hasst niemanden. Wenn du in Ordnung bist, wirst du ihn mögen. Du willst, dass er dich mag. Wenn er dich mag, bist du okay. Aber wenn du Abschaum bist, macht er dich nur wütend. Schon zu wissen, dass er existiert. Also, Ender versucht, den guten Teil in dir zu wecken.«

»Wie weckt man ›gute Teile‹?«

»Ich weiß es nicht, Mann. Glaubst du, ich weiß es? Es ist nur ... wenn man Ender lange genug kennt, will man einfach, dass er stolz auf einen ist. Das klingt so ... es klingt, als wäre ich ein Baby, was?«

Bean schüttelte den Kopf. Tatsächlich klang es für ihn nach Ergebenheit. Bean hatte das nie wirklich verstanden. Freunde waren Freunde, dachte er. Wie Sergeant und Poke es vor Achilles gewesen waren. Aber es war keine Liebe. Als Achilles kam, liebten sie ihn, aber es war mehr Anbetung, wie bei ... wie bei einem Gott. Er verschaffte ihnen Brot, und sie gaben ihm Brot zurück. Wie ... na, wie hatte er sich noch genannt? Papa. War das das Gleiche? War Ender ein weiterer Achilles?

»Du bist ein gescheiter Junge«, sagte Shen. »Ich hab das alles miterlebt. Aber ich hab mich nie gefragt, wie hat Ender das gemacht? Wie kann ich das Gleiche tun, wie kann ich sein wie er? Es war mehr wie, okay, Ender ist also großartig, aber *ich* bekäme das sowieso nicht hin, oder? Vielleicht hätte ich es versuchen sollen. Ich wollte einfach nur ... sein Freund sein.«

»Weil du auch gut bist«, sagte Bean.

Shen verdrehte die Augen. »Das habe ich damit wohl gesagt. Jedenfalls angedeutet. Das macht mich zu einem Angeber, was?«

»Alter Angeber«, sagte Bean grinsend.

»Er ist einfach ... er bringt dich dazu ... ich würde für ihn sterben. Klingt wie Heldengeschwätz. Aber es stimmt. Ich würde für ihn sterben. Ich würde für ihn töten.«

»Du würdest für ihn kämpfen.«

Shen begriff das sofort. »Das stimmt. Er ist der geborene Kommandant.«

»Alai würde das auch tun?«

»Viele von uns.«

»Aber andere nicht, oder?«

»Wie gesagt, die Schlechten hassen ihn; er macht sie ganz verrückt.«

»Also zerfällt die Welt in zwei Teile – gute Menschen lieben Wiggin, schlechte Menschen hassen ihn.«

Shens Miene wurde wieder misstrauisch. »Ich weiß nicht, warum ich dir all diese merda erzählt habe. Du bist zu schlau, um irgendwas davon zu glauben.«

»Ich glaube es«, beteuerte Bean. »Sei nicht böse.«

Das hatte er vor langer Zeit gelernt. Wenn kleine Kinder »Sei nicht böse« sagen, fühlen sich die Großen ein wenig albern.

»Ich bin nicht böse«, entgegnete Shen. »Ich dachte nur, du würdest dich über mich lustig machen.«

»Ich wollte wissen, wie Wiggin Freundschaften schließt.«

»Wenn ich das wüsste, wenn ich das wirklich verstünde, hätte ich mehr Freunde. Aber ich habe Ender zum Freund, und all seine Freunde sind auch meine Freunde, und ich bin ihr Freund, also ist es ... es ist wie eine Familie.«

Eine Familie. Papa. Schon wieder Achilles!

Die alte Angst kehrte zurück. Die Nacht, in der Poke gestorben war. Ihre Leiche im Wasser. Dann Achilles am Morgen danach. Wie er sich verstellte. War das Wiggin? Ein Papa, bis er die passende Gelegenheit erhielt?

Achilles war böse und Ender war gut. Aber sie hatten beide eine Familie geschaffen. Beide hatten Menschen, die sie liebten, die für sie sterben würden. Beschützer, Papa, Ernährer, Mama. Wie ein neuer Elternteil für Waisen. Wir hier oben in der Kampfschule sind auch Straßenkinder. Wir haben vielleicht keinen Hunger, aber wir sehnen uns immer noch nach einer Familie.

Alle außer mir. Das ist das Letzte, was ich brauche: einen Papa, der mich anlächelt und dabei schon das Messer wetzt.

Besser, der Papa zu *sein,* als einen zu haben.

Wie kann ich das erreichen? Wie kann ich jemanden dazu bringen, mich so zu lieben, wie Shen Wiggin liebt?

Keine Chance. Ich bin zu klein. Zu schlau. Ich habe nicht, was sie wollen. Ich kann mich nur selbst schützen, das

System ausnutzen. Ender hat viel, was er denen beibringen kann, die vielleicht hoffen zu tun, was er getan hat. Aber ich, ich muss es auf meine Weise machen.

Während er zu diesem Schluss kam, wusste er, dass er mit Wiggin noch lange nicht fertig war. Was immer Wiggin hatte, was immer Wiggin wusste, Bean würde es herausfinden.

Und so vergingen die Wochen, die Monate. Bean machte Hausaufgaben. Er nahm am regulären Kampfraumunterricht teil, bei dem Dimak ihnen beibrachte, wie man sich bewegte und schoss – die grundlegenden Fertigkeiten. Im Selbststudium schloss er alle weiterführenden Kurse ab, die man am eigenen Pult absolvieren konnte, und erhielt sämtliche Zertifikate. Er studierte Militärgeschichte, Philosophie, Strategie. Er las Werke über Ethik, Religion, Biologie. Er verfolgte weiter die Fortschritte jedes einzelnen Schülers in der Kampfschule, von den neu eingetroffenen Frischlingen bis zu denen, die kurz vor dem Abschluss standen. Wenn er ihnen im Flur begegnete, wusste er mehr über sie, als sie selbst. Er wusste, wo sie herkamen. Er wusste, wie sehr ihnen ihre Familien fehlten und wie wichtig ihr Heimatland oder ihre ethnische oder religiöse Gruppe für sie waren. Er wusste, wie wertvoll sie für eine nationalistische oder idealistische Widerstandsbewegung sein würden.

Und er las alles, was Wiggin las, sah sich alles an, was Wiggin sich ansah. Hörte, was die anderen Kinder über Wiggin sagten. Behielt Wiggins Platz auf der Rangliste im Auge. Lernte weitere von Wiggins Freunden kennen, hörte sie über ihn reden. Bean hörte sich alles an, was sie über Wiggin sagten, und versuchte, es zu einer zusammenhängenden Philosophie zusammenzusetzen, einer Weltanschauung, einer Haltung, einem Plan.

Und er fand etwas Interessantes heraus. Trotz Wiggins Altruismus, trotz seines Willens, sich zu opfern, berichtete keiner seiner Freunde je, dass Wiggin einmal zu ihm gekommen wäre und über seine Probleme gesprochen hätte. Alle gingen zu ihm, aber zu wem ging er selbst? Er hatte auch nicht mehr *echte* Freunde als Bean. Wiggin behielt alles für sich, genau wie Bean.

Bald schon wurde Bean aus Klassen, deren Lernpensum er bereits bewältigt hatte, in höhere versetzt und in Gruppen von älteren Schülern gesteckt, die ihn zunächst verärgert, aber dann schlicht ehrfürchtig betrachteten, wenn er an ihnen vorbeizog und abermals versetzt wurde, bevor sie noch halb fertig waren. Hatte Wiggin die Klassen ebenso schnell durchlaufen? Beinahe, aber nicht ganz so schnell. War Bean besser, oder rückte nur der Termin näher?

Die Dringlichkeit in den Einschätzungen der Lehrer nahm nämlich zu. Die gewöhnlichen Schüler – als wäre irgendein Kind hier gewöhnlich gewesen! – erhielten immer weniger Aufmerksamkeit. Man ignorierte sie nicht unbedingt, aber die Besten waren bereits identifiziert und wurden ausgesondert.

Die *scheinbar* Besten. Bean begann zu begreifen, dass die Einschätzungen der Lehrer oft dadurch beeinflusst wurden, welche Schüler sie am liebsten hatten. Die Lehrer gaben sich leidenschaftslos und unparteiisch, aber in Wahrheit wurden sie ebenso von den charismatischeren Kindern angezogen wie die anderen Schüler. Wenn ein Kind liebenswert war, gaben sie ihm bessere Empfehlungen als Anführer, selbst wenn der Betreffende nur aalglatt und besonders sportlich war und es nötig hatte, sich mit einer Mannschaft zu umgeben. Häufig hoben sie dabei genau jene Schüler hervor, die die unfähigsten Kommandanten sein würden, und ignorierten andere, die nach Beans Ansicht wirkliches Potenzial zeigten.

Es war frustrierend, zu beobachten, wie die Lehrer so offensichtliche Fehler machten. Hier hatten sie Wiggin genau vor der Nase – Wiggin, der das einzig Wahre war – und missdeuteten immer noch alle anderen. Sie gerieten total aus dem Häuschen wegen energischer, selbstsicherer, ehrgeiziger Kids, obwohl sie eigentlich keine besonders gute Arbeit leisteten.

War es nicht das Ziel dieser Schule, die bestmöglichen Kommandanten zu finden? Die Tests auf der Erde funktionierten gut – es gab keine echten Idioten unter den Schülern. Aber das System hatte einen wichtigen Faktor übersehen: Wie wurden die Lehrer ausgewählt?

Alle waren Berufssoldaten. Erfahrene Offiziere, die etwas konnten. Aber beim Militär kommt man nicht nur wegen seiner Fähigkeiten in die höheren Ränge. Man muss auch die Aufmerksamkeit übergeordneter Offiziere erlangen. Man muss beliebt sein. Man muss ins System passen. Man muss so aussehen, wie die anderen Offiziere glauben, dass Offiziere auszusehen hätten. Man muss auf eine Art denken, mit der sie sich anfreunden können.

Das Ergebnis war eine Kommandostruktur, in der Männer überwogen, die in Uniform gut aussahen und sich wacker genug schlugen, um nicht peinlich zu wirken, während die wahrhaft Guten in aller Stille die eigentliche Arbeit verrichteten, ihre Vorgesetzten aus der Patsche holten und die Schuld für Fehler auf sich nahmen, von denen sie immer wieder abgeraten hatten, bis der Ranghöhere sie schließlich doch machte.

Das war das Militär. Diese Lehrer waren allesamt Leute, die in einer solchen Umgebung gediehen. Und sie wählten ihre Lieblingsschüler überwiegend nach den gleichen verzerrten Prioritäten aus.

Kein Wunder, dass ein Junge wie Dink Meeker das durchschaute und sich weigerte, mitzuspielen. Er gehörte zu den wenigen, die sowohl liebenswert als auch begabt waren. Seine Liebenswürdigkeit brachte ihn dazu, dass sie ihn zum Kommandanten einer Armee machen wollten; er war intelligent genug, um zu verstehen, warum sie das taten, und die Beförderung abzulehnen, weil er an so ein dummes System nicht glauben konnte. Und andere Kinder wie Petra Arkanian, die unbeliebt waren, aber Strategie und Taktik im Schlaf herunterbeten konnten, die das Selbstvertrauen besaßen, andere in einen Krieg zu führen, sich auf ihre

Entscheidungen zu verlassen und entsprechend zu handeln – es interessierten sie nicht, ob sie beliebt waren, und so wurden sie übersehen. Jeder ihrer kleinen Fehler wurde unendlich vergrößert, jeder Vorzug nur belächelt.

Also begann Bean, seine eigene Anti-Armee aufzustellen. Kids, die von den Lehrern nicht gefördert wurden, aber über echtes Talent verfügten, Jungen und Mädchen mit Herz und Kopf, nicht nur Gesicht und Geschwätz. Er begann sich vorzustellen, wer die Offiziere sein sollten, die ihre eigenen Züge führen würden, unter dem Oberkommando von ...

Von Ender Wiggin selbstverständlich. Bean konnte sich in dieser Position keinen anderen vorstellen. Wiggin würde wissen, wie er sie einzusetzen hatte.

Und Bean wusste genau, wo er selbst stehen würde. In Wiggins Nähe. Ein Zugführer, aber derjenige, dem Wiggin am meisten vertraute. Wiggins rechte Hand. Sodass er Wiggin, wenn dieser kurz davor stand, einen Fehler zu machen, darauf hinweisen konnte. Und so, dass er Wiggin vielleicht nahe genug kommen konnte, um zu verstehen, wieso dieser menschlich war und er nicht.

Schwester Carlotta benutzte ihre Sicherheitsfreigabe wie ein Skalpell und schnitt sich tief und präzise in das Informationssystem, fand hier eine Antwort und da eine neue Frage, sprach mit Leuten, die keine Ahnung hatten, um was es ihr ging, warum sie so viel über ihre höchst geheime Arbeit wusste, und setzte die Ergebnisse dann in ihrem Kopf zu Berichten an Colonel Graff zusammen.

Aber manchmal benutzte sie die Freigabe auch wie eine Fleischeraxt, um an Gefängniswärtern und Sicherheitsoffizieren vorbeizukommen, die ihre Dokumente sahen, und wenn sie dann prüften, ob diese unglaubliche Ermächtigung nicht gefälscht war, von derart hochrangigen Offizieren zusammengestaucht wurden, dass sie Schwester Carlotta am liebsten wie Gott behandelt hätten.

So gelangte sie schließlich zu Beans Vater. Oder dem, was seinem Vater noch am nächsten kam.

»Ich möchte mit Ihnen über Ihr Projekt in Rotterdam sprechen.«

Er sah sie säuerlich an. »Ich habe bereits alles gesagt. Darum lebe ich noch, obwohl ich mich frage, ob ich die richtige Wahl getroffen habe.«

»Man hat mir schon erzählt, dass sie zum Jammern neigen«, stellte Schwester Carlotta mitleidlos fest. »Ich hatte allerdings nicht erwartet, dass es so schnell losgeht.«

»Scheren Sie sich zum Teufel.« Er wandte ihr den Rücken zu.

Als machte das einen Unterschied. »Doktor Volescu, die Akten zeigen, dass Sie in Ihrer Organfarm in Rotterdam dreiundzwanzig Babys hatten.«

Er schwieg.

»Aber das ist selbstverständlich eine Lüge.«

Schweigen.

»Und so seltsam Ihnen das auch vorkommen mag, ich weiß, dass diese Lüge nicht Ihre Idee war. Ich weiß, dass Ihre Anlage in Wahrheit keine Organfarm war und Sie nur darum noch leben, weil Sie bereit waren, sich für die Organfarm schuldig zu bekennen, im Austausch dagegen, nie darüber zu sprechen, was sie dort tatsächlich getan haben.«

Langsam drehte er sich wieder um. Weit genug, um sie von oben bis unten mustern zu können. »Lassen Sie mich diese Freigabe noch einmal sehen.«

Sie zeigte sie ihm erneut. Er betrachtete das Dokument.

»Was wissen Sie?«, fragte er.

»Ich weiß, dass Ihr wahres Verbrechen darin bestand, ein Forschungsprojekt fortzusetzen, nachdem es vorzeitig beendet worden war. Sie hatten diese befruchteten Eier, die sorgfältig verändert worden waren. Sie haben Antons Schlüssel benutzt. Sie wollten, dass diese Kinder zur Welt kamen. Sie wollten sehen, zu was sie heranwachsen würden.«

»Wenn Sie das alles schon wissen, wieso sind Sie dann hier? Alles, was ich weiß, steht bereits in den Dokumenten, die Sie gelesen haben müssen.«

»Nicht alles«, entgegnete Schwester Carlotta. »Geständnisse interessieren mich nicht. Logistik interessiert mich nicht. Ich will wissen, was aus den Babys geworden ist.«

»Sie sind alle tot«, sagte er. »Wir haben sie umgebracht, als wir kurz davor standen, entdeckt zu werden.« Er starrte sie mit bitterem Trotz an. »Ja, Kindermord. Dreiundzwanzig Morde. Aber da die Regierung nicht zugeben konnte, dass es diese Kinder je gab, wurde ich auch nie dafür zur Rechenschaft gezogen. Gott jedoch wird mich vor seinen Richterstuhl stellen und ein Urteil fällen. Sind Sie deshalb hier? Hat *er* Ihnen diese Freigabe erteilt?«

»Sie machen über so etwas Witze? Ich will nur wissen, was Sie herausgefunden haben.«

»Ich habe nichts herausgefunden. Es war nicht genug Zeit; sie waren immer noch Babys.«

»Sie hatten sie beinahe ein Jahr. Sie haben sich entwickelt. Alle andere Forschung, seit Anton diesen Schlüssel gefunden hat, war theoretisch. *Sie* haben die Babys aufwachsen sehen.«

Ein müdes Lächeln breitete sich auf seinem Gesicht aus. »Es ist genau wie mit diesen medizinischen Verbrechen der Nazis. Sie verachten, was ich getan habe, aber Sie wollen dennoch die Ergebnisse wissen.«

»Sie haben ihr Wachstum überwacht. Ihre Gesundheit. Ihre intellektuelle Entwicklung.«

»Wir standen kurz davor, mit der Beobachtung der intellektuellen Entwicklung zu beginnen. Das Projekt hatte selbstverständlich kein Budget, und wir hatten nicht viel mehr als einen sauberen, warmen Raum und gerade genug, um für ihre körperlichen Bedürfnisse zu sorgen.«

»Dann eben ihre Körper. Ihre motorischen Fähigkeiten.«

»Sie waren klein«, sagte er. »Sie kommen klein zur Welt und wachsen langsam. Sie waren alle klein und untergewichtig.«

»Aber sehr gescheit.«

»Sie krabbelten sehr früh, machten erheblich früher präverbale Geräusche als normal. Mehr wissen wir nicht. Ich habe sie selbst nicht oft gesehen. Ich konnte es mir nicht leisten, entdeckt zu werden.«

»Wie lautete Ihre Prognose?«

»Prognose?«

»Wie sahen Sie die Zukunft dieser Kinder?«

»Tot. Das ist jedermanns Zukunft. Wovon reden Sie?«

»Wenn diese Kinder nicht umgebracht worden wären, Doktor Volescu, was wäre geschehen?«

»Sie wären selbstverständlich weiter gewachsen.«

»Und später?«

»Es *gibt* kein Später. Sie wachsen weiter.«

Sie dachte einen Augenblick darüber nach, versuchte, die Information zu verdauen.

»Ja, Schwester, Sie haben ganz richtig verstanden. Sie wachsen langsam, aber sie hören nie auf. Das ist es, was Antons Schlüssel leistet. Er schließt ihren Geist auf, weil das Gehirn nie aufhört zu wachsen. Aber der Rest auch nicht. Das Cranium dehnt sich weiter aus – es ist nie vollständig geschlossen. Arme und Beine werden länger und länger.«

»Wenn Sie also Erwachsenengröße erreichen ...«

»Es gibt keine Erwachsenengröße. Es gibt nur die Größe zum Zeitpunkt des Todes. Man kann nicht ewig so weiterwachsen. Es gibt einen Grund, wieso die Evolution einen Ausschalter in die Wachstumskontrolle langlebiger Körper einbaut. Man kann nicht ewig weiterwachsen, ohne dass ein Organ schließlich aufgibt. Für gewöhnlich das Herz.«

Die Konsequenzen erschreckten Schwester Carlotta. »Und wie ist die Wachstumsrate? Bei den Kindern, meine ich? Wie lange dauert es, bis sie die normale Größe für ihr Alter erreichen?«

»Ich bin davon ausgegangen, dass sie die anderen zweimal einholen würden«, antwortete Volescu. »Einmal kurz vor der Pubertät, und dann wären ihnen die normalen

Kinder wieder eine Weile voraus, aber schließlich würden sie langsam und stetig das Rennen gewinnen. Mit Zwanzig wären sie Riesen, und dann würden sie sterben, beinahe mit Sicherheit vor ihrem fünfundzwanzigsten Lebensjahr. Haben Sie eine Ahnung, wie riesig sie sein würden? Also war es vielleicht eine Gnade, dass ich sie getötet habe.«

»Ich bezweifle, dass auch nur eines dieser Kinder sich bewusst entschlossen hätte, auf die zwanzig Jahre, die Sie ihnen genommen haben, zu verzichten.«

»Sie wussten nicht, was ihnen geschah. Ich bin kein Ungeheuer. Wir haben sie alle betäubt. Sie sind alle im Schlaf gestorben, und dann wurden die Leichen verbrannt.«

»Was ist mit der Pubertät? Werden sie die sexuelle Reife erreichen?«

»Das ist der Teil, den wir wohl nie erfahren werden, oder?«

Schwester Carlotta stand auf, um zu gehen.

»Er hat überlebt, wie?«, fragte Volescu.

»Wer?«

»Der, den wir verloren haben. Der, dessen Leiche nicht zu finden war. Ich habe nur zweiundzwanzig gezählt, die verbrannt wurden.«

»Wenn Sie *Moloch* anbeten, Dr. Volescu, erhalten Sie auch nur die Antworten, die Ihr erwählter Gott Ihnen liefert.«

»Erzählen Sie mir von ihm.« Sein Blick war voller Gier.

»Sie wissen, dass es ein Junge war?«

»Es waren alles Jungen«, sagte Volescu.

»Was, haben Sie die Mädchen weggeworfen?«

»Woher, glauben Sie wohl, stammen die Gene, mit denen ich gearbeitet habe? Ich habe meine eigene veränderte DNS implantiert.«

»Gott steh uns bei, sie waren alle Ihre Zwillinge?«

»Ich bin nicht das Ungeheuer, für das Sie mich halten. Ich habe die tiefgefrorenen Embryos zum Leben erweckt, weil ich wissen musste, was aus ihnen werden würde. Sie zu töten war mein größter Kummer.«

»Und dennoch haben Sie es getan – um sich zu retten.«

»Ich hatte Angst. Und dann dachte ich: Sie sind nur Kopien. Es ist kein Mord, wenn man Kopien vernichtet.«

»Ihre Seelen und ihr Leben gehörten ihnen allein.«

»Glauben Sie denn, die Regierung hätte sie leben lassen? Glauben Sie wirklich, dass sie überlebt hätten? Auch nur ein Einziger von ihnen?«

»Sie verdienen nicht, einen Sohn zu haben«, sagte Schwester Carlotta.

»Aber ich habe einen, nicht wahr?« Er lachte. »Und Sie, Miss Carlotta, ewige Braut des unsichtbaren Gottes – wie viele haben Sie?«

»Sie waren vielleicht Kopien, Volescu, aber selbst tot sind sie mehr wert als das Original.«

Er lachte weiter, während sie davonging, aber es klang gezwungen. Sie wusste, dass sein Lachen nur die Trauer verdeckte. Aber es war keine Trauer, die aus Mitgefühl geboren war – nicht einmal aus Reue. Es war die Trauer einer verdammten Seele.

Bean. Gott sei Dank, dachte sie, dass du deinen Vater nicht kennst und auch nie kennen lernen wirst. Du bist nicht wie er. Du bist viel menschlicher.

Aber im Hinterkopf nagte weiter der alte Zweifel. War sie wirklich so sicher, dass Bean mitleidiger und menschlicher war? Oder war Beans Herz genauso kalt wie das dieses Mannes? So unfähig zu jedem Mitleid? War er nur Geist?

Dann dachte sie daran, wie er wachsen und wachsen würde, von diesem zu kleinen Kind zu einem Riesen, dessen Körper nicht mehr lebensfähig war. Das ist das Erbe deines Vaters. Das war Antons Schlüssel. Sie dachte an Davids Schrei, als er vom Tod seines Sohns gehört hatte. Mein Sohn, mein Sohn Absalom! Wollte Gott, ich wäre für dich gestorben! O Absalom, mein Sohn, mein Sohn!

Aber er war noch nicht tot. Oder? Volescu hatte vielleicht gelogen oder sich schlicht geirrt. Es gab vielleicht eine Möglichkeit, es zu verhindern. Und selbst wenn nicht, lagen vor Bean immer noch viele Jahre. Und wie er diese Jahre verbrachte, war schließlich das Einzige, was zählte.

Gott lässt die Kinder groß werden, die er braucht, er macht Männer und Frauen aus ihnen und nimmt sie dann wieder von der Welt, wie es ihm gefällt. Für ihn ist alles Leben nur ein Augenblick, und es zählt einzig, wie dieser Augenblick genutzt wurde. Bean würde ihn gut nutzen. Da war sie sicher.

Oder zumindest hoffte sie es mit solcher Inbrunst, dass es sich wie Sicherheit anfühlte.

12
LISTE

»Wenn es auf Wiggin hinausläuft, schicken wir ihn nach Eros.«

»Er ist noch nicht bereit für die Kommandoschule. Es wäre voreilig.«

»Dann müssen wir mit einer der Alternativen zurechtkommen.«

»Das ist Ihre Entscheidung.«

»*Unsere* Entscheidung! Worauf können wir uns schon verlassen, wenn nicht auf das, was Sie uns sagen?«

»Ich habe Ihnen auch von diesen älteren Jungen berichtet. Sie verfügen über die gleichen Daten wie ich.«

»Verfügen wir über alle?«

»Wollen Sie alle?«

»Haben wir die Daten über alle Kinder, die bei den Tests und Einschätzungen so ein hohes Niveau erreichten?«

»Nein.«

»Warum nicht?«

»Einige wurden aus diversen Gründen disqualifiziert.«

»Von wem disqualifiziert?«

»Von mir.«

»Aus welchen Gründen?«

»Einer ist zum Beispiel borderline-schizophren. Wir versuchen, eine Struktur zu finden, in der seine Fähigkeiten nützlich und sein könnten. Aber er kann unmöglich die Last eines vollständigen Kommandos tragen.«

»Das ist nur *ein* Beispiel.«

»Ein anderer befindet sich in ärztlicher Behandlung, um einen körperlichen Defekt zu korrigieren.«

»Ist es ein Defekt, der seine Fähigkeit, Kommando zu führen, einschränkt?«

»Es schränkt seine Möglichkeiten ein, zum Kommandanten ausgebildet zu werden.«

»Aber man kümmert sich darum.«

»Er steht vor seiner dritten Operation. Wenn es funktioniert, könnte vielleicht etwas aus ihm werden. Aber wie Sie schon sagten, wir haben nicht genug Zeit.«

»Wie viele Kinder haben Sie noch vor uns verheimlicht?«

»Ich habe keine *verheimlicht.* Wenn Sie meinen, welche ich einfach nicht als potenzielle Kommandanten weitergeleitet habe, dann lautet die Antwort *alle,* außer denen, deren Namen Sie bereits haben.«

»Lassen Sie mich offen sein. Wir haben Gerüchte über einen sehr kleinen Jungen gehört.«

»Sie sind alle noch klein.«

»Wir haben Gerüchte über ein Kind gehört, das diesen Wiggin im Vergleich träge wirken lässt.«

»Sie haben alle unterschiedliche Fähigkeiten.«

»Es gibt Leute, die wollen, dass Ihnen der Befehl über die Schule entzogen wird.«

»Wenn mir nicht gestattet wird, diese Kinder angemessen auszuwählen und auszubilden, würde ich eine Entlassung vorziehen, Sir. Betrachten Sie das als Antrag.«

»Also gut, es war eine dumme Drohung. Befördern Sie sie alle, so schnell es geht. Vergessen Sie aber nicht, dass sie auch noch eine gewisse Zeit in der Kommandoschule brauchen. Es bringt uns nichts, wenn Sie ihnen Ihre komplette Ausbildung zukommen lassen, ohne dass ihnen noch Zeit für unsere bleibt.«

Dimak traf sich mit Graff im Kontrollzentrum der Kampfräume. Graff führte alle wichtigen Besprechungen hier durch, solange sie nicht vollkommen sicher sein konnten, dass Bean genug gewachsen war, um nicht mehr durchs Belüftungssystem kriechen zu können. Die Kampfräume hatten ihr eigenes getrenntes Belüftungssystem.

Graff hatte einen Bericht auf seinem Pultdisplay. »Haben Sie das hier gelesen? *Probleme bei der Kriegsführung zwischen Sonnensystemen, die Lichtjahre voneinander entfernt sind.*«

»Das geht in der gesamten Fakultät um.«

»Aber es ist nicht unterzeichnet«, sagte Graff. »Sie wissen nicht zufällig, wer es verfasst hat, oder?«

»Nein, Sir, waren Sie es?«

»Ich bin kein Gelehrter, Dimak. Das wissen Sie. Tatsächlich wurde das hier von einem Schüler geschrieben.«

»In der Kommandoschule?«

»Von einem der Schüler hier.«

Erst jetzt verstand Dimak, wieso man ihn gerufen hatte. »Bean.«

»Sechs Jahre alt. Das Papier liest sich wie eine gelehrte Abhandlung!«

»Ich hätte es wissen müssen. Er passt sich der Stimme der Strategen an, die er liest. Oder ihrer Übersetzer. Obwohl ich nicht weiß, was noch passieren wird, da er jetzt Friedrich und Bülow im Original lesen kann – Französisch und Deutsch. Er saugt Sprachen förmlich auf und spuckt sie wieder aus.«

»Was halten Sie von diesem Papier?«

»Sie wissen schon, dass es mich fast umbringt, Schlüsselinformationen von diesem Jungen fern zu halten. Wenn er *das da* mit dem Wissen verfassen kann, über das er bereits verfügt, was würde geschehen, wenn wir ihm alles sagten? Colonel Graff, warum können wir ihn nicht direkt aus der Kampfschule versetzen, als Theoretiker nutzen und sehen, was er dann ausspuckt?«

»Unsere Aufgabe ist es nicht, Theoretiker zu finden. Für Theorie ist es ohnehin zu spät.«

»Ich denke nur ... ein so kleiner Junge, wer würde ihm folgen? Er ist hier verschwendet. Aber wenn er schreibt, weiß niemand, wie klein er ist. Niemand weiß, wie jung er ist.«

»Ich verstehe, was Sie meinen, aber wir werden nicht gegen die Sicherheitsvorschriften verstoßen.«

»Ist er nicht bereits ein schweres Sicherheitsrisiko?«

»Die Maus, die durchs Belüftungssystem huscht?«

»Nein, ich glaube, dafür ist er inzwischen zu groß. Er macht auch diese seitlichen Armliegestützen nicht mehr. Ich denke, das Sicherheitsrisiko besteht darin, dass er erraten hat, dass schon vor Generationen eine Angriffsflotte gestartet ist, und sich fragt, warum wir immer noch Kinder zu Kommandanten ausbilden.«

»Nach der Analyse seiner Aufsätze und Aktivitäten, wenn er sich als Lehrer einloggt, glauben wir, seine Theorie zu kennen – und sie ist wunderbar falsch. Aber er geht nur von dieser falschen Theorie aus, weil er nichts über den Verkürzer weiß. Verstehen Sie? Das wäre schließlich das Wichtigste, wovon wir ihm erzählen müssten, oder?«

»Selbstverständlich.«

»Sie verstehen also, dass er genau das nicht erfahren darf.«

»Wie lautet seine Theorie?«

»Dass wir die Kinder hier in Vorbereitung auf einen Krieg zwischen Nationen oder zwischen Nationen und der IF versammeln. Einen Krieg auf der Erde.«

»Warum sollten wir Kinder in den Weltraum holen, um sie auf einen Krieg auf der Erde vorzubereiten?«

»Denken Sie einen Augenblick nach.«

»Weil es ... weil es nach einem Sieg über die Formics wahrscheinlich einen Konflikt auf der Erde geben wird, und dann hätte die IF alle begabten Kommandanten.«

»Verstehen Sie? Wir können nicht zulassen, dass dieser Junge publiziert. Nicht einmal innerhalb der IF. Nicht alle haben ihre Loyalität gegenüber Gruppierungen auf der Erde aufgegeben.«

»Also warum haben Sie mich dann zu sich gerufen?«

»Weil ich ihn tatsächlich benutzen will. Wir führen hier keinen Krieg, aber wir betreiben eine Schule. Haben Sie sein Papier über die Uneffektivität von Offizieren als Lehrer gelesen?«

»Ja. Es war wie ein Schlag ins Gesicht.«

»Diesmal irrt er sich überwiegend, weil er nicht ahnen kann, wie wenig traditionell wir bei der Rekrutierung unseres Lehrkörpers vorgegangen sind. Aber er hat vielleicht auch ein wenig Recht. Unser System der Prüfung für Offizierspotenzial war darauf abgestellt, Kandidaten mit Eigenschaften zu finden, die denen der am meisten geachteten Offiziere bei der Zweiten Invasion entsprachen.«

»O je.«

»Sehen Sie? Die am meisten geachteten Offiziere waren selbstverständlich jene, die sich im Kampf gut geschlagen haben, aber der Krieg war zu kurz, um den Ballast auszusortieren. Also findet sich auch die Art von Leuten darunter, die in diesem Papier kritisiert wird. Und daher ...«

»Daher geht er zwar von einer falschen Annahme aus, aber das Ergebnis ist richtig.«

»Absolut. Es beschert uns kleine Mistkerle wie Bonzo Madrid. Sie haben Offiziere wie ihn gekannt, nicht wahr? Also sollten wir nicht überrascht sein, wenn unsere Tests Bonzo das Kommando über eine Armee verschaffen, obwohl er keine Ahnung hat, was er damit anfangen soll. Alle Eitelkeit und Dummheit eines Custer oder Hooker oder – zum Teufel, wählen Sie Ihren eigenen eitlen, unfähigen ... das ist die verbreitetste Art von Offizier.«

»Darf ich Sie zitieren?«

»Ich werde es leugnen. Bean hat jedenfalls die Akten aller anderen Schüler studiert. Wir glauben, dass er sie im Hinblick auf ihre Loyalität gegenüber ihrer Herkunftsgruppe und auf ihre Befähigung zum Kommandanten hin untersucht.«

»Nach *seinen* Maßstäben.«

»Wir müssen Ender eine Armee geben. Wir stehen unter großem Druck, unsere führenden Kandidaten in die Kommandoschule zu bringen. Aber wenn wir einen der derzeitigen Kommandanten befördern, um Platz für Ender zu machen, wird das eine Menge Groll hervorrufen.«

»Also müssen Sie für ihn eine neue Armee zusammenstellen.«

»Die Drachenarmee.«

»Es gibt immer noch Kids hier, die sich an die letzte Drachenarmee erinnern können.«

»Genau. Das gefällt mir. Das Pech, das an diesem Namen klebt.«

»Ich verstehe. Sie wollen, dass Ender ganz unten anfangen muss.«

»Noch schlimmer.«

»Dachte ich's mir doch.«

»Wir werden ihm auch keine Soldaten geben, die sich nicht schon auf den Versetzungslisten ihrer Kommandanten befinden.«

»Den Bodensatz? Was wollen Sie dem Jungen antun?«

»Wenn wir nach unseren gewöhnlichen Maßstäben vorgehen, ja, dann sind diese Kinder der Bodensatz. Aber wir werden Enders Armee nicht auswählen.«

»Bean?«

»Unsere Tests sind wertlos, oder? Bean ist der Ansicht, dass einige von diesem Bodensatz zu den besten Schülern gehören, und er hat auch die Frischlinge studiert, also geben Sie ihm einen Auftrag. Sagen Sie ihm, er soll ein hypothetisches Problem lösen. Er soll eine Armee nur aus Frischlingen zusammenstellen und vielleicht auch den Soldaten auf den Versetzungslisten.«

»Ich glaube nicht, dass es eine Möglichkeit gibt, das zu tun, ohne ihm mitzuteilen, dass wir die Sache mit seinem Lehrer-Login herausgefunden haben.«

»Dann sagen Sie es ihm eben.«

»Dann wird er nichts mehr glauben, was er bei seiner Suche herausgefunden hat.«

»Er hat nichts herausgefunden«, erwiderte Graff. »Wir brauchten keine Fälschungen für ihn zu platzieren, weil er auf einer falschen Theorie aufbaut. Verstehen Sie? Ob er nun glaubt, dass wir Informationen nur für ihn platziert haben oder nicht, er wird weiter auf seinem Irrtum beharren, und wir werden uns weiter in Sicherheit befinden.«

»Sie verlassen sich ganz auf Ihr Verständnis seiner Psyche.«

»Schwester Carlotta versichert mir, dass er nur in einem kleinen Bereich von der gewöhnlichen menschlichen DNS abweicht.«

»Jetzt ist er also wieder ein Mensch?«

»Ich muss meine Entscheidungen auf *irgendetwas* gründen, Dimak.«

»Sie haben die Entscheidung über seine Menschlichkeit noch nicht getroffen?«

»Verschaffen Sie mir eine Liste der hypothetischen Armee, die Bean auswählen würde, damit wir sie Ender geben können.«

»Er wird sich selbst auf die Liste setzen.«

»Das sollte er auch, sonst wäre er dümmer, als wir gedacht haben.«

»Was ist mit Ender? Ist er bereit?«

»Anderson glaubt es.« Graff seufzte. »Für Bean ist es immer noch ein Spiel, weil ihn nichts belastet, aber Ender ... ich glaube, er weiß tief drinnen, wo das alles hinführen wird. Ich glaube, er spürt es bereits.«

»Sir, nur weil Sie die Last spüren, bedeutet das nicht, dass es ihm ebenso ergeht.«

Graff lachte. »Sie steuern immer direkt aufs Ziel zu, wie?«

»Bean ist doch ganz versessen darauf, Sir. Wenn Ender kein Interesse hat, warum lasten wir die Bürde dann nicht jemandem auf, der sich das wünscht?«

»Wenn Bean danach giert, zeigt das nur, dass er noch zu jung ist. Außerdem haben die Hungrigen immer etwas zu beweisen. Denken Sie an Napoleon. Oder Hitler. Sie sind zu Anfang kühn, ja, aber später sind sie immer noch kühn, wenn sie lieber vorsichtig sein und sich zurückziehen sollten. Patton. Cäsar. Alexander. Sie haben es immer übertrieben und konnten nicht aufhören. Nein, Ender soll es machen und nicht Bean. Ender ist nicht besonders scharf darauf, also braucht er auch nichts zu beweisen.«

»Sind Sie sicher, dass Sie nicht einfach nur den Kommandanten wählen, unter dem Sie selbst dienen wollten?«

»Genau das tue ich«, sagte Graff. »Können Sie sich einen besseren Maßstab vorstellen?«

»Die Sache ist nur die: Sie können niemandem den Schwarzen Peter zuschieben. Sie können nicht behaupten, dass es an den Prüfungen lag oder Sie nur den Tests gefolgt sind oder der Rangliste oder was auch immer.«

»Ich kann nicht wie eine Maschine vorgehen?«

»Deshalb wollen Sie Bean nicht, stimmt's? Weil er *gemacht* wurde wie eine Maschine.«

»Ich analysiere nicht mich, ich analysiere die *Schüler.*«

»Wenn wir also siegen, wer hat den Krieg dann wirklich gewonnen? Der Kommandant, den Sie ausgesucht haben, oder Sie, weil Sie ihn gewählt haben?«

»Das Triumvirat, weil es mir vertraut hat. Auf seine Art. Aber wenn wir verlieren ...«

»Nun, *dann* sind ganz bestimmt Sie Schuld.«

»Wir werden alle tot sein. Was sollen sie machen? Mich als Ersten umbringen? Oder mich bis zuletzt am Leben lassen, damit ich über die Konsequenzen meiner Fehler nachdenken kann?«

»Nicht Ender. Ich meine, wenn er den Job bekommt. *Er* wird nicht behaupten, dass es an Ihnen lag. Er wird alle Schuld auf sich nehmen. Nicht den Verdienst am Sieg – nur die Schuld am Versagen.«

»Ganz gleich, ob wir siegen oder verlieren, der Junge, den ich aussuche, hat schwere Zeiten vor sich.«

Bean wurde während des Mittagessens aufgerufen. Er meldete sich sofort in Dimaks Quartier.

Er fand seinen Lehrer am Pult sitzend vor, wie er etwas las.

Das Licht war so eingestellt, dass Bean den Text nicht erkennen konnte.

»Nimm Platz«, sagte Dimak.

Bean sprang hoch, setzte sich auf Dimaks Bett und ließ die Beine baumeln.

»Ich will dir etwas vorlesen«, fuhr Dimak fort. »›Es gibt keine Befestigungen, keine Magazine, keine Stützpunkte ... Im Sonnensystem des Feindes kann man nicht vom Land leben, da der Zugang zu bewohnbaren Planeten vermutlich erst nach einem vollständigen Sieg möglich sein wird. Nachschublinien sind kein Problem, denn es gibt keine zu verteidigen, aber das bedeutet auch, dass der gesamte Nachschub und das Material Teil der eigentlichen Invasionsflotte sein müssen ... Und das wiederum bedeutet, dass letztlich alle interstellaren Invasionsflotten Selbstmordangriffe fliegen, denn die Zeitkrümmung führt dazu, das selbst dann, wenn eine Flotte intakt zurückkehrt, so gut wie niemand, den die Besatzung kannte, noch am Leben sein wird. Sie können nicht zurückkehren, und so müssen sie sicher sein, dass ihre Schlagkraft ausreicht und das Opfer wert ist ... gemischtgeschlechtliche Truppen gestatten darüber hinaus die Möglichkeit, dass die Armee sich in eine permanente Kolonie und/oder in eine Besatzungsmacht auf dem besiegten feindlichen Planeten verwandelt.‹«

Bean lauschte selbstzufrieden. Er hatte den Aufsatz in seinem Pult gelassen, damit sie ihn fanden, und das hatten sie getan.

»Du hast das geschrieben, Bean, es aber nie jemandem gegeben.«

»Es gab nie einen Auftrag, zu dem es gepasst hätte.«

»Du scheinst nicht gerade überrascht zu sein, dass wir es gefunden haben.«

»Ich gehe davon aus, dass Sie regelmäßig unsere Pulte überprüfen.«

»So wie du die unseren?«

Bean spürte, wie sich sein Magen vor Angst verknotete.

Sie wussten Bescheid.

»Putzig, dein falsches Login *^Graff* zu nennen, mit einem Sonderzeichen davor.«

Bean schwieg.

»Du hast dir die Berichte über alle anderen Schüler angesehen. Warum?«

»Ich wollte sie kennen lernen. Ich habe mich nur mit wenigen angefreundet.«

»Und wirklich enge Freunde hast du eigentlich keine.«

»Ich bin klein, und ich bin intelligenter als sie. Sie reißen sich nicht gerade um mich.«

»Also benutzt du die Berichte über sie, um mehr über sie zu erfahren. Warum hast du das Bedürfnis, sie zu verstehen?«

»Eines Tages werde ich eine dieser Armeen befehligen.«

»Dann hast du noch genug Zeit, deine Soldaten kennen zu lernen.«

»Nein, Sir«, sagte Bean. »Überhaupt keine Zeit.«

»Wie kommst du darauf?«

»Weil ich so schnell befördert werde. Und Wiggin. Wir sind die beiden besten Schüler hier, und wir werden durch das System gepeitscht. Ich werde nicht viel Zeit haben, wenn ich eine Armee erhalte.«

»Bean, sei realistisch. Es wird lange dauern, bis dir irgendwer in eine Schlacht folgen würde.«

Bean schwieg. Er wusste, dass das nicht stimmte, selbst wenn Dimak anderer Meinung war.

»Schauen wir mal, wie gut deine analytischen Fähigkeiten sind. Ich gebe dir einen Auftrag.«

»Für welches Fach?«

»Keine Fächer, Bean. Ich möchte, dass du eine hypothetische Armee aufstellst. Arbeite nur mit Frischlingen, stell eine komplette Liste auf, eine vollständige Einheit von einundvierzig Soldaten.«

»Keine Veteranen?«

Bean hatte die Frage neutral gemeint und sich nur überzeugen wollen, dass er die Regeln auch verstand. Aber Dimak schien es als Kritik zu betrachten.

»Also gut, ich sag dir was, du kannst Veteranen dazunehmen, wenn sie von ihren Kommandanten auf die Versetzungsliste gesetzt wurden. Das verschafft dir ein paar erfahrene Leute.«

Die, mit denen ihr Kommandant nicht arbeiten konnte. Einige waren echte Verlierer, andere das genaue Gegenteil. »Gut«, sagte Bean.

»Wie lange wirst du brauchen?«

Bean hatte schon ein Dutzend Leute im Kopf. »Ich kann Ihnen die Liste sofort geben.«

»Ich möchte, dass du ernsthaft darüber nachdenkst.«

»Das habe ich bereits. Aber Sie müssen mir erst noch ein paar Fragen beantworten. Sie sagten einundvierzig Soldaten, aber das schließt den Kommandanten ein.«

»Also gut, vierzig. Und lass die Kommandantenstelle frei.«

»Ich habe noch eine Frage. Werde ich Kommandant der Armee sein?«

»Du kannst sie entsprechend aufstellen, wenn du willst.«

Aber Dimaks Sorglosigkeit sagte Bean, dass die Armee nicht für ihn gedacht war. »Diese Armee ist für Wiggin, nicht wahr?«

Dimak starrte ihn wütend an. »Es ist nur hypothetisch.«

»Eindeutig Wiggin«, erkannte Bean. »Sie können keinem das Kommando abnehmen, um Platz für ihn zu machen, also geben Sie Wiggin eine ganz neue Armee. Ich wette, sie wird Drachenarmee heißen.«

Dimak war verblüfft, aber er versuchte, es nicht zu zeigen.

»Keine Sorge«, meinte Bean. »Ich werde ihm die beste Armee übergeben, die man im Rahmen dieser Regeln aufstellen kann.«

»Ich habe doch gesagt, es ist hypothetisch!«

»Haben Sie geglaubt, ich würde es nicht mitbekommen, wenn ich schließlich in Wiggins Armee lande, zusammen mit allen anderen, die auch auf meiner Liste waren?«

»Niemand sagt, dass wir uns an deine Liste halten werden.«

»Das werden Sie. Weil ich Recht habe, und das wissen Sie«, erklärte Bean. »Und ich kann Ihnen versprechen, es wird eine Höllenarmee sein. Wenn Wiggin uns ausbildet, schlagen wir alle um Längen.«

»Stell nur die hypothetische Liste zusammen und sprich mit niemandem darüber. Kein Wort.«

Damit war er entlassen, aber Bean wollte noch nicht entlassen werden. Sie wandten sich an *ihn*. Sie wollten *ihn* ihre Arbeit machen lassen. Er wollte ihnen die Meinung sagen, solange sie noch hinhörten. »Diese Armee wird deshalb so gut sein, weil Ihr System so oft die falschen Kids unterstützt. Rund die Hälfte der besten Leute in dieser Schule sind Frischlinge oder auf den Versetzungslisten, weil sie von den Idioten, die Sie als Kommandanten von Armeen oder Zügen aufstellen, noch nicht völlig unterworfen wurden. Diese Außenseiter und kleineren Kinder sind es, die gewinnen können. Wiggin wird das herausfinden. Er wird wissen, wie er uns einzusetzen hat.«

»Bean, du bist nicht so schlau, wie du glaubst!«

»Bin ich wohl, Sir«, sagte Bean. »Sonst hätten Sie mir nicht diesen Auftrag erteilt. Kann ich jetzt gehen? Oder wollen Sie die Liste sofort haben?«

»Weggetreten!«, blaffte Dimak.

Ich hätte ihn vielleicht nicht provozieren sollen, dachte Bean. Jetzt ist es möglich, dass er meine Liste abändert, nur um zu beweisen, dass er das kann. Aber nein, diese Art Mensch ist er nicht. Und wenn ich mich darin irren sollte, irre ich mich auch in allem anderen.

Außerdem tat es gut, einmal jemandem, der die Macht hatte, die Wahrheit zu sagen.

Nachdem er eine Weile an der Liste gearbeitet hatte, war Bean froh, dass Dimak sein dummes Angebot, sie auf der Stelle einzureichen, nicht angenommen hatte. Es ging nämlich nicht nur darum, die vierzig besten Soldaten unter den Frischlingen und auf den Versetzungslisten auszuwählen.

Wiggin war sehr jung für einen Kommandanten, und das würde es den älteren Kindern schwerer machen – man steckte sie in die Armee eines kleinen Jungen. Also strich er alle von der Liste, die älter waren als Wiggin.

Es blieben immer noch beinahe sechzig, die gut genug waren für die Armee. Bean brachte sie in eine ihrem Wert entsprechende Rangordnung, als er erkannte, dass er kurz davor stand, einen weiteren Fehler zu begehen. Einige dieser Kids gehörten zu den Frischlingen und Soldaten, die in ihrer Freizeit mit Wiggin geübt hatten. Wiggin würde diese Kids am besten kennen, und er würde natürlich seine Zugführer unter ihnen suchen. Das Herzstück seiner Armee.

Ein paar von ihnen würden sicher gute Anführer abgeben, aber es bestand die Gefahr, dass Ender sich ganz auf diese Gruppe verließ und einige übergangen wurden, die nicht dazugehörten. Darunter auch Bean selbst.

Also wird er mir keinen eigenen Zug geben. Er würde es sowieso nicht tun. Ich bin zu klein. Wenn er mich anschaut, sieht er in mir keinen Anführer.

Geht es nur um mich? Verfälsche ich diesen Auswahlprozess nur, um mir selbst eine Chance zu geben, weil ich zeigen will, was ich kann? Und wenn, was ist daran falsch? Ich weiß, was ich leisten kann, und niemand sonst begreift es. Die Lehrer halten mich für einen Gelehrten, sie wissen, dass ich klug bin, sie verlassen sich auf mein Urteil, aber sie wollen diese Armee nicht für mich, sondern für ihn. Ich muss ihnen immer noch beweisen, wozu ich imstande bin. Und wenn ich wirklich einer der Besten bin, wäre es einzig zum Nutzen des Programms, wenn das so schnell wie möglich herauskäme.

Und dann dachte er: Ist das die Art, wie Idioten ihre Dummheit gegenüber sich selbst rationalisieren?

»Ho, Bean!«, sagte Nikolai.

»Ho!«, erwiderte Bean. Er drückte eine Taste, und das Display war leer. »Was Neues?«

»Nichts Neues. Du blickst finster drein.«

»Hausaufgaben.«

Nikolai lachte. »Du bist doch nicht so grimmig, wenn du Hausaufgaben machst. Du liest nur eine Weile, und dann tippst du eine Weile. Als wäre es nichts. Es muss was anderes sein.«

»Eine Sonderaufgabe.«

»Schwierig?«

»Nicht sehr.«

»Tut mir Leid, dass ich dich gestört habe. Ich dachte bloß, vielleicht stimmt etwas nicht. Vielleicht ein Brief von zu Hause.«

Beide lachten. Es gab hier nicht viele Briefe, und wenn alle paar Monate mal welche eintrafen, war das meiste davon zensiert. Einige Kinder bekamen nie Post. Bean gehörte dazu, und Nikolai kannte den Grund. Es war kein Geheimnis. Er war nur der Einzige, dem das aufgefallen war und der gefragt hatte. »*Überhaupt* keine Verwandten?«, hatte er gefragt. »Wenn man sich die Familien einiger Leute hier ansieht, ist das gar nicht so schlecht«, war Beans Antwort gewesen, und Nikolai hatte ihm zugestimmt. »Meine sind anders. Ich wünschte, du hättest Eltern wie ich.« Und dann hatte er erzählt, dass er das einzige Kind sei und seine Eltern sich wirklich angestrengt hätten, ihn zu bekommen. »Es gab eine Operation, dann wurden fünf oder sechs Eier befruchtet, sie haben die gesündesten noch ein paar Mal geteilt und schließlich mich ausgesucht. Ich bin aufgewachsen, als würde ich einmal ein König oder der Dalai-Lama oder so etwas werden. Und eines Tages kam dann die IF und sagte: ›Wir brauchen ihn.‹ Ja zu sagen war das Schwerste, was meine Eltern je getan haben. Aber ich fragte sie: ›Was, wenn ich der nächste Mazer Rackham bin?‹, und da haben sie mich gehen lassen.«

Das lag jetzt schon Monate zurück, aber es verband sie

noch immer, dieses Gespräch. Die Kids redeten nicht oft von zu Hause. Nikolai redete auch mit keinem anderen über seine Familie. Nur mit Bean. Und im Gegenzug hatte ihm Bean ein wenig vom Leben auf der Straße erzählt. Nicht viele Einzelheiten, denn das hätte gewirkt, als heische er Mitleid oder wolle cool dastehen. Aber er erwähnte, wie es zu den Familien gekommen war, sprach darüber, dass es erst Pokes Bande gegeben hatte und dann Achilles' Familie und wie sie in die Suppenküche gelangt waren. Dann wartete er ab, um zu sehen, wie viel von dieser Geschichte sich herumsprach.

Er hörte nie etwas darüber. Nikolai hatte keinem auch nur ein Sterbenswörtchen gesagt. Nun wusste Bean, dass Nikolai es wert war, sich mit ihm anzufreunden. Nikolai konnte Dinge für sich behalten, ohne dass man ihn überhaupt darum gebeten hatte. Und nun stellte Bean die Liste für diese großartige Armee auf, und hier saß Nikolai und fragte ihn, was er da mache. Dimak hatte gesagt, er solle mit niemandem darüber sprechen, aber Nikolai konnte ein Geheimnis wahren. Was konnte es schon schaden?

Dann kam Bean wieder zu Verstand. Von dieser Sache zu wissen, würde Nikolai nicht helfen. Er würde entweder in die Drachenarmee kommen oder nicht. Wenn nicht, würde er wissen, dass Bean ihn nicht auf die Liste gesetzt hatte. Und wenn er drin war, wäre es noch schlimmer, denn er würde sich immer fragen, ob Bean ihn aus Freundschaft und nicht wegen seiner Verdienste genommen hatte.

Außerdem gehörte Nikolai streng genommen gar nicht in die Drachenarmee; er gehörte nicht zu den besten Frischlingen. Er war gescheit, er war gut, er war schnell, aber er war nichts Besonderes.

Außer für mich, dachte Bean.

»Es war ein Brief von *deinen* Eltern«, sagte er. »Sie schreiben dir nicht mehr, weil sie mich lieber mögen.«

»Ja, und der Vatikan wird nach Mekka verlegt.«

»Und mich machen sie zum Polemarchen.«

»Kein jeito«, sagte Nikolai. »Du bist zu groß, bicho.« Er griff nach seinem Pult. »Ich kann dir heute Abend bei den Hausaufgaben nicht helfen, Bean, also hör auf, mich anzubetteln.« Er lehnte sich auf dem Bett zurück und begann mit dem Fantasyspiel.

Auch Bean lehnte sich zurück. Wieder rang er mit den Namen. Wenn er alle Kinder eliminierte, die mit Wiggin gearbeitet hatten, wie viele von den Guten blieben dann übrig? Fünfzehn Veteranen von der Transferliste. Zweiundzwanzig Frischlinge, darunter Bean.

Warum hatten diese Frischlinge eigentlich nicht an Wiggins Übungen teilgenommen? Was die Veteranen anging, die hatten schon genug Ärger mit ihren Kommandanten und wollten sich nicht noch mehr einhandeln, also war es nur vernünftig gewesen, dass sie nicht mitmachten. Aber diese Frischlinge – hatten sie denn keinen Ehrgeiz? Oder waren sie eher Bücherwürmer, die versuchten, alles durch Hausaufgaben zu erreichen, statt zu begreifen, dass nur der Kampfraum zählte? Bean konnte es ihnen nicht verdenken – er hatte selbst eine Weile gebraucht, um das zu verstehen. Waren sie so überzeugt von ihren Fähigkeiten, dass sie glaubten, keine weitere Vorbereitung zu brauchen? Oder so arrogant, dass sie ihren Erfolg nicht Ender Wiggin verdanken wollten? Oder so schüchtern, dass sie ...

Nein, es war unmöglich, ihre Motive zu erraten. Sie waren ohnehin zu komplex. Diese Kinder waren gescheit und hatten gute Bewertungen erhalten – von Bean, nicht unbedingt von den Lehrern. Wenn er Wiggin eine Armee ohne ein einziges Kind gab, mit dem er zuvor trainiert hatte, würden alle auf der gleichen Grundlage beginnen. Was bedeutete, dass Bean die gleiche Chance hatte wie jeder andere auch, um Wiggins Aufmerksamkeit zu erlangen und vielleicht einen Zug zu bekommen. Wenn die anderen mit Bean nicht mithalten konnten, war das eben ihr Pech.

Aber damit hatte er nur siebenunddreißig Namen auf der Liste. Noch drei Stellen zu füllen.

Er dachte eine Weile nach. Schließlich beschloss er, Crazy Tom mit aufzunehmen, einen Veteran, der den wenig beneidenswerten Rekord hielt, der am häufigsten versetzte Soldat in der Geschichte des Spiels zu sein, den man nicht einfach abgeschossen und nach Hause geschickt hatte. Bisher. Das Problem war, Crazy Tom war wirklich gut. Er hatte einen scharfen Verstand. Aber er kam nicht damit zurecht, wenn ein Vorgesetzter dumm und ungerecht war. Und wenn er wütend wurde, drehte er regelrecht durch. Er brabbelte dann vor sich hin, warf mit Gegenständen um sich, hatte einmal sogar die Laken von jedem Bett in seiner Unterkunft gerissen und ein anderes Mal ein Rundschreiben darüber verfasst, was für ein Idiot sein Kommandant doch sei, und es jedem Schüler in der Schule geschickt. Ein paar hatten die Nachricht tatsächlich erhalten, bevor die Lehrer sie abfangen konnten, und erklärt, es wäre das Heißeste gewesen, was sie je gelesen hatten. Crazy Tom. Er könnte sich als Störfaktor herausstellen. Aber vielleicht wartete er nur auf den richtigen Kommandanten. Er gehörte auf die Liste.

Und ein Mädchen, Wu, aus der selbstverständlich Wu-Hu geworden war. Eine hervorragende Schülerin, mörderisch bei den Computerspielen, aber sie weigerte sich, einen Zug zu übernehmen, und immer, wenn ihre Kommandanten ihr einen geben wollten, beantragte sie die Versetzung und weigerte sich zu kämpfen. Bis sie nachgaben. Seltsam. Bean hatte keine Ahnung, warum sie das tat – auch die Lehrer waren verblüfft. Nichts in den Tests gab einen Hinweis auf ihre Gründe. Zum Teufel, dachte Bean. Auf die Liste mit ihr.

Letzte Stelle.

Er tippte Nikolais Namen ein.

Tue ich ihm damit einen Gefallen? Er ist nicht schlecht, er ist nur ein wenig langsamer als die Kids, die schon auf der Liste stehen, ein wenig sanfter. Es wird schwer für ihn werden. Und wenn ich ihn weglasse, wird es ihn nicht stören. Er wird in jeder Armee, in die er irgendwann einmal gesteckt werden wird, sein Bestes geben.

Und dennoch ... die Drachenarmee wird eine Legende sein. Nicht nur hier in der Kampfschule. Diese Kids werden einmal die erfolgreichsten Anführer in der IF sein. Oder sonst irgendwo. Und sie werden Geschichten darüber erzählen, wie es in der legendären Drachenarmee unter dem großen Ender Wiggin war. Und wenn ich Nikolai aufstelle, wird er, auch wenn er nicht der beste Soldat ist, selbst wenn er der Langsamste ist, immer noch dabei gewesen sein. Er wird immer noch imstande sein, irgendwann diese Geschichten zu erzählen. Und er ist nicht schlecht. Er wird sich nicht blamieren. Er wird die Armee nicht runterziehen. Er wird es schaffen. Warum also eigentlich nicht?

Und ich will ihn bei mir haben. Er ist der Einzige, mit dem ich je über persönliche Dinge gesprochen habe. Der Einzige, der den Namen Poke kennt. Ich will ihn dabeihaben. Und es ist noch ein Platz frei.

Bean ging die Liste ein letztes Mal durch. Dann ordnete er sie alphabetisch und schickte sie an Dimak.

Am nächsten Morgen erhielten Bean, Nikolai und drei andere in ihrer Frischlingsgruppe den Bescheid, zur Drachenarmee zu wechseln. Monate, bevor sie normalerweise zu Soldaten befördert worden wären.

Die Kids, die nicht versetzt wurden, waren neidisch, gekränkt und wütend. Besonders, als sie erkannten, dass Bean zu den Auserwählten gehörte. »Stellen Sie überhaupt Blitzanzüge in *dieser* Größe her?«

Eine gute Frage, und die Antwort lautete, nein, sie taten es nicht. Die Farben der Drachenarmee waren Grau-Orange-Grau. Da Soldaten für gewöhnlich erheblich älter waren als Bean, musste eigens für Bean ein Blitzanzug geändert werden, und das gelang nicht besonders gut. Blitzanzüge wurden nicht auf der Station hergestellt, und niemand hatte die passenden Werkzeuge für eine angemessene Änderung.

Als der Anzug schließlich einigermaßen saß, behielt Bean

ihn gleich an und ging zur Unterkunft der Drachenarmee, und weil die Änderung so lange gedauert hatte, war er der Letzte. Wiggin traf genau gleichzeitig mit ihm ein. »Geh vor«, sagte Wiggin.

Es war das erste Mal, dass Wiggin mit ihm gesprochen hatte – und nach allem, was Bean wusste, das erste Mal, dass er ihn überhaupt bemerkt hatte. Bean hatte seine Faszination für Wiggin so gründlich verborgen, dass er beinahe unsichtbar geworden war.

Wiggin folgte ihm ins Zimmer. Bean ging den Gang zwischen den Betten entlang zum hinteren Bereich des Raums, wo die jüngeren Soldaten für gewöhnlich schliefen. Er warf einen Blick auf die anderen, die diesen Blick mit einer Mischung aus Entsetzen und Heiterkeit erwiderten. Sie waren in einer so lahmen Armee, dass *dieses* winzig kleine Kind dazugehörte?

Hinter ihm begann Wiggin seine erste Ansprache. Mit selbstsicherer Stimme, laut genug, aber ohne zu schreien. »Ich bin Ender Wiggin, euer Kommandant. Die Betten werden entsprechend der Zeit der Aufenthaltsdauer in der Schule verteilt.«

Ein paar der Frischlinge stöhnten.

»Die Veteranen ganz nach hinten, die Neuzugänge nach vorn.«

Das Stöhnen hörte auf. Das war genau das Gegenteil der üblichen Regelung. Wiggin brachte bereits frischen Wind hinein. Wann immer er in die Unterkunft käme, würden ihm die neuesten Kinder jetzt am nächsten sein. Statt sich in der Menge zu verlieren, würden sie stets seine volle Aufmerksamkeit haben.

Bean drehte sich um und begab sich wieder nach vorn. Er war immer noch der Jüngste in der Kampfschule, aber fünf Soldaten stammten aus neueren Frischlingsgruppen, also erhielten sie Betten ganz dicht an der Tür. Bean bekam ein oberes Bett direkt gegenüber von Nikolai, der in der gleichen Frischlingsgruppe gewesen war.

Bean kletterte auf sein Bett, behindert von seinem Blitzanzug, und legte die Handfläche an den Spind. Nichts passierte.

»Für die, die zum ersten Mal in einer Armee sind«, sagte Wiggin. »Macht den Spind einfach auf. Keine Schlösser. Hier gibt es nichts Privates.«

Mühsam zog Bean seinen Blitzanzug aus und verstaute ihn im Spind.

Wiggin ging zwischen den Betten hin und her und überzeugte sich noch einmal, dass sie auch wirklich nach der in der Schule verbrachten Zeit belegt waren. Dann eilte er zur Tür. »Also gut. Zieht eure Blitzanzüge an und kommt zum Kampftraining.«

Bean warf ihm einen gereizten Blick zu. Wiggin hatte ihn direkt vor sich gehabt, als er angefangen hatte, den Anzug auszuziehen. Warum hatte er nicht gleich gesagt, dass er das Ding anbehalten sollte?

»Wir sind in der Morgenschicht«, fuhr Wiggin fort. »Offiziell habt ihr eine Freistunde zwischen Frühstück und Training. Wir werden sehen, was wir damit anfangen, sobald ich weiß, wie gut ihr seid.«

Jetzt kam sich Bean wie ein Idiot vor. Selbstverständlich würde Wiggin gleich mit dem Kampftraining beginnen. Er hätte keine Vorwarnung brauchen sollen, um den Anzug nicht auszuziehen. Er hätte es wissen müssen.

Er warf die Anzugteile auf den Boden und rutschte am Bettrahmen hinunter. Viele andere unterhielten sich, warfen einander Kleidungsstücke zu, spielten mit ihren Waffen. Bean versuchte, den geänderten Anzug anzuziehen, aber er kam mit einigen improvisierten Schließen nicht zurecht. Er musste erst mehrere Teile wieder ablegen und genauer betrachten, um herauszufinden, wie sie funktionierten, aber schließlich gab er es auf, zog alles aus und versuchte, den Anzug auf dem Boden zusammenzusetzen.

Wiggin warf einen Blick auf die Uhr. Offensichtlich waren drei Minuten genug. »Also gut, alle raus jetzt! Macht euch auf den Weg!«

»Aber ich bin nackt!«, rief ein Junge – Anwar aus Ecuador, Kind ägyptischer Einwanderer. Seine Akte spulte sich vor Beans geistigem Auge ab.

»Zieh dich beim nächsten Mal schneller an«, verlangte Wiggin.

Auch Bean war nackt. Außerdem stand Wiggin genau vor ihm und sah zu, wie er mit seinem Anzug kämpfte. Er hätte ihm helfen können. Er hätte warten können. Worauf habe ich mich hier eingelassen?

»Drei Minuten vom Befehl bis ihr aus der Tür seid – das ist diese Woche die Regel«, sagte Wiggin. »Nächste Woche werden es zwei Minuten sein. Bewegt euch!«

Draußen im Flur blieben Kids stehen, die Freizeit hatten oder auf dem Weg zum Unterricht waren, um die Parade der unvertrauten Uniformen der Drachenarmee zu betrachten. Und um über die zu spotten, die noch mehr auffielen, weil sie nackt waren.

Eines war sicher: Bean würde üben müssen, diesen verkleinerten Anzug anzulegen, wenn er vermeiden wollte, nackt auf dem Flur herumzurennen. Und wenn Wiggin am ersten Tag keine Ausnahme für ihn machte, obwohl Bean diesen nicht ganz üblichen Blitzanzug gerade erst erhalten hatte – auch gut. Er würde ihn bestimmt nicht um eine Sonderbehandlung bitten.

Schließlich habe ich mich eigenhändig für diese Armee eingetragen, erinnerte Bean sich, während er weitertrabte und zu verhindern versuchte, dass Stücke seines Anzugs herunterfielen.

TEIL VIER

SOLDAT

13
DRACHENARMEE

»Ich brauche Zugang zu Beans genetischen Informationen«, sagte Schwester Carlotta.

»Die gehen Sie nichts an«, erwiderte Graff.

»Und ich dachte schon, dass mein Freigabestatus mir jede Tür öffnen würde.«

»Wir haben eine besondere neue Kategorie von Geheimhaltung eingerichtet, die wir ›nicht für Schwester Carlotta‹ nennen. Wir wollen nicht, dass Sie anderen Beans genetische Informationen mitteilen. Und genau das hatten Sie doch vor, nicht wahr?«

»Nur für einen Test. Dann ... werden *Sie* diesen Test also für mich durchführen müssen. Ich möchte einen Vergleich zwischen Beans DNS und der von Volescu.«

»Ich dachte, Sie hätten mir bereits gesagt, dass Volescu die Quelle der geklonten DNS war.«

»Seitdem habe ich darüber nachgedacht, Colonel Graff, und wissen Sie was? Bean sieht Volescu kein bisschen ähnlich. Ich kann mir auch nicht vorstellen, dass er einmal so werden wird wie er.«

»Vielleicht bewirkt der Unterschied im Wachstumsmuster, dass er anders aussieht.«

»Mag sein. Aber es ist auch möglich, dass Volescu lügt. Er ist ein eitler Mann.«

»Dass er in jeder Hinsicht lügt?«

»Über alles Mögliche. Zum Beispiel über die Vaterschaft. Und wenn das schon eine Lüge war ...«

»Dann ist Beans Prognose vielleicht besser? Glauben Sie denn, wir haben noch nicht mit unseren Genetikern gesprochen? Was das angeht, hat Volescu nicht gelogen. Antons Schlüssel wird wahrscheinlich genau die Ergebnisse zeigen, die er beschrieben hat.«

»Bitte. Führen Sie den Test durch und sagen Sie mir, was dabei herauskommt.«

»Weil Sie nicht *wollen,* dass Bean Volescus Sohn ist.«

»Ich möchte nicht, dass Bean Volescus Zwilling ist. Und ich glaube, Sie wollen das auch nicht.«

»Da haben Sie Recht. Aber ich muss Ihnen sagen, dass der Junge zur Eitelkeit neigt.«

»Wenn man so begabt ist wie Bean, wirkt akkurate Selbsteinschätzung häufig wie Eitelkeit.«

»Ja, aber er muss es anderen nicht auch noch unter die Nase reiben.«

»Oha. Fühlt sich da etwa jemand in seiner Eitelkeit gekränkt?«

»Ich nicht. Noch nicht. Aber einer seiner Lehrer ist ein wenig verärgert.«

»Mir fällt auf, dass Sie nicht mehr behaupten, ich hätte seine Testergebnisse gefälscht.«

»Ja, Schwester Carlotta, Sie hatten Recht. Er verdient es, hier zu sein. Ebenso wie ... sagen wir doch einfach, dass Sie nach all den Jahren des Suchens einen Volltreffer gelandet haben.«

»Es ist ein Volltreffer für die Menschheit.«

»Ich sagte, dass er es verdient, hier zu sein, nicht, dass er derjenige sein wird, der uns zum Sieg führt. Was das angeht, ist noch vieles unentschieden, und ich habe mein Geld auf eine andere Zahl gesetzt.«

Es war schwierig, die Leitern mit einem Blitzanzug in den Armen hinaufzuklettern, also ließ Wiggin die, die bereits angezogen waren, im Flur auf und ab rennen und sich ins Schwitzen bringen, während Bean und die anderen nackten oder nur teilweise bekleideten Kinder ihre Anzüge anlegten. Nikolai half Bean mit seinem Anzug. Bean fand es demütigend, dass er sich helfen lassen musste, aber es wäre noch schlimmer gewesen, als Letzter fertig zu werden – der lästige Winzling, der alle aufhält. Mit Nikolais Hilfe war er nicht der Letzte.

»Danke.«

»No ojjikay.«

Minuten später eilten sie die Leitern zur Kampfraumebene hinauf. Wiggin führte sie bis zum oberen Tor, dem, das sich in der Mitte der Kampfraumwand öffnete. Dieses Tor wurde auch bei einem echten Kampf benutzt. Es gab Handgriffe an den Seiten, an der Decke und auf dem Boden, sodass die Schüler sich in die schwerelose Umgebung schwingen konnten. Es hieß, die Schwerkraft im Kampfraum wäre geringer, weil er näher an der Mitte der Station lag, aber Bean hatte das schon als Schwindel erkannt. In diesem Fall hätte es an den Türen immer noch eine gewisse Zentrifugalkraft und einen ausgeprägten Coriolis-Effekt geben müssen. Stattdessen wiesen die Kampfräume absolut keine Schwerkraft auf. Bean schloss daraus, dass die IF über ein Gerät verfügte, das entweder die Schwerkraft blockierte oder – was wahrscheinlicher war – falsche Schwerkraft produzierte, die darauf abzielte, Coriolis- und Zentrifugalkräften im Kampfraum entgegenzuwirken, und damit genau an der Tür begann. Es war eine verblüffende Technologie, und sie wurde in der IF nie diskutiert, zumindest nicht in der Literatur, die den Schülern zur Verfügung stand, und erst recht nicht außerhalb.

Wiggin stellte seine Armee in vier Reihen im Flur auf und befahl ihnen, nach oben zu springen und die Handgriffe an der Decke zu benutzen, um sich in den Raum zu schleudern. »Sammelt euch an der gegenüberliegenden Wand, als wolltet ihr das Tor des Feindes angreifen.« Die Veteranen wussten, was gemeint war. Den Frischlingen, die nie in einem Kampf gestanden hatten und dadurch nie durch die obere Tür hereingekommen waren, sagte es überhaupt nichts. »Lauft zum Tor und springt zu viert gleichzeitig hinein, wenn ich es öffne. Eine Gruppe pro Sekunde.«

Wiggin ging ans Ende der Gruppe und benutzte seinen

Haken, eine Steuereinheit, die an die Innenseite des Handgelenks geschnallt war und sich an seiner Hand entlangbog, um das Tor, das vollkommen solide gewirkt hatte, verschwinden zu lassen.

»Los!« Die ersten vier rannten zum Tor. »Los!« Die nächste Gruppe begann zu rennen, bevor die erste das Tor auch nur erreicht hatte. Man durfte nicht zögern, oder man würde von hinten umgerempelt werden. »Los!« Die erste Gruppe packte die Handgriffe und schwang sich mit unterschiedlichen Graden an Ungeschicklichkeit in diverse Richtungen. »Los!« Spätere Gruppen lernten aus den Fehlern früherer oder versuchten es zumindest. »Los!«

Bean bildete den Abschluss der Reihe in der letzten Gruppe. Wiggin legte ihm eine Hand auf die Schulter. »Du kannst einen seitlichen Handgriff benutzen, wenn du willst.«

Ja klar, dachte Bean. *Jetzt* willst du mich verhätscheln. Nicht, weil mein blöder Blitzanzug nicht richtig gepasst hat, sondern weil ich klein bin. »Du kannst mich mal«, sagte er.

»Los!«

Bean hielt Schritt mit den anderen dreien, auch wenn das bedeutete, doppelt so viele Schritte zu machen, und als er näher zum Tor kam, sprang er hoch, berührte im Vorbeifliegen den Deckengriff mit den Fingern und segelte ohne jede Kontrolle in drei Übelkeit erregende Richtungen gleichzeitig.

Aber er hatte nichts Besseres erwartet, und statt dagegen anzukämpfen, beruhigte er sich, begann mit seiner Anti-Übelkeitsroutine und entspannte sich, bis er sich einer Wand näherte und auf den Aufprall vorbereiten musste. Er landete nicht in der Nähe eines der in Vertiefungen angebrachten Handgriffe und hätte sich ohnehin nicht in der richtigen Richtung befunden, um einen packen zu können, selbst wenn das der Fall gewesen wäre. Also prallte er ab, aber diesmal war sein Flug ein wenig stabiler, und er landete oben an der Decke ganz nahe der Rückwand. Er brauchte weniger Zeit als einige andere, um zum Versammlungspunkt zu gelangen, unten am Boden unter dem mittleren Tor an der Rückwand – dem feindlichen Tor.

Wiggin kam gelassen hereingesegelt. Durch seinen Haken konnte er während der Übungen auf eine Art manövrieren, wie die Soldaten es nicht konnten; aber im Kampf stand ihm der Haken nicht zur Verfügung, also mussten die Kommandanten darauf achten, sich von der zusätzlichen Kontrollmöglichkeit nicht abhängig zu machen. Bean bemerkte anerkennend, dass Wiggin den Haken offenbar überhaupt nicht benutzte. Er segelte seitlich herein, schnappte sich einen Handgriff am Boden etwa zehn Schritte von der hinteren Wand entfernt und hing in der Luft. Mit dem Kopf nach unten.

Wiggin starrte einen von ihnen an und fragte: »Warum stehst du auf dem Kopf, Soldat?«

Sofort begannen ein paar andere sich umzudrehen, sodass sie ebenso ausgerichtet waren wie Wiggin.

»Achtung!«, bellte Wiggin. Alle Bewegung stoppte. »Ich sagte, warum stehst du auf dem Kopf?«

Bean war überrascht, dass der Soldat nicht antwortete. Hatte er vergessen, was der Lehrer im Shuttle auf dem Weg hierher gemacht hatte? Die bewusste Desorientierung? Oder tat nur Dimak so etwas?

»Ich sagte, warum habt ihr alle die Füße in der Luft und den Kopf zum Boden gerichtet?«

Wiggin schaute nicht unbedingt Bean an, und Bean wollte diese Frage auch nicht beantworten. Er wusste nicht, welche korrekte Antwort Wiggin erwartete. Also warum sollte er den Mund aufmachen, nur um abgeschmettert zu werden?

Es war ein Junge namens Shame – kurz für Seamus –, der sich schließlich meldete. »Sir, das ist die Richtung, in der wir durch das Tor gekommen sind.«

Gute Arbeit, dachte Bean. Besser als lahmarschige Erläuterungen, dass es in der Schwerelosigkeit weder oben noch unten gibt.

»Was für einen Unterschied soll das machen? Was bedeutet

es schon, wie die Schwerkraft im Flur war? Werden wir im Flur kämpfen? Gibt es hier Schwerkraft?«

»Nein, Sir«, murmelten alle.

»Von jetzt an vergesst ihr die Schwerkraft, noch bevor ihr durch diese Tür geht. Die alte Schwerkraft ist verschwunden und ausgelöscht. Habt ihr verstanden? Was immer eure Richtung ist, wenn ihr durchs Tor kommt, eines dürft ihr nie vergessen: Das feindliche Tor ist *unten*. Ihr richtet die Füße zum feindlichen Tor. Oben ist euer Tor. Norden ist hier« – er zeigte auf das, was die Decke gewesen war – »Süden dort, Osten dort und Westen – wo?«

Sie zeigten in die entsprechende Richtung.

»Habe ich's mir doch gedacht«, sagte Wiggin. »Der einzige Vorgang, den ihr beherrscht, ist der Vorgang der Eliminierung, und *den* beherrscht ihr nur deshalb, weil ihr schon auf dem Klo geübt habt.«

Bean sah amüsiert zu. Also gehörte Wiggin zur Ihr-seid-so-dumm-dass-ihr-mich-sogar-zum-Arschabwischen-braucht-Schule der Grundausbildung. Nun, vielleicht war das nötig. Ein klassisches Ausbildungsritual. Dröge, solange es anhielt, aber ... die freie Wahl des Kommandanten.

Wiggin starrte Bean erbost an, ließ den Blick dann aber schweifen.

»Und was war das für ein Zirkus da draußen? Nennt ihr das vielleicht eine Formation, nennt ihr das Fliegen? Jetzt setzt euch in Bewegung und formiert euch an der Decke! Sofort! Bewegt euch!«

Bean wusste, worin die Falle bestand, und schoss auf die Wand zu, in der sich das Tor befand, durch das sie gerade hereingekommen waren. Die meisten anderen begriffen ebenfalls, um was es ging, aber einige machten sich in die falsche Richtung auf – in die, die Wiggin *Norden* genannt hatte, statt in die Richtung, die er als *oben* bezeichnet hatte. Diesmal kam Bean neben einem Handgriff auf und konnte ihn mit überraschender Leichtigkeit packen. Er hatte so etwas schon öfter in den Kampfraumübungen seiner Frischlingsgruppe getan, aber er war klein genug, dass es ihm durchaus passieren konnte, an einer Stelle zu landen, an der kein Handgriff in Reichweite war. Kurze Arme stellten im Kampfraum eindeutig einen Nachteil dar. Bei kurzen Abständen konnte er einen Handgriff anpeilen und mit einer gewissen Genauigkeit dorthin gelangen. Quer durch den Raum hatte er keine Chance dazu. Also freute er sich, dass er zumindest diesmal nicht wie ein Idiot aussah. Tatsächlich erreichte er die Decke als Erster, weil er als Erster gestartet war.

Bean drehte sich um und sah zu, während diejenigen, die einen Fehler gemacht hatten, den langen, peinlichen zweiten Sprung zum Rest der Armee durchführten. Er war ein wenig überrascht, wer sich diesen Fehler alles erlaubt hatte. Unaufmerksamkeit kann jeden von uns zum Clown machen, dachte er.

Wieder sah Wiggin ihn an, und diesmal war es kein Seitenblick.

»Du!« Wiggin zeigte auf ihn. »Wo ist unten?«

Haben wir das nicht gerade abgehakt? »Wo das feindliche Tor ist.«

»Dein Name, Kerl?«

Also wirklich! Wiggin wusste nicht, wer der kleine Junge mit den besten Noten in der ganzen verdammten Schule war? Nun, wenn wir fieser Sergeant und unglücklicher Rekrut spielen, sollte ich mich lieber ans Drehbuch halten. »Bean, Sir.«

»Betrifft das die Hirngröße?«

Ein paar der anderen Soldaten lachten. Aber nicht viele. Sie kannten Beans Ruf. Für sie war es nicht mehr komisch, dass er so klein war – es war nur peinlich, dass ein Kind dieser Größe perfekte Ergebnisse bei Tests erzielen konnte, deren Fragen sie nicht einmal verstanden.

»Nun, Bean, du hast es erfasst.« Wiggin schloss die gesamte Gruppe ein, als er mit einem Vortrag darüber begann, dass man dem Feind ein viel kleineres Ziel bot, wenn man mit den Füßen voran durch die Tür kam. Es war schwieriger für den Feind, einen zu treffen und einzufrieren.

»Und was passiert, wenn ihr getroffen werdet?«

»Keine Bewegung mehr möglich«, sagte einer.

»Das ist, was Eingefrorensein *bedeutet*«, entgegnete Wiggin. »Aber was *passiert* mit dir?«

Wiggin hatte diese Frage nach Beans Ansicht nicht besonders klar gestellt, und es hatte keinen Sinn, die Qualen zu verlängern, während die anderen sich abrackerten, auf die richtige Antwort zu kommen. Also meldete sich Bean. »Man segelt weiter in die Richtung, in die man sich bewegt hat. In dem Tempo, das man hatte, als man geblitzt wurde.«

»Das stimmt«, sagte Wiggin. »Ihr fünf dort am Ende, bewegt euch!« Er zeigte auf fünf Soldaten, die sich lange genug Zeit ließen, um einander anzuschauen, weil sie sich überzeugen wollten, welche fünf er meinte. Also hatte Wiggin Gelegenheit, sie alle zu blitzen, und fror sie an Ort und Stelle ein. Beim Training brauchte es nur ein paar Minuten, bis das Erfrieren nachließ, es sei denn, der Kommandant benutzte seinen Haken, um einen früher aufzutauen.

»Die nächsten fünf, bewegt euch!«

Sieben Kids bewegten sich gleichzeitig – es blieb kaum Zeit zum Zählen. Wiggin blitzte sie ebenso schnell, wie er es mit den anderen getan hatte, aber da sie bereits in Bewegung waren, trieben sie weiter mit einiger Geschwindigkeit auf die Wände zu, die sie angepeilt hatten.

Die ersten fünf hingen noch nahe der Stelle, wo man sie eingefroren hatte, in der Luft.

»Seht euch diese so genannten Soldaten an. Ihr Kommandant hat ihnen befohlen, sich zu bewegen, und jetzt seht sie an. Sie sind nicht nur eingefroren, sondern treiben auch noch genau da, wo sie uns im Weg sind. Während die anderen, weil sie sich gleich bewegt haben, als der Befehl kam, dort drüben treiben und die Schneisen des Feindes und sein Blickfeld blockieren. Ich nehme an, dass etwa fünf von euch begriffen haben, worum es geht.«

Wir verstehen es alle, Wiggin. Es ist schließlich nicht so, dass sie Dummköpfe in die Kampfschule lassen. Es ist schließlich nicht so, als hätte ich dir nicht die beste Armee der Welt zusammengestellt.

»Und zweifellos ist Bean einer von ihnen, oder, Bean?«

Bean konnte kaum glauben, dass Wiggin ihn schon *wieder* aufs Korn nahm.

Nur weil ich klein bin, benutzt er mich, um die anderen in Verlegenheit zu bringen. Der kleine Kerl weiß die Antworten, also warum wisst ihr großen Jungs es nicht?

Aber Wiggin begreift es noch nicht. Er glaubt, er hat eine Armee von unfähigen Frischlingen und Ausgemusterten. Er hatte noch keine Chance zu sehen, dass ihm tatsächlich eine auserlesene Gruppe zur Verfügung steht. Also hält er mich für den absurdesten Teil dieses traurigen Haufens. Er hat herausgefunden, dass ich kein Idiot bin, aber er nimmt immer noch an, dass die anderen welche sind.

Wiggin schaute ihn weiter an. Ach ja, er hatte eine Frage gestellt. »Genau, Sir«, sagte Bean.

»Worum geht es also?«

Käue exakt das wieder, was er gerade gesagt hat. »Wenn man dir befiehlt, dich zu bewegen, beweg dich schnell, damit du, wenn du geblitzt wirst, weitertreibst und deiner Armee nicht in den Weg gerätst.«

»Hervorragend. Ich habe zumindest einen Soldaten, der denken kann.«

Bean war angewidert. Das hier war der Kommandant, der die Drachen in eine legendäre Armee verwandeln sollte? Wiggin war angeblich das Alpha und Omega der Kampfschule, und er hatte nichts Besseres zu tun, als Bean vorzuführen? Wiggin hat sich nicht mal unsere Testergebnisse angesehen, hat mit den Lehrern nicht über seine Soldaten gesprochen. Hätte er das getan, wüsste er bereits, dass ich das gescheiteste Kerlchen in der Schule bin. Die anderen wussten es alle. Deshalb sahen sie einander auch so verlegen an. Wiggin demonstrierte nur seine Unwissenheit.

Bean sah, dass Wiggin die Missbilligung der Soldaten anscheinend bemerkte. Es war nur ein Blinzeln, aber vielleicht würde er jetzt begreifen, dass sein Mach-dich-über-den-Kleinen-lustig-Trick auf ihn zurückfiel, denn er fing endlich mit dem eigentlichen Training an. Er brachte ihnen bei, wie sie in der Luft knien sollten – sie konnten sogar ihre Beine blitzen, damit sie vor Ort blieben –, um dann zwischen den Knien durchzuschießen, während sie auf den Feind niedersanken, sodass ihre Beine zu einem Schild wurden, der Feuer absorbierte und ihnen gestattete, für längere Zeiträume ohne weitere Deckung zu feuern. Eine gute Taktik, und Bean konnte sich endlich vorstellen, wieso Wiggin als Kommandant vielleicht doch keine Katastrophe sein würde. Er konnte spüren, dass die anderen ihren neuen Kommandanten wieder zu respektieren begannen.

Als sie die Übung begriffen hatten, taute Wiggin sich und alle Soldaten, die er zur Demonstration eingefroren hatte, wieder auf. »Also«, sagte er, »wo ist das feindliche Tor?«

»Unten!«, antworteten alle.

»Und was ist die Angriffsposition?«

O je, dachte Bean, als könnten wir alle gleichzeitig eine Erklärung geben. Die einzige Möglichkeit zu antworten bestand in einer Demonstration, also stieß Bean sich von der Wand ab und feuerte dabei zwischen den Knien durch. Es gelang ihm nicht perfekt – er drehte sich ein wenig –, aber insgesamt war es nicht schlecht für den ersten ernsthaften Versuch.

Über sich hörte er, wie Wiggin die anderen anschrie: »Ist Bean der Einzige, der das begriffen hat?«

Bis Bean sich an der anderen Wand gefangen hatte, kam der Rest hinterher, wild schießend, als würden sie angegriffen. Nur Wiggin blieb an der Decke. Bean bemerkte amüsiert, dass Wiggin sich genauso ausgerichtet hatte, wie sie im Flur gestanden hatten – mit dem Kopf nach »Norden«, zum alten »Oben«. Er beherrschte die Theorie vielleicht vollendet, aber in der Praxis ist es schwer, das alte, auf

Schwerkraft basierende Denken abzuschütteln. Bean hatte sich bewusst seitlich orientiert, mit dem Kopf nach »Westen«. Die Soldaten in seiner Nähe taten das Gleiche, nahmen ihn sich zum Vorbild. Wiggin ließ sich nicht anmerken, ob ihm das aufgefallen war.

»Und jetzt kommt alle zurück und greift mich an.«

Sofort begann sein Blitzanzug zu leuchten, weil vierzig Waffen auf ihn abgefeuert wurden und seine gesamte Armee ununterbrochen schießend auf ihn zuschwebte. »Autsch!«, sagte er, als sie ihn erreicht hatten. »Ihr habt mich erwischt.«

Die meisten lachten.

»Also, wozu sind eure Beine im Kampf gut?«

»Zu nichts«, meinte ein Junge.

»Bean glaubt das nicht«, entgegnete Wiggin.

Er lässt mir immer noch keine Ruhe. Also gut, was will er hören? Ein anderer Junge murmelte: »Schilde«, aber Wiggin ging nicht darauf ein, also war es nicht das, was er im Sinn gehabt hatte. »Man kann sich damit von Wänden abstoßen«, riet Bean.

»Stimmt«, sagte Wiggin.

»Komm schon – Wegstoßen ist Bewegung und kein Kampf«, warf Crazy Tom ein. Ein paar andere murmelten zustimmend.

Aha, jetzt geht's los, dachte Bean. Crazy Tom fängt einen bedeutungslosen Streit mit seinem Kommandanten an, der wütend wird und ...

Aber Wiggin störte sich nicht an Crazy Toms Einwand. Er verbesserte ihn, aber er tat es freundlich. »Es gibt keinen Kampf ohne Bewegung. Aber wenn eure Beine gefroren sind, könnt ihr euch dann noch abstoßen?«

Bean hatte keine Ahnung. Die anderen auch nicht. »Bean?«, fragte Wiggin.

Selbstverständlich. »Ich hab's nie versucht. Aber vielleicht, wenn man sich zur Wand richtet und in der Taille einknickt.«

»Richtig, aber falsch. Seht mich an. Ich befinde mich mit dem Rücken zur Wand, die Beine sind gefroren. Da ich knie, befinden sich meine Füße direkt an der Wand. Wenn man sich abstößt, muss man sich für gewöhnlich nach unten drücken, um den Körper lang hinter sich auszustrecken – na ja, so lang es eben geht, wie, Bean?«

Die Gruppe lachte. Zum ersten Mal erkannte Bean, dass es vielleicht nicht so dumm von Wiggin war, wenn alle über den Kleinen lachten. Vielleicht wusste Wiggin ja, dass Bean das gescheiteste Kind war, und hatte ihn auf diese Weise vorgeführt, um all die Ablehnung auszunutzen, die die anderen ihm gegenüber empfanden. Diese Übung würde garantieren, dass die anderen Kids es in Ordnung fanden, über Bean zu lachen und ihn zu verachten, obwohl er schlau war.

Großartiges System, Wiggin. Vernichte die Wirkung deines besten Soldaten und sorge dafür, dass man ihn nicht respektiert.

Aber es war wichtiger, zu lernen, was Wiggin unterrichtete, als darüber zu schmollen, wie er das tat. Also schaute Bean neugierig zu, als Wiggin demonstrierte, wie man sich mit eingefrorenen Beinen von der Wand abstieß. Er bemerkte, dass Wiggin sich dabei bewusst in Drehung versetzte. Es würde dadurch schwieriger werden, im Flug zu schießen, aber es erschwerte einem weit entfernten Feind auch, lange genug auf einen Teil von ihm zu zielen, um ihn wirklich treffen zu können.

Ich bin vielleicht sauer, aber das bedeutet nicht, dass ich nichts lernen kann.

Es war ein langes, anstrengendes Training, und Wiggin drillte sie wieder und wieder. Bean sah, dass Wiggin nicht zulassen würde, dass sie jede Technik getrennt lernten. Sie mussten alles gleichzeitig machen und es zu glatten, fortlaufenden Bewegungen verbinden. Wie Tanzen, dachte Bean. Man lernt nicht zu schießen und dann sich abzustoßen und dann sich kontrolliert zu drehen – man lernt Abstoßen-Schießen-Drehen.

Am Ende troffen sie nur so vor Schweiß, waren erschöpft und erhitzt von der Aufregung, Dinge gelernt zu haben, die sie von anderen Soldaten nie gehört hatten. Wiggin versammelte sie am unteren Tor und verkündete, dass sie in der Freizeit weitertrainieren würden. »Und erzählt mir nicht, dass Freizeit frei sein sollte. Ich weiß das, und es steht euch vollkommen frei, zu tun oder zu lassen, was ihr wollt. Ich lade euch nur zu einer außerplanmäßigen freiwilligen Trainingsstunde ein.«

Sie lachten. Diese Gruppe bestand ausschließlich aus Kids, die sich bis dahin entschieden hatten, *nicht* zu den gesonderten Kampfraumübungen mit Wiggin zu kommen, und er sorgte dafür, dass sie verstanden, dass er nun eine Veränderung ihrer Prioritäten erwartete. Aber das störte sie nicht. Nach diesem Morgen wussten sie, wenn Wiggin eine Übung anführte, war jede Sekunde kostbar. Sie konnten sich nicht leisten, eine zu verpassen, oder sie würden auffällig hinterherhinken. Sie würden Wiggin ihre Freizeit opfern. Selbst Crazy Tom widersprach nicht.

Aber Bean wusste, dass er seine Beziehung zu Wiggin auf der Stelle ändern musste, oder er würde nie eine Chance bekommen, befördert zu werden. Was Wiggin ihm beim heutigen Training angetan hatte, indem er die Ablehnung der anderen Kinder gegen ihn als Knirps nutzte, würde es noch weniger wahrscheinlich machen, dass Bean ein Anführer in der Armee wurde – wenn die anderen Kinder ihn verachteten, wer würde ihm dann schon folgen?

Also wartete Bean im Flur, bis die anderen sich ein Stück weit entfernt hatten.

»Ho, Bean!«, sagte Wiggin.

»Ho, Ender!«, erwiderte Bean. Bemerkte Wiggin den Sarkasmus in der Art, wie Bean seinen Namen aussprach? Hielt er deshalb einen Augenblick inne, bevor er antwortete?

»*Sir*«, sagte Wiggin leise.

Ach, spar dir die merda. Ich habe diese Vids gesehen. Wir

lachen alle über diese Vids. »Ich weiß, was du tust, *Ender,* Sir, und ich warne dich.«

»Du warnst mich?«

»Ich kann der beste Mann werden, den du hast, aber hör auf mit den Spielchen!«

»Oder was?«

»Oder ich werde der schlechteste Mann sein, den du hast. Eins oder das andere.« Bean erwartete nicht, dass Wiggin verstand, was er damit meinte: dass Bean nur effektiv sein konnte, wenn Wiggin ihm vertraute und ihn achtete, dass er andernfalls nur ein kleiner Junge sein würde, der zu nichts gut war. Wiggin nahm wahrscheinlich an, dass Bean vorhatte, Ärger zu machen, wenn der Kommandant ihn nicht einsetzte. Und vielleicht hatte er das auch vor, jedenfalls ein wenig.

»Und was willst du?«, fragte Wiggin. »Streicheleinheiten?«

Sprich es nur aus, mach es deutlich, damit er nicht so tun kann, als hätte er es nicht verstanden. »Ich will einen Zug.«

Wiggin ging näher zu Bean und schaute auf ihn herab. Bean hielt es allerdings für ein gutes Zeichen, dass Wiggin nicht einfach nur gelacht hatte. »Warum solltest du einen Zug bekommen?«

»Weil ich weiß, was ich damit anzufangen habe.«

»Das zu wissen ist leicht. Die Schwierigkeit liegt darin, die Leute dazu zu bringen, einem zu gehorchen. Warum sollte ein Soldat einem kleinen Knirps wie dir folgen?«

Wiggin war direkt zum Thema gekommen. Aber Bean gefiel die boshafte Art, wie er es aussprach, nicht. »Ich höre, dass sie *dich* auch so genannt haben. Ich höre, Bonzo Madrid verpasst dir noch ganz andere Namen.«

Wiggin schluckte den Köder nicht. »Ich habe dir eine Frage gestellt, Soldat!«

»Ich werde mir ihren Respekt verdienen, Sir, wenn du mich nicht davon abhältst.«

Zu seiner Überraschung grinste Wiggin. »Ich helfe dir dabei.«

»Das habe ich ja gesehen!«

»Niemand würde dich sonst bemerken; sie hätten höchstens Mitleid mit dem Kleinen. Aber heute habe ich dafür gesorgt, dass dich *alle* bemerken.«

Du hättest Nachforschungen anstellen sollen, Wiggin. Du bist der Einzige, der noch nicht wusste, wer ich bin.

»Sie werden jetzt jede deiner Bewegungen verfolgen«, sagte Wiggin. »Um ihren Respekt zu verdienen, brauchst du nur noch vollkommen zu sein.«

»Also habe ich nicht einmal mehr die Chance, etwas zu lernen, bevor man mich beurteilt.« So fördert man kein Talent.

»Armer Junge. Alle behandeln ihn schlecht.«

Die Begriffsstutzigkeit seines Gegenübers machte Bean wütend. Du hast mehr drauf, Wiggin!

Wiggin erkannte, wie wütend Bean war, hob die Hand und schob ihn von sich, bis Bean mit dem Rücken an der Wand stand. »Ich sage dir, wie du einen Zug bekommen kannst. Beweise mir, dass du als Soldat weißt, was du tust. Beweise mir, dass du weißt, wie man andere Soldaten einsetzt. Und dann beweise mir, dass jemand dir in den Kampf folgen will. Dann bekommst du deinen Zug. Aber keine verdammte Minute früher.«

Bean ignorierte die Hand, die ihn an die Wand drückte. Es würde erheblich mehr als das brauchen, um ihn körperlich einzuschüchtern. »In Ordnung«, sagte er. »Wenn du auch wirklich dein Wort hältst, bin ich in einem Monat Zugführer.«

Nun war es an Wiggin, wütend zu werden. Er griff nach unten, packte Bean vorn an seinem Blitzanzug und zog ihn an der Wand hoch, bis sie auf Augenhöhe waren. »Ich halte *immer* mein Wort, Bean.«

Bean grinste ihn nur an. In dieser geringen Schwerkraft, so hoch oben in der Station, brauchte man keine große Kraft, um kleine Kinder hochheben zu können. Und Wiggin war kein Schläger. Bean war nicht ernsthaft in Gefahr.

Wiggin ließ ihn los. Bean rutschte an der Wand hinunter, landete sanft auf den Füßen, hüpfte wieder hoch und landete abermals. Wiggin ging zu der Stange und ließ sich nach unten gleiten. Bean war der Sieger dieser Begegnung, weil er dafür gesorgt hatte, dass Wiggin die Nerven verlor. Außerdem wusste Wiggin, dass er die Situation nicht besonders gut gehandhabt hatte. Er würde es nicht vergessen. Wiggin hatte ein wenig von Beans Respekt verloren, und er wusste das und würde versuchen, ihn zurückzugewinnen.

Anders als du, Wiggin, gebe ich einem anderen immer die Chance zu lernen, wie man etwas am besten macht, bevor ich auf Perfektion bestehe. Du hast heute bei mir Mist gebaut, aber ich gebe dir eine Chance, die Scharte morgen und übermorgen wieder auszuwetzen.

Als Bean zu der Stange ging und sie packen wollte, erkannte er, dass seine Hände zitterten und sein Griff zu schwach war. Er musste einen Augenblick innehalten und sich an die Stange lehnen, bis er sich genügend beruhigt hatte.

Er hatte bei dieser Begegnung mit Wiggin nicht gesiegt. Es war vielleicht sogar dumm gewesen, so vorzugehen. Wiggin hatte ihn tatsächlich mit diesen boshaften Bemerkungen gekränkt. Bean hatte Wiggin als Gegenstand seiner privaten Theologie betrachtet, und heute hatte er herausgefunden, dass Wiggin die ganze Zeit nicht einmal gewusst hatte, dass Bean existierte. Alle verglichen Bean mit Wiggin, aber offenbar hatte Wiggin nichts davon gehört, oder es war ihm gleich. Er hatte Bean wie ein Nichts behandelt. Und nachdem er sich im vergangenen Jahr so sehr bemüht hatte, sich den Respekt der anderen zu verdienen, fiel es Bean nicht gerade leicht, wieder zu einem Nichts zu werden. Es brachte Gefühle zurück, von denen er geglaubt hatte, er hätte sie in Rotterdam gelassen. Diese Übelkeit erregende Angst vor dem sofortigen Tod. Obwohl er wusste, dass keiner hier die Hand gegen ihn erheben würde, erinnerte er sich immer noch daran, wie nahe er dem Tod gewesen war, als er Poke angesprochen und sein Leben in ihre Hände gelegt hatte.

Ist es das, was gerade passiert ist? Wieder einmal? Indem ich mich auf diese Liste setzte, habe ich meine Zukunft in die Hände dieses Jungen gegeben. Ich habe darauf gesetzt, dass er in mir das sieht, was ich in mir sehe. Aber selbstverständlich konnte er das nicht. Ich muss ihm Zeit lassen.

Wenn sie denn Zeit *hatten.* Die Lehrer handelten jetzt rasch, und Bean blieb vielleicht kein Jahr mehr in dieser Armee, um Wiggin zu zeigen, was er draufhatte.

14
BRÜDER

»Haben Sie Ergebnisse für mich?«

»Interessante. Volescu hat tatsächlich gelogen. Ein wenig.«

»Ich hoffe, Sie werden noch präziser.«

»Beans genetische Veränderung basierte nicht auf einem Klon von Volescu, aber sie sind verwandt. Volescu ist definitiv nicht Beans Vater, aber er ist mit einiger Sicherheit sein Halbonkel oder Vetter zweiten Grades. Ich hoffe, Volescu hat einen Halbbruder oder Vetter ersten Grades, denn ein solcher Mann ist der einzig mögliche Vater des befruchteten Eies, das Volescu verändert hat.«

»Ich nehme an, Sie haben eine Liste von Volescus Verwandten?«

»Solche Angaben brauchten wir für den Prozess nicht. Und Volescus Mutter war nicht verheiratet. Er trägt ihren Nachnamen.«

»Also hatte Volescus Vater irgendwo ein Kind, und Sie wissen nicht einmal, wer dieser Vater war. Ich dachte, Sie wüssten alles.«

»Wir wissen alles, was wir für wissenswert halten. Das ist ein wesentlicher Unterschied. Wir haben einfach nicht nach Volescus Vater gesucht. Er hat sich keiner Verstöße schuldig gemacht. Wir können nicht jeden suchen.«

»Noch etwas. Da Sie alles wissen, was Sie für wissenswert halten, können Sie mir vielleicht auch sagen, wieso ein gewisser verkrüppelter Junge aus der Schule genommen wurde, in die ich ihn gebracht habe?«

»Oh. Er. Als Sie plötzlich aufhörten, ihn anzupreisen, wurden wir misstrauisch. Also haben wir ihn getestet. Er ist kein Bean, aber er gehört definitiv hierher.«

»Und Sie haben nie daran gedacht, dass ich vielleicht einen guten Grund hatte, ihn aus der Kampfschule herauszuhalten?«

»Wir nahmen an, dass Sie glaubten, wir würden Achilles Bean vorziehen, der immerhin viel zu jung war, und hätten uns deshalb nur ihren Favoriten angeboten.«

»Sie nahmen an. Ich habe Sie behandelt, als wären Sie intelligent, und Sie behandeln mich wie eine Idiotin. Nun begreife ich, dass es eigentlich umgekehrt sein sollte.«

»Ich wusste gar nicht, dass Christen so wütend werden.«

»Ist Achilles schon in der Kampfschule?«

»Er erholt sich noch von seiner vierten Operation. Wir mussten sein Bein in Ordnung bringen.«

»Ich will Ihnen einen Rat geben. Bringen Sie ihn nicht in die Kampfschule, solange Bean noch da ist.«

»Bean ist erst sechs. Er ist nach wie vor zu jung, um in die Kampfschule *einzutreten,* vom Abschluss überhaupt nicht zu reden.«

»Wenn Sie Achilles hinbringen, nehmen Sie Bean raus. Punkt.«

»Warum?«

»Wenn Sie zu dumm sind, mir zu glauben, nachdem sich all meine anderen Einschätzungen als korrekt erwiesen haben, warum sollte ich Ihnen jetzt die Munition geben, mich zu durchschauen? Lassen Sie mich nur sagen, dass ein gemeinsamer Aufenthalt in der Schule wahrscheinlich für einen der beiden Jungen die Todesstrafe bedeuten würde.«

»Für welchen?«

»Das hängt vermutlich davon ab, wer den anderen zuerst sieht.«

»Achilles sagt, dass er Bean alles verdankt. Er liebt Bean.«

»Dann sollten Sie auf jeden Fall ihm glauben und nicht mir. Aber schicken Sie mir nicht die Leiche des Verlierers zurück. Sie können Ihre Irrtümer selbst begraben.«

»Das ist ziemlich herzlos.«

»Ich werde nicht am Grab eines dieser Jungen weinen. Ich habe versucht, beiden das Leben zu retten. Sie sind anscheinend entschlossen, sie nach der guten alten darwinschen Tradition herausfinden zu lassen, wer der Beste ist.«

»Beruhigen Sie sich, Schwester Carlotta. Wir werden über das nachdenken, was Sie gesagt haben. Wir sind nicht dumm.«

»Sie waren bereits dumm. Ich erwarte jetzt nichts anderes mehr von Ihnen.«

Die Tage wurden zu Wochen, Wiggins Armee nahm langsam Gestalt an, und Bean war von Hoffnung und Verzweiflung erfüllt. Hoffnung, weil Wiggin eine Armee ausbildete, die beinahe unendlich anpassungsfähig war. Verzweiflung, weil er es tat, ohne sich dabei im Geringsten auf Bean zu stützen.

Nach nur wenigen Übungsstunden hatte Wiggin seine Zugführer ausgewählt – jeder von ihnen ein Veteran von den Versetzungslisten. Tatsächlich waren alle Veteranen nun entweder Zugführer oder Stellvertreter. Und nicht allein das. Statt der normalen Organisation zu folgen – vier Züge zu je zehn Soldaten –, hatte er fünf Züge zu acht gebildet und sie dann häufig in Halbzügen zu vieren üben lassen, einer angeführt vom Zugkommandanten, der andere vom Stellvertreter.

Niemand hatte je zuvor eine Armee so aufgeteilt. Und das machte er nicht nur nach außen hin. Es war ihm ausgesprochen wichtig, den Zugführern und Vertretern so viel Freiheit wie möglich zu lassen. Er setzte ihnen ein Ziel und ließ sie dann selbst entscheiden, wie sie es erreichen wollten. Oder er legte drei Züge unter dem vorläufigen Kommando eines der Zugführer zusammen, während er selbst die kleinere verbliebene Streitmacht anführte. Er delegierte ungewöhnlich viel.

Ein paar Soldaten kritisierten das zunächst. Eines Tages

standen die Veteranen zufällig in der Nähe des Eingangs zur Unterkunft und unterhielten sich über die Übung des Tages – in zehn Gruppen zu viert. »Jeder weiß, dass es eine Verliererstrategie ist, eine Armee so aufzuteilen«, sagte Fly Molo, der den A-Zug befehligte.

Bean war ein wenig empört, dass ausgerechnet der Soldat, der nach Wiggin den höchsten Rang bekleidete, etwas so Verächtliches über die Strategie seines Kommandanten von sich gab.

Sicher, auch Fly musste noch viel lernen. Aber es gab so etwas wie Unbotmäßigkeit.

»Er hat die Armee nicht aufgeteilt«, sagte Bean. »Er hat sie nur organisiert. Und es gibt keine Regel der Strategie, die man nicht brechen kann. Es geht darum, dass sich die Armee auf den entscheidenden Punkt konzentriert. Nicht, dass sie die ganze Zeit zusammenhockt.«

Fly warf Bean einen wütenden Blick zu. »Nur weil ihr Kleinen uns hören könnt, bedeutet das noch nicht, dass ihr versteht, worüber wir reden.«

»Wenn du mir nicht glauben willst, denk doch, was du willst. Was ich sage, wird dich nicht dümmer machen, als du schon bist.«

Fly stürzte sich auf ihn, packte ihn am Arm und zerrte ihn an die Kante seines Bettes.

Sofort sprang Nikolai vom gegenüberliegenden Bett und landete auf Flys Rücken, was diesen mit dem Kopf gegen die Vorderseite von Beans Bett prallen ließ. Augenblicke später hatten die anderen Zugführer Fly und Nikolai getrennt – ohnehin ein absurder Kampf, da Nikolai nicht viel größer war als Bean.

»Vergiss es, Fly«, sagte Hot Soup-Han Tsu, Führer des B-Zugs. »Nikolai hält sich für Beans großen Bruder.«

»Wieso reißt der Junge vor einem Zugführer so sehr das Maul auf?«, wollte Fly wissen.

»Du warst respektlos gegenüber unserem Kommandanten«, antwortete Bean. »Und außerdem bist du völlig auf dem Holzweg. Deiner Ansicht nach waren Lee und Jackson in Chancellorsville Idioten.«

»Er macht einfach weiter!«

»Bist du so dumm, dass du die Wahrheit nicht erkennen kannst, nur weil derjenige, der sie ausspricht, klein ist?« Beans Frustration darüber, kein Offizier zu sein, kochte über. Er wusste es, aber er hatte einfach keine Lust mehr, sich zu beherrschen. Sie mussten die Wahrheit hören. Und Wiggin brauchte Unterstützung, wenn man hinter seinem Rücken geringschätzig über ihn redete.

Nikolai stand auf dem unteren Bett, damit er so nahe wie möglich bei Bean war, und bestätigte damit die Verbindung zwischen ihnen.

»Komm schon, Fly«, sagte Nikolai. »Das hier ist *Bean*. Erinnerst du dich?«

Und zu Beans Überraschung brachte das Fly zum Schweigen. Bis zu diesem Augenblick hatte Bean nicht erkannt, welche Macht sein Ruf hatte. Er war in der Drachenarmee vielleicht nur ein gewöhnlicher Soldat, aber er war in Strategie und Militärgeschichte immer noch der Beste in der Schule, und offensichtlich wussten das alle, oder zumindest alle außer Wiggin.

»Ich hätte mehr Respekt zeigen sollen«, sagte Bean.

»Verdammt richtig«, erwiderte Fly.

»Aber du auch.«

Fly bäumte sich gegen den Griff der Jungen, die ihn hielten, auf.

»Als du über Wiggin gesprochen hast«, sagte Bean, »war das respektlos. ›Jeder weiß, dass es eine Verliererstrategie ist, eine Armee aufzuteilen.‹« Er ahmte Flys Tonfall beinahe exakt nach.

Mehrere Kinder lachten. Und widerstrebend lachte auch Fly.

»Also gut«, räumte Fly ein. »Das war nicht richtig von mir.« Er wandte sich Nikolai zu. »Aber ich bin immer noch ein Offizier.«

»Nicht, wenn du einen kleinen Jungen von seinem Bett zerrst«, sagte Nikolai. »Dann bist du ein Schläger.«

Fly blinzelte. Klugerweise sagte niemand ein Wort, bis er sich entschieden hatte, wie er reagieren würde. »Du hast Recht, Nikolai. Verteidige deinen Freund gegen einen Schläger.« Er schaute von Nikolai zu Bean und wieder zurück. »Pah! Ihr seht sogar aus wie Brüder.« Er ging an ihnen vorbei auf sein Bett zu. Die anderen Zugführer folgten ihm. Die Krise war vorüber.

Nikolai warf Bean einen Blick zu. »Ich war nie so zermatscht und hässlich wie du.«

»Und wenn ich später einmal so aussehen sollte wie du, bringe ich mich lieber gleich um.«

»Musst du wirklich auf diese Weise mit so großen Jungen reden?«

»Ich hatte nicht erwartet, dass du ihn wie ein Ein-Mann-Bienenschwarm angreifst.«

»Ich denke, mir war einfach danach, jemanden anzuspringen«, sagte Nikolai.

»Du? So ein netter Junge?«

»In letzter Zeit fühle ich mich nicht besonders nett.«

Er kletterte neben Bean aufs Bett, sodass sie sich leise weiter unterhalten konnten. »Ich habe hier nichts zu suchen, Bean. Ich gehöre nicht in diese Armee.«

»Wie meinst du das?«

»Ich war noch nicht so weit, als ich befördert wurde. Ich bin nur Durchschnitt. Vielleicht nicht mal das. Und obwohl diese Armee, wenn man der Rangliste nach geht, kein Haufen von Helden ist, sind die Jungs wirklich gut. Alle lernen schneller als ich. Alle *begreifen* es, und ich stehe immer noch da und denke darüber nach.«

»Dann streng dich mehr an.«

»Ich strenge mich ja schon an. Du – du begreifst alles gleich auf Anhieb. Du siehst es sofort. Und es ist nicht so, als ob ich dumm wäre. Ich begreife es ebenfalls. Nur ... einen Schritt nach allen anderen.«

»Das tut mir Leid«, sagte Bean.

»Warum sollte es *dir* Leid tun? Es ist nicht deine Schuld.«

Doch, das ist es, Nikolai. »Komm schon, willst du etwa behaupten, du willst nicht Teil von Ender Wiggins Armee sein?«

Nikolai lachte leise. »Er ist wirklich etwas Besonderes.«

»Gib, was in deiner Macht steht. Du bist ein guter Soldat. Du wirst schon sehen. Wenn es erst mit den Kämpfen losgeht, wirst du dich so gut schlagen wie jeder andere auch.«

»Kann sein. Sie können mich immer noch einfrieren und nach dem Feind werfen. Ein großes, klotziges Wurfgeschoss.«

»Du bist nicht gerade klotzig.«

»Im Vergleich zu dir ist jeder klotzig. Ich habe dich beobachtet. Du verschenkst die Hälfte von deinem Essen.«

»Sie geben mir zu viel.«

»Ich muss lernen.« Nikolai sprang auf sein Bett.

Bean hatte manchmal ein schlechtes Gewissen, dass er Nikolai in diese Situation gebracht hatte. Aber wenn sie erst anfingen, zu siegen, würden sich viele Kids außerhalb der Drachenarmee wünschen, mit ihm tauschen zu können. Überraschender war jedoch, dass Nikolai erkannte, dass er nicht so qualifiziert war wie die anderen. Die Unterschiede waren nicht so deutlich. Wahrscheinlich gab es eine Menge Kids, die sich genauso fühlten wie Nikolai. Aber Bean hatte ihn nicht wirklich trösten können. Er hatte Nikolais Unterlegenheitsgefühl sogar noch verstärkt.

Was für ein feinfühliger Freund ich doch bin.

Es hatte keinen Sinn, Volescu erneut zu befragen, nicht, nachdem er sie beim ersten Mal so angelogen hatte. All dieses Gerede von Kopien und ihm als Original – dafür gab es nun keine mildernden Umstände mehr. Er war ein Mörder, ein Diener des Vaters der Lügen. Er würde nichts tun, um Schwester Carlotta zu helfen. Sie wollte immer noch herausfinden, was von dem einzigen Kind zu erwarten war, das Volescus privatem Holocaust entgangen war, aber auf das Wort eines solchen Mannes würde sie sich nicht noch einmal verlassen.

Außerdem musste Volescu mit seinem Halbruder oder Vetter in Verbindung gestanden haben – woher sonst sollte er ein befruchtetes Ei mit dessen DNS haben? Also dürfte es Schwester Carlotta nicht sonderlich viel Mühe bereiten, Volescus Spur zu folgen.

Sie erfuhr rasch, dass Volescu der uneheliche Sohn einer in Budapest lebenden Rumänin war. Ein paar Nachforschungen und die fleißige Benutzung ihrer Sicherheitsfreigabe verschafften ihr den Namen des Vaters, eines griechischen Funktionärs in der Liga, den man vor kurzem zum Dienst im Stab des Hegemonen befördert hatte. Das hätte sich vielleicht als Sackgasse erwiesen, aber Schwester Carlotta brauchte schließlich nicht mit dem Großvater zu sprechen. Sie musste nur wissen, wer er war, um die Namen seiner drei ehelichen Kinder zu erfahren. Die Tochter konnte sie ausschließen, weil sie nach einem männlichen Elternteil suchte. Und was die beiden Söhne anging, so beschloss sie, als Erstes den verheirateten aufzusuchen.

Julian und Elena Delphiki lebten auf der Insel Kreta, wo Julian eine Softwarefirma betrieb, deren einziger Kunde die Internationale Verteidigungsliga war. Das war offenbar kein Zufall. Aber verglichen mit dem ganz offenen Hin und Her von Schmiergeldern und Gefälligkeiten in der Liga erschien Nepotismus schon beinahe ehrenhaft. Langfristig war solche Korruption harmlos, da die IF sich schon bald die Herrschaft über ihr eigenes Budget verschafft und nie wieder zugelassen hatte, dass die Liga es anrührte. Auf diese Weise hatten der Polemarch und der Strategos viel mehr Geld zur Verfügung als der Hegemon, der zwar dem Titel nach der Erste war, aber nicht, wenn es um wirkliche Macht und unabhängige Manövrierfähigkeit ging.

Und selbst wenn Julian Delphiki seine Karriere den politischen Verbindungen seines Vaters verdankte, bedeutete das nicht unbedingt, dass das Produkt seiner Firma nicht adäquat und er selbst kein ehrlicher Mann gewesen wäre. Zumindest nicht nach den Maßstäben von Ehrlichkeit, die im Geschäftsleben herrschten.

Schwester Carlotta stellte fest, dass sie keine Sicherheitsfreigabe brauchte, um sich mit Julian und seiner Frau Elena zu treffen. Sie rief an und erklärte, sie würde gerne in einer Angelegenheit der IF mit ihnen sprechen, und die beiden baten sie sofort zu sich.

Von Knossos aus ließ sich Schwester Carlotta zum Heim der Delphikis auf einem Felsvorsprung über der Ägäis bringen. Das Paar wirkte nervös – Elena war beinahe verzweifelt und wrang ein Taschentuch.

»Bitte«, sagte Schwester Carlotta, nachdem sie das Angebot von Obst und Käse angenommen hatte, »bitte sagen Sie mir, wieso Sie so aufgeregt sind. Es gibt nichts an meinem Besuch hier, das Sie beunruhigen sollte.«

Die beiden schauten einander an, und Elena errötete. »Dann ist mit unserem Jungen alles in Ordnung?«

Einen Augenblick lang fragte sich Schwester Carlotta, ob sie bereits von Bean wussten – aber wie hätte das sein können?

»Ihr Sohn?«

»Dann geht es ihm gut!« Elena brach in Tränen der Erleichterung aus, und als ihr Mann sich neben sie kniete, klammerte sie sich an ihn und schluchzte.

»Sie müssen wissen, dass es uns sehr schwer gefallen ist, ihn gehen zu lassen«, bekannte Julian. »Als deshalb eine Nonne zu uns kam und sagte, sie müsse uns in einer Angelegenheit der IF sprechen, dachten wir – wir haben den Schluss gezogen –«

»Oh, es tut mir so Leid. Ich wusste nicht einmal, dass Sie einen Sohn beim Militär haben, sonst hätte ich Ihnen von Anfang an versichert, dass ... aber nun fürchte ich, dass ich unter falschen Voraussetzungen hier bin. Die Angelegenheit, über die ich mit Ihnen sprechen muss, ist privat, so privat, dass Sie sich vielleicht weigern werden zu antworten. Aber sie ist für die IF tatsächlich von einiger Wichtigkeit. Ich verspreche Ihnen, dass wahrheitsgemäße Antworten Sie keinem persönlichen Risiko aussetzen werden.«

Elena nahm sich zusammen. Julian setzte sich wieder hin, und nun schauten sie Schwester Carlotta beinahe erfreut an. »Oh, fragen Sie, was Sie wollen«, sagte Julian. »Wir sind nur froh, dass – was immer Sie fragen wollen.«

»Wenn wir können, werden wir antworten.«

»Sie sagen, Sie haben einen Sohn. Das wirft die Möglichkeit auf, dass – es gibt Grund zu fragen, ob Sie vielleicht irgendwann ... wurde Ihr Sohn unter Umständen empfangen, die erlaubt hätten, dass man einen Klon seines befruchteten Eies herstellte?«

»O ja«, sagte Elena. »Das ist kein Geheimnis. Ein Problem mit einem Eileiter und eine Eileiterschwangerschaft im anderen haben es mir unmöglich gemacht, in utero zu empfangen. Wir wollten ein Kind, also haben sie mehrere meiner Eier genommen, sie mit dem Sperma meines Mannes befruchtet und dann die, die wir ausgewählt haben, geklont. Es gab vier, die wir geklont haben, sechs Kopien von jedem. Bisher haben wir nur eines implantiert. Er war so ein – so ein besonderer Junge, dass wir unsere Aufmerksamkeit nicht aufteilen wollten. Nun jedoch, da seine Erziehung uns aus den Händen genommen wurde, haben wir daran gedacht, ein weiteres Kind zu bekommen. Es wird Zeit.«

Sie streckte die Hand aus, griff nach Julians Hand und lächelte. Er lächelte zurück.

Was für ein Kontrast zu Volescu! Kaum zu glauben, dass sie gemeinsames genetisches Material hatten!

»Sie sprachen von sechs Kopien von jedem der vier befruchteten Eier«, sagte Schwester Carlotta.

»Sechs, einschließlich des Originals«, erläuterte Julian. »So haben wir die beste Chance, jedes der vier zu implantieren und eine volle Schwangerschaft lang auszutragen.«

»Insgesamt also vierundzwanzig befruchtete Eier. Und nur eines davon wurde implantiert?«

»Ja, wir hatten großes Glück, dass es schon beim ersten geklappt hat.«

»Dann blieben noch dreiundzwanzig.«

»Ja, genau.«

»Mr. Delphiki, werden all diese dreiundzwanzig befruchteten Eier weiterhin aufbewahrt und warten auf die Einpflanzung?«

»Selbstverständlich.«

Schwester Carlotta dachte einen Augenblick nach. »Wann haben Sie das zum letzten Mal überprüft?«

»Erst letzte Woche«, meinte Julian. »Als wir darüber gesprochen haben, ein weiteres Kind zu bekommen. Der Arzt hat uns versichert, dass mit den Eiern alles in Ordnung ist und sie jederzeit eingepflanzt werden können, wenn wir ihm ein paar Stunden vorher Bescheid geben.«

»Aber hat der Arzt die Eier auch wirklich überprüft?«

»Ich weiß es nicht«, sagte Julian.

Elena hatte sich ein wenig angespannt. »Was haben Sie gehört?«

»Nichts«, beschwichtigte Schwester Carlotta. »Ich suche nach dem Ursprung des genetischen Materials eines bestimmten Kindes. Ich muss mich einfach davon überzeugen, dass Ihre befruchteten Eier nicht die Quelle waren.«

»Aber selbstverständlich waren sie das nicht. Außer für unseren Sohn.«

»Bitte seien Sie nicht beunruhigt, aber ich würde gern den Namen des Arztes und der Einrichtung erfahren, wo die Eier aufbewahrt werden. Und dann würde ich mich sehr freuen, wenn Sie ihren Arzt anrufen und ihn bitten könnten, persönlich in diese Einrichtung zu gehen und darauf zu bestehen, dass sie ihm die Eier zeigen.«

»Man kann sie ohne Mikroskop nicht sehen«, sagte Julian.

»Er soll sich davon überzeugen, dass sie nicht angerührt wurden«, ergänzte Schwester Carlotta.

Beide waren wieder nervös geworden, besonders, da sie keine Ahnung hatten, um was es hier ging – und Schwester

Carlotta durfte es ihnen nicht sagen. Nachdem Julian ihr den Namen des Arztes und des Krankenhauses genannt hatte, ging sie auf die Veranda hinaus, schaute auf die segelgefleckte Ägäis hinab und benutzte ihr Telefon, um sich mit dem IF-Hauptquartier in Athen verbinden zu lassen.

Es würde vermutlich mehrere Stunden dauern, bis entweder ihr Anruf oder der von Julian eine Antwort erbrachte, also unternahmen sie, Julian und Elena heldenhafte Anstrengungen, so zu tun, als störe sie das nicht. Das Paar nahm Schwester Carlotta auf einen Spaziergang durch die Nachbarschaft mit, die Aussicht auf antike und moderne Gebäude bot, auf natürliches Grün, Wüste und Meer. Die trockene Luft war erfrischend, solange die Brise vom Meer nicht nachließ, und Schwester Carlotta hörte gerne zu, als Julian über seine Firma und Elena über ihre Arbeit als Lehrerin sprach. Jeder Gedanke daran, dass Julian durch Regierungskorruption aufgestiegen war, wurde unwichtig, als Schwester Carlotta erkannte, dass Julian vielleicht mit Hilfe seines Vaters an seinen Vertrag gekommen war, seine Arbeit aber ausgesprochen ernst nahm, während Elena ihre Aufgabe als Lehrerin regelrecht als Kreuzzug betrachtete. »Sobald ich begann, unseren Sohn zu unterrichten, wurde mir klar, wie bemerkenswert er war«, erzählte Elena. »Aber erst nach den Vortests für die Schule erfuhren wir, dass er Begabungen hatte, die ihn besonders für die IF geeignet machten.«

Schwester Carlotta war alarmiert. Sie hatte angenommen, der Sohn der Delphikis wäre erwachsen. Immerhin waren sie kein junges Paar mehr. »Wie alt ist ihr Sohn?«

»Er ist jetzt acht«, antwortete Julian. »Sie haben uns ein Bild geschickt. Ein richtiger kleiner Mann in seiner Uniform. Aber sie lassen nicht viele Briefe durch.«

Ihr Sohn war in der Kampfschule. Die beiden sahen aus, als wären sie um die vierzig, aber sie hatten vielleicht erst spät eine Familie gründen wollen und es dann eine Weile vergeblich versucht und eine Eileiterschwangerschaft hinter sich gebracht, bevor sie herausfanden, dass Elena nicht mehr empfangen konnte. Ihr Sohn war nur ein paar Jahre älter als Bean. Was bedeutete, dass Graff Beans genetischen Code mit dem des Delphiki-Jungen vergleichen und herausfinden konnte, ob sie vom selben geklonten Ei abstammten. Das würde ihnen die Möglichkeit geben, Bean, bei dem Antons Schlüssel benutzt worden war, mit einem Zwilling, dessen Gene unverändert geblieben waren, zu vergleichen.

Als sie näher darüber nachdachte, wurde ihr klar, dass selbstverständlich jeder echte Bruder, jede echte Schwester von Bean genau die Fähigkeiten haben würde, die die Aufmerksamkeit der IF weckten. Antons Schlüssel machte ein Kind allgemein hochintelligent; die besondere Mischung von Fähigkeiten, nach der die IF suchte, war davon nicht betroffen. Bean hätte in jedem Fall über diese Fähigkeiten verfügt; die Veränderung erlaubte ihm nur, zu ihrer Weiterentwicklung eine erheblich schärfere Intelligenz einzusetzen.

Falls Bean tatsächlich ihr Kind war. Aber bei dreiundzwanzig befruchteten Eiern und den dreiundzwanzig Kindern, die Volescu an dem »Sauberen Ort« produziert hatte – welchen anderen Schluss sollte sie ziehen?

Und schon bald kam die Antwort, erst erfuhr sie Schwester Carlotta, gleich darauf wurde sie auch den Delphikis mitgeteilt. Die IF-Ermittler waren zusammen mit dem Arzt zur Klinik gegangen, und zusammen hatten sie entdeckt, dass die Eier fehlten.

Das war ein schwerer Schlag für die Delphikis, und Schwester Carlotta wartete diskret draußen, während Elena und Julian ein wenig Zeit allein miteinander verbrachten. Aber kurz darauf baten sie sie wieder herein. »Wie viel dürfen Sie uns sagen?«, fragte Julian. »Sie sind hergekommen, weil Sie schon befürchteten, dass unsere Babys gestohlen worden waren. Sagen Sie mir, wurden sie geboren?«

Schwester Carlotta hätte sich gern hinter dem Schleier

militärischer Geheimhaltung versteckt, aber tatsächlich war kein militärisches Geheimnis gefährdet – es gab genügend Gerichtsakten über Volescus Verbrechen. Und dennoch ... wäre es nicht besser, wenn sie es nicht wüssten? »Julian, Elena, in einem Labor passieren Unfälle. Sie wären vielleicht ohnehin gestorben. Das kann man nicht sicher sagen. Wäre es nicht besser, das alles als schrecklichen Unfall zu betrachten? Warum dem Gewicht der Trauer noch etwas hinzufügen?«

Elena sah sie wütend an. »Sie *werden* es mir sagen, Schwester Carlotta, wenn Sie den Gott der Wahrheit lieben!«

»Die Eier wurden von einem Kriminellen gestohlen, der die Kinder illegal zur Welt bringen ließ. Als sein Verbrechen kurz vor der Entdeckung stand, hat er sie schmerzlos mit einem Beruhigungsmittel umgebracht. Sie haben nicht gelitten.«

»Wird dieser Mann vor Gericht gebracht?«

»Man hat ihn bereits zu lebenslangem Gefängnis verurteilt«, sagte Schwester Carlotta.

»Es ist schon geschehen?«, fragte Julian. »Wie lange ist es her, dass unsere Babys gestohlen wurden?«

»Mehr als sieben Jahre.«

»Oh!«, rief Elena. »Dann waren unsere Babys ... als sie starben ...«

»Sie waren nicht einmal ein Jahr alt.«

»Aber warum *unsere* Babys? Warum hat er gerade sie gestohlen? Wollte er sie an Adoptiveltern verkaufen? War er ...«

»Zählt das noch? Keiner seiner Pläne hat funktioniert«, unterbrach Schwester Carlotta. Womit Volescu experimentiert hatte, war tatsächlich ein Geheimnis.

»Wie lautet der Name des Mörders?«, wollte Julian wissen. Als er ihr Zögern bemerkte, hakte er nach. »Sein Name steht in den Gerichtsakten, oder nicht?«

»In den Gerichtsakten in Rotterdam. Er heißt Volescu.«

Julian reagierte, als hätte man ihn geschlagen, beherrschte sich aber sofort wieder. Elena fiel es nicht auf.

Er weiß von der Mätresse seines Vaters, dachte Schwester Carlotta. Er versteht nun, was Teil des Motivs gewesen sein muss. Die Kinder des ehelichen Sohns wurden von dem Bastard entführt, für Experimente benutzt und schließlich getötet – und der eheliche Sohn findet das erst sieben Jahre später heraus.

Welche Entbehrungen Volescu auch immer glaubte, durch ein Aufwachsen ohne Vater erlitten zu haben, er hatte Rache genommen.

Und für Julian bedeutete es auch, dass die Begierden seines Vaters zurückgekehrt waren, um ihm solchen Kummer zu bereiten, solchen Schmerz, ihm und seiner Frau. Die Sünden der Väter suchen die Kinder bis zur dritten und vierten Generation heim ...

Aber hieß es in der Heiligen Schrift nicht auch, die dritte und vierte Generation derer, die mich hassen? Julian und Elena hassten Gott nicht. Und ihre unschuldigen Kinder taten das ebenso wenig.

Es war genauso sinnlos wie Herodes' Gemetzel an den Kindern von Bethlehem. Der einzige Trost bestand darin, dass ein gütiger Gott die Seelen der getöteten Kinder an sein Herz gedrückt hatte und er schließlich auch den Herzen der Eltern Trost schenken würde.

»Bitte«, sagte Schwester Carlotta, »ich kann Ihnen nicht raten, nicht um diese Kinder zu trauern, die sie nie im Arm halten werden. Aber Sie können sich immer noch an dem Kind erfreuen, das Sie haben.«

»Eine Million Meilen entfernt!«, rief Elena.

»Ich nehme nicht an ... Sie wissen nicht zufällig, ob die Kampfschule ein Kind je zu Besuch nach Hause kommen lässt?«, fragte Julian. »Er heißt Nikolai Delphiki. Unter den Umständen ...«

»Es tut mir so Leid«, sagte Schwester Carlotta.

Sie an das Kind zu erinnern, das sie hatten, war keine so gute Idee gewesen, da dieses Kind tatsächlich so weit von ihnen entfernt war.

»Es tut mir Leid, dass ich Ihnen so schreckliche Nachrichten bringen musste.«

»Aber Sie haben erfahren, was Sie erfahren mussten«, sagte Julian.

»Ja«, erwiderte Schwester Carlotta.

Dann fiel Julian offenbar etwas ein, obwohl er es vor seiner Frau nicht aussprach. »Möchten Sie jetzt zum Flughafen zurück?«

»Ja, der Wagen wartet noch. Soldaten sind viel geduldiger als Taxifahrer.«

»Ich werde Sie zum Wagen bringen«, meinte Julian.

»Nein, Julian!«, rief Elena. »Lass mich nicht allein.«

»Nur für einen Augenblick, Liebste. Wir dürfen auch jetzt die Höflichkeit nicht vergessen.«

Er umarmte seine Frau einen Moment lang, dann führte er Schwester Carlotta zur Tür.

Als er sie zum Auto brachte, bekannte Julian, was ihm gerade klar geworden war. »Da der Bastard meines Vaters bereits im Gefängnis ist, sind Sie nicht wegen seines Verbrechens hergekommen.«

»Nein«, sagte sie.

»Eines unserer Kinder lebt noch«, vermutete er.

»Was ich Ihnen jetzt sage, sollte ich eigentlich nicht verraten, denn es steht mir nicht zu«, erklärte Schwester Carlotta. »Aber ich muss mich in erster Linie gegenüber Gott und nicht gegenüber der IF verantworten. Wenn die zweiundzwanzig Kinder, die durch Volescus Hand gestorben sind, Ihre waren, dann hat ein dreiundzwanzigstes vielleicht überlebt. Wir müssen allerdings noch genetische Tests durchführen.«

»Aber wir werden es nicht erfahren«, sagte Julian.

»*Noch* nicht«, entgegnete Schwester Carlotta. »Nicht so bald. Vielleicht niemals. Aber wenn es irgendwie in meiner Macht steht, wird der Tag kommen, an dem Sie Ihren zweiten Sohn kennen lernen.«

»Ist er ... kennen Sie ihn?«

»Wenn er Ihr Sohn ist«, sagte sie, »ja, dann kenne ich ihn. Er hat ein schweres Leben hinter sich, aber er hat ein gutes Herz, und er würde jeden Vater und jede Mutter stolz machen. Bitte fragen Sie nicht weiter. Ich habe schon zu viel verraten.«

»Kann ich es meiner Frau sagen?«, fragte Julian. »Was wäre schwerer für sie, es zu wissen oder es nicht zu wissen?«

»Frauen unterscheiden sich nicht so sehr von Männern. *Sie* haben es vorgezogen, es zu wissen.«

Julian nickte. »Ich weiß, dass Sie nur die Überbringerin der Nachrichten waren und nicht die Ursache unseres Verlusts. Aber wir werden uns an Ihren Besuch nicht gerne erinnern. Dennoch sollten Sie wissen, dass ich dankbar dafür bin, wie gütig Sie diesen schrecklichen Auftrag erledigt haben.«

Sie nickte. »Und Sie haben in einer schweren Stunde dennoch keinen Augenblick in Ihrer Freundlichkeit nachgelassen.«

Julian öffnete die Tür des Wagens. Sie setzte sich, schwang die Beine ins Innere. Aber bevor er die Tür schließen konnte, fiel ihr eine letzte, sehr wichtige Frage ein.

»Julian, ich weiß, dass Sie als Nächstes eine Tochter haben möchten. Trotzdem, wenn Sie einen weiteren Sohn hätten bekommen wollen, wie hätten Sie ihn genannt?«

»Unser Erstgeborener wurde nach meinem Vater Nikolai genannt«, antwortete er. »Elena wollte einen zweiten Sohn nach mir benennen.«

»Julian Delphiki«, sagte Schwester Carlotta. »Wenn es sich wirklich um ihren Sohn handelt, wird er sicher eines Tages stolz sein, den Namen seines Vaters zu tragen.«

»Welchen Namen benutzt er jetzt?«, fragte Julian.

»Das darf ich selbstverständlich nicht verraten.«

»Aber ... es ist doch sicher nicht Volescu?«

»Nein. Und was mich angeht, so wird er diesen Namen nie zu hören bekommen. Gott segne Sie, Julian Delphiki. Ich werde für Sie und für Ihre Frau beten.«

»Beten Sie auch für die Seelen unserer Kinder, Schwester.«
»Das habe ich bereits getan, und ich werde es weiter tun.«

Major Anderson sah den Jungen an, der ihm am Tisch gegenübersaß. »So wichtig ist die Sache wirklich nicht, Nikolai.«

»Ich dachte schon, ich würde vielleicht Ärger bekommen.«

»Nein, nein. Uns ist nur aufgefallen, dass du ein besonders guter Freund von Bean bist. Er hat nicht viele Freunde.«

»Es hat nicht gerade geholfen, dass Dimak ihm schon im Shuttle eine Zielscheibe aufgemalt hat. Und jetzt hat Ender das Gleiche getan. Ich nehme an, Bean kann damit leben, aber so schlau er auch ist, er verärgert viele der anderen Kinder.«

»Und dich nicht?«

»Oh, mich verärgert er auch.«

»Aber dennoch bist du sein Freund.«

»Ich hatte es nicht vor. Ich hatte in der Frischlings-Unterkunft das Bett gegenüber.«

»Du hast mit einem anderen getauscht, um dieses Bett zu bekommen.«

»Tatsächlich? Oh! Hm.«

»Und du hast es getan, bevor du wusstest, wie gescheit Bean ist.«

»Dimak hat uns schon im Shuttle gesagt, dass Bean die besten Ergebnisse von uns allen hatte.«

»Wolltest du deshalb in seiner Nähe sein?«

Nikolai zuckte mit den Achseln.

»Nein, es war Freundlichkeit«, sagte Major Anderson. »Vielleicht bin ich ein alter Zyniker, aber wenn ich etwas so Unerklärliches sehe, werde ich neugierig.«

»Er sieht auf den Fotos irgendwie aus wie ich, als ich noch kleiner war. Ist das nicht dumm? Als ich ihn sah, dachte ich: Er sieht aus wie der niedliche, kleine Baby-Nikolai. So hat mich meine Mutter immer genannt, wenn sie mir die

Baby-Bilder gezeigt hat. Ich habe sie nie wirklich als Bilder von *mir* betrachtet. Ich war der große Nikolai. Das da war der niedliche, kleine Baby-Nikolai. Ich habe so getan, als wäre der Junge auf den Fotos mein kleiner Bruder und wir hätten nur zufällig den gleichen Namen. Der große Nikolai und der niedliche, kleine Baby-Nikolai.«

»Ich sehe, dass du dich schämst, aber das brauchst du nicht. Was du getan hast, ist ein ganz natürliches Verhalten für ein Einzelkind.«

»Ich wollte einen Bruder.«

»Viele, die einen Bruder haben, wünschen sich, es wäre nicht so.«

»Aber der Bruder, den ich erfunden habe, ist prima mit mir ausgekommen.« Nikolai lachte über diese Absurdität.

»Und als du Bean gesehen hast, hat er dich an den Bruder erinnert, den du dir einmal vorgestellt hast.«

»Am Anfang. Jetzt weiß ich, wer er wirklich ist, und das ist noch besser. Es ist, als ... manchmal ist er der kleine Bruder, und ich kümmere mich um ihn, und manchmal ist er der große Bruder, und er kümmert sich um mich.«

»Zum Beispiel?«

»Was?«

»Ein so kleiner Junge – wie kann er auf dich aufpassen?«

»Er gibt mir Ratschläge. Hilft mir bei den Hausaufgaben. Wir trainieren manchmal zusammen. Er kann beinahe alles besser als ich. Ich bin nur größer, und ich denke, ich mag ihn mehr, als er mich mag.«

»Das stimmt vielleicht, Nikolai, aber soweit wir sagen können, mag er dich lieber als jeden anderen. Er hat nur ... bisher hat er vielleicht nicht die gleiche Begabung zur Freundschaft wie du. Ich hoffe, dass diese Fragen deine Gefühle für und dein Verhalten gegenüber Bean nicht verändern. Wir beauftragen Leute nicht, Freunde zu sein, aber ich hoffe, du bleibst Beans Freund.«

»Ich bin nicht sein Freund«, sagte Nikolai.

»Oh?«

»Ich hab's Ihnen doch gesagt. Ich bin sein Bruder.« Nikolai grinste. »Und wenn man erst mal einen Bruder hat, gibt man ihn nicht so leicht wieder auf.«

15
MUT

»Genetisch gesehen sind sie eineiige Zwillinge. Der einzige Unterschied ist Antons Schlüssel.«

»Also haben die Delphikis zwei Söhne.«

»Die Delphikis haben einen Sohn, Nikolai, der sich zur Zeit bei uns aufhält. Bean ist ein Waisenkind, das in Rotterdam auf der Straße gefunden wurde.«

»Weil er entführt wurde.«

»Die gesetzliche Lage ist klar. Befruchtete Eier sind Eigentum. Ich weiß, dass Sie diese Dinge aus religiösen Gründen anders betrachten, aber die IF ist an die Gesetze gebunden –«

»Die IF hält sich an die Gesetze, wenn sie ihren Zielen dienlich sind. Ich weiß, dass Sie vor einem Krieg stehen. Ich weiß, dass gewisse Dinge außerhalb ihrer Macht liegen. Aber dieser Krieg wird nicht ewig dauern. Ich bitte nur um eines: Machen Sie diese Information zum Teil einer Akte – zum Teil von vielen Akten. Damit die Beweise auch nach dem Krieg noch vorhanden sind. Damit die Wahrheit nicht länger verborgen bleibt.«

»Selbstverständlich.«

»Nein, nicht selbstverständlich. Sie wissen, sobald die Formics besiegt sind, hat die IF keine Existenzgrundlage mehr. Sie wird weiter existieren, um den internationalen Frieden aufrechtzuerhalten. Aber die Liga ist politisch nicht stark genug, um die nationalistischen Stürme zu überstehen, die sich danach entladen werden. Die IF wird zerbrechen, jeder Teil wird seinem eigenen Anführer folgen, und Gott helfe uns, wenn ein Teil der Flotte jemals die Waffen gegen die Erde richtet.«

»Sie haben zu viel Zeit mit dem Lesen der Apokalypse verbracht.«

»Ich bin vielleicht keines von den genialen Kindern in ihrer Schule, aber ich sehe, wie die Gezeiten der Meinungen hier auf der Erde wechseln. In den Netzen hetzt ein Demagoge, der sich Demosthenes nennt, den Westen wegen illegaler und geheimer Manöver des Polemarchen auf, die dem Neuen Warschauer Pakt einen Vorteil verschaffen, und die Propaganda aus Moskau, Bagdad, Buenos Aires und Peking ist sogar noch virulenter. Es gibt ein paar Stimmen der Vernunft wie diesen Locke, aber sie geben nur Lippenbekenntnisse ab und werden ignoriert. Sie und ich können nichts dagegen tun, dass es zum Weltkrieg kommen wird. Aber wir können uns nach Kräften bemühen, um zu verhindern, dass diese Kinder weiterhin Spielfiguren bleiben.«

»Die einzige Möglichkeit, keine Spielfigur zu sein, besteht darin, zum Spieler zu werden.«

»Sie haben sie aufgezogen. Sie fürchten sie doch wohl nicht. Geben Sie ihnen die Chance, zu spielen!«

»Schwester Carlotta, all meine Arbeit zielt auf eine letzte Schlacht gegen die Formics ab und darauf, diese Kinder zu brillanten, zuverlässigen Kommandanten zu machen. Darüber hinaus kann ich nichts tun.«

»Lassen Sie einfach nur die Tür für ihre Familien und für ihre Nationen offen, um sie heimzuholen.«

»Daran kann ich derzeit nicht denken.«

»Derzeit haben Sie wenigstens noch genug Macht, um *überhaupt* etwas zu unternehmen.«

»Sie überschätzen mich.«

»Ich glaube eher, Sie *unterschätzen* sich.«

Die Drachenarmee hatte erst einen Monat lang trainiert, als Wiggin nur wenige Sekunden nach dem Licht-an in die Unterkunft kam und mit einem Blatt Papier fuchtelte. Kampfbefehl. Sie würden um 0700 gegen die Kaninchenarmee antreten, und zwar auf nüchternen Magen.

»Ich will nicht, dass jemand in den Kampfraum kotzt.«

»Können wir wenigstens vorher pinkeln gehen?«, fragte Nikolai.

»Nicht mehr als einen Dekaliter«, antwortete Wiggin.

Alle lachten, obwohl sie nervös waren. Als neue Armee mit nur einer Hand voll Veteranen erwarteten sie nicht gerade, zu siegen, aber sie wollten sich auch nicht demütigen lassen.

Sie gingen auf unterschiedliche Weise mit dieser Nervosität um. Einige schwiegen, andere wurden geschwätzig. Einige witzelten und spotteten, andere wurden mürrisch. Einige lehnten sich einfach wieder im Bett zurück und schlossen die Augen.

Bean beobachtete sie. Er versuchte sich zu erinnern, ob die Kinder in Pokes Bande je so etwas getan hatten. Und dann begriff er: Sie hatten *Hunger* gehabt und nicht Angst davor, gedemütigt zu werden. Eine solche Angst kann man sich nur leisten, wenn man genug zu essen hat. Also waren es die Schläger, die sich so gefühlt hatten wie diese Kinder, die Angst vor Demütigung gehabt hatten, aber nicht vor dem Hunger.

Und richtig, die Schläger in der Schlange vor der Suppenküche hatten all diese Haltungen an den Tag gelegt. Sie hatten stets Theater gespielt, waren sich stets bewusst gewesen, dass andere sie beobachteten. Sie hatten befürchtet, kämpfen zu müssen, und waren gleichzeitig ganz versessen darauf gewesen.

Was empfinde ich?

Was stimmt mit mir nicht, dass ich jetzt darüber nachdenken muss?

Ach ... ich sitze einfach nur hier herum und beobachte. Ich bin einer von *denen.*

Bean holte seinen Blitzanzug heraus, aber dann wurde ihm klar, dass er besser zur Toilette gehen sollte, bevor er ihn anzog. Er sprang vom Bett, nahm sein Handtuch vom Haken und wickelte sich darin ein. Einen Augenblick lang erinnerte er sich wieder an die Nacht, als er sein Handtuch unter ein Bett geworfen hatte und ins Belüftungssystem gekrochen war. Dort würde er jetzt nicht mehr hineinpassen. Zu muskulös, zu groß. Er war immer noch der Kleinste in der Kampfschule, und er bezweifelte, dass sonst jemand bemerken würde, dass er gewachsen war, aber er war sich bewusst, dass seine Arme und Beine länger geworden waren. Er konnte alles leicher erreichen. Er musste nicht mehr so oft hochspringen, um ganz normale Sachen zu machen, wie die Handfläche auf eine Scannerplatte zu drücken.

Ich habe mich verändert, dachte Bean. Mein Körper, aber auch meine Art zu denken.

Nikolai lag immer noch im Bett, das Kissen über dem Kopf. Jeder hatte seine eigene Art, mit der Nachricht umzugehen.

Alle Kinder im Waschraum benutzten die Toiletten oder tranken einen Schluck Wasser, aber Bean war der Einzige, der es für eine gute Idee hielt, zu duschen. Sie hatten ihn manchmal geneckt und gefragt, ob das Wasser überhaupt noch warm war, bis es ganz unten bei ihm ankam, aber der Witz hatte inzwischen einen Bart. Bean sehnte sich nach dem Dampf. Der Nebel rings umher, die angelaufenen Spiegel, dadurch war alles verborgen, sodass er jeder hätte sein können, irgendwer, von jeder Größe.

Eines Tages werden mich alle sehen, wie ich mich selbst sehe. Größer als sie alle. Kopf und Schultern, die über alle hinausragen, weiter blicken, weiter reichen und Lasten tragen, von denen sie nur träumen können. In Rotterdam habe ich mich lediglich fürs Überleben interessiert. Aber hier, wo ich gut zu essen habe, habe ich herausgefunden, wer ich bin. Was ich sein könnte.

Sie halten mich vielleicht für einen Außerirdischen oder Roboter oder so etwas, nur weil ich genetisch anders bin. Aber wenn ich die großen Taten meines Lebens vollbracht habe, werden sie stolz sein, dass ich ihr Mitmensch bin, und wütend werden, wenn jemand bezweifelt, dass ich wirklich zu ihnen gehöre.

Ich werde größer sein als Wiggin.

Er schob den Gedanken beiseite oder versuchte es zumindest. Das hier war kein Wettbewerb. Es gab Raum für zwei große Männer gleichzeitig auf der Welt. Lee und Grant waren Zeitgenossen, hatten gegeneinander gekämpft. Bismarck und Disraeli. Napoleon und Wellington.

Nein, das ist kein Vergleich. Sie würden wie *Lincoln* und Grant sein. Zwei große Männer, die zusammenarbeiten.

Dennoch, es war entmutigend, wie selten das geschehen war. Napoleon konnte es nicht ertragen, wenn einer seiner Untergebenen echte Autorität besaß. Alle Siege mussten einzig ihm zu verdanken sein. Wer war der große Mann neben Augustus? Neben Alexander? Sie hatten Freunde und Rivalen gehabt, aber niemals Partner.

Deshalb hält Wiggin mich zurück, obwohl er inzwischen aus den Berichten, die sie den Kommandanten geben, wissen muss, dass ich einen schärferen Verstand besitze als alle anderen in der Drachenarmee. Weil ich ein zu offensichtlicher Rivale bin. Weil ich schon am ersten Tag klar gemacht habe, dass ich aufsteigen will, und so lässt er mich wissen, dass das in seiner Armee nicht passieren wird.

Jemand kam in den Waschraum.

Bean konnte wegen des Nebels nicht sehen, wer es war. Niemand grüßte ihn. Alle anderen waren hier jetzt fertig und schon wieder in der Unterkunft, um sich auf den Kampf vorzubereiten.

Der andere ging durch den Nebel an der Öffnung von Beans Duschkabine vorbei. Es war Wiggin.

Bean stand einfach nur da, mit Seife überzogen. Er fühlte sich wie ein Idiot. Er war so in Gedanken versunken gewesen, dass er vergessen hatte sich abzuduschen und einfach im Dampf stehen geblieben war. Eilig stellte er sich wieder unter das Wasser.

»Bean?«

»Sir?« Bean wandte sich ihm zu. Wiggin stand am Eingang der Duschkabine.

»Ich dachte, ich hätte allen befohlen, in die Sporthalle zu gehen.«

Bean erinnerte sich. Die Szene spielte sich noch einmal vor seinem geistigen Auge ab. Ja, Wiggin hatte tatsächlich allen befohlen, ihre Blitzanzüge in die Sporthalle zu bringen.

»Es tut mir Leid. Ich ... hab an etwas anderes gedacht.«

»Jeder ist vor dem ersten Kampf nervös.« Bean hasste es, dass ausgerechnet Wiggin ihn bei etwas Dummem ertappt hatte. Sich nicht an einen Befehl zu erinnern – Bean erinnerte sich an *alles*. Es war ihm bloß nicht aufgefallen. Und nun behandelte Wiggin ihn gönnerhaft. Jeder ist nervös!

»*Du* nicht«, sagte Bean.

Wiggin war bereits auf dem Weg nach draußen. Er kam zurück. »Ach nein?«

»Bonzo Madrid hat dir befohlen, deine Waffe nicht zu ziehen. Du solltest einfach nur dort hängen bleiben wie ein Dummy. Das hat dich doch bestimmt nicht nervös gemacht.«

»Nein«, sagte Wiggin. »Ich war stinksauer.«

»Besser als nervös.«

Wiggin drehte sich um und wollte gehen, aber dann kam er noch einmal zurück. »Bist *du* sauer?«

»Ich hab mich inzwischen wieder abgeregt«, sagte Bean.

Wiggins lachte. Dann verschwand sein Lächeln. »Du bist spät dran, Bean, und duschst immer noch. Ich habe deinen Blitzanzug schon in die Sporthalle gebracht. Jetzt brauchen wir dort nur noch deinen Arsch.« Er nahm Beans Handtuch vom Haken. »Das hier wird auch unten auf dich warten. Und jetzt beweg dich.«

Wiggin ging.

Wütend drehte Bean das Wasser ab. Das war vollkommen unnötig, und Wiggin wusste es. Nackt und nass den Flur entlangrennen zu müssen, wenn andere Armeen vom

Frühstück zurückkehrten. Es war ein Schlag unter die Gürtellinie, und es war dumm.

Er nutzt jede Chance, um mich zu erniedrigen.

Bean, du Idiot, du stehst immer noch hier. Du hättest zur Sporthalle rennen und vor ihm da sein können. Stattdessen bist du dir selbst im Weg. Und warum? Das ist doch alles sinnlos. Nichts davon wird dir helfen. Du willst, dass er dich zum Zugführer macht und dich nicht verachtet. Also warum machst du dauernd irgendwas, was dich dumm aussehen lässt, jung und verängstigt und unzuverlässig? Und du stehst immer noch hier und frierst.

Ich bin ein Feigling. Der Gedanke zuckte Bean ganz plötzlich durch den Kopf und erfüllte ihn mit Entsetzen. Aber er wollte nicht mehr verschwinden.

Ich bin einer von diesen Typen, die vollkommen erstarren oder irrationale Dinge tun, wenn sie Angst haben. Die die Beherrschung verlieren und aufhören zu denken.

Aber in Rotterdam ist das nicht passiert. Wenn es dort passiert wäre, hätte es mich erwischt.

Oder vielleicht ist es doch geschehen. Vielleicht habe ich deshalb keinen Ton herausgebracht, als ich Poke und Achilles allein am Kai sah. Er hätte sie nicht getötet, wenn ich da gewesen wäre, um zu bezeugen, was passierte. Stattdessen bin ich davongelaufen, bis mir klar wurde, in welcher Gefahr sie war. Aber warum habe ich es nicht gleich erkannt? Ganz einfach: Ich *habe* es gleich erkannt, so deutlich, wie ich Wiggin gehört habe, als er uns befahl, die Sporthalle aufzusuchen. Ich habe es erkannt und vollkommen verstanden, aber ich war zu feige, um zu handeln. Hatte zu große Angst, dass etwas schief gehen könnte.

Und vielleicht ist das Gleiche auch geschehen, als Achilles am Boden lag und ich Poke sagte, sie solle ihn töten. Ich hatte Unrecht, und sie hatte Recht. *Jeder* Schläger, den sie umgeworfen hätte, hätte es ihr wahrscheinlich übel genommen – und die meisten hätten sicher sofort gehandelt und sie getötet, sobald sie sie hätte aufstehen lassen. Achilles war vielleicht der Einzige, der bereit war, der Vereinbarung zuzustimmen. Es gab keine andere Wahl. Aber ich hatte Angst. Bring ihn um, habe ich gesagt, weil ich am liebsten alles ungeschehen machen wollte.

Und ich stehe immer noch hier. Das Wasser ist abgeschaltet. Ich bin triefnass und friere. Aber ich kann mich nicht bewegen.

Nikolai stand in der Tür zum Waschraum. »Das ist ja wirklich schlimm mit deinem Durchfall.«

»Was?«

»Ich habe Ender gesagt, dass du die ganze Nacht Durchfall hattest. Deshalb musstest du ins Bad. Dir war schlecht, aber du wolltest es nicht sagen, um nicht deinen ersten Kampf zu verpassen.«

»Ich hab solche Angst, dass ich nicht mal aufs Klo könnte, wenn ich wollte«, bekannte Bean.

»Er hat mir dein Handtuch gegeben. Er sagte, es sei dumm von ihm gewesen, es zu nehmen.« Nikolai kam herein und reichte es Bean. »Er sagte, er brauche dich beim Kampf, also ist er froh, wenn du es schaffst.«

»Er braucht mich nicht. Er will mich nicht mal.«

»Komm schon, Bean«, sagte Nikolai. »Du schaffst das schon.«

Bean trocknete sich ab. Es fühlte sich gut an, sich zu bewegen. Etwas zu tun.

»Ich glaube, du bist jetzt trocken genug«, stellte Nikolai fest.

Bean erkannte, dass er sich immer noch abtrocknete, wieder und wieder.

»Nikolai, was ist los mit mir?«

»Du hast Angst, es könnte sich herausstellen, dass du nur ein kleines Kind bist. Aber ich geb dir mal einen Hinweis: Du *bist* ein kleines Kind.«

»Du auch.«

»Also ist es in Ordnung, ein schlechter Soldat zu sein. Sagst du mir das nicht dauernd?« Nikolai lachte. »Komm schon, wenn ich es schaffe, so schlecht wie ich bin, dann schaffst du es auch.«

»Nikolai«, murmelte Bean.

»Was ist denn jetzt schon wieder?«

»Ich hab ein Problem. Jetzt muss ich wirklich aufs Klo.«

»Ich hoffe nur, du erwartest nicht von mir, dass ich dir den Hintern abwische.«

»Wenn ich in drei Minuten nicht zurück bin, holst du mich raus.«

Frierend und schwitzend – eine Kombination, die er nicht für möglich gehalten hätte –, ging Bean in die Toilettenkabine und schloss die Tür. Die Schmerzen in seinem Bauch waren heftig. Aber es gelang ihm nicht, seine Gedärme zu entspannen.

Wovor habe ich *solche* Angst?

Schließlich triumphierte sein Ausscheidungssystem über sein Nervensystem. Es fühlte sich an, als fiele alles, was er je gegessen hatte, aus ihm heraus.

»Die Zeit ist um«, sagte Nikolai. »Ich komme rein.«

»Nicht, wenn dir dein Leben lieb ist«, rief Bean. »Ich bin fertig, ich komme raus.«

Entleert, sauber und gedemütigt vor seinem einzigen Freund, verließ Bean die Kabine und wickelte das Handtuch um sich.

»Danke, dass du mich davor bewahrt hast, ein Lügner zu sein«, sagte Nikolai.

»Was?«

»Was deinen Durchfall angeht.«

»Für dich würde ich sogar die Ruhr kriegen.«

»Das ist wahre Freundschaft.«

Als sie die Sporthalle erreichten, trugen alle schon ihre Blitzanzüge und waren bereit, aufzubrechen. Während Nikolai Bean in seinen Anzug half, ließ Wiggin die anderen sich auf die Matten legen und Entspannungsübungen machen. Selbst Bean hatte noch Zeit, sich ein paar Minuten hinzulegen, bevor Wiggin sie wieder aufstehen ließ.

0656. Vier Minuten, um in den Kampfraum zu kommen. Er hatte es sehr knapp bemessen.

Als sie den Flur entlangrannten, sprang Wiggin hin und wieder hoch und berührte die Decke. Hinter ihm sprang die ganze Armee hoch und berührte die gleiche Stelle, wenn sie sie erreichten. Selbst die Kleineren. Bean, dessen Herz immer noch vor Demütigung, Ablehnung und Angst brannte, versuchte es nicht einmal. So etwas tat man, wenn man zur Gruppe gehörte. Und er gehörte nicht dazu. Nach all seiner Brillanz im Unterricht war die Wahrheit jetzt ans Licht gekommen: Er war ein Feigling. Er gehörte gar nicht ins Militär. Wenn er schon vor einem Spiel so zitterte, was wäre er dann in einem wirklichen Kampf wert? Echte Generäle stellten sich dem feindlichen Feuer. Sie mussten furchtlos sein, ein Vorbild an Mut für ihre Männer.

Ich erstarre, dusche eine Ewigkeit und scheide dann die Rationen einer ganzen Woche aus. Was, wenn sie sich *das* zum Vorbild nehmen?

Am Tor hatte Wiggin Zeit, sie zu Zügen aufzustellen und sie zu erinnern: »Wo ist das feindliche Tor?«

»Unten!«, riefen sie alle.

Bean flüsterte das Wort nur. Unten. Unten, unten, unten.

Wie wird man einen Angstanfall los?

Was fällt dir ein, überhaupt erst einen zu bekommen, du Narr!

Die graue Wand vor ihnen verschwand, und sie konnten in den Kampfraum schauen. Er war trübe beleuchtet – nicht dunkel, aber so schwach erhellt, dass sie das feindliche Tor nur dank des Lichts der Blitzanzüge der Kaninchenarmee sehen konnten, die hindurchstürzte.

Wiggin hatte es nicht eilig, durch das Tor zu kommen. Er stand da und betrachtete den Raum, der weit und offen war, mit acht »Sternen« – großen Würfeln, die als Hindernisse, Deckung und Bereitstellungsraum dienten, recht zufällig im Raum verteilt.

Wiggins erster Auftrag ging an den C-Zug. Das war der

Zug von Crazy Tom. Der Zug, zu dem Bean gehörte. Der Befehl wurde im Flüsterton weitergegeben. »Ender sagt, die Wand runterrutschen.« Und dann: »Tom sagt, blitzt eure Beine und rutscht auf den Knien rein. Südwand.«

Lautlos schwangen sie sich in den Raum, benutzten die Handgriffe, um sich über die Decke zur Ostwand zu bewegen. »Sie nehmen ihre Kampfformation ein. Wir wollen sie nur ein wenig durcheinander bringen, sie nervös machen, weil sie nicht wissen, was sie mit uns anfangen sollen. Also schießen wir und suchen dann Deckung hinter dem Stern. Bleibt nicht in der Mitte hängen. Und *zielt* gefälligst. Jeder Schuss muss sitzen.«

Bean tat alles völlig mechanisch. Es war ihm inzwischen zur Gewohnheit geworden, die Position einzunehmen, die eigenen Beine zu blitzen und sich dann mit dem Körper in die richtige Richtung abzustoßen. Sie hatten es hunderte von Malen geübt. Er machte es genau richtig, ebenso wie die anderen sieben Soldaten des Zugs. Niemand sah sich um, ob jemand versagt hatte. Bean war genau dort, wo sie ihn erwarteten, und tat seine Arbeit.

Sie rutschten mühelos an der Wand entlang, immer in der Nähe eines Handgriffs. Ihre eingefrorenen Beine waren dunkel und blockierten das Licht ihrer restlichen Blitzanzüge, bis sie dem Ziel ganz nahe waren. Wiggin sorgte am Tor für etwas Aufruhr, um die Kaninchenarmee abzulenken, sodass der Überraschungseffekt größer wurde. Als sie näherkamen, sagte Crazy Tom: »Teilt euch auf und prallt dann zum Stern zurück – immer einer nach Norden, einer nach Süden.«

Es war ein Manöver, das Crazy Tom schon häufiger mit seinem Zug geübt hatte. Und jetzt war genau der richtige Zeitpunkt dafür. Es würde den Feind noch mehr verwirren, auf zwei Gruppen schießen zu müssen, die sich in unterschiedliche Richtungen bewegten.

Sie zogen sich an den Handgriffen hoch. Selbstverständlich schwangen sie sich nun gegen die Wand, und plötzlich waren die Lichter ihrer Blitzanzüge gut sichtbar. Jemand in der Kaninchenarmee sah sie und gab Alarm.

Aber sie bewegten sich bereits, der halbe Zug diagonal nach Süden, die andere Hälfte nach Norden und alle nach unten zum Boden gewandt.

Bean begann zu schießen, der Feind erwiderte das Feuer. Er hörte das tiefe Heulen, das ihm anzeigte, dass jemand seinen Anzug im Visier hatte, aber er drehte sich träge und so weit vom Feind entfernt, dass keiner der Strahlen lange genug die gleiche Stelle traf, um ihm Schaden zuzufügen. Währenddessen stellte er fest, dass er selbst hervorragend zielte und sein Arm kein bisschen zitterte. Er hatte das oft geübt und konnte es gut. Ein sauberer Schuss, nicht nur auf einen Arm oder ein Bein.

Er hatte eine Sekunde Zeit, bevor er gegen die Wand prallte und sich weiter zum Stern bewegte. Er traf noch einen Feind, bevor er den Stern erreichte, dann packte er einen Handgriff und sagte: »Bean hier.«

»Drei verloren«, verkündete Crazy Tom. »Aber ihre Formation ist im Eimer.«

»Was jetzt?«, fragte Dag.

Sie konnten dem Gebrüll entnehmen, dass die Hauptschlacht begonnen hatte.

Bean dachte noch einmal darüber nach, was er gesehen hatte, als er sich dem Stern näherte.

»Sie haben ein Dutzend Leute zu diesem Stern geschickt, um uns zu erledigen«, sagte er. »Sie kommen um die Ost- und die Westseite.«

Sie starrten ihn alle an, als hätte er den Verstand verloren. Woher konnte er das wissen?

»Wir haben noch etwa eine Sekunde«, sagte Bean.

»Alle nach Süden«, rief Crazy Tom.

Sie schwangen sich hinauf zur Südseite des Sterns. Auf dieser Seite waren keine Kaninchen, aber Crazy Tom führte sie sofort weiter zur Westseite. Und tatsächlich, dort waren die Kaninchen, überrascht bei ihrem Angriff auf das, was sie so eindeutig für die »Rückseite« des Sterns hielten, oder, wie die Drachenarmee zu denken gelernt hatte, des Bodens. Deshalb kam es den Kaninchen so vor, als würden sie von unten her angegriffen, aus der Richtung, aus der sie es am wenigsten erwarteten. Einen Augenblick später waren die sechs Kaninchen auf dieser Seite eingefroren und trieben unter dem Stern.

Die andere Hälfte des Stoßtrupps würde das sehen und wissen, was passiert war.

»Nach oben«, sagte Crazy Tom.

Für den Feind wäre das die Vorderseite des Sterns – die Stelle, die am ehesten dem Feuer der Hauptformation ausgesetzt war. Die letzte Stelle, an der sie Toms Zug erwarteten.

Und sobald sie dort waren, ließ Crazy Tom sie nicht weiter den Stoßtrupp angreifen, der auf sie zukam, sondern auf die Hauptformation der Kaninchen schießen oder auf das, was davon noch übrig war – überwiegend unorganisierte Gruppen, die sich hinter Sternen verbargen und auf Drachen feuerten, die aus mehreren Richtungen auf sie zukamen. Die fünf Verbliebenen vom C-Zug hatten jeder genug Zeit, mindestens zwei Kaninchen zu treffen, bevor der Stoßtrupp sie wiederfand.

Ohne auf Befehle zu warten, stieß sich Bean sofort von der Oberfläche des Sterns ab, sodass er nach unten auf den Stoßtrupp schießen konnte.

Aus solcher Nähe gelang es ihm, vier Treffer zu platzieren, bevor das Heulen abrupt aufhörte und sein Anzug vollkommen starr und dunkel wurde. Der Kaninchensoldat, der ihn erwischt hatte, gehörte nicht dem Stoßtrupp an – es war einer von der Hauptstreitmacht über ihm. Und zu Beans Zufriedenheit war nun zu erkennen, dass wegen seiner Schüsse nur ein einziger Soldat aus dem C-Zug von dem Stoßtrupp getroffen worden war, den man gegen sie ausgeschickt hatte. Dann brachte seine Drehung das Geschehen außer Sichtweite.

Es spielte jetzt keine Rolle mehr. Für ihn war der Kampf vorbei. Aber er hatte sich gut geschlagen. Sieben Treffer, deren er sich sicher sein konnte, vielleicht sogar mehr. Und er hatte noch Weiteres geleistet. Er hatte die Informationen geliefert, die Crazy Tom brauchte, um eine gute taktische Entscheidung zu treffen, und er hatte mit den Aktionen begonnen, die dafür sorgten, dass der Kaninchen-Stoßtrupp nicht zu viele Opfer gefunden hatte. Als Ergebnis war der C-Zug immer noch in der Lage gewesen, den Feind von hinten anzugreifen. Sie hatten die Kaninchen innerhalb von Augenblicken erledigt. Und Bean hatte dabei mitgeholfen.

Ich bin nicht erstarrt, als der Kampf begann. Ich habe getan, wozu ich ausgebildet wurde, bin wach geblieben und habe Ideen gehabt. Ich könnte wahrscheinlich noch viel besser sein, mich schneller bewegen und mehr sehen. Aber für den ersten Kampf habe ich mich gut geschlagen. Ich kann es schaffen.

Weil der C-Zug so wichtig für den Sieg gewesen war, befahl Wiggin den anderen vier Zugführern, ihre Helme auf die Ecken des feindlichen Tores zu drücken, und überließ Crazy Tom die Ehre, durch das Tor zu gehen, was das Spiel der Form nach beendete und die Lichter einschaltete.

Major Anderson persönlich kam herein, um dem Kommandanten der Siegerarmee zu gratulieren und die Aufräumarbeiten zu überwachen. Wiggin taute seine Leute schnell auf.

Bean war erleichtert, als sein Anzug sich wieder bewegen ließ. Mit seinem Haken brachte Wiggin sie alle zusammen und sorgte dafür, dass sie sich erneut zu fünf Zügen formierten, bevor er begann, die Kaninchenarmee aufzutauen. Sie standen in Habachtstellung in der Luft, mit den Füßen nach unten, die Köpfe hoch erhoben – und als die Kaninchenleute auftauten, orientierten sie sich nach und nach in die gleiche Richtung. Sie wussten es nicht, aber für die

Drachensoldaten wurde der Sieg erst in diesem Augenblick vollkommen – denn der Feind orientierte sich nun so, als wäre sein Tor unten.

Bean und Nikolai frühstückten bereits, als Crazy Tom an ihren Tisch kam. »Ender sagt, wir haben bis 0745 Zeit zum Frühstücken. Und er lässt uns rechtzeitig nach dem Training gehen, damit wir duschen können.«

Das waren gute Nachrichten. Jetzt konnten sie langsamer essen.

Nicht, dass es Bean etwas bedeutete. Auf seinem Tablett war nur wenig, und er aß es sofort auf. Kurz nachdem er in die Drachenarmee gekommen war, hatte Crazy Tom ihn dabei erwischt, wie er Essen weggab. Bean hatte erklärt, dass sie ihm immer zu viel gaben, und Tom ging mit der Angelegenheit zu Ender, und Ender brachte die Ernährungsspezialisten dazu, mit der Überfütterung von Bean aufzuhören. Heute war das erste Mal, dass er sogar mehr genommen hätte, und auch das nur, weil ihn der Kampf so erschöpft hatte.

»Schlau«, sagte Nikolai.

»Was?«

»Ender sagt uns, wir haben fünfzehn Minuten zum Frühstücken, was sich zu wenig anfühlt, und das passt uns nicht. Dann schickt er gleich die Zugführer hinterher, die uns ausrichten, dass wir Zeit haben bis 0745. Das sind nur zehn Minuten mehr, aber jetzt fühlt es sich an wie eine Ewigkeit. Und eine Dusche – wir hätten eigentlich direkt nach dem Kampf duschen sollen. Aber jetzt sind wir dankbar.«

»*Und* er hat den Zugführern Gelegenheit gegeben, die guten Nachrichten zu überbringen«, fügte Bean hinzu.

»Ist das wichtig?«, fragte Nikolai. »Wir wissen schließlich, dass es Enders Entscheidung war.«

»Die meisten Kommandanten achten darauf, dass alle guten Nachrichten von ihnen selbst kommen«, sagte Bean.

»Und die schlechten Nachrichten lassen sie von den Zugführern überbringen. Aber Wiggins gesamte Technik beruht darauf, seine Zugführer aufzubauen. Crazy Tom ist mit nichts weiter als seiner Ausbildung, seinem Hirn und einem einzigen Befehl da reingegangen – sich als Erster von der Wand abzustoßen und hinter den Feind zu gelangen. Der Rest war ihm überlassen.«

»Ja, aber wenn seine Zugführer es verderben, sieht es in Enders Akte schlecht aus«, wandte Nikolai ein.

Bean schüttelte den Kopf. »Der Punkt ist, dass Wiggin bei seinem allerersten Kampf seine Streitmacht mit dem Ziel einer größeren taktischen Wirkung aufgeteilt hat, und der C-Zug hat auch weiterhin angegriffen, selbst nachdem wir unsere ursprüngliche Aufgabe erledigt hatten, weil Crazy Tom wirklich den Befehl über uns hatte. Wir sind nicht einfach sitzen geblieben und haben uns gefragt, was Wiggin wohl von uns erwarten würde.«

Jetzt verstand Nikolai und nickte. »Bacana. Das stimmt.«

»Ja«, sagte Bean. Inzwischen hörten auch alle anderen am Tisch zu. »Und das liegt daran, dass Wiggin nicht nur an die Kampfschule und die Rangliste und all diese merda denkt. Er schaut sich Vids der Zweiten Invasion an, wusstet ihr das? Er denkt darüber nach, wie er die *Schaben* schlagen kann. Und er weiß, dass man das schafft, indem man so viele Kommandanten wie möglich darauf vorbereitet, gegen sie zu kämpfen. Wiggin will nicht, dass er am Ende der einzige Offizier ist, der imstande ist, gegen die Schaben zu kämpfen. Er will, dass er selbst *und* jeder Zugführer *und* jeder Stellvertreter *und* wenn möglich jeder Einzelne seiner Soldaten bereit ist, eine Flotte gegen die Schaben zu führen, wenn es denn sein muss.«

Bean wusste, dass er Wiggin in seiner Begeisterung wahrscheinlich mehr zuschrieb, als er verdient hatte, aber er war immer noch hingerissen vom Sieg. Und außerdem stimmte, was er sagte – Wiggin war kein Napoleon, der die Zügel so fest hielt, dass keiner seiner Kommandanten fähig war, einen eigenen brillanten Feldzug zu führen. Crazy Tom hatte sich unter Druck gut geschlagen. Er hatte die richtigen Entscheidungen getroffen – darunter die Entscheidung, seinem kleinsten, am nutzlosesten aussehenden Soldaten zuzuhören. Und Crazy Tom hatte das getan, weil Wiggin ihm ein Beispiel gegeben hatte, indem er den Zugführern zuhörte. Lernen, Analysieren, Entscheiden, Handeln.

Als sie nach dem Frühstück zum Training unterwegs waren, fragte Nikolai ihn: »Warum nennst du ihn Wiggin?«

»Weil wir keine Freunde sind«, sagte Bean.

»Ah, es heißt also Mr. Wiggin und Mr. Bean?«

»Nein. Bean ist mein Vorname.«

»Oh. Dann heißt es also Mr. Wiggin und Wer-zum-Teufel-bist-du-eigentlich?«

»Genau.«

Alle erwarteten, dass ihnen wenigstens eine Woche blieb, um herumzustolzieren und mit ihrem perfekten Sieg-Niederlagen-Verhältnis anzugeben. Stattdessen erschien am nächsten Morgen um 0630 Wiggin mit einem neuen Kampfbefehl in der Unterkunft. »Herrschaften, ich hoffe, ihr habt gestern etwas gelernt, weil wir es heute wieder tun müssen.«

Alle waren überrascht, und einige wurden wütend – das war nicht fair, sie waren nicht bereit. Wiggin reichte den Befehl einfach an Fly Molo weiter, der gerade auf dem Weg zum Frühstück gewesen war. »Blitzanzüge!«, rief Fly, der es eindeutig für cool hielt, in der ersten Armee zu sein, die zwei Kämpfe hintereinander hatte.

Aber Hot Soup, der Anführer des D-Zugs, war anderer Ansicht. »Warum hast du uns das nicht früher gesagt?«

»Ich fand, dass euch die Dusche nicht schaden kann«, antwortete Wiggin. »Die Kaninchenarmee hat sich gestern beschwert, dass wir nur gesiegt haben, weil der Gestank sie umgeworfen hat.«

Alle in Hörweite lachten. Aber Bean konnte nicht darüber

lachen. Er wusste, dass das Papier mit dem Befehl nicht gleich dagelegen hatte, als Wiggin aufwachte. Die Lehrer hatten es erst später unter der Tür durchgeschoben. »Du hast das Blatt doch erst gefunden, als du aus der Dusche zurückgekommen bist, oder?«

Wiggin starrte ihn an. »Selbstverständlich. Ich bin nicht so dicht am Boden wie du.«

Die Verachtung in Wiggins Stimme traf Bean wie ein Schlag. Erst jetzt wurde ihm klar, dass Ender seine Frage als Kritik aufgefasst hatte – er glaubte, Bean wolle ihm Unaufmerksamkeit vorwerfen. Also gab es jetzt einen weiteren Eintrag gegen Bean in Wiggins geistigem Dossier. Bean durfte sich davon jedoch nicht stören lassen. Es war nicht so, als hätte Wiggin ihn einen Feigling genannt. Vielleicht hatte Crazy Tom ihm ja erzählt, wie Bean am Vortag zum Sieg beigetragen hatte, vielleicht auch nicht. Es würde nicht ändern, was Wiggin mit eigenen Augen gesehen hatte – die Drückebergerei in der Dusche. Und nun warf ihm Bean scheinbar vor, dass er sie alle eilig in den zweiten Kampf treiben musste. Vielleicht machen sie mich ja an meinem dreißigsten Geburtstag zum Zugführer. Aber auch das wohl erst, wenn alle anderen bei einem Schiffsunglück abgesoffen sind.

Wiggin redete selbstverständlich immer noch und erklärte, dass sie jederzeit auf Kämpfe gefasst sein sollten, da die alten Regeln offensichtlich nicht mehr galten. »Ich kann nicht gerade behaupten, dass mir gefällt, wie sie uns hier verarschen, aber eins finde ich gut – dass ich eine Armee habe, die damit zurechtkommt.«

Als er seinen Blitzanzug anzog, dachte Bean an die Konsequenzen dessen, was die Lehrer da machten. Sie trieben Wiggin immer mehr an und machten es schwerer für ihn. Und das war erst der Anfang. Nur die ersten paar Tröpfchen eines Rotzunwetters.

Warum? Nicht weil Wiggin so gut war, dass er die Herausforderung brauchte. Im Gegenteil – Wiggin bildete seine

Armee hervorragend aus, und es wäre nur ein Vorteil für die Kampfschule, ihm so viel Zeit wie möglich zu lassen. Also musste es um etwas außerhalb der Kampfschule gehen. Und da gab es eigentlich nur eine Möglichkeit: Die Schaben kamen näher. Sie waren nur noch wenige Jahre entfernt. Die Lehrer mussten Wiggin durch die Ausbildung treiben.

Wiggin. Nicht uns alle, nur Wiggin. Wenn es um alle ginge, wäre der Zeitplan von *allen* so beschleunigt. Nicht nur der der Drachenarmee.

Also ist es schon zu spät für mich. Sie haben Wiggin ausgewählt, haben ihre Hoffnung auf ihn gesetzt; ob ich nun einen Zug bekomme oder nicht, zählt nicht. Es zählt nur, ob Wiggin bereit sein wird.

Wenn Wiggin Erfolg hat, wird es für mich immer noch Möglichkeiten geben, Großes zu leisen. Die Liga wird zerfallen. Es wird Krieg unter den Menschen geben. Entweder wird mich die IF einsetzen, um den Frieden aufrechtzuerhalten, oder ich kann in eine Armee auf der Erde eintreten. Ich habe noch reichlich viel Leben vor mir. Es sei denn, Wiggin kommandiert unsere Flotte gegen die eindringenden Schaben und verliert. Dann bleibt keinem von uns mehr Zeit für irgendwas.

Im Augenblick kann ich nur mein Bestes geben, damit Wiggin alles lernt, was es hier zu lernen gibt. Das Problem ist, dass ich ihm nicht nahe genug stehe, um irgendeine Wirkung auf ihn zu haben.

Diesmal kämpften sie gegen Petra Arkanian und ihre Phönixarmee. Petra war gescheiter als Carn Carby; sie hatte auch den Vorteil, gehört zu haben, dass Wiggin vollkommen ohne Formationen arbeitete und kleine Stoßtrupps einsetzte, um die Formationen des Gegners schon vor dem Hauptkampf durcheinander zu bringen. Dennoch, die Drachen beendeten den Kampf mit nur drei geblitzten Soldaten und neun teilweise Kampfunfähigen. Eine mörderische Niederlage für die Phönixarmee. Bean sah Petra an, dass es ihr nicht behagte. Vielleicht hatte sie das Gefühl, dass Wiggin übertrieben und sie bewusst gedemütigt hatte. Aber sie würde es schon bald begreifen – Wiggin ließ einfach seine Zugführer los, und alle arbeiteten auf totalen Sieg hin, wie er es von ihnen erwartete. Dieses System funktionierte einfach besser, und die alte Art zu kämpfen war zum Untergang verurteilt.

Schon bald würden sich alle Kommandanten anpassen und aus dem, was Wiggin tat, lernen. Schon bald würden die Drachen anderen Armeen gegenüberstehen, die in fünf Züge unterteilt waren, nicht in vier, und die sich in einem freieren Stil bewegten, bei dem den Zugführern viel mehr Entscheidungen zufielen.

Kids kamen nicht in die Kampfschule, weil sie Idioten waren. Die Methode der Drachen hatte nur deshalb ein zweites Mal hingehauen, weil seit dem ersten Kampf nur ein Tag vergangen und niemand darauf gefasst gewesen war, Wiggin so bald wieder gegenüberzustehen. Nun würden sie wissen, dass sie sich schnell verändern müssten. Bean nahm an, sie würden wahrscheinlich nie wieder eine Formation zu Gesicht bekommen.

Was folgte dann? War Wiggins Trickkiste damit erschöpft, oder hatte er noch mehr Asse im Ärmel? Bean wusste, dass Neuerungen langfristig nie zum Sieg führten. Es war zu leicht für den Feind, die Neuerungen zu imitieren und zu verbessern. Die wahre Prüfung für Wiggin würde kommen, wenn er in einen Schlagabtausch mit Armeen geriet, die ähnliche Taktiken benutzten.

Und die wahre Prüfung für mich wird darin bestehen, ob ich es aushalten kann, wenn Wiggin einen dummen Fehler begeht und ich als einfacher Soldat dasitzen und ihm dabei zusehen muss.

Am dritten Tag gab es einen weiteren Kampf. Am vierten Tag noch einen. Sieg. Sieg. Aber jedes Mal wurde der Sieg knapper. Jedes Mal gewann Bean mehr Selbstvertrauen als Soldat – und wurde frustrierter, denn außer guten Schüssen konnte er nur noch einen Beitrag leisten, indem er hin und wieder Crazy Tom etwas vorschlug oder ihn an etwas erinnerte, an das er, Bean, sich zuvor erinnert hatte.

Bean schrieb Dimak darüber eine Nachricht, erklärte, dass man ihn nicht genügend einsetzte, und kam zu dem Schluss, dass er bei der Zusammenarbeit mit einem schlechteren Kommandanten mehr lernen würde, weil er dann eine bessere Chance hatte, seinen eigenen Zug zu bekommen.

Die Antwort fiel kurz und bündig aus: »Wer sonst würde dich wollen? Lerne von Ender.«

Brutal, aber wahr. Zweifellos wollte nicht einmal Wiggin ihn haben. Entweder hatte man ihm verboten, seine Soldaten zu versetzen, oder er hatte schon versucht, Bean einzutauschen, und niemand hatte ihn nehmen wollen.

Es war Freizeit am Abend nach ihrem vierten Kampf. Die meisten anderen versuchten, mit ihren Hausaufgaben nachzukommen – die Kämpfe zehrten an ihnen, denn sie wussten inzwischen, wie schwer sie trainieren mussten, um weiter ganz vorn zu bleiben. Aber Bean erledigte seine Hausaufgaben so souverän wie immer, und als Nikolai ihm erklärte, er bräuchte keine verdammte Hilfe bei seinen, beschloss er, einen Spaziergang zu machen.

Als er an Wiggins Zimmer vorbeikam – einem noch kleineren Raum als den engen Zimmern der Lehrer, der nur Platz für ein Bett, einen Stuhl und einen winzigen Tisch bot –, fühlte sich Bean versucht, an die Tür zu klopfen, sich hinzusetzen und die Sache mit Wiggin ein für allemal aus der Welt zu schaffen. Dann siegte die Vernunft über Frustration und Eitelkeit, und er wanderte weiter umher, bis er zum Spieleraum kam.

Es war hier nicht so voll wie früher. Bean nahm an, dass jetzt alle Sondertraining hatten und das zu lernen versuchten, was sie für Wiggins Erfolgsrezept hielten, bevor sie ihm im Kampf gegenüberstanden. Dennoch, ein paar hatten immer noch Zeit, an den Steuerungen herumzuspielen und die Dinge auf den Schirmen und Holodisplays in Bewegung zu versetzen.

Bean fand ein Flatscreen-Spiel, das eine Maus zum Helden hatte. Niemand benutzte es, also begann Bean die Maus durch einen Irrgarten zu manövrieren. Rasch verwandelte sich der Irrgarten in die Kriechkeller und Zwischenräume eines alten Hauses mit Fallen hier und da. Leichte Arbeit. Katzen jagten ihn – kein Problem. Dann sprang er auf einen Tisch und fand sich einem Riesen gegenüber.

Einem Riesen, der ihm Getränke anbot.

Das war das Fantasyspiel. Das war das Psychospiel, das alle anderen die ganze Zeit auf ihren Pulten spielten. Kein Wunder, dass keiner es je im Spieleraum benutzte. Sie kannten es alle, und wegen dieses Spiels kamen sie nicht her.

Bean war sich vollkommen bewusst, dass er das einzige Kind in der Schule war, das nie das Fantasyspiel gespielt hatte. Diesmal hatten sie ihn durch einen Trick dazu verleitet, aber er bezweifelte, dass sie in der kurzen Zeit etwas Wichtiges über ihn erfahren hatten. Zum Teufel mit ihnen! Sie konnten ihn hereinlegen, sodass er bis zu einem gewissen Punkt spielte, aber er brauchte nicht weiterzumachen.

Nur, dass das Gesicht des Riesen sich verändert hatte. Jetzt sah er aus wie Achilles.

Bean stand einen Augenblick entsetzt da. Erstarrt. Verängstigt. Woher wussten sie das? Warum hatten sie das getan? Ihm Achilles gegenüberzustellen, und so überraschend. Diese Mistkerle!

Er ging von dem Spiel weg.

Einen Augenblick später drehte er sich um und kehrte zurück. Der Riese war nicht mehr zu sehen. Die Maus lief wieder im Irrgarten herum und versuchte zu entkommen.

Nein, ich werde nicht spielen. Achilles ist weit weg, und er hat nicht mehr die Macht, mich zu verwunden. Und Poke kann er auch nichts mehr tun. Ich muss nicht an ihn denken, und ganz sicher brauche ich nicht zu trinken, was er mir anbietet.

Bean ging wieder davon, und diesmal kehrte er nicht zurück.

Er fand sich vor der Tür zur Messe wieder. Sie war geschlossen, aber Bean hatte nichts Besseres zu tun, also setzte er sich in den Flur neben die Tür, stützte die Stirn auf die Knie und dachte an Rotterdam und daran, wie er oben auf einer Mülltonne gesessen und Poke dabei beobachtet hatte, wie sie mit ihrer Bande umging. Dabei war ihm klar geworden, dass sie der anständigste Bandenboss war, den er sich nur vorstellen konnte. Sie hörte selbst die kleinsten Kinder an und gab ihnen einen gerechten Anteil, der sie am Leben erhielt, auch wenn das bedeutete, dass sie selbst nicht viel zu essen bekam. Deshalb hatte er sie sich ausgesucht – weil sie Mitleid kannte. Genug Mitleid, dass sie auch einem kleinen Kind zuhörte.

Ihr Mitleid hatte sie umgebracht.

Ich habe sie umgebracht, weil ich sie mir ausgesucht habe.

Es sollte besser einen Gott geben, damit er Achilles auf ewig zur Hölle verdammen kann.

Jemand trat gegen seinen Fuß.

»Hau ab«, sagte Bean. »Ich störe dich nicht.«

Wer immer es war, trat wieder zu, trat Beans Füße unter ihm weg. Mit den Händen verhinderte er, dass er völlig umfiel. Er schaute nach oben. Bonzo Madrid ragte über ihm auf.

»Seht mal, ist das nicht der kleine Scheißkrümel, der an den Arschhaaren der Drachenarmee klebt?«, sagte Bonzo.

Drei andere waren bei ihm. Große Jungen. Sie hatten alle Schlägergesichter.

»Ho, Bonzo.«

»Wir müssen reden, Knirps.«

»Was soll das werden, Spionage?«, fragte Bean. »Ihr sollt doch nicht mit Soldaten in anderen Armeen reden.«

»Ich brauche keine Spionage, um zu wissen, wie ich die Drachen schlagen kann«, sagte Bonzo.

»Also suchst du nach den kleineren Drachensoldaten, und dann schubst du sie ein wenig herum, bis sie heulen?«

Bonzo war sein Zorn anzusehen. Nicht, dass er jemals nicht wütend ausgesehen hätte.

»Bettelst du darum, aus deinem Arschloch fressen zu dürfen, Knirps?«

Derzeit war Bean auf Schläger nicht gut zu sprechen. Und da er sich in diesem Augenblick des Mordes an Poke schuldig fühlte, war es ihm auch gleich, ob Bonzo Madrid am Ende die Todesstrafe vollstrecken würde. Es wurde Zeit zu sagen, was er dachte.

»Du wiegst mindestens dreimal so viel wie ich«, erklärte er. »Außer in deinem Schädel. Du bist ein zweitrangiger Soldat, der irgendwie eine Armee gekriegt hat und nie herausfinden konnte, was er eigentlich damit anfangen soll. Wiggin wird dich in der Luft zerreißen, und zwar ohne die geringste Anstrengung. Zählt es also, was du mit mir machst? Ich bin der kleinste und schwächste Soldat in der ganzen Schule. Selbstverständlich bin *ich* derjenige, den du dir zum Schikanieren aussuchst.«

»Genau, den Kleinsten und Schwächsten«, sagte einer der anderen.

Bonzo jedoch schwieg. Beans Worte hatten ihn getroffen. Bonzo hatte seinen Stolz, und er wusste, wenn er Bean jetzt wehtat, würde das ihn nur selbst demütigen und keinen Spaß mehr machen.

»Ender Wiggin wird mich mit dieser Ansammlung von Frischlingen und Ausschuss, die er eine Armee nennt, nie schlagen können. Er hat es vielleicht bei Trampeln wie Carn und *Petra* geschafft« – ihren Namen spuckte er geradezu aus –, »aber wann immer *wir* solchen Dreck finden, drischt meine Armee ihn in Grund und Boden.«

Bean versetzte ihm einen mörderischen Blick. »Kapierst du es immer noch nicht, Bonzo? Die Lehrer haben Wiggin ausgesucht. Er ist der Beste. Der Beste, den es je gab. Sie haben ihm nicht die schlechteste Armee gegeben. Sie haben ihm die *beste* Armee gegeben. Diese Veteranen, die du als Ausschuss bezeichnest, waren als Soldaten so gut, dass ihre *dummen* Kommandanten nicht mit ihnen zurechtkamen und versucht haben, sie zu versetzen. Wiggin weiß, wie man gute Soldaten einsetzt, auch wenn du es nicht weißt. Deshalb siegt er. Er ist schlauer als du. Und seine Soldaten sind alle schlauer als deine Soldaten. Alle Chancen stehen gegen dich, Bonzo. Du könntest eigentlich auch gleich aufgeben. Wenn deine jämmerliche kleine Salamanderarmee uns gegenübersteht, werden wir dich so fertig machen, dass du hinterher im Sitzen pinkeln musst.«

Bean hätte vielleicht noch mehr gesagt – es war ja nicht so, dass er einen Plan hatte, und es gab zweifellos noch viel mehr, was er hätte sagen können. Aber er wurde unterbrochen. Zwei von Bonzos Freunden packten ihn und drückten ihn gegen die Wand, höher als ihre Köpfe. Bonzo legte eine Hand um Beans Hals, direkt unter das Kinn, und drückte zu. Die anderen ließen Bean los. Er hing an seinem Hals und bekam keine Luft mehr. Er trat um sich und versuchte, mit den Füßen Halt zu finden, aber der langarmige Bonzo war zu weit entfernt, als dass einer von Beans Tritten ihn hätte treffen können.

»Das Spiel ist eine Sache«, sagte Bonzo. »Die Lehrer können es fälschen, sodass ihr kleiner Lustknabe Wiggin gewinnt. Aber es wird eine Zeit kommen, wenn es kein Spiel mehr ist, und wenn diese Zeit kommt und sich Wiggin nicht mehr regt, dann liegt das nicht an einem eingefrorenen Blitzanzug. Comprendes?«

Auf was für eine Antwort hoffte er? Es war doch wohl klar, dass Bean weder nicken noch sprechen konnte.

Bonzo stand einfach nur da und lächelte bösartig, während Bean sich wehrte.

Am Rand von Beans Blickfeld wurde es langsam schwarz, als Bonzo ihn endlich zu Boden sacken ließ. Er blieb hustend und keuchend liegen.

Was habe ich getan? Ich habe Bonzo Madrid aufgewiegelt. Einen Schläger ohne Achilles' Subtilität.

Wenn Wiggin seine Armee besiegt, wird Bonzo das nicht

einfach wegstecken können. Und er wird auch nicht bei einer Demonstration Halt machen. Sein Hass auf Wiggin geht tiefer.

Sobald er wieder atmen konnte, eilte Bean zurück in die Unterkunft.

Nikolai bemerkte die Spuren an seinem Hals sofort. »Wer hat dich gewürgt?«

»Weiß ich nicht«, sagte Bean.

»Red keinen Mist«, entgegnete Nikolai. »Er hat dir gegenübergestanden. Sieh dir doch die Fingerspuren an.«

»Ich kann mich nicht erinnern.«

»Du erinnerst dich an das Muster der Adern auf deiner Plazenta.«

»Ich werde es dir nicht sagen«, versicherte Bean. Darauf hatte Nikolai keine Antwort, obwohl es ihm eindeutig nicht gefiel.

Bean loggte sich als *^Graff* ein und schrieb eine Nachricht an Dimak, obwohl er wusste, dass es nicht helfen würde.

»Bonzo hat den Verstand verloren. Er könnte jemanden töten, und Wiggin ist derjenige, den er am meisten hasst.«

Die Antwort kam rasch, beinahe, als hätte Dimak darauf gewartet. »Mach deinen Dreck selber weg, statt heulend zur Mama zu rennen.«

Die Worte trafen ihn. Es war nicht Beans Dreck, es war Wiggins Dreck, und am Ende der Dreck der Lehrer, weil sie Wiggin in Bonzos Armee gesteckt hatten. Und ihn dann zu verspotten, weil er keine Mutter hatte! Wann waren die Lehrer hier zu Feinden geworden? Sie sollten uns vor Verrückten wie Bonzo Madrid beschützen. Wie soll ich denn diesen Dreck wegmachen? Der einzige Weg, Bonzo Madrid aufzuhalten, besteht darin, ihn zu töten.

Und dann fiel ihm wieder ein, wie er dagestanden, auf Achilles niedergeschaut und gesagt hatte: »Du musst ihn umbringen.«

Warum konnte ich nicht meine Klappe halten? Warum

habe ich Bonzo Madrid verhöhnen müssen? Wiggin wird enden wie Poke. Und wieder wird es meine Schuld sein.

16
BEGLEITER

»Sie sehen also, Anton, der Schlüssel, den Sie gefunden haben, wurde umgedreht, und es könnte sich als die Rettung der Menschheit erweisen.«

»Aber der arme Junge! Sein Leben so klein zu verbringen und dann als Riese zu sterben.«

»Vielleicht würde ihn die Ironie amüsieren.«

»Wie seltsam, zu denken, dass mein kleiner Schlüssel die Menschheit retten sollte. Wenigstens vor den Bestien, dem biblischen Tier. Wer wird uns retten, wenn wir wieder unser eigener größter Feind sind?«

»Wir sind keine Feinde, Sie und ich.«

»Die meisten Leute sind einander nicht feindlich gesonnen. Aber Menschen voller Gier und Hass, Stolz oder Angst – ihre Leidenschaft ist heftig genug, um die ganze Welt in einen Krieg zu stürzen.«

»Wenn Gott eine große Seele erwecken konnte, um uns vor *einer* Bedrohung zu schützen, warum sollte er dann unsere Gebete nicht erhören und einen weiteren Retter schicken, wenn wir ihn brauchen?«

»Aber Schwester Carlotta, Sie wissen doch, dass der Junge, von dem Sie sprechen, nicht von Gott geschaffen wurde. Er wurde von einem Entführer geschaffen, einem Kindermörder, einem gesetzlosen Wissenschaftler.«

»Wissen Sie, wieso Satan die ganze Zeit so zornig ist? Weil Gott immer dann, wenn Satan auf besonders schlaue Weise Unheil anrichtet, genau dieses Unheil benutzt, damit es seinen Zielen dient.«

»Gott benutzt also böse Menschen als sein Werkzeug?«

»Gott gibt uns die Freiheit, Böses zu tun, wenn wir wollen. Dann nimmt er sich die Freiheit, Gutes aus diesem Bösen zu machen, denn das ist es, was er will.«

»Also gewinnt Gott langfristig immer.«

»Ja.«

»Kurzfristig kann es allerdings ziemlich ungemütlich werden.«

»Wären Sie denn lieber schon einmal gestorben, als heute hier am Leben zu sein?«

»Da haben Sie es! Wir gewöhnen uns an alles. Wir finden Hoffnung in allem.«

»Deshalb habe ich Selbstmörder nie verstanden. Auch wenn man unter schweren Depressionen oder Schuldgefühlen leidet – spüren solche Menschen denn nicht Christus den Tröster in ihrem Herzen, der ihnen Hoffnung gibt?«

»Das fragen Sie mich?«

»Da Gott mir den Gefallen nicht tut, zu antworten, frage ich einen Mitsterblichen.«

»Nach meiner Ansicht ist Selbstmord nicht wirklich der Wunsch, das Leben zu beenden.«

»Was ist es dann?«

»Es ist die einzige Möglichkeit, die eine machtlose Person hat, um alle anderen von ihrer Schande abzulenken. Der Wunsch besteht nicht darin, zu sterben, sondern etwas zu verstecken.«

»Wie sich Adam und Eva vor dem Herrn versteckt haben?«

»Weil sie nackt waren.«

»Wenn solch traurige Menschen sich doch nur daran erinnern könnten, dass wir alle nackt sind. Alle möchten sich verstecken. Aber das Leben ist immer noch schön. Also sollte es auch weitergehen.«

»Sie glauben also nicht, dass die Formics das Tier der Offenbarung sind, Schwester?«

»Nein, Anton. Ich glaube, sie sind ebenfalls Kinder Gottes.«

»Und dennoch haben sie diesen Jungen ausschließlich zu dem Zweck gefunden, dass er aufwachsen und sie vernichten kann.«

»Sie *besiegen*. Außerdem, wenn Gott nicht will, dass sie sterben, werden sie nicht sterben. Und wenn Gott will, dass *wir* sterben, sterben wir.«

»Warum arbeiten Sie dann so schwer?«

»Weil ich diese meine Hände Gott geweiht habe und ihm diene, so gut ich kann. Wenn er nicht gewollt hätte, dass ich Bean finde, hätte ich ihn nicht gefunden.«

»Und wenn Gott will, dass die Formics überleben?«

»Dann wird er ein paar andere Hände finden, die dafür sorgen. Für diese Aufgabe kann er meine nicht haben.«

In der letzten Zeit hatte Wiggin sich angewöhnt, zu verschwinden, während die Zugführer die Soldaten drillten. Bean benutzte sein *^Graff*-Login, um herauszufinden, was er tat. Ender hatte wieder angefangen, die Vids von Mazer Rackhams Sieg zu studieren, nur noch intensiver und störrischer als zuvor. Und weil Wiggins Armee täglich kämpfte und jeden Kampf gewann, gingen jetzt auch die anderen Kommandanten und viele Zugführer und normale Soldaten in die Bibliothek, schauten sich die gleichen Vids an, versuchten sie zu begreifen und zu sehen, was Wiggin sah.

Dumm, dachte Bean. Wiggin sucht nicht nach etwas, was er hier in der Kampfschule benutzen kann – er hat eine mächtige, vielseitige Armee geschaffen und wird vor Ort herausfinden, was er mit ihr machen kann. Er studiert diese Vids, weil er herausfinden will, wie er die Schaben schlagen kann. Er weiß nun, dass er ihnen eines Tages gegenüberstehen wird. Die Lehrer würden nicht das gesamte System hier in der Kampfschule auf den Kopf stellen, wenn wir der Krise nicht näher kämen, wenn sie Ender Wiggin nicht schon bald bräuchten, um uns vor der Invasion der Schaben zu retten. Also studiert Wiggin die Schaben und sucht verzweifelt nach einer Vorstellung davon, was sie wollen, wie sie kämpfen, wie sie sterben.

Warum sehen die Lehrer nicht, dass Wiggin mit seiner

Ausbildung hier fertig ist? Er denkt nicht einmal mehr über die Kampfschule nach. Sie sollten ihn rausholen und in die Taktikschule schaffen oder was immer die nächste Stufe seiner Ausbildung ist. Stattdessen drängen und ermüden sie ihn.

Und uns ebenfalls. Wir sind müde.

Das sah Bean besonders bei Nikolai, der sich mehr anstrengte als die anderen, um Schritt zu halten. Aber wenn wir eine gewöhnliche Armee wären, dachte Bean, wären die meisten von uns wie Nikolai. Und viele sind es tatsächlich – Nikolai ist nicht der Einzige, dem man die Müdigkeit anmerkt. Soldaten lassen beim Essen Besteck oder Tabletts fallen. Mindestens einer hat ins Bett gemacht. Wir streiten uns mehr, als dass wir trainieren. Unsere Hausaufgaben leiden darunter. Jeder hat seine Grenzen. Selbst ich, der genetisch veränderte Bean, die Denkmaschine, brauche Zeit zum Auftanken und bekomme sie nicht.

Bean schickte sogar Colonel Graff eine Nachricht darüber, eine boshafte kleine Notiz, die nur erklärte: »Es ist eine Sache, Soldaten auszubilden, und eine andere, sie auszulaugen.« Er erhielt keine Antwort.

Es war später Nachmittag, noch eine halbe Stunde bis zum Abendessen. Sie hatten an diesem Morgen bereits ein Spiel gewonnen und nach dem Unterricht trainiert, obwohl die Zugführer auf Wiggins Vorschlag hin ihre Soldaten hatten früh gehen lassen.

Die meisten in der Drachenarmee hatten gerade geduscht und zogen sich wieder an, und einige hatten sich bereits davongemacht, um im Spielezimmer oder in der Bibliothek die Zeit totzuschlagen. Niemand gab mehr wirklich etwas auf die Hausaufgaben, aber einige erledigten sie zumindest noch der Form halber.

Dann erschien Wiggin in der Tür, mit dem neuesten Befehl.

Ein zweiter Kampf. Am *gleichen* Tag.

»Das hier ist heiß, und wir haben keine Zeit«, verkündete

Wiggin. »Sie haben Bonzo etwa vor zwanzig Minuten Bescheid gegeben, und wenn wir zum Tor kommen, sind sie mindestens schon fünfzehn Minuten drin.«

Er schickte die vier Soldaten aus, die am nächsten an der Tür schliefen – alle jung, aber keine Frischlinge mehr, sie waren jetzt Veteranen –, um die zurückzuholen, die nach draußen gegangen waren. Bean zog sich rasch an; er hatte gelernt, es allein zu tun, aber nicht ohne sich viele Witze anhören zu müssen, dass er der einzige Soldat war, der sogar das Anziehen trainieren müsse und es dauerte immer noch seine Zeit.

Während sie sich anzogen, erklangen Beschwerden darüber, dass es ihnen langsam zu dumm wurde. Die Drachenarmee sollte ab und zu eine Pause haben. Fly Molo war der Lauteste, aber selbst Crazy Tom, der für gewöhnlich über alles lachte, war verärgert. Als er sagte: »Noch keine Armee in der Schule hat am gleichen Tag zwei Kämpfe hinter sich gebracht!«, entgegnete Wiggin: »Es hat auch noch niemand die Drachenarmee geschlagen. Sollte das hier deine große Chance sein, zu verlieren?«

Selbstverständlich nicht. Keiner hatte vor, zu verlieren. Sie wollten sich nur beschweren.

Es dauerte eine Weile, aber schließlich waren sie alle im Flur zum Kampfraum versammelt. Das Tor stand bereits offen. Ein paar Verspätete zogen noch ihre Blitzanzüge an. Bean stand direkt hinter Crazy Tom, also konnte er in den Raum hineinschauen. Helles Licht. Keine Sterne, keine Aufteilung, keine Verstecke. Das feindliche Tor war offen, und dennoch war kein Salamandersoldat zu sehen.

»Unglaublich!«, sagte Crazy Tom. »Sie sind auch noch nicht rausgekommen.«

Bean verdrehte die Augen. Selbstverständlich waren sie draußen. Aber in einem Raum ohne Deckung hatten sie sich einfach an der Decke formiert, rund um das Tor der Drachenarmee, bereit, sich auf sie zu stürzen, sobald sie sich in den Kampfraum wagten.

Wiggin sah Beans Miene und lächelte, als er den Finger auf die Lippen legte zum Zeichen, dass sie alle still sein sollten. Er zeigte rings um das Tor, um sie wissen zu lassen, wo die Salamanderleute sich versammelt hatten. Dann bedeutete er ihnen, ein Stück zurückzugehen.

Die Strategie war schlicht und offensichtlich. Da Bonzo Madrid seine Armee freundlicherweise an die Wand gestellt hatte, wo man sie bequem niedermetzeln konnte, brauchten sie nur den richtigen Weg zu finden, um den Kampfraum zu betreten und das Massaker durchzuführen.

Wiggins Lösung – die Bean gefiel – bestand darin, die größeren Soldaten in gepanzerte Fahrzeuge zu verwandeln, indem er sie aufrecht knien ließ und ihre Beine einfror. Dann kniete sich ein kleiner Soldat auf die Waden des größeren Jungen, schlang einen Arm um die Taille des größeren Soldaten und begab sich in Schussposition. Die größten Soldaten wurden als Startschleudern benutzt und schoben die Paare in den Kampfraum.

Dieses eine Mal hatte es Vorteile, klein zu sein. Bean und Crazy Tom waren das Paar, das Wiggin benutzte, um den anderen zu demonstrieren, was er vorhatte. Daher war Bean, als die beiden ersten Paare in den Raum geworfen wurden, derjenige, der mit dem Gemetzel begann. Er erzielte beinahe sofort drei Treffer – auf so kurze Distanz war der Strahl eng gebündelt und der Schaden groß –, und als sie außer Reichweite gerieten, kletterte er um Crazy Tom herum und stieß sich von ihm ab, schwebte nach Osten und etwas nach oben, was Tom sogar noch schneller auf die andere Seite des Raums zusegeln ließ. Als andere Drachen sahen, wie es Bean gelungen war, in Schussweite zu bleiben, während er sich weiter seitwärts bewegte und daher schwer zu treffen war, taten es ihm viele nach. Irgendwann wurde Bean dann kampfunfähig gemacht, aber das zählte kaum – die Salamander waren bis auf den letzten Mann erledigt, und zwar ohne dass sich auch nur einer von der Wand gelöst hatte. Selbst nachdem es offensichtlich geworden war, dass sie ein leichtes Ziel boten, hatte Bonzo erst begriffen, dass sie zum Untergang verurteilt waren, als er selbst bereits erstarrt war, und danach hatte niemand mehr die Initiative ergriffen, gegen seinen ursprünglichen Befehl vorzugehen und Bewegung zu befehlen, damit sie nicht so leicht zu erwischen waren.

Die ganze Geschichte war ein weiteres Beispiel dafür, dass ein Kommandant, der durch Furcht herrschte und alle Entscheidungen selbst traf, früher oder später immer geschlagen wurde.

Der ganze Kampf hatte von dem Augenblick, als Bean auf Crazy Tom durchs Tor geritten war, bis zum Einfrieren des letzten Salamanders weniger als eine Minute gedauert.

Was Bean jedoch überraschte war, dass der für gewöhnlich so ruhige Wiggin wütend wurde und es auch zeigte. Major Anderson hatte nicht einmal Gelegenheit, dem Sieger offiziell zu gratulieren, bevor Wiggin ihn anschrie: »Ich dachte, Sie würden uns gegen eine Armee aufstellen, die uns in einem gerechten Kampf schlagen kann.«

Warum sollte er das gedacht haben? Wiggin hatte offenbar mit Anderson gesprochen, und man hatte ihm etwas versprochen und dann nicht geliefert.

Aber Anderson erwiderte nur: »Glückwunsch zum Sieg, Kommandant.«

Das wollte Wiggin nicht gelten lassen. Es würde nicht so ablaufen wie immer. Er drehte sich zu seiner Armee um und wandte sich an Bean. »Wenn du die Salamanderarmee befehligt hättest, was hättest du getan?«

Da ein anderer Drache ihn benutzt hatte, um sich in der Luft von ihm abzustoßen, trieb Bean nun in der Nähe des feindlichen Tors, aber er hörte die Frage – Wiggin war alles andere als leise. Bean wollte nicht antworten, weil er wusste, was für ein großer Fehler es war, Salamander zu demütigen, indem man ausgerechnet den kleinsten Drachensoldaten aufforderte, Bonzos Taktik zu verbessern. Es war nicht Wiggin gewesen, der Bonzos Hand an seiner Kehle gespürt hatte. Dennoch, Wiggin war der Kommandant, und Bonzos Taktik war dumm gewesen, und es machte Spaß, das laut auszusprechen.

»Ich hätte ein Bewegungsmuster vor dem Tor aufrechterhalten«, antwortete Bean laut, sodass jeder Soldat ihn hören konnte – selbst die Salamander, die immer noch an der Decke klebten. »Man hält niemals still, wenn der Feind genau weiß, wo man steckt.«

Wiggin wandte sich Major Anderson zu. »Wenn Sie schon schummeln, warum bringen Sie dann der anderen Armee nicht bei, intelligent zu schummeln?«

Anderson war immer noch ruhig und ignorierte Wiggins Ausbruch. »Ich schlage vor, dass du deine Armee wieder beweglich machst.«

Wiggin verschwendete diesmal keine Zeit mit Ritualen. Er drückte gleichzeitig die Knöpfe, die beide Armeen auftauten. Und statt sich aufzustellen, um eine förmliche Niederlageerklärung entgegenzunehmen, rief er sofort: »Drachenarmee weggetreten!«

Bean war ziemlich nahe am Tor, aber er wartete bis beinahe zum Schluss, sodass er und Wiggin den Kampfraum gemeinsam verließen.

»Sir«, sagte Bean, »du hast Bonzo gerade erniedrigt, und er ist –«

»Ich weiß«, meinte Wiggin. Er eilte weiter und wollte nichts davon hören.

»Er ist gefährlich!«, rief Bean ihm hinterher. Vergebliche Liebesmühe. Wiggin wusste entweder schon, dass er den falschen Schläger provoziert hatte, oder es war ihm egal.

Hatte er es absichtlich getan? Wiggin war stets beherrscht und hatte immer einen Plan. Aber Bean konnte sich keinen Plan vorstellen, der es erforderlich machte, Major Anderson anzuschreien und Bonzo Madrid vor seiner gesamten Armee zu beschämen.

Warum sollte Wiggin etwas so Dummes tun?

Es war beinahe unmöglich, an Geometrie zu denken, obwohl am nächsten Tag ein Test bevorstand. Der Unterricht war jetzt vollkommen unwichtig geworden, und dennoch schrieben sie weiter Klassenarbeiten und machten ihre Hausaufgaben oder auch nicht. In den letzten paar Tagen waren Beans Noten nicht mehr perfekt gewesen. Nicht, dass er die Antworten nicht wusste oder zumindest gewusst hätte, wie man zu den richtigen Antworten kam. Es war eher so, dass sein Geist sich Dingen zuwandte, die wichtiger waren – neuen Taktiken, die einen Feind überraschen könnten, neuen Tricks, die die Lehrer vielleicht anwenden würden, um die Situation im Kampfraum zu verändern, der Frage, was in dem großen Krieg wohl geschah, dass das System auf solche Weise zerfiel, was auf der Erde und in der IF passieren würde, sobald die Schaben besiegt waren. *Falls* sie sie besiegen konnten. Es war schwierig, sich in einer solchen Situation noch für Raummaße, Flächenmaße, Gewichte und die Ausdehnung von Festkörpern zu interessieren. Bei einem Test am Tag zuvor, in dem es darum gegangen war, die Schwerkraftprobleme in der Nähe von Planeten- und Sternenmassen auszuarbeiten, hatte Bean schließlich aufgegeben und geschrieben:

$$2 + 2 = \pi\sqrt{2 + n}$$

Wenn Sie den Wert von n kennen, beende ich diesen Test.

Er wusste, dass die Lehrer alle wussten, was los war, und wenn sie weiter so tun wollten, als wäre der Unterricht wichtig, dann sollten sie eben, aber *er* brauchte nicht mitzuspielen.

Gleichzeitig wusste er, dass die Probleme der Schwerkraft für jemanden, dessen einzige Zukunft wahrscheinlich in der Internationalen Flotte lag, wichtig waren. Er brauchte auch eine gute Grundlage in Geometrie, da er eine ziemlich genaue Vorstellung davon hatte, was in Mathe noch auf ihn zukommen würde. Er würde kein Ingenieur, Artillerist,

Raketenwissenschaftler oder sogar Pilot werden. Aber er musste wissen, was sie wussten, sogar besser, oder sie würden ihn nie genug achten, um ihm zu folgen.

Heute nicht mehr, nur darum geht's mir, dachte Bean. Heute Abend ruhe ich mich aus. Ich kann auch noch morgen lernen, was ich lernen muss. Wenn ich dann nicht zu müde bin.

Er schloss die Augen.

Er öffnete sie wieder. Er öffnete seinen Spind und holte sein Pult heraus.

Auf den Straßen von Rotterdam war er müde gewesen. Erschöpft von Hunger, Mangelernährung und Verzweiflung. Aber er war weiterhin wachsam geblieben. Er hatte weiter nachgedacht. Und daher war er imstande gewesen, am Leben zu bleiben. In dieser Armee wurden alle müde, was bedeutete, dass es mehr und mehr dumme Fehler geben würde. Bean war der Letzte, der es sich leisten konnte, dumm zu sein. Nicht dumm zu sein war sein einziger Vorteil. Er loggte ein. Eine Botschaft erschien auf seinem Display.

Komm sofort zu mir – Ender

Es waren nur noch zehn Minuten bis zum Licht-aus. Vielleicht hatte Wiggin die Botschaft vor drei Stunden geschickt. Aber lieber spät als nie. Er rutschte von seinem Bett, machte sich erst gar nicht die Mühe, Schuhe anzuziehen, und schlich auf Strümpfen in den Flur hinaus. Er klopfte an der Tür mit der Aufschrift:

Kommandant
DRACHENARMEE

»Herein!«, sagte Wiggin.

Bean öffnete die Tür und ging hinein. Wiggin sah müde aus, auf die gleiche Art, wie Colonel Graff für gewöhnlich müde aussah. Faltige Haut um die Augen, das ganze Gesicht schlaff, die Schultern hochgezogen, aber der Blick immer noch klar und wachsam. Nachdenklich. »Hab gerade deine Nachricht bekommen«, sagte Bean.

»Gut.«

»Es ist beinahe Licht-aus.«

»Ich werde dir schon helfen, deinen Weg im Dunkeln zu finden.«

Dieser Sarkasmus überraschte Bean. Wie gewöhnlich hatte Wiggin den Zweck von Beans Bemerkung vollkommen missverstanden. »Ich wusste einfach nicht, ob du wusstest, wie spät es ist.«

»Ich weiß immer, wie spät es ist.«

Bean seufzte innerlich. Es war ständig das Gleiche. Jedes Mal, wenn er ein Gespräch mit Wiggin führte, verwandelte sich das in irgendeine Art von Wettbewerb, den Bean stets verlor, selbst wenn es Wiggin war, dessen bewusstes Missverstehen den ganzen Ärger hervorrief. Bean konnte das nicht ausstehen. Er erkannte Wiggins Genie an und achtete ihn dafür. Warum konnte Wiggin nichts Gutes an Bean finden?

Aber er schwieg. Er konnte ohnehin nichts sagen, was die Situation verbessern würde. Wiggin hatte ihn zu sich gerufen. Sollte Wiggin doch anfangen.

»Erinnerst du dich, was vor vier Wochen war, Bean? Als du mir gesagt hast, ich solle dir einen Zug geben?«

»Ahum.«

»Seitdem habe ich fünf Zugführer und fünf Stellvertreter ernannt. Und du warst nicht darunter.« Bean zog die Brauen hoch. »Hatte ich Recht?«

»Ja, Sir, aber nur, weil du mir keine Chance gegeben hast, es den anderen zu zeigen, bevor du mit den Beförderungen begonnen hast.«

»Dann sag mir, wie du in diesen acht Kämpfen zurechtgekommen bist.«

Bean wollte ihn darauf hinweisen, dass seine Vorschläge für Crazy Tom den C-Zug wieder und wieder zum Effektivsten in der Armee gemacht hatten. Dass seine taktischen

Neuerungen und kreativen Antworten in gegenwärtigen Situationen von den anderen Soldaten imitiert worden waren. Aber das wäre Prahlerei gewesen und hätte an Insubordination gegrenzt. So etwas würde ein Soldat, der Offizier werden wollte, öffentlich nie aussprechen. Crazy Tom hatte Ender entweder über Beans Beiträge Bericht erstattet oder nicht. Es stand Bean nicht zu, sich über etwas zu äußern, das nicht Gemeingut war. »Heute haben sie mich zum ersten Mal so früh kampfunfähig gemacht, aber der Computer behauptet, ich hätte elf Treffer erzielt, bevor ich aufhören musste. Bis dahin hatte ich bei jedem Kampf mindestens fünf Treffer. Und ich habe auch jeden Auftrag erledigt, den man mir zugeteilt hat.«

»Warum haben sie dich so früh zum Soldaten gemacht, Bean?«

»Ich war nicht jünger, als du es warst.« Das entsprach nicht ganz der Wahrheit, kam ihr jedoch nahe genug.

»Aber warum?«

Worauf wollte er hinaus? Es war eine Entscheidung der Lehrer gewesen. Hatte er herausgefunden, dass Bean die Liste für seine Armee aufgestellt hatte? Wusste er, dass Bean sich selbst aufgestellt hatte? »Ich weiß es nicht.«

»Du weißt es. Und ich weiß es ebenfalls.«

Nein, Wiggin wollte nicht wissen, warum man *Bean* zum Soldaten gemacht hatte. Er fragte danach, warum Frischlinge plötzlich so jung befördert wurden. »Ich habe versucht, Schlüsse zu ziehen, aber es sind nur Schlüsse.« Nicht, dass Beans Schlüsse je nur Schlüsse gewesen waren – aber bei Wiggin war das nicht anders. »Du bist ... sehr gut. Sie wussten das und haben dich schneller befördert.«

»Sag mir *warum*, Bean.«

Und jetzt verstand Bean die Frage, die er eigentlich stellte. »Weil sie uns brauchen.«

Er setzte sich auf den Boden und schaute nicht in Wiggins Gesicht, sondern sah seine Füße an. Bean wusste Dinge, die er nicht wissen sollte, und die Lehrer wussten nicht, dass er es wusste. Und sehr wahrscheinlich überwachten die Lehrer das Gespräch. Bean konnte nicht zulassen, dass seine Miene verriet, wie viel er wirklich begriff. »Weil sie jemanden brauchen, der die Schaben besiegt. Und das ist eigentlich das Einzige, was sie interessiert.«

»Es ist wichtig, dass du das weißt, Bean.«

Bean wollte am liebsten fragen: Warum ist es so wichtig, dass *ich* es weiß? Oder willst du mir damit sagen, dass die Leute im Allgemeinen es wissen sollten? Hast du endlich begriffen, wer ich bin? Dass ich *du* bin, nur gescheiter und weniger liebenswert? Der bessere Stratege, aber der schwächere Kommandant? Dass, wenn du versagst, wenn du zusammenbrichst, wenn du krank wirst und stirbst, *ich* deine Stelle einnehmen werde? Soll ich es deshalb wissen?

»Weil«, fuhr Wiggin fort, »die meisten Jungen in dieser Schule denken, dass das Spiel *an sich* wichtig ist, aber das stimmt nicht. Es ist nur wichtig, weil es den Lehrern hilft, herauszufinden, welche Kinder vielleicht echte Kommandanten werden könnten, im echten Krieg. Aber das Spiel selbst – scheiß drauf. Deshalb unternehmen sie nichts. Das Spiel ist ihnen völlig egal.«

»Komisch«, sagte Bean, »ich dachte, nur wir wären ihnen egal.« Nein, wenn Wiggin glaubte, dass Bean diese Erklärung benötigte, verstand er nicht, mit wem er es hier zu tun hatte. Dennoch, Bean war in Wiggins Quartier und sprach mit ihm. Das war zumindest etwas.

»Der erste Kampf, neun Wochen, bevor es dazu hätte kommen sollen. Ein Kampf jeden Tag. Und jetzt zwei am gleichen Tag. Bean, ich weiß nicht, was die Lehrer machen, aber meine Armee wird müde, und ich werde müde, und sie interessieren sich nicht für die Regeln des Spiels. Ich habe die alten Statistiken im Computer gefunden. Niemand hat je so viele Feinde geschlagen und so viele seiner Soldaten in kampffähigem Zustand behalten, in der ganzen Geschichte des Spiels nicht.«

Was war das, Prahlerei?

Bean antwortete, wie man es bei einer Prahlerei erwartete. »Du bist der Beste, Ender.«

Wiggin schüttelte den Kopf. Er ließ sich nicht anmerken, ob er die Ironie in Beans Stimme bemerkt hatte. »Mag sein. Aber es war kein Zufall, dass ich die Soldaten bekommen habe, die ich habe. Frischlinge und Leute, die in den anderen Armeen unerwünscht waren, aber sobald ich sie zusammenhatte, hätte mein schlechtester Soldat in jeder anderen Armee einen Zug führen können. Sie haben mir die besten Chancen gegeben, aber jetzt geben sie mir die schlechtesten. Bean, sie wollen uns brechen.«

Also verstand Wiggin, dass seine Armee speziell zusammengestellt worden war, selbst wenn er nicht wusste, wer die Auswahl getroffen hatte. Oder vielleicht wusste er alles und wollte Bean im Augenblick nur nicht mehr verraten. Es war schwer zu sagen, wie viel von dem, was Wiggin tat, Berechnung und wie viel Intuition war. »Sie können dich nicht brechen.«

»Sei dir da nicht so sicher.« Wiggin atmete plötzlich scharf ein, als täte ihm etwas weh oder als hätte er jäh im Wind atmen müssen; Bean sah ihn an und erkannte, dass das Unmögliche geschah. Nein, Ender Wiggin versuchte nicht, ihn zu ködern, er vertraute sich ihm tatsächlich an. Nicht viel, aber ein wenig. Ender ließ Bean sehen, dass er ein Mensch war. Holte ihn in seinen inneren Kreis. Machte ihn zu ... was? Einem Berater? Einem Vertrauten?

»Vielleicht solltest *du* dir sicherer sein«, sagte Bean.

»Es gibt eine Grenze, wie viele schlaue Ideen ich jeden Tag aushecken kann. Jemand wird etwas finden, woran ich noch nicht gedacht habe, und es mir entgegenschleudern, und ich werde nicht darauf vorbereitet sein.«

»Wäre das denn so schlimm?«, fragte Bean. »Du verlierst ein Spiel. Was soll's?«

»Ja. Es wäre das Schlimmste, was passieren kann. Ich darf kein Spiel verlieren. Wenn ich –«

Er vollendete den Gedanken nicht. Bean fragte sich,

welche Konsequenzen Ender befürchtete. Nur das Ende der Legende von Ender Wiggin, dem perfekten Soldaten, oder dass seine Armee kein Zutrauen mehr zu ihm hätte oder zu ihrer Unbesiegbarkeit? Oder ging es um den größeren Krieg und darum, dass die Niederlage in einem Spiel hier in der Kampfschule das Zutrauen der Lehrer erschüttern würde, dass Ender dann nicht mehr der Kommandant der Zukunft wäre, der Mann, der die Flotte anführen würde, sofern er rechtzeitig vor der Schaben-Invasion bereit war?

Wieder wusste Bean nicht, wie viel die Lehrer davon wussten, was er über den Verlauf des größeren Krieges erraten hatte. Es war besser zu schweigen.

»Ich will, dass du für mich denkst, Bean«, sagte Ender. »Ich brauche dich, damit du Lösungen für Probleme ausheckst, die wir noch nicht einmal kennen. Ich möchte, dass du Dinge versuchst, die noch niemand versucht hat, weil sie vollkommen bescheuert sind.«

Was soll das, Ender? Was hast du mit mir vor, das mich heute Abend in dein Quartier führt? »Warum ich?«

»Weil es vielleicht bessere Soldaten in der Drachenarmee gibt als dich – nicht viele, wenn auch einige –, aber es gibt keinen, der besser und schneller denkt als du.«

Er *hatte* es also bemerkt. Und nach einem Monat der Frustration erkannte Bean, dass es so besser war. Ender hatte seine Leistungen im Kampf gesehen, hatte ihn nach dem eingeschätzt, was er getan hatte, nicht nach seinem Ruf im Unterricht oder den Gerüchten darüber, dass er die besten Noten in der Geschichte der Schule hatte. Bean hatte sich diese Einschätzung verdient, und er hatte sie von der einzigen Person in der Schule erhalten, deren hohe Meinung ihm wirklich etwas wert war.

Ender hielt Bean sein Pult hin. Auf dem Display waren zwölf Namen zu sehen. Zwei oder drei Soldaten aus jedem Zug. Bean wusste sofort, wie Ender sie ausgewählt hatte. Es waren alles gute Soldaten, selbstsicher und zuverlässig. Aber nicht die Auffälligen, die Akrobaten, die Angeber. Es waren jene, die auch Bean unter denen, die keine Zugführer waren, am meisten schätzte. »Such dir fünf davon aus«, sagte Ender. »Einen aus jedem Zug. Sie bilden eine Spezialeinheit, und du wirst sie ausbilden. Nur während besonderer Trainingszeiten. Sprich mit mir darüber, wozu du sie ausbildest. Halte dich nicht zu lange mit einer Sache auf. Die meiste Zeit werdet ihr Teil der gesamten Armee sein, Teil der üblichen Züge. Außer, wenn ich dich brauche. Wenn es etwas zu tun gibt, das nur du tun kannst.«

Die zwölf hatten noch etwas anderes an sich.

»Es sind alles Neulinge, keine Veteranen.«

»Nach der letzten Woche, Bean, sind all unsere Soldaten Veteranen. Ist dir noch nicht aufgefallen, dass auf der individuellen Bestenliste alle unsere vierzig Soldaten unter den besten fünfzig sind? Man muss siebzehn Plätze nach unten gehen, um einen Soldaten zu finden, der kein Drache ist.«

»Was, wenn mir nichts einfällt?«, fragte Bean.

»Dann habe ich mich in dir getäuscht.«

Bean grinste. »Du hast dich nicht getäuscht.«

Das Licht ging aus.

»Kannst du zurückfinden, Bean?«

»Wahrscheinlich nicht.«

»Dann bleib hier. Wenn du sehr aufmerksam bist, hörst du vielleicht, wie die gute Fee hereinkommt und unseren Kampfplan für morgen hinterlässt.«

»Sie werden uns doch morgen nicht schon wieder kämpfen lassen?« Bean meinte das als Witz, aber Ender antwortete nicht.

Bean hörte, wie er ins Bett stieg.

Ender war immer noch klein für einen Kommandanten. Seine Füße reichten nicht bis zum Ende seines Betts. Bean hatte genug Platz, sich am Fußende zusammenzurollen. Also legte er sich hin und verhielt sich ruhig, um Ender nicht zu stören. Falls Ender schlief. Falls er nicht in der Stille wach lag und versuchte ... *was* zu begreifen?

Beans Aufgabe bestand jetzt darin, sich das Unvorstellbare

vorzustellen – dumme Ideen, die man gegen sie verwenden konnte, und Möglichkeiten, ihnen entgegenzutreten, bescheuerte Innovationen, die sie vielleicht einführen würden, um die anderen Armeen zu verwirren und – wie Bean annahm – dazu zu verleiten, vollkommen unsinnige Strategien zu kopieren. Da nur die wenigsten anderen Kommandanten wirklich verstanden, wie die Drachenarmee siegte, imitierten sie die ausschließlich für eine einzige Situation entwickelten Taktiken, die bei einem bestimmten Kampf benutzt worden waren, statt die dahinter stehende Methode zu erkennen, die Ender bei der Ausbildung und Organisation seiner Armee benutzte. Wie schon Napoleon gesagt hatte, war das Einzige, was ein Kommandant je wirklich beherrschte, seine Armee – Ausbildung, Moral, Vertrauen, Initiative, und zu einem geringeren Grad auch Nachschub, Platzierung, Bewegung, Loyalität und Mut im Kampf. Was der Feind vorhat und welche Möglichkeiten das birgt, widersetzt sich jeder Planung. Der Kommandant muss imstande sein, seine Pläne abrupt zu ändern, wenn Hindernisse auftauchen oder sich Möglichkeiten bieten. Ist seine Armee nicht bereit und willens, seinen Anweisungen zu folgen und zu gehorchen, nutzt ihm seine Schlauheit überhaupt nichts.

Die weniger fähigen Kommandanten verstanden das nicht. Sie verstanden nicht, dass Ender siegte, weil er und seine Armee fließend und sofort auf jede Veränderung reagierten, und ihnen fiel nichts Besseres ein, als die besonderen Taktiken zu imitieren, die sie ihn benutzen sahen. Selbst wenn Beans kreative Eröffnungen für das Ergebnis der Schlacht bedeutungslos waren, würden sie andere Kommandanten dazu veranlassen, Zeit damit zu verschwenden, bedeutungslose Dinge zu kopieren. Hin und wieder würde ihnen vielleicht etwas einfallen, was wirklich nützlich war, aber insgesamt würden sie nur eine Nebenrolle spielen.

Das war in Ordnung für Bean. Wenn Ender Nebenrollen besetzen wollte, dann zählte nur, dass er Bean dafür ausgewählt hatte, diese Rollen in den größeren Zusammenhang einzubetten, und Bean würde das so gut wie möglich erledigen.

Aber wenn Ender diese Nacht wach lag, dann nicht, weil er sich Sorgen um die Drachenarmee machte, um ihre Kämpfe morgen und übermorgen und am Tag darauf. Ender dachte an die Schaben und daran, wie er sie bekämpfen würde, wenn er diese Ausbildung hinter sich hatte und in den Krieg geworfen wurde, wo das wahre Leben wahrer Menschen von seinen Entscheidungen abhing und das Überleben der Menschheit von dem Ergebnis.

Wo ist mein Platz in *diesem* Programm?, fragte sich Bean. Ich bin einigermaßen froh, dass die Last auf Enders Schultern liegt, nicht, weil ich sie nicht tragen könnte – vielleicht könnte ich das –, sondern weil ich eher daran glaube, dass Ender es schaffen wird, als dass es mir gelänge. Was immer es braucht, um Männer dazu zu bringen, einen Kommandanten zu lieben, der entscheidet, wann sie sterben werden, Ender hat es, und falls ich es auch habe, hat es sich noch nicht gezeigt. Außerdem verfügt Ender selbst ohne genetische Veränderungen über Fähigkeiten, die von Tests nicht gemessen werden konnten, weil sie tiefer reichen als bloßer Intellekt.

Aber er sollte nicht alle Last allein tragen müssen. Ich kann ihm helfen. Ich kann Geometrie und Astronomie und all den anderen Unsinn vergessen und mich auf die Probleme konzentrieren, denen er gegenübersteht. Ich werde versuchen herauszufinden, wie andere Tiere Krieg führen, besonders schwärmende Insekten, da die Formics Ameisen ähneln, so wie wir Primaten ähnlich sind.

Und ich kann auf ihn aufpassen.

Wieder musste Bean an Bonzo Madrid denken. An den tödlichen Zorn der Schläger in Rotterdam.

Warum haben die Lehrer Ender in diese Situation gebracht? Sie machen ihn zum offensichtlichen Ziel für den Hass der anderen Jungen. Die Kids in der Kampfschule trugen den Krieg im Herzen. Sie gierten nach Triumph. Sie hassten Niederlagen. Wenn ihnen diese Eigenschaften gefehlt hätten, hätte man sie nie hergebracht. Aber von Anfang an hatte man Ender von den anderen abgesondert – jünger, aber gescheiter, der führende Soldat und nun der Kommandant, der alle anderen Kommandanten wie Säuglinge aussehen lässt. Einige Kommandanten reagierten auf Niederlagen, indem sie unterwürfig wurden – Carn Carby zum Beispiel lobte Ender nun ununterbrochen; er studierte seine Kämpfe, um herauszufinden, wie man siegte, und erkannte dabei nicht, dass er Enders Ausbildungsweise erforschen sollte, nicht die einzelnen Kämpfe, wenn er seine Siege verstehen wollte. Aber die meisten anderen Kommandanten nahmen Ender seine Siege übel. Sie waren verängstigt, schämten sich, waren zornig und eifersüchtig, und es lag in ihrem Wesen, solche Gefühle in Gewalttätigkeit umzusetzen – wenn sie sich eines Sieges sicher sein konnten.

Wie auf den Straßen von Rotterdam. Genau wie die Schläger, die um Oberherrschaft, um Rang, um Respekt miteinander kämpften. Ender hat Bonzo alles genommen. Er kann es nicht ertragen. Er wird Rache üben, so sicher, wie Achilles seine Demütigung gerächt hat.

Und die Lehrer verstehen das. Sie haben es geplant. Ender hat jede Prüfung bestanden, der er unterzogen wurde – was immer die Kampfschule üblicherweise unterrichtete, er ist damit fertig geworden. Warum haben sie ihn also nicht auf die nächste Ebene gebracht? Weil es noch eine Lektion gab, die sie ihm beibringen wollten, oder eine Prüfung, die er bestehen musste und die nichts mit dem üblichen Curriculum zu tun hatte. Nur, dass diese Prüfung mit seinem Tod enden konnte. Bean hatte Bonzos Finger an seiner Kehle gespürt. Bonzo würde, wenn er sich erst gehen ließ, die absolute Macht genießen, die der Mörder im Augenblick des Todes seines Opfers erlebt.

Sie bringen Ender in eine Situation wie auf der Straße. Sie prüfen, ob er überleben kann.

Sie wissen nicht, was sie tun, die Dummköpfe. Die Straße ist kein Test. Die Straße ist eine Lotterie.

Ich bin als Sieger hervorgegangen – ich habe überlebt. Aber Enders Überleben wird nicht nur von seinen Fähigkeiten abhängen. Glück spielt eine zu große Rolle. Und die Fähigkeiten, die Entschlossenheit und die Macht des Gegners.

Bonzo ist vielleicht nicht imstande, die Gefühle zu beherrschen, die ihn schwächen, aber seine Präsenz in der Kampfschule bedeutet, dass er durchaus über gewisse Fähigkeiten verfügt. Man hat ihn zum Kommandanten gemacht, weil ein bestimmter Typ von Soldat ihm bis in den Tod folgen wird. Ender ist in Lebensgefahr. Und die Lehrer, die uns für Kinder halten, haben keine Ahnung, wie schnell der Tod kommen kann. Schaut einen Augenblick nicht hin, geht weit genug weg, dass ihr nicht rechtzeitig zurück sein könnt, und euer kostbarer Ender Wiggin, an den ihr all eure Hoffnungen hängt, wird einfach tot sein. Ich habe es auf den Straßen von Rotterdam erlebt. Es kann auf eurer schönen, sauberen Station hier im Weltraum genauso leicht geschehen.

Also gab Bean die Hausaufgaben an diesem Abend endgültig auf und rollte sich zu Enders Füßen zusammen. Er würde Ender helfen, sich auf den Krieg vorzubereiten, der ihn wirklich interessierte: den Krieg mit den Schaben. Aber er würde ihm auch bei dem Kampf auf der Straße helfen, der hier für ihn arrangiert wurde.

Es war nicht so, dass Ender ahnungslos gewesen wäre. Nach einer Art Aufruhr im Kampfraum während einem von Enders frühen Freizeittrainings hatte er einen Kurs in Selbstverteidigung genommen und kannte sich ein wenig im Kampf Mann gegen Mann aus.

Aber Bonzo würde ihn nicht Mann gegen Mann angreifen. Sein Verständnis davon, was es bedeutete, geschlagen zu werden, war zu gut entwickelt. Bonzos Ziel war keine Revanche und keine Wiedergutmachung. Er wollte Ender bestrafen. Ihn eliminieren. Er würde einen Schlägertrupp mitbringen.

Die Lehrer würden die Gefahr nicht erkennen, bis es zu spät war. Sie hielten nichts, was die Kinder taten, für »echt«.

Nachdem sich Bean also ein paar clevere Dummheiten ausgedacht hatte, die er mit seiner neuen Einheit ausprobieren würde, dachte er auch darüber nach, wie man Bonzo eine Falle stellen konnte, sodass er es schließlich, wenn überhaupt, mit Ender Wiggin allein aufnehmen musste. Er wollte Bonzo die Unterstützung nehmen. Die Moral zerstören, den Ruf eines jeden Schlägers, der mitmachen würde.

Das ist etwas, was Ender nicht selbst tun kann. Aber es lässt sich machen.

TEIL FÜNF

ANFÜHRER

17
RETTUNGSLEINE

»Ich weiß einfach nicht, wie ich das interpretieren soll. Das Psychospiel hatte nur eine Gelegenheit bei Bean, und es konfrontiert ihn mit dem Gesicht dieses Jungen, und er gerät fast außer sich vor – was, Angst? Zorn? Gibt es hier denn niemanden, der weiß, wie dieses so genannte Spiel funktioniert? Es hat Ender durch die Mangel gedreht, indem es diese Bilder seines Bruders auffuhr, über die es eigentlich nicht hätte verfügen dürfen. Und jetzt das – war das ein ungewöhnlich einsichtsvolles Gambit, das zu tief schürfenden neuen Schlüssen über Beans Psyche führen sollte? Oder war es einfach nur die einzige Bean bekannte Person, deren Bild sich bereits in den Kampfschul-Akten befand?«

»Machen Sie lediglich Ihrer Frustration Luft, oder erwarten Sie eine Antwort auf eine dieser Fragen?«

»Ich will, dass Sie mir folgende Frage beantworten: Wie zum Teufel können Sie behaupten, dass etwas ›sehr bedeutsam‹ war, wenn Sie keine Ahnung haben, *was* es bedeutet?«

»Wenn jemand schreiend und mit den Armen fuchtelnd hinter Ihrem Auto herrennt, dann wissen Sie doch auch, dass etwas Bedeutsames geschehen ist, selbst wenn Sie kein Wort von dem verstehen können, was er sagt.«

»Das war es also? Geschrei?«

»Eine Analogie. Das Bild von Achilles war für Bean ausgesprochen wichtig.«

»In positiver oder negativer Hinsicht?«

»Das wäre zu eindeutig. Und selbst wenn es negativ war, liegt es dann daran, dass Achilles Bean ein schreckliches Trauma verursacht hat? Oder ist es negativ, weil es so traumatisch für ihn war, von Achilles weggerissen zu werden, und weil Bean sich zu ihm zurücksehnt?«

»Wenn wir also eine unabhängige Informationsquelle haben, die uns sagt, wie wir es deuten sollen ...«

»Dann hat diese unabhängige Informationsquelle entweder wirklich Recht ...«

»Oder wirklich Unrecht.«

»Ich wäre genauer, wenn ich könnte. Wir hatten nur eine Minute mit ihm.«

»Das ist fantasielos. Sie hatten das Psychospiel mit allen Operationen verbunden, die er mit seiner Lehreridentität am Computer vollzogen hat.«

»Und wir haben Ihnen davon berichtet. Es hat zum Teil mit seinem Bedürfnis nach Kontrolle zu tun – so hat es angefangen –, aber seitdem hat es sich in eine Möglichkeit verwandelt, Verantwortung zu übernehmen. Er ist in gewisser Weise tatsächlich zu einem Lehrer geworden. Außerdem hat er seine Insider-Informationen benutzt, um sich die Illusion zu verschaffen, zur Gemeinschaft zu gehören.«

»Er gehört zur Gemeinschaft.«

»Er hat nur einen einzigen guten Freund, und das ist eher so ein Großer-Bruder-kleiner-Bruder-Ding.«

»Ich muss entscheiden, ob ich Achilles in die Kampfschule bringen kann, während Bean dort ist, oder einen von ihnen aufgebe, um den anderen behalten zu können. Welchen Rat würden Sie mir nach Beans Reaktion auf Achilles' Gesicht geben?«

»Es wird Ihnen nicht gefallen.«

»Versuchen Sie's trotzdem.«

»Nach diesem Vorfall können wir Ihnen sagen, dass es entweder sehr, sehr schlecht sein wird, die beiden zusammenzubringen, oder –«

»Ich werde mir ihr Budget noch einmal genau ansehen müssen.«

»Sir, der gesamte Zweck des Programms, die Art, wie es funktioniert, liegt darin, dass der Computer Schlüsse zieht, die uns niemals einfallen würden, und Reaktionen erhält, nach denen wir nicht einmal gesucht haben. Wir haben es nicht unbedingt unter Kontrolle.«

»Dass ein Programm nicht außer Kontrolle gerät, bedeutet nicht unbedingt, dass Intelligenz vorhanden ist, sei es nun im Programm oder beim Programmierer.«

»Wir benutzen bei Software das Wort Intelligenz nicht. Wir halten das für eine naive Vorstellung. Wir sprechen von ›Komplexität‹. Das bedeutet, dass wir nicht immer verstehen, was das Programm tut. Wir erhalten nicht immer schlüssige Informationen.«

»Haben Sie *je* schlüssige Informationen über etwas erhalten?«

»Ich habe das falsche Wort benutzt. ›Schlüssig‹ ist nie das Ziel, wenn wir den menschlichen Geist studieren.«

»Probieren Sie es mit ›nützlich‹. Irgendwas Nützliches?«

»Sir, ich habe Ihnen doch gesagt, was wir wissen. Es war schon Ihre Entscheidung, bevor wir Ihnen berichtet haben, und es ist immer noch Ihre Entscheidung. Benutzen Sie unsere Informationen oder nicht, aber halten Sie es wirklich für vernünftig, den Boten zu töten, der die Botschaft überbringt?«

»Wenn der Bote mir nicht sagen will, worin zum Teufel die Botschaft besteht, wird mein Finger am Auslöser eben ein wenig nervös. Weggetreten!«

Nikolais Name war auf der Liste, die Ender ihm gegeben hatte, aber Bean stieß sofort auf Probleme.

»Ich will nicht«, sagte Nikolai.

Bean hätte sich nie träumen lassen, dass jemand sich weigern könnte.

»Es fällt mir schwer genug, überhaupt mitzuhalten.«

»Du bist ein guter Soldat.«

»Mit äußerster Anstrengung und viel Glück.«

»So machen es *alle* guten Soldaten.«

»Bean, wenn ich auch nur einen einzigen Übungstag mit meinem regulären Zug verliere, falle ich zu weit zurück. Wie kann ich das aufholen? Und einmal am Tag mit dir üben wird nicht reichen. Ich bin nicht dumm, Bean, aber ich bin kein Ender. Ich bin nicht du. Das ist es, was du einfach nicht begreifst. Wie es sich anfühlt, *nicht* du zu sein. Die Dinge sind nicht so schlicht und klar.«

»Für mich ist es auch nicht leicht.«

»Ich weiß, Bean, und es gibt ein paar Dinge, die ich für dich tun kann. Das hier gehört nicht dazu. Bitte.«

Es war Beans erste Erfahrung mit einem Kommando, und es klappte nicht. Er stellte fest, dass er zornig wurde, am liebsten »Du kannst mich mal!« gesagt und jemand anderen angesprochen hätte. Aber er konnte nicht auf den einzigen wahren Freund, den er hatte, wütend sein. Nur wollte er auch die Ablehnung nicht so einfach akzeptieren.

»Nikolai, wir werden nichts Schwieriges tun. Ein paar Showeinlagen und Tricks.«

Nikolai schloss die Augen. »Bean, jetzt machst du mir ein schlechtes Gewissen.«

»Ich will nicht, dass du ein schlechtes Gewissen hast, Sinterklaas, aber Ender hat mir nun mal diesen Auftrag erteilt, weil er glaubt, dass das gut für die Drachenarmee ist. Du warst auf der Liste – seine Wahl, nicht meine.«

»Aber du musst mich nicht nehmen.«

»Dann frage ich den nächsten Jungen, und der sagt: ›Nikolai ist in dieser Einheit, oder?‹, und ich sage: ›Nein, er wollte nicht.‹ Das gibt allen das Gefühl, als könnten sie nein sagen, und sie werden nein sagen *wollen*, weil keiner Befehle von mir entgegennehmen will.«

»Das wäre vor einem Monat sicher wahr gewesen. Aber inzwischen wissen sie, dass du ein erstklassiger Soldat bist. Ich habe gehört, wie die Leute über dich reden. Sie respektieren dich.«

Wieder wäre es so einfach gewesen, zu tun, was Nikolai wollte, und ihn vom Haken zu lassen. Und als Freund hätte er auch so handeln sollen. Aber Bean konnte jetzt nicht wie ein Freund denken. Er musste mit der Tatsache zurechtkommen, dass man ihm ein Kommando gegeben hatte, und er wollte, dass es hinhaute.

Brauchte er Nikolai denn wirklich?

»Ich denke nur laut, Nikolai, weil du der Einzige bist, dem ich das sagen kann. Ich habe einfach Angst. Ich wollte einen Zug, aber das lag daran, dass ich keine Ahnung hatte, was Anführer tun. Jetzt habe ich eine Woche des Kämpfens hinter mir und konnte sehen, wie Crazy Tom uns zusammenhält, und die Stimme hören, die er für Befehle benutzt. Und ich konnte sehen, wie Ender uns ausbildet und uns vertraut, und es ist wie ein Tanz: auf Zehenspitzen, lauter Sprünge und Pirouetten. Ich habe Angst zu versagen, und wir haben nicht die *Zeit* für so etwas. Alles muss klappen, und wenn du bei mir bist, weiß ich, dass zumindest eine Person da ist, die nicht die halbe Zeit hofft, dass dieser gescheite kleine Junge versagt.«

»Mach dir doch nichts vor«, entgegnete Nikolai, »wenn wir schon ehrlich sein wollen.«

Das saß. Aber als Anführer musste er etwas einstecken können, oder? »Ganz gleich, was du empfindest, Nikolai, du wirst mir eine Chance geben«, sagte er. »Und weil du mir eine Chance gibst, werden die anderen es auch tun. Ich brauche ... Loyalität.«

»Ich auch, Bean.«

»Du brauchst meine Loyalität als Freund, um persönlich glücklich zu sein«, korrigierte Bean. »Ich brauche deine Loyalität als Anführer, um einen Auftrag zu erfüllen, den unser Kommandant uns gegeben hat.«

»Das ist gemein«, sagte Nikolai.

»Ahem!«, machte Bean. »Und wahr.«

»Du bist echt gemein, Bean.«

»Hilf mir, Nikolai!«

»Anscheinend funktioniert unsere Freundschaft bloß in eine Richtung.«

Nie zuvor hatte Bean so empfunden – dieses Messer in seinem Herzen, nur wegen der Worte, die er hörte, nur weil ein *anderer* wütend auf ihn war. Es ging nicht so sehr darum, dass Nikolai gut von ihm denken sollte. Der wahre Grund war, dass Nikolai zumindest zum Teil Recht hatte, und Bean wusste das. Bean benutzte ihre Freundschaft tatsächlich gegen ihn.

Aber es lag nicht an diesem Schmerz, dass Bean schließlich doch aufgab. Er wusste einfach, dass ein Soldat, der gegen seinen Willen mitmachte, ihm nie wirklich gut dienen würde. Selbst wenn er ein Freund war. »Na schön, wenn du nicht willst, dann willst du eben nicht. Es tut mir Leid, dass ich dich geärgert habe. Ich werde es auch ohne dich schaffen. Du hast Recht. Es wird schon gut gehen. Sind wir noch Freunde, Nikolai?«

Nikolai griff nach Beans Hand. »Danke«, flüsterte er.

Bean ging sofort zu Schippe, dem Einzigen auf Enders Liste, der auch im C-Zug war. Schippe war nicht Beans erste Wahl; er hatte eine winzige Tendenz, sich zu verspäten und Dinge halbherzig anzugehen. Aber weil er im C-Zug war, war Schippe Zeuge geworden, als Bean Crazy Tom beraten hatte. Er hatte Bean in Aktion gesehen.

Schippe schob sein Pult beiseite, als Bean ihn fragte, ob sie eine Minute reden könnten. Wie bei Nikolai stieg Bean auf das Bett, um sich neben den größeren Jungen zu setzen. Schippe kam aus Cagnes-sur-Mer, einer kleinen Stadt an der französischen Riviera, und er hatte noch die offene Freundlichkeit der Provence an sich. Bean mochte ihn. Alle mochten ihn.

Rasch erklärte Bean, um was Ender ihn gebeten hatte – obwohl er nicht erwähnte, dass es nur ein Nebenschauplatz sein würde. Niemand würde das tägliche Training für etwas aufgeben, das für den Sieg unwesentlich war.

»Du warst auf der Liste, die Ender mir gegeben hat, und ich würde gerne –«

»Bean, was machst du da?«

Crazy Tom stand vor Schippes Bett.

Sofort erkannte Bean seinen Fehler. »Sir«, sagte Bean. »Ich hätte erst mit dir reden müssen. Aber diese Dinge sind mir neu, und ich habe einfach nicht nachgedacht.«

»Was ist dir neu?«

Wieder erklärte Bean, worum Ender ihn gebeten hatte.

»Und Schippe steht auf der Liste?«

»Genau.«

»Ich werde also dich *und* Schippe bei meinem Training verlieren?«

»Nur ein Training am Tag.«

»Ich bin der einzige Zugführer, der zwei Leute verliert.«

»Ender sagte, einer aus jedem Zug. Fünf und ich. Nicht meine Entscheidung.«

»Merda!«, entfuhr es Crazy Tom. »Du und Ender, ihr habt einfach nicht daran gedacht, dass es mich schwerer treffen würde als die anderen Zugführer. Was immer du vorhast, warum kannst du es nicht mit fünf Leuten statt mit sechs machen? Du und vier weitere – einer von jedem anderen Zug?«

Bean wollte widersprechen, aber er erkannte, dass eine Auseinandersetzung nicht helfen würde. »Du hast Recht, daran habe ich nicht gedacht, und es ist sehr gut möglich, dass Ender es sich anders überlegt, wenn er erkennt, was damit aus deinem Training wird. Warum redest du also nicht mit ihm, wenn er heute Früh herkommt, und lässt mich dann wissen, was ihr beiden entschieden habt? Vielleicht sagt Schippe ja sowieso nein, und wir können uns das ganze Theater sparen.«

Crazy Tom dachte nach. Bean konnte sehen, dass er immer noch verärgert war.

Aber sein neuer Rang als Anführer hatte Crazy Tom verändert. Er explodierte nicht mehr so leicht wie früher. Er nahm sich zusammen. Er wartete ab.

»Also gut, ich rede mit Ender. Falls Schippe es machen will.«

Beide schauten Schippe an.

»Ich denke, das geht in Ordnung«, sagte Schippe. »Auch wenn es irgendwie komisch ist.«

»Ich nehme euch deshalb aber nicht weniger hart ran«, versicherte Crazy Tom. »Und ihr redet während meines Trainings nicht über euren komischen Zug. Haltet es außen vor.«

Beide stimmten zu. Bean begriff, dass es klug war von Crazy Tom, darauf zu bestehen. Dieser Sonderauftrag würde die beiden vom restlichen C-Zug isolieren. Wenn sie es allen auf die Nase banden, würden ihre Kameraden sich von einer Elite ausgeschlossen fühlen. Das Problem wäre in den anderen Zügen nicht so groß, weil nur einer aus jedem Zug in Beans Einheit war. Kein Gerede, folglich auch kein Anecken.

»Dann rede ich nicht mit Ender darüber«, fuhr Crazy Tom fort. »Solange es kein Problem gibt. Okay?«

»Danke«, sagte Bean.

Crazy Tom ging wieder zu seinem Bett.

Das habe ich gut gemacht, dachte Bean. Ich habe es nicht versaut.

»Bean?«, fragte Schippe.

»Ahmm.«

»Eins noch.«

»Ja?«

»Nenn mich nicht Schippe.«

Bean dachte nach. Schippes richtiger Name war Ducheval. »Wäre dir ›Zwei Pferde‹ lieber? Klingt wie der Name eines Sioux-Kriegers.«

Schippe grinste. »Das ist immer noch besser als etwas, womit man einen *hochnimmt.*«

»Ducheval«, sagte Bean. »Von jetzt an.«

»Danke. Wann fangen wir an?«

»Freizeittraining heute.«

»Bacana.«

Bean wäre beinahe von Duchevals Bett weggetanzt. Er

hatte es geschafft. Er war damit klargekommen. Wenigstens diesmal.

Und nach dem Frühstück hatte er alle fünf in seinem Zug. Bei den anderen vieren hatte er zunächst mit dem Zugführer gesprochen. Keiner hatte abgelehnt. Und er hatte seine Einheit dazu gebracht, dass sie versprachen, Ducheval von nun an mit seinem richtigen Namen anzusprechen.

Graff sprach in seinem provisorischen Büro auf der Kampfraumbrücke gerade mit Dimak und Dap, als Bean hereinkam. Es ging um die üblichen Streitigkeiten zwischen den beiden Lehrern – also um nichts weiter, eine Banalität, eine belanglose Protokollverletzung, die rasch zu einem Sturm offizieller Beschwerden eskaliert war. Nur ein weiteres Scharmützel in der Geschichte ihrer Rivalität, da Dap und Dimak stets versuchten, irgendwelche Vorteile für ihre Schützlinge Ender und Bean herauszuschlagen, und gleichzeitig Graff davon abhalten wollten, die Kinder in die Gefahr zu bringen, die sich ihrer Meinung nach am Horizont abzeichnete. Als es an der Tür klopfte, hatten sie schon geraume Zeit mit erhobener Stimme gesprochen, und weil er leise klopfte, musste Graff sofort daran denken, dass man sie vielleicht belauscht hatte.

Hatten sie Namen erwähnt? Ja, sowohl Beans als auch Enders. Und Bonzos. War Achilles' Name gefallen? Nein. Sie hatten von ihm nur als von »einer anderen unverantwortlichen Entscheidung, die die Zukunft der Menschheit gefährdet«, gesprochen. »All das nur wegen der verrückten Theorie, dass Spiele eine Sache sind und echter Kampf um Leben und Tod eine ganz andere – einer Theorie, die vollkommen unbewiesen und unbeweisbar ist, es sei denn durch das Blut eines Kindes!« Das war Dap gewesen, der einen Hang zur Redseligkeit hatte.

Graff fühlte sich schon richtig elend, denn er stimmte mit den zwei Lehrern überein, nicht nur mit ihren Argumenten gegeneinander, sondern auch mit ihren Argumenten gegen seine Politik. Bean hatte sich bei allen Tests eindeutig als der bessere Kandidat erwiesen; Ender war ebenso eindeutig der bessere Kandidat, wenn man von seinen Leistungen in echten Führungssituationen ausging. Und es war tatsächlich unverantwortlich von Graff, beide Jungen einer körperlichen Gefahr auszusetzen.

Aber sie hatten jeder auch ernste Zweifel an deren Mut. Ender hatte eine lange Geschichte der Unterwerfung unter seinen älteren Bruder Peter hinter sich, und das Psychospiel hatte gezeigt, dass Ender Peter unbewusst mit den Schaben in Verbindung brachte. Graff wusste, dass Ender den Mut hatte, völlig rückhaltlos zuzuschlagen, wenn die Zeit gekommen war, dass er sich auch ohne Hilfe einem Feind stellen konnte und den vernichten würde, der ihn vernichten wollte. Aber Ender wusste das nicht, und das musste anders werden.

Bean seinerseits hatte vor seinem ersten Kampf körperliche Symptome von Panik gezeigt, und obwohl er sich anschließend tapfer geschlagen hatte, brauchte Graff keine psychologischen Tests, um zu wissen, dass Zweifel angebracht waren. Erschwert wurde der Fall dadurch, dass Graff die Zweifel des Jungen teilte. Es gab tatsächlich keinen Beweis dafür, dass Bean kompromisslos zuschlagen würde.

Selbstzweifel waren leider genau das, was sich keiner der Kandidaten leisten konnte. Im Kampf gegen einen Feind, der nicht zögerte – der nicht zögern *konnte* –, gab es keine Zeit zum Nachdenken.

Die Jungen mussten sich ihren schlimmsten Ängsten stellen, in dem Wissen, dass niemand sich einmischen und helfen würde. Sie mussten wissen, dass sie nicht versagten, wenn Versagen sich als tödlich erweisen konnte. Sie mussten diese Prüfung bestehen und wissen, dass sie sie bestanden hatten. Und beide Jungen waren so scharfsinnig, dass man die Gefahr nicht einfach vorgaukeln konnte. Sie musste *echt* sein.

Sie diesem Risiko auszusetzen, war vollkommen unverantwortlich von Graff. Aber er wusste auch, es wäre ebenso unverantwortlich, es nicht zu tun. Ginge er auf Nummer Sicher, würde ihm niemand die Schuld daran geben, wenn Ender oder Bean im realen Krieg versagten. Aber das war ein geringer Trost, wenn man die Konsequenzen eines Versagens bedachte. Ganz gleich, wovon Graff ausging, für jeden Irrtum würden am Ende alle auf der Erde zahlen. Er konnte überhaupt nur wagen, sie auf diese Weise zu prüfen, weil er im Fall, dass einer von beiden getötet oder geistig oder körperlich geschädigt werden sollte, immer noch einen Ersatzkandidaten hatte.

Und wenn beide versagten, was dann? Es gab viele gescheite Kinder, aber keines, das so viel besser war als die Kommandanten, über die sie bereits verfügten und die schon vor vielen Jahren die Kampfschule absolviert hatten.

Jemand muss die Würfel ins Rollen bringen, dachte Graff. Und jetzt liegen die Würfel in meinen Händen. Ich bin kein Bürokrat, dem seine Karriere wichtiger ist als das höhere Ziel, dem er dienen soll. Ich werde die Würfel keinem anderen übergeben und nicht so tun, als hätte ich diese Wahl nie gehabt.

Im Augenblick blieb ihm nichts anderes übrig, als Dap wie auch Dimak anzuhören, ihre bürokratischen Attacken und Manöver gegen ihn zu ignorieren und zu versuchen, sie bei ihrer Rivalität zweiter Hand davon abzuhalten, einander an die Kehle zu gehen.

Dieses leise Klopfen an der Tür – Graff wusste bereits, bevor die Tür aufging, wer es sein würde.

Bean ließ sich nicht anmerken, ob er den Streit gehört hatte, aber es war ja auch seine Spezialität, sich nichts anmerken zu lassen. Nur Ender konnte noch zurückhaltender sein – und er hatte zumindest das Psychospiel lange genug gespielt, um den Lehrern eine Landkarte seines Geistes zu geben.

»Sir!«, sagte Bean.

»Komm herein, Bean.« Komm herein, Julian Delphiki, lang ersehntes Kind guter, liebevoller Eltern. Komm herein, entführter Sohn, Geisel des Schicksals. Komm und sprich mit denen, die so schlaue kleine Spiele mit deinem Leben spielen.

»Ich kann warten«, sagte Bean.

»Captain Dap und Captain Dimak können doch hören, was du zu sagen hast, oder?«, fragte Graff.

»Wie Sie meinen, Sir. Es ist kein Geheimnis. Ich hätte gerne Zugang zum Versorgungslager der Station.«

»Verweigert!«

»Das ist inakzeptabel, Sir.«

Graff sah, dass Dap und auch Dimak ihm einen verstohlenen Blick zuwarfen. Sie amüsierten sich über die Dreistigkeit des Jungen. »Wieso denkst du das?«

»Jeden Tag Kämpfe, über die wir erst wenige Minuten vorher benachrichtigt werden; Soldaten, die erschöpft sind und weiter gedrängt werden, am Unterricht teilzunehmen – gut und schön. Ender kommt damit zurecht, und wir auch. Aber es kann nur einen Grund geben, wieso Sie so etwas tun: Sie wollen unseren Einfallsreichtum testen. Also hätte ich gern ein paar Mittel, um diesen Einfallsreichtum zu demonstrieren.«

»Ich erinnere mich nicht, dass du der Kommandant der Drachenarmee wärst«, entgegnete Graff. »Wenn dein Kommandant eine besondere Ausrüstung anfordert, höre ich ihn mir vielleicht an.«

»Unmöglich«, sagte Bean. »Er kann seine Zeit nicht mit dummen bürokratischen Prozeduren verschwenden.«

Dumme bürokratische Prozeduren. Graff hatte genau diese Formulierung erst vor ein paar Minuten bei dem Streit verwendet. Aber er hatte nicht besonders laut gesprochen. Wie lange Bean wohl schon an der Tür gelauscht hatte? Graff hätte sich in den Hintern treten können. Er hatte sein Büro genau aus dem Grund hier herauf verlegt, weil er wusste, dass Bean tückisch und verstohlen so viele

Informationen sammelte wie möglich. Und dann hatte er nicht einmal einen Wachtposten aufgestellt, um dafür zu sorgen, dass der Junge nicht einfach an der Tür lauschen konnte.

»Aber du kannst es?«, fragte Graff.

»Immerhin hat er mich beauftragt, zu überlegen, welche Dummheiten Ihnen noch einfallen könnten, um das Spiel gegen uns zu manipulieren, und mir Möglichkeiten auszudenken, damit zurechtzukommen.«

»Und was erwartest du im Lager zu finden?«

»Keine Ahnung«, sagte Bean. »Ich weiß nur, dass alles, was wir je zu sehen bekommen, unsere Uniformen und die Blitzanzüge sind, die Waffen und die Pulte. Es muss doch noch anderes geben. Zum Beispiel Papier. Wir bekommen nie welches, außer bei schriftlichen Prüfungen, wenn wir unsere Pulte nicht benutzen dürfen.«

»Was willst du denn im Kampfraum mit Papier anfangen?«

»Ich weiß es nicht«, sagte Bean. »Es zusammenknüllen und durch die Gegend werfen. Zerfetzen und einen Schneesturm daraus machen.«

»Und wer soll das hinterher sauber machen?«

»Nicht mein Problem«, meinte Bean.

»Verweigert!«

»Das ist inakzeptabel, Sir«, entgegnete Bean.

»Ich will dich ja nicht kränken, aber es interessiert mich nicht den Furz einer Küchenschabe, ob du meine Entscheidung akzeptierst oder nicht, Bean.«

»Ich will *Sie* nicht kränken, Sir, aber Sie haben eindeutig keine Ahnung, was Sie da tun. Sie improvisieren. Sie verbiegen das System. Es wird Jahre brauchen, um den Schaden wiedergutzumachen, den Sie der Schule zufügen, und es ist Ihnen egal. Das bedeutet, dass es in zwölf Monaten keine Rolle mehr spielen wird, in welchem Zustand sich die Schule befindet. Und das wiederum bedeutet, dass alle, die zählen, bald ihren Abschluss machen. Die Ausbildung wird beschleunigt, weil die Schaben zu nahe sind, als dass man noch zögern dürfte. Also drängen Sie. Und besonders drängen Sie Ender Wiggin.«

Graff wurde fast übel. Er wusste, dass Bean über ungewöhnliche Analysefähigkeiten verfügte. Das Gleiche galt für seine Fähigkeiten, zu täuschen. Ein paar von Beans Annahmen waren falsch. Lag das nur daran, dass er die Wahrheit nicht kannte, oder wollte er ihnen einfach nicht mitteilen, wie viel er wusste oder wie viel er erraten hatte? Ich hab dich hier nie gewollt, Bean, weil du zu gefährlich bist.

Bean argumentierte weiter. »Wenn der Tag kommt, an dem Ender Wiggin nach Möglichkeiten sucht, die Schaben davon abzuhalten, zur Erde zu gelangen und den ganzen Planeten dem Erdboden gleichzumachen, wie sie es bei der Ersten Invasion begonnen haben, werden Sie ihm dann auch eine dumme Antwort darüber geben, welche Mittel er einsetzen darf und welche nicht?«

»Was dich angeht, existieren die Versorgungslager der Station nicht.«

»Was mich angeht«, entgegnete Bean, »ist Ender *so* dicht dran, Ihnen zu sagen, Sie sollen sich Ihr dämliches Spiel in den Hintern stecken. Er hat die Nase voll – wenn Sie nicht mal das sehen, sind Sie ein miserabler Lehrer. Die Rangliste interessiert ihn nicht. Es interessiert ihn auch nicht, andere zu schlagen. Er interessiert sich nur dafür, sich auf den Kampf gegen die Schaben vorzubereiten. Wie schwer kann es unter diesen Umständen schon sein, ihn davon zu überzeugen, dass Ihr Programm nichts mehr taugt und es Zeit wird, mit dem Spiel aufzuhören?«

»Also gut«, sagte Graff. »Dimak, richten Sie die Zelle her. Bean wird in Gewahrsam gehalten, bis der nächste Shuttle ihn mit zur Erde nehmen kann. Dieser Junge ist nicht mehr in der Kampfschule.«

Bean lächelte dünn. »Kein Problem, Colonel Graff. Ich bin hier sowieso fertig. Alles, was *ich* wollte, habe ich bekommen: eine erstklassige Ausbildung. Ich werde nie wieder auf der

Straße leben müssen. Ich hab's geschafft. Lassen Sie mich raus aus Ihrem Spiel, sofort, ich bin bereit.«

»Du wirst auch auf der Erde nicht frei sein. Ich kann es nicht riskieren, dass du überall wilde Geschichten über die Kampfschule verbreitest.«

»Gut. Nehmen Sie den besten Schüler, den Sie je hatten, und stecken Sie ihn in den Bau, weil es Ihnen nicht passt, dass er um Zugang zum Versorgungslager gebeten hat. Kommen Sie schon, Colonel Graff. Schlucken Sie's runter. Sie brauchen meine Mitarbeit mehr, als ich Ihre brauche.«

Dimak konnte ein Lächeln kaum verbergen.

Wenn dieses Aufbegehren gegen Graff nur ein hinreichender Beweis für Beans Mut wäre. Aber obwohl Graff weiter seine Zweifel an Bean hatte, konnte er nicht abstreiten, dass der Junge andere hervorragend manipulierte. Der Colonel hätte im Augenblick beinahe alles dafür gegeben, Dimak und Dap nicht im Zimmer zu haben.

»Es war Ihre Entscheidung, dieses Gespräch vor Zeugen zu führen«, sagte Bean.

Was – konnte der Kleine jetzt auch noch Gedanken lesen?

Nein, Graff hatte den beiden Lehrern einen Blick zugeworfen. Bean wusste einfach, wie man Körpersprache deutete. Dem Jungen entging nichts. Aus diesem Grund war er für das Programm so wertvoll.

Setzen wir nicht deshalb all unsere Hoffnungen auf diese Kinder? Weil sie schlau und anpassungsfähig sind?

Und wenn ich auch nur irgendetwas über Befehlsführung weiß, dann dies: Es gibt Zeiten, in denen man seine Verluste zusammenzählt und das Feld räumt.

»Na schön, Bean. Du kannst dir das Inventar ansehen.«

»Ich brauche jemanden, der mir erklärt, was das alles ist.«

»Ich dachte, du hättest die Weisheit mit Löffeln gefressen.«

Bean war ein höflicher Sieger; er reagierte nicht auf Hohn. Der Sarkasmus entschädigte Graff ein wenig dafür, dass er nachgeben musste. Ihm war klar, dass er nicht mehr herausholen konnte, aber dieser Job hatte sowieso nicht viele Vergünstigungen.

»Captain Dimak und Captain Dap werden dich begleiten«, sagte Graff. »Du hast nur einen Durchgang, und beide können gegen deinen Antrag Einspruch erheben. Sie werden für die Konsequenzen aller Verletzungen verantwortlich sein, die aus dem Gebrauch von Gegenständen entstehen, die sie dir überlassen.«

»Danke, Sir«, entgegnete Bean. »Aller Wahrscheinlichkeit nach werde ich nicht einmal etwas Nützliches finden. Aber ich weiß es zu schätzen, dass Sie so freundlich sind, mich die Mittel der Station nutzen zu lassen, um die erzieherischen Ziele der Kampfschule weiter zu fördern.«

Der Junge hatte den Jargon wirklich drauf. Die Monate des Zugangs zu den Schülerdaten mit all den Anmerkungen in den Akten hatten Bean eindeutig mehr beigebracht als die bloßen Fakten, die dort aufgeführt waren. Und nun lieferte er Graff eine Floskel, die er benutzen konnte, wenn er den Bericht über seine Entscheidung schrieb. Als wäre der Colonel nicht imstande, seine Floskeln selbst zu entwerfen.

Der kleine Mistkerl glaubt tatsächlich, dass er es geschafft hat, und ist dreist genug, mir jetzt sogar auf die gönnerhafte Tour zu kommen!

Nun, ich habe noch ein paar Überraschungen für ihn auf Lager.

»Weggetreten!«, sagte Graff. »Alle!«

Sie standen auf, salutierten und gingen.

Nun, dachte der Colonel, muss ich meine sämtlichen künftigen Entscheidungen noch einmal überdenken und mich fragen, wie weit sie von der Tatsache beeinflusst sein könnten, dass dieser Junge mir wirklich gewaltig auf die Nerven geht.

Als Bean sich die Inventarliste ansah, suchte er in erster Linie nach etwas, nach irgendwas, das Ender oder jemand aus seiner Armee als Waffe benutzen konnte, um ihn vor einem Angriff Bonzos zu beschützen. Aber es gab nichts, was man vor den Lehrern verstecken konnte und das wirkungsvoll genug gewesen wäre, um kleineren Jungen die Oberhand über große zu geben.

Es war eine Enttäuschung, aber er würde andere Möglichkeiten finden, um die Gefahr zu neutralisieren. Und da er die Inventarliste nun schon einmal vor sich hatte, konnte er sich auch nach etwas umschauen, was sich im Kampfraum verwenden ließ. Putzmittel waren nicht besonders vielversprechend. Und die Eisenwaren würden im Kampf auch nicht viel bringen. Was sollten sie tun, eine Hand voll Schrauben werfen?

Vielleicht die Sicherheitsausrüstung ...

»Was ist eine Rettungsleine?«, fragte Bean.

Dimak antwortete: »Eine sehr feine, starke Schnur, die benutzt wird, um Arbeiter bei Reparaturen außerhalb der Station abzusichern.«

»Wie lang?«

»Mit Verbindungsstücken können wir mehrere Kilometer zusammensetzen. Aber jede einzelne Rolle reicht für hundert Meter.«

»Das will ich sehen.«

Sie brachten ihn in einen Bereich der Station, den die Kinder nie betraten. Die Einrichtung hier war rein zweckgebunden. Schrauben und Nieten waren in den Platten an den Wänden sichtbar. Die Luftabsaugöffnungen waren nicht hinter Blenden verborgen. Es gab keine freundlichen Lichtstreifen, die ein Kind berühren konnte, um sich den Weg zu seiner Unterkunft anzeigen zu lassen. Alle Scannerflächen waren zu hoch angebracht, als dass ein Kind sie hätte bequem nutzen können. Und als die Angestellten, an denen sie vorbeikamen, Bean sahen, schauten sie Dap und Dimak an, als hätten die beiden den Verstand verloren.

Die Rolle mit der Schnur war überraschend klein. Bean hob sie hoch. Sie war auch leicht. Er wickelte etwa einen halben Meter davon ab. Die Schnur war beinahe unsichtbar. »Und das wird halten?«

»Das Gewicht von zwei Erwachsenen«, antwortete Dimak.

»Sie ist so dünn! Schneidet sie nicht ein?«

»Sie ist so glatt gerundet, dass sie nicht einschneiden kann. Wäre nicht sehr vorteilhaft, wenn sie durch Sachen schneiden würde. Zum Beispiel durch Raumanzüge.«

»Kann ich sie in kleinere Stücke unterteilen?«

»Mit einer Lötlampe.«

»Dann ist sie das, was ich suche.«

»Nur eine?«, fragte Dap eher sarkastisch.

»Und eine Lötlampe«, sagte Bean.

»Verweigert!«, erklärte Dimak.

»War nur ein Scherz«, sagte Bean. Er verließ den Vorratsraum und begann, den Flur entlangzutraben, den Weg, den sie gekommen waren.

Sie eilten hinter ihm her. »Langsamer!«, rief Dimak.

»Halten Sie Schritt!«, erwiderte Bean. »Ich habe einen Zug, der nur darauf wartet, mit diesem Zeug hier ausgebildet zu werden.«

»Ausgebildet für was?«

»Ich weiß nicht.« Er hatte die Stange erreicht und rutschte hinunter. Sie brachte ihn direkt auf die Schülerebenen. In dieser Richtung gab es keine Sicherheitskontrollen.

Sein Zug wartete im Kampfraum auf ihn. Sie hatten in den letzten paar Tagen schwer gearbeitet und alle möglichen Dinge ausprobiert. Formationen, die plötzlich mitten im Flug explodierten. Schirme. Angriffe ohne Waffen, bei denen sie versuchten, die Feinde mit den Füßen zu entwaffnen. Drehungen, die es beinahe unmöglich machten, getroffen zu werden, sie aber auch davon abhielten, auf andere zu schießen.

Das Ermutigendste war die Tatsache, dass Ender beinahe die gesamte Trainingszeit damit verbrachte, Beans Einheit zu beobachten, wenn er nicht gerade Fragen von Soldaten aus anderen Zügen beantwortete. Was immer sie sich einfallen ließen – Ender wusste es und entwickelte daraus seine eigenen Ideen, wann und wie er vorgehen würde. Und Beans Soldaten wussten, dass Enders Blick auf ihnen ruhte, und strengten sich noch mehr an. Es verlieh Bean in ihren Augen mehr Bedeutung, dass Ender sich tatsächlich dafür interessierte, was sie taten.

Ender ist gut, was solche Dinge angeht. Er weiß, wie er eine Gruppe in die Form bringt, in der er sie haben will. Er weiß, wie man Leute dazu bringt zusammenzuarbeiten. Und es gelingt ihm mit den geringstmöglichen Mitteln.

Wenn Graff so gut wäre wie Ender, hätte ich mich heute da drin nicht wie ein Schläger aufführen müssen.

Das Erste, was Bean mit der Rettungsleine versuchte, war, sie quer durch den Kampfraum zu spannen. Sie war lang genug, aber es blieb kaum genug Spiel, um sie an beiden Enden an etwas festzuknoten.

Ein paar Minuten der Experimente zeigten, dass sie als Fallstrick vollkommen unbrauchbar war. Die meisten Feinde würden sie einfach verfehlen; jene, die direkt damit kollidierten, waren dann vielleicht desorientiert oder wirbelten herum, aber sobald klar war, wo die Schnur sich befand, konnte ein kreativer Feind sie vielleicht sogar gegen sie nutzen.

Die Rettungsleine war dazu entworfen, zu verhindern, dass ein Mann in den Raum abtrieb. Was geschah, wenn man sich am Ende dieser Leine befand?

Bean befestigte ein Ende an einem Handgriff in der Wand und wickelte sich das andere Ende mehrmals um seine Taille. Die Schnur war nun kürzer als die Weite des würfelförmigen Kampfraums. Bean sicherte sich mit einem Knoten, dann stieß er sich ab und flog auf die gegenüberliegende Wand zu.

Während er durch die Luft segelte und die Leine hinter sich herschleppte, dachte er unwillkürlich: Hoffentlich haben sie Recht, und der Draht schneidet wirklich nicht ein. Was für eine Art zu sterben – im Kampfraum in der

Mitte zerteilt zu werden! *Danach* würde wirklich keiner den Kampfraum mehr sauber machen wollen.

Als er nur noch einen Meter von der Wand entfernt war, spannte sich die Leine. Beans Vorwärtsbewegung wurde abrupt an seiner Taille gebremst. Sein Körper bog sich durch, und er fühlte sich, als hätte man ihm in den Bauch getreten. Aber das Überraschendste war, wie seine Trägheit aus einer Vorwärtsbewegung in einen seitlichen Bogen umgesetzt wurde, der ihn durch den Kampfraum fegte, dorthin, wo der D-Zug trainierte. Er prallte so fest gegen die Wand, dass es ihm den Atem aus der Lunge schlug.

»Habt ihr das gesehen?«, schrie Bean, sobald er wieder Luft bekam. Sein Bauch tat weh – er war vielleicht nicht in zwei Teile geschnitten worden, aber er würde eine böse Prellung haben, das wusste er sofort, und ohne den Blitzanzug hätte er vielleicht innere Verletzungen davongetragen. Aber so hatte er keinen großen Schaden genommen, und die Schnur hatte ihn abrupt die Richtung wechseln lassen. »Habt ihr das gesehen? Habt ihr das gesehen?«

»Ist alles in Ordnung?«, rief Ender.

Erst jetzt erkannte Bean, dass Ender befürchtete, er könnte sich verletzt haben. Also sprach er langsamer: »Hast du gesehen, wie schnell ich war? Hast du gesehen, wie ich die Richtung gewechselt habe?«

Die ganze Armee hörte auf zu trainieren, während Bean noch ein wenig mit der Schnur spielte. Zwei Soldaten zusammenzubinden führte zu interessanten Resultaten, wenn einer von ihnen inne hielt, aber es war schwer, sich festzuhalten. Es war wirkungsvoller, als Bean Ender mit seinem Haken einen Stern aus der Wand holen und in die Mitte des Kampfraums ziehen ließ. Bean band sich fest und stieß sich von dem Stern ab; als die Leine sich spannte, fungierte die Kante des Sterns als Drehpunkt und verkürzte die Schnur, während er die Richtung wechselte. Die Schnur wickelte sich weiter um den Stern und wurde mit jeder Kante kürzer. Am Ende bewegte sich Bean so schnell, dass er für einen Augenblick das Bewusstsein verlor, als er gegen den Stern prallte. Aber die gesamte Drachenarmee war völlig verblüfft über das, was sie gesehen hatte. Die Schnur war vollkommen unsichtbar, also wirkte es, als wäre dieser kleine Junge abgesprungen und hätte dann plötzlich begonnen, die Richtung zu wechseln, wobei er im Flug immer schneller wurde. Es war ein ernstlich verstörender Anblick.

»Machen wir es noch mal und sehen wir, ob ich dabei schießen kann«, sagte Bean.

Das Abendtraining endete erst um 2140 und ließ ihnen vor dem Schlafengehen wenig Zeit. Aber nachdem sie gesehen hatten, was Beans Einheit vorbereitete, war die Armee ganz aufgekratzt und sprang förmlich durch die Flure. Die meisten verstanden, dass Beans Einfälle nur Showeinlagen waren, nichts, was im Kampf wirklich entscheidend gewesen wäre. Aber es war komisch. Es war etwas Neues. Und es gehörte zur Drachenarmee.

Bean führte sie auf ihrem Weg durch den Flur an, nachdem Ender ihm diese Ehre überlassen hatte. Es war ein Augenblick des Triumphes, und obwohl er wusste, dass er von dem System manipuliert wurde – Verhaltensmodifikation durch öffentliche Ehrungen –, fühlte es sich immer noch gut an.

Nicht so gut war allerdings, dass er in seiner Aufmerksamkeit nachließ. Er war noch nicht weit den Flur entlanggekommen, als er erkannte, dass von den anderen Jungen, die in diesem Bereich unterwegs waren, zu viele Salamanderuniformen trugen. Gegen 2140 waren die meisten Armeen schon in ihren Unterkünften, und nur ein paar Nachzügler kamen noch aus der Bibliothek oder dem Spieleraum zurück. Zu viele Salamander, und die anderen Soldaten waren oft große Jungen aus Armeen, deren Kommandanten Ender nicht besonders wohl gesonnen waren. Man brauchte kein Genie zu sein, um eine Falle zu wittern.

Bean eilte an der Reihe entlang zurück und stieß auf Crazy Tom, Vlad und Hot Soup, die nebeneinander hergingen. »Zu viele Salamander«, sagte Bean. »Bleibt in Enders Nähe.« Sie begriffen sofort – alle wussten, dass Bonzo ständig Drohungen von sich gab, was »jemand« mit Ender Wiggin machen solle, um ihm endlich zu zeigen, wo sein Platz sei. Bean bewegte sich auf eine schlendernde, lässige Art weiter bis zum hinteren Ende der Armee, ignorierte die Kleineren, informierte aber die anderen beiden Zugführer und alle Stellvertreter – die Älteren, die gegen Bonzos Schlägertrupp eine Chance hätten. Keine *große* Chance, aber sie brauchten Bonzo schließlich nur so lange von Ender fernzuhalten, bis die Lehrer sich einmischten. Die Lehrer konnten ja wohl nicht untätig bleiben, wenn es zu einem Aufstand kam. Oder etwa doch?

Bean eilte an Ender vorbei und war dann hinter ihm. Er sah, wie Petra Arkanian in ihrer Uniform der Phönixarmee rasch auf ihn zukam. Sie rief: »Ho, Ender!«

Zu Beans Entsetzen blieb Ender stehen und drehte sich um. Der Junge war zu vertrauensselig.

Hinter Petra schlossen ein paar Salamander auf. Bean schaute in die Gegenrichtung und sah weitere Salamander und ein paar Jungen aus anderen Armeen mit energischen Mienen, die an den letzten Drachen vorbei durch den Flur kamen. Hot Soup und Crazy Tom waren auf dem Weg, und der Rest der Zugführer und anderen größeren Drachen folgte ihnen dichtauf, aber sie bewegten sich nicht schnell genug. Bean winkte, und er sah, wie Crazy Tom seine Schritte beschleunigte. Die anderen folgten ihm.

»Ender, hast du einen Augenblick Zeit?«, fragte Petra.

Bean war bitter enttäuscht. Petra war der Judas. Sie lockte Ender für Bonzo in die Falle – wer hätte das gedacht? Sie hatte Bonzo *gehasst,* als sie in seiner Armee gewesen war.

»Begleite mich doch ein Stück«, sagte Ender.

»Es dauert nur einen Augenblick«, meinte Petra.

Entweder war sie eine hervorragende Schauspielerin,

oder sie hatte keine Ahnung, was sie da tat. Sie schien nur die anderen Drachenuniformen zu sehen und achtete auf niemanden sonst. Am Ende hat sie vielleicht gar nichts damit zu tun, dachte Bean. Sie ist einfach nur dumm.

Endlich schien Ender zu begreifen, wie verwundbar er hier war. Außer Bean waren alle anderen Drachen jetzt an ihm vorbei, und das genügte offenbar – endlich –, dass er sich unbehaglich fühlte. Er drehte Petra den Rücken zu und ging rasch davon, schloss schnell die Lücke zwischen sich und den anderen Drachen.

Petra schien einen Augenblick lang zornig zu sein, dann eilte sie ihm nach. Bean blieb, wo er war, und sah die näher kommenden Salamander an. Sie hatten nicht einen Blick für ihn übrig. Sie beeilten sich nur noch mehr und holten Ender beinahe so schnell ein wie Petra.

Bean machte drei Schritte zurück und hämmerte an die Tür der Kaninchenunterkunft. Jemand öffnete. Bean brauchte nur zu sagen: »Die Salamander haben etwas mit Ender vor«, und sofort strömten die Kaninchen auf den Flur hinaus. Sie tauchten gerade in dem Augenblick auf, als die Salamander ihre Tür erreichten, und folgten ihnen.

Zeugen, dachte Bean. Und vielleicht auch Helfer, wenn der Kampf zu ungerecht wird.

Vor ihm unterhielten sich Ender und Petra, und die größeren Drachen gruppierten sich um sie. Die Salamander folgten weiter dichtauf, und die anderen Schläger schlossen sich ihnen im Vorbeigehen an. Aber die Gefahr schwand zusehends. Die Kaninchenarmee und die älteren Drachen hatten das bewirkt. Bean wurde ein wenig leichter ums Herz. Zumindest im Augenblick war die Gefahr gebannt.

Er holte Ender gerade noch rechtzeitig ein, um Petra zornig sagen zu hören: »Wie kannst du das denken? Weißt du denn nicht, wer deine Freunde sind?« Sie rannte davon und huschte eine Leiter hinauf.

Carn Carby von der Kaninchenarmee holte Bean ein. »Alles in Ordnung?«

»Ich hoffe, es stört dich nicht, dass ich deine Armee rausgerufen habe.«

»Sie haben mich geholt. Wir bringen Ender sicher ins Bett.«

»Yep!«

Carn fiel zurück und ging zusammen mit seinen Soldaten weiter. Die Salamanderschläger waren nun drei zu eins unterlegen. Sie wichen noch weiter zurück, und ein paar von ihnen verschwanden Leitern hinauf oder Stangen hinunter.

Als Bean Ender wieder einholte, war er von seinen Zugführern umgeben. Das hatte jetzt nichts Subtiles mehr an sich; sie waren eindeutig seine Leibwache, und ein paar jüngere Drachen hatten begriffen, was geschah, und füllten die Formation. Sie brachten Ender zur Tür seines Quartiers, und Crazy Tom ging demonstrativ vor ihm hinein und gestattete ihm erst, das Zimmer zu betreten, als er sicher war, dass dort niemand lauerte. Als könnte einer von ihnen den Handflächenscanner benutzen, um die Tür eines Kommandanten zu öffnen. Aber die Lehrer hatten in letzter Zeit einige Regeln geändert. Alles war möglich.

Bean lag noch eine Weile wach und versuchte darüber nachzudenken, was er tun konnte. Es gab keine Möglichkeit, die ganze Zeit bei Ender zu bleiben. Sie wurden noch unterrichtet, und die Armeen wurden für den Unterricht bewusst aufgeteilt. Ender war der Einzige, der in der Kommandantenmesse essen konnte, also wenn Bonzo ihn dort angriff ... Aber das würde er nicht tun, nicht mit so vielen anderen Kommandanten in der Nähe. Der Waschraum! Und wenn Bonzo die richtige Gruppe von Schlägern zusammentrommelte, würden sie Enders Zugführer wie Ballons zur Seite fegen.

Bean musste einfach versuchen, Bonzo jede Unterstützung zu nehmen. Bevor er einschlief, hatte er einen halb ausgegorenen kleinen Plan, der vielleicht nicht viel helfen würde, aber es war zumindest etwas, und es würde sich vor aller Augen abspielen, sodass die Lehrer sich nicht nachher auf ihre typische bürokratische Art aus der Affäre ziehen und behaupten konnten, sie hätten von alledem nichts gewusst.

Er hatte gehofft, es beim Frühstück erledigen zu können, aber selbstverständlich gab es gleich früh am Morgen einen Kampf. Pol Slattery, Dachsarmee. Und die Lehrer hatten eine neue Möglichkeit gefunden, die Regeln zu ändern. Wenn Dachse geblitzt wurden, blieben sie nicht erstarrt bis zum Ende des Spiels, sondern tauten nach fünf Minuten wieder auf, wie beim Training. Aber Drachen, die einmal getroffen waren, blieben starr. Da der Kampfraum voller Sterne war – viele Verstecke –, dauerte es eine Weile, bis die Drachen begriffen, dass sie die gleichen Soldaten mehr als einmal erwischen mussten, und sie waren einer Niederlage näher als je zuvor. Es war ein Kampf Mann gegen Mann, und ein Dutzend der verbliebenen Drachen musste auf all die eingefrorenen Dachse aufpassen und sie hin und wieder neu einfrieren, während sie sich gleichzeitig hektisch umsahen, damit kein anderer Dachs sich anschleichen konnte.

Der Kampf dauerte so lange, dass das Frühstück vorbei war, als sie aus dem Kampfraum kamen. Die Drachenarmee war wütend – die, die gleich am Anfang eingefroren worden waren, bevor sie den Trick bemerkten, waren mehr als eine Stunde in ihren starren Anzügen umhergetrieben und inzwischen ausgesprochen frustriert. Die anderen, die gezwungen gewesen waren, auf einem ungünstigen Schlachtfeld gegen Feinde zu kämpfen, die immer wieder erwachten, waren erschöpft. Das schloss auch Ender ein.

Ender sammelte seine Armee im Flur und sagte: »Heute wisst ihr schon alles. Kein Training. Ruht euch aus. Habt Spaß. Schreibt eine Klassenarbeit.«

Sie waren alle dankbar für die Atempause, aber deshalb bekamen sie immer noch kein Frühstück, und niemandem war nach Jubel zumute. Auf dem Rückweg zur Unterkunft knurrten einige: »Ich wette, dass sie der Dachsarmee jetzt gerade Frühstück servieren.«

»Nein, sie haben sie früher geweckt und ihnen vor dem Kampf Frühstück serviert.«

»Nein, sie haben gefrühstückt und fünf Minuten später haben wir sie zum Frühstück verspeist.«

Bean war allerdings frustriert, weil er keine Gelegenheit gehabt hatte, seinen Plan in der Messe auszuführen. Es würde bis zum Mittagessen warten müssen.

Das Gute an dieser Situation war, dass Bonzo und seine Kumpane nicht wissen würden, wo sie Ender auflauern sollten, weil die Drachen nicht trainierten. Aber wenn Ender sich allein irgendwohin aufmachte, würde niemand da sein, um ihn zu schützen.

Deshalb war Bean erleichtert, als er sah, dass Ender in sein Quartier ging. Nach kurzer Absprache mit den anderen Zugführern stellte Bean eine Wache vor Enders Tür. Ein Drache saß eine halbe Stunde vor der Unterkunft, dann klopfte er an die Tür, und die Ablösung kam heraus. Ender würde sein Zimmer nicht verlassen, ohne dass die Drachenarmee es erfuhr.

Aber Ender kam nicht heraus, und schließlich war Essenszeit. Die Zugführer schickten die Soldaten voraus und machten einen Umweg vorbei an Enders Tür. Fly Molo klopfte laut an – tatsächlich schlug er fünfmal fest gegen die Tür. »Mittagessen, Ender.«

»Ich habe keinen Hunger.« Seine Stimme war durch die Tür gedämpft. »Geht schon und esst.«

»Wir können warten«, sagte Fly. »Wir wollen nicht, dass du allein zur Kommandantenmesse gehst.«

»Ich werde überhaupt nicht essen gehen«, entgegnete Ender. »Geht schon, wir sehen uns später.«

»Ihr habt es gehört«, sagte Fly zu den anderen. »Er wird hier drin in Sicherheit sein, solange wir essen.«

Bean war aufgefallen, dass Ender nicht versprochen hatte, die ganze Zeit in seinem Zimmer zu bleiben. Aber zumindest würden Bonzos Leute nicht wissen, wo er sich aufhielt. Unvorhersehbarkeit war hilfreich. Und Bean wollte eine

Gelegenheit haben, beim Mittagessen seine Ansprache zu halten.

Also rannte er in die Messe und stellte sich dort nicht in die Schlange, sondern sprang stattdessen auf einen Tisch und klatschte laut genug in die Hände, um auf sich aufmerksam zu machen.

»He, alle mal herhören!«

Er wartete, bis es in der Messe so still geworden war, wie es eben ging. »Es gibt Leute hier, die an ein paar Punkte der IF-Gesetze erinnert werden müssen. Wenn ein Soldat von seinem kommandierenden Offizier den Befehl erhält, etwas Illegales oder Unangemessenes zu tun, hat er die Verantwortung, den Befehl zu verweigern und es zu melden. Ein Soldat, der einen illegalen oder unangemessenen Befehl ausführt, ist vollständig verantwortlich für die Konsequenzen seiner Taten. Und nur für den Fall, dass irgendwer hier zu blöd ist zu verstehen, was das bedeutet: Wenn ein Kommandant euch befiehlt, ein Verbrechen zu begehen, könnt ihr euch hinterher nicht damit herausreden, es wäre euch schließlich befohlen worden. Euch ist verboten, zu gehorchen.«

Keiner aus der Salamanderarmee begegnete Beans Blick, nur ein Schläger in der Uniform der Ratten antwortete in säuerlichem Tonfall: »Hast du etwas Bestimmtes im Sinn, Kleiner?«

»Ich habe *dich* im Sinn, Lighter. Du bist so ziemlich der Bodensatz der Rangliste, also dachte ich, du könntest vielleicht ein wenig Hilfe brauchen.«

»Wenn du sofort das Maul hältst, ist das alle Hilfe, die ich jemals brauchen werde!«

»Was immer Bonzo gestern Abend mit dir und den zwanzig anderen vorhatte, ich sage dir, wenn ihr tatsächlich etwas versucht hättet, wäre jeder Einzelne von euch auf der Stelle von der Schule geflogen. Ihr seid vollkommene Versager, weil ihr auf Madrid gehört habt. Muss ich noch deutlicher werden?«

Lighter lachte – es klang gezwungen, aber er war nicht der Einzige, der lachte. »Du hast keine Ahnung, was los ist, Knirps«, sagte einer von ihnen.

»Ich weiß, dass dieser Knallkopf versucht, euch zu einer Bande zu machen, ihr jämmerlichen Verlierer. Er kann Ender nicht im Kampfraum besiegen, also braucht er ein Dutzend Schläger, um einen kleinen Jungen zu erledigen. Habt ihr das alle gehört? Ihr wisst, was Ender ist – der beste verdammte Kommandant, der je durch diese Schule gegangen ist. Er ist vielleicht der Einzige, der wiederholen kann, was Mazer Rackham getan hat, und der die Schaben schlagen wird, wenn sie zurückkommen. Habt ihr daran schon mal gedacht? Ein paar von euch sind *so* schlau, dass sie ihm die Birne einschlagen wollen. Wenn die Schaben also kommen und wir nur Eiterhirne wie Bonzo Madrid haben, um unsere Flotten zu befehligen, und die Schaben dann die Erde kahl schlagen und anfangen, die Menschheit auszurotten, werden die Überlebenden wissen, dass das hier die Idioten sind, die den Einzigen erledigt haben, der uns zum Sieg hätte führen können!«

Nun war es totenstill in der Messe, und als Bean diejenigen anschaute, von denen er wusste, dass sie am Abend zuvor in Bonzos Gruppe gewesen waren, sah er, dass er zu ihnen durchgedrungen war.

»Oh, die Schaben habt ihr ganz *vergessen,* wie? Ihr habt *vergessen,* dass die Kampfschule nicht dazu da ist, dass ihr Mama Briefe über euren hohen Platz auf der Rangliste schreiben könnt. Also geht schon und helft Bonzo, und wenn ihr gerade dabei seid, warum schneidet ihr euch nicht gleich selbst die Kehlen durch, denn darauf läuft es hinaus, wenn ihr Ender Wiggin verletzt. Und wir anderen – nun, wie viele hier glauben, dass Ender Wiggin der Kommandant ist, dem wir alle in den Kampf folgen sollten? Kommt schon, wie viele?«

Bean begann, langsam und rhythmisch in die Hände zu klatschen. Sofort machten alle Drachen mit. Und sehr schnell klatschten auch die anderen Soldaten. Alle, die das nicht taten, fielen auf und sahen, dass die anderen sie mit Abscheu oder Hass betrachteten.

Bald klatschten alle im Raum, sogar die Angestellten.

Bean stieß beide Hände hoch in die Luft. »Die Schaben sind der einzige Feind! Die Menschen stehen alle auf der gleichen Seite! Jeder, der die Hand gegen Ender Wiggin erhebt, ist ein Schabenliebchen!«

Sie reagierten mit Jubel und Applaus und sprangen auf.

Es war Beans erster Versuch als Demagoge. Er war froh zu sehen, dass er, solange er die richtige Sache vertrat, verdammt gut darin war.

Aber später, als er sein Essen vor sich stehen hatte und mit dem C-Zug am Tisch saß, kam Lighter zu Bean. Er näherte sich von hinten, und der Rest des C-Zugs war schon auf den Beinen und bereit, sich auf ihn zu stürzen, bevor Bean ihn auch nur bemerkt hatte. Lighter jedoch bedeutete ihnen, sich zu setzen, und dann beugte er sich vor und flüsterte in Beans Ohr: »Was hältst du denn von Folgendem, du Schlaumeier: Die Soldaten, die vorhaben, Wiggin auseinander zu nehmen, sind nicht einmal *hier*. So viel zu deiner dummen Ansprache.« Dann war er weg.

Ebenso wie einen Augenblick später Bean mit dem C-Zug, gefolgt vom Rest der Drachenarmee.

Ender war nicht in seinem Quartier, oder zumindest machte er nicht auf. Fly Molo als Kommandant des A-Zugs übernahm den Befehl, teilte sie in Gruppen ein und schickte sie aus, um in der Unterkunft, im Spieleraum, im Vidraum, in der Bibliothek und in der Sporthalle zu suchen.

Bean befahl seiner Einheit, ihm zu folgen. Sie gingen zum Waschraum. Das war der einzige Ort, von dem Bonzo und seine Jungs wussten, dass Ender irgendwann vorbeikommen würde.

Als Bean eintraf, war schon alles vorbei. Lehrer und Sanitäter rannten die Flure entlang. Dink Meeker ging neben Ender her, den Arm um Enders Schultern, und führte ihn vom Waschraum weg. Ender trug nur sein Handtuch. Er war nass, und sein Kopf war blutig. Das Blut tropfte auf seinen Rücken. Bean brauchte einen Augenblick, um zu begreifen, dass es nicht Enders Blut war. Die anderen aus Beans Einheit sahen zu, wie Dink Ender zurück in sein Quartier brachte und ihm nach drinnen half. Aber Bean war bereits auf dem Weg in den Waschraum.

Die Lehrer befahlen ihm, zu verschwinden, und Bean hatte genug gesehen. Bonzo lag auf dem Boden, ein paar Sanitäter unternahmen Wiederbelebungsversuche. Bean wusste, dass man das mit niemandem machte, dessen Herz noch schlug. Und aus der lässigen Art, wie die anderen herumstanden, konnte er nur schließen, dass es sich um eine Formalität handelte. Niemand erwartete, dass Bonzos Herz wieder zu schlagen begann. Keine Überraschung. Die Nase war ihm tief in den Kopf geschlagen worden. Sein Gesicht war eine einzige blutige Masse. Was das Blut an Enders Kopf erklärte.

All unsere Anstrengungen haben nicht geholfen, aber Ender hat trotzdem gesiegt. Er wusste, dass es passieren würde. Er hat Selbstverteidigung gelernt. Er hat angewandt, was er konnte, und war dabei nicht zimperlich gewesen.

Wenn Ender Pokes Freund gewesen wäre, wäre Poke nicht gestorben. Und wenn Ender davon abhängig gewesen wäre, dass Bean ihn rettete, wäre er jetzt genauso tot wie Poke.

Grobe Hände zerrten Bean von den Beinen und drückten ihn gegen eine Wand. »Was hast du gesehen?«, wollte Major Anderson wissen.

»Nichts«, sagte Bean. »Ist Bonzo noch da drin? Ist er verletzt?«

»Das geht dich nichts an. Hast du nicht gehört, dass wir dir befohlen haben, zu verschwinden?«

Colonel Graff erschien, und Bean konnte sehen, dass die anderen Lehrer wütend auf ihn waren – aber nichts sagen durften, möglicherweise wegen des militärischen Protokolls oder weil eines der Kinder anwesend war.

»Ich denke, Bean hat seine Nase einmal zu oft in Dinge gesteckt, die ihn nichts angehen«, sagte Anderson.

»Werden Sie Bonzo nach Hause schicken?«, fragte Bean. »Er wird es sonst nämlich wieder versuchen.«

Graff warf ihm einen mörderischen Blick zu. »Ich habe von deiner kleinen Ansprache in der Messe gehört«, sagte er. »Ich wusste nicht, dass wir dich hier herraufgebracht haben, damit du in die Politik gehst.«

»Wenn Sie Bonzo nicht abschießen und hier rausschaffen, wird Ender nie in Sicherheit sein, und das werden wir nicht zulassen!«

»Kümmere dich um deinen eigenen Kram, kleiner Junge!«, sagte Graff. »Das hier ist Männerarbeit.«

Bean ließ sich von Dimak wegziehen. Nur für den Fall, dass sie sich immer noch fragten, ob Bean gesehen hatte, dass Bonzo tot war, spielte er die Rolle ein wenig weiter. »Und mir wird er auch nachstellen. Ich will nicht, dass Bonzo mir nachstellt.«

»Das wird nicht passieren«, sagte Dimak. »Er geht nach Hause. Darauf kannst du dich verlassen. Aber sprich noch mit niemandem darüber. Warte, bis es offiziell mitgeteilt wird, verstanden?«

»Ja, Sir«, sagte Bean.

»Und woher hast du all diesen Unsinn darüber, einem Kommandanten nicht zu gehorchen, der illegale Befehle gibt?«

»Aus dem Allgemeinen Verhaltenskodex für Angehörige der Streitkräfte«, antwortete Bean.

»Nun, eins kann ich dir sagen – niemand wurde je für das Befolgen von Befehlen vor Gericht gestellt.«

»Das«, sagte Bean, »liegt daran, dass niemand je etwas so Unerträgliches getan hat, dass die Öffentlichkeit sich aufgeregt hätte.«

»Der Allgemeine Kodex gilt ohnehin nicht für Schüler, zumindest nicht dieser Teil davon.«

»Aber für Lehrer«, sagte Bean. »Er gilt für *Sie.* Könnte doch sein, dass Sie heute einen illegalen oder unangemessenen Befehl befolgt haben, indem sie ... ich weiß nicht ... eine Weile rumgestanden haben, während in einem Waschraum ein Kampf ausbrach? Oder weil Ihr kommandierender Offizier Ihnen befohlen hat zuzulassen, dass ein großer Junge einen kleinen Jungen verprügelt?«

Dimak ließ sich nicht anmerken, ob ihn das traf. Er blieb einfach im Flur stehen und sah zu, wie Bean in die Unterkunft der Drachenarmee zurückkehrte.

Drinnen ging es zu wie in einem Irrenhaus. Die Drachenarmee fühlte sich vollkommen hilflos; sie war wütend und schämte sich. Bonzo Madrid hatte sie ausgetrickst! Bonzo hatte Ender allein erwischt! Wo waren Enders Soldaten gewesen, als er sie brauchte?

Es dauerte lange, bis sie sich beruhigt hatten. Während der ganzen Zeit blieb Bean auf seinem Bett sitzen und hing seinen Gedanken nach. Ender hatte nicht nur diesen Kampf gewonnen. Er hatte sich nicht nur geschützt und war davongegangen. Ender hatte Bonzo getötet. Er hatte ihm einen so vernichtenden Schlag versetzt, dass Bonzo ihm nie wieder nachstellen würde.

Ender Wiggin, du bist wirklich dazu geboren, Kommandant der Flotte zu werden, die die Erde vor der Dritten Invasion schützt. Genau das brauchen wir – einen Befehlshaber, der den brutalsten Schlag führt, der möglich ist, mit absoluter Zielgenauigkeit und ohne Rücksicht auf Verluste. Totaler Krieg.

Ich – ich bin kein Ender Wiggin. Ich bin nur ein Straßenjunge, dessen einzige Fähigkeit darin besteht, am Leben zu bleiben. Irgendwie. Das einzige Mal, als ich wirklich in Gefahr war, bin ich gerannt wie ein Hase und bei Schwester Carlotta untergekrochen. Ich krieche allein in mein Versteck. Ich bin der Kerl, der große, mutige Ansprachen auf Tischen in der Messe hält. Ender ist derjenige, der dem Feind nackt gegenübertritt und ihn entgegen aller Prognosen besiegt.

Welche Gene sie auch immer verändert haben, um mich zu erschaffen, es waren nicht die, die zählten.

Meinetwegen ist Ender beinahe gestorben. Weil ich Bonzo aufgestachelt habe. Weil ich nicht zur rechten Zeit Wache gehalten habe. Weil ich nicht versucht habe zu denken wie Bonzo, denn sonst hätte ich gewusst, dass er warten würde, bis Ender allein in der Dusche war.

Wenn Ender heute gestorben wäre, wäre das auch mein Fehler gewesen.

Bean hätte am liebsten jemanden umgebracht.

Bonzo stand nicht mehr zur Verfügung; Bonzo war schon tot.

Achilles. Den musste er umbringen. Und wenn Achilles in diesem Augenblick da gewesen wäre, hätte Bean es versucht. Er hätte vielleicht auch Erfolg gehabt, wenn wilder Zorn und verzweifelte Scham genügen würden, um jeden Vorteil von Größe und Erfahrung aufzuwiegen, den Achilles vielleicht gehabt hätte. Und wenn Achilles Bean trotzdem getötet hätte, hätte Bean das ohnehin verdient gehabt, weil er Ender Wiggin so schmählich im Stich gelassen hatte.

Er spürte, wie sein Bett wackelte. Nikolai war über die Kluft zwischen den oberen Betten gesprungen.

»Schon gut«, murmelte Nikolai und berührte Beans Schulter.

Bean drehte sich auf den Rücken, um Nikolai anzusehen.

»Oh«, sagte Nikolai. »Ich dachte, du würdest weinen.«

»Ender hat gewonnen«, sagte Bean. »Also gibt es keinen Grund zum Weinen.«

18
FREUND

»Der Tod dieses Jungen war unnötig.«

»Der Tod dieses Jungen war nicht vorgesehen.«

»Aber er war vorhersehbar.«

»Im Nachhinein lässt sich das leicht sagen. Wir haben es hier immerhin mit Kindern zu tun. Ein solches Maß an Gewalttätigkeit hatten wir nicht erwartet.«

»Ich glaube Ihnen nicht. Ich glaube, dass Sie genau dieses Maß an Gewalttätigkeit erwartet haben. Deshalb haben Sie die ganze Geschichte arrangiert. Sie glauben, das Experiment war erfolgreich.«

»Ich habe keinen Einfluss darauf, was Sie glauben. Aber ich kann dem nicht zustimmen. Ender Wiggin ist bereit für die Kommandoschule. So lautet mein Bericht.«

»Ich habe einen Bericht von Dap erhalten, dem Lehrer, der beauftragt wurde, ihn sorgfältig zu beobachten. Und dieser Bericht, für den es keine Sanktionen gegen Captain Dap geben wird, sagte mir, dass Andrew Wiggin ›psychologisch dienstunfähig‹ ist.«

»Wenn er das ist, was ich sehr bezweifle, dann nur vorübergehend.«

»Wie viel Zeit glauben Sie denn, dass wir haben? Nein, Colonel Graff, im Augenblick müssen wir davon ausgehen, dass Ihr Kurs mit Wiggin versagt und den Jungen nicht nur für unsere Zwecke, sondern wahrscheinlich auch für alle anderen verdorben hat. Also möchte ich, dass Sie den anderen nach vorne bringen, falls das ohne weitere Morde möglich ist. Ich will ihn so schnell wie möglich hier in der Kommandoschule haben.«

»Sehr wohl, Sir. Obwohl ich Ihnen sagen muss, dass ich Bean für unzuverlässig halte.«

»Warum? Weil Sie ihn noch nicht in einen Mörder verwandeln konnten?«

»Weil er nicht menschlich ist, Sir.«

»Die genetische Abweichung liegt vollkommen im Rahmen üblicher Variationen.«

»Er wurde künstlich erzeugt, und der Erzeuger war ein Krimineller, von seinem Wahnsinn ganz zu schweigen.«

»Ich könnte Ihre Warnung ernst nehmen, wenn sein Vater ein Krimineller gewesen wäre. Oder seine Mutter. Aber sein *Arzt?* Der Junge ist genau das, was wir brauchen, und wir brauchen ihn so schnell wie möglich.«

»Er ist unberechenbar.«

»Und dieser Wiggin ist es nicht?«

»Weniger unberechenbar, Sir.«

»Sie drücken sich sehr vorsichtig aus für jemanden, der gerade darauf bestanden hat, dass dieser Mord ›nicht vorhersehbar‹ war.«

»Es war kein Mord, Sir!«

»Dann die Tötung!«

»Wiggin hat seinen Mut bewiesen, aber Bean noch nicht.«

»Ich habe Dimaks Bericht – für den er, ich sage es noch einmal, nicht –«

»Bestraft wird, ich weiß, Sir.«

»Beans Verhalten während dieser Reihe von Ereignissen war vorbildlich.«

»Dann ist Captain Dimaks Bericht unvollständig. Hat er Sie nicht davon informiert, dass es Bean war, der Bonzo zur Gewalttätigkeit getrieben hat, indem er gegen die Sicherheitsvorschriften verstieß und ihm mitteilte, dass Enders Armee aus hervorragenden Schülern besteht?«

»*Das* war nun wirklich eine Tat mit unvorhersehbaren Konsequenzen.«

»Bean tat es, um sein Leben zu retten, und damit hat er Ender Wiggin in Gefahr gebracht. Dass er später versucht hat, die Gefahr zu verringern, ändert nichts an der Tatsache, dass Bean zum Verräter wird, wenn man ihn unter Druck setzt.«

»Das ist harsch!«

»Und das kommt von einem Mann, der gerade einen offensichtlichen Akt der Selbstverteidigung als Mord bezeichnete?«

»Das genügt jetzt! Sie sind als Kommandant der Kampfschule beurlaubt für die Dauer von Ender Wiggins so genannter Erholungszeit. Falls Wiggin sich genügend erholt, um zur Kommandoschule gehen zu können, können Sie mitkommen und weiterhin Einfluss auf die Erziehung der Kinder haben, die wir herbringen. Wenn nicht, können Sie auf der Erde auf ihren Kriegsgerichtsprozess warten.«

»Meine Beurlaubung wird wann wirksam?«

»Sobald Sie mit Wiggin an Bord des Shuttles gehen. Major Anderson wird als vorübergehender Kommandant einspringen.«

»Also gut, Sir. Wiggin wird zur Ausbildung zurückkehren, Sir.«

»Falls wir ihn dann noch wollen.«

»Wenn Sie über die Bestürzung hinweggekommen sind, die wir alle angesichts des unglückseligen Todes des jungen Madrid empfinden, wird Ihnen klar werden, dass ich Recht habe und dass Ender der einzige brauchbare Kandidat ist; jetzt noch mehr als zuvor.«

»Ich gestatte Ihnen diese letzte Bemerkung. Und wenn Sie Recht haben, wünsche ich Ihnen alles Gute bei Ihrer Arbeit mit dem Wiggin-Jungen. Weggetreten!«

Ender trug immer noch nur sein Handtuch, als er in die Unterkunft kam. Bean sah ihn im Gang zwischen den Betten stehen, sein Gesicht wie im Tod erstarrt, und dachte: Er weiß, dass Bonzo tot ist, und das bringt ihn um.

»Ho, Ender!«, sagte Hot Soup, der mit den anderen Zugführern nahe der Tür stand.

»Werden wir heute Abend noch trainieren?«, fragte einer der jüngeren Soldaten.

Ender reichte Hot Soup ein Stück Papier.

»Ich denke, das bedeutet nein«, stellte Nikolai leise fest.

Hot Soup las. »Diese Hundesöhne. Zwei gleichzeitig?«

Crazy Tom schaute ihm über die Schulter. »Zwei Armeen!«

»Sie werden übereinander stolpern«, sagte Bean. Was ihn an dieser Idee der Lehrer am meisten entsetzte, war nicht die Dummheit, zu versuchen, Armeen zu kombinieren – ein Trick, dessen Wirkungslosigkeit im Lauf der Geschichte so oft bewiesen worden war –, sondern diese Sofort-wieder-in-den-Sattel-Mentalität, die sie dazu brachte, ausgerechnet jetzt noch mehr Druck auf Ender auszuüben. Sahen sie denn nicht, welchen Schaden sie bereits angerichtet hatten? Ender war längst fertig ausgebildet. Er hätte schon vor einer Woche befördert werden sollen. Was sollte es also, ihm jetzt noch einen Kampf abzuringen, einen vollkommen bedeutungslosen, wenn er doch schon den Rand der Verzweiflung überschritten hatte?

»Ich muss mich waschen«, sagte Ender. »Bereitet sie vor, trommelt alle zusammen; wir treffen uns dann am Tor.« Aus seiner Stimme klang für Bean das völlige Fehlen von Interesse. Nein, etwas, das noch tiefer ging als das. Ender *will* diesen Kampf nicht gewinnen.

Ender drehte sich um, um zu gehen. Alle sahen das Blut an seinem Kopf, seinen Schultern, seinem Rücken. Er ging.

Sie ignorierten das Blut. Es blieb ihnen nichts anderes übrig. »Zwei Armeen von Furzfressern!«, rief Crazy Tom. »Wir werden ihnen den Arsch versohlen!«

Das schien der allgemeine Konsens zu sein, als sie ihre Blitzanzüge anzogen.

Bean steckte die Rolle mit der Schnur in seinen Anzug. Wenn Ender je eine Showeinlage gebraucht hatte, dann in diesem Kampf, für den ihm jeder Wille zum Sieg abging.

Wie versprochen traf Ender sie am Tor, bevor es sich

öffnete – aber nur Sekunden davor. Er ging den Flur entlang, wo die Soldaten sich aufgereiht hatten, die ihn voller Liebe, Ehrfurcht und Vertrauen anschauten. Außer Bean, der ihn eher beunruhigt musterte. Er wusste, dass Ender Wiggin kein Übermensch war. Er war einfach ein Mensch, und daher war diese Last zu viel für ihn. Und dennoch hatte er sie getragen. Bis jetzt.

Das Tor wurde transparent.

Vier Sterne waren direkt vor dem Tor miteinander verbunden worden und nahmen ihnen vollständig die Sicht auf den Kampfraum. Ender würde seine Streitkräfte blind verteilen müssen. Nach allem, was er wusste, war der Feind vielleicht schon vor fünfzehn Minuten in den Raum gelassen worden. Nach allem, was er wusste, hatten sie sich vielleicht genauso aufgestellt wie Bonzos Armee, nur dass es diesmal sehr wirkungsvoll gewesen wäre, das Tor mit feindlichen Soldaten zu umgeben.

Aber Ender schwieg. Er stand nur da und starrte die Barriere aus Sternen an.

Bean hatte so etwas halbwegs erwartet. Er war bereit. Was er tat, war nicht besonders offensichtlich – er machte nur ein paar Schritte vorwärts und stand dann direkt neben Ender am Tor. Er wusste, dass es nicht mehr als das brauchen würde. Eine Erinnerung.

»Bean«, raunte Ender, »nimm deine Jungs und sag mir, was auf der andern Seite dieser Sterne ist.«

»Ja, *Sir!*«, sagte Bean. Er nahm die Rolle mit der Schnur von der Hüfte und machte mit seinen fünf Soldaten den kurzen Sprung vom Tor zum Stern. Sofort wurde das Tor, durch das er gerade hereingekommen war, zur Decke, der Stern vorübergehend zum Boden. Bean band ein Ende der Schnur um seine Taille, während die anderen Jungen sie abwickelten und locker um den Stern arrangierten. Als sie etwa ein Drittel abgerollt hatten, erklärte Bean, das sei genug. Er nahm an, dass die vier Sterne eigentlich acht waren – ein perfekter Würfel. Wenn er sich irrte, hatten sie zu viel Schnur, und er würde gegen die Decke krachen, statt es wieder hinter den Stern zu schaffen. Aber es gab Schlimmeres.

Er rutschte über den Rand des Sterns. Er hatte richtig vermutet – es war ein Würfel. Die Beleuchtung im Raum war zu trüb, um genau erkennen zu können, was die anderen Armeen taten, aber sie schienen sich zu verteilen. Offenbar hatten sie diesmal keinen Vorsprung gehabt. Er gab das rasch an Ducheval weiter, der es Ender melden würde, während Bean seinen Flug hinter sich brachte. Ender würde zweifellos damit anfangen, sofort den Rest der Armee hereinzubringen, bevor die Zeit dafür auf null sprang.

Bean sprang direkt von der Decke hinunter. Über ihm hielt sein Zug das andere Ende der Schnur fest und sorgte dafür, dass sie sich ordentlich abrollte.

Das Reißen an seinen Innereien, als die Schnur sich spannte, gefiel Bean nicht, aber die wachsende Geschwindigkeit, als er sich plötzlich nach Süden bewegte, hatte etwas Berauschendes an sich. Er konnte in der Ferne das feindliche Feuer sehen, das auf ihn gerichtet wurde. Nur die Hälfte der Feinde schoss.

Als die Schnur die nächste Kante des Würfels erreichte, wurde er abermals schneller, und nun riss es ihn in einem Bogen nach oben, und für einen Augenblick sah es so aus, als würde er die Decke streifen. Dann kam die letzte Kante, und er rutschte wieder hinter den Stern und wurde geschickt von seinen Leuten aufgefangen. Er fuchtelte mit Armen und Beinen, um zu demonstrieren, dass er es unbeschadet überstanden hatte. Was der Feind von solch magischen Manövern in der Luft hielt, konnte er sich nicht ausmalen. Aber es zählte nur, dass Ender *nicht* durch das Tor gekommen war. Die Zeit musste beinahe abgelaufen sein.

Ender kam nun allein herein. Bean berichtete so schnell wie möglich. »Das Licht ist ziemlich trüb, aber so hell, dass man den Leuten nicht einfach durch das Licht an ihren Anzügen folgen kann. Schlechtestmögliche Sichtverhältnisse.

Von diesem Stern bis zur feindlichen Seite des Raums ist alles offenes Gelände. Sie haben acht Sterne, die ein Rechteck um ihr Tor bilden. Ich habe keine gesehen außer denen, die um die Kästen herumspähten. Sie sitzen nur da und warten auf uns.«

In der Ferne hörten sie das Johlen des Feindes. »Heh, wir haben Hunger, kommt und füttert uns! Euch geht der Arsch doch auf Grundeis! Zum Teufel mit euch Drachen!«

Bean setzte seinen Bericht fort, aber er hatte keine Ahnung, ob Ender überhaupt zuhörte. »Sie haben nur aus ihrer Hälfte des Raums auf mich geschossen. Das bedeutet, dass die beiden Kommandanten *nicht* der gleichen Ansicht sind und man keinen zum Oberkommandierenden gemacht hat.«

»In einem echten Krieg«, sagte Ender, »würde sich jeder Kommandant mit etwas Hirnschmalz zurückziehen und seine Armee retten.«

»Ach zum Teufel!«, sagte Bean. »Es ist nur ein Spiel.«

»Es hat aufgehört, ein Spiel zu sein, als sie die Regeln weggeworfen haben.«

Das klingt nicht gut, dachte Bean. Wie viel Zeit hatten sie noch, um ihre Armee durchs Tor zu bringen? »Also wirfst du sie auch weg!« Er schaute Ender in die Augen, verlangte, dass er aufwachte, aufmerksam wurde, *handelte.*

Der ausdruckslose Blick verschwand. Ender grinste. Es tat verdammt gut, das zu sehen. »Okay. Warum nicht. Sehen wir mal, wie sie auf eine Formation reagieren.«

Ender begann den Rest der Armee durchs Tor zu rufen. Es würde eng werden oben auf diesem Stern, aber es ging nicht anders.

Wie sich herausstellte, hatte Ender vor, eine weitere von Beans dummen Ideen aufzugreifen, die er Bean mit seinem Zug hatte üben sehen. Eine Schirmformation gefrorener Soldaten, kontrolliert von Beans Zug, die hinter ihnen ungefroren blieben. Nachdem er Bean gesagt hatte, was er tun wollte, schloss sich Ender der Formation als gewöhnlicher

Soldat an und überließ alles andere Bean. »Es ist deine Show«, sagte er.

Bean hatte nie erwartet, dass Ender so etwas tun würde, aber nun erschien es ihm ganz vernünftig. Ender wollte diesen Kampf nicht, und Teil eines Schirms aus gefrorenen Soldaten zu sein, der von anderen durch den Raum geschoben wurde, war beinahe so, als würde er alles einfach verschlafen.

Bean machte sich sofort an die Arbeit und stellte die vier Teile des Schirms zusammen, die aus jeweils einem Zug bestanden. Die Züge A bis D stellten sich zu dritt und zu viert auf, die Arme untergehakt, während die obere Dreier-Reihe die Füße unter den Armen der vier Soldaten verankerte. Als alle fest miteinander verbunden waren, froren Bean und sein Trupp sie ein. Dann ergriffen Beans Männer je einen Abschnitt des Schirms und – sorgfältig bemüht, sich sehr langsam zu bewegen, damit die Trägheit den Schirm nicht von ihnen wegtrug – manövrierten sie hinter dem Stern hervor und langsam nach unten, bis sie sich direkt darunter befanden. Dann verbanden sie sie wieder zu einem einzigen Schirm, und Beans Leute stellten die Verbindungen dar.

»Wann habt ihr das geübt?«, fragte Dumper, der Führer des E-Zugs.

»So haben wir es noch nie zuvor gemacht«, antwortete Bean wahrheitsgemäß. »Wir haben mit Ein-Mann-Schilden geübt, aber mit sieben pro Person? Das ist neu für uns.«

Dumper lachte. »Und da ist Ender, mitten im Schirm wie alle anderen. Das ist Vertrauen, Bean, alter Junge.«

Es ist Verzweiflung, dachte Bean, aber das wollte er lieber nicht laut aussprechen.

Als alles bereit war, bezog der E-Zug hinter dem Schirm Stellung, und auf Beans Kommando stießen sie sich so fest ab, wie nur möglich. Der Schirm trieb mit recht guter Geschwindigkeit auf das feindliche Tor zu. Das gegnerische Feuer war intensiv, traf aber einzig die bereits gefrorenen

Soldaten vorn. Der E-Zug und Beans Einheit bewegten sich weiter, zwar sehr geringfügig, aber genug, dass kein zufälliger Treffer sie einfrieren konnte. Es gelang ihnen sogar, das Feuer ein wenig zu erwidern, ein paar feindliche Soldaten einzufrieren und die anderen zu zwingen, in Deckung zu bleiben.

Als Bean annahm, dass sie so weit gekommen waren, wie sie konnten, bevor die Greifen oder die Tiger einen Angriff begannen, gab er einen Befehl, und seine Einheit bewegte sich in unterschiedliche Richtungen, was die vier Teile des Schirms wieder trennte und in leicht seitlicher Bewegung auf die Ecken des Sterns zutreiben ließ, wo Greifen und Tiger sich versammelt hatten. Der E-Zug bewegte sich mit den Schirmen und feuerte wie verrückt in dem Versuch, die geringe Anzahl kampffähiger Soldaten auszugleichen.

Nachdem sie bis drei gezählt hatten, stießen sich die vier Angehörigen von Beans Einheit, die einen Schirm geführt hatten, wieder ab, diesmal zur Mitte und nach unten, sodass sie sich erneut zu Bean und Ducheval gesellten und der Schwung sie direkt auf das feindliche Tor zutrieb.

Sie hielten sich starr und gaben keinen Schuss ab, und es klappte. Sie waren alle klein; sie trieben und schienen sich ohne ein bestimmtes Ziel zu bewegen; der Feind hielt sie für eingefrorene Soldaten, falls er sie überhaupt bemerkte. Ein paar wurden von Streifschüssen getroffen, aber selbst, wenn das geschah, regten sie sich nicht, und der Feind ignorierte sie schon bald.

Als sie das feindliche Tor erreichten, brachte Bean sie langsam und ohne ein Wort mit den Helmen an die Ecken des Tores. Sie drückten die Helme genau wie beim Ende-des-Spiels-Ritual auf die Ecken, und Bean stieß Ducheval durch das Tor und sich selbst damit wieder nach oben.

Das Licht im Kampfraum ging an. Alle Waffen waren ausgeschaltet. Der Kampf war vorüber.

Es dauerte eine Weile, bis die Greifen und die Tiger begriffen, was geschehen war. Die Drachen hatten nur ein paar

Soldaten, die nicht eingefroren oder kampfunfähig waren, während Greifen und Tiger überwiegend noch kampffähig waren, weil sie konservative Strategien angewandt hatten. Bean wusste, wenn einer der beiden Kommandanten aggressiver vorgegangen wäre, hätte Enders Strategie nicht geklappt. Aber zunächst hatten sie gesehen, wie Bean um den Stern flog und das Unmögliche tat, und dann diesen seltsamen Schirm, der langsam näher kam, und sie waren dermaßen eingeschüchtert gewesen, dass sie nichts unternahmen. Die Legende, die Ender umgab, lähmte sie so, dass sie nicht wagten, ihre Kräfte einzusetzen, aus Angst, in einer Falle zu landen. Nur ... dass genau *das* die Falle gewesen war.

Major Anderson kam durch das Lehrertor in den Raum. »Ender!«, rief er.

Ender war eingefroren; er konnte nur antworten, indem er laut durch zusammengebissene Zähne grunzte. Das war ein Geräusch, das siegreiche Kommandanten selten machen mussten.

Anderson bewegte sich mit Hilfe des Hakens zu Ender und taute ihn auf. Bean war den halben Kampfraum entfernt, aber er hörte Enders Worte, so klar war seine Aussprache und so still war es geworden. »Ich habe Sie wieder geschlagen, Sir.«

Beans Leute warfen ihm einen Blick zu und fragten sich offensichtlich, ob es ihn störte, dass Ender den Verdienst für einen Sieg einheimste, der allein von Bean eingefädelt und errungen worden war. Aber Bean verstand, was Ender meinte. Er sprach nicht von dem Sieg über Greifen und Tiger. Er sprach von einem Sieg über die Lehrer. Und *dieser* Sieg hatte in der Entscheidung gelegen, die Armee Bean zu übergeben und sich selbst vollkommen zurückzuhalten. Wenn sie glaubten, Ender einem ultimativen Test unterworfen zu haben, indem sie ihn zwangen, direkt nach einem persönlichen Kampf ums Überleben im Waschraum gegen zwei Armeen anzutreten, hatte er sie geschlagen – er war dem Test ausgewichen.

Auch Anderson wusste, wovon Ender sprach. »Unsinn, Ender«, erwiderte er. Er sprach leise, aber es war so still im Kampfraum, dass seine Worte ebenfalls von allen verstanden wurden. »Dein Kampf richtete sich gegen Greifen und Tiger.«

»Für wie dumm halten Sie mich?«, fragte Ender.

Verdammt richtig, dachte Bean.

Anderson sprach zu der gesamten Gruppe. »Nach diesem kleinen Manöver werden die Regeln geändert, und wir werden verlangen, dass alle feindlichen Soldaten eingefroren oder kampfunfähig sein müssen, bevor das Tor geöffnet werden kann.«

»Regeln?«, murmelte Ducheval, der gerade durch das Tor zurückkam. Bean grinste ihn an.

»Es konnte sowieso nur einmal funktionieren«, sagte Ender.

Statt seine Soldaten einen nach dem anderen aufzutauen und danach erst den Feind, gab Ender den Befehl ein, alle gleichzeitig aufzutauen, dann reichte er Anderson den Haken und trieb zur Mitte, wo für gewöhnlich die Ende-des-Spiels-Rituale stattfanden.

»He!«, rief Ender. »Was wird es beim nächsten Mal sein? Meine Armee in einem Käfig ohne Waffen und der Rest der Kampfschule gegen sie? Wie wäre es mit ein wenig Ausgewogenheit?«

So viele Soldaten murmelten zustimmend, dass das Gemurmel recht laut wurde, und nicht alle gehörten der Drachenarmee an. Aber Anderson schien nicht darauf zu achten.

Es war William Bee von der Greifenarmee, der aussprach, was beinahe alle dachten. »Ender, wenn du auf einer Seite mitkämpfst, gibt es keine Ausgewogenheit, egal, wie die Bedingungen aussehen.«

Die Armeen pflichteten lautstark bei, viele Soldaten lachten, und Talo Momoe, der sich von Bee nicht ausstechen lassen wollte, begann rhythmisch zu klatschen. »Ender Wiggin!«, rief er. Andere griffen es auf.

Aber Bean kannte die Wahrheit. Er wusste, was Ender wusste. Ganz gleich, wie gut der Kommandant war, ganz gleich, wie erfindungsreich, ganz gleich, wie gut vorbereitet seine Armee sein mochte, wie hervorragend seine Offiziere waren, wie mutig und energisch der Kampf geführt wurde, der Sieg ging beinahe immer an die Seite, die die größere Macht hatte, den anderen Schaden zuzufügen. Manchmal tötet David vielleicht Goliath, und das bleibt unvergessen. Aber zuvor stampft Goliath viel zu viele kleine Kerle in Grund und Boden. Niemand sang Lieder über *diese* Kämpfe, denn alle wussten, dass dies nur das voraussichtliche Ergebnis war. Nein, es war das *unvermeidliche* Ergebnis, wenn man von Wundern einmal absah.

Den Schaben würde egal sein, wie legendär Ender als Kommandant für seine Männer war. Die Schiffe der Menschen würden keine magischen Tricks wie Beans Schnur haben, um den Feind zu verblüffen und durcheinander zu bringen. Ender wusste das. Bean wusste es ebenfalls. Was, wenn David keine Schleuder, keine Hand voll Steine und keine Zeit zum Werfen gehabt hätte? Was hätte es ihm da geholfen, dass er ein Meisterschütze war?

Ja, also war es gut, es war richtig für die Soldaten aller drei Armeen, Ender zuzujubeln, während er auf das feindliche Tor zutrieb, wo Bean und seine Einheit auf ihn warteten. Aber am Ende bedeutete das nichts, außer, dass alle zu viel Hoffnung auf Enders Fähigkeiten setzen würden. Es machte die Last für Ender nur noch schwerer.

Ich würde ihm etwas von dieser Last abnehmen, wenn ich könnte, sagte Bean sich. Wie heute. Du kannst es mir überlassen, und ich werde es tun, wenn ich kann. Du brauchst nicht alles allein zu machen.

Aber noch während er das dachte, wusste Bean, dass es nicht stimmte. Wenn es überhaupt getan werden konnte, dann war Ender derjenige, der es tun musste. All diese Monate, in denen Bean sich geweigert hatte, Ender zu sehen und sich regelrecht vor ihm versteckt hatte, war es um eine einzige Tatsache gegangen, der er sich nicht hatte stellen wollen: Ender war, was Bean gern sein wollte – die Art von Person, an die man alle Hoffnungen hängen konnte, die einem alle Angst nahm; jemand, der einen nicht enttäuschen und einen nicht im Stich lassen würde.

Ich möchte die Art von Junge sein, die du bist, dachte Bean. Aber ich möchte nicht das durchmachen, was du durchgemacht hast, um dorthin zu gelangen.

Und dann, als Ender durch das Tor ging und Bean ihm folgte, erinnerte er sich daran, wie er auf der Straße in Rotterdam hinter Poke oder Sergeant oder Achilles hergegangen war, und er hätte beinahe gelacht, als er dachte: Ich würde auch nicht das durchmachen wollen, was *ich* durchgemacht habe, um hierher zu gelangen.

Draußen im Flur ging Ender weiter, statt auf seine Soldaten zu warten, aber er ging nicht schnell, und schon bald hatten sie ihn eingeholt, umdrängten ihn, hielten ihn mit ihrer schieren Überschwänglichkeit auf. Nur sein Schweigen, seine Gleichgültigkeit, hielt sie davon ab, ihre Aufregung noch heftiger auszuleben.

»Trainieren wir heute Abend?«, fragte Crazy Tom.

Ender schüttelte den Kopf.

»Also morgen Früh?«

»Nein.«

»Wann dann?«

»Nie wieder, wenn ihr mich fragt.«

Das hatten nicht alle gehört, aber die, die es getan hatten, begannen miteinander zu flüstern.

»He, das ist nicht fair«, sagte ein Soldat aus dem B-Zug. »Es ist nicht unsere Schuld, dass die Lehrer das Spiel versaut haben. Du kannst nicht einfach aufhören, uns Sachen beizubringen, nur weil –«

Ender schlug mit der Hand gegen die Wand und brüllte den Jungen an: »Das Spiel interessiert mich nicht mehr!« Er schaute die anderen Soldaten an, begegnete ihrem Blick, weigerte sich, sie so tun zu lassen, als hätten sie es nicht gehört. »Versteht ihr das?« Dann flüsterte er: »Das Spiel ist zu Ende.«

Er ging davon.

Einige der Jungen wollten ihm folgen, machten ein paar Schritte. Aber Hot Soup packte sie am Kragen ihres Blitzanzugs. »Lasst ihn in Ruhe. Könnt ihr nicht sehen, dass er allein sein will?«

Selbstverständlich will er allein sein, sagte sich Bean. Er hat heute jemanden getötet, und selbst wenn ihm das noch nicht klar ist, weiß er, was auf dem Spiel stand. Die Lehrer waren bereit, ihn ganz allein dem Tod gegenübertreten zu lassen. Warum sollte er noch mitspielen? Gut für dich, Ender.

Weniger gut für uns andere. Aber es ist nicht so, als wärst du unser Vater oder dergleichen. Eher ein Bruder, und bei Brüdern ist es so, dass man sich dabei abwechseln sollte, wer Hüter des anderen ist. Manchmal muss man sich auch einfach hinsetzen und der Bruder sein, der gehütet wird.

Fly Molo brachte sie zurück in die Unterkunft. Bean folgte und wünschte sich, er könnte mit Ender sprechen, ihm versichern, dass er vollkommen seiner Ansicht sei, dass er verstehe. Aber das war lächerlich, erkannte er. Warum sollte Ender sich dafür interessieren, ob *ich* ihn verstehe? Ich bin nur ein Kind, nur einer aus seiner Armee. Er kennt mich, er weiß, wie er mich einsetzen muss, aber was interessiert es ihn, ob ich *ihn* kenne?

Bean kletterte auf sein Bett und sah darauf ein Stück Papier liegen.

Versetzung
BEAN
Kaninchenarmee
Kommandant

Das war Carn Carbys Armee. Sie hatten Carn seine Armee genommen? Er war ein guter Junge – kein großartiger

Kommandant, aber warum konnten sie nicht warten, bis er seinen Abschluss hatte?

Weil sie mit dieser Schule fertig sind, deshalb. Sie befördern jeden, von dem sie glauben, dass er Kommandoerfahrung braucht, und sie geben den anderen Schülern den Abschluss, um Platz für sie zu machen. Ich bekomme zwar die Kaninchenarmee, aber ich wette, nicht für lange.

Er zog sein Pult heraus und hatte vor, sich als ^*Graff* anzumelden und die Listen zu überprüfen, um herauszufinden, was mit den Leuten geschah. Aber das Login funktionierte nicht mehr. Offensichtlich hielten sie es nicht mehr für sinnvoll, Bean Insider-Informationen zu geben.

Aus dem Hintergrund des Raums hörte man die erhobenen Stimmen der älteren Jungen. Bean erkannte Crazy Tom, der sich über den Rest hinwegsetzte: »Ihr meint, ich soll herausfinden, wie man die Drachenarmee besiegen kann?« Schon bald wussten sie es auch ganz vorn: Sämtliche Zugführer und Stellvertreter hatten Versetzungsbefehle erhalten. Man hatte jedem Einzelnen den Befehl über eine Armee übergeben. Die Drachenarmee wurde auseinander genommen.

Nach etwa einer Minute Chaos führte Fly Molo die anderen Zugführer zwischen den Betten hindurch zur Tür. Selbstverständlich – sie mussten Ender erzählen, was die Lehrer ihm diesmal angetan hatten. Aber zu Beans Überraschung blieb Fly an seinem Bett stehen, blickte zu ihm auf, und dann sah er die anderen Zugführer hinter sich an.

»Bean, jemand muss es Ender sagen.«

Bean nickte.

»Wir dachten ... da du sein Freund bist ...«

Bean ließ es sich nicht anmerken, aber er war verdutzt. Ich? Enders Freund? Nicht mehr als jeder andere in diesem Raum.

Und dann begriff er. In dieser Armee hatte Ender über jedermanns Liebe und Bewunderung verfügt. Sie alle wussten, dass Ender ihnen vertraute. Er seinerseits hatte aber nur Bean wirklich ins Vertrauen gezogen, als er ihm seinen Spezialauftrag gegeben hatte. Und als Ender aufhören wollte, das Spiel zu spielen, hatte er Bean seine Armee übergeben. Bean war das Nächste an einem Freund, was sie bei Ender erlebt hatten, seit er Kommandant der Drachenarmee geworden war.

Bean warf einen Blick zu Nikolai, der sich einen abgrinste. Nikolai salutierte und formte mit den Lippen das Wort *Kommandant*.

Bean erwiderte den Salut, aber er konnte das Grinsen nicht erwidern, weil er wusste, was diese neue Veränderung Ender antun würde. Er nickte Fly Molo zu, dann rutschte er vom Bett und ging zur Tür. Er begab sich nicht direkt in Enders Quartier, sondern zu Carn Carbys Zimmer. Niemand öffnete. Also klopfte er an die Tür der Kaninchenunterkunft. »Wo ist Carn?«, fragte er.

»Befördert«, sagte Itú, der Führer des A-Zugs der Kaninchenarmee. »Er hat es vor einer halben Stunde erfahren.«

»Wir haben gekämpft.«

»Ich weiß – gegen zwei Armeen gleichzeitig. Ihr habt gewonnen, nicht wahr?«

Bean nickte. »Ich wette, Carn war nicht der Einzige, dem sie den Abschluss gegeben haben.«

»Vielen Kommandanten«, sagte Itú. »Mehr als der Hälfte.«

»Auch Bonzo Madrid? Haben sie ihm den Abschluss gegeben?«

»Das stand zumindest in der offiziellen Bekanntmachung.« Itú zuckte mit den Achseln. »Jeder weiß, dass Bonzo abgeschossen wurde. Ich meine, sie haben nicht einmal aufgelistet, wohin er versetzt wird. Nur ›Cartagena‹. Seine Heimatstadt. Heißt das abgeschossen oder was? Aber sollen die Lehrer es doch nennen, wie sie wollen.«

»Ich wette, dass elf Leute ihren Abschluss haben«, sagte Bean.

»Jau«, erwiderte Itú. »Elf. Du weißt mehr, was?«

»Schlechte Nachrichten, denke ich«, sagte Bean. Er zeigte Itú seinen Versetzungsbefehl.

»Santa merda!«, entfuhr es Itú. Dann salutierte er. Nicht sarkastisch, aber auch nicht begeistert.

»Hättest du etwas dagegen, es den anderen beizubringen? Damit sie die Chance haben, sich daran zu gewöhnen, bevor ich auftauche? Ich muss mit Ender reden. Vielleicht weiß er schon, dass sie ihm den gesamten Führungsstab weggenommen und ihm dafür Armeen gegeben haben. Wenn nicht, werde ich es ihm sagen.«

»*Jeder* einzelne Drachenanführer wurde versetzt?«

»Und jeder Stellvertreter.« Er dachte daran zu sagen: Tut mir Leid, dass ihr mich erwischt habt. Aber Ender hätte sich nie auf eine solche Weise selbst herabgesetzt. Und wenn Bean Kommandant werden wollte, konnte er nicht mit einer Entschuldigung anfangen. »Ich denke, Carn Carby hatte seine Leute gut organisiert«, sagte er stattdessen. »Also gehe ich davon aus, dass ich in der ersten Woche oder so die Zugführung nicht verändern werde, nicht, bevor ich gesehen habe, wie es im Training läuft und weiß, wie fit wir für die Art von Kämpfen sind, die auf uns zukommen, jetzt, da die meisten Kommandanten in der Drachenarmee ausgebildet wurden.«

Itú verstand sofort. »Mann, das wird eigenartig, was? Ender hat euch alle ausgebildet, und jetzt kämpft ihr gegeneinander.«

»Eines ist sicher«, sagte Bean, »ich habe nicht vor, die Kaninchenarmee in eine Kopie von Enders Drachenarmee zu verwandeln. Wir sind nicht die gleichen Leute, und wir kämpfen nicht gegen die gleichen Gegner. Die Kaninchen sind eine gute Armee. Wir brauchen niemanden zu kopieren.«

Itú grinste. »Das ist zwar nur Quatsch, Sir, aber es ist erstklassiger Quatsch. Ich werde es weitergeben.« Er salutierte.

Bean salutierte ebenfalls. Dann rannte er zu Enders Quartier.

Enders Matratze, Decken und Kissen waren auf den Flur geworfen worden. Einen Augenblick lang fragte Bean sich nach dem Grund. Dann sah er, dass Laken und Matratze noch feucht und blutig waren. Wasser von Enders Dusche. Blut von Bonzos Gesicht. Offenbar wollte Ender das nicht in seinem Zimmer haben.

Bean klopfte an die Tür.

»Geh weg!«, sagte Ender leise.

Bean klopfte abermals. Und dann noch einmal.

»Herein!«, sagte Ender.

Bean drückte die Tür auf.

»Hau ab, Bean!«, sagte Ender.

Bean nickte. Er konnte diese Reaktion gut verstehen. Aber er musste seine Botschaft loswerden. Also starrte er nur seine Schuhe an und wartete, dass Ender ihn fragte, was er wollte. Oder ihn anschrie. Wonach auch immer ihm zu Mute war. Die anderen Zugführer hatten nämlich Unrecht. Bean hatte keine besondere Beziehung zu Ender. Nicht außerhalb des Spiels.

Ender schwieg. Und schwieg weiter.

Bean blickte vom Boden auf und sah, dass Ender ihn anschaute. Nicht zornig, nur ... wachsam. Was sieht er in mir, fragte er sich. Wie gut kennt er mich? Was hält er von mir? Was stelle ich in seinen Augen dar?

Das würde Bean wahrscheinlich nie erfahren. Und er war auch aus einem anderen Grund hier. Es wurde Zeit, damit herauszukommen.

Er machte einen Schritt auf Ender zu. Er drehte die Hand so, dass der Versetzungsbefehl zu sehen war. Er reichte ihn Ender nicht, aber er wusste, dass Ender ihn sehen würde.

»Man hat dich versetzt?«, fragte Ender. Seine Stimme klang wie tot, als hätte er so etwas schon erwartet.

»Zur Kaninchenarmee«, sagte Bean.

Ender nickte. »Carn Carby ist ein guter Mann. Ich hoffe, er erkennt deinen Wert.«

Die Worte waren für Bean wie ein lange ersehnter Segen.

Er schluckte die Gefühle hinunter, die in ihm aufwallten. Er hatte noch mehr zu sagen.

»Carn Carby ist heute befördert worden«, fuhr Bean fort. »Sie haben es ihm gesagt, während wir im Kampfraum waren.«

»Nun«, meinte Ender, »wer ist denn jetzt Kommandant der Kaninchen?« Er klang nicht besonders interessiert. Aber die Frage wurde erwartet, also stellte er sie.

»Ich«, antwortete Bean. Er war verlegen; unweigerlich musste er lächeln.

Ender schaute zur Decke und nickte. »Klar doch. Du bist immerhin nur vier Jahre jünger als die meisten.«

»Das ist nicht komisch«, sagte Bean. »Ich weiß nicht, was hier los ist.« Außer, dass das System nur noch mit reiner Panik zu funktionieren scheint. »All die Veränderungen beim Spiel. Und jetzt das. Ich bin nicht der Einzige, der versetzt wurde. Sie haben die Hälfte der Kommandanten befördert, und viele von unseren Jungs versetzt, um deren Armeen zu befehligen.«

»Welche Jungs?« Nun schien Ender wirklich interessiert zu sein.

»Sieht so aus, als wären es alle Zugführer und die Stellvertreter.«

»Selbstverständlich. Wenn sie meine Armee schon zerstören wollen, dann machen sie es richtig. Was immer sie tun, sie sind gründlich.«

»Du wirst immer noch siegen, Ender. Das wissen wir alle. Crazy Tom hat gesagt: ›Ihr meint, ich soll herausfinden, wie man die Drachenarmee besiegen kann?‹ Alle wissen, dass du der Beste bist.« Aber seine Worte hörten sich selbst für ihn leer an. Er wollte ermutigend sein, aber ihm war klar, dass Ender es besser wusste. Dennoch schwatzte er weiter. »Sie können dich nicht brechen, ganz gleich, was sie –«

»Sie haben es bereits getan.«

Sie haben Vertrauen gebrochen. Das ist nicht das Gleiche. *Du* bist nicht gebrochen. *Sie* sind gebrochen. Aber alles, was aus seinem Mund kam, waren leere Phrasen. »Nein, Ender sie können nicht –«

»Ihr Spiel ist mir egal, Bean«, sagte Ender. »Ich werde es nicht mehr spielen. Keine Übungen mehr. Keine Kämpfe mehr. Sie können so viele kleine Papierstreifen unter der Tür durchschieben, wie sie wollen, ich werde nicht gehen. Ich hatte mich schon dazu entschlossen gehabt, bevor ich heute durch das Tor ging. Deshalb habe ich dich vorgeschickt. Ich hatte nicht geglaubt, dass es funktionieren würde, aber es war mir egal. Ich wollte nur stilvoll verlieren.«

Das weiß ich, dachte Bean. Glaubst du, ich wüsste das nicht? Aber wenn es um Stil geht, den hast du zweifellos. »Du hättest William Bees Gesicht sehen sollen. Er stand bloß da und konnte sich nicht erklären, dass er verloren hatte, denn immerhin hattest du noch sieben Leute, die mit den Zehen wackeln konnten, und er nur drei, die völlig durch den Wind waren.«

»Warum sollte ich William Bees Gesicht sehen wollen?«, schnaubte Ender. »Warum sollte ich irgendwen schlagen wollen?«

Bean spürte, wie sein Gesicht vor Verlegenheit zu glühen begann. Er hatte das Falsche gesagt. Nur ... er wusste nicht, was das Richtige war. Etwas, das bewirkte, dass Ender sich besser fühlte. Etwas, damit er verstand, wie sehr man ihn liebte und achtete.

Nur, dass Liebe und Respekt Teil der Last waren, die Ender trug. Es gab nichts, was Bean sagen konnte, das es für Ender nicht noch schwerer gemacht hätte. Also schwieg er.

Ender drückte die Handwurzeln gegen die Augen. »Ich habe Bonzo heute wirklich wehgetan, Bean. Ich habe ihm wirklich sehr wehgetan.«

Selbstverständlich. All dieser andere Kram ist nichts. Was auf Ender lastet, ist dieser schreckliche Kampf im Waschraum. Der Kampf, den deine Freunde, deine Armee, nicht verhindert haben. Und was dir wehtut, ist nicht die Gefahr, in der du warst, sondern der Schaden, den du angerichtet hast, als du dich schützen wolltest.

»Er hat es verdient«, sagte Bean. Er verzog bei seinen eigenen Worten das Gesicht.

Fiel ihm nichts Besseres ein? Aber was sonst hätte er sagen können? Kein Problem, Ender. Selbstverständlich hat er für *mich* tot ausgesehen, und ich bin wahrscheinlich das einzige Kind hier in der Schule, das weiß, wie der Tod aussieht. Aber ... kein Problem! Mach dir keine Gedanken! Er hat es verdient!

»Er stand aufrecht, als ich ihn erwischte«, sagte Ender. »Es war, als wäre er schon tot, als er noch dastand. Und ich habe immer weiter gemacht.«

Also wusste er es. Und dennoch ... er wusste es nicht wirklich. Bean würde es ihm nicht sagen. Es gab Zeiten für absolute Ehrlichkeit unter Freunden, aber das hier war nicht der geeignete Augenblick für so etwas.

»Ich wollte nur dafür sorgen, dass er mir nie wieder wehtut.«

»Das wird er auch nicht«, sagte Bean. »Sie haben ihn nach Hause geschickt.«

»Schon?«

Bean erzählte ihm, was er von Itú gehört hatte. Die ganze Zeit hatte er das Gefühl, als könne Ender sehen, dass er etwas verbarg. Plötzlich war es unmöglich, Ender Wiggin zu täuschen.

»Ich bin froh, dass sie ihm den Abschluss gegeben haben«, sagte Ender.

Schöner Abschluss. Sie werden ihn begraben oder verbrennen oder was immer man dieses Jahr in Spanien mit Leichen tut.

Spanien. Pablo de Noches, der ihm das Leben gerettet hatte, kam aus Spanien. Und nun wurde eine Leiche dorthin zurückgebracht, ein Junge, der in seinem Herzen zum Mörder geworden und dafür gestorben war.

Ich verliere wirklich den Verstand, dachte Bean. Was zählt

es schon, dass Bonzo aus Spanien kam und Pablo de Noches auch? Was zählt es, wo jemand herkommt?

Und während diese Gedanken Bean durch den Kopf zuckten, schwatzte er weiter, versuchte zu tun wie jemand, der nichts wusste, versuchte, Ender zu trösten, und dabei war ihm bewusst, wenn Ender ihm glaubte, dass er nichts wusste, dann waren diese Worte bedeutungslos, und wenn Ender begriff, dass Bean nur so tat, als hätte er keine Ahnung, waren seine Worte Lügen.

»Stimmt es, dass er einen ganzen Haufen Jungs auf dich hetzen wollte?« Bean wäre am liebsten nach draußen gerannt, so lahm klang er, selbst in seinen Ohren.

»Nein«, sagte Ender. »Es waren nur er und ich. Er hat ehrenvoll gekämpft.«

Bean war erleichtert. Ender hatte sich so tief in sich zurückgezogen, dass ihm nicht einmal auffiel, was Bean sagte und wie falsch es war.

»Ich habe nicht ehrenvoll gekämpft«, sagte Ender. »Ich habe gekämpft, um zu siegen.«

Ja, das stimmt, dachte Bean. Du hast auf die einzige Weise gekämpft, die es wert ist, die einzige, die Sinn macht. »Und du hast gesiegt. Du hast ihn total aus der Umlaufbahn gekickt.« Näher kam er nicht daran, ihm die Wahrheit zu sagen.

Es klopfte an der Tür. Dann wurde sie sofort aufgerissen, ohne dass jemand auf eine Antwort gewartet hätte. Bevor Bean sich umdrehen konnte, um zu sehen, wer es war, wusste er schon, dass es ein Lehrer sein musste. Ender blickte zu weit nach oben, als dass es ein Junge sein konnte.

Major Anderson und Colonel Graff.

»Ender Wiggin!«, sagte Graff.

Ender stand auf. »Ja, Sir?« Der tote Klang war in seine Stimme zurückgekehrt.

»Dein Ausbruch heute im Kampfraum war aufsässig und wird sich nicht wiederholen!«

Bean konnte nicht glauben, wie dumm sie waren. Mussten

sie ihn denn nach allem, was Ender durchgemacht hatte – und immerhin hatten die Lehrer ihn in diese Situation gebracht –, immer noch schikanieren? Ihm selbst *jetzt* das Gefühl geben, dass er vollkommen allein war? Diese Typen waren gnadenlos.

Enders einzige Antwort war ein weiteres lebloses: »Ja, Sir.« Aber Bean hatte genug. »Ich finde, es wurde Zeit, dass jemand einem Lehrer mal gesagt hat, was wir von ihnen halten.«

Anderson und Graff ließen sich nicht anmerken, dass sie ihn gehört hatten. Stattdessen reichte Anderson Ender ein Blatt Papier. Kein Versetzungsstreifen. Ein ausführlicher Befehl. Ender würde die Schule verlassen.

»Abschluss?«, fragte Bean.

Ender nickte.

»Wieso hat das so lange gedauert?«, fragte Bean. »Du bist nur zwei, drei Jahre zu früh dran. Du hast bereits gelernt, wie man aufrecht geht und redet und sich selbst anzieht. Was wollen sie dir noch beibringen?« Die ganze Sache war ein Witz. Glaubten sie wirklich, dass irgendwer hier sich täuschen ließ? Ihr tadelt Ender wegen seiner Aufsässigkeit, aber dann befördert ihr ihn, weil ein Krieg bevorsteht und ihr nicht genug Zeit habt, bis er so weit ist. Er ist eure Hoffnung auf Sieg, und ihr behandelt ihn wie etwas, dass ihr von eurer Schuhsohle abkratzt.

»Ich weiß nur, dass das Spiel vorbei ist«, meinte Ender. Er faltete das Blatt Papier. »Keinen Augenblick zu früh. Kann ich es meiner Armee sagen?«

»Dafür ist keine Zeit«, antwortete Graff. »Dein Shuttle startet in zwanzig Minuten. Außerdem ist es besser, nicht mehr mit ihnen zu reden, nachdem du deine Befehle hast. Das macht es leichter.«

»Ihnen oder der Armee?«, fragte Ender.

Er wandte sich Bean zu und ergriff seine Hand. Für Bean war es, als hätte der Finger Gottes ihn berührt. Es war, als würde er überall von Licht durchströmt. Vielleicht bin ich tatsächlich sein Freund. Vielleicht empfindet er einen kleinen Teil des ... Gefühls, das ich für ihn empfinde.

Und dann war es vorüber. Ender ließ seine Hand los. Er wandte sich der Tür zu.

»Warte!«, sagte Bean. »Wohin gehst du? Taktik? Navigation? Verstärkung?«

»Kommandoschule«, sagte Ender.

»Kommando-*Vorbereitung?*«

»Kommando.« Dann war Ender zur Tür hinaus.

Geradewegs zur Kommandoschule. Zur Eliteschule, deren Standort geheim gehalten wurde. Erwachsene gingen zur Kommandoschule. Der Kampf musste kurz bevorstehen, wenn alles übergangen werden konnte, was man angeblich in der Taktik- und Kommando-Vorbereitungsschule lernte.

Bean packte Graff am Ärmel. »Keiner geht zur Kommandoschule, bevor er sechzehn ist!«

Graff schüttelte Beans Hand ab und ging ebenfalls. Er ließ sich nicht anmerken, ob ihm Beans Sarkasmus aufgefallen war.

Die Tür schloss sich. Bean war allein in Enders Quartier.

Er schaute sich um. Ohne Ender war der Raum belanglos. Hier zu sein bedeutete nichts. Aber es war erst ein paar Tagen her gewesen, nicht einmal eine Woche, dass Bean hier gestanden und Ender ihm gesagt hatte, er werde ihm doch einen Zug geben.

Aus irgendeinem Grund fiel Bean der Augenblick ein, als Poke ihm sechs Erdnüsse geschenkt hatte. Sie hatte ihm damit das Leben gerettet.

Hatte auch Ender Bean das Leben gerettet? War es das Gleiche gewesen?

Nein. Poke hatte ihm Leben gegeben. Ender hatte ihm einen Sinn verliehen.

Als Enders Zimmer war dieser Raum der wichtigste in der ganzen Kampfschule gewesen. Jetzt war er nicht mehr als eine Besenkammer.

Bean ging wieder den Flur entlang zu dem Raum, der bis

heute Carn Carbys Zimmer gewesen war. Bis vor einer Stunde. Er berührte den Scanner – die Tür ging auf. Es war bereits alles programmiert.

Der Raum war leer. Nichts war darin.

Dieses Zimmer gehört jetzt mir, dachte Bean. Mir, und dennoch ist es leer.

Er spürte mächtige Gefühle, die in ihm aufwallten. Er hätte eigentlich aufgeregt sein sollen, stolz auf sein Kommando. Aber es interessierte ihn nicht so recht. Wie Ender gesagt hatte, das Spiel zählte nicht. Bean würde anständige Arbeit leisten, aber er würde nur deshalb den Respekt seiner Soldaten genießen, weil ein Hauch von Enders Ruhm an ihm haftete, diesem kleinen Napoleon-Knirps, der in Männerstiefeln einherstapfte, während er mit Kinderstimme Befehle brüllte. Niedlicher, kleiner Caligula, Stiefelchen, der Stolz der Armee des Germanicus. Aber als er die Stiefel seines Vaters trug, waren diese Stiefel leer, und Caligula wusste das, und nichts, was er je tat, konnte daran etwas ändern. War das der Grund für seinen Wahnsinn gewesen?

Es wird *mich* nicht in den Wahnsinn treiben. Ich möchte nicht haben, was Ender hat oder was er ist. Es genügt, dass *er* Ender Wiggin ist, ich muss es nicht auch noch sein.

Er verstand, was dieses Gefühl bedeutete, das in ihm aufstieg, ihm die Kehle zuschnürte, ihm Tränen in die Augen trieb, sein Gesicht brennen ließ, und ein Keuchen, ein leises Schluchzen hervorzwang. Er biss sich auf die Lippen, versuchte, das Gefühl mit Schmerz wegzuzwingen. Es funktionierte nicht. Ender war gegangen.

Nun, da er wusste, was für ein Gefühl es war, konnte er es beherrschen. Er legte sich aufs Bett und machte Entspannungsübungen, bis das Bedürfnis zu weinen vorüber war. Ender hatte seine Hand ergriffen, um sich zu verabschieden. Er hatte gesagt: »Ich hoffe, er erkennt deinen Wert.« Bean brauchte nichts mehr zu beweisen. Er würde mit der Kaninchenarmee sein Bestes geben, weil Ender vielleicht irgendwann einmal auf der Brücke des Flaggschiffs der

Menschenflotte stand, und dann würde Bean seinen Teil beitragen und ihm helfen können. Durch irgendeine Showeinlage, die Ender brauchte, um die Schaben zu verwirren. Also würde er tun, was die Lehrer sagten, und sie möglichst beeindrucken, damit sie ihm weiter die Türen öffneten, bis eines Tages eine Tür aufging und sein Freund Ender auf der anderen Seite stand und er endlich wieder in Enders Armee sein durfte.

19
REBELL

»Achilles herzuholen war Graffs letzte Tat, und wir wissen, dass es dagegen ernste Bedenken gab. Warum sichern wir uns nicht wenigstens ab und versetzen Achilles in eine andere Armee?«

»Das hier ist nicht unbedingt eine Bonzo-Madrid-Situation für Bean.«

»Aber wir wissen auch nicht sicher, dass es keine ist, Sir. Colonel Graff hat vieles für sich behalten. So führte er viele Gespräche mit Schwester Carlotta, ohne eine Notiz darüber anzufertigen. Graff weiß einiges über Bean, und ich kann ihnen versichern, auch über Achilles. Ich glaube, er hat uns eine Falle gestellt.«

»Falsch, Captain Dimak. Wenn Graff eine Falle gestellt hat, dann gilt sie nicht uns.«

»Sind Sie da sicher?«

»Graff spielt keine bürokratischen Spiele. Er interessiert sich nicht für Sie oder mich. Wenn er eine Falle gestellt hat, dann gilt sie Bean.«

»Das meine ich ja!«

»Ich verstehe, was Sie meinen. Aber Achilles bleibt.«

»Warum?«

»Achilles' Tests zeigen, dass er von äußerst ausgeglichenem Temperament ist. Er ist kein Bonzo Madrid. Daher ist Bean nicht körperlich in Gefahr. Der Stress scheint psychologischer Art zu sein. Eine Charakterprüfung. Und das ist genau der Bereich, in dem wir die wenigsten Daten über Bean haben, dank seiner Weigerung, das Psychospiel zu spielen, und der Zweideutigkeit der Informationen, die wir seinen Arbeiten mit dem Lehrer-Login entnommen haben. Daher glaube ich, dass eine erzwungene Beziehung zu seinem Buhmann durchaus erstrebenswert ist.«

»Buhmann oder Nemesis, Sir?«

»Wir werden ihn genau überwachen. Ich werde die Erwachsenen nicht so weit zurückhalten, dass wir nicht rechtzeitig da sein können, wie Graff es bei Ender und Bonzo arrangiert hat. Wir werden alle nötigen Vorsichtsmaßnahmen treffen. Ich spiele kein russisches Roulette, wie Graff es getan hat.«

»Doch, das tun Sie, Sir. Es gibt einen Unterschied: Graff wusste, dass er nur eine einzige leere Kammer hatte, und Sie wissen nicht, wie viele Kammern leer sind, weil es Graff war, der die Waffe geladen hat.«

An seinem ersten Morgen als Kommandant der Kaninchenarmee fand Bean beim Aufwachen ein Papier auf dem Fußboden. Einen Augenblick lang war er verblüfft, denn er dachte, dass man ihn in einen Kampf schicken würde, bevor er seine Armee auch nur kennen gelernt hatte, aber zu seiner Erleichterung ging es bei der Notiz um etwas viel Banaleres.

Wegen der großen Anzahl neuer Kommandanten wird die Tradition abgeschafft, dass ein neuer Kommandant erst nach dem ersten Sieg in der Kommandantenmesse essen darf. Sämtliche Kommandanten essen ab sofort in der Kommandantenmesse.

Er durchschaute auf Anhieb ihre Absicht. Da sie den Zeitplan für alle beschleunigten, wollten sie die Kommandanten in eine Situation bringen, wo sie von Anfang an Informationen austauschen konnten. Und wo sie unter sozialem Druck durch ihresgleichen standen.

Bean hielt das Papier in der Hand und erinnerte sich daran, wie Ender seinen Versetzungsbefehl in der Hand gehalten hatte, eine weitere unvorstellbare Änderung des Spiels. Dieser Befehl erschien vernünftig, aber das machte ihn noch nicht sinnvoll. An dem Spiel war nichts Heiliges, und Bean hätte im Prinzip nichts gegen Änderungen an Regeln und Bräuchen gehabt, aber die Art, wie die Lehrer sie manipulierten, störte ihn gewaltig.

Zum Beispiel hatten sie nun seinen Zugang zu Informationen über die Schüler abgeschnitten. Die Frage war nicht, warum sie das getan hatten, oder auch nur, warum sie ihm den Zugang so lange gelassen hatten. Die Frage war, warum die anderen Kommandanten diese Informationen nicht schon die ganze Zeit gehabt hatten. Wenn sie lernen sollten, zu führen, mussten ihnen auch die Werkzeuge eines Anführers zur Verfügung gestellt werden.

Und wenn die Lehrer schon das System änderten, warum warfen sie dann nicht die wirklich schädlichen Dinge über Bord? Zum Beispiel die Ranglisten in den Messen. Ranglisten und Noten! Diese Listen bewirkten nur, dass sowohl Soldaten als auch Kommandanten, statt sich um den bevorstehenden Kampf zu kümmern, vorsichtiger wurden, weniger willens, zu experimentieren. Daher hatte sich die absurde Praxis des Kampfs in Formationen so lange gehalten – Ender konnte nicht der erste Kommandant gewesen sein, der eine bessere Möglichkeit sah. Aber niemand wollte das Boot zum Kentern bringen, wollte derjenige sein, der etwas erneuerte und dafür mit einem niedrigeren Ranglistenplatz bezahlte. Es war viel besser, jeden Kampf als vollkommen eigenständiges Problem zu betrachten und die Kämpfe anzugehen, als wären sie Spiel und nicht Arbeit. Kreativität und Herausforderung würden drastisch steigen. Und die Kommandanten würden sich, wenn sie einem Zug oder einem Einzelnen einen Befehl erteilten, keine Gedanken machen müssen, ob sie den Ranglistenplatz eines bestimmten Soldaten gefährdeten und ihn opferten, damit die gesamte Armee eine bessere Chance hatte.

Das Wichtigste war aber die Herausforderung, die in Enders Entscheidung lag, das Spiel zurückzuweisen. Dass Ender weiterversetzt worden war, bevor er mit seinem Streik

Ernst machen konnte, änderte nichts an der Tatsache, dass Bean ihn unterstützt hätte, wenn es so weit gekommen wäre.

Nun, da Ender weg war, erschien es unsinnig, das Spiel zu boykottieren. Besonders, wenn Bean und die anderen an einen Punkt kommen wollten, an dem sie vielleicht Teil von Enders Flotte wären, wenn die echten Kämpfe begangen. Aber sie konnten versuchen, das Spiel für ihre Zwecke zu benutzen.

Also fand Bean sich schon bald in seiner neuen – und schlecht passenden – Kaninchenuniform abermals auf einem Tisch wieder, diesmal in der viel kleineren Offiziersmesse. Da Beans Ansprache vom Tag zuvor sich schon herumgesprochen hatte, gab es Gelächter und Gejohle, als er hinaufstieg.

»Essen die Leute dort, wo du herkommst, mit den Füßen, Bean?«

»Statt auf Tische zu steigen, warum versuchst du es nicht einfach mit *wachsen?*«

»Hol dir ein paar Stelzen, Bean, dann bleiben wenigstens die Tische sauber!«

Aber die anderen neuen Kommandanten, die bis zum Vortag in der Drachenarmee gewesen waren, johlten und lachten nicht. Ihre respektvolle Aufmerksamkeit setzte sich bald durch, und Stille senkte sich über den Raum.

Bean hob einen Arm und deutete auf die Rangliste an der Wand. »Wo ist die Drachenarmee?«, fragte er.

»Sie haben sie aufgelöst«, sagte Petra Arkanian. »Die Soldaten wurden zu anderen Armeen versetzt. Bis auf euch Jungs, die die Drachenarmee *waren.*«

Bean behielt seine Meinung über sie für sich. Aber er musste unwillkürlich daran denken, dass Petra vor zwei Tagen wissentlich oder nicht der Judas gewesen war, der Ender in die Falle locken sollte.

»Ohne den Drachen an der Spitze«, verkündete Bean, »ist diese Liste unbedeutend. Welchen Platz einer von uns dort auch einnimmt, es ist nicht das Gleiche, als hätten wir immer noch einen obersten Drachen.«

»Wir können nichts dagegen tun«, sagte Dink Meeker.

»Das Problem ist nicht, dass der Drache fehlt«, sagte Bean. »Das Problem ist, dass es diese Liste überhaupt nicht geben dürfte. *Wir* sind nicht unsere Feinde. Die *Schaben* sind der Feind. *Wir* sollen angeblich Verbündete sein. Wir sollten voneinander lernen und Informationen und Ideen austauschen. Wir sollten experimentieren und neue Dinge ausprobieren, ohne fürchten zu müssen, wie sich das auf unseren Ranglistenplatz auswirkt. Diese Liste dort oben, das ist das Spiel der *Lehrer*, die uns gegeneinander aufhetzen. Wie bei Bonzo. Niemand hier ist so krank vor Eifersucht, wie er es war, aber mal ehrlich, er war im Grunde doch nur das Produkt dieser Ranglisten. Er war wild entschlossen, unserem besten Kommandanten, unserer größten Hoffnung gegen die nächste Schaben-Invasion den Schädel einzuschlagen, und warum? Weil Ender ihn auf der *Liste* gedemütigt hatte. Denkt mal darüber nach. Die Rangliste war ihm wichtiger als der Krieg gegen die Formics!«

»Bonzo war verrückt«, wandte William Bee ein.

»Dann lasst uns nicht *auch* verrückt sein«, sagte Bean. »Lasst uns diese Listen vergessen. Konzentrieren wir uns auf einen Kampf nach dem anderen, ohne uns um die Punktzahl zu scheren. Probieren wir alles aus, was uns einfällt, um zu gewinnen. Und wenn der Kampf vorbei ist, setzen sich beide Kommandanten zusammen und erklären einander, was sie sich bei ihrem Vorgehen gedacht haben und warum sie getan haben, was sie taten, damit wir voneinander lernen können. Keine Geheimnisse mehr! Mehr Experimente! Und zum Teufel mit den Listen!«

Es gab zustimmendes Gemurmel, und nicht nur von den anderen ehemaligen Drachen.

»Für dich ist das leicht gesagt«, meldete Shen sich zu Wort. »Du hast jetzt einen guten Stand, und das wird wohl vorläufig auch so bleiben.«

»Und genau da liegt das Problem«, sagte Bean. »Du glaubst, dass ich dir etwas vormache, und warum? Wegen der Rangliste. Aber sollen wir nicht eines Tages alle Kommandanten in der gleichen Flotte sein? Zusammenarbeiten? Einander vertrauen? Was für ein trauriger Haufen wäre die IF, wenn alle Captains, Kommandanten von Stoßtrupps und Flottenadmiräle ihre Zeit damit verbringen würden, über ihre Ranglistenplätze nachzudenken statt zusammenzuarbeiten und zu versuchen, die Formics zu besiegen? Ich will von dir lernen, Shen. Ich will nicht mit dir um einen leeren Rang rivalisieren, den die Lehrer an diese Wand schreiben, um uns zu manipulieren.«

»Ja, ich bin sicher, dass all ihr Jungs aus der Drachenarmee unbedingt von uns Verlierern lernen wollt«, sagte Petra.

Jetzt war es endlich offen auf dem Tisch.

»Ja! Ja, ich *will* von euch lernen. Und zwar genau deshalb, *weil* ich in der Drachenarmee war. Elf von uns hier wissen praktisch nur das, was sie von Ender gelernt haben. Aber so brillant er auch war, er ist nicht der Einzige in der Flotte oder auch in der Schule, der etwas weiß. Ich muss erfahren, wie ihr denkt. Es geht nicht an, dass ihr Geheimnisse vor mir bewahrt oder dass ich Geheimnisse vor euch habe. Vielleicht war Ender nicht zuletzt deshalb so genial, weil all seine Zugführer immer wieder miteinander redeten und alles ausprobieren durften, aber nur, wenn sie den anderen zeigten, was sie taten.«

Diesmal gab es mehr Zustimmung. Selbst die Zweifler nickten nachdenklich.

»Also schlage ich Folgendes vor: Wir weisen diese Liste dort oben einstimmig zurück, und nicht nur die hier, sondern auch die in der Soldatenmesse. Wir stimmen alle zu, nicht mehr darauf zu achten, Punkt. Wir bitten die Lehrer, die Tafeln abzuschalten oder sie leer zu lassen. Wenn sie sich weigern, bringen wir Laken und decken sie zu, oder wir werfen Stühle danach, bis die Tafel zerbricht. Wir müssen nicht das Spiel der Lehrer spielen. Wir können unsere Ausbildung selbst in die Hand nehmen und uns bereitmachen, gegen den *echten* Feind zu kämpfen. Wir dürfen nie vergessen, wer der echte Feind ist.«

»Ja, die Lehrer!«, sagte Dink Meeker. Alle lachten. Aber dann stellte sich Dink Meeker neben Bean auf den Tisch. »Ich bin der älteste Kommandant hier, nun, da sie all die älteren Jungs weiterbefördert haben. Ich bin vielleicht der älteste Soldat in der Kampfschule. Also schlage ich vor, dass wir Beans Vorschlag akzeptieren, und ich gehe zu den Lehrern und verlange, dass die Tafeln abgeschaltet werden. Gibt es irgendwelche Gegenstimmen?«

Niemand sagte etwas.

»Dann sind wir uns einig. Wenn die Tafeln beim Mittagessen immer noch da sind, holen wir Laken, um sie zu verhüllen. Wenn sie beim Abendessen noch da sind, vergessen wir das mit den Stühlen. Weigern wir uns doch einfach, unsere Armeen in den Kampfraum zu bringen, bis die Tafeln abgeschaltet sind.«

Alai, der in der Essensschlange stand, blickte auf. »Dann werden unsere Punktzahlen aber ...« Da erkannte er, was er sagte, und lachte über sich selbst. »Verdammt, sie haben uns wirklich einer Gehirnwäsche unterzogen!«

Bean war immer noch berauscht von seinem Sieg, als er nach dem Frühstück zur Kaninchenunterkunft ging, um seine Soldaten offiziell zum ersten Mal zu treffen. Die Kaninchen trainierten laut Zeitplan am Mittag, also blieb ihm einzig die halbe Stunde zwischen dem Frühstück und den ersten Unterrichtsstunden des Morgens. Als er am Tag zuvor mit Itú gesprochen hatte, war er mit den Gedanken woanders gewesen, und hatte nur flüchtig mitbekommen, was in der Kaninchenunterkunft vor sich ging. Aber nun erkannte er, dass die Soldaten der Kaninchenarmee anders als die der Drachen alle im üblichen Alter waren. Keiner war auch nur annähernd so klein wie Bean. Er sah aus wie eine Puppe, und noch schlimmer, er fühlte sich auch so, als er den Flur zwischen den Betten entlangging und all diese riesigen Jungen – und ein paar Mädchen – auf ihn niederschauten.

Auf halbem Weg drehte er sich um, um diejenigen anzusehen, an denen er schon vorbeigekommen war. Es war wohl am besten, es sofort anzusprechen.

»Das erste Problem für mich«, verkündete Bean laut, »besteht darin, dass ihr alle viel zu groß seid.«

Keiner lachte. Bean starb ein wenig. Aber er musste weitermachen.

»Ich wachse, so schnell ich kann. Darüber hinaus weiß ich nicht, was ich dagegen tun soll.«

Jetzt hörte er ein Kichern oder zwei. Es war schon eine Erleichterung, dass zumindest ein paar willens waren, ihm auf halbem Weg entgegenzukommen.

»Unser erstes Training wird um 1030 stattfinden. Wie unser erster gemeinsamer Kampf ausgehen wird, kann ich nicht vorhersehen, aber eines kann ich euch versprechen: Die Lehrer werden mir *nicht* die traditionellen drei Monate nach meiner Versetzung zu einer neuen Armee geben. Das Gleiche gilt für all die anderen neuen Kommandanten, die gerade eingesetzt wurden. Sie haben Ender Wiggin nur ein paar Wochen mit uns gegeben, bevor sie uns in den Kampf schickten, und die Drachen waren eine vollkommen neue Armee, aus dem Nichts geschaffen. Die Kaninchen sind eine gute Armee mit einem soliden Hintergrund. Der einzige Neue hier bin ich. Ich erwarte, dass die Kämpfe schon in ein paar Tagen beginnen, spätestens in einer Woche, und ich erwarte, dass wir häufig kämpfen müssen. Also werdet bei den ersten paar Trainings *ihr* diejenigen sein, die *mich* ausbilden; ihr müsst mir das System zeigen, das ihr kennt. Ich will sehen, wie ihr mit euren Zugführern arbeitet, wie die Züge miteinander arbeiten, wie ihr auf Befehle reagiert, welche Befehle ihr benutzt. Ich habe ein paar Dinge zu sagen, in denen es mehr um Haltung als um Taktik geht, aber nach und nach will ich sehen, wie eure Routineabläufe sind, wie es unter Carn immer gemacht wurde. Es würde mir allerdings helfen, wenn ihr wirklich intensiv trainiert, sodass ich euch im besten Zustand sehe. Irgendwelche Fragen?«

Keine. Schweigen.

»Noch etwas. Vorgestern haben Bonzo und ein paar seiner Freunde Ender Wiggin im Flur aufgelauert. Ich sah die Gefahr, aber die Soldaten der Drachenarmee waren überwiegend zu klein, um der Bande, die Bonzo versammelt hatte, standhalten zu können. Es war kein Zufall, dass ich zur Tür der Kaninchenarmee gekommen bin, als ich Hilfe für meinen Kommandanten suchte. Es war nicht die nächstgelegene Tür. Ich bin zu euch gekommen, weil ich wusste, dass ihr in Carn Carby einen aufrichtig denkenden Kommandanten habt, und ich bin davon ausgegangen, dass in seiner Armee die gleiche Haltung herrscht. Ich wusste, selbst wenn ihr Ender Wiggin oder die Drachenarmee nicht besonders mögt, würdet ihr nicht einfach dastehen und zulassen, wie ein Haufen Schläger einen kleineren Jungen verprügelt, den sie nicht in einem fairen Kampf besiegen konnten. Und ich hatte mich nicht geirrt. Als ihr aus der Unterkunft kamt und als Zeugen im Flur standet, war ich stolz auf euch. Ich bin stolz, jetzt einer von euch zu sein.«

Das ging ihnen runter wie Öl. Schmeichelei versagt selten, und sie versagt nie, wenn sie aufrichtig gemeint ist. Indem er sie wissen ließ, dass sie bereits seinen Respekt verdient hatten, löste er viel von der Spannung auf, denn selbstverständlich hatten sie befürchtet, dass er als ehemaliger Drache nichts als Verachtung für die erste Armee übrig hatte, die Ender Wiggin geschlagen hatte. Nun wussten sie es besser, und daher hatte er eine Chance, auch ihren Respekt zu gewinnen.

Itú begann zu klatschen, und die anderen fielen bald ein. Es war kein langer Beifall, aber er genügte, um ihn wissen zu lassen, dass die Tür offen war, zumindest einen Spalt breit.

Er hob die Hände, um den Applaus zu beenden – gerade

rechtzeitig, da er ohnehin schon erstarb. »Ich möchte ein paar Minuten mit den Zugführern in meinem Quartier sprechen. Ihr anderen seid entlassen bis zum Training.«

Fast augenblicklich war Itú neben ihm. »Gute Arbeit«, sagte er. »Nur ein Fehler.«

»Welcher?«

»Du bist nicht der einzige Neue hier.«

»Sie haben einen der Drachensoldaten zu den Kaninchen geschickt?«

Einen Augenblick lang gestattete Bean sich zu hoffen, dass es Nikolai wäre. Er konnte einen verlässlichen Freund brauchen.

Aber er hatte kein Glück.

»Nein, ein Drachensoldat wäre ein Veteran. Ich meine, dieser Kerl ist *neu.* Er ist gestern Nachmittag in die Kampfschule gekommen und wurde gestern Abend hierher geschickt, nachdem du vorbeigekommen warst.«

»Ein Frischling? Und sie haben ihn direkt in eine Armee gesteckt?«

»Oh, wir haben ihn ausgefragt, und er hatte überwiegend den gleichen Unterricht wie wir. Er wurde unten auf der Erde ein paar Mal operiert, und er hat die ganze Zeit gepaukt, aber –«

»Er muss sich auch noch von Operationen erholen?«

»Nein, er bewegt sich jetzt gut. Er – warum lernst du ihn nicht einfach kennen? Ich muss nur wissen, ob du ihn gleich in einen Zug stecken willst.«

»Also gut, sehen wir ihn uns an.«

Itú führte ihn in den hinteren Bereich der Unterkunft. Dort war er, stand neben seinem Bett, mehrere Zentimeter größer, als Bean ihn in Erinnerung hatte, und mit nun gleich langen Beinen, die beide gerade waren.

Der Junge, den er zum letzten Mal gesehen hatte, wie er Poke begrapschte, Minuten, bevor ihre Leiche in den Fluss stürzte.

»Ho, Achilles!«, sagte Bean.

»Ho, Bean!«, erwiderte Achilles. Er grinste freundlich. »Sieht so aus, als wärst du hier der große Zampano.«

»Sozusagen.«

»Ihr beiden kennt euch?", fragte Itú.

»Wir kennen einander aus Rotterdam«, sagte Achilles.

Sie können ihn nicht zufällig hierher geschickt haben. Ich habe nur Schwester Carlotta erzählt, was er getan hat, aber woher soll ich wissen, was sie an die IF weitertrug? Vielleicht haben sie ihn hergebracht, weil sie dachten, da wir beide aus Rotterdam stammen, aus der gleichen Bande – der gleichen Familie –, würde ich ihm helfen können, sich schneller in der Schule zurechtzufinden. Oder vielleicht wussten sie auch, dass er ein Mörder ist, der lange Zeit seinen Groll hegt und zuschlägt, wenn man es am wenigsten erwartet. Vielleicht wussten sie, dass er meinen Tod so sicher geplant hat wie den von Poke. Vielleicht ist er hier, um mein Bonzo Madrid zu werden.

Nur, dass ich keinen Selbstverteidigungsunterricht genommen habe. Und ich bin höchstens halb so groß wie er – ich könnte nicht hoch genug springen, um seine Nase zu treffen. Was immer sie erreichen wollten, indem sie Enders Leben gefährdeten, Ender hatte immer eine bessere Chance zu überleben, als ich sie haben werde.

Es gibt nur eines, was sich zu meinem Vorteil auswirken könnte, und zwar, dass Achilles ebenfalls überleben will und dass ihm das noch wichtiger ist als seine Rache. Da er seinen Groll ewig bewahrt, hat er es nicht eilig, zu handeln. Und anders als Bonzo wird er sich nie gestatten, unter Umständen zuzuschlagen, in denen er als Mörder identifizierbar sein könnte. Solange er glaubt, dass er mich braucht, und solange ich nicht allein bin, bin ich wohl in Sicherheit.

Sicherheit. Er schauderte. Poke hatte sich ebenfalls sicher gefühlt.

»Dort war Achilles *mein* Kommandant«, sagte Bean. »Er hat eine Gruppe von uns Kindern am Leben erhalten. Hat uns in die Suppenküchen gebracht.«

»Bean ist zu bescheiden«, entgegnete Achilles. »Das Ganze war seine Idee. Im Grunde war er es, der uns beigebracht hat, auf diese Weise zusammenzuarbeiten. Ich habe seitdem viel gelernt, Bean. Ich habe ein Jahr der Bücher und des Unterrichts hinter mir – wenn sie nicht gerade an meinen Beinen herumgeschnitten und meine Knochen pulverisiert haben und wieder wachsen ließen. Und dadurch habe ich schließlich verstanden, zu was für einem Sprung du uns verholfen hast. Von der Barbarei zur Zivilisation. Bean hier hat dafür gesorgt, das wir die menschliche Evolution wiederholen.«

Bean war intelligent genug, zu erkennen, wenn man Schmeicheleien gegen ihn einsetzte. Aber im Augenblick war es ausgesprochen nützlich, dass dieser neue Junge direkt von der Erde Bean bereits kannte und ihm Respekt erwies.

»Zumindest die Evolution der Pygmäen«, sagte Bean.

»Bean war der zäheste kleine Bastard auf den Straßen von Rotterdam, das kann ich euch sagen.«

Nein, das ging zu weit, um noch nützlich zu sein. Achilles hatte gerade die Grenze zwischen Schmeichelei und Besitzerstolz überschritten. Geschichten über Bean als »zäher kleiner Bastard« stellten Achilles über ihn und suggerierten, dass er es sich leisten dürfe, eine Einschätzung des Kleinen abzugeben. Die Geschichten mochten zu Beans Vorteil ausfallen – aber sie würden vor allem dazu dienen, Achilles zu stärken, ihn viel schneller zum Insider zu machen, als er es sonst geworden wäre. Und Bean wollte noch nicht, dass Achilles zum Insider wurde.

Schon redete Achilles weiter, und andere Soldaten scharten sich um ihn. »Als ich zu Beans Bande stieß –«

»Es war nicht meine Bande«, schnitt Bean ihm das Wort ab, »und hier in der Kampfschule erzählen wir keine Geschichten von zu Hause und hören uns auch keine an. Also wäre es mir sehr lieb, wenn du nicht weiter darüber sprechen würdest, was in Rotterdam passiert ist – nicht, solange du in meiner Armee bist.«

Er war bei seiner Antrittsrede nett gewesen. Jetzt wurde es Zeit für etwas Autorität.

Achilles schien wegen des Tadels nicht verlegen zu sein. »Verstanden. Kein Problem.«

»Es wird Zeit für euch, zum Unterricht zu gehen«, wandte Bean sich an die Soldaten. »Ich muss nur noch mit meinen Zugführern sprechen.« Bean deutete auf Ambul, einen Thai, der nach allem, was Bean über ihn gelesen hatte, schon lange Zugführer gewesen wäre, hätte er nicht eine gewisse Tendenz gehabt, dumme Befehle zu missachten. »Du, Ambul. Ich beauftrage dich damit, Achilles in die richtigen Unterrichtsräume zu bringen und ihn damit vertraut zu machen, wie man einen Blitzanzug anzieht, wie er funktioniert und wie man sich im Kampfraum bewegt. Achilles, du wirst Ambul gehorchen, als wäre er Gott, bevor ich dich einem regulären Zug zuteile.«

Achilles grinste. »Aber ich gehorche Gott nicht.«

Und du glaubst, ich weiß das nicht? »Die korrekte Antwort auf einen Befehl von mir lautet: ›Ja, Sir!‹.«

Achilles verging das Grinsen. »Ja, Sir!«

»Ich bin froh, dich bei uns zu haben«, log Bean.

»Und ich bin froh, hier zu sein, Sir«, erwiderte Achilles. Bean war einigermaßen sicher, dass Achilles zwar nicht unbedingt log, aber seine Gründe für diese Freude sehr kompliziert waren und inzwischen wohl auch den erneuten Wunsch beinhalteten, Bean tot zu sehen.

Zum ersten Mal verstand Bean, wieso Ender fast immer so getan hatte, als könne Bonzo ihm nicht gefährlich werden. Es gab keine andere Möglichkeit. Entweder handelte er, um sich zu retten, oder er hielt die Kontrolle über seine Armee aufrecht. Um die Autorität zu wahren, musste Bean bei seinen Soldaten auf vollkommenem Gehorsam und Respekt bestehen, selbst wenn das bedeutete, Achilles zu demütigen, selbst wenn das bedeutete, dass die Gefahr für ihn persönlich zunahm.

Und ein anderer Teil von ihm dachte: Achilles wäre nicht

hier, wenn er nicht die Fähigkeit zu einem Anführer hätte. Er hat sich als unser Papa in Rotterdam hervorragend geschlagen. Jetzt liegt es in meiner Verantwortung, ihn so schnell wie möglich auszubilden, um seiner potenziellen Nützlichkeit für die IF willen. Ich kann nicht zulassen, dass meine persönliche Angst oder mein Hass auf ihn wegen dem, was er Poke angetan hat, diesen Prozess stören. Selbst wenn Achilles das leibhaftige Böse ist, besteht meine Aufgabe darin, ihn zu einem kampffähigen Soldaten zu machen, der die Chance hat, Kommandant zu werden.

Und in der Zwischenzeit muss ich eben so gut wie möglich auf mich aufzupassen.

20
ERPROBUNG

»Sie haben ihn in die Kampfschule gebracht, nicht wahr?«

»Schwester Carlotta, ich bin im Augenblick beurlaubt. Das bedeutet, sie haben mich rausgeschmissen, falls Sie nicht verstehen, wie die IF mit solchen Dingen umgeht.«

»Rausgeschmissen! Ein Justizirrtum! Man sollte Sie erschießen.«

»Wenn die Schwestern von St. Nikolaus Klöster hätten, würde Ihre Äbtissin Sie für einen so unchristlichen Gedanken Buße tun lassen.«

»Sie haben ihn aus dem Krankenhaus in Kairo geholt und direkt in den Weltraum geflogen. Obwohl ich Sie gewarnt habe.«

»Ist Ihnen nicht aufgefallen, dass Sie über eine reguläre Leitung mit mir sprechen? Ich bin auf der Erde. Ein anderer leitet die Kampfschule.«

»Er ist jetzt ein Serienmörder. Es war nicht nur das Mädchen in Rotterdam. Es gab dort auch einen Jungen, der, den Helga Odysseus genannt hatte. Vor ein paar Wochen haben sie seine Leiche gefunden.«

»Vor ein paar Wochen! Achilles hat das gesamte letzte Jahr in Krankenhäusern verbracht.«

»Der Leichenbeschauer hat festgestellt, dass der Mord mindestens ein Jahr zurückliegt. Die Leiche war hinter ein paar Langzeit-Lagerhäusern am Fischmarkt versteckt. Das verbarg den Geruch. Und es geht weiter. Ein Lehrer in der Schule, in die ich ihn gesteckt habe.«

»Ah. Das stimmt. *Sie* hatten ihn schon vor mir in eine Schule geschickt.«

»Der Lehrer ist aus einem Fenster ganz weit oben zu Tode gestürzt.«

»Keine Zeugen. Kein Beweis.«

»Genau.«

»Sie sehen darin eine Tendenz?«

»Das will ich meinen. Achilles tötet nicht achtlos. Und er wählt seine Opfer auch nicht zufällig aus. Er bringt jeden um, der ihn hilflos, verkrüppelt und geschlagen gesehen hat – er kann die Schande nicht ertragen. Er muss sich läutern, indem er sich absolute Macht über die Person verschafft, die es gewagt hat, ihn zu demütigen.«

»Sie sind neuerdings Psychologin?«

»Ich habe die Fakten einem Experten vorgelegt.«

»Die angeblichen Fakten.«

»Ich stehe nicht vor Gericht, Colonel. Ich spreche mit dem Mann, der diesen Mörder in die gleiche Schule gebracht hat wie das Kind, das den ursprünglichen Plan hatte, ihn zu demütigen. Das seinen Tod verlangte. Mein Experte versichert mir, die Wahrscheinlichkeit, dass Achilles nicht gegen Bean vorgeht, sei gleich null.«

»Das ist im Weltraum nicht so leicht, wie Sie glauben. Kein Kai, verstehen Sie?«

»Wissen Sie, woher ich wusste, dass Sie ihn in den Weltraum mitgenommen haben?«

»Ich bin sicher, Sie haben Ihre Quellen, sowohl sterbliche als auch himmlische.«

»Meine gute Freundin Dr. Vivian Delamar war die Chirurgin, die sich um Achilles' Bein gekümmert hat.«

»Wenn ich mich recht erinnere, haben Sie sie empfohlen.«

»Bevor ich wusste, was es mit Achilles wirklich auf sich hatte. Als ich es herausfand, habe ich sie angerufen. Sie gewarnt. Mein Experte meinte, auch *sie* sei in Gefahr.«

»Die Ärztin, die sein Bein geheilt hat? Warum?«

»Niemand hat ihn hilfloser gesehen als die Chirurgin, die an ihm herumgeschnitten hat, während er betäubt dalag. Ich bin sicher, er wusste, dass es falsch war, dieser Frau zu schaden, die ihm so viel Gutes getan hat. Aber das Gleiche trifft auch auf Poke zu, die sein erstes Opfer wurde. *Falls* sie das erste Opfer war.«

»Also gut ... Dr. Vivian Delamar. Sie haben sie alarmiert. Was hat sie gesehen? Hat er unter Narkose ein Geständnis gemurmelt?«

»Das werden wir nicht erfahren. Er hat sie umgebracht.«

»Sie machen wohl Witze.«

»Ich bin gerade in Kairo. Sie wird morgen beigesetzt. Sie haben es für einen Herzinfarkt gehalten, bis ich sie drängte, nach einem Nadeleinstich zu suchen. Tatsächlich haben sie einen gefunden, und nun wird es als Mord betrachtet. Achilles kann jetzt lesen. Er wusste, welche Drogen sie umbringen würden. Wie er sie allerdings dazu veranlasst hat, still sitzen zu bleiben, während er ihr die Injektion verabreichte, weiß ich nicht.«

»Wie kann ich das glauben, Schwester Carlotta? Der Junge ist großzügig und liebenswert, die Menschen fühlen sich zu ihm hingezogen. Er ist ein geborener Anführer. Solche Menschen töten nicht.«

»Wer sind die Toten? Ein Lehrer, der ihn wegen seiner Ignoranz verspottete, als er in die Schule kam. Der ihn vor der ganzen Klasse lächerlich machte. Die Ärztin, die ihn betäubt sah. Das Mädchen von der Straße, dessen Bande ihn zu Boden schlug. Der Straßenjunge, der geschworen hatte, ihn zu töten, und ihn veranlasste, sich zu verstecken. Vielleicht könnte man mit dieser Argumentation keine Geschworenen beeindrucken, aber es sollte Sie zumindest nachdenklich machen.«

»Ja, Sie haben mich überzeugt, dass eine echte Gefahr besteht. Aber ich habe den Lehrern in der Kampfschule schon gesagt, dass es gefährlich werden könnte. Und ich bin jetzt nicht mehr für die Kampfschule zuständig.«

»Aber Sie stehen immer noch mit ihr in Verbindung. Wenn Sie die Kinder dringlicher warnen, werden sie Maßnahmen ergreifen.«

»Ich werde sie angemessen warnen.«

»Sie lügen mich an.«

»Das sehen Sie übers Telefon?«

»Sie *wollen,* dass Bean der Gefahr ausgesetzt wird.«

»Schwester ... ja, das will ich. Aber nicht in solchem Ausmaß. Ich werde tun, was ich kann.«

»Wenn Sie zulassen, dass Bean etwas zustößt, wird Gott Rechenschaft fordern.«

»Dann muss er sich hinten anstellen, Schwester Carlotta. Erst wird mich die IF vor ein Kriegsgericht stellen.«

Bean spähte in den Belüftungsschacht in seinem Quartier und staunte darüber, dass er jemals klein genug gewesen war, um dort hineinzupassen. Wie groß war er damals gewesen – so groß wie eine Ratte?

Da er nun sein eigenes Zimmer hatte, brauchte er sich zum Glück nicht mehr auf die Ausstoßöffnungen zu verlassen. Er stellte seinen Stuhl auf den Tisch und stieg hinauf zu der langen, schmalen Ansaugdüse an der Flurwand seines Zimmers. Die Abdeckungen – lange, schmale Platten – ließen sich leicht wegheben. Die Vertäfelung darüber war nur eine Armlänge entfernt. Und auch sie ließ sich recht einfach lösen. Das entstehende Loch war groß genug, dass beinahe jedes schlanke Kind in der Kampfschule den Kriechraum über der Flurdecke erreichen konnte.

Bean zog sich aus und kroch ein weiteres Mal in das Belüftungssystem.

Es war diesmal enger – wirklich überraschend, wie sehr er gewachsen war. Rasch kroch er zum Instandhaltungsbereich nahe den Öfen. Er fand heraus, wie das Beleuchtungssystem funktionierte, und entfernte sorgfältig alle Glühbirnen und Leuchteinheiten in den Bereichen, die er benutzen würde. Bald gab es einen breiten vertikalen Schacht, der bei geschlossener Tür vollkommen dunkel war und der selbst bei offener Tür tief im Schatten lag.

Sorgfältig baute er seine Falle auf.

Achilles staunte immer wieder, wie sich das Universum seinem Willen beugte. Was immer er sich wünschte, schien zu geschehen. Poke und ihre Bande, die ihn über die anderen Schläger erhoben. Schwester Carlotta, die ihn zur Priesterschule in Brüssel brachte, Doktor Delamar, die sein Bein richtete, sodass er *laufen* konnte und sich von anderen Jungen seines Alters nicht mehr unterschied.

Und jetzt war er hier in der Kampfschule, und kein anderer als der kleine Bean war sein Kommandant, bereit, ihn unter seine Fittiche zu nehmen, ihm in dieser Schule zum Aufstieg zu verhelfen. Als wäre das Universum nur geschaffen, um ihm zu dienen, als würden sich alle darin auf seine Wünsche einstellen.

Der Kampfraum war unglaublich cool. Krieg in einer Schachtel. Man schoss, und der Anzug des anderen erstarrte. Selbstverständlich hatte Ambul den Fehler gemacht, das zu demonstrieren, indem er Achilles einfror und dann über sein verdutztes Gesicht lachte, als er in der Luft trieb, sich nicht bewegen konnte und die Richtung seiner Bewegung beibehalten musste. Das sollten die Leute besser nicht tun. Es war falsch, und so etwas nagte stets an Achilles, bis er imstande war, die Dinge wieder ins Lot zu bringen. Es sollte mehr Freundlichkeit und Respekt auf der Welt geben.

Man brauchte sich nur Bean anzusehen. Es hatte so vielversprechend begonnen, aber dann hatte Bean angefangen ihn herabzusetzen. Er hatte den anderen klar gemacht, dass Achilles einmal Beans Papa gewesen war, jetzt aber nur noch ein Soldat in Beans Armee. Das wäre nicht nötig gewesen. Man setzte Leute nicht herab. Bean hatte sich verändert. Damals, als Poke Achilles umgeworfen und ihn vor all diesen kleinen Kindern beschämt hatte, hatte Bean ihm Respekt erwiesen. »Töte ihn«, hatte Bean gesagt. Dieser kleine Junge hatte damals schon gewusst, dass Achilles auch noch gefährlich war, wenn er auf dem Rücken lag. Aber das schien er jetzt vergessen zu haben. Tatsächlich war Achilles ziemlich sicher, dass Bean Ambul angewiesen hatte, seinen Blitzanzug einzufrieren und ihn im Trainingsraum zu demütigen, sodass die anderen über ihn lachten.

Ich war dein Freund und Beschützer, Bean, weil du mir Respekt erwiesen hast. Aber nun muss ich das gegenüber deinem Verhalten hier in der Kampfschule abwägen. Überhaupt kein Respekt mehr für mich.

Das Problem war, dass die Schüler in der Kampfschule nichts erhielten, was man als Waffe benutzten konnte, und alles war vollkommen sicher. Niemand war je allein, außer den Kommandanten. Allein in ihren Quartieren. Das war vielversprechend. Aber Achilles nahm an, dass die Lehrer verfolgen konnten, wo sich jeder Schüler jederzeit aufhielt. Er musste noch mehr über das System herausfinden, musste lernen, wie er ihm entgehen konnte, bevor er damit anfing, die Dinge ins Lot zu bringen.

Aber eins wusste er: Er würde lernen, was er lernen musste. Gelegenheiten würden sich bieten. Und er würde diese Gelegenheiten erkennen und wahrnehmen. Nichts konnte seinen Aufstieg aufhalten, bis er alle Macht, die zu haben war, in Händen hielt. Dann würde es vollkommene Gerechtigkeit auf der Welt geben, nicht dieses jämmerliche System, das so viele Kinder unwissend, hungrig und verkrüppelt auf den Straßen leben ließ, während andere privilegiert, gesund und in Sicherheit waren. Die Erwachsenen, die seit tausenden von Jahren bestimmt hatten, was geschah, waren Dummköpfe und Versager. Aber das Universum gehorchte Achilles. Er, und nur er, konnte den Missbrauch korrigieren.

An seinem dritten Tag in der Kampfschule hatte die Kaninchenarmee ihren ersten Kampf mit Bean als Kommandant. Sie verloren. Sie hätten nicht verloren, wenn Achilles Kommandant gewesen wäre. Bean versuchte so ein dummes Empfindsamkeits-Ding und überließ die Angelegenheit den Zugführern. Aber es war offensichtlich, dass Beans Vorgänger die falschen Leute für diese Posten ausgewählt hatte. Wenn Bean gewinnen wollte, musste er die Armee fester unter seine Kontrolle bringen. Als er versuchte,

Bean das vorzuschlagen, hatte der Kleine nur wissend gelächelt – ein aufreizend überlegenes Lächeln – und erklärt, der Schlüssel zum Sieg bestünde darin, dass jeder Zugführer und am Ende jeder einzelne Soldat die gesamte Situation erkennen und unabhängig handeln konnte, um zum Sieg zu gelangen. Achilles hätte ihn am liebsten geschlagen, so dumm war das. Jemand, der wusste, wie man Dinge ins Lot brachte, ließ nicht zu, dass andere ihr kleines Durcheinander in den Ecken der Welt anrichteten. Er ergriff die Zügel und riss fest daran. Er peitschte seine Männer zum Gehorsam. Wie Friedrich der Große gesagt hatte: Der Soldat muss seine Offiziere mehr fürchten als die Kugeln des Feindes. Man konnte nicht ohne die nackte Ausübung von Macht herrschen. Die Gefolgsleute mussten sich vor dem Anführer beugen. Sie mussten sich vollkommen *ergeben* und nur vom Geist und Willen des Anführers beherrschen lassen. Niemand außer Achilles schien zu begreifen, dass darin die große Kraft der Schaben lag. Sie hatten keine individuellen Gedanken, nur den Schwarmgeist. Sie ergaben sich der Königin vollkommen. Wir können die Schaben nicht besiegen, wenn wir nicht von ihnen lernen, wenn wir nicht wie sie werden.

Aber es hatte keinen Sinn, das Bean zu erklären. Er würde nicht zuhören. Und deshalb würde die Kaninchenarmee nie zu einem Schwarm werden. Bean arbeitete daran, Chaos zu schaffen. Es war unerträglich.

Unerträglich – und doch, gerade als Achilles glaubte, er könne die Dummheit und Verschwendung wirklich nicht mehr aushalten, rief Bean ihn in sein Quartier.

Achilles war verblüfft, als er hereinkam und feststellte, dass Bean die Abdeckung des Ansaugschachts und einen Teil der Wand entfernt hatte, was ihm Zugang zum Belüftungssystem gab. Das hatte Achilles nicht erwartet.

»Zieh dich aus«, sagte Bean

Achilles witterte einen Versuch, ihn zu demütigen.

Bean zog seine eigene Uniform aus. »Sie verfolgen uns

mit Hilfe der Uniformen«, sagte er. »Wenn du keine trägst, wissen sie auch nicht, wo du bist, außer in der Sporthalle und im Kampfraum, wo sie teure Geräte haben, die jeden warmen Körper wahrnehmen. Aber wir gehen an keinen dieser Orte, also zieh dich aus.«

Bean war nackt. Solange Bean sich als Erster auszog, hatte Achilles keine Probleme, es ebenfalls zu tun.

»Ender und ich haben das immer so gemacht«, sagte Bean. »Alle halten Ender für einen brillanten Kommandanten, dabei kannte er einfach nur alle Pläne der anderen Kommandanten, weil wir sie durch das Belüftungssystem ausspioniert haben. Und nicht nur die der Kommandanten. Wir fanden auch heraus, was die Lehrer planten. Wir wussten es immer im Voraus. Auf diese Weise war es nicht schwer, zu gewinnen.«

Achilles lachte. Das war wirklich cool. Bean war vielleicht ein Dummkopf, aber dieser Ender, von dem Achilles so viel gehört hatte, *der* hatte gewusst, was er tat.

»Man muss zu zweit gehen, wie?«

»Um dorthin zu gelangen, wo ich die Lehrer ausspionieren kann, muss ich durch einen weiten, stockfinsteren Schacht. Ich kann nicht hinunterklettern. Ich brauche jemanden, der mich runterlässt und wieder hochzieht. Ich wusste nicht, wem ich in der Kaninchenarmee vertrauen kann, und dann ... dann bist du aufgetaucht. Ein Freund aus alten Zeiten.«

Es geschah schon wieder. Das Universum beugte sich seinem Willen. Er und Bean würden allein sein. Niemand konnte verfolgen, wo sie waren. Niemand würde wissen, was geschehen war.

»Ich bin dabei«, sagte Achilles.

»Stemm mich hoch«, verlangte Bean. »Du bist groß genug, um allein raufzukommen.«

Es war deutlich zu sehen, dass Bean diesen Weg schon viele Male zurückgelegt hatte. Er krabbelte durch den Kriechraum, und seine Füße und sein Hinterteil blitzten auf, wenn Licht vom Flur aus in den Schacht fiel. Achilles merkte sich, wo Bean seine Hände und Füße aufsetzte, und bald schon bewegte er sich ebenso geschickt. Jedes Mal, wenn er sein Bein benutzte, staunte er darüber, dass er es konnte. Das Bein bewegte sich genau dorthin, wo er wollte, und hatte genug Kraft, ihn aufrecht zu halten. Doktor Delamar war vielleicht eine geschickte Chirurgin gewesen, aber selbst sie hatte gesagt, sie habe noch nie erlebt, dass ein Körper so gut auf die Operation reagierte wie der von Achilles. Sein Körper wusste, wie er gesund werden konnte, und hatte nur darauf gewartet, stark genug zu werden. Die ganze Zeit zuvor, diese verkrüppelten Jahre, waren nur eine Lektion des Universums gewesen, die Achilles beibringen sollte, wie unerträglich Unordnung war. Und nun hatte Achilles einen perfekten Körper und war bereit, in der Welt aufzusteigen, um die Dinge richtig zu stellen.

Achilles merkte sich die Route, die sie nahmen, sehr genau. Wenn sich eine Möglichkeit ergab, würde er allein zurückkehren. Er konnte sich nicht leisten, sich zu verirren oder zu verraten. Niemand durfte wissen, dass er je im Belüftungssystem gewesen war. Solange er ihnen keinen Grund gab, würden die Lehrer ihm niemals misstrauen. Und sie gingen davon aus, dass er und Bean Freunde waren. Wenn Achilles um das Kind trauerte, würden seine Tränen echt sein. Sie waren es immer, denn es lag etwas Edles in diesem tragischen Sterben. Es war großartig, wie das große Universum seinen Willen durch Achilles' geschickte Hände vollzog.

Die Heizöfen tosten, als sie in einen Raum kamen, in dem die Bauweise der Station sichtbar wurde. Feuer war gut. Es ließ nur wenig übrig. Leute starben, wenn sie zufällig ins Feuer fielen. Es passierte dauernd. Bean, der allein herumkroch ... es wäre gut, wenn sie näher an die Heizöfen kämen.

Stattdessen öffnete Bean eine Tür in einen dunklen Raum. Das Licht, das durch die Öffnung fiel, zeigte eine schwarze Kluft nicht weit drinnen. »Fall bloß nicht da rein«, sagte Bean vergnügt. Er griff nach einer sehr feinen Schnur, die am Boden lag. »Das ist eine Rettungsleine. Sicherheitsausrüstung. Sorgt dafür, dass die Arbeiter nicht in den Weltraum treiben, wenn sie außerhalb der Station Reparaturen durchführen. Ender und ich haben es vorbereitet – die Schnur hängt über einen Balken dort oben und hält mich in der Mitte des Schachts. Du kannst sie nicht mit den Händen packen; sie schneidet zu leicht ein, wenn sie über die Haut rutscht. Also musst du sie fest um deinen Körper binden – siehst du? – und dich abstützen. Die Schwerkraft ist hier ziemlich gering, also werde ich einfach springen. Wir haben alles so ausgemessen, dass ich direkt auf der Ebene hängen bleibe, wo die Schächte in die Quartiere der Lehrer abzweigen.«

»Tut es nicht weh, wenn die Schnur sich spannt?«

»Ganz fürchterlich«, sagte Bean. »Aber es hat eben alles seinen Preis. Dann nehme ich die Schnur ab, wickle sie um ein Stück Metall, und sie bleibt da, bis ich zurückkomme. Ich ziehe dreimal daran, wenn ich mich wieder angebunden habe. Dann musst du mich hochziehen. Aber *nicht* mit den Händen. Du gehst durch die Tür und dort hinaus. Wenn du an die Stelle kommst, wo wir hereingekommen sind, geh um den Balken herum, bis du die Wand berührst. Dort kannst du warten, bis ich mich über den Rand geschwungen habe. Dann nehme ich mein Ende der Leine ab und komme wieder heraus, und die Schnur lassen wir fürs nächste Mal zurück. Einfach, nicht wahr?«

»Ein Kinderspiel«, sagte Achilles.

Statt an der Wand stehen zu bleiben, würde er einfach weitergehen. Dann würde Bean in der Luft hängen, wo er sich nirgendwo festhalten konnte. Und dann hätte Achilles genug Zeit, die Schnur irgendwo in diesem dunklen Raum anzubinden. Bei dem Tosen der Heizöfen und Ventilatoren würde niemand Beans Hilfeschreie hören. Achilles könnte sich in Ruhe alles ansehen. Herausfinden, wie man zu den

Heizöfen gelangte. Bean zurückziehen, ihn erwürgen und die Leiche zum Feuer tragen. Die Schnur würde er in den Schacht werfen. Niemand würde sie je finden. Wahrscheinlich würde auch niemand Bean finden, und wenn, dann wäre sein Gewebe zerstört. Die Würgemerkmale wären verschwunden. Sehr sauber und ordentlich. Es würde ein wenig Improvisation erforderlich machen, aber so war es schließlich immer. Mit den kleineren Problemen konnte Achilles sich auch dann noch beschäftigen, wenn sie sich stellten.

Er zog sich die Schnur über den Kopf, dann band er sie unter den Armen fest, während Bean in die Schlinge am anderen Ende stieg.

»Fertig«, sagte Achilles.

»Achte darauf, dass sie schön stramm sitzt, damit sie bei dir nicht einschneidet, wenn mein Gewicht daran zieht.«

»Ja, sie sitzt fest.«

Aber Bean musste sich selbst überzeugen. Er schob einen Finger unter die Schnur. »Fester«, sagte er.

Achilles band die Rettungsleine fester.

»Gut«, sagte Bean. »Genau richtig. Los!«

Los? Bean war derjenige, der etwas tun sollte.

Dann straffte sich die Schnur, und Achilles wurde umgerissen. Nach ein paar weiteren Rucken hing er in der Luft in dem dunklen Schacht. Die Schnur schnitt sich tief in seine Haut ein.

Als Bean »Los!« gerufen hatte, hatte er jemand anderen gemeint. Jemanden, der bereits im Schatten gelauert hatte. Der verräterische kleine Mistkerl!.

Achilles schwieg jedoch. Er griff nach oben, um den Balken über sich zu erreichen, aber das war nicht möglich. Er konnte auch nicht die Schnur hinaufklettern, nicht mit bloßen Händen, nicht, solange sie von seinem Körpergewicht festgezurrt wurde.

Er begann sich zu winden, versuchte, hin und her zu schwingen. Aber ganz gleich, wie weit er in jede Richtung schwang, er stieß nirgendwo an. Keine Wand, keine Stelle, wo er Halt finden konnte.

Zeit zu reden.

»Worum geht es hier, Bean?«

»Um Poke«, sagte Bean.

»Sie ist tot, Bean.«

»Du hast sie geküsst. Du hast sie getötet. Du hast sie in den Fluss geworfen.«

Achilles spürte, wie ihm das Blut in die Wangen schoss. Niemand sah das. Bean riet nur, aber ... woher wusste er, dass Achilles sie zuerst geküsst hatte, wenn er nicht dort gewesen war?

»Du irrst dich«, sagte Achilles.

»Wie traurig, wenn ich mich irren würde. Dann würde der falsche Mann für das Verbrechen sterben.«

»Sterben? Mach keine Witze, Bean. Du bist kein Mörder.«

»Die trockene, heiße Luft im Schacht wird mir die Arbeit abnehmen. Du wirst an einem Tag verdurstet sein. Dein Mund ist schon ein wenig trocken, nicht wahr? Und du wirst einfach da hängen bleiben und mumifizieren. Das hier ist das Absaugsystem, also wird die Luft später noch gefiltert und gereinigt. Selbst wenn deine Leiche eine Weile stinkt, wird es niemand riechen. Niemand wird dich sehen – du bist weit oberhalb der Stelle, an der das Licht von der Tür hereinfällt. Und überhaupt kommt nie jemand hierher. Nein, Achilles' Verschwinden wird eines der großen ungelösten Rätsel der Kampfschule werden. Sie werden Gespenstergeschichten über dich erzählen, um den Frischlingen Angst zu machen.«

»Bean, ich habe es nicht getan.«

»Ich habe dich gesehen, Achilles, du Dummkopf. Mir ist gleich, was du sagst, ich habe dich *gesehen.* Ich hätte nie gedacht, dass ich einmal Gelegenheit bekommen würde, dir das heimzuzahlen. Alles, was Poke getan hat, hat dir nur genützt. Ich wollte, dass sie dich umbringt, aber sie hatte

Mitleid. Sie hat dich zum König der Straße gemacht, und dafür hast du sie umgebracht?«

»Ich habe sie nicht umgebracht.«

»Lass es mich erklären, Achilles, da du eindeutig zu dumm bist, zu erkennen, wo du bist. Das war dein erster Fehler: nicht zu begreifen, wo du hier bist. Auf der Erde warst du daran gewöhnt, erheblich schlauer zu sein als alle anderen. Aber hier in der Kampfschule sind *alle* so gescheit wie du, und die meisten von uns sind gescheiter. Glaubst du denn, Ambul hätte nicht bemerkt, wie du ihn angeschaut hast? Glaubst du, er wüsste nicht, dass er dem Tod geweiht war, nachdem er über dich gelacht hat? Glaubst du wirklich, die anderen Soldaten in der Kaninchenarmee hätten an mir gezweifelt, als ich ihnen von dir erzählte? Sie haben bereits gemerkt, dass etwas mit dir nicht stimmt. Den Erwachsenen ist es vielleicht entgangen, sie kaufen dir vielleicht ab, wie du dich einschleimst, aber *wir* tun es nicht. Und da wir gerade erst eine Situation hatten, in der ein Junge versucht hat, einen anderen zu töten, wollte niemand so etwas noch einmal erleben. Wir wollten nicht darauf warten, bis du zuschlägst. Eines solltest du nämlich wissen – Fairness schert uns hier einen Dreck. Wir sind Soldaten. Soldaten geben dem anderen keine Chance. Soldaten schießen dich in den Rücken, stellen Fallen, legen sich in den Hinterhalt, lügen den Feind an und versuchen bei jeder Gelegenheit, in der Überzahl zu sein. Deine Art von Mord funktioniert nur bei Zivilisten. Und du warst zu dreist, zu dumm und zu verrückt, um das zu begreifen.«

Achilles wusste, dass Bean Recht hatte. Er hatte sich gewaltig verkalkuliert. Er hatte vergessen, dass Bean, als er Poke riet, ihn zu töten, ihm nicht nur Respekt erwiesen hatte. Er hatte damit auch versucht, ihn umzubringen.

Es sah nicht gut für ihn aus.

»Du hast also zwei Möglichkeiten. Zum einen kannst du einfach da hängen bleiben, und wir werden uns abwechseln, um aufzupassen, dass du keinen Ausweg findest, bis du tot bist, und dann lassen wir dich hier hängen und machen weiter wie zuvor. Die andere Möglichkeit besteht darin, alles zu gestehen, und ich meine *alles,* nicht nur das, von dem du glaubst, dass ich es bereits weiß, und dann immer weiter zu gestehen. Du gestehst es den Lehrern. Du gestehst es den Psychiatern, zu denen sie dich schicken. Du gestehst dir deinen Weg zurück in eine psychiatrische Klinik auf der Erde. Uns ist es gleich, wie du dich entscheidest. Für uns zählt nur, dass du nie wieder frei durch die Flure der Kampfschule gehen wirst. Und auch nicht anderswo. Also ... was willst du? Willst du an dieser Schnur vertrocknen, oder sollen die Lehrer wissen, wie verrückt du bist?«

»Bring einen Lehrer her, und ich gestehe.«

»Hast du nicht gehört, wie ich gesagt habe, dass wir nicht dumm sind? Du gestehst *jetzt,* vor Zeugen. Und einem Aufnahmegerät. Wir bringen keinen Lehrer hier herauf, der sieht, wie du da hängst, und dem du ganz fürchterlich Leid tust. Jeder Lehrer, der hierher kommt, wird schon genau wissen, was für einer du bist, und außerdem wird er etwa sechs Marineinfanteristen mitbringen, die dafür sorgen, dass du nicht mehr entkommen kannst, Achilles, denn sie spielen hier keine Spielchen, sie geben den Leuten keine Gelegenheit zur Flucht. Du hast hier keine Rechte. Du wirst keine Rechte mehr haben, bis du wieder auf der Erde bist. Hier ist deine letzte Chance. Zeit zu gestehen.«

Achilles hätte beinahe laut gelacht. Aber es war wichtig, dass Bean glaubte, gewonnen zu haben. Und im Augenblick hatte er das ja auch. Achilles erkannte nun, dass es keine Möglichkeit für ihn gab, in der Kampfschule zu bleiben. Aber Bean war nicht schlau genug, ihn zu töten. Nein, Bean ließ ihn vollkommen unnötigerweise am Leben. Und solange Achilles lebte, würde die Zeit die Dinge für ihn regeln. Das Universum würde sich biegen, bis eine Tür aufging und Achilles wieder frei war. Und das würde eher früher als später geschehen.

Du hättest mir keine Tür offen lassen dürfen, Bean. Eines

Tages *werde* ich dich töten. Dich und alle anderen, die mich hier hilflos gesehen haben.

»Also gut«, sagte Achilles. »Ich habe Poke umgebracht. Ich habe sie erwürgt und in den Fluss geworfen.«

»Weiter.«

»Was weiter? Du willst wissen, wie sie in die Hose gepisst und geschissen hat, als sie starb? Du willst wissen, wie ihr die Augen aus dem Kopf gequollen sind?«

»Ein einziger Mord bringt dich nicht in die Psychiatrie, Achilles. Du weißt, dass du vorher schon getötet hast.«

»Wie kommst du darauf?«

»Weil es dich nicht gestört hat.«

Es hat mich nie gestört, auch nicht beim ersten Mal. Du verstehst einfach nichts von Macht. Wenn es dich *stört,* bist du nicht geeignet, Macht zu haben. »Ich habe selbstverständlich Odysseus getötet, aber nur, weil er lästig war.«

»Und?«

»Ich bin kein Massenmörder, Bean.«

»Du lebst, um zu töten, Achilles. Gestehe es. Und dann überzeuge mich, dass es wirklich *alles* war.«

Aber Achilles hatte sich nur verstellt. Er hatte bereits beschlossen, alles zu erzählen.

»Die Letzte war Doktor Vivian Delamar«, gestand er. »Ich sagte ihr, sie sollte mich nicht vollständig betäuben, wenn sie mich operiert. Ich sagte ihr, dass sie mich wach lassen soll, dass ich es ertragen könnte, selbst wenn ich Schmerzen hätte. Aber sie musste Macht über mich ausüben. Ich finde, wenn sie wirklich so auf Kontrolle aus war, hätte sie mir nicht den Rücken zuwenden sollen. Und wie konnte sie so dumm sein zu glauben, dass ich wirklich eine Waffe hatte? Ich habe ihr die Zungenklemme so fest in den Rücken gedrückt, dass sie nicht einmal gespürt hat, wie die Nadel eingedrungen ist, direkt daneben. Sie hatte einen Herzinfarkt in ihrem Büro. Niemand wusste auch nur, dass ich dort gewesen war. Willst du noch mehr hören?«

»Ich will alles hören, Achilles.«

Es dauerte zwanzig Minuten, aber Achilles gab ihnen die gesamte Chronik von allen sieben Malen, als er die Dinge wieder ins Lot gebracht hatte. Es gefiel ihm sogar, darüber zu reden. Niemand hatte je zuvor die Chance gehabt zu verstehen, wie mächtig er war. Er hätte gerne ihre Gesichter gesehen; das war das Einzige, was ihn reute. Er hätte gerne gesehen, wie angewidert sie waren und wie sie dadurch ihre Schwächen zeigten, ihre Unfähigkeit, der Macht in die Augen zu schauen. Machiavelli hatte das verstanden. Wenn man herrschen wollte, durfte man auch vor Mord nicht zurückschrecken. Saddam Hussein hatte es gewusst. Man musste bereit sein, mit eigenen Händen zu töten. Man konnte nicht einfach im Schatten bleiben und es andere erledigen lassen. Auch Stalin hatte es gewusst – man kann niemandem gegenüber loyal sein, weil einen das nur schwächt. Lenin war gut zu Stalin gewesen, hatte ihm seine Chance gegeben, hatte ihn aus dem Nichts herausgeholt und zum Torhüter der Macht gemacht. Aber das hatte Stalin nicht davon abgehalten, Lenin gefangen zu nehmen und dann umzubringen. So etwas würden diese Dummköpfe nie verstehen. All diese Militärschreiber waren nur Stammtischphilosophen. All diese Militärgeschichte – der größte Teil davon war nutzlos. Krieg war nur eines der Werkzeuge, die große Männer benutzten, um sich Macht zu verschaffen und sie auch zu behalten. Und die einzige Möglichkeit, einen großen Mann aufzuhalten, bestand in dem Weg, den Brutus eingeschlagen hatte.

Bean, du bist kein Brutus.

Schaltet das Licht an. Lasst mich die Gesichter sehen.

Aber das Licht ging nicht an. Als er fertig war, als sie gingen, gab es nur das Licht, das durch die Tür fiel und ihre Silhouetten umriss. Es waren fünf. Alle nackt, aber sie hatten ein Aufnahmegerät dabei. Sie hatten es sogar getestet und sich überzeugt, dass es das Geständnis auch wirklich aufgezeichnet hatte. Achilles hörte seine eigene Stimme, stark und unerschütterlich. Stolz auf das, was er getan hatte. Das würde den Schwächlingen zeigen, dass er »wahnsinnig« war. Sie würden ihn am Leben lassen. Bis das Universum die Dinge abermals seinem Willen entsprechend bog und ihn befreite, um die Erde mit Blut und Schrecken zu überziehen. Da sie ihm nicht ihre Gesichter gezeigt hatten, würde er keine Wahl haben. Wenn alle Macht in seinen Händen lag, würde er alle töten müssen, die zu diesem Zeitpunkt in der Kampfschule gewesen waren. Aber das war ohnehin eine gute Idee. Da alle brillanten militärischen Geister der Gegenwart hier zum einen oder anderen Zeitpunkt versammelt gewesen waren, war es offensichtlich, dass Achilles, um herrschen zu können, jeden töten musste, dessen Name je auf einer Kampfschul-Liste gestanden hatte. Dann würde er keine Rivalen mehr haben. Und er würde weiterhin Kinder testen, solange er lebte, und jeden finden, der auch nur den geringsten Funken militärischen Talents aufwies. Herodes hatte verstanden, wie man an der Macht blieb.

TEIL SECHS

SIEGER

21
VERMUTUNGEN

»Wir warten nicht mehr darauf, dass Colonel Graff den Schaden behebt, der Ender Wiggin zugefügt wurde. Wiggin braucht für die Arbeit, die ihm bevorsteht, die Taktikschule nicht. Und auch die anderen müssen sofort ihren Aufenthaltsort verlegen. Sie müssen ein Gefühl dafür entwickeln, was die alten Schiffe leisten können, bevor wir sie herbringen und an die Simulatoren setzen, und das braucht Zeit.«

»Sie hatten nur ein paar Spiele.«

»Ich hätte ihnen nicht einmal diese Zeit geben dürfen. Die Interplanetare Startbasis ist zwei Monate entfernt, und bis sie mit der Taktikschule fertig sind, wird der Weg von der Schule zur Flottenzentrale vier Monate betragen. Damit bleiben ihnen nur noch drei Monate in der Taktikschule, bevor wir sie zur Kommandoschule bringen können. Drei Monate, in denen drei Jahre Ausbildung komprimiert werden müssen.«

»Ich sollte Ihnen vielleicht sagen, dass Bean offenbar Colonel Graffs letzten Test bestanden hat.«

»Test? Als ich Colonel Graff abgelöst habe, dachte ich, ich hätte damit auch sein krankes kleines Testprogramm beendet.«

»Wir wussten nicht, wie gefährlich dieser Achilles war. Man hatte uns vor einer gewissen Gefahr gewarnt, aber ... er schien so liebenswert zu sein ... ich gebe Colonel Graff keine Schuld, das müssen Sie verstehen. Er konnte es nicht wissen.«

»Was wissen?«

»Dass Achilles ein Serienmörder ist.«

»Das sollte Graff glücklich machen. Ender hat bis jetzt erst zwei umgebracht.«

»Das ist kein Witz, Sir. Achilles hat sieben Morde begangen.«

»Und er hat die Tests bestanden?«

»Er wusste, wie er die psychologischen Tests handhaben musste.«

»Bitte sagen Sie mir, dass keiner dieser sieben Morde in der Kampfschule stattgefunden hat.«

»Nummer acht wäre hier passiert. Aber Bean hat ihn dazu gebracht zu beichten.«

»Ist Bean jetzt auch ein Priester?«

»Sir, es war wirklich eine sehr geschickte Strategie. Er hat ihn ausmanövriert – ihn in einen Hinterhalt geführt, und das Geständnis war die einzige Fluchtmöglichkeit.«

»Also hat Ender, der nette amerikanische Mittelklasse-Junge, den Jungen getötet, der ihn im Waschraum zusammenschlagen wollte. Und Bean, der Straßenjunge mit der Verbrechervergangenheit, übergibt einen Serienmörder dem Gesetz.«

»Bedeutsamer für unsere Zwecke ist, dass Ender zwar sehr geschickt war, wenn es darum ging, Teams aufzubauen, aber er hat Bonzo Mann gegen Mann geschlagen. Und Bean, ein Einzelgänger, der auch nach einem Jahr in der Schule noch so gut wie keine Freunde hatte, wird mit Achilles fertig, indem er ein Team zusammenstellt, um ihn notfalls zu verteidigen und als Zeugen zu fungieren. Ich habe keine Ahnung, ob Graff dieses Ergebnis vorhergesehen hat, aber seine Tests haben beide Jungen dazu gebracht, entgegen unseren Erwartungen zu handeln, aber auch entgegen seiner eigenen Voreingenommenheit.«

»Voreingenommenheit, Major Anderson?«

»Es steht alles in meinem Bericht.«

»Versuchen Sie, einen Bericht zu verfassen, in dem das Wort Voreingenommenheit kein einziges Mal vorkommt.«

»Ja, Sir.«

»Ich habe den Zerstörer *Condor* angewiesen, die Gruppe mitzunehmen.«

»Wie viele wollen Sie, Sir?«

»Wir brauchen mindestens elf. Carby, Bee und Momoe sind bereits auf dem Weg zur Taktikschule, aber Graff sagte mir, dass von diesen dreien wahrscheinlich nur Carby gut mit Wiggin zusammenarbeiten wird. Wir müssen einen Platz für Ender freihalten, aber es könnte nicht schaden, Ersatz zu haben. Also schicken Sie zehn.«

»*Welche* zehn?«

»Woher zum Teufel soll ich das wissen. Nun ... selbstverständlich Bean. Und die neun anderen, von denen Sie glauben, dass sie mit Bean oder Ender als Kommandant am besten zusammenarbeiten, wer von beiden es am Ende auch sein wird.«

»Eine Liste für beide möglichen Kommandanten?«

»Mit Ender als erster Wahl. Wir wollen, dass sie alle zusammen ausgebildet werden. Dass sie ein Team werden.«

Die Befehle kamen um 1700. Bean sollte um 1800 an Bord der *Condor* sein. Er hatte eigentlich nichts zu packen. Eine Stunde war mehr Zeit, als sie Ender gegeben hatten. Also sagte Bean seiner Armee, was los war und wohin er ging.

»Wir hatten nur fünf Spiele«, meinte Itú.

»Muss den Bus erwischen, wenn er Halt macht, klar?«, sagte Bean.

»Jau«, meinte Itú.

»Wer noch?«, fragte Ambul.

»Sie haben mir nichts gesagt. Nur ... Taktikschule.«

»Wir wissen nicht mal, wo die ist.«

»Irgendwo im Weltraum«, meinte Itú.

»Ach, tatsächlich?«

Es war ein lahmer Witz, aber sie lachten. Der Abschied war nicht besonders schmerzlich. Er war nur acht Tage bei der Kaninchenarmee gewesen.

»Tut uns Leid, dass wir nicht für dich gewonnen haben«, sagte Itú.

»Wir hätten gewinnen können, wenn ich es gewollt hätte«, erwiderte Bean.

Sie schauten ihn an, als hätte er den Verstand verloren.

»Ich war es, der vorgeschlagen hat, dass wir die Ranglisten abschaffen und uns keine Gedanken mehr darüber machen, wer gewinnt. Wie hätte es denn ausgesehen, wenn wir das tun und ich jedes Mal gewinne?«

»Es hätte ausgesehen, als würdest du dich doch für die Rangliste interessieren«, antwortete Itú.

»Das ist es nicht, was mich stört«, bemerkte ein anderer Zugführer. »Willst du behaupten, du hast dafür gesorgt, dass wir verlieren?«

»Nein. Ich hatte nur andere Prioritäten. Was lernen wir daraus, einander zu besiegen? Nichts, richtig? Wir kämpfen nicht gegen menschliche Kinder, sondern gegen Schaben. Also, was müssen wir lernen? Wie wir unsere Angriffe koordinieren. Wie wir aufeinander reagieren. Wie wir den Verlauf der Schlacht ertasten und Verantwortung für das Ganze übernehmen, selbst wenn wir keine Kommandanten sind. *Daran* habe ich mit euch Jungs gearbeitet. Und wenn wir *gewonnen* hätten, wenn wir reingegangen wären und den Fußboden mit ihnen aufgewischt hätten, mit *meiner* Strategie, was hätte das *euch* gebracht? Ihr habt bereits unter einem guten Kommandanten gearbeitet. Was ihr lernen musstet, war, miteinander zu arbeiten. Also habe ich euch vor schwierige Situationen gestellt, und am Ende habt ihr Wege gefunden, einander aus dem Dreck zu holen. So hat es funktioniert.«

»Aber nie gut genug, dass wir gewonnen hätten.«

»Das sehe ich anders. Es hat geklappt. Wenn die Schaben wiederkommen, werden sie dafür sorgen, dass nichts mehr klappt. Außer den normalen Problemen des Krieges werden sie uns noch auf Arten Ärger machen, die wir jetzt nicht einmal erahnen können, weil sie keine Menschen sind, weil sie nicht so denken wie wir. Wozu sind Angriffspläne in einer solchen Situation gut? Wir versuchen es, wir tun unser

Bestes, aber am Ende zählt nur, was wir tun können, wenn die Kommandostruktur zusammenbricht. Wenn nur ihr übrig bleibt mit eurer Einheit, und ihr mit eurer Transportmöglichkeit, und ihr mit eurem zerschlagenen Stoßtrupp, der nur fünf Waffen für acht Schiffe hat – wie werdet ihr einander aushelfen? Wie kommt ihr zurecht? Daran habe ich gearbeitet. Und dann bin ich in die Offiziersmesse gegangen und habe den anderen erzählt, was ich gelernt habe. Was ihr mir gezeigt habt. Ich habe auch von ihnen gelernt – ich habe euch doch alles gezeigt, was ich von ihnen gelernt habe, oder?«

»Na ja, du hättest uns sagen können, was du von *uns* gelernt hast«, wandte Itú ein. Sie nahmen ihm immer noch übel, dass sie verloren hatten.

»Ich habe es euch nicht sagen müssen. Ihr wusstet es doch schon so.«

»Zumindest hättest du uns sagen können, dass es in Ordnung war, nicht zu gewinnen.«

»Aber ihr solltet *versuchen* zu gewinnen. Ich habe es euch nicht gesagt, weil es nur klappt, wenn ihr glaubt, dass es ums Ganze geht. Wie wenn die Schaben kommen. Dann wird es wirklich wichtig sein. Dann müsst ihr wirklich gut sein, wenn Verlieren bedeutet, dass ihr und alle, die ihr je gern gehabt habt, sterben müsst, so wie die ganze Menschheit. Seht mal, ich bin nicht davon ausgegangen, dass wir viel Zeit miteinander verbringen würden. Also habe ich die Zeit so gut wie möglich genutzt, für euch und für mich. Ihr seid jetzt alle bereit, Kommandanten von Armeen zu werden.«

»Was ist mit dir, Bean?«, fragte Ambul. Er lächelte, aber es lag eine gewisse Schärfe darin. »Bist du bereit, eine Flotte zu kommandieren?«

»Ich weiß nicht. Es hängt davon ab, ob sie gewinnen wollen.« Bean grinste.

»Eines kann ich dir sagen«, versicherte Ambul. »Soldaten verlieren nicht gern.«

»Und genau deshalb«, entgegnete Bean, »lernt man beim Verlieren viel mehr als beim Gewinnen.«

Sie hatten zugehört. Sie dachten darüber nach. Einige nickten.

»Immer vorausgesetzt, man überlebt«, fügte Bean hinzu und grinste sie an.

Sie grinsten zurück.

»Ich habe euch das Beste gegeben, was ich mir in dieser Woche ausdenken konnte«, sagte Bean. »Und ich habe von euch so viel gelernt, wie mir möglich war. Ich danke euch.«

Er stand auf und salutierte.

Sie salutierten ebenfalls.

Er ging.

Und zwar zur Unterkunft der Rattenarmee.

»Nikolai hat gerade seinen Befehl bekommen«, teilte ihm ein Zugführer mit.

Einen Augenblick lang fragte sich Bean, ob Nikolai wohl mit ihm zur Taktikschule kommen würde. Sein erster Gedanke war, dass er noch nicht so weit sei. Sein zweiter Gedanke: Ich wünschte, er könnte mitkommen. Der dritte: Ich bin kein besonders guter Freund, wenn ich als Erstes denke, dass er es eigentlich nicht verdient hat, befördert zu werden.

»Welche Befehle?«, fragte Bean.

»Er wird eine Armee kommandieren. Dabei hat er hier nicht mal einen Zug angeführt. Er ist erst letzte Woche gekommen.«

»Welche Armee?«

»Die Kaninchen.« Der Zugführer warf noch einmal einen Blick auf Beans Uniform. »Oh. Ich nehme an, er wird *dein* Nachfolger.«

Bean lachte und eilte zu dem Quartier, das er gerade verlassen hatte. Nikolai saß drinnen, die Tür noch weit offen, und wirkte ziemlich verloren.

»Darf ich reinkommen?«

Nikolai blickte auf und grinste. »Bitte sag mir, dass du hier bist, weil du deine Armee zurückhaben willst.«

»Ich habe einen Tipp für dich: Versuch zu gewinnen. Sie halten das für wichtig.«

»Ich konnte nicht glauben, dass du alle fünf Kämpfe verloren hast.«

»Weißt du, für eine Schule, die keine Ranglisten mehr hat, verfolgen das alle wirklich sehr genau.«

»Ich habe *dich* genau verfolgt.«

»Nikolai, ich wünschte, du könntest mitkommen.«

»Was ist los, Bean? Passiert es jetzt? Sind die Schaben da?«

»Ich weiß es nicht.«

»Komm schon, du findest so was doch immer heraus.«

»Wenn die Schaben wirklich kämen, würden sie euch dann alle hier auf der Station lassen? Oder eher zurück zur Erde schicken? Oder zu einem obskuren Asteroiden evakuieren? Ich weiß es nicht. Einiges weist darauf hin, dass das Ende wirklich nahe ist. Anderes sieht so aus, als würde hier in der Nähe nichts Wichtiges passieren.«

»Also werden sie vielleicht eine riesige Flotte zur Schabenwelt schicken, und ihr sollt auf der Reise erwachsen werden.«

»Mag sein«, sagte Bean. »Aber der Zeitpunkt, *diese* Flotte zu starten, war direkt nach der zweiten Invasion.«

»Was, wenn sie erst jetzt herausgefunden haben, wo die Heimatwelt der Schaben ist?«

Das ließ Bean erstarren. »Daran hatte ich noch gar nicht gedacht«, flüsterte er. »Ich meine, sie müssen doch Signale nach Hause geschickt haben. Denen brauchten wir nur zu folgen. Dem Licht zu folgen. So steht es in den Handbüchern.«

»Was, wenn sie nicht durch Licht kommunizieren?«

»Licht braucht ein Jahr, um ein Lichtjahr weit zu kommen, aber es ist immer noch schneller als alles andere.«

»Als alles andere, was wir kennen«, sagte Nikolai.

Bean starrte ihn nur an.

»Ja, ich weiß, das ist dumm. Die Gesetze der Physik und all

das. Ich habe nur – weißt du, ich habe weiter nachgedacht, das ist alles. Ich schließe Dinge nicht gerne aus, nur weil sie angeblich unmöglich sind.«

Bean lachte. »Merda, Nikolai. Ich hätte die Klappe halten und dich mehr reden lassen sollen, als wir noch gegenüber geschlafen haben.«

»Bean, du weißt, dass ich kein Genie bin.«

»Hier sind alle Genies, Nikolai.«

»Aber ich bin es nur mit letzter Kraft.«

»Dann bist du vielleicht kein Napoleon, Nikolai. Vielleicht bist du nur ein Eisenhower. Erwarte nicht, dass ich um dich weine.«

Jetzt war es an Nikolai zu lachen.

»Du wirst mir fehlen, Bean.«

»Danke, dass du mitgekommen bist, als wir Achilles fertig gemacht haben, Nikolai.«

»Der Kerl bereitet mir immer noch Alpträume.«

»Mir auch.«

»Und ich bin froh, dass du die anderen mitgebracht hast, Itú, Ambul und Crazy Tom. Ich hatte das Gefühl, wir hätten noch sechs Leute mehr gebraucht, und dabei hing Achilles an einer Schnur. Bei Typen wie ihm kann man verstehen, wieso das Aufhängen erfunden wurde.«

»Eines Tages«, sagte Bean, »wirst du mich so sehr brauchen, wie ich dich gebraucht habe. Und ich werde da sein.«

»Tut mir Leid, dass ich nicht in deine Einheit eingetreten bin, Bean.«

»Du hattest Recht«, sagte Bean. »Ich hatte dich gebeten, weil du mein Freund bist, und ich dachte, ich brauchte einen Freund, aber ich hätte ein Freund *sein* sollen und sehen müssen, was *du* brauchtest.«

»Ich werde dich nie wieder hängen lassen.«

Bean umarmte Nikolai. Nikolai erwiderte die Umarmung.

Bean erinnerte sich an seinen Abschied von der Erde. Er hatte Schwester Carlotta umarmt. Analysiert. Das braucht sie jetzt. Es kostet mich nichts. Deshalb umarme ich sie.

Ich bin nicht mehr dieser Junge.

Vielleicht, weil ich endlich imstande war, etwas für Poke zu tun.

Zu spät, um ihr noch zu helfen, aber ich habe immerhin ihren Mörder dazu gebracht, es zu gestehen. Ich habe dafür gesorgt, dass er für seine Tat bezahlen muss, wenn es auch nie genug sein wird.

»Geh zu deiner Armee, Nikolai«, sagte Bean. »Ich muss ein Raumschiff erwischen.«

Er sah zu, wie Nikolai nach draußen ging, und befürchtete mit jähem Bedauern, dass er seinen Freund nie mehr wiedersehen könnte.

Dimak stand in Major Andersons Quartier.

»Captain Dimak, ich habe zugesehen, wie Colonel Graff Ihre ununterbrochenen Beschwerden und Ihren Widerstand gegenüber seinen Befehlen ertragen hat, und ich dachte immer wieder, Dimak könnte ja Recht haben, aber ich würde nie einen solchen Mangel an Respekt tolerieren, wenn *ich* Kommandant wäre. Ich würde ihn rausschmeißen und etwa vierzig Mal ›Insubordination‹ in seine Akte schreiben. Ich denke, Sie sollten das wissen, bevor Sie anfangen, sich zu beschweren.«

Dimak blinzelte.

»Also los, ich warte.«

»Es ist nicht unbedingt eine Beschwerde, sondern eher eine Frage.«

»Dann stellen Sie Ihre Frage.«

»Sollten Sie nicht ein Team zusammenstellen, das sowohl mit Ender als auch mit Bean kompatibel ist?«

»Es war nie von sowohl als auch die Rede, wenn ich mich recht erinnere. Aber selbst wenn – ist Ihnen vielleicht aufgefallen, dass das unmöglich sein dürfte? Ich hätte vierzig brillante Kinder finden können, die alle versessen und stolz darauf gewesen wären, unter Andrew Wiggin zu dienen.

Wie viele wären *ebenso* stolz darauf gewesen, von Bean Befehle entgegenzunehmen?«

Darauf wusste Dimak keine Antwort.

»So, wie ich es sehe, sind die Soldaten, die ich auf diesen Zerstörer geschickt habe, die Schüler, die Ender Wiggin am nächsten standen und am besten reagierten, und sie gehören zu den besten Kommandanten der Schule. Diese Soldaten empfinden auch keine besondere Feindseligkeit gegenüber Bean. Wenn sie ihm also unterstellt werden sollten, würden sie wahrscheinlich ihr Bestes für ihn tun.«

»Sie werden ihm nie verzeihen, dass er nicht Ender ist.«

»Ich denke, das wird Beans Herausforderung sein. Wen sonst hätten wir schicken sollen? Nikolai ist Beans Freund, aber er würde nicht zurechtkommen. Eines Tages wird er bereit sein für die Taktikschule und dann für die Kommandoschule, aber jetzt noch nicht. Und wie viele andere Freunde hat Bean?«

»Er hat sich viel Respekt erworben.«

»Und ihn wieder verloren, als er bei allen fünf Spielen besiegt wurde.«

»Ich habe Ihnen erklärt, warum er –«

»Die Menschheit braucht keine Erklärungen, Captain Dimak! Sie braucht Sieger! Ender Wiggin hat das Feuer zu siegen. Bean ist imstande, fünf Kämpfe nacheinander zu verlieren, als zählten sie nicht einmal.«

»Sie zählten nicht. Er hat aus ihnen gelernt, was er lernen wollte.«

»Captain Dimak, ich sehe, dass sie in die gleiche Falle gehen, in die schon Colonel Graff gegangen ist. Sie haben die Grenze zwischen Lehrer und Advokat überschritten. Ich würde Sie als Beans Lehrer entlassen, wenn sich das nicht bereits erledigt hätte. Ich schicke die Leute, die ich ausgewählt habe. Wenn Bean wirklich so brillant ist, wird er eine Möglichkeit finden, mit ihnen zu arbeiten.«

»Ja, Sir«, sagte Dimak.

»Falls es ein Trost für Sie ist, vergessen Sie nicht, dass

Crazy Tom zu denen gehörte, die Bean mitgenommen hat, um Achilles' Geständnis zu hören. Crazy Tom hat sich darauf eingelassen. Das legt nahe, dass sie Bean ernster nehmen werden, wenn sie ihn erst besser kennen.«

»Danke, Sir.«

»Bean unterliegt nicht mehr ihrer Verantwortung, Captain Dimak. Sie haben mit ihm gute Arbeit geleistet. Dafür haben Sie meinen Respekt. Und jetzt ... wieder ans Werk.«

Dimak salutierte.

Anderson salutierte.

Dimak ging.

Die Besatzung des Zerstörers *Condor* hatte keine Ahnung, was sie mit den Kindern anfangen sollte. Sie wussten alle von der Kampfschule, und sowohl der Captain als auch der Pilot waren Kampfschul-Absolventen. Aber nach einem flüchtigen Gespräch – »In welcher Armee wart ihr? Oh, zu meiner Zeit waren die Ratten die besten, Drachen waren ein Haufen Verlierer. Wie sich die Dinge doch ändern! Wie gleich doch alles bleibt!« –, gab es nichts mehr zu sagen.

Ohne das gemeinsame Anliegen, Kommandanten zu sein, fielen die Kinder in ihre natürlichen Freundschaftsgruppen zurück. Dink und Petra waren beinahe seit ihren Anfängen in der Kampfschule gute Freunde gewesen und so viel älter als die anderen, dass niemand versuchte, in diesen geschlossenen Kreis einzudringen. Alai und Shen hatten zu Ender Wiggins Frischlingsgruppe gehört, und Vlad und Dumper, die den D- und den E-Zug der Drachenarmee befehligt hatten und Ender vielleicht am meisten anbeteten, schlossen sich ihnen an. Crazy Tom, Fly Molo und Hot Soup waren bereits in der Drachenarmee ein Trio gewesen. Auf einer persönlichen Ebene erwartete Bean nicht, in eine dieser Gruppen aufgenommen zu werden, aber er wurde auch nicht unbedingt ausgeschlossen; zumindest Crazy Tom zeigte echten Respekt vor Bean und zog ihn häufig ins Gespräch.

Wenn Bean zu irgendeiner dieser Gruppen gehörte, dann war es die von Crazy Tom.

Es gab eigentlich nur einen Grund, wieso die Aufteilung in Cliquen ihn störte: Diese Gruppe war eindeutig ausgewählt worden und nicht nach dem Zufallsprinzip bunt zusammengewürfelt. Sie mussten lernen, einander zu vertrauen. Aber man hatte sie für Ender ausgewählt – das konnte jeder Idiot sehen –, und es stand Bean nicht zu, vorzuschlagen, dass sie die Spiele an Bord gemeinsam spielen, gemeinsam lernen, alles gemeinsam tun sollten. Wenn Bean versuchte, eine Art von Führerschaft zu ergreifen, würde das nur noch mehr Mauern zwischen ihm und den anderen aufbauen, als bereits existierten.

Es gab eine Person in der Gruppe, von der Bean glaubte, dass sie nicht hierher gehörte. Aber dagegen konnte er nichts tun. Offensichtlich waren die Erwachsenen nicht der Ansicht, dass Petra sich am Vorabend des tödlichen Kampfes mit Bonzo im Flur beinahe des Verrats schuldig gemacht hätte. Aber Bean wusste nicht genau, was er von der Sache halten sollte. Petra gehörte zu den besten Kommandanten; sie war gescheit und imstande, Zusammenhänge zu erkennen. Wie war es möglich, dass Bonzo sie hereingelegt hatte? Selbstverständlich hatte sie nicht gewollt, dass Ender zusammengeschlagen oder gar getötet wurde. Aber sie war bestenfalls achtlos gewesen, und schlimmstenfalls hatte sie ein Spiel gespielt, das Bean noch nicht verstand. Also blieb er misstrauisch. Das war nicht gut, aber er konnte es nicht ändern.

Bean verbrachte die vier Monate der Reise überwiegend in der Bibliothek des Schiffes. Nun, da die Kampfschule hinter ihnen lag, war er einigermaßen sicher, dass man sie nicht mehr so intensiv ausspionierte. Der Zerstörer war einfach nicht dafür eingerichtet. Also verzichtete er darauf, seinen Lesestoff mit Blick darauf auszuwählen, was die Lehrer aus seiner Auswahl machen würden.

Er las nichts mehr über Militärgeschichte oder -theorie.

Er hatte bereits alle bekannteren Autoren und viele unbekanntere gelesen und kannte die wichtigen Feldzüge in- und auswendig. Sie waren in seinem Gedächtnis verankert und konnten jederzeit abgerufen werden, wenn er es wollte. Was seinem Gedächtnis fehlte, war das große Ganze. Wie die Welt funktionierte. Politische, soziale, ökonomische Geschichte. Was in Nationen geschah, wenn sie keinen Krieg führten. Wie sie sich in Kriege verwickelten und wieder davon befreiten. Wie Siege und Niederlagen sie berührten. Wie Bündnisse geschlossen und gebrochen wurden.

Und am wichtigsten, aber am schwierigsten zu finden: was heute in der Welt eigentlich los war. Die Bibliothek des Zerstörers enthielt lediglich Informationen, die aktuell gewesen waren, als sie zum letzten Mal an der Interplanetaren Startbasis – ISB – angelegt hatten, wo die autorisierte Dokumentenliste zum Herunterladen zur Verfügung stand. Bean konnte weitere Informationen beantragen, aber die würde der Bibliothekscomputer speziell anfordern und dazu eine Frequenz benutzen müssen, die klassifiziert war. Es würde auffallen, und dann würden sich alle fragen, wieso dieses Kind sich mit Dingen beschäftigte, die es nichts angingen.

Aber auch mit dem, was er an Bord finden konnte, war es ihm noch möglich, sich ein Bild von der grundlegenden Situation auf der Erde zu machen und ein paar Schlüsse zu ziehen.

Während der Jahre vor der Ersten Invasion hatten diverse Machtblöcke um die Vorrangstellung gewetteifert und dabei eine Kombination aus Terrorismus, gezielten Angriffen, begrenzten militärischen Operationen und wirtschaftlichen Sanktionen, Boykotten und Embargos benutzt, um die Oberhand zu gewinnen, Warnungen zu erteilen oder einfach ihrem nationalen oder ideologischen Zorn Ausdruck zu verleihen. Als die Schaben auftauchten, war China gerade die ökonomisch und militärisch dominante Weltmacht gewesen, nachdem es sich schließlich als Demokratie wiedervereinigt hatte. Die Nordamerikaner und Europäer gaben sich als Chinas »große Brüder« aus, aber das wirtschaftliche Gleichgewicht hatte sich verlagert.

Bean erkannte allerdings sofort, dass die eigentliche Triebkraft der Geschichte das wiedererstarkende Russische Reich war. Während die Chinesen es einfach für selbstverständlich hielten, dass sie der Mittelpunkt des Universums waren und sein sollten, hatten die Russen, angestachelt von einer Reihe ehrgeiziger Demagogen und autoritärer Generäle, offenbar das Gefühl, die Geschichte hätte sie um ihren angemessenen Platz betrogen, Jahrhundert um Jahrhundert, und es wäre Zeit, dem ein Ende zu bereiten. Also hatte Russland den Neuen Warschauer Pakt geschaffen und seine faktischen Grenzen wieder so weit ausgedehnt wie zu den besten Zeiten der Sowjetmacht – und darüber hinaus, denn diesmal war es auch mit Griechenland verbündet, und die eingeschüchterte Türkei war neutral. Westeuropa stand am Rand der Neutralisierung, und der russische Traum der Vorherrschaft vom Pazifik bis zum Atlantik war endlich in greifbare Nähe gerückt.

Und dann kamen die Formics und schlugen eine Schneise der Vernichtung durch China, die hundert Millionen tötete. Plötzlich schienen Landarmeen trivial zu sein, und Fragen internationalen Wettbewerbs wurden auf Eis gelegt.

Aber das war nur an der Oberfläche so. Tatsächlich nutzten die Russen ihre Vorherrschaft im Amt des Polemarchen, um in der Flotte ein Netz von Offizieren in Schlüsselpositionen aufzubauen. Alles begab sich an Ort und Stelle für eine rasche Machtergreifung, sobald die Schaben besiegt waren – oder noch vorher, wenn die Russen das für vorteilhaft hielten. Seltsamerweise waren sie recht offen, was ihre Absichten anging – das waren sie immer gewesen. Sie hatten kein Talent zur Subtilität, aber das glichen sie durch verblüffenden Starrsinn wieder aus. Verhandlungen um alles Mögliche konnten Jahrzehnte dauern. Und inzwischen hatten sie die Flotte beinahe völlig durchdrungen. Infanteriekräfte, die dem Strategos treu ergeben waren, würden isoliert werden und nicht dorthin gelangen können, wo man sie brauchte, weil es keine Schiffe gab, die sie transportierten.

Wenn der Krieg mit den Schaben zu Ende war, planten die Russen eindeutig, innerhalb von Stunden die Flotte und damit die Welt zu übernehmen. Sie waren der Ansicht, dass es ihnen zustand. Die Nordamerikaner waren so selbstzufrieden wie eh und je und sicher, dass das Schicksal alles zu ihren Gunsten wenden würde. Nur ein paar Demagogen erkannten die Gefahr. Die chinesische und die Moslemwelt waren aufmerksam geworden, aber sie waren nicht imstande, sich Russland entgegenzustemmen, weil sie die Allianz nicht brechen wollten, die den Widerstand gegenüber den Schaben erst möglich machte.

Je mehr Bean erfuhr, desto mehr wünschte er sich, dass er nicht zur Taktikschule gehen müsste. Dieser Krieg würde Ender und seinen Freunden gehören. Und obwohl er Ender ebenso sehr mochte wie alle anderen und gerne mit ihm gegen die Schaben kämpfen würde, brauchten sie ihn im Grunde nicht. Es war der nächste Krieg, der Krieg um die Weltherrschaft, der ihn faszinierte. Die Russen konnten aufgehalten werden, wenn man die richtigen Vorbereitungen traf.

Aber dann fragte er sich: *Sollten* sie denn überhaupt aufgehalten werden? Ein rascher, blutiger, aber wirkungsvoller Staatsstreich würde die ganze Welt unter die Herrschaft einer einzigen Regierung bringen – und das wäre dann das Ende der Kriege unter Menschen, oder nicht? Wären in einem solchen Klima des Friedens nicht alle Nationen besser dran?

Also versuchte Bean, noch während er einen Plan entwickelte, die Russen aufzuhalten, herauszufinden, was ein weltweites Russisches Reich bedeuten könnte.

Er kam zu dem Schluss, dass es keinen Bestand haben würde. Mit ihrer nationalen Energie hatten die Russen auch ihr verblüffendes Talent zur Missherrschaft genährt, dieses

Gefühl persönlicher Berechtigung, das Korruption zu einem Lebensstil werden ließ. Es gab in Russland keinerlei Tradition, die besagte, dass für eine erfolgreiche Weltherrschaft so etwas wie Kompetenz erforderlich sei. Anders als in China, wo solche Institutionen und Werte am deutlichsten vertreten waren. Aber selbst China wäre ein jämmerlicher Ersatz für eine echte Weltregierung gewesen, die über alle nationalen Interessen hinausging. Eine falsche Weltregierung wie die der Russen würde schließlich unter ihrem eigenen Gewicht zusammenbrechen.

Bean sehnte sich danach, mit jemandem über diese Dinge sprechen zu können – mit Nikolai oder sogar mit einem der Lehrer. Es hielt ihn auf, wenn seine Gedanken sich im Kreis drehten. Ohne Stimulation von außen war es schwer, sich von seinen Einschätzungen loszureißen. Ein einzelner Verstand kann nur seine eigenen Fragen bedenken; er überrascht sich selten selbst. Aber Bean machte während dieser Reise und der Monate in der Taktikschule dennoch Fortschritte, wenn auch langsam.

Die Taktikschule war ein Wirbel von kurzen Flügen und detaillierten Besichtigungen diverser Schiffe. Bean bemerkte empört, dass sie sich offenbar nur auf ältere Modelle konzentrierten, was ihm sinnlos vorkam – warum bildeten sie Kommandanten auf Schiffen aus, die im Kampf nicht mehr benutzt wurden? Aber die Lehrer taten seinen Widerspruch verächtlich ab und wiesen darauf hin, dass Schiffe im Grunde doch alle gleich seien und die neuesten Modelle sich alle auf Patrouillenflügen an den Grenzen des Sonnensystems befänden. Die Flotte konnte keines entbehren, um Kinder auszubilden.

Man brachte ihnen sehr wenig über das Fliegen bei, denn man wollte sie nicht zu Piloten ausbilden; sie sollten den Kampf leiten und Befehle erteilen. Sie mussten ein Gefühl dafür entwickeln, wie die Waffen funktionierten, wie die Schiffe sich bewegten, was man von ihnen erwarten konnte, wo ihre Grenzen lagen. Vieles davon war rein mechanisches

Lernen ... aber das war genau die Art von Lernen, die Bean sogar im Schlaf beherrschte, da er sich an alles erinnern konnte, was er mit einem gewissen Maß an Aufmerksamkeit gehört oder gelesen hatte.

Also konzentrierte er sich während der ganzen Zeit in der Taktikschule, in der er so gute Noten erhielt wie jeder andere auch, vor allem auf die Probleme der aktuellen politischen Lage auf der Erde. Die Taktikschule befand sich auf der ISB, und daher wurde die Bibliothek dort ständig erneuert, und nicht nur mit dem Material, das für Schiffsbibliotheken freigegeben war. Zum ersten Mal las Bean die Schriften der aktuellen politischen Denker der Welt. Er las, was aus Russland kam, und wieder einmal war er verblüfft darüber, wie offen sie ihrem Ehrgeiz folgten. Die chinesischen Autoren erkannten die Gefahr, aber da sie Chinesen waren, versuchten sie nicht, bei den anderen Nationen Unterstützung für irgendeine Art von Widerstand zu finden. Für die Chinesen war etwas, sobald es in China bekannt war, überall dort bekannt, wo es zählte. Und die euro-amerikanischen Nationen legten eine Art gekünstelter Ignoranz an den Tag, die Bean wie ein Todeswunsch vorkam. Auch dort gab es jedoch einige, die wach waren und sich bemühten, Koalitionen zu schaffen.

Besonders zwei populäre Kommentatoren fielen Bean auf. Demosthenes schien auf den ersten Blick ein Aufwiegler zu sein, der Vorurteile und Fremdenfeindlichkeit ausnutzte. Aber er hatte beträchtlichen Erfolg dabei, eine Volksbewegung ins Leben zu rufen. Bean wusste nicht, ob ein Leben unter einer Regierung, deren Oberhaupt Demosthenes war, besser sein würde als unter den Russen, aber Demosthenes würde zumindest einen Wettbewerb daraus machen.

Der andere Kommentator, der Bean auffiel, war Locke, ein hochfliegender, idealistischer Bursche, der über Weltfrieden und das Schmieden von Allianzen schwatzte, aber dabei von offensichtlicher Selbstzufriedenheit durchdrungen war.

Dabei schien Locke von den gleichen Tatsachen auszugehen wie Demosthenes und es für sicher zu halten, dass die Russen genug Energie besaßen, um die Welt zu »führen«, aber nicht bereit waren, es auf eine »wohltätige« Art und Weise zu tun. Es kam ihm manchmal so vor, als recherchierten Demosthenes und Locke gemeinsam, läsen die gleichen Quellen und hörten von den gleichen Korrespondenten, wendeten sich aber an ein grundverschiedenes Publikum.

Eine Weile erwog Bean sogar die Möglichkeit, dass Locke und Demosthenes die gleiche Person waren, aber nein, ihr Schreibstil unterschied sich, und noch wichtiger, sie dachten und analysierten unterschiedlich. Bean hielt niemanden für intelligent genug, so etwas fälschen zu können.

Wer immer sich hinter ihnen verbergen mochte, es waren diese beiden Kommentatoren, die die Situation am genauesten erkannten, und Bean begann daher, seinen Aufsatz über Strategie in einer Welt nach den Formics als Brief sowohl an Locke als auch an Demosthenes zu entwerfen. Als persönlichen Brief. Als anonymen Brief. Seine Beobachtungen sollten bekannt gemacht werden, und diese beiden waren seiner Ansicht nach in der besten Position, seine Ideen zur Entfaltung zu bringen.

Er besann sich auf alte Gewohnheiten und verbrachte einige Zeit in der Bibliothek damit, mehrere Offiziere beim Login zu beobachten, sodass er schon bald über sechs Logins verfügte, die er benutzen konnte. Er schrieb also seinen Brief in sechs Teilen, benutzte für jeden einzelnen Teil ein anderes Login und schickte dann innerhalb von Minuten die Teile zu Locke und Demosthenes. Er tat es zu einer Zeit, in der es in der Bibliothek recht lebhaft zuging, und achtete darauf, dass er gleichzeitig auf seinem eigenen Pult in seiner Unterkunft eingeloggt war und angeblich ein Spiel spielte. Er bezweifelte, dass sie seine Befehlseingabe überwachen und erkennen würden, dass er während dieser Zeit an seinem Pult nichts getan hatte. Und wenn sie den Brief dennoch zu ihm zurückverfolgten, war das eben nicht zu ändern. Sehr wahrscheinlich würden Locke und Demonsthenes nicht versuchen, ihn zu finden – er hatte sie in seinem Brief gebeten, es nicht zu tun. Sie würden ihm entweder glauben oder nicht; sie würden mit ihm übereinstimmen oder nicht – er hatte getan, was er konnte. Er hatte ihnen genau erklärt, wo die Gefahren lagen, worin die russische Strategie offenbar bestand und welche Schritte unternommen werden mussten, um dafür zu sorgen, dass die Russen mit ihrem Präventivschlag keinen Erfolg hatten.

Einer seiner wichtigsten Punkte war, dass die Kinder aus Kampf-, Taktik- und Kommandoschule so schnell wie möglich zur Erde zurückgebracht werden sollten, nachdem die Schaben besiegt waren. Wenn sie im Raum blieben, würden sie entweder von den Russen übernommen oder von der IF in wirkungsloser Isolation gehalten werden. Aber diese Kinder waren die besten militärischen Denker, die die Menschheit in dieser Generation hervorgebracht hatte. Wenn die Macht einer großen Nation eingeschränkt werden sollte, würden brillante Kommandanten erforderlich sein.

Schon einen Tag später verbreitete Demosthenes ein Essay in den Netzen, in dem er forderte, dass die Weltraumschulen sofort aufgelöst und alle Kinder nach Hause geschickt werden. »Sie haben unsere vielversprechendsten Kinder entführt. Unsere Alexanders und Napoleons, unsere Rommels und Pattons, unsere Cäsars und Friedrichs, Washingtons und Saladins werden in einem Turm gefangen gehalten, in dem wir sie nicht erreichen können, in dem sie ihrem eigenen Volk nicht helfen können, sich von der Gefahr einer russischen Oberherrschaft zu befreien. Und wer könnte bezweifeln, dass die Russen vorhaben, sich dieser Kinder zu bemächtigen und sie zu benutzen? Wenn sie das nicht können, werden sie zweifellos versuchen, sich aller mit Hilfe einer einzigen gut gezielten Rakete zu entledigen und uns unserer natürlichen militärischen Führer zu berauben.« Hinreißendes Demagogentum mit dem Ziel, Angst und Empörung zu wecken. Bean konnte sich vorstellen, wie konsterniert die Militärs sein würden, weil ihre kostbaren Schulen zu einem politischen Thema geworden waren. Es war ein emotionales Thema, das Demosthenes nicht so schnell loslassen würde und auf das sich alle anderen Nationalisten in der Welt sofort stürzen würden. Und weil es um Kinder ging, wagte kein Politiker, dem Vorschlag zu widersprechen, dass die Schüler der Kampfschule *sofort* nach Hause kommen sollten, nachdem der Krieg vorbei war. Darüber hinaus lieh selbst Locke dieser Sache seine renommierte, zurückhaltendere Stimme und unterstützte offen die Forderung nach einer Rückkehr der Kinder. »Ja, bezahlt den Rattenfänger, befreit uns von den einfallenden Ratten – und dann holt unsere Kinder nach Hause.«

Ich sah, ich schrieb, und die Welt veränderte sich ein wenig. Es war ein berauschendes Gefühl. Es ließ die Arbeit in der Taktikschule im Vergleich dazu beinahe bedeutungslos erscheinen. Bean wäre am liebsten ins Klassenzimmer gerannt und hätte den anderen von seinem Triumph erzählt. Aber sie würden ihn nur anschauen, als hätte er den Verstand verloren. Sie wussten nichts davon, was auf der Erde geschah, und fühlten sich nicht dafür verantwortlich. Sie waren ganz in der militärischen Welt versunken.

Drei Tage, nachdem Bean seine Briefe an Locke und Demosthenes geschickt hatte, sagte man den Kindern, dass sie sofort zur Kommandoschule aufbrechen würden, diesmal zusammen mit Carn Carby, der ihnen in der Taktikschule eine Klasse voraus gewesen war. Sie hatten nur drei Monate hier verbracht, und Bean musste sich fragen, ob seine Briefe nicht einen gewissen Einfluss auf den Zeitplan gehabt hatten. Wenn wirklich die Gefahr bestand, dass die Kinder verfrüht nach Hause geschickt wurden, musste die IF dafür sorgen, dass ihre besten Exemplare außer Reichweite waren.

22
WIEDER VEREINT

»Ich nehme an, ich sollte Ihnen gratulieren, dass Sie den Schaden, den Sie bei Ender Wiggin angerichtet haben, wieder gutmachen konnten.«

»Sir, bei allem Respekt, ich bin nicht der Ansicht, dass ich Schaden angerichtet habe.«

»Ah, das ist gut, dann brauche ich Ihnen auch nicht zu gratulieren. Ihnen ist doch klar, dass Sie nur als Beobachter hier sind.«

»Ich hoffe, dass ich überdies Gelegenheit haben werde, Ihnen basierend auf meiner langen Erfahrung mit diesen Kindern den einen oder anderen Rat anbieten zu dürfen.«

»Die Kommandoschule arbeitet schon seit Jahren mit Kindern.«

»Bei allem Respekt, Sir, die Kommandoschule arbeitet mit Heranwachsenden. Mit ehrgeizigen, testosterongeladenen, wettbewerbsorientierten Teenagern. Und davon abgesehen hängt viel von diesen besonderen Kindern ab, und ich weiß Dinge über sie, die Sie beachten müssen.«

»All diese Dinge sollten in Ihren Berichten stehen.«

»Das tun sie. Aber bei allem Respekt – gibt es hier jemanden, der meine Berichte so ausführlich durchgegangen ist, dass die angemessenen Einzelheiten ihm sofort einfallen werden, wenn er sie braucht?«

»Ich werde Sie anhören, Colonel Graff. Aber bitte versichern Sie mir nicht mehr, wie sehr sie mich respektieren, wenn Sie mir eigentlich mitteilen wollen, dass ich ein Trottel bin.«

»Ich dachte, meine Beurlaubung wäre dazu gedacht gewesen, mich zu läutern. Ich versuche nur zu demonstrieren, dass ich geläutert bin.«

»Gibt es ein paar Einzelheiten über diese Kinder, die Ihnen ad hoc einfallen?«

»Eine sehr wichtige, Sir. Weil so viel davon abhängt, was Ender weiß oder nicht weiß, wäre es ratsam, ihn von den anderen zu isolieren. Während der eigentlichen Übungen können sie miteinander reden, aber Sie dürfen unter keinen Umständen freie Gespräche oder den Austausch von Informationen erlauben.«

»Und warum nicht?«

»Wenn Bean jemals etwas über den Verkürzer erfährt, wird er die Situation sofort begreifen. Er findet es vielleicht ohnehin heraus – Sie haben keine Ahnung, wie schwer es ist, ihm Informationen vorzuenthalten. Ender ist vertrauensseliger, aber Ender kann seine Aufgabe nicht erfüllen, solange er *nichts* über den Verkürzer weiß. Verstehen Sie? Er und Bean dürfen ihre Freizeit nicht miteinander verbringen. Es darf keine Gespräche geben, die sich nicht um die Übungen drehen.«

»Aber dann kann Bean auch nicht der Ersatzmann für Ender sein, denn man würde ihn ebenfalls über den Verkürzer informieren müssen.«

»In diesem Fall wäre es egal.«

»Aber Sie selbst haben vorgeschlagen, dass kein Kind –«

»Sir, nichts davon trifft auf Bean zu.«

»Und warum?«

»Weil er kein Mensch ist.«

»Colonel Graff, Sie werden langweilig.«

Der Flug zur Kommandoschule dauerte vier lange Monate, und in dieser Zeit wurden sie ununterbrochen ausgebildet; man informierte sie so ausführlich über die Mathematik des Zielschießens, Sprengladungen und andere waffenbezogene Themen, wie man es an Bord eines Kreuzers nur eben konnte. Hier wurden sie auch endlich zu einem Team zusammengeschweißt, und rasch wurde allen klar, dass Bean als Schüler den Ton angab. Er meisterte alles als Erster und war bald derjenige, an den die anderen sich wandten, wenn sie Erklärungen von Konzepten brauchten, die sie nicht sofort begriffen hatten. Nachdem er auf der ersten Reise das geringste Ansehen genossen hatte, ein völliger Außenseiter gewesen war, wurde Bean nun aus dem umgekehrten Grund zum Ausgestoßenen: Er stand über allen und genoss das allerhöchste Ansehen.

Die Situation bedrückte ihn, denn er wusste, dass er imstande sein musste, als Teil des Teams zu funktionieren, nicht nur als Mentor oder Experte. Nun war es extrem wichtig, dass er an ihrer Freizeit teilhatte, sich gemeinsam mit ihnen entspannte, scherzte und in Erinnerungen an die Kampfschule schwelgte. Und an noch frühere Zeiten.

Das Tabu der Kampfschule, nicht von zu Hause zu sprechen, war jetzt nämlich aufgehoben. Alle erzählten von Müttern und Vätern, die inzwischen ferne Erinnerungen waren, aber immer noch eine wichtige Rolle in ihrem Leben spielten.

Die Tatsache, dass Bean keine Eltern hatte, machte die anderen zunächst ein wenig schüchtern, aber er nutzte die Gelegenheit und begann offen, über seine Erfahrungen zu sprechen. Das Versteck im Spülkasten an dem »Sauberen Ort«. Der spanische Hausmeister, der ihn mit nach Hause genommen hatte. Hunger auf den Straßen, während er auf seine Chance wartete. Poke und sein Vorschlag, die Schläger bei ihrem eigenen Spiel zu schlagen. Seine Hochachtung und die Angst vor Achilles, als er ihre kleine Straßenfamilie bildete, Poke an den Rand drängte und sie schließlich tötete. Als er ihnen davon erzählte, wie er Pokes Leiche gefunden hatte, weinten einige von ihnen. Besonders Petra brach regelrecht schluchzend zusammen.

Es war eine Gelegenheit, und Bean nutzte sie. Natürlich lief sie sofort davon und nahm ihre Emotionen mit in ihr Quartier. Sobald er konnte, folgte Bean ihr.

»Bean, ich will jetzt nicht reden.«

»Ich schon«, sagte Bean. »Es gibt etwas, worüber wir reden müssen. Zum Wohl des Teams.«

»Sind wir das denn? Ein Team?«, fragte sie.

»Petra, du weißt jetzt, was das Schlimmste ist, das ich je getan habe. Achilles war gefährlich. Ich wusste es, und ich habe Poke dennoch mit ihm allein gelassen. Sie ist deshalb gestorben. Das brennt mir jeden Tag meines Lebens auf der Seele. Jedes Mal, wenn ich anfange, glücklich zu sein, erinnere ich mich an Poke und daran, dass ich ihr mein Leben verdanke und sie hätte retten können. Jedes Mal, wenn ich jemanden liebe, fürchte ich, dass ich ihn auf die gleiche Weise verraten werde, wie ich sie verraten habe.«

»Warum erzählst du mir das, Bean.«

»Weil du Ender verraten hast, und ich denke, es nagt an dir.«

Ihre Augen blitzten vor Zorn. »Das habe ich nicht getan, und es nagt an *dir*, nicht an mir!«

»Petra, ob du es nun von dir aus zugibst oder nicht, als du versucht hast, Ender an diesem Tag im Flur aufzuhalten, musst du gewusst haben, was du tatest. Ich habe dich im Kampf beobachtet. Du bist gescheit, du siehst alles. In gewisser Weise bist du der beste taktische Kommandant der ganzen Gruppe. Es ist vollkommen unmöglich, dass du nicht gesehen hast, dass Bonzos Schläger überall im Flur standen und nur darauf warteten, Ender zusammenzuschlagen, und was hast du getan? Du hast versucht, ihn aufzuhalten und aus seiner Gruppe zu holen.«

»Und du hast *mich* aufgehalten«, sagte Petra. »Also ist das hier eine rein akademische Diskussion.«

»Ich muss immer noch den Grund erfahren.«

»Du musst überhaupt nichts erfahren.«

»Petra, wir werden eines Tages Schulter an Schulter kämpfen. Wir müssen imstande sein, einander zu vertrauen. Im Augenblick kann ich dir nicht vertrauen, weil ich nicht weiß, warum du das getan hast. Und jetzt wirst du mir nicht vertrauen, weil du weißt, dass ich dir nicht vertraue.«

»Oh, was für ein verstricktes Netz wir weben.«

»Was zum Teufel bedeutet das?«

»Mein Vater hat das immer gesagt. ›Oh, was für ein verstricktes Netz wir weben, wenn wir zuerst die Täuschung üben.‹«

»Genau. Und jetzt entwirre die Geschichte für mich.«

»Du bist derjenige, der hier ein Netz webt, Bean. Du weißt Dinge, die du uns anderen vorenthälst. Glaubst du, ich merke das nicht? Du willst also, dass du mir wieder vertrauen kannst, aber du sagst mir nichts Nützliches.«

»Ich habe dir meine Seele offen gelegt«, grollte Bean.

»Du hast mir von deinen *Gefühlen* erzählt«, sagte sie verächtlich. »Also gut, es ist hilfreich zu wissen, dass du welche hast oder dass du es zumindest für wichtig hältst, so zu tun, als hättest du welche – niemand weiß das ganz sicher. Aber eines sagst du uns nie: nämlich was zum Teufel hier los ist. Wir glauben, dass du es weißt.«

»Ich kann nur raten.«

»Die Lehrer haben dir in der Kampfschule Dinge verraten, die sonst keiner von uns erfahren hat. Du kanntest den Namen jedes Einzelnen in der Schule, du wusstest viel zu viel über uns. Du wusstest Dinge, die dich nichts angingen.«

Bean war verblüfft, zu erkennen, dass sein Zugang zu den Schülerakten für sie so offensichtlich gewesen war. War er achtlos gewesen? Oder war sie eine bessere Beobachterin, als er dachte? »Ich habe mich in die Schülerakten gehackt«, sagte er.

»Und sie haben dich nicht erwischt?«

»Ich glaube schon. Gleich von Anfang an. Und ganz bestimmt wussten sie es später.« Und er erzählte ihr, wie es zu der Liste für die Drachenarmee gekommen war.

Sie warf sich auf ihr Bett und starrte an die Decke. »Du hast sie ausgesucht! All diese Untauglichen und die kleinen Frischlinge – *du* hast sie ausgesucht.«

»Jemand musste es tun. Die Lehrer waren nicht dazu fähig.«

»Damit Ender die besten Leute erhält. Er hat sie nicht zu den Besten gemacht; sie waren es bereits.«

»Die Besten, die nicht schon in Armeen waren. Ich bin der Einzige, der noch Frischling war, als die Drachenarmee gebildet wurde, und der jetzt bei diesem Team ist. Du und Shen, Alai, Dink und Carn, ihr wart nicht in der Drachenarmee, und ihr gehört offensichtlich zu den Besten. Die Drachenarmee hat gewonnen, weil sie gut war, ja, aber auch, weil Ender wusste, was er mit den Leuten anfangen sollte.«

»Es stellt immer noch eine kleine Ecke von meinem Universum auf den Kopf.«

»Petra, wir hatten ein Abkommen.«

»Tatsächlich?«

»Erklär mir, wieso du in der Kampfschule kein Judas warst.«

»Ich war ein Judas«, sagte Petra. »Was hältst du von dieser Erklärung?«

Bean wurde beinahe übel. »Du kannst das so einfach aussprechen? Ohne Scham?«

»Bist du denn blöd?«, fragte Petra. »Ich habe das Gleiche getan wie du – ich habe versucht, Ender das Leben zu retten. Ich wusste, dass Ender Selbstverteidigung trainiert hatte und diese Schläger nicht. Ich bin ebenfalls ausgebildet. Bonzo hatte diese Kerle aufgehetzt, aber Tatsache ist, dass sie Bonzo nicht besonders mochten; er hatte es nur geschafft, sie wütend auf Ender zu machen. Wenn sie Ender also ein paar Schläge verpassen konnten, direkt dort im Flur, wo die Drachenarmee und andere Soldaten sich sofort einmischen würden und Ender mich an seiner Seite hatte, sodass nur ein paar von ihnen uns gleichzeitig erreichen konnten – ich nahm an, dass Ender ein paar blaue Flecken und eine blutige Nase davontragen würde, sonst aber nichts. Und diese Schurken wären zufrieden gewesen. Bonzos Geschwätz wäre überholt und er wieder allein gewesen. Das hätte Ender vor allem Schlimmeren bewahrt.«

»Du hast viel auf deine Fähigkeit als Kämpferin gesetzt.«

»Und auf die von Ender. Wir waren beide verdammt gut und in hervorragender Form. Und weißt du was? Ich glaube, Ender hat verstanden, was ich vorhatte, und der einzige Grund, wieso er nicht mitgemacht hat, warst du.«

»Ich?«

»Er sah, dass du dich geradezu vor ihn geworfen hattest. Sie hätten dir den Schädel eingeschlagen, so viel war klar. Also musste er zu diesem Zeitpunkt Gewalttätigkeit vermeiden. Das bedeutet, dass er deinetwegen am nächsten Tag in die Falle ging, als es wirklich gefährlich und Ender vollkommen allein und ohne Rückendeckung war.«

»Warum hast du mir das nicht schon früher erklärt?«

»Weil du außer Ender der Einzige warst, der wusste, dass ich ihn aufgehalten hatte, und damals war es mir egal, was du dachtest, und jetzt mache ich mir auch nicht allzu viele Gedanken darüber.«

»Es war ein dummer Plan«, sagte Bean.

»Besser als deiner«, erwiderte Petra.

»Nun, wenn man bedenkt, wie es ausgegangen ist, werden wir wohl nie erfahren, wie dumm dein Plan war. Aber wir wissen mit Sicherheit, dass meiner geplatzt ist.«

Petra bedachte ihn mit einem kurzen falschen Grinsen. »Und jetzt vertraust du mir wieder? Können wir wieder zu dieser intimen Freundschaft zurückkehren, die wir schon so lange hatten?«

»Weißt du was, Petra? All diese Feindseligkeit mir gegenüber ist verschwendet. Es ist sogar dumm, sie überhaupt an den Tag zu legen. Ich bin nämlich der beste Freund, den du hier hast.«

»Ach wirklich?«

»Ja, wirklich. Ich bin der Einzige dieser Jungs, der sich je ein Mädchen als Kommandant ausgesucht hat.«

Sie hielt einen Augenblick inne und starrte ihn ausdruckslos an, bevor sie sagte: »Ich bin schon vor langer Zeit darüber hinweggekommen, dass ich ein Mädchen bin.«

»Aber sie nicht. Und das weißt du auch. Sie sind die ganze

Zeit beunruhigt, dass du nicht einer von ihnen bist, und auch das weißt du. Sie sind deine Freunde, sicher, zumindest Dink ist es; sie mögen dich alle, aber wie viele Mädchen gab es in der Kampfschule? Ein Dutzend? Und von dir abgesehen war keine unter den Besten. Sie haben dich nicht ernst genommen.«

»Ender schon«, sagte Petra.

»Und ich tue es auch«, versicherte Bean. »Die anderen wissen alle, was im Flur passiert ist. Es ist nicht so, als wäre es ein Geheimnis. Aber weißt du, warum sie dieses Gespräch nicht mit dir geführt haben?«

»Warum?«

»Weil *sie* alle annahmen, dass du blöd genug warst, nicht zu begreifen, wie nahe du daran gewesen bist, Ender in Gefahr zu bringen. Ich bin der Einzige, der genug Respekt vor dir hatte, zu erkennen, dass du niemals so einen dummen Fehler machen würdest.«

»Soll ich mich etwa geschmeichelt fühlen?«

»Du sollst aufhören, mich wie einen Feind zu behandeln. Du bist beinahe so sehr ein Außenseiter in dieser Gruppe wie ich. Und wenn es hart auf hart kommt, brauchst du jemanden, der dich so ernst nimmt wie du dich selbst.«

»Überanstrenge dich ja nicht.«

»Ich gehe jetzt.«

»Höchste Zeit.«

»Und wenn du ein wenig darüber nachgedacht und begriffen hast, dass ich Recht habe, brauchst du dich nicht zu entschuldigen. Du hast um Poke geweint, und das macht uns zu Freunden. Du kannst mir vertrauen, und ich vertraue dir, das ist alles.«

Sie setzte zu einer Entgegnung an, als er ging, aber er war zu schnell weg, um sie noch zu hören. Petra war eben so. Sie musste sich hart geben. Das störte Bean nicht. Sie hatten jetzt alles, was gesagt werden musste, ausgesprochen.

Die Kommandoschule war ein Teil der Flottenzentrale, und der Standort der Flottenzentrale war ein streng gehütetes Geheimnis. Die einzige Möglichkeit, je herauszufinden, wo sie sich befand, bestand darin, dorthin versetzt zu werden, und nur wenige, denen das widerfuhr, kehrten jemals zur Erde zurück.

Kurz vor ihrer Ankunft wurden die Kinder informiert. Die Flottenzentrale befand sich auf dem wandernden Asteroiden Eros. Und als sie näher kamen, erkannten sie, dass sie sich eigentlich *in* dem Asteroiden befand. Von der Oberfläche war außer der Andockstation fast nichts zu erkennen. Sie bestiegen einen Shuttle, der sie an einen Schulbus erinnerte, und legten damit den Fünf-Minuten-Flug zur Oberfläche zurück. Dort glitt der Shuttle in etwas, das wie eine Höhle aussah. Eine schlangenartige Röhre streckte sich dem Shuttle entgegen und schloss ihn vollkommen ein. Die Passagiere stiegen in Beinahe-Schwerelosigkeit aus, und ein starker Luftzug saugte sie wie ein Staubsauger in die Eingeweide von Eros.

Bean wusste sofort, dass dieser Ort nicht von Menschenhand geformt worden war. Die Gänge waren alle zu niedrig – und man sah ihnen an, dass die Decken nachträglich erhöht worden waren, da der untere Teil der Wände glatt war und nur der obere halbe Meter Werkzeugspuren zeigte. Die Schaben haben diesen Asteroiden ausgehöhlt, wahrscheinlich zu Beginn der Zweiten Invasion. Ihr ehemaliger Stützpunkt war nun die Zentrale der Internationalen Flotte. Bean versuchte, sich den Kampf vorzustellen, der erforderlich gewesen war, um diese feindliche Stellung zu erobern. Die Schaben huschten durch die Gänge, und die Infanterie folgte ihnen mit Sprengstoff, um sie auszuräuchern. Und dann die Säuberung, Formic-Leichen, die aus den Gängen gezerrt, und die Gänge, die Stück für Stück höher gemacht worden waren, damit die Menschen besser hindurchpassten.

Daher haben wir auch unsere geheimen Technologien, dachte Bean. Die Schaben hatten Schwerkraftgeneratoren.

Wir haben herausgefunden, wie sie funktionieren, und unsere eigenen gebaut und sie in der Kampfschule, und wo immer sie sonst benötigt wurden, installiert. Aber die IF hat das nie offiziell gemacht, denn es hätte die Leute verängstigt, zu wissen, wie fortgeschritten die Technologie der Schaben war.

Was haben wir noch von ihnen gelernt?

Bean bemerkte, dass die Kinder sich in den Gängen ein wenig duckten. Die Decken waren mindestens zwei Meter hoch, und keines der Kinder war annähernd groß genug, aber die Proportionen waren alle falsch, sodass die Decken der Tunnel bedrückend niedrig wirkten, als stünden sie kurz vor dem Einsturz. Und es musste noch schlimmer gewesen sein, als die Menschen hier eintrafen, bevor die Decken erhöht wurden.

Ender würde hier aufblühen. Er würde es selbstverständlich hassen, weil er ein Mensch war. Aber er würde den Ort auch dazu nutzen, sich in das Denken der Schaben hineinzuversetzen, die ihn gebaut hatten. Nicht, dass man wirklich je den Geist eines Außerirdischen verstehen konnte. Aber dieser Ort gab einem zumindest die Chance, es zu versuchen.

Die Jungen wurden in zwei Räumen untergebracht, und Petra bekam ein kleines Zimmer für sich. Es war hier noch karger als in der Kampfschule, und sie konnten nie der Kälte des umgebenden Gesteins entfliehen. Auf der Erde war einem Gestein immer solide vorgekommen. Aber im Weltraum wirkte es geradezu porös. Es wimmelte darin von Löchern, und Bean hatte unwillkürlich das Gefühl, dass der Sauerstoff heraussickerte. Die Luft sickerte heraus, und die Kälte des Weltraums drang ein, und vielleicht auch noch etwas anderes, die Larven der Schaben, die sich wie Regenwürmer durch das Gestein fraßen, und nachts, wenn es dunkel im Zimmer war, aus den Löchern krochen, über ihre Stirnen krochen und ihre Gedanken lasen und ...

Er erwachte schwer atmend, die Hand auf die Stirn

gepresst. Er wagte es kaum, seine Hand zu bewegen. War etwas über ihn gekrochen?

Seine Hand war leer.

Er wollte wieder einschlafen, aber es war zu kurz vor dem Wecken. Er blieb liegen und dachte nach. Der Alptraum war absurd – hier konnte keine Schabe mehr am Leben sein. Aber etwas machte ihm Angst. Etwas bedrückte ihn, und er war sich nicht sicher, was.

Er musste an ein Gespräch denken, dass er mit einem der Techniker geführt hatte, die die Simulatoren instand hielten. Beans Simulator hatte während des Trainings eine Fehlfunktion gehabt, sodass die kleinen Lichtpunkte, die für seine Schiffe standen und sich durch den dreidimensionalen Raum bewegten, plötzlich nicht mehr zu kontrollieren waren. Zu seiner Überraschung schwebten sie nicht einfach weiter in die Richtung, in die der letzte Befehl sie geschickt hatte. Vielmehr begannen sie auszuschwärmen, sammelten sich dann wieder und wechselten die Farbe, als stünden sie nun unter der Kontrolle eines anderen.

Als der Techniker eintraf, um den durchgebrannten Chip auszutauschen, fragte Bean ihn, warum die Schiffe nicht einfach innehielten oder in der alten Richtung weiterschwebten. »Das gehört zur Simulation«, hatte der Techniker gesagt. »Wir simulieren hier nicht nur, dass du der Pilot oder der Captain dieser Schiffe bist. Du bist auch der Admiral, also befinden sich in jedem Schiff ein simulierter Captain und ein simulierter Pilot, und wenn der Kontakt zu dir abgeschnitten wird, handeln sie, wie echte Menschen handeln würden, die den Kontakt zu ihrem Befehlshaber verloren haben, verstehst du?«

»Das ist ganz schön viel Aufwand.«

»Weißt du, wir hatten viel Zeit, um an diesen Simulatoren zu arbeiten«, sagte der Techniker. »Sie verhalten sich *genau* wie bei einem echten Kampf.«

»Bis auf die Zeitverzögerung«, meinte Bean.

Der Techniker starrte ihn einen Augenblick ausdruckslos

an. »Ach ja, die Zeitverzögerung. Nun, es war die Sache nicht wert, sie einzuprogrammieren.« Und dann war er gegangen.

Es war dieser Moment der Ausdruckslosigkeit in seinem Blick, der Bean beunruhigte. Die Simulatoren waren so perfekt, wie man sie nur machen konnte. *Genau* wie bei einem echten Kampf. Und dennoch schlossen sie die Zeitverzögerung nicht ein, die bei Lichtgeschwindigkeitskommunikation entstand. Die Entfernungen, die simuliert wurden, waren oft weit genug, dass es eine gewisse Verzögerung zwischen einem Befehl und seiner Ausführung geben sollte, und manchmal sollten es sogar mehrere Sekunden sein. Aber keine solche Verzögerung war einprogrammiert. Alle Kommunikation wurde als unverzüglich betrachtet. Und als Bean weiter danach fragte, wurde seine Frage von dem Lehrer abgetan, der sie an den Simulatoren ausgebildet hatte. »Es ist eine Simulation. Wenn ihr mit echten Schiffen trainiert, habt ihr noch genug Zeit, euch an die Verzögerung zu gewöhnen.«

Das hatte sich zu diesem Zeitpunkt nur wie das übliche dumme militärische Denken angehört, aber nun erkannte Bean, dass es eine Lüge war. Wenn sie das Verhalten von Piloten und Captains einprogrammierten, nachdem die Kommunikation abgebrochen war, hätten sie auch leicht die Zeitverzögerung einbauen können. Der Grund, wieso diese Schiffe mit sofortiger Reaktion simuliert wurden, bestand darin, dass es sich um eine akkurate Simulation der Verhältnisse im Kampf handelte.

Als er nun dort im Dunkeln wach lag, zog Bean die letzten Schlüsse. Es war so offensichtlich, sobald er daran gedacht hatte. Sie haben von den Schaben nicht nur die Schwerkraftkontrolle gelernt, sondern auch eine Kommunikationsweise, die schneller als das Licht funktioniert. Sie wahren dieses Geheimnis vor den Menschen auf der Erde, aber unsere Schiffe können ohne zeitliche Verzögerung miteinander kommunizieren.

Und wenn die Schiffe das können, warum nicht auch die Flottenzentrale hier auf Eros? Wie weit reichte diese Art der

Kommunikation? Erfolgte sie ungeachtet jeder Entfernung tatsächlich ohne Zeitverzug? Oder war sie nur überlichtschnell, sodass wirklich große Entfernungen doch ihre eigene Verzögerung aufwiesen?

Sein Geist raste durch die Möglichkeiten und die Auswirkungen dieser Möglichkeiten. Unsere Patrouillenschiffe können uns vor der sich nähernden feindlichen Flotte warnen, lange bevor sie uns erreicht. Sie wissen wahrscheinlich schon seit Jahren, dass sie kommt und wie schnell sie ist. Deshalb wurden wir so angetrieben – sie haben seit Jahren gewusst, wann die dritte Invasion beginnen wird.

Und dann noch ein Gedanke: Wenn diese sofortige Kommunikation ungeachtet der Entfernung funktioniert, könnten wir sogar mit der Invasionsflotte sprechen, die wir direkt nach der zweiten Invasion gegen die Heimatplaneten der Formics ausgeschickt haben. Wenn unsere Raumschiffe sich nahezu mit Lichtgeschwindigkeit bewegten, würde der relative Zeitunterschied die Kommunikation zwar komplizieren, aber solange wir keine Wunder erwarten, wäre das leicht genug zu lösen. Wir würden Augenblicke nach der Ankunft unserer Flotte über ihrer Welt wissen, ob unsere Invasion erfolgreich war oder nicht. Und wenn die Kommunikation wirklich stark genug ist und das Frequenzband breit genug, könnte die Flottenzentrale sogar sehen, wie der Kampf stattfindet, oder zumindest eine Simulation des Kampfes miterleben, und ...

Eine Simulation des Kampfes. Alle Schiffe der Streitmacht können ihre Position jederzeit zurückmelden. Das Kommunikationsgerät empfängt die Daten, speist sie in einen Computer ein, und was dabei herauskommt, ist ... die Simulation, mit der wir üben.

Wir werden ausgebildet, um Schiffe im Kampf zu befehligen, die sich nicht hier im Sonnensystem befinden, sondern Lichtjahre entfernt. Sie haben die Piloten und die Captains losgeschickt, aber die Admiräle, die sie befehligen, sind immer noch hier. In der Zentrale. Sie haben ganze Generationen nach den geeigneten Kommandanten durchforstet, und wir sind das Ergebnis!

Diese Erkenntnis ließ ihn erschrocken nach Luft schnappen. Er wagte kaum, es zu glauben, und dennoch war es erheblich sinnvoller als alle plausibleren Szenarien. Es erklärte auch, wieso man die Kinder auf älteren Schiffen ausgebildet hatte. Die Flotte, die sie befehligen würden, war schon vor Jahrzehnten gestartet, als diese älteren Modelle noch das Neueste und Beste waren.

Sie haben uns nicht durch die Kampfschule und die Taktikschule gepeitscht, weil die Schabenflotte kurz davor steht, in unser Sonnensystem einzudringen. Sie haben es eilig, weil *unsere* Flotte kurz davor steht, die Schabenwelt zu erreichen!

Es war, wie Nikolai gesagt hatte. Du kannst das Unmögliche nicht ausschließen, weil du nie weißt, welche deiner Annahmen über das, was möglich ist, sich im wirklichen Universum als falsch erweisen wird. Bean war nicht in der Lage gewesen, an diese schlichte, rationale Erklärung zu denken, weil er der Vorgabe vertraut hatte, dass die Lichtgeschwindigkeit der Fortbewegung und Kommunikation Grenzen setzte. Aber der Techniker hatte einen winzigen Teil des Schleiers fallen gelassen, mit dem sie die Wahrheit verhüllten, und weil Bean endlich einen Weg gefunden hatte, sein Bewusstsein für diese Möglichkeit zu öffnen, kannte er nun das Geheimnis.

Irgendwann während der Ausbildung können sie jederzeit und ohne es uns zu sagen umschalten, und wir werden echte Schiffe in einem echten Kampf befehligen. Wir werden es immer noch für ein Spiel halten, aber wir kämpfen in einem Krieg!

Und sie sagen uns nichts, weil wir Kinder sind. Sie glauben, wir könnten nicht damit zurechtkommen, zu wissen, dass unsere Entscheidungen Tod und Zerstörung zur Folge haben. Dass beim Verlust eines Schiffes echte Menschen sterben. Sie halten es geheim, um uns vor unserem eigenen Mitgefühl zu schützen. Nur, dass ich jetzt alles weiß. Dieses

Gewicht traf ihn ganz plötzlich, und er konnte kaum atmen. Nur noch ganz flach. Jetzt weiß ich es. Wie wird es meine Art zu spielen verändern? Ich darf es nicht zulassen, das ist alles. Ich habe schon mein Bestes getan – das hier zu wissen, wird mich nicht schwerer arbeiten oder besser spielen lassen. Es könnte mich sogar verschlechtern. Könnte mich zögern lassen, könnte mich Konzentration kosten. Während ihrer Ausbildung hatten sie alle gelernt, dass der Sieg davon abhing, alles andere zu vergessen und sich nur auf das zu konzentrieren, was man im Augenblick tat. Man konnte gleichzeitig an all seine Schiffe denken – aber nur, wenn jedes Schiff, das nicht mehr zählte, vollkommen ausgeblendet wurde. An tote Menschen zu denken, an zerrissene Leichen, denen vom kalten Vakuum des Weltraums die Luft aus der Lunge gesaugt wurde – wer konnte das Spiel noch spielen, wenn er wusste, was das wirklich bedeutete?

Die Lehrer hatten Recht, wenn sie dieses Geheimnis wahrten. Der Techniker sollte vor ein Kriegsgericht kommen, weil er mir den Blick hinter den Schleier erlaubt hat.

Ich kann es niemandem sagen. Die anderen sollten es nicht wissen. Und wenn die Lehrer wissen, dass ich es weiß, werden sie mich aus dem Spiel nehmen.

Also muss ich so tun, als ob.

Nein. Ich muss vergessen, dass es wahr ist. Es ist *nicht* wahr. Die Wahrheit ist, was sie uns sagen. Die Simulation ignoriert die Lichtgeschwindigkeit einfach. Sie haben uns auf alten Schiffen ausgebildet, weil die neuen alle unterwegs sind und nicht verschwendet werden dürfen. Wir bereiten uns auf den Kampf gegen eindringende Formics vor, und das hat nichts mit unserem Eindringen in ihr Sonnensystem zu tun. Das war nur ein verrückter Traum, reine Selbsttäuschung. Nichts ist schneller als das Licht, und daher kann Information auch nicht überlichtschell weitergegeben werden.

Und wenn wir wirklich vor so langer Zeit eine Invasionsflotte ausgeschickt haben, brauchen sie jetzt keine kleinen Kinder, um sie zu kommandieren. Mazer Rackham muss bei dieser Flotte sein. Sie wäre sicher nicht ohne ihn aufgebrochen. Und Mazer Rackham ist noch am Leben, jung erhalten durch die Fortbewegung mit Beinahe-Lichtgeschwindigkeit. Vielleicht waren es für ihn nur ein paar Jahre. Und er ist bereit. Sie brauchen uns nicht.

Bean beruhigte seinen Atem. Seine Herzfrequenz verlangsamte sich. Ich kann mir keine solchen Fantasien erlauben. Es wäre so peinlich, wenn die anderen erführen, welche dumme Theorie ich im Schlaf entwickelt habe. Ich kann es ihnen nicht einmal als Traum erzählen. Das Spiel muss unverändert weitergehen.

Das Wecksignal erklang über Interkom. Bean stand auf – diesmal hatte er ein unteres Bett – und begann so normal wie möglich mit Crazy Tom und Hot Soup herumzualbern, während Fly Molo seine Morgenmuffligkeit für sich behielt und Alai betete. Bean ging in die Messe und aß wie immer. Alles war wie immer. Es hatte nichts zu bedeuten, dass er seine Eingeweide nicht dazu bringen konnte, sich zu entspannen. Dass sein Bauch den ganzen Tag an ihm nagte und er bei den Mahlzeiten unter leichter Übelkeit litt. Das lag nur am Schlafmangel.

Nach drei Monaten auf Eros veränderte sich ihre Arbeit an den Simulatoren. Es gab Schiffe, die sie direkt steuern konnten, aber in anderen Fällen sollten sie nun die Befehle mündlich weitergeben, nicht durch manuelle Steuerung. »Wie im echten Kampf«, sagte der Aufsichtsführende.

»Im Kampf«, sagte Alai, »würden wir wissen, wer die Offiziere sind, die unter uns dienen.«

»Das wäre wichtig, wenn du von ihren Informationen abhängig wärst. Aber das bist du nicht. Alle Informationen, die du brauchst, werden auf deinen Simulator übertragen und erscheinen auf dem Display. Also gibst du deine Befehle mündlich ebenso wie manuell. Geh einfach davon aus, dass man dir gehorchen wird. Die Lehrer überwachen die Befehle, um euch dabei zu helfen, schnell und präzise zu formulieren. Ihr werdet auch lernen müssen, hin und her zu schalten zwischen der internen Kommunikation unter euch und den Befehlen an einzelne Schiffe. Es ist eigentlich ganz einfach. Dreht den Kopf nach links oder rechts, um miteinander zu sprechen, was immer bequemer für euch ist. Aber wenn ihr direkt zum Display schaut, wird eure Stimme zu dem Geschwader, das ihr mit eurer Steuerung ausgewählt habt, übertragen. Und um alle Schiffe unter eurem Befehl gleichzeitig anzusprechen, bewegt den Kopf nach vorn und zieht das Kinn ein, etwa so.«

»Was passiert, wenn wir die Köpfe heben?«, fragte Shen.

Alai antwortete, bevor der Lehrer es konnte. »Dann redest du mit Gott.«

Nachdem das Gelächter verklungen war, sagte der Lehrer: »Das war gar nicht so falsch, Alai. Wenn ihr beim Sprechen das Kinn hebt, sprecht ihr mit *eurem* Kommandanten.«

Mehrere sagten gleichzeitig: »*Unser* Kommandant?«

»Ihr habt doch nicht etwa geglaubt, dass wir euch alle gleichzeitig zum Oberkommandanten ausbilden? Nein, nein. Im Augenblick werden wir nach dem Zufallsprinzip immer einen von euch auswählen, nur so zum Üben. Sagen wir ... der Kleine da. Du. Bean.«

»Ich soll Kommandant sein?«

»Nur fürs Training. Oder ist er nicht kompetent genug? Werdet ihr ihm im Kampf nicht gehorchen?«

Die anderen warfen dem Lehrer einen verächtlichen Blick zu. Selbstverständlich war Bean kompetent. Selbstverständlich würden sie ihm gehorchen.

»Allerdings hat er keinen einzigen Kampf gewonnen, als er die Kaninchenarmee befehligt hat«, sagte Fly Molo.

»Hervorragend. Das bedeutet, ihr habt zusätzlich die Herausforderung, diesen Kleinen hier zu einem Sieger zu machen, ob er es will oder nicht. Und wenn ihr *das* nicht für eine realistische militärische Situation haltet, dann habt ihr eure Geschichte nicht sorgfältig genug studiert.«

So fand sich Bean also als Kommandant der zehn anderen Kids wieder. Selbstverständlich glaubten weder er noch die anderen auch nur einen Augenblick, dass der Lehrer ihn zufällig ausgewählt hatte. Sie wussten, dass Bean am Simulator besser als jeder andere war. Petra hatte eines Tages nach dem Training ausgesprochen, was alle dachten: »Zum Teufel, Bean, ich glaube, du hast das alles so genau im Kopf, dass du die Augen schließen und immer noch spielen könntest.« Das war beinahe wahr. Er brauchte nicht hinzusehen, um zu wissen, wo die Einheiten sich befanden. Es geschah alles gleichzeitig in seinem Kopf.

Sie brauchten ein paar Tage, um damit zurechtzukommen: Befehle von Bean entgegenzunehmen und ihre eigenen Befehle nicht nur durch die Steuerung, sondern auch mündlich weiterzugeben. Am Anfang machten sie dauernd Fehler und hielten die Köpfe in die falsche Richtung, sodass Kommentare, Fragen und Befehle an die falschen Leute gingen. Aber schon bald wurde es zu einem Reflex.

Bean bestand darauf, dass sie sich als Oberkommandant abwechselten. »Ich muss ebenso üben, Befehle entgegenzunehmen, wie alle anderen«, sagte er. »Und lernen, meine Kopfhaltung zu ändern und nach oben und zur Seite zu sprechen.« Der Lehrer stimmte zu, und nach einem weiteren Tag beherrschte Bean die Technik ebenso gut wie seine Kameraden.

Die anderen Kinder zu Kommandanten zu machen, hatte noch eine weitere positive Auswirkung. Obwohl sich niemand so schlecht schlug, dass es peinlich gewesen wäre, wurde klar, dass Bean schneller und scharfsinniger war als jeder andere, dass er die sich entwickelnden Situationen besser erfasste, besser aussortieren konnte, was er hörte, und sich an alles erinnerte, was andere gesagt hatten.

»Du bist kein Mensch«, sagte Petra. »*Niemand* kann tun, was du tust!«

»Klar bin ich ein Mensch«, sagte Bean freundlich. »Und ich kenne einen, der noch besser ist als ich.«

»Wer sollte das sein?«, wollte sie wissen.

»Ender.«

Alle schwiegen für einen Augenblick.

»Ja, gut, aber er ist nicht hier«, sagte Vlad schließlich.

»Woher wisst ihr das?«, fragte Bean. »Es ist durchaus möglich, dass er die ganze Zeit hier war.«

»So ein Unsinn«, wandte Dink ein. »Warum sollten sie ihn dann nicht mit uns üben lassen? Warum sollten sie es vor uns geheim halten?«

»Weil sie Geheimnisse mögen«, antwortete Bean. »Und vielleicht, weil sie ihm eine andere Ausbildung geben. Und vielleicht ist es auch wie bei Sinterklaas, und wir bekommen ihn als Geschenk überreicht.«

»Und vielleicht bist du voller merda«, sagte Dumper.

Bean lachte nur. Selbstverständlich war Ender hier. Diese Gruppe war für Ender zusammengestellt worden. Ender war es, auf dem alle Hoffnungen ruhten. Sie hatten Bean nur auf den Kommandantenstuhl gesetzt, weil Bean eben der Ersatz war. Falls Ender mitten im Krieg eine Blinddarmentzündung bekommen sollte, würden sie die Steuerungen zu Bean umschalten. Bean, der beginnen würde, Befehle zu geben, entscheiden, welche Schiffe geopfert werden konnten, welche Männer sterben würden. Aber bis dahin würde es Enders Entscheidung sein, und für Ender wäre es nur ein Spiel. Keine Tode, kein Leid, keine Angst, keine Schuldgefühle. Nur ... ein Spiel.

Es ist definitiv Ender. Und je eher das klar ist, desto besser.

Am nächsten Tag erklärte der Aufsichtsführende ihnen, dass ab dem Nachmittag Ender Wiggin ihr Kommandant sein würde. Als sie sich nicht überrascht zeigten, fragte er nach dem Grund.

»Weil Bean es uns gesagt hat«, antworteten sie.

»Sie wollen, dass ich herausfinde, woher du deine Insider-Informationen hast, Bean.« Graff schaute über den Tisch hinweg das schmerzlich kleine Kind an, das ihm gegenüber saß und ihn ausdruckslos ansah.

»Ich habe keine Insider-Informationen«, sagte Bean.

»Du wusstest, dass Ender der Kommandant sein würde.«

»Ich habe *geraten*«, sagte Bean. »Nicht, dass es schwierig gewesen wäre. Sehen Sie doch, wer wir sind. Enders beste Freunde. Enders Zugführer. Er ist der gemeinsame Nenner. Es gab viele andere Kids, die Sie hätten herbringen können, die genauso gut waren wie wir. Aber das hier sind diejenigen, die Ender auch ohne einen Schutzanzug in den Weltaum folgen würden, wenn er sagt, dass er uns dort braucht.«

»Nette Ansprache, aber du hast eine gewisse Vorgeschichte.«

»Also gut. Und *wann* sollte ich das alles ausspioniert haben? Wann ist irgendwer von uns allein? Unsere Pulte sind nur dumme Terminals, und wir haben nie Gelegenheit, jemand anderen beim Login zu sehen, also kann ich wohl schlecht eine andere Identität stehlen. Ich tue nur, was man mir sagt. Alle hier machen den Fehler zu glauben, dass wir dumm sind, dabei haben Sie uns ausgewählt, weil wir sehr gescheit sind. Und jetzt sitzen Sie da und bezichtigen mich, Informationen *gestohlen* zu haben, die jeder Trottel hätte erraten können.«

»Nicht *jeder* Trottel.«

»Das ist nur so eine Redewendung.«

»Bean«, sagte Graff, »ich glaube, du versuchst mir völligen Quatsch anzudrehen.«

»Colonel Graff, selbst wenn das wahr wäre, was es nicht ist, was hätte es schon zu bedeuten? Schön, ich habe herausgefunden, dass Ender kommt, weil ich insgeheim Ihre Träume überwache. Na und? Er wird trotzdem kommen, er wird trotzdem der Kommandant sein, er wird trotzdem genial sein, und dann machen wir alle unseren Abschluss, und ich werde irgendwo auf einem Schiff sitzen und Erwachsenen mit meiner Kleinjungen-Stimme Befehle geben, bis sie genug davon haben und mich in den Weltraum schießen.«

»Mir ist egal, dass du von Ender gewusst hast. Mir ist egal, dass du es erraten hast.«

»Ich weiß, dass Ihnen das egal ist.«

»Ich muss wissen, was du sonst noch weißt.«

»Colonel«, sagte Bean und klang sehr erschöpft. »Haben Sie noch nicht begriffen, dass mir schon die Tatsache, dass Sie mir eine solche Frage stellen, *mitteilt,* dass es noch andere Dinge gibt, die ich herausfinden könnte? Und dass so etwas die Chance, dass ich es auch tue, gewaltig erhöht?«

Graffs Grinsen wurde breiter. »Das ist genau, was ich dem ... dem Offizier gesagt habe, der mich angewiesen hat, mit dir zu reden und dir diese Fragen zu stellen. Ich habe ihm gesagt, dass wir dir am Ende schon durch dieses Gespräch mehr verraten würden, als du uns je sagen würdest, aber er meinte: ›Der Junge ist *sechs,* Colonel Graff.‹«

»Ich glaube, ich bin sieben.«

»Er hat mit einem alten Bericht gearbeitet und nicht nachgerechnet.«

»Sagen Sie mir einfach, welches Geheimnis ich auf keinen Fall erfahren darf, und ich sage Ihnen, ob ich es schon wusste.«

»Sehr hilfreich.«

»Colonel Graff, leiste ich gute Arbeit?«

»Eine absurde Frage. Selbstverständlich.«

»Wenn ich etwas weiß, das Sie uns nicht wissen lassen sollen, habe ich darüber gesprochen? Habe ich es einem der anderen gesagt? Hat es meine Arbeit in irgendeiner Weise beeinträchtigt?«

»Nein.«

»Für mich klingt das wie ein Baum, der im Wald umfällt, wo niemand es hören kann. Wenn ich *tatsächlich* etwas weiß, weil ich es herausgefunden habe, es aber niemandem sage und es meine Arbeit nicht beeinträchtigt, warum verschwenden Sie Ihre Zeit dann damit, herauszufinden, ob ich es weiß oder nicht? Nach diesem Gespräch können Sie sicher sein, dass ich sehr angestrengt nach irgendwelchen Geheimnissen suchen werde, die irgendwo herumliegen könnten, wo ein Siebenjähriger sie finden kann. Aber selbst wenn ich ein solches Geheimnis aufdecke, werde ich es den anderen nicht sagen, also macht es immer noch keinen Unterschied. Warum vergessen wir es nicht einfach?«

Graff griff unter den Tisch und drückte einen Knopf.

»Also gut«, sagte er. »Sie haben die Aufzeichnung unseres Gesprächs, und wenn sie das nicht beruhigt, dann wird nichts es tun.«

»Sie beruhigen? Wer sind ›sie‹?«

»Bean, dieser Teil wird nicht mitgeschnitten.«

»Wird er doch«, sagte Bean.

»Ich habe das Gerät abgeschaltet.«

»Also bitte!«

Tatsächlich war Graff nicht vollkommen sicher, dass das Gespräch nicht weiter mitgeschnitten wurde. Sclbst wenn die Maschine, die er bediente, ausgeschaltet war, hieß das noch lange nicht, dass es keine weitere gab.

»Gehen wir ein bisschen spazieren«, sagte Graff.

»Hoffentlich nicht draußen.«

Graff stand vom Tisch auf – ächzend, weil er ziemlich zugenommen hatte und Eros auf voller Schwerkraft gehalten wurde – und verließ das Zimmer.

Als sie nebeneinander durch den Flur gingen, sprach Graff leise weiter. »Wir können es ihnen zumindest ein wenig schwerer machen«, sagte er.

»Gut«, erwiderte Bean.

»Ich dachte, du solltest vielleicht wissen, dass die IF wegen eines offensichtlichen Sicherheitslecks kurz vor dem Durchdrehen ist. Es sieht so aus, als hätte jemand, der Zugang zu den geheimsten Archiven hatte, Briefe an ein paar Möchtegern-Weise im Netz geschrieben, die daraufhin begonnen haben, dafür zu agitieren, dass man die Kinder aus der Kampfschule in ihre Heimatländer zurückschickt. Ich bezichtige dich nicht. Ich habe nur zufällig die Briefe gesehen, die an Locke und Demosthenes geschickt wurden – sie werden beide scharf überwacht, wie du dir sicher vorstellen kannst –, und als ich diese Briefe gelesen habe – die

Unterschiede zwischen ihnen sind übrigens interessant; sehr schlau gemacht –, erkannte ich, dass es darin keine wirklich geheime Information gibt, die über das hinausgeht, was jedes Kind in der Kampfschule weiß. Nein, was sie so verrückt macht, ist, dass die politische Analyse den Nagel auf den Kopf trifft, obwohl sie auf ungenügender Information beruht. Mit anderen Worten: Aus dem, was öffentlich bekannt ist, hätte der Schreiber dieser Briefe nicht schließen können, was er geschlossen hat. Die Russen behaupten, dass jemand sie ausspioniert hat – und selbstverständlich über das, was er herausgefunden hat, lügt. Aber ich habe mir die Bibliothek auf dem Zerstörer *Condor* angeschaut und gesehen, was du gelesen hast. Und dann habe ich deine Bibliotheksbenutzung auf der ISB untersucht, als du in der Taktikschule warst. Du warst ein fleißiger Junge.«

»Ich habe nur versucht, meinen Verstand auf Trab zu halten.«

»Dann wird es dich freuen zu hören, dass die erste Gruppe von Kindern schon nach Hause geschickt wurde.«

»Aber der Krieg ist noch nicht vorbei.«

»Glaubst du wirklich, wenn du einen politischen Schneeball ins Rollen bringst, wird er immer dort landen, wo du ihn haben willst? Du bist schlau, aber auch naiv, Bean. Wenn du dem Universum einen Schubs gibst, wirst du nie genau vorhersagen können, welche Dominos fallen werden. Es gibt immer ein paar, von denen du nie geglaubt hättest, dass sie miteinander in Verbindung standen. Jemand wird immer zurückschubsen, und das ein wenig fester, als du erwartet hast. Dennoch, ich bin froh, dass du die anderen Kinder nicht vergessen und die Räder in Bewegung gesetzt hast, um sie zu befreien.«

»Aber nicht uns.«

»Die IF ist nicht verpflichtet, die Agitatoren auf der Erde daran zu erinnern, dass die Taktikschule und die Kommandoschule immer noch voller Kinder sind.«

»Ich werde es auch nicht tun.«

»Das weiß ich. Nein, Bean, ich habe Gelegenheit bekommen, mit dir zu reden, weil du ein paar hochrangige Leute mit deiner Annahme darüber, wer dein Team befehligen wird, in Panik versetzt hast. Aber ich hatte bereits gehofft, mit dir sprechen zu können, weil es ein paar Dinge gibt, die ich dir sagen wollte. Außer der Tatsache, dass dein Brief so ziemlich die erwünschte Wirkung hatte.«

»Ich höre, wenn ich auch keinen Brief zugebe.«

»Dennoch wirst du sicher fasziniert sein, die Identität von Locke und Demosthenes zu erfahren.«

»Identität? Nur eine?«

»Ein Verstand, zwei Stimmen. Du musst verstehen, Bean, dass Ender Wiggin das dritte Kind seiner Familie war. Eine Sondererlaubnis, keine illegale Geburt. Sein älterer Bruder und seine Schwester sind ebenso begabt wie er, aber aus diversen Gründen hielt man sie für die Kampfschule für nicht geeignet. Der Bruder, Peter Wiggin, ist jedoch ein sehr ehrgeiziger junger Mann. Nachdem ihm das Militär verschlossen war, ging er in die Politik. Zweimal.«

»Er ist Locke *und* Demosthenes«, sagte Bean.

»Er plant die Strategie für beide, aber er schreibt nur Locke. Seine Schwester Valentine schreibt Demosthenes.«

»Jetzt verstehe ich.«

»Also gingen deine Briefe beide an die gleichen Leute.«

»Falls ich sie geschrieben habe.«

»Und es bringt den armen Peter Wiggin um den Verstand. Er setzt all seine Quellen in der Flotte darauf an, herauszufinden, wer diese Briefe geschrieben hat. Aber niemand in der Flotte weiß es. Die sechs Offiziere, deren Logins du benutzt hast, konnten ausgeschlossen werden. Und wie du dir vielleicht vorstellen kannst, kommt *niemand* auf die Idee zu überprüfen, ob der einzige Siebenjährige, der je die Taktikschule besuchte, sich in seiner Freizeit an politischen Briefwechseln versucht hat.«

»Niemand außer Ihnen.«

»Weil ich bei Gott der Einzige bin, der versteht, wie brillant ihr Kinder tatsächlich seid.«

»Wie brillant sind wir denn?« Bean grinste.

»Unser Spaziergang wird nicht ewig dauern, daher habe ich keine Zeit für Schmeicheleien. Außerdem wollte ich dir noch sagen, dass Schwester Carlotta nach deiner Abreise nichts mehr zu tun hatte und einige Anstrengung darauf verwendet hat, deine Herkunft zu verfolgen. – Wie ich sehe, kommen schon zwei Offiziere auf uns zu, die dieser unaufgezeichneten Konversation ein Ende machen werden, also werde ich mich kurz fassen. Du hast einen Namen, Bean. Du bist Julian Delphiki.«

»Das ist Nikolais Nachname.«

»Julian ist der Name von Nikolais Vater. Der auch dein Vater ist. Deine Mutter heißt Elena. Ihr seid eineiige Zwillinge. Eure befruchteten Eier wurden zu unterschiedlichen Zeiten eingepflanzt, und deine Gene wurden auf eine geringfügige, aber sehr bedeutsame Weise verändert. Wenn du also Nikolai anschaust, siehst du dich, wie du gewesen wärst, wenn man dich nicht genetisch verändert hätte und du bei Eltern aufgewachsen wärst, die dich liebten und sich um dich gekümmert hätten.«

»Julian Delphiki«, sagte Bean.

»Nikolai ist einer von denen, die schon zur Erde unterwegs sind. Schwester Carlotta wird dafür sorgen, dass man ihn, sobald er in Griechenland eingetroffen ist, darüber informiert, dass du sein Bruder bist. Seine Eltern wissen bereits, dass es dich gibt – Schwester Carlotta hat es ihnen gesagt. Dein Zuhause ist ein wunderschöner Ort, ein Haus auf den Hügeln von Kreta mit Aussicht auf die Ägäis. Schwester Carlotta sagt, dass deine Eltern gute Menschen sind. Sie haben vor Freunde geweint, als sie hörten, dass es dich gibt. Und nun findet dein Verhör ein Ende. Wir haben darüber gesprochen, wie wenig du von der Qualität des Unterrichts hier auf der Kommandoschule hältst.«

»Wie sind Sie nur darauf gekommen?«

»Du bist nicht der Einzige, der Schlüsse ziehen kann.«

Die beiden Offiziere – ein Admiral und ein General –, die ein falsches Lächeln aufgesetzt hatten, grüßten sie und fragten, wie das Gespräch verlaufen war.

»Sie haben die Aufzeichnung«, sagte Graff. »Auch den Teil, in dem Bean darauf besteht, dass weiter aufgezeichnet wird.«

»Und dennoch setzten Sie das Gespräch unprotokolliert fort.«

»Ich habe ihm erzählt«, sagte Bean, »wie inkompetent die Lehrer hier in der Kommandoschule sind.«

»Inkompetent?«

»Wir kämpfen immer gegen ausgesprochen dumme Computergegner. Und dann bestehen die Lehrer darauf, lange, ermüdende Analysen dieser Scheinkämpfe durchzuführen, obwohl kein Feind sich so dumm und durchschaubar wie diese Simulationen verhalten würde. Ich habe vorgeschlagen, dass die einzige Möglichkeit zu einem anständigen Wettbewerb darin besteht, dass Sie uns in zwei Gruppen aufteilen und gegeneinander antreten lassen.«

Die beiden Offiziere sahen einander an. »Ein interessanter Punkt«, sagte der General.

»Aber inzwischen überflüssig«, ergänzte der Admiral. »Wir werden Ender Wiggin heute in euer Spiel einführen. Wir dachten, du würdest dabei sein wollen, um ihn zu begrüßen.«

»Ja«, sagte Bean. »Das will ich.«

»Ich bringe dich hin«, bot der Admiral an.

»Und wir unterhalten uns«, sagte der General zu Graff.

Der Admiral sprach unterwegs wenig, und Bean konnte das Gespräch ohne nachzudenken führen. Das war gut so, denn er war in Aufruhr über das, was Graff ihm gesagt hatte. Es war keine große Überraschung, dass Locke und Demosthenes Enders Geschwister waren. Wenn sie so intelligent waren wie Ender, war es unvermeidlich, dass sie auffallen würden, und die Netze gestatteten ihnen, ihre Identität zu verbergen, solange sie noch zu jung für öffentliche Auftritte waren. Aber Bean hatte sich vermutlich auch zu ihnen hingezogen gefühlt, weil ihre Stimmen ihm vertraut vorgekommen waren. Sie mussten irgendwie wie Ender geklungen haben, auf diese subtile Weise, wie Menschen, die lange zusammengelebt hatten, Nuancen voneinander übernahmen. Bean hatte es nicht bewusst wahrgenommen, aber unbewusst hatte es sicher dafür gesorgt, dass er diese Essays aufmerksamer las. Er hätte es wissen sollen, und auf einer gewissen Ebene hatte er es auch gewusst.

Aber diese andere Nachricht, dass Nikolai sein Bruder war – wie konnte er das glauben? Es war, als hätte Graff in sein Herz geschaut, die eine Lüge gefunden, die ihn am tiefsten verletzen würde, und sie ihm erzählt. Ich bin Grieche? Mein Bruder war zufällig in meiner Frischlingsgruppe – der Junge, der mein bester Freund geworden ist? Zwillinge? Eltern, die mich lieben?

Julian Delphiki?

Nein, das kann ich nicht glauben. Graff ist nie ehrlich mit uns gewesen. Graff hat keinen Finger gerührt, um Ender vor Bonzo zu beschützen. Graff will mich nur zu irgendeinem Zweck manipulieren.

Ich heiße Bean. Poke hat mir diesen Namen gegeben, und ich gebe ihn nicht her im Tausch gegen eine Lüge.

Zunächst hörten sie nur seine Stimme, als er in dem anderen Raum mit dem Techniker sprach. »Wie kann ich mit Geschwaderführern sprechen, die ich nie sehe?«

»Und warum willst du sie sehen können?«, fragte der Techniker.

»Um sie kennen zu lernen, um zu wissen, wie sie denken –«

»Du wirst aus der Art, wie sie mit dem Simulator arbeiten, erfahren, wer sie sind und wie sie denken. Aber dennoch, ich glaube, du brauchst dir keine Sorgen zu machen. Sie hören dich bereits. Setz den Kopfhörer auf, dann kannst du sie ebenfalls hören.«

Alle zitterten vor Aufregung und wussten, dass er bald ihre Stimmen hören würde.

»Sag doch einer was!«, forderte Petra.

»Warte, bis er den Kopfhörer aufhat«, sagte Dink.

»Woher sollen wir das wissen?«, fragte Vlad.

»Ich zuerst«, verlangte Alai.

Einen Augenblick lang war es still. Dann erklang ein neues, leichtes Zischen in den Kopfhörern.

»Salaam«, flüsterte Alai.

»Alai«, sagte Ender.

»Und ich«, fügte Bean hinzu. »Der Zwerg.«

»Bean«, sagte Ender.

Ja, dachte Bean, während die anderen mit ihm sprachen. Der bin ich. Das ist der Name, mit dem mich jene ansprechen, die mich kennen.

23
ENDERS SPIEL

»General, Sie sind der Strategos. Sie haben die Autorität dazu, und Sie haben die Verpflichtung.«

»Ich brauche keine in Ungnade gefallenen ehemaligen Kampfschul-Kommandanten, die mir sagen, wozu ich verpflichtet bin.«

»Wenn Sie den Polemarchen und seine Verschwörer nicht verhaften –«

»Colonel Graff, wenn ich als Erster zuschlage, werde ich die Schuld an dem tragen, was danach geschieht.«

»Ja, das werden Sie, Sir. Aber jetzt sagen Sie mir, was das bessere Ergebnis wäre – alle geben Ihnen die Schuld, und wir gewinnen den Krieg, oder niemand gibt Ihnen die Schuld, weil man Sie nach dem Staatsstreich des Polemarchen und der daraus resultierenden weltweiten russischen Hegemonie an die Wand gestellt und erschossen hat?«

»Ich werde nicht den ersten Schuss abgeben.«

»Ein militärischer Kommandant, der keinen Präventivschlag führen will, wenn er zuverlässige Informationen hat.«

»Die politischen Auswirkungen –«

»Wenn Sie sie gewinnen lassen, ist das das Ende der Politik!«

»Die Russen sind seit dem zwanzigsten Jahrhundert nicht mehr die Bösen.«

»Wer immer etwas Böses tut, ist der Böse. Sie sind der Sheriff, Sir, ob das den Leuten nun gefällt oder nicht. Tun Sie Ihre Arbeit.«

Nach Enders Ankunft trat Bean sofort zurück und nahm wieder seinen Platz unter den Zugführern ein. Niemand sprach mit ihm darüber. Er war ihr Kommandant gewesen, er hatte sie gut ausgebildet, aber Ender war immer der natürliche Befehlshaber dieser Truppe gewesen, und nun, nach seiner Rückkehr, war Bean wieder unwichtig.

Und das war richtig so. Bean wusste es. Er hatte sie gut angeführt, aber Ender ließ ihn wie einen Novizen aussehen. Es lag nicht daran, dass Enders Strategien besser gewesen wären als die von Bean – nein, das waren sie wirklich nicht. Manchmal anders, aber häufig sah Bean, dass Ender genau das tat, was er selbst getan hätte.

Der wesentliche Unterschied bestand in der Art, wie er die anderen anführte. Er konnte sich ihrer leidenschaftlichen Ergebenheit sicher sein, während sie Bean gegenüber immer ein wenig grollend Gehorsam geleistet hatten. Und das war von Anfang an eine große Hilfe. Aber er verdiente sich diese Ergebenheit auch, indem er nicht nur bemerkte, was im Kampf vor sich ging, sondern was sich generell in den Köpfen seiner Leute tat. Er war streng, manchmal sogar bissig, und machte klar, dass er mehr als ihr Bestes erwartete. Und dennoch hatte er so eine Art, harmlose Dinge auf eine Weise auszusprechen, die Respekt, Bewunderung und Nähe zeigte. Sie fühlten sich akzeptiert von dem Befehlshaber, nach dessen Anerkennung sie lechzten. Bean wusste einfach nicht, wie man so etwas anstellte. Seine Anerkennung war immer offensichtlich gewesen und ein wenig schwerfällig. Sie bedeutete ihnen weniger, weil sie ihnen berechnend vorkam. Und wirklich war sie ja auch berechnend gewesen. Ender war einfach nur ... er selbst. Mit jedem Atemzug strahlte er Autorität aus.

Sie haben einen genetischen Schalter in mir umgelegt und mich zu einem intellektuellen Supersportler gemacht. Ich kann den Ball von überall auf dem Feld ins Ziel bringen. Aber zu wissen, *wann* ich treten muss, zu wissen, wie man aus einem Haufen Spieler eine Mannschaft macht – was war in Ender Wiggins Genen verändert worden, dass er das konnte? Oder reichte es tiefer als die Genialität des Körpers?

Gibt es eine Seele, und ist das, was Ender hat, vielleicht einfach eine Gabe Gottes? Wir folgen ihm wie Jünger. Wir blicken zu ihm auf, als könne er Wasser aus dem Felsen hervorbrechen lassen.

Kann ich lernen, es ihm nachzutun? Oder bin ich wie so viele militärische Autoren, die ich studiert habe, dazu verdammt, im Feld zweitrangig zu sein und nur wegen meiner Chroniken und Erklärungen des Genies anderer Kommandanten in Erinnerung zu bleiben? Werde ich, wenn das alles vorüber ist, ein Buch schreiben und allen erzählen, wie Ender es gemacht hat?

Soll Ender das Buch doch selbst schreiben. Oder Graff. Ich habe hier zu tun, und wenn ich damit fertig bin, werde ich mir selbst aussuchen, was ich tun will, und meine Aufgabe so gut erfüllen, wie ich kann. Wenn man sich nur deshalb an mich erinnert, weil ich einer von Enders Gefährten war, dann ist das schon in Ordnung. Unter Ender zu dienen, ist eine Belohnung an sich.

Aber ja, es tat weh, zu sehen, wie glücklich die anderen waren und dass sie ihn überhaupt nicht mehr beachteten, außer um ihn zu necken wie einen kleineren Bruder, wie ein Maskottchen. Wie sie es gehasst haben mussten, als er der Anführer war!

Und das Schlimmste war, dass Ender ihn auch so behandelte. Nicht, dass sie ihn je wirklich zu sehen bekamen. Aber während ihrer langen Trennung war Ender anscheinend entfallen, wie sehr er sich einmal auf Bean verlassen hatte. Nun stützte er sich am meisten auf Petra und auf Alai, Dink und Shen. Die anderen, die nie mit ihm in einer Armee gewesen waren. Er arbeitete immer noch gut mit Bean und den anderen Zugführern aus der Drachenarmee zusammen, er vertraute ihnen, aber wenn es um etwas Schwieriges ging, etwas, das Kreativität brauchte, dachte Ender nie an Bean.

Egal, er durfte nicht darüber nachdenken. Bean wusste, dass er außer seiner offiziellen Aufgabe als einer der

Geschwaderführer noch andere, weitergehende Pflichten zu erfüllen hatte. Er musste den gesamten Ablauf der Kämpfe überwachen und bereit sein, in Sekundenschnelle zu übernehmen, falls Ender versagen sollte.

Ender schien nicht zu ahnen, dass die Lehrer Bean derart vertrauten, aber Bean wusste es, und wenn es ihn manchmal ein bisschen von seinen offiziellen Aufgaben ablenkte, wenn Ender ungeduldig wurde, weil Bean ein wenig spät, ein wenig unaufmerksam reagierte, dann war das nicht anders zu erwarten. Ender wusste nicht, dass Bean jeden Augenblick auf ein Zeichen des Aufsichtsführenden hin den Befehl übernehmen und Enders Arbeit fortsetzen, über all die Geschwaderführer wachen und das Spiel retten konnte.

Zunächst erschien die Aufgabe sinnlos – Ender war gesund und lebhaft. Aber dann änderte sich alles.

Es geschah an dem Tag, nach dem Ender beiläufig erwähnt hatte, dass er einen anderen Lehrer hatte als sie. Er bezeichnete ihn einmal zu oft als »Mazer«, und Crazy Tom sagte: »Es muss die Hölle für ihn gewesen sein, mit diesem Namen aufzuwachsen.«

»Als er aufwuchs«, wandte Ender ein, »war der Name nicht berühmt.«

»Jeder, der so alt ist, muss tot sein«, sagte Shen.

»Nicht, wenn er viele Jahre auf einem Schiff war, das sich mit Lichtgeschwindigkeit bewegte und dann zurückgebracht wurde.«

Jetzt dämmerte es ihnen. »Dein Lehrer ist *der* Mazer Rackham?«

»Ihr wisst ja wahrscheinlich, dass es immer heißt, er sei brillant und ein Held?«, fragte Ender.

Selbstverständlich wussten sie das.

»Sie vergessen aber für gewöhnlich zu erwähnen, wie stur er sein kann.«

Und dann begann die neue Simulation, und sie machten sich wieder an die Arbeit.

Am nächsten Tag verkündete Ender, dass es eine Veränderung geben würde. »Bisher haben wir gegen den Computer oder gegeneinander gespielt. Aber von jetzt an werden alle paar Tage Mazer selbst und eine Mannschaft erfahrener Piloten die gegnerische Flotte steuern. Also ist alles möglich.«

Eine Anzahl Tests mit Mazer Rackham persönlich als Gegner. Das kam Bean verdächtig vor.

Das hier sind keine Tests mehr, es sind Vorbereitungen auf die Situationen, die entstehen werden, wenn sie der wirklichen Schabenflotte nahe ihrem Heimatplaneten gegenüberstehen. Die IF hat Informationen von der Expeditionsflotte erhalten, und sie bereiten uns darauf vor, was die Schaben tatsächlich veranstalten werden, wenn wir mit ihnen kämpfen.

Aber ganz gleich, wie gescheit Mazer Rackham und die anderen Offiziere sein mochten, sie waren immer noch Menschen. Wenn der echte Kampf begann, würden die Schaben ihnen Dinge zeigen, die Menschen nicht einmal in den Sinn kommen würden.

Dann erfolgte der erste dieser »Tests« – und es war peinlich, wie unreif ihre Strategie war. Eine große Kugelformation, die ein einzelnes Schiff umgab.

Bei diesem Kampf wurde klar, dass Ender Dinge wusste, die er ihnen nicht verraten hatte.

Zum einen wies er sie an, das Schiff in der Mitte der Kugel zu ignorieren. Es war ein Köder. Aber woher sollte Ender das wissen? Weil er wusste, dass die Schaben ein einzelnes Schiff wie das hier präsentieren würden und dass es eine Lüge sein würde. Die Schaben erwarteten, dass wir uns auf dieses eine Schiff stürzten.

Nur, dass es sich selbstverständlich nicht wirklich um die Schaben handelte, sondern um Mazer Rackham. Warum also nahm Rackham an, dass die Schaben von Menschen erwarteten, sich auf dieses einzelne Schiff zu stürzen?

Bean dachte wieder an die Vids, die sich Ender in der

Kampfschule so oft angeschaut hatte – all die Propagandafilme über die Zweite Invasion.

Sie haben den Kampf nie gezeigt, weil es keinen gab. Und Mazer Rackham hat auch keinen Stoßtrupp mit brillanter Strategie angeführt. Mazer Rackham hat ein einzelnes Schiff getroffen, und der Krieg war vorüber. Deshalb hatten sie auch niemals Bilder von Kämpfen Mann gegen Mann gesehen. Mazer Rackham hatte die Königin getötet. Und nun erwartet er, dass die Schaben ein Schiff in der Mitte als Köder vorführen, weil wir so beim letzten Mal gewonnen haben.

Tötet die Königin, und alle anderen Schaben sind hilflos. Geistlos. Das bedeuteten die Vids.

Ender ist sich dessen bewusst, aber ihm ist auch klar, dass die Schaben wissen, dass sie es wissen. Also fällt er nicht auf ihren Köder herein.

Das Zweite, was Ender wusste und sie nicht, hatte mit einer Waffe zu tun, die bis zu diesem ersten Test nicht in ihren Simulationen vorgekommen war. Ender nannte sie den »Kleinen Doktor« und sagte dann nichts weiter darüber – bis er Alai befahl, sie dort einzusetzen, wo die feindliche Flotte am dichtesten konzentriert war. Zu ihrer Überraschung löste das Ding eine Kettenreaktion aus, die von Schiff zu Schiff sprang, bis alle außer den am weitesten am Rand fliegenden Formic-Schiffen zerstört waren. Danach war es einfach, mit den Überbleibseln fertig zu werden und das Spielfeld vollkommen zu räumen.

»Warum war ihre Strategie so dumm?«, fragte Bean.

»Das habe ich mich auch gefragt«, sagte Ender. »Aber wir haben kein einziges Schiff verloren, also war es okay.«

Später erzählte Ender ihnen, was Mazer gesagt hatte – dass sie eine ganze Invasionssequenz simulierten, und daher führte er den simulierten Feind durch eine Lernkurve. »Beim nächsten Mal werden sie es besser wissen. Es wird nicht mehr so leicht sein.«

Bean hörte das, und es beunruhigte ihn zutiefst. Eine

Invasionssequenz? Warum ein solches Szenario? Warum keine Aufwärmübungen vor einem einzigen Kampf?

Weil die Schaben mehr als eine Welt haben, dachte Bean. Selbstverständlich ist das so. Sie haben die Erde gefunden und erwarten, sie zu einer weiteren Kolonie machen zu können wie schon andere Welten zuvor.

Wir haben mehr als eine Flotte. Eine für jede Formic-Welt.

Und der Grund, wieso sie von einem Kampf zum anderen lernen, besteht darin, dass auch sie schneller als das Licht kommunizieren können.

Alle Annahmen Beans bestätigten sich. Nun kannte er das Geheimnis hinter diesen Tests. Ihr Gegner war nicht Mazer Rackham, der eine simulierte Schabenflotte kommandierte. Es war ein echter Kampf, und Rackhams einzige Funktion bestand darin, zu beobachten, wie er verlief, und Ender hinterher zu instruieren, was die Strategien des Feindes bedeuteten und wie er ihnen in Zukunft entgegentreten konnte.

Aus diesem Grund mussten sie jetzt die meisten Befehle mündlich geben. Sie wurden zu echten Besatzungen auf echten Schiffen übermittelt, die ihren Befehlen folgten und echte Kämpfe ausfochten. Jedes Schiff, das wir verlieren, dachte Bean, bedeutet, dass erwachsene Männer und Frauen gestorben sind. Jede Achtlosigkeit unsererseits kostet Leben. Aber sie sagen uns das nicht, weil dieses Wissen uns zu sehr belasten würde. In Kriegszeiten müssen Kommandanten immer begreifen, dass es so etwas wie »akzeptable Verluste« gibt. Aber wenn sie ihre Menschlichkeit bewahren, ist der Gedanke der Akzeptabilität niemals wirklich akzeptabel. Es nagt an ihnen. Also beschützen sie uns Kindersoldaten, indem sie uns weiterhin glauben lassen, dass es sich nur um Spiele und Tests handelt.

Deshalb darf ich niemanden wissen lassen, dass ich es weiß. Deshalb muss ich die Verluste ohne ein Wort hinnehmen. Ohne sichtbare Probleme. Ich muss versuchen, jeden

Gedanken an die Menschen, die durch unseren Wagemut sterben werden, deren Opfer nicht nur aus einer Ziffer in einem Spiel, sondern aus ihrem Leben besteht, zu verdrängen.

Alle paar Tage gab es nun »Tests«, und jeder Kampf dauerte länger. Alai witzelte, dass man ihnen Windeln geben sollte, damit sie nicht abgelenkt wurden, wenn ihre Blase während eines Kampfes voll war. Am nächsten Tag rüstete man sie mit Kathedern aus. Es war Crazy Tom, der dem ein Ende machte. »Kommt schon, gebt uns einfach eine Flasche, in die wir pinkeln können. Wir können dieses Spiel nicht spielen, wenn so ein Ding an unseren Schwänzen baumelt.« Also gab man ihnen Flaschen. Bean hörte jedoch nie davon, dass einer eine benutzt hätte. Und obwohl er sich fragte, was sie Petra gegeben hatten, hatte niemand je den Mut, ihren Zorn herauszufordern, indem er sich erkundigte.

Ein paar von Enders Fehlern fielen Bean ziemlich früh auf. Zum einen verließ er sich zu sehr auf Petra. Sie befehligte stets die Kernstreitmacht und behielt hundert unterschiedliche Dinge gleichzeitig im Auge, sodass Ender sich auf die Finten, die Tricks konzentrieren konnte. Sah Ender denn nicht, dass Petra, eine Perfektionistin, wegen jedes Fehlers, den sie machte, von Schuldgefühlen und Verlegenheit beinahe zerrissen wurde? Ender konnte so gut mit Menschen umgehen, und dennoch schien er zu glauben, dass sie mächtig taff war, statt zu erkennen, dass sie diese Härte nur vorschützte, um ihre hochgradige Nervosität zu verbergen. Ihre Fehler lasteten schwer auf ihr. Sie schlief nicht gut, und das wurde deutlicher, als während der Kämpfe ihre Erschöpfung immer mehr zunahm.

Aber vielleicht begriff Ender ja nur deshalb nicht, was er ihr antat, weil er selbst müde war. Sie waren alle müde. Ließen unter dem Druck ein wenig nach, manchmal auch mehr. Ihre Erschöpfung nahm zu, und sie neigten eher zu Fehlern, während die Tests schwerer wurden und die Chancen schlechter.

Außerdem wurden die Kämpfe mit jedem neuen »Test« schwieriger. Ender war gezwungen, den anderen mehr und mehr Entscheidungen zu überlassen. Statt Enders detaillierte Befehle anstandslos auszuführen, mussten die Geschwaderführer einen immer größeren Teil des Kampfes selbst übernehmen. Immer wieder war er viel zu lange mit einem Aspekt der Schlacht beschäftigt, um neue Befehle in anderen Bereichen zu geben. Die Geschwaderführer, die davon betroffen waren, begannen sich miteinander zu beraten, um zu beschließen, welche Taktik sie anwenden sollten, bis sie wieder Enders Aufmerksamkeit fanden, und Bean stellte dankbar fest, dass Ender ihm zwar nie die interessanten Aufträge gab, aber einige der anderen mit ihm sprachen, wenn der Kommandant abgelenkt war. Crazy Tom und Hot Soup entwickelten eigene Pläne, besprachen sie aber für gewöhnlich mit Bean. Und da er bei jedem Kampf die Hälfte seiner Aufmerksamkeit darauf verwendete, Enders Plan zu beobachten und zu analysieren, konnte Bean ihnen recht genau sagen, was sie tun sollten, um zu dem allgemeinen Plan beizutragen. Hier und da lobte Ender Tom oder Soup für Entscheidungen, die nach Beans Rat gefallen waren. Es war das Nächste an Lob, was Bean selbst zu hören bekam.

Die anderen Zugführer und die älteren Kids wandten sich nicht an Bean. Er kannte den Grund; es musste sie sehr gestört haben, dass die Lehrer ihn in der Zeit, bevor Ender zu ihnen gestoßen war, zum Vorgesetzten gemacht hatten. Nun, da sie ihren wahren Kommandanten wiederhatten, würden sie nie wieder etwas tun, was nach Unterwerfung unter Bean roch. Er verstand das, aber es tat weh.

Ob sie nun wollten, dass er ihre Arbeit überwachte, ob er selbst gekränkt war oder nicht – es war immer noch sein Auftrag, alles im Auge zu behalten, und er war entschlossen, nie unvorbereitet zu sein. Als der Druck stärker und stärker wurde und sie müder und müder wurden, gereizter miteinander umgingen und die Arbeit von anderen weniger großzügig betrachteten, wurde Bean nur noch aufmerksamer, weil nun auch die Wahrscheinlichkeit eines Irrtums größer wurde.

Eines Tages schlief Petra während des Kampfes ein. Sie ließ ihre Streitmacht zu weit in eine verwundbare Position treiben, und der Feind nutzte das und machte ihr Geschwader vollkommen nieder. Warum gab sie keinen Befehl zum Rückzug? Und noch schlimmer, auch Ender bemerkte es nicht schnell genug. Es war Bean, der ihn fragte: »Was ist mit Petra los?«

Ender rief nach ihr. Sie antwortete nicht. Ender gab den Befehl über ihre beiden verbliebenen Schiffe an Crazy Tom ab und versuchte dann, die Schlacht noch für sich zu entscheiden. Petra hatte wie immer die Kernposition innegehabt, und der Verlust des größten Teils ihres Geschwaders war ein vernichtender Schlag. Nur weil der Feind beim Aufräumen übermäßig selbstsicher war, konnte Ender ein paar Fallen stellen und die Initiative wieder ergreifen. Er siegte, aber mit schweren Verlusten.

Petra erwachte offenbar gegen Ende des Kampfes und musste feststellen, dass ihre Steuerung abgeschaltet war und sie sich erst wieder mit den anderen in Verbindung setzen konnte, als alles vorbei war. Dann wurde ihr Mikrofon eingeschaltet, und sie konnten sie weinen hören: »Es tut mir Leid, es tut mir so Leid. Sagt Ender, es tut mir Leid, er kann mich nicht hören, es tut mir so sehr Leid ...«

Bean holte sie ein, bevor sie in ihr Zimmer zurückkehren konnte. Sie taumelte den Gang entlang, lehnte sich weinend gegen die Wand und ertastete sich den Weg, weil sie durch ihre Tränen hindurch nichts sehen konnte. Bean ging zu ihr und berührte sie. Sie schüttelte seine Hand ab.

»Petra«, sagte Bean. »Erschöpfung ist Erschöpfung. Du kannst nicht wach bleiben, wenn dein Hirn sich abschaltet.«

»Es war *mein* Hirn, das sich abgeschaltet hat. Du weißt nicht, wie sich das anfühlt, weil du so genial bist, dass du all deine Aufgaben erledigen und gleichzeitig noch Schach spielen kannst.«

»Petra, er hat dich zu sehr belastet, er hat dir nie eine Pause gegönnt –«

»Er gönnt sich selbst auch keine Pause, und ich sehe nicht –«

»Tust du doch. Es war offensichtlich, dass etwas mit deinem Geschwader nicht stimmte, für mehrere Sekunden, bevor ihn jemand darauf aufmerksam machte. Und selbst dann hat er noch versucht, dich zu wecken, bevor er die Kontrolle einem anderen übergab. Wenn er schneller gehandelt hätte, wären dir sechs Schiffe geblieben, nicht nur zwei.«

»*Du* hast ihn aufmerksam gemacht. Du hast mich beobachtet. Hast mich überprüft.«

»Petra, ich beobachte alle.«

»Du hast gesagt, du würdest mir vertrauen, aber du tust es nicht. Und das solltest du auch nicht. Niemand sollte mir vertrauen.«

Sie brach in Schluchzen aus und lehnte sich gegen die Steinwand.

Ein paar Offiziere erschienen und führten sie weg. Nicht in ihr Zimmer.

Graff rief ihn kurz darauf zu sich. »Das hast du gut gemacht«, sagte Graff. »Genau deshalb bist du hier.«

»Ich war nicht schnell genug«, sagte Bean.

»Du hast beobachtet. Du hast gesehen, wo der Plan zusammenbrach, du hast Ender aufmerksam gemacht. Du hast deine Aufgabe erfüllt. Den anderen ist das nicht klar, und ich weiß, das ärgert dich –«

»Es ist mir egal, was die anderen denken.«

»Aber du hast deine Aufgabe erfüllt. Diese Schlacht hast du gerettet.«

»Was zum Teufel das auch immer heißen mag.«

»Es ist wie beim Baseball. Ach ja. Das war auf den Straßen von Rotterdam nicht so beliebt.«

»Kann ich jetzt bitte schlafen gehen?«

»Gleich, Bean. Ender ist müde. Er macht Fehler. Es ist nur noch wichtiger, dass du jetzt alles beobachtest. Sei für ihn da. Du hast gesehen, was mit Petra passiert ist.«

»Wir sind alle erschöpft.«

»Ender auch. Mehr als alle anderen. Er weint im Schlaf. Er hat seltsame Träume. Er spricht davon, dass Mazer immer zu wissen scheint, was er plant, und seine Träume ausspioniert.«

»Wollen Sie mir damit sagen, dass er dabei ist, den Verstand zu verlieren?«

»Ich sage dir, dass er nur eine Person noch heftiger antreibt als Petra, und das ist er selbst. Halt ihm den Rücken frei, Bean.«

»Das tue ich bereits.«

»Du bist die ganze Zeit wütend, Bean.«

Graffs Worte verblüfften ihn. Zuerst dachte er, nein, das bin ich nicht! Dann dachte er, bin ich es noch?

»Ender setzt dich für nichts Wichtiges ein, und nachdem du selbst Kommandant warst, muss dich das gewaltig ärgern. Aber das ist nicht Enders Schuld. Mazer hat Ender immer wieder gesagt, dass er an deiner Fähigkeit, eine große Anzahl von Schiffen zu befehligen, zweifelt. Deshalb hat man dir nicht die komplizierten, interessanten Aufträge gegeben. Nicht, dass Ender Mazer alles glaubt. Aber er betrachtet nun alles, was du tust, durch die Linse von Mazers angeblichem Mangel an Vertrauen zu dir.«

»Mazer Rackham glaubt, dass ich –«

»Mazer Rackham weiß genau, was du bist und was du kannst. Aber wir mussten dafür sorgen, dass Ender dir keinen so komplizierten Auftrag gibt, dass du den allgemeinen Ablauf des Spiels nicht mehr verfolgen konntest. Und wir mussten es tun, ohne Ender zu sagen, dass du der Ersatzmann bist.«

»Warum sagen Sie es mir dann jetzt?«

»Wenn dieser Test vorbei ist und ihr echte Kommandos erhaltet, wird Ender die Wahrheit darüber erfahren, was du getan hast und warum Mazer das gesagt hat. Ich weiß, es bedeutet dir viel, dass Ender dir vertraut, und du hast nun das Gefühl, er tut es nicht, also wollte ich nur, dass du weißt, was wir getan haben und warum.«

»Woher dieser plötzliche Ausbruch von Ehrlichkeit?«

»Weil ich denke, du wirst dich besser schlagen, wenn du es weißt.«

»Ich werde mich besser schlagen, wenn ich es glaube. Ob es wahr ist oder nicht. Sie könnten lügen. Weiß ich also nach diesem Gespräch irgendetwas sicher?«

»Glaub doch, was du willst, Bean.«

Petra kam ein paar Tage lang nicht zum Training. Als sie zurückkehrte, überließ Ender ihr natürlich nicht mehr die schwierigen Aufgaben. Die, die sie bekam, erledigte sie mit Bravour, aber ihre Überschwänglichkeit war verschwunden. Ihr Kampfgeist war gebrochen.

Aber verdammt, sie hatte für einige Zeit *geschlafen.* Sie waren alle ein wenig neidisch auf sie, obwohl sie nie mit ihr getauscht hätten. Ob sie einen bestimmten Gott im Sinn hatten oder nicht, sie beteten alle: Lass es nicht mir passieren. Aber gleichzeitig flehten sie auch um das Gegenteil: Lass mich schlafen! Gib mir einen Tag, an dem ich nicht an dieses Spiel denken muss.

Die Tests gingen weiter. Wie viele Welten hatten diese Mistviecher schon kolonisiert, bevor sie die Erde erreichten?, fragte sich Bean. Und können wir sicher sein, dass wir sie alle erwischt haben? Und was nützt es, ihre Flotten zu vernichten, wenn wir nicht die Streitmacht haben, um die besiegten Kolonien zu erobern? Oder lassen wir einfach nur unsere Schiffe da, die alles abschießen, was versucht, von der Planetenoberfläche zu starten?

Petra war nicht die Einzige, die zusammenbrach. Vlad wurde katatonisch und konnte nicht von seinem Bett aufstehen. Die Ärzte brauchten drei Tage, um ihn wieder wach zu bekommen, und anders als Petra fiel er danach vollkommen aus. Er konnte sich einfach nicht konzentrieren.

Bean wartete darauf, dass Crazy Tom durchdrehte, aber trotz seines Spitznamens schien er geistig gesünder zu werden, je müder er wurde. Dafür fing Fly Molo eines Tages an zu lachen, als er die Kontrolle über sein Geschwader verlor, und konnte nicht mehr aufhören. Ender schaltete ihn sofort ab, und diesmal gab er Bean den Befehl über Flys Schiffe. Fly war am nächsten Tag wieder da, ohne Erklärung, aber alle verstanden, dass auch er jetzt keine schwierigen Aufgaben mehr erhalten würde.

Bean wurde sich Enders nachlassender Wachsamkeit mehr und mehr bewusst. Enders Befehle ergingen nach immer längeren Pausen, und einige Male waren sie nicht gerade eindeutig. Bean übersetzte sie sofort in eine verständlichere Form, und Ender erfuhr nie, dass sie zu Verwirrung geführt hatten.

Aber die anderen wurden sich allmählich bewusst, dass Bean den gesamten Kampf verfolgt hatte, nicht nur seinen Teil, und manchen fiel es jetzt auf, wenn Bean eine Frage stellte oder eine Bemerkung machte, die Enders Aufmerksamkeit auf etwas lenkte, das er wissen musste, wenn auch nie so, als würde Bean etwas kritisieren. Nach den Kämpfen sprachen einer oder zwei der Älteren mit Bean. Nichts Großes. Nur eine Hand auf seiner Schulter, auf seinem Rücken, ein paar Worte. »Gutes Spiel.« »Gute Arbeit.« »Weiter so.« »Danke, Bean.«

Ihm war nicht klar gewesen, wie sehr er den Respekt der anderen brauchte, bis er ihn schließlich erhielt.

»Bean, vor diesem nächsten Spiel, denke ich, solltest du etwas wissen.«

»Was?«

Colonel Graff zögerte. »Wir konnten Ender heute Früh nicht wach kriegen. Er hatte Alpträume. Er isst nichts mehr, es sei denn, wir zwingen ihn dazu. Er beißt sich im Schlaf in die Hand – beißt sie blutig. Und heute konnten wir ihn nicht wecken. Wir waren in der Lage, den ... den Test ... zu verschieben, sodass er den Oberbefehl haben wird wie immer, aber ... eben doch nicht wie immer.«

»Ich bin bereit. Das war ich schon die ganze Zeit.«

»Ja, aber ... siehst du, es heißt über diesen Test, dass er ... dass niemand ...«

»Es gibt keine Hoffnung?«

»Tu, was du kannst, um zu helfen. Wir brauchen Vorschläge.«

»Der ›Kleine Doktor‹. Ender hat uns diese Waffe lange nicht mehr einsetzen lassen.«

»Der Feind hat herausgefunden, wie sie funktioniert, und vermeidet es, seine Schiffe in solche Nähe zueinander zu bringen, dass eine Kettenreaktion stattfinden könnte. Um das Feld aufrechtzuerhalten, wird ein gewisses Maß an Masse benötigt. Im Augenblick ist es eigentlich nur Ballast. Nutzlos.«

»Es wäre nett gewesen, wenn Sie mir *vorher* gesagt hätten, wie es funktioniert.«

»Es gibt Leute, die wollen nicht, dass wir dir überhaupt etwas sagen, Bean. Du hast so eine Art, jedes Fitzelchen Information zu nutzen und zehnmal mehr herauszufinden, als wir dich wissen lassen wollen. Also sind sie vorsichtig und wollen dir nicht mal ein Fitzelchen verraten.«

»Colonel Graff, Sie wissen, dass ich weiß, dass diese Kämpfe *keine* Simulationen sind. Mazer Rackham erfindet sie nicht. Wenn wir Schiffe verlieren, sterben echte Menschen.«

Graff senkte den Blick.

»Und das sind alles Leute, die Mazer Rackham kennt, oder?«

Graff nickte leicht.

»Glauben Sie nicht, dass Ender spüren kann, was Mazer empfindet? Ich kenne den Mann nicht, vielleicht ist er tumb wie ein Felsen, aber *ich* glaube, wenn er Ender kritisiert, lässt er Ender auch seine ... seine Qual spüren: Immerhin ist Ender *nach* einer solchen Manöverkritik oft erschöpfter als zuvor. Er weiß vielleicht nicht, was wirklich los ist, aber er weiß, dass es um etwas schrecklich Wichtiges geht. Er weiß, dass Mazer Rackham sich über jeden Fehler, den sein Schüler macht, wirklich aufregt.«

»Hast du eine Möglichkeit gefunden, dich in Enders Raum zu schleichen?«

»Ich höre Enders Stimme, wenn er mit uns redet. Ich irre mich nicht, was Mazer angeht, wie?«

Graff schüttelte den Kopf.

»Colonel Graff, was Ihnen nicht klar ist, was niemand zu begreifen scheint ... dieses letzte Spiel in der Kampfschule, als Ender mir seine Armee überlassen hat, das war keine Strategie. Er hatte genug. Er war fertig mit der Welt. Er streikte. Sie haben das nicht rausgefunden, weil Sie ihn gleich danach befördert haben. Die Sache mit Bonzo hat ihn fertig gemacht. Ich glaube, Mazer Rackhams Trauer tut ihm jetzt das Gleiche an. Ich glaube, wenn Ender nicht *bewusst* weiß, dass er jemanden getötet hat, spürt er es trotzdem tief drinnen, und es brennt in seinem Herzen.«

Graff warf ihm einen scharfen Blick zu.

»Ich weiß, dass Bonzo tot ist. Ich habe ihn gesehen«, fuhr Bean fort. »Ich habe schon öfter Tote gesehen, erinnern Sie sich? Wenn dir einer die Nase ins Hirn rammt und du beinahe zehn Liter Blut verlierst, stehst du nicht auf und gehst nach Hause. Sie haben Ender nie gesagt, dass Bonzo tot war, aber Sie müssen wirklich dumm sein, wenn Sie glauben, dass er es nicht weiß. Und er weiß dank Mazer auch, dass jedes Schiff, das wir verlieren, den Tod guter Männer bedeutet. Er hält es nicht mehr aus, Colonel Graff.«

»Du hast mehr Feingefühl, als man annehmen sollte.«

»Ich weiß, ich bin der kalte, unmenschliche Intellekt.«

Bean lachte verbittert. »Genetisch verändert, daher bin ich allen so fremd wie die Schaben.«

Graff errötete. »Das hat niemand hier gesagt.«

»Sie meinen, niemand hat es mir je ins Gesicht gesagt. Wissentlich. Anscheinend begreifen Sie nicht, dass man Menschen manchmal die Wahrheit sagen und sie anschließend bitten muss, das zu tun, was man will, statt zu versuchen, sie durch Tricks dazu zu bringen.«

»Heißt das, wir sollten Ender mitteilen, dass das Spiel echt ist?«

»Nein! Haben Sie den Verstand verloren? Wenn er sich schon so aufregt, wenn er etwas nur unbewusst wahrnimmt, was glauben Sie, was passieren würde, wenn er es *wüsste?* Er würde vollkommen erstarren.«

»Aber du erstarrst nicht. Willst du das damit sagen? Dass du beim nächsten Kampf Kommandant sein solltest?«

»Sie begreifen es immer noch nicht, Colonel Graff. Ich erstarre deshalb nicht, weil es nicht mein Kampf ist. Ich helfe. Ich beobachte. Aber ich bin frei. Es ist Enders Spiel.«

Beans Simulator erwachte zum Leben.

»Es wird Zeit«, sagte Graff. »Viel Glück.«

»Colonel Graff, Ender könnte wieder streiken. Er könnte sich umdrehen und einfach davongehen. Vielleicht gibt er auf. Er sagt sich vielleicht, es ist nur ein Spiel, ich habe genug davon, mir doch egal, was sie mit mir anstellen, ich bin fertig damit. Es ist in ihm angelegt. Wenn es ihm vollkommen ungerecht und sinnlos erscheint, macht er so was.«

»Und wenn ich ihm versprechen würde, dass es der letzte Test ist?«

Bean setzte den Kopfhörer auf. »Würde das denn stimmen?«

Graff nickte.

»Nun gut, ich glaube nicht, dass es etwas ändert. Außerdem ist er jetzt Mazers Schüler, oder?«

»Ich denke schon. Aber Mazer erwähnte auch, dass er ihm sagen wollte, es sei die Abschlussprüfung.«

»Mazer ist jetzt Enders Lehrer«, entgegnete Bean nachdenklich. »Und Sie haben bloß noch mich. Den Jungen, den Sie nicht wollten.«

Graff errötete abermals. »Das stimmt«, meinte er. »Da du ohnehin alles weißt. Ich wollte dich nicht.«

Obwohl er Bean damit nichts Neues sagte, taten die Worte immer noch weh.

»Aber Bean«, fuhr Graff fort, »es ist nun mal so, dass ich mich getäuscht habe.« Er legte Bean eine Hand auf die Schulter, dann ging er.

Bean loggte sich ein. Er war der letzte Geschwaderführer, der das tat.

»Seid ihr da?«, fragte Ender über die Kopfhörer.

»Ja, alle«, sagte Bean. »Bisschen spät heute, wie?«

»Tut mir Leid«, meinte Ender. »Hab verschlafen.«

Sie lachten. Bis auf Bean.

Ender ließ sie zum Aufwärmen ein paar Manöver durchführen. Und dann wurde es Zeit. Auf dem Display herrschte gähnende Leere.

Bean wartete, und die Nervosität fraß an seinen Gedärmen.

Der Feind erschien auf dem Display.

Seine Flotte war um eine Welt verteilt, die sich in der Mitte des Displays befand. Es hatte schon zuvor Kämpfe in der Nähe von Planeten gegeben, aber jedes Mal hatten sie am Rand des Displays stattgefunden – die feindliche Flotte hatte immer versucht sie wegzulocken.

Diesmal gab es das nicht. Nur den unglaublichsten Schwarm feindlicher Schiffe, den man sich vorstellen konnte. Sie hielten stets eine gewisse Entfernung voneinander ein, tausende und abertausende von Schiffen, die zufälligen, unvorhersehbaren, sich überkreuzenden Wegen folgten und gemeinsam eine Wolke des Todes um den Planeten bildeten.

Das hier ist der Heimatplanet, dachte Bean. Er hätte es beinahe laut gesagt, hielt sich aber noch rechtzeitig zurück. Das hier ist eine *Simulation* der Schabenverteidigung ihres

Heimatplaneten. Sie hatten Generationen lang Zeit gehabt, sich darauf vorzubereiten. Alle vorhergehenden Kämpfe waren unbedeutend gewesen. Diese Formics können unzählige einzelne Schaben verlieren, und es interessiert sie nicht. Nur die Königin zählt. Wie die, die Mazer Rackham bei der Zweiten Invasion getötet hat. Und sie haben noch bei keinem dieser Kämpfe das Leben einer Königin aufs Spiel gesetzt. Bis jetzt.

Deshalb schwärmen sie aus. Hier gibt es eine Königin.

Wo?

Auf der Planetenoberfläche, dachte Bean. Sie wollen uns davon abhalten, zur Planetenoberfläche zu gelangen.

Also müssen wir dorthin. Der »Kleine Doktor« braucht Masse. Planeten haben Masse. Ganz einfach.

Nur, dass es keine Möglichkeit gab, die kleine Streitmacht menschlicher Schiffe durch diesen Schwarm hindurch und nahe genug an den Planeten zu bringen, um den »Kleinen Doktor« zu entfesseln. Wenn die Geschichte eines lehrte, dann das: Manchmal war die andere Seite unwiderstehlich stark, und das einzig vernünftige Vorgehen bestand in geordnetem Rückzug, damit die Streitmacht für den nächsten Kampf überlebte.

In diesem Krieg gab es jedoch kein nächstes Mal. Es gab keine Hoffnung auf Rückzug. Die Entscheidungen, die besiegelten, dass diese Schlacht und somit dieser Krieg verloren wurden, waren schon vor zwei Generationen getroffen worden, als man die Schiffe startete, von Anfang an eine unzureichende Streitmacht.

Die Kommandanten, die die Flotte in Bewegung setzten, wussten damals vielleicht nicht einmal, dass das hier die Heimatwelt der Schaben war. Sie traf keine Schuld. Sie hatten einfach nicht genug Schiffe, um auch nur eine Kerbe in die Verteidigung des Feindes zu schlagen. Es war egal, wie brillant Ender war. Wenn man nur einen Mann mit einer Schaufel hat, kann man keinen Deich bauen, der das Meer zurückhält.

Keine Möglichkeit zum Sieg, kein Raum für Rückzug, weitere Verzögerungen oder Manöver, kein Grund für den Feind, etwas anderes zu tun als das, was er tat.

Es gab nur zwanzig Sternenschiffe in der Menschenflotte, jedes davon mit vier Jägern. Und sie waren von der ältesten Bauart und verglichen mit den Jägern, die die Kinder in früheren Kämpfen eingesetzt hatten, träge. Das war verständlich – die Heimatwelt der Schaben war vermutlich am weitesten von der Erde entfernt, sodass die Flotte, die sie jetzt erreichte, vor allen anderen Flotten gestartet war. Bevor die besseren Schiffe gebaut wurden.

Achtzig Jäger. Gegen fünftausend, vielleicht zehntausend feindliche Schiffe. Es war unmöglich, die Anzahl genau festzustellen.

Bean sah, wie das Display immer wieder die einzelnen feindlichen Schiffe verlor, wie die Gesamtzahl fluktuierte. Es waren so viele, dass es das System überlastete. Sie blitzten auf und verschwanden wieder wie Glühwürmchen.

Lange Zeit verging – viele Sekunden, vielleicht eine Minute. Normalerweise hatte Ender sie nach so langer Zeit schon alle ausgeschickt. Aber immer noch kam nur Schweigen von ihm.

Ein Licht blinkte auf Beans Schaltpult. Er wusste, was das bedeutete. Er brauchte nur einen Knopf zu drücken, und das Kommando würde ihm gehören. Sie boten es ihm an, weil sie glaubten, dass Ender erstarrt war.

Er ist nicht erstarrt, dachte Bean. Er ist nicht in Panik geraten. Er hat einfach nur die Situation verstanden, genau, wie ich sie verstehe. Es *gibt* keine Strategie.

Nur, dass er es nicht einfach als eine Wendung des Kriegsglücks betrachtet, als eine Katastrophe, gegen die man nichts tun kann. Was er sieht, ist eine Prüfung, die sein Lehrer Mazer Rackham ihm vorgelegt hat, eine so absurd unfaire Prüfung, dass das einzige vernünftige Vorgehen darin besteht, sich zu weigern.

Sie waren sich so schlau vorgekommen, weil sie ihm die

Wahrheit stets vorenthalten hatten. Aber nun würde es auf sie zurückfallen. Wenn Ender begriff, dass es kein Spiel war, dass der echte Krieg so weit gediehen war, würde er vielleicht eine verzweifelte Anstrengung unternehmen, oder er könnte bei seinem Genie eine Lösung für ein Problem finden, das, soweit Bean sehen konnte, nicht lösbar war. Aber Ender begriff nicht, um was es hier wirklich ging, für ihn war es genauso wie damals im Kampfraum, als sie zwei Armeen gegenüberstanden und er die ganze Sache Bean überlassen und sich im Grunde geweigert hatte zu spielen.

Einen Augenblick lang war Bean versucht, die Wahrheit hinauszuschreien. Es ist kein Spiel, es ist Wirklichkeit – das hier *ist* der letzte Kampf, und wir haben diesen Krieg *verloren!* Aber was würde er dadurch schon erreichen, außer dass alle in Panik gerieten?

Noch war es absurd, auch nur daran zu denken, diesen Knopf zu drücken und das Kommando zu übernehmen. Ender war nicht zusammengebrochen oder hatte versagt. Der Kampf war einfach nicht zu gewinnen; er sollte nicht zu Ende geführt werden.

Das Leben der Menschen auf diesen Schiffen sollte nicht in einem so hoffnungslosen Angriff verschwendet werden. Ich bin nicht General Burnside bei Fredericksburg. Ich schicke meine Männer nicht in einen sinnlosen, hoffnungslosen, bedeutungslosen Tod.

Hätte ich einen Plan, würde ich den Befehl übernehmen. Aber ich habe keinen Plan. Also ist es weiterhin Enders Spiel, nicht meins. Ganz gleich, was daraus wird.

Und es gab noch einen Grund dafür, nicht zu übernehmen.

Bean erinnerte sich, wie er vor einem am Boden liegenden Schläger gestanden hatte, der zu gefährlich war, sich je zähmen zu lassen, und Poke geraten hatte: Töte ihn. Töte ihn jetzt!

Ich hatte Recht. Und wieder muss ein Schläger getötet werden. Und obwohl ich nicht weiß, wie wir es machen sollen, *dürfen* wir diesen Krieg einfach nicht verlieren. Ich weiß nicht, wie ich ihn gewinnen soll, aber ich bin nicht Gott, ich bin nicht allwissend. Und vielleicht sieht Ender auch keine Lösung, aber wenn überhaupt jemand eine finden kann, dann er.

Vielleicht ist es ja gar nicht hoffnungslos. Vielleicht gibt es eine Möglichkeit, zur Oberfläche des Planeten zu gelangen und die Schaben aus dem Universum zu fegen. Jetzt ist es Zeit für ein Wunder. Für Ender werden die anderen ihr Bestes tun. Wenn ich übernehmen würde, wären sie so aufgeregt, so abgelenkt, dass es nie funktionieren könnte – selbst wenn ich einen Plan hätte, selbst wenn es irgendeine Chance gäbe –, weil sie nicht mit ganzem Herzen dabei wären.

Ender muss es versuchen. Unternimmt er nichts, werden wir alle sterben. Selbst wenn sie nicht vorhatten, eine andere Flotte gegen uns zu schicken, werden sie es nach diesen Kämpfen tun müssen. Bisher haben wir all ihre Flotten geschlagen. Wenn wir diesmal nicht gewinnen, und zwar endgültig, und ihnen jede Möglichkeit nehmen, uns zu bekriegen, werden sie wiederkommen. Und dann werden sie wissen, wie sie eine Waffe wie den »Kleinen Doktor« selbst bauen können.

Wir haben nur eine Welt. Wir haben nur eine Hoffnung.

Mach schon, Ender.

Bean hörte in seinem Kopf wieder die Worte, die Ender am ersten Tag des Trainings der Drachenarmee ausgesprochen hatte: Vergesst nicht, das feindliche Tor ist immer unten. Beim letzten Kampf der Drachenarmee, als es keine Hoffnung gegeben hatte, war dies die Strategie gewesen, die Ender benutzte; er hatte Beans Einheit nach unten geschickt, damit sie ihre Helme auf den Boden um das Tor drückten und siegten. Schade, dass es hier keine solche Möglichkeit zum Schummeln gab.

Den »Kleinen Doktor« gegen die Planetenoberfläche einzusetzen, um das ganze Ding in die Luft zu jagen, das würde helfen. Man musste nur hingelangen.

Es war Zeit aufzugeben. Zeit, sich vom Spiel abzuwenden und ihnen zu sagen, sie sollten keine Kinder einsetzen, um Erwachsenenarbeit zu leisten. Es ist hoffnungslos. Wir sind erledigt.

»Vergesst nicht«, sagte Bean ironisch, »das feindliche Tor ist immer unten.«

Fly Molo, Hot Soup, Dumper, Crazy Tom – sie lachten grimmig. Sie waren in der Drachenarmee gewesen. Sie erinnerten sich daran, wie Ender diese Worte zuvor benutzt hatte.

Aber Ender schien den Witz nicht zu verstehen.

Ender schien nicht zu verstehen, dass es keine Möglichkeit gab, den »Kleinen Doktor« auf die Planetenoberfläche zu bringen.

Stattdessen erklang nun seine Stimme in ihren Ohren und gab Befehle. Er zog sie in eine enge Formation, Zylinder innerhalb von Zylindern.

Bean wollte rufen: »Tu es nicht! Es sind echte Menschen auf diesen Schiffen, und wenn du sie nach unten schickst, werden sie sterben; ein Opfer ohne Hoffnung auf Sieg!«

Aber er hielt den Mund. Im Hinterkopf und tief in seinem Herzen hoffte er immer noch, dass Ender das Unmögliche möglich machte. Und solange eine solche Hoffnung bestand, war das Leben dieser Menschen entbehrlich – weil sie eine Entscheidung getroffen hatten, als sie zu dieser Expedition aufbrachen.

Ender setzte sie in Bewegung, ließ sie hierhin und dorthin ausweichen, durch die sich ständig verändernden Formationen des feindlichen Schwarms hindurch.

Der Feind erkennt doch sicher, was wir vorhaben, dachte Bean. Sicher begreifen sie, dass jede dritte oder vierte Bewegung uns näher an den Planeten bringt.

Jeden Augenblick hätte der Feind sie schnell zerstören können, indem er seine Kräfte konzentrierte.

Warum unternahmen die Schaben nichts?

Bean fiel eine Erklärung ein. Die Schaben wagten nicht,

ihre Kräfte auf Enders enge Formation zu konzentrieren, denn in dem Augenblick, in dem sie ihre Schiffe zusammenzogen, konnte Ender den »Kleinen Doktor« gegen sie einsetzen.

Und dann fiel ihm noch eine Erklärung ein. War es möglich, dass es einfach zu viele Schabenschiffe gab? Konnte es sein, dass die Königin oder die Königinnen ihre volle Konzentration, ihre gesamte geistige Kraft darauf verwenden mussten, diese zehntausend Schiffe durch den Raum schwärmen zu lassen, ohne dass sie einander zu nahe kamen?

Anders als Ender konnte die Schabenkönigin nichts ihren Untergebenen überlassen. Sie *hatte* keine Untergebenen. Die einzelnen Schaben waren wie ihre Hände und Füße. Jetzt hatte sie hunderte von Händen und Füßen, vielleicht sogar tausende, die alle gleichzeitig wackelten.

Deshalb reagierte sie nicht intelligent. Ihre Aufmerksamkeit wurde zu sehr beansprucht. Sie tat nicht das Offensichtliche, stellte keine Fallen und hielt Ender auch nicht anderweitig davon ab, seinen Zylinder immer noch näher an den Planeten zu bringen, mit jeder Ausweichbewegung, jedem kleinen Vorstoß.

Tatsächlich waren die Manöver, die die Schaben durchführten, auf vollkommen absurde Weise falsch. Je tiefer und tiefer Ender in den Schwerkraftbereich des Planeten eindrang, desto dichter bildeten die Schaben ihre Formation *hinter* Enders Schiffen.

Sie blockieren unseren Rückzug!

Sofort verstand Bean, was der dritte und wichtigste Grund für das Geschehen war. Die Schaben hatten aus den vorangegangenen Kämpfen das Falsche gelernt. Bisher hatte Enders Strategie immer darin bestanden, das Überleben so vieler Menschen wie möglich zu sichern. Er hatte sich immer eine Rückzugsschneise gelassen. Nun waren die Schaben dank ihrer gewaltigen Überlegenheit endlich in einer Position, dafür zu sorgen, dass die menschlichen Streitkräfte nicht davonkommen würden.

Zu Beginn dieses Kampfes hatte keine Möglichkeit bestanden, vorherzusehen, dass die Schaben einen solchen Fehler machen würden. Aber im Verlauf der Geschichte waren große Siege ebenso sehr durch die Fehler der verlierenden Armee zustande gekommen wie durch die Brillanz der siegreichen Kräfte. Die Schaben haben gelernt, dass wir Menschen einander schätzen, dass uns jedes Menschenleben wichtig ist. Wir werfen unsere Streitkräfte nicht weg, denn für uns ist jeder einzelne Soldat wie die Königin eines Ein-Personen-Schwarms. Und nun haben sie diese Lektion gerade rechtzeitig begriffen, um hoffnungslos falsch zu reagieren – denn wir Menschen können durchaus unser Leben opfern, wenn die Sache es verlangt. Wir werfen uns auf eine Granate, um unsere Kameraden im Schützengraben zu retten. Wir kommen aus unseren Gräben und greifen den Feind, der sich verschanzt hat, an und sterben wie Maden unter einer Lötlampe. Wir schnallen uns Bomben um und sprengen uns inmitten unserer Feinde in die Luft. Wir sind, wenn die Sache es verlangt, wahnsinnig.

Sie glauben nicht, dass wir den »Kleinen Doktor« einsetzen, weil das auch unsere Schiffe zerstören würde. Von dem Augenblick an, als Ender begonnen hatte, Befehle zu geben, war für jedermann offensichtlich gewesen, dass es sich um ein Selbstmordkommando handelte. Diese Schiffe waren nicht dazu gemacht, in die Atmosphäre einzudringen. Und dennoch, um nahe genug an den Planeten zu gelangen, damit der »Kleine Doktor« gezündet werden konnte, mussten sie genau das tun.

Taucht in die Atmosphäre ein und löst die Waffe aus, bevor das Schiff verglüht. Und wenn es klappt, wenn der Planet von der Kraft zerrissen wird, die diese schreckliche Waffe entfesselt, wird die Kettenreaktion in den Raum übergreifen und alle Schiffe auslöschen, die bis dahin überdauert haben.

Ob wir nun siegen oder verlieren, in diesem Kampf wird es keine menschlichen Überlebenden geben.

Die Schaben haben ein solches Verhalten bei uns noch nicht erlebt. Sie verstehen nicht, dass Menschen unter normalen Umständen immer versuchen werden, ihr Leben zu retten – dass es aber auch Ausnahmen gab. Nach der Erfahrung der Schaben opfern autonome Geschöpfe sich nicht. Sobald sie das Konzept der Autonomie verstanden hatten, war die Saat für ihre Verteidigung ausgebracht.

Hat Ender nach all diesen Studien über die Schaben, nach all seiner Besessenheit von ihnen im Laufe seiner Ausbildung irgendwie *gewusst,* dass sie so einen tödlichen Fehler begehen würden?

Ich habe keine Ahnung. Ich hätte diese Strategie nicht angewandt. Ich *hatte* keine Strategie. Ender war der einzige Kommandant, der gewusst, erraten oder unbewusst gehofft hatte, dass seine Feinde versagen, dass sie stolpern, dass sie stürzen würden, wenn er seine Streitmacht ausschickte.

Oder etwa nicht? War es möglich, dass er zum gleichen Schluss gekommen ist wie ich, dass er diesen Kampf nicht gewinnen kann? Dass er beschlossen hat, nicht weiterzuspielen, dass er streikt, dass er sich abgewandt hat? Und dass meine bitteren Worte: »Das feindliche Tor ist immer unten«, diese vergebliche, nutzlose Geste der Verzweiflung der Auslöser für ihn war, seine Schiffe in den sicheren Untergang zu schicken, weil er nicht weiß, dass es sich um echte Schiffe mit echten Menschen an Bord handelt, die er in den Tod schickt? Ist es möglich, dass er über die Fehler des Feindes ebenso überrascht ist wie ich? Könnte unser Sieg ein Zufall sein?

Nein. Selbst wenn meine Worte Ender zum Handeln veranlasst haben, ist er immer noch derjenige, der *diese* Formation, *diese* Finten und Ausweichmanöver, *diese* Mäanderroute gewählt hat. Es war Ender, dessen vorherige Siege den Feind gelehrt haben, uns für eine bestimmte Art von Geschöpf zu halten, während wir doch in Wahrheit ganz anders sind. Er hat die ganze Zeit so getan, als wären Menschen vernunftbetonte Wesen statt der schrecklichsten

Ungeheuer, die sich diese armen Außerirdischen in ihren schlimmsten Alpträumen hätten vorstellen können. Sie kennen die Geschichte vom blinden Samson nicht, der den Tempel über seinem eigenen Kopf zum Einsturz brachte, um seine Feinde zu töten.

Auf diesen Schiffen, dachte Bean, sind Menschen, die ihre Familien und ihr Zuhause, ihre Geburtswelt aufgegeben haben, um eine gewaltige Entfernung in der Galaxis zurückzulegen und einen schrecklichen Feind zu bekriegen. Irgendwo unterwegs werden sie verstehen, dass Enders Strategie verlangt, dass sie alle sterben. Vielleicht wissen sie es bereits. Und dennoch gehorchen sie und befolgen weiter die Befehle. Wie beim berühmten »Angriff der Leichten Brigade« geben diese Soldaten ihr Leben im Vertrauen darauf, dass ihre Kommandanten den größtmöglichen Vorteil daraus ziehen. Während wir sicher hier in diesen Simulatorräumen sitzen und ein kompliziertes Computerspiel spielen, gehorchen sie und sterben, damit die Menschheit weiterleben kann.

Und dennoch haben wir, die wir ihnen befehlen, wir Menschen in diesen kunstvollen Spielmaschinen, keine Ahnung von ihrem Mut, ihrem Opfer. Wir können ihnen nicht die Ehre erweisen, die sie verdienen, denn wir wissen nicht, dass sie existieren.

Ich bin der Einzige, der es weiß.

An dieser Stelle fiel Bean eines der liebsten Bibelzitate von Schwester Carlotta ein. Vielleicht bedeutete es ihr so viel, weil sie keine Kinder hatte.

Sie hatte Bean die Geschichte von Absaloms Rebellion gegen seinen Vater König David erzählt. Im Verlauf des Kampfes wurde Absalom getötet. Als man David die Nachricht brachte, bedeutete das Sieg, es bedeutete, dass nicht noch mehr von seinen Soldaten sterben würden. Sein Thron war sicher. Sein *Leben* war sicher. Aber er konnte nur an seinen Sohn denken, seinen geliebten Sohn, seinen toten Jungen.

Bean zog den Kopf ein, sodass nur die Leute unter seinem Kommando ihn hören konnten, dann drückte er den Knopf, der seine Stimme allen Menschen der entfernten Flotte zu Gehör brachte. Bean hatte keine Ahnung, wie er dort klingen würde; würden sie seine Kinderstimme hören, oder hatte man die Geräusche verzerrt, sodass er wie ein Erwachsener oder vielleicht wie eine metallische Maschinenstimme klang? Es war egal. Auf irgendeine Weise würden die Menschen dieser weit entfernten Flotte seine Stimme hören, schneller als das Licht übermittelt, Gott allein wusste, wie.

»Mein Sohn Absalom«, sagte Bean leise und spürte zum ersten Mal die Qual, die bewirkte, dass ein Mensch solche Worte sprach, »mein Sohn, mein Sohn Absalom. Wollte Gott, ich könnte an deiner Stelle sterben, o Absalom, mein Sohn. Meine Söhne!«

Er hatte es ein wenig verändert, aber Gott würde es verstehen. Und wenn *er* es nicht verstand, würde Schwester Carlotta es tun.

Jetzt, dachte Bean. Beeil dich, Ender. Näher kannst du nicht mehr kommen, ohne alles zu verraten. Sie begreifen langsam die Gefahr. Sie konzentrieren ihre Streitkräfte. Sie werden uns vom Himmel fegen, bevor wir überhaupt unsere Waffen einsetzen können –

»Also gut, alle außer Petras Geschwader«, sagte Ender. »Direkt abwärts, so weit ihr könnt. Setzt den »Kleinen Doktor« gegen den Planeten ein. Wartet bis zur letztmöglichen Sekunde. Petra, gib ihnen so gut wie möglich Deckung.«

Die Geschwaderführer, darunter Bean, gaben Enders Befehl an ihre Leute weiter. Und dann blieb ihnen nichts weiter übrig, als zu beobachten. Jedes Schiff war nun auf sich gestellt. Der Feind hatte inzwischen begriffen, was auf dem Spiel stand, und bemühte sich, die nach unten rasenden Menschenschiffe zu zerstören. Jäger um Jäger wurde von den heraneilenden Schiffen der Formic-Flotte abgeschossen.

Nur ein paar menschliche Jäger überdauerten lange genug, um in die Atmosphäre einzudringen.

Haltet durch, dachte Bean. Haltet so lange durch, wie ihr könnt.

Die Schiffe, die ihren »Kleinen Doktor« zu früh abgefeuert hatten, mussten mit ansehen, wie die Waffe in der Atmosphäre verglühte, bevor sie wirken konnte. Ein paar andere Schiffe verglühten, bevor sie ihre Waffe abfeuern konnten.

Nur zwei waren noch übrig. Eines davon aus Beans Geschwader.

»Feuert ihn nicht ab«, sagte Bean mit gesenktem Kopf in sein Mikrofon. »Löst ihn innerhalb des Schiffes aus. Gott sei mit euch.«

Bean wusste nicht, ob sein Schiff oder das andere die Wirkung erzielte. Er wusste nur, dass beide Schiffe vom Display verschwanden, ohne die Waffe abgefeuert zu haben. Und dann begann die Oberfläche des Planeten zu brodeln. Plötzlich brach eine gewaltige Eruption aus und leckte zu den letzten Menschenschiffen hin, zu Petras Schiffen, auf denen vielleicht immer noch Menschen am Leben waren und dem Tod entgegensahen. Dem Tod und ihrem Sieg.

Der Simulator veranstaltete eine spektakuläre Show, als der explodierende Planet alle feindlichen Schiffe verschlang, sie in die Kettenreaktion einbezog.

Aber lange bevor das letzte verschlungen war, hatte alles Manövrieren ein Ende gefunden. Die Schiffe trieben führerlos umher. Wie die toten Schabenschiffe in den Vids von der Zweiten Invasion. Die Schwarmkönigin war auf der Planetenoberfläche gestorben. Die Zerstörung der verbliebenen Schiffe war nur noch eine Formalität. Die Schaben waren bereits tot.

Als Bean den Flur erreichte, stellte er fest, dass die anderen Kinder schon dort warteten, einander gratulierten, Bemerkungen darüber machten, wie cool der Explosionseffekt gewesen war, und sich fragten, ob so etwas auch in der Realität geschehen konnte.

»Ja«, sagte Bean. »Es kann geschehen.«

»Als ob du das wüsstest«, entgegnete Fly Molo lachend.

»Selbstverständlich weiß ich, dass es passieren kann«, beharrte Bean. »Es *ist* passiert.«

Die anderen sahen ihn verständnislos an. Wann ist es passiert? Von so etwas habe ich noch nie gehört. Wo haben sie diese Waffe an einem Planeten getestet? Oh, ich weiß, sie haben Neptun vernichtet!

»Es ist eben erst passiert«, sagte Bean. »Es passierte auf der Heimatwelt der Schaben. Wir haben sie gerade gesprengt. Sie sind alle tot.«

Endlich begriffen sie, dass er es ernst meinte. Sie feuerten einen Einwand nach dem anderen ab. Er erklärte das mit der Schneller-als-Licht-Kommunikation. Sie glaubten ihm nicht.

Dann brach eine weitere Stimme in das Gespräch ein. »Wir bezeichnen es als Verkürzer.«

Sie blickten auf und sahen Colonel Graff ein Stück entfernt im Flur stehen.

Sagt Bean die Wahrheit? War das ein echter Kampf?

»Sie waren alle echt«, verkündete Bean. »Alle so genannten Tests. Echte Kämpfe. Echte Siege. Stimmt's, Colonel Graff? Wir haben die ganze Zeit im echten Krieg gekämpft.«

»Es ist jetzt vorbei«, sagte Graff. »Die Menschheit wird weiter bestehen. Die Schaben haben nicht überlebt.«

Endlich glaubten sie es und drehten durch, als sie es verstanden. Es ist vorbei. Wir haben gewonnen. Wir haben nicht geübt, wir waren tatsächlich Kommandanten.

Und dann senkte sich Schweigen herab.

»Sie sind *alle* tot?«, fragte Petra.

Bean nickte.

Wieder sahen sie Graff an. »Wir haben erste Berichte. Alle Lebensaktivität auf den anderen Planeten ist erloschen. Sie hatten ihre Königinnen wohl alle auf dem Heimatplaneten.

Wenn die Königinnen sterben, sterben die Schaben. Es gibt jetzt keinen Feind mehr.«

Petra begann zu weinen und lehnte sich an die Wand. Bean wollte zu ihr gehen, aber Dink war schon da. Dink war der Freund, der sie umarmte und tröstete.

Sie kehrten in ihre Unterkunft zurück, einige ernst, einige unter begeistertem Jubel. Und nicht nur Petra weinte. Aber ob es Tränen der Qual oder der Erleichterung waren, hätte keiner genau sagen können.

Nur Bean kehrte nicht in sein Zimmer zurück. Vielleicht, weil er der Einzige war, der nicht überrascht war. Er blieb draußen im Gang bei Graff.

»Wie hat Ender es aufgenommen?«

»Schlecht«, sagte Graff. »Wir hätten es ihm vorsichtiger mitteilen sollen, aber im Augenblick des Sieges gab es keine Zurückhaltung.«

»Alle Ihre Wetten sind aufgegangen.«

»Ich weiß, was passiert ist, Bean«, sagte Graff. »Warum hast du ihm die Kontrolle überlassen? Woher wusstest du, dass er einen Plan hatte?«

»Ich habe es nicht gewusst«, antwortete Bean. »Ich wusste nur, dass ich selbst *keinen* hatte.«

»Aber was du gesagt hast – ›das feindliche Tor ist unten‹ –, das ist die Strategie, die Ender benutzt hat.«

»Es war keine Strategie«, berichtigte Bean. »Vielleicht hat es bewirkt, dass ihm ein Plan eingefallen ist. Aber er war es selbst. Es war Ender. Sie haben Ihr Geld auf das richtige Kind gesetzt.«

Graff sah Bean schweigend an, dann streckte er die Hand aus, legte sie auf Beans Kopf und zauste ein wenig sein Haar. »Ich glaube, ihr habt euch wohl gegenseitig über die Ziellinie geschleppt.«

»Eigentlich spielt es keine Rolle, stimmt's?«, murmelte Bean. »Es ist so oder so vorbei. Genau wie die vorübergehende Einigkeit der Menschheit.«

»Ja«, sagte Graff. Er zog die Hand weg und fuhr sich

durchs eigene Haar. »Ich hielt deine Analyse für stichhaltig. Ich habe versucht, sie zu warnen. *Falls* der Strategos meinen Rat befolgt hat, werden die Männer des Polemarchen jetzt hier auf Eros und überall auf der Erde verhaftet.«

»Werden sie das friedlich über sich ergehen lassen?«, fragte Bean.

»Wir werden sehen«, meinte Graff.

Aus einem entfernten Flur war das Geräusch von Gewehrfeuer zu hören.

»Offenbar nicht«, stellte Bean fest.

Dann hörten sie Laufschritte. Und schon bald erblickten sie ein Kontingent Marineinfanteristen, ein gutes Dutzend Leute.

Bean und Graff sahen sie näher kommen. »Freund oder Feind?«

»Sie tragen alle die gleiche Uniform«, sagte Graff. »Du bist derjenige, der das veranlasst hat, Bean. Hinter diesen Türen«, er zeigte auf ihre Unterkunft, »sind diese Kinder Kriegsbeute. Als Kommandanten von Armeen auf der Erde sind sie die Hoffnung auf Sieg. *Du* bist die Hoffnung.«

Die Soldaten blieben vor Graff stehen. »Wir sind hier, um die Kinder zu beschützen«, sagte ihr Anführer.

»Wovor?«

»Es sieht so aus, als widersetzten sich die Männer des Polemarchen dem Arrest, Sir«, sagte der Soldat. »Der Strategos hat befohlen, dass diese Kinder um jeden Preis in Sicherheit gebracht werden müssen.«

Graff war sichtlich erleichtert, zu wissen, auf welcher Seite die Truppen standen. »Das Mädchen ist in dem Zimmer da drüben. Ich schlage vor, dass Sie im Augenblick alle in diese beiden Unterkünfte bringen.«

»Ist das der Junge, der es getan hat?«, fragte der Soldat und zeigte auf Bean.

»Es ist einer von ihnen.«

»Ender Wiggin hat es getan«, sagte Bean. »Ender war unser Kommandant.«

»Befindet er sich in einem dieser Räume?«, fragte der Soldat.

»Er ist bei Mazer Rackham«, antwortete Graff. »Und der hier bleibt bei mir.«

Der Soldat salutierte. Er begann, seine Männer weiter vorn im Flur aufzustellen und nur einen einzigen Wachtposten vor jeder Tür zu postieren, um zu verhindern, dass die Kids ihre Räume verließen und irgendwo im Kampf verloren gingen.

Bean trabte neben Graff her, als dieser entschlossen den Flur entlangging, vorbei an allen Wachtposten.

»Wenn der Strategos es richtig gemacht hat, wurden die Verkürzer bereits gesichert. Ich weiß nicht, wie du darüber denkst, aber ich möchte jetzt dort sein, wo die Nachrichten eintreffen. Und gesendet werden.«

»Ist Russisch eine schwierige Sprache?«, fragte Bean.

»Hältst du solche Bemerkungen für witzig?«, entgegnete Graff.

»Es war eine schlichte Frage.«

»Bean, du bist ein großartiger Junge, aber halt die Klappe, okay?«

Bean lachte. »Okay.«

»Es stört dich doch nicht, wenn ich dich weiterhin Bean nenne?«

»So heiße ich.«

»Du hättest Julian Delphiki heißen sollen. Wenn du eine Geburtsurkunde gehabt hättest, hätte dieser Name darauf gestanden.«

»Wollen Sie etwa behaupten, dass diese Geschichte stimmt?«

»Würde ich bei so etwas lügen?«

Dann erkannte er die Absurdität dessen, was er gerade gesagt hatte, und sie lachten, lachten lange. Sie grinsten immer noch, als sie an den Soldaten vorbeikamen, die den Eingang zum Verkürzerkomplex bewachten.

»Glauben Sie, dass mich irgendwer um meinen militärischen Rat bitten wird?«, fragte Bean. »Ich werde nämlich an diesem Krieg teilnehmen, selbst wenn ich ein falsches Alter angeben und Marineinfanterist werden muss.«

24
HEIMKEHR

»Ich glaube, das hier wird Sie interessieren. Schlechte Nachrichten.«

»Daran fehlt es nie, auch nicht mitten im Sieg.«

»Als klar wurde, dass die Internationale Verteidigungsliga die Kontrolle über die Kampfschule hatte und die Kinder unter dem Schutz der Internationalen Flotte nach Hause schickte, hat der Neue Warschauer Pakt anscheinend ein paar Nachforschungen angestellt und herausgefunden, dass es einen Schüler der Kampfschule gibt, der nicht unter unserer Kontrolle stand. Achilles.«

»Aber er war nur ein paar Tage dort.«

»Er hat unsere Tests bestanden. Er ist in die Schule gekommen. Er war der Einzige, den sie erwischen konnten.«

»Haben Sie ihn erwischt?«

»Die gesamte Sicherheit dort war darauf abgestimmt, die Insassen am Ausbrechen zu hindern. Drei Wachtposten tot, sämtliche Insassen freigelassen. Man hat sie alle wiedergefunden bis auf einen.«

»Er läuft also wieder frei herum.«

»So würde ich es nicht gerade nennen. Sie haben vor, ihn zu benutzen.«

»Wissen sie, mit wem sie es zu tun haben?«

»Nein. Seine Akten sind Verschlusssache. Er ist immerhin noch minderjährig. Und sie sind nicht wegen seiner Akte gekommen.«

»Sie werden es herausfinden. Auch in Moskau mögen sie keine Serienmörder.«

»Er ist nicht leicht festzunageln. Wie viele sind gestorben, bevor einer von uns ihn verdächtigte?«

»Der Krieg ist im Augenblick vorbei.«

»Und das Gerangel um Vorteile beim nächsten Krieg hat schon begonnen.«

»Mit einigem Glück, Colonel Graff, werde ich bis dahin tot sein.«

»Im Augenblick bin ich kein Colonel mehr, Schwester Carlotta.«

»Man bringt Sie wirklich vor ein Kriegsgericht?«

»Eine Untersuchung, das ist alles. Eine Ermittlung.«

»Ich weiß nicht, wieso sie einen Sündenbock für den Sieg brauchen.«

»Mir wird nichts passieren. Die Sonne scheint immer noch auf den Planeten Erde.«

»Aber sie wird nie wieder auf *ihre* tragische Welt scheinen.«

»Ist Ihr Gott auch deren Gott, Schwester Carlotta? Hat er sie in den Himmel aufgenommen?«

»Er ist nicht *mein* Gott, Mr. Graff. Aber ich bin sein Kind, ebenso wie Sie. Ich weiß nicht, ob er die Formics ebenfalls als seine Kinder betrachtet.«

»Kinder. Schwester Carlotta, die Dinge, die ich diesen Kindern angetan habe!«

»Sie haben Ihnen eine Welt gegeben, auf die sie zurückkehren können, ein Zuhause.«

»Allen bis auf einem.«

Es dauerte Tage, bis die Männer des Polemarchen sich ergeben hatten, aber schließlich stand die Flottenzentrale vollkommen unter dem Befehl des Strategos, und kein Schiff hatte unter dem Kommando der Rebellen starten können. Ein Triumph. Eine der Waffenstillstandsbedingungen war der Rücktritt des Hegemonen, aber das machte nur offiziell, was längst eingetreten war.

Bean blieb während der Kämpfe bei Graff, und sie lasen jede Depesche und lauschten jedem Bericht über das, was anderswo in der Flotte und auf der Erde geschah. Sie sprachen über die sich entwickelnde Situation, versuchten, zwischen den Zeilen zu lesen, interpretierten die Ereignisse, so gut sie konnten. Bean hatte den Krieg mit den Schaben bereits hinter sich gelassen.

Jetzt zählte nur noch, wie es auf der Erde weiterging. Als ein unsicherer Waffenstillstand unterzeichnet wurde, der die Kämpfe kurzfristig beendete, wusste Bean, dass das nicht von Dauer sein würde. Man würde ihn brauchen. Sobald er zur Erde zurückkehrte, konnte er sich auf seine neue Rolle vorbereiten. Enders Krieg ist vorbei, dachte er. Der nächste wird meiner sein.

Während Bean eifrig die Nachrichten verfolgte, blieben die anderen Kids in ihren Quartieren unter Bewachung, und als in ihrem Bereich von Eros der Strom ausfiel, hockten sie dort im Dunkeln. Zweimal wurde dieser Abschnitt der Flure angegriffen, aber ob die Russen versuchten, zu den Kindern zu gelangen, oder einfach zufällig in diese Gegend geraten waren, hätte niemand sagen können.

Ender wurde erheblich schärfer bewacht, aber er wusste es nicht. Er war vollkommen erschöpft, und wahrscheinlich wollte oder konnte er die Ausmaße dessen, was er getan hatte, nicht ertragen, also blieb er tagelang bewusstlos.

Erst als die Kämpfe zu Ende gingen, kam er wieder zu sich.

Dann hoben sie den Stubenarrest der Kinder auf und holten sie zusammen. Gemeinsam pilgerten sie zu dem Zimmer, in dem Ender unter Bewachung und medizinischer Obhut stand. Er wirkte äußerlich fröhlich und war imstande, Witze zu machen. Aber Bean sah eine tiefe Erschöpfung, eine Traurigkeit in seinen Augen, die er unmöglich ignorieren konnte. Der Sieg war ihn teuer zu stehen gekommen, mehr als jeden anderen.

Mehr als mich, dachte Bean, obwohl ich wusste, was ich tat, und er unschuldig war und keinerlei böse Absicht hatte. Er quält sich, und ich mache einfach weiter. Vielleicht war der Tod von Poke für mich wichtiger als der Tod einer gesamten Spezies, die ich nie gesehen habe. Ich kannte Poke – sie ist in meinem Herzen geblieben. Die Schaben kannte ich nie. Wie kann ich um sie trauern?

Ender kann es.

Nachdem sie Ender berichtet hatten, was geschehen war, während er geschlafen hatte, strich ihm Petra zögernd durchs Haar. »Bist du okay?«, fragte sie. »Du hast uns Angst gemacht. Sie sagten, du wärst verrückt geworden, und wir sagten, *sie* wären verrückt geworden.«

»Ich bin verrückt«, entgegnete Ender. »Aber ich glaube, ich bin okay.«

Es gab noch mehr Neckereien, dann wurde Ender von Gefühlen überwältigt, und zum ersten Mal sahen sie ihn weinen. Bean stand zufällig neben ihm, und als Ender die Arme ausstreckte, waren es Bean und Petra, an die er sich klammerte. Die Berührung seiner Hand, die Umarmung, waren mehr, als Bean ertragen konnte. Er weinte ebenfalls.

»Ihr habt mir gefehlt«, sagte Ender. »Ich wollte euch unbedingt sehen.«

»Ich dachte, du hättest nach dieser Vorstellung genug von uns«, meinte Petra. Sie weinte nicht. Sie gab ihm einen Kuss auf die Wange.

»Ihr wart großartig«, sagte Ender. »Und die, die ich am meisten gebraucht habe, habe ich am schnellsten aufgebraucht. Schlechte Planung meinerseits.«

»Es geht uns allen wieder gut«, stellte Dink fest. »Du glaubst nicht, wie erholsam fünf Tage in einem dunklen Zimmer mitten in einem Krieg sein können.«

»Ich brauche doch nicht mehr euer Kommandant zu sein, oder?«, fragte Ender. »Ich will nie wieder jemandem Befehle erteilen.«

Bean glaubte ihm, und er glaubte auch, dass Ender nie wieder das Kommando bei einem Kampf führen würde. Er hatte vielleicht noch die Talente, die ihn an diesen Ort gebracht hatten, aber er musste sie nicht mehr zur Ausübung von Gewalt einsetzen. Falls es überhaupt so etwas wie Wohlwollen in diesem Universum gab, oder auch nur schlichte Gerechtigkeit, würde Ender nie wieder töten müssen. Er hatte sein Soll bereits erfüllt.

»Du brauchst nicht mehr zu kommandieren«, sagte Dink. »Aber du wirst immer unser Kommandant sein.«

Bean spürte, wie wahr das war. Es gab keinen hier, der Ender nicht weiter in seinem Herzen tragen würde, wohin sie auch gehen, was immer sie tun mochten.

Bean konnte sich nicht dazu durchringen, ihnen zu sagen, dass auf der Erde beide Seiten darauf bestanden hatten, den Helden des Krieges, den jungen Ender Wiggin, in ihre Obhut zu nehmen. Wer immer ihn für sich vereinnahmen konnte, würde nicht nur seinen hervorragenden militärischen Geist nutzen können – dachten sie –, sondern auch den Nutzen aus der Publicity und der öffentlichen Schmeichelei ziehen, die ihn umgab und bei jeder Erwähnung seines Namens noch intensiver wurde.

Also einigten sich die politischen Anführer, während sie an ihrem Waffenstillstand arbeiteten, auf einen schlichten und offensichtlichen Kompromiss. Alle Kinder aus der Kampfschule würden zurückgeschickt werden. Alle bis auf Ender Wiggin.

Ender Wiggin würde nicht nach Hause kommen. Keine Gruppierung auf der Erde sollte imstande sein, ihn für sich zu vereinnahmen. So lautete der Kompromiss.

Und das war von Locke vorgeschlagen worden, von Enders eigenem Bruder.

Als er das erfuhr, hatte Bean innerlich gekocht wie damals, als er geglaubt hatte, dass Petra Ender verraten hätte. Es war falsch. Es war unerträglich.

Vielleicht hatte Peter Wiggin diesen Vorschlag gemacht, um Ender davor zu bewahren, zu einer Spielfigur zu werden. Um ihm Freiheit zu geben. Oder vielleicht tat er es, damit Ender seine Berühmtheit nicht nutzen konnte, um selbst politische Macht zu erlangen. Rettete Peter Wiggin seinen Bruder oder eliminierte er einen Rivalen um die Macht?

Eines Tages werde ich ihn kennen lernen und es herausfinden, dachte Bean. Und wenn er seinen Bruder verraten hat, werde ich ihn vernichten.

Als Bean in Enders Zimmer weinte, weinte er aus einem Grund, von dem die anderen noch nichts wussten. Er weinte, weil Ender ebenso wie die Soldaten, die in den Schiffen gestorben waren, nicht aus dem Krieg nach Hause kommen würde.

»Also«, brach Alai das Schweigen, »was machen wir jetzt? Der Schabenkrieg ist vorbei, ebenso wie der Krieg auf der Erde und selbst der Krieg hier oben. Was wird jetzt aus uns?«

»Wir sind Kinder«, sagte Petra. »Wahrscheinlich müssen wir zur Schule gehen. Das ist Gesetz. Man muss zur Schule gehen, bis man siebzehn ist.«

Alle lachten, bis sie wieder weinen mussten.

Im Lauf der nächsten paar Tage sahen sie einander hin und wieder. Dann gingen sie an Bord unterschiedlicher Kreuzer und Zerstörer, um zur Erde zurückzukehren. Bean wusste genau, warum sie in unterschiedlichen Schiffen reisten. Auf diese Weise würde niemand fragen, wieso Ender nicht an Bord war. Ender selbst ließ sich nicht anmerken, ob er wusste, dass er nicht zur Erde zurückkehren würde.

Elena konnte sich vor Freude kaum beherrschen, als Schwester Carlotta anrief und fragte, ob sie und ihr Mann beide in einer Stunde zu Hause sein würden. »Ich bringe Ihnen Ihren Sohn«, sagte sie.

Nikolai, Nikolai, Nikolai. Elena sang den Namen im Geist wieder und wieder. Auch Julian tanzte beinahe, während er im Haus umherhuschte und alles bereitmachte. Nikolai war so klein gewesen, als er gegangen war. Nun würde er so viel älter sein. Sie würden nicht verstehen, was er durchgemacht hatte. Aber das war gleich. Sie liebten ihn. Sie würden ihn eben erneut kennen lernen. Sie würden nicht zulassen, dass die verlorenen Jahre die kommenden verdarben.

»Da ist das Auto!«, rief Julian.

Rasch nahm Elena die Deckel von den Töpfen, sodass Nikolai eine Küche voll mit Gerüchen nach den frischesten, besten Mahlzeiten aus seinen Kindheitserinnerungen betreten würde. Was immer sie im Weltraum gegessen hatten, es konnte nicht so gut gewesen sein wie das hier.

Dann eilte sie zur Tür, an der ihr Mann schon wartete, und sie sahen zu, wie Schwester Carlotta vorn auf der Beifahrerseite ausstieg. Wieso hatte sie nicht hinten bei Nikolai gesessen?

Das war gleich. Die hintere Tür ging auf, und Nikolai kam heraus, streckte seinen schlaksigen jungen Körper. Er war so groß geworden! Aber immer noch ein Junge. Er hatte immer noch ein paar Jahre Kindheit vor sich.

Komm zu mir, mein Sohn!

Aber er kam nicht zu ihr. Er wandte seinen Eltern den Rücken zu.

Ah, er beugte sich über den Rücksitz. Vielleicht ein Geschenk? Nein. Ein anderer Junge. Ein kleinerer Junge, mit dem gleichen Gesicht wie Nikolai. Vielleicht zu abgehärmt für ein so kleines Kind, aber mit der gleichen offenen Güte, die Nikolai immer ausgestrahlt hatte. Nikolai konnte sich ein breites Grinsen nicht verkneifen. Der kleine Junge lächelte nicht. Er wirkte unsicher. Zögernd.

»Julian«, sagte ihr Mann.

Warum sprach er seinen eigenen Namen aus?

»Unser zweiter Sohn«, erläuterte er. »Sie sind nicht alle gestorben, Elena. Einer hat überlebt.«

Sie hatte alle Hoffnung auf diese Kleinen tief in ihrem Herzen begraben. Es tat beinahe weh, den verborgenen Ort jetzt wieder zu öffnen. Sie keuchte angesichts der Intensität ihrer Gefühle.

»Nikolai hat ihn in der Kampfschule kennen gelernt«, fuhr ihr Mann fort. »Ich habe Schwester Carlotta gesagt, wenn wir einen weiteren Sohn gehabt hätten, hätten wir ihn Julian genannt.«

»Du wusstest es«, sagte Elena.

»Verzeih mir, Liebste. Aber Schwester Carlotta war nicht sicher, ob er wirklich unser Kind ist. Oder ob er imstande sein würde, nach Hause zu kommen. Ich konnte es nicht über mich bringen, die Hoffnung in dir zu wecken und dir später vielleicht das Herz zu brechen.«

»Ich habe zwei Söhne«, hauchte sie.

»Wenn du ihn haben willst«, sagte Julian. »Er hatte ein schweres Leben. Aber er ist hier fremd. Er spricht kein Griechisch. Man hat ihm gesagt, dass er nur zu Besuch kommt. Dass er juristisch gesehen nicht unser Kind ist, sondern ein Mündel des Staates. Wir brauchen ihn nicht aufzunehmen, wenn du es nicht willst, Elena.«

»Still, du dummer Mann«, sagte sie. Dann rief sie dem Jungen laut zu: »Meine beiden Söhne kehren aus dem Krieg heim! Kommt zu eurer Mutter! Ihr habt mir beide so sehr gefehlt, und so viele Jahre!«

Sie rannten zu ihr, und sie umarmten einander. Elenas Tränen fielen auf beide, und ihr Mann ließ die Hände auf den Köpfen der Jungen ruhen.

Dann sagte Julian etwas. Elena erkannte seine Worte sofort, aus dem Lukasevangelium. Aber weil er es nur auf Griechisch auswendig konnte, verstand der Kleine ihn nicht. Nikolai übersetzte jedoch gleich ins Common, die Sprache der Flotte, und fast augenblicklich erkannte der Kleine die Worte und sprach sie nach, denn er erinnerte sich daran, dass Schwester Carlotta sie ihm vor Jahren einmal vorgelesen hatte.

»Lasst uns essen und fröhlich sein! Denn dieser mein Sohn war tot und ist wieder lebendig geworden, er war verloren und ist gefunden worden.«

Dann brach der Kleine in Tränen aus und klammerte sich an seine Mutter und küsste die Hand seines Vaters.

»Willkommen daheim, kleiner Bruder«, sagte Nikolai. »Ich habe dir ja gesagt, dass sie nett sind.«

NACHWORT

Dieses Buch beginnt etwa zur gleichen Zeit wie *Ender's Game,* das Mitte der Achzigerjahre erschien und seitdem sehr erfolgreich nachgedruckt wird, und es endet auch beinahe zur gleichen Zeit, ist aber keine Fortsetzung. Tatsächlich wird hier die gleiche Geschichte aus der Perspektive einer anderen Figur erzählt. Es ist schwer zu sagen, wie man so etwas nennen soll. Begleitroman? Parallelroman? Vielleicht »Parallaxe«, wenn man diesen naturwissenschaftlichen Begriff in die Literatur einführen kann.

Im Idealfall sollte dieser Roman für Leser, die *Ender's Game* nie gelesen heben, ebenso gut funktionieren wie für jene, die den früheren Band gut kennen. Weil es keine Fortsetzung ist, muss man nichts aus dem Roman *Ender's Game* wissen, was hier nicht enthalten ist. Und dennoch, wenn ich mein literarisches Ziel erreicht habe, dann ergänzen und bereichern diese beiden Bücher einander. Welchen der Romane Sie auch zuerst lesen mögen, der zweite sollte immer noch für sich stehen können.

Viele Jahre lang habe ich dankbar zugesehen, wie *Ender's Game* immer beliebter wurde, besonders bei Lesern im Schulalter. Der Roman war nicht unbedingt für Jugendliche gedacht, wurde aber von dieser Altersgruppe gern gelesen, und viele Lehrer benutzten das Buch im Unterricht.

Es hat mich nie überrascht, dass die existierenden Fortsetzungen – *Speaker for the Dead, Xenozide* und *Children of the Mind* – bei jüngeren Lesern keine solche Beliebtheit erreichten. Der offensichtliche Grund dafür ist, dass sich in *Ender's Game* alles um ein Kind dreht, die Fortsetzungen aber Erwachsene zu Hauptfiguren haben, und noch wichtiger, *Ender's Game* ist zumindest oberflächlich gesehen ein Helden- und Abenteuerroman, während die Fortsetzungen von ganz anderer Art sind, weniger temporeich, eher nachdenklich und auf Ideen konzentriert, und sich mit Themen beschäftigen, die für jüngere Leser von nicht so großer Wichtigkeit sind.

In letzter Zeit ist mir jedoch klar geworden, dass die Kluft von dreitausend Jahren zwischen *Ender's Game* und den Fortsetzungen viel Platz für weitere Fortsetzungen lässt, die in engerem Zusammenhang mit dem Original stehen. Eigentlich hat *Ender's Game* in gewissem Sinn gar keine Fortsetzungen, denn die anderen drei Bücher bilden eine fortlaufende Geschichte, während der erste Roman für sich steht.

Kurze Zeit habe ich ernsthaft mit dem Gedanken gespielt, das Universum aus *Ender's Game* anderen Autoren zu öffnen, und bin dabei so weit gegangen, den von mir sehr bewunderten Autor Neal Shusterman einzuladen, zusammen mit mir Romane über Ender Wiggins Gefährten in der Kampfschule zu schreiben. Bei unseren Gesprächen wurde schnell klar, dass die offensichtlichste Figur für einen eigenständigen Roman Bean sein würde, der Kindersoldat, den Ender behandelte, wie ihn seine erwachsenen Lehrer behandelt hatten.

Und dann passierte etwas Seltsames. Je mehr wir uns darüber unterhielten, desto neidischer wurde ich, dass Neal vielleicht ein solches Buch schreiben könnte und ich nicht. Schließlich dämmerte mir, dass ich noch lange nicht damit fertig war, über »Kids im Weltraum« zu schreiben, wie ich das Projekt zynisch genannt hatte, sondern tatsächlich mehr zu sagen hatte, da ich in dem Dutzend Jahren seit dem ersten Erscheinen von *Ender's Game* einiges gelernt habe. Daher hoffe ich zwar, dass Neal und ich eines Tages an einem gemeinsamen Projekt arbeiten können, aber ich habe dieses Buch rasch wieder an mich gezogen.

Bald schon fand ich heraus, dass es schwieriger war, als ich dachte, die gleiche Geschichte ein zweites Mal, aber anders zu erzählen. Die Tatsache, dass die Figuren, die im Mittelpunkt stehen, sich zwar unterscheiden, der Autor aber der Gleiche ist und im Wesentlichen noch die gleichen Überzeugungen hat, erwies sich als eher hinderlich. Es half jedoch, dass ich in den dazwischen liegenden Jahren einiges gelernt hatte und imstande war, andere Themen und ein tieferes Verständnis in das Projekt einzubringen. Beide Bücher entstammen dem gleichen Verstand, aber nicht dem selben; sie leben von den gleichen Kindheitserinnerungen, aber aus einer unterschiedlichen Perspektive. Für den Leser wird die Parallaxe durch Ender und Bean geschaffen, die die gleichen Ereignisse erleben, aber in gewissem Abstand voneinander. Für den Autor entstand die Parallaxe durch ein Dutzend Jahre, in denen meine älteren Kinder aufwuchsen und die jüngeren zur Welt kamen, sich die Welt um mich herum veränderte und ich ein paar Dinge über das Wesen der Menschen und über Literatur gelernt habe, von denen ich zuvor nichts wusste.

Jetzt halten Sie das Buch in Händen und haben es vielleicht auch schon gelesen. Ob dieses literarische Experiment erfolgreich verlaufen ist, können nur Sie beurteilen. Für mich hat es sich gelohnt, noch einmal zum gleichen Brunnen zu gehen, denn das Wasser war diesmal ganz anders, und es hatte sich zwar nicht unbedingt in Wein verwandelt, verfügte aber zumindest über einen anderen Geschmack, weil es in einem anderen Gefäß nach Hause getragen wurde, und ich hoffe, dass Sie es ebenso genießen werden oder genossen haben wie ich, vielleicht sogar noch mehr.

Greensboro, North Carolina, im Januar 1999

DANKSAGUNGEN

Ein Buch war bei der Vorbereitung dieses Romans besonders nützlich: Peter Paret (Hrsg.): *Makers of Modern Strategy: From Machiavelli to the Nuclear Age* (Princeton University Press 1986). Die Aufsätze sind nicht alle von gleicher Qualität, aber sie gaben mir eine gute Vorstellung von den Schriften, die sich in der Bibliothek der Kampfschule befinden könnten.

Ich habe nur gute Erinnerungen an Rotterdam, eine Stadt mit freundlichen und großzügigen Bewohnern. Die Abgebrühtheit gegenüber den Armen, die in diesem Roman beschrieben wird, wäre heutzutage undenkbar, aber manchmal ist es eben Sache der ScienceFiction, unmögliche Alpträume zu beschreiben.

Folgenden Personen schulde ich Dank:

Erin und Philip Absher, unter anderem für das Fehlen von Erbrochenem im Shuttle, die Größe des Spülkastens und das Gewicht des Deckels.

Jane Brady, Laura Morefield, Oliver Withstandley, Matt Tolon, Kathryn H. Kidd, Kristine A. Card und anderen, die das Vorabmanuskript gelesen und Vorschläge und Verbesserungen gemacht haben. Ein paar ärgerliche Widersprüche zwischen *Ender's Game* und diesem Buch wurden dadurch vermieden; alle, die sich noch finden lassen, sind überhaupt keine Fehler, sondern subtile literarische Effekte, die zeigen, wo bei diesen beiden Berichten über das gleiche Ereignis die Unterschiede in der Wahrnehmung und Erinnerung liegen. Wie meine Programmiererfreunde immer sagen: Es gibt keine Fehler, nur Eigenheiten.

Ich danke Tom Doherty, meinem Verleger, Beth Beacham,

meiner Lektorin, und Barbara Bova, meiner Agentin, weil sie auf die Idee zu diesem Buch so positiv reagiert haben, als ich es als Zusammenarbeit vorschlug und später erkannte, dass ich es doch lieber ganz allein schreiben wollte. Und ich denke immer noch, *Straßenjunge* wäre der bessere Titel gewesen, aber ich verstehe schon, dass der zweite Titel, *Enders Schatten*, sich besser vermarkten lässt.

Ich danke meinen Helfern Scott Allen und Kathleen Bellamy, die sich so oft der Schwerkraft widersetzt und andere nützliche Wunder gewirkt haben.

Ich danke meinem Sohn Geoff, der zwar nicht mehr der Fünfjährige ist, der er war, als ich *Ender's Game* schrieb, aber immer noch das Vorbild für Ender Wiggin.

Und ich danke meiner Frau Kristine und den Kindern, die zu Hause waren, als ich dieses Buch schrieb: Emily, Charlie Ben und Zina. Ihre Geduld mit mir, als ich damit rang, die richtige Herangehensweise an diesen Roman zu finden, wurde nur noch von der Geduld übertroffen, die sie an den Tag legten, als ich meinen Weg schließlich gefunden hatte und die Geschichte mich in ihren Bann schlug. Als ich Bean zu einer liebevollen Familie nach Hause brachte, wusste ich, wie diese Familie aussehen sollte, denn ich erlebe sie jeden Tag.

Weiter geht es bei FESTA SF mit einem
Roman von ROBERT J. SAYWER:

Die Neanderthal-Parallaxe

416 Seiten, ISBN 3-86552-006-5
Deutsche Erstveröffentlichung

Das Neutrino-Observatorium in Sudbury, Kanada: Ein Mann treibt plötzlich in einem Schwerwassertank. Mit knapper Not wird er gerettet und unter Quarantäne gestellt. Sein Name: Ponder Boddit. Sein Beruf: Quantenphysiker. Seine Herkunft: eine Welt, auf der die Neanderthaler den Rang der Menschen einnehmen.
Die Öffentlichkeit ist schockiert über den ›Höhlenmenschen‹, der durch ein Computer-Implantat ihre Sprache und Kultur erlernt. In dessen Heimatwelt ist sein Lebensgefährte Adikor Huld genauso schockiert, denn er wird des Mordes beschuldigt. Es gibt nur eine Möglichkeit, seine Unschuld zu beweisen: Er muss das Portal noch einmal öffnen und Ponder aus unserer Welt zurückholen.

Gewinner des HUGO AWARDS
für den besten SF-Roman des Jahres!

Ein großartiges Buch! Unglaubliche Ideen,
hervorragend geschrieben, spannend bis zur letzten Zeile!
Interzone

Liebe Leserinnen und Leser,
haben Sie Fragen oder Anregungen? Möchten Sie den regelmäßigen Newsletter des Verlags mit Hintergrundinformationen zu unserer SF-Reihe und deren Autoren beziehen?
Schicken Sie eine E-Mail an: *Festa-SF@Festa-Verlag.de*
Wir freuen uns auf eine Nachricht von Ihnen!